张峰屹 著

東漢文學思想史

上海古籍出版社

图书在版编目(CIP)数据

东汉文学思想史 /张峰屹著. —上海:上海古籍出版社,2021.12(2022.8重印)
ISBN 978-7-5732-0198-0

Ⅰ.①东… Ⅱ.①张… Ⅲ.①中国文学—文学思想史—东汉时代 Ⅳ.①I209.342

中国版本图书馆 CIP 数据核字(2021)第 247173 号

东汉文学思想史

张峰屹　著

上海古籍出版社　出版发行

(上海市闵行区号景路 159 弄 1—5 号 A 座 5F　邮政编码 201101)
(1)网址: www.guji.com.cn
(2)E-mail: guji1@guji.com.cn
(3)易文网网址: www.ewen.co

常熟人民印刷有限公司印刷

开本 635×965　1/16　印张 33　插页 6　字数 399,000
2021 年 12 月第 1 版　2022 年 8 月第 2 次印刷
印数:1,501—2,300
ISBN 978-7-5732-0198-0
I·3604　定价:148.00元
如有质量问题,请与承印公司联系

张峰屹 1962年生，文学博士（1998年，导师罗宗强教授），南开大学文学院教授、博士生导师，兼任《文学评论》编委、天津市中国古代文学学会会长等。已出版《西汉文学思想史》《两汉经学与文学思想》《九流十家：思想的争鸣》等学术著作十馀部，在《文学评论》《文学遗产》《文史哲》等期刊发表学术论文近百篇。近十馀年，独立承担国家社科基金项目三项、教育部专项委托项目一项、天津市社科基金重点项目一项，作为子课题负责人参研国家社科基金重大项目三项。

本书为国家社会科学基金项目"东汉文学思想史"
（14BZW026）结项成果

序:迈步学术途中重要的里程碑

颜崑阳

二〇一三年,张峰屹教授出版《西汉文学思想史》,邀我写序。那时,我阅读这本巨著,心中期待着:什么时候再读到他的《东汉文学思想史》?两汉的文学思想史,就将在他的笔下,完整地呈现给学界。

二〇二一年,辛丑暮春三月,乍暖还寒时节,我在书房中展读《东汉文学思想史》,三十几万字,体系完整的大作。张峰屹教授费了将近八年的时间,接续前作,终于完成两汉文学思想史的建构。文学思想史、士人心态史都是天津南开大学罗宗强教授独创的中国古典人文学论域,自成一家之言;门生张毅、张峰屹绍述其学,演为薪传。张教授书成之日,他的恩师罗宗强教授,却已在二〇二〇年仙逝,未能亲见门生学术薪传的成果,或许张教授会觉得是一个遗憾吧!

二十世纪下半叶以降,人文学术社群专业分化渐成至今还未逆转的趋势。知识手工业的生产线上,各个"学术工具人"片面或局部地切割总体世界,破碎零散地钻研一堆钉饾议题,无干乎学术关键,却大量生产篇幅短小的期刊论文,以应付两三年一次的研究成果评鉴。其间,若有通观宏见者,却往往史料工夫薄弱,思辨粗浅,又不识研究方法;只是一味笼统、空疏地独抒己意,缺乏有效性的"论证"。更为可议者,所见偏谬却又转相因袭的旧调成说,仍然不断在复制;能提出通观总体关键性的大问题,又能以充分可信的第一手史料为基础，经由微观精密的文本分析、严格的逻辑推论程序而证成自己所提出的创解，并综合建构完整的知识体系，这样博通而精审的论著越来越少了。

"五四"以降，中国古典人文学术，在追求现代化的风潮中，一方面反传统，一方面盲目套借西方理论；有些学者往往不尊重古代典籍的客观"历史他在性"，完全没有"历史语境"的观念；在未契入文本的历史语境，细读深悟而贴切理解其意义之前，就套借不相应的西方理论；甚至取决于现代经验所产生主观的"文化意识形态"，默认偏颇的价值立场，而以此"单向视域"投射暴力式的论述，激烈批判古人，连孔孟老庄都不能幸免。论者尚未读通原典，对文本隐含的深层意义还缺乏相对客观的理解之前，就主观肆意地批判，这是"五四"学风所表现出来的浅薄而苛刻的恶习，至今仍未完全消除。张教授此书，对于汉代的文学创作及思想，大体都是引据原典文本，既主观理解而又相对客观地描述及诠释，不妄为"文化意识形态"的单向视域投射，当然也就没有主观肆意的批判，这确实是正规的学术态度。

从历代观之，不管就文学或文化而言，受此恶习之害最深者，就是汉代；其中尤以谶纬更被视为文化毒素，或鄙弃而不顾，或虽顾而极贬。我在去年出版的《学术突围——当代中国人文学术如何突破"五四知识型"的围城》自序中，为汉代文化及文学之被近现代学者污名化而发出抗辩之鸣，正可与张峰屹教授此书桴鼓相应。秦朝维持十余年而亡灭，汉朝继秦之后，是第一个维持政局四百多年的大帝国，政治方面承继周秦二朝，建立郡国并行制；文化方面重建经典，创立笺注学模式，并设置五经博士为"官学"，同时又不废"私学"，以教化士民。西汉时期，贾谊、董仲舒等思想家为政教的"更化"问题，提出种种解决之道；东汉章帝时期，由朝廷召开"白虎观"经学会议，重建礼乐的政教意义。而文学方面则辞赋及五言诗兴起,开展继承《三百篇》四言诗之后的文学新局,推进中国文学另一历史阶段的发展……

汉代不管政治格局或文化创造,都开发出恢弘的气象、丰美的成果,影响后代非常深远。汉代文化自有其宏伟而特殊的"大体",既非先秦诸子,也非宋明理学,则当如何以汉代文化看待汉代文化?徐复观先生在《两汉思想史》的《自序》中,就认为"两汉思想对先秦思想而言,实系学术上的巨大演变。千馀年来政治社会的局格,皆由两汉所奠定。所以严格地说,不了解两汉,便不能彻底了解近代"。徐先生对汉代思想这种洞观卓识,比起其他固持偏见的中国哲学史或思想史,才是真能"明其大体"的知音者。

然则,我可以直言不讳地说,在近现代的学术史中,汉代实在是最倒楣的一个时代。"五四"以降,延伸到一九四九年之后的人文学界,研究汉代文化及文学者,包括文史哲各领域,大多戴上几副有色的西洋眼镜:一是西方自然科学;二是西方欧陆古典主义哲学或英美分析哲学;三是西方实证史学;四是西方形式主义美学;五是西方马克思主义的社会学及美学;六是西方纯文学观念,"为艺术而艺术"之说;七是西方文学进化史观。而且这几种西洋眼镜从没有真正擦亮过,甚至龟裂破碎,很难用以看清事物;杂取这些理论的人,多的是一知半解,甚至误读谬识。然而却在这些西洋眼镜的迷视、乱视之下,对汉代文化与文学的研究,尽多表层的浅识、偏见甚至诋解。于是汉代没有像样的哲学家,没有合格的哲学;阴阳五行、天人感应是幼稚简陋的宇宙论观念;谶纬之学是不科学的迷信邪说;上古帝王的史迹都是秦汉人假造的"伪史";两汉以经学平治天下,最终目的是在防止农民造反、巩固封建统治。《毛传》诗经学都是穿凿附会,释诗没有一首可通。司马迁、王充、王符、仲长统等唯物主义思想,最值得称道;"拟骚"只是"抄袭",缺乏"独创"的价值;文类的"艺术性"与"实用性"一刀两断,汉赋乃被贬为只是服务政治的实用工具而非艺术审美的纯文学,根本是缺乏生命的贵族死文学,实为文学进化史观所鄙弃。

回观近现代的学术史,对汉代的研究,这一文化丰美的大时代,在专业学术受到西学的框限或政治意识形态的支配之下,从狭窄、偏误与迷蔽的视域所看到的汉代文化及文学,几近一无是处,成为枷锁工厂、假货市集,甚至魍魉鬼域、荒寂沙漠,这是确当的诠释与评价吗?我们必须脱下这些西洋有色眼镜,以及政治意识形态,回归深读原典文本,建构汉代文史哲混融互通的总体情境,重新诠释汉代文化及文学,这应该是二十一世纪中国人文学术的正途。

从上述研究汉代文化及文学的种种迷蔽,持以审视张教授两汉文学思想史的论著,我不能溢美地赞扬他完全没有这些迷蔽的成分。但是,相较于其他研究汉代文学史、文学批评史、思想史的论著而言,其迷蔽甚少。若要指其小疵,坦直地说,我实不同意此书所持一个偏谬的旧调成说,认为东汉文学思想"最终完成了由附庸于政治经学走向自足独立的质的蜕变"。我必须确切地指出,若将"文学自觉与文学独立"之说,置入中国古代文化总体的历史语境做深度理解,明识者就可以见出它根本是一个移植西方纯文学观念、无中生有的假议题。几年前,我已发表《"文学自觉说"与"文学独立说"之批判刍论》,破除这种偏谬之论。不过,一个学者的学思历程本有其自在自为的演变;现阶段,张教授还可以依循这一旧调成说,或许他下一阶段的学思演变,会有不同的见解吧!然而,即使以我观之,这是一个小疵,却也掩盖不了我所看到此书的大瑜之辉。其中,最让我耳目一新者,是他对谶纬的重视,不像一般学者那样疏远地站在汉代历史情境之外,只从现代西方科学的"单向视域",未经原典文本的深入诠释,就极力贬责谶纬是不科学的迷信邪说。张教授为撰写这部《东汉文学思想史》,耗费几年的时间,先弄清楚什么是谶纬,再进一层探究汉代文化生成、发展的历程,从而理解到谶纬与政教、经学、文学,一直都维持着交互渗透的关系,彼此牵合以融思致用。因此,他认为研究、撰述《东汉文学思想史》,不能规避、排除谶纬这一必要因素,关键只在于如何确当地描述之、诠释之。

我非常赞许张教授这种"文化总体观"的学术进路,也肯认汉代文化,从君臣上下主观层面而言,谶纬与政教、经学、文学,一直维持交互渗透的关系,彼此牵合以融思致用。东汉君臣上下这种态度、观念,尽管当时有些士人表示反对,却是多数士人颇为普遍的"心态",或说是"文化意识形态"。另从知识性质的客观层面而言,这种谶纬与政教、经学、文学交互渗透,彼此牵合的知识,正是两汉此一历史时期所建构的"知识型"(Épistème)。自认很有科学头脑的现代学者,不管喜欢或不喜欢,信或不信,都必须承认这是发生于汉代的历史事实;我们研究汉代文化思想,就必须在这一事实的基础上,依据可信的文献,进行第一序的描述与诠释。"描述"是完整正确地说明经验"事实";"诠释"是揭开事实表象,从深层处解明此一经验事实"为什么发生"的原因、条件及其影响;而这就是它的"意义"。"描述"与"诠释"是史学第一序的任务,必须先完成;然后,才能在确当的"描述"与"诠释"的基础上,从专业的"知识论"或"文化实践论",提出相对客观的是非或价值基准,做出第二序的批判。合格的学术论著,对已发生的历史事实,不能在未经"描述"与"诠释"之前,就仅凭个人主观好恶,鄙弃而不顾,或虽顾而极贬,甚至流为漫骂斥责;这不是学术而是莽夫泼妇无知浅识的恶言谬语。

我一向认为,人文学术当以"博通"为尚,才能开展兼具广博的宏观视域与通透的微观能力,既见树又见林,既见林又见树,而不会沦入过度专业化的狭窄洞窟中,所见只是一枝一叶的模糊影像。

作为一个博通的人文学者，当知宇宙万事万物都存在于多元因素、条件交织结构而相互作用的"关系"网络中，没有任何一事一物能从这种复杂而变化的"关系"网络切离出来，挂空、孤立、抽象地认知其意义，评判其价值；任何事物都必须置入关系网络的"总体情境"与"动态历程"，依着辩证思维而实境感知、正反思辨，终而综合会悟其意义及价值。"五四"以降，一般学者习于将研究对象片面化、静态化、单一因素化、抽象概念化，而"以文字解文字"，仅从语言形式表层去译述其意义，甚而主观偏执地评断其价值。如此治学，其弊就是呆抱一堆死文献，在他的盲视中，生产这堆文献的"人"，其"主体"却消失了；他们生命存在的文化传统与社会情境也消失了；他们面对文化、社会、政教、学术、文学等，所发生种种彼此关联的"问题"更是消失了；而他们解决这些问题的"答案"当然也跟着消失了；也就是他们所行所为、所言所议的"动机"与"目的"，全都埋在幽暗的文字底层而不被研究者看见。如此治学，文本真实的"意义"当然也就无法获致有效性的诠释。

　　语言文字之用于表现人类文化创造物的符号形式，它既是"表现"，相对又是"遮蔽"。"表现"者是语言文字之所及，表层"已知"的"言内意"；"遮蔽"者是语言文字之所不及，深层"未知"的"言外意"。这"言外意"隐含在生产此一文本所贴切作者个人、社会及其文化传统的存在经验情境中，统称为"历史语境"。现当代学界，很少学者懂得"情境回归"的阅读方法，能穿透语言文字表层的"言内意"，契入而回归到文本深层所隐含总体、动态的"历史语境"，进行同情的感知、体悟，而揭明埋在文字底层的"言外意"。因此，文学创作、文学思想都可切断与文化、社会、政教、学术等相关因素，而仅从语言文字表层，孤立去论述它的意义及价值。这是何等平面、贫乏的人文学术，却流行于我们这个时代。

　　文化产物都是"人"的精神创造。对"人"这一"历史性"（historicality)存在的创造主体，在历史情境中所涵养习成的实质"心灵"构造全无了解，就很难做出富含生命存在意义的人文学问，不过只是支离杂碎、了无生气的片段概念。这个在历史情境中所涵养习成的实质"心灵"，就是刘勰《文心雕龙·序志》所称"为文之用心"的"文心"；而这一"文心"并不是空洞无物的抽象概念，那么它有何实质的内涵？我曾在《从混融、交涉、衍变到别用、分流、布体》这一篇论文中，提出文学家主体心灵的"意识结丛"，以诠释刘勰所谓"文心"的实质内涵。这一"意识结丛"包含五个层次的因素：一是文学家由"文化传统"的理解、选择、承受而形成的历史性生命存在意识。二是文学家由"社会阶层"生活实践经验过程与价值立场所形成的社会阶层性生命存在意识。三是文学家由"文学传统"的理解、选择、承受而形成的文学史观或文学历史意识。例如源流、正变、通变、代变等，或"文以载道传统"、"诗言志传统"、"诗缘情传统"等文学历史意识。四是文学家由"文学社群"的分流与互动所选择、认同、定义的文学本质观。五是文学家对各文学类体语言成规及审美基准之认知所形成的"文体意识"。此一"意识结丛"或可与罗宗强教授所提出的"士人心态"彼此参照对观。在罗教授与我的观念中，中国古典人文学术的研究，"士人"的"意识结丛"或"心态"必然是不可模糊的焦点，必须当作主要的诠释对象；而"士人心态"正是张教授持以研究东汉文学思想史的焦点，识其"心态"，即识其"文学思想"的内涵与特质。这可以说是罗宗强教授门下的一种现代"师法"吧！

那么，这些构成"意识结丛"的诸多因素从哪里而来？当然是从文学家对文化社会存在情境的感知、思辨而选择、接受，逐渐习成、型塑而来。文学家的存在情境，总体观之，甚为复杂；分解论之，可有三层：从广泛幅度的存在情境而言，他与所有不分阶层的一般人，共享着整体性的历史文化与社会情境；这是文学家第一层的存在情境。接着,从限定性幅度的存在情境而言,文学家在当代的社会结构中,却又无可规避地必然归属于某一由生产关系所分化的社会阶层;这一社会阶层的生产关系,就是士人政教事业所无法脱离的君臣上下"权力"关系。因而在阶层限定的视域中,理解、选择、承受了某些由"文化传统"及"社会阶层"共成的价值观,并履历了阶层性的社会互动经验过程,从而塑造了某种"意识形态";这是第二层的存在情境。最后,从选择性幅度而言,文学家又由于其文学观念及活动所自主选择、承受的"文学传统"与"社会交往",而互应相求地归属于所认同的文学社群;这是第三层的存在情境。第一层存在情境受到"地域民族"的限定,第二层存在情境受到"社会阶层"的限定,第三层存在情境则受到"文学社群"的限定;而这三层空间性的存在限定,又都同时受到时间性的"文化传统"限定。在如此结构复杂的存在情境中,文学家以其所涵养习成的"意识结丛"表现为文学创作与文学思想,怎么可能从历史性的"总体情境"、"动态历程"切离出来而挂空、孤立、抽象地认知?中国古代士人阶层的文学创作及其相关思想,从来都不曾与文化、社会、政教、学术脱离关系而孤立发生、存在过。

近些年来,"总体情境"与"动态历程"是我在反思、批判"五四知识型"之后,为了推展中国古典人文学术研究之诠释视域转向而提出的本体论预设。这不是前无所因的新创,却是解除"五四知识型"之迷蔽的良方。张教授撰写此书,并没有明确提出这样的理论;但是,其实际操作却与我的理论不谋而合。他研究东汉文学思想史,既将文学创作与文学思想相互参照而观之,更将文学置入政教、经学、谶纬之关系网络所形成的"总体情境"与"动态历程"中,聚焦在"士人心态",切实地依据文史哲各种直接相关的原典文本,进行分析诠释而获致论证效果。此书从研究对象的本体、人文知识的本质与研究方法所做自觉或不自觉的预设观之,张教授的实际操作成果,的确与我近些年的学术理念不约而近似。这可由《绪论》中的自述获知信息,他说明本书的研究目的是:描述东汉二百年间的文学思想的演进历程,根据文学创作、作家创作活动和文学观念实际发展的自然段落,并结合政局、社会和思想文化演变的情势,把整个东汉时期划分为三个历史时段,力求准确深入地揭示各个历史时段的文学创作倾向,及其文学思想内涵,进而整体上对东汉时期文学思想的演进轨迹及其文学思想特质,做出系统的切实的描述。

张教授此书的优质,可"大体"如是观之。至于局部的创见,我还可略点一二。近些年,不少学者研究中国古典人文学术,往往不能对原典文本耐心地长久涵泳,反复细读深究以炖出"一品锅"丰饶、醇厚的美味;而将学术研究、撰写论文当作"汉堡"快餐,原典文本阅读不到一二遍,只是一知半解,了无创发之见,就急着套借似懂非懂的理论,短时间粗制滥造一篇论文;游谈无根地发抒与原典文本实不贴切的空论,而自诩为新潮。对于这种学术风气,我甚不以为然,时常警示年轻学子:研究古典人文学术,"原典"文本具有"优先性",必须长久涵泳,反复细读深究。自己所提出创发性的论点,都必须能经由原典文本的分析性诠释去证成,才是有效的结论;别人的论点仅供参考,作为对话或驳议的对象而已。至于外植的理论,即使能与自己的论题相应,也只能当作前提性的假设,以此理论的观点为基础,演绎推阐自己所提出的论点。自己所提出的论点,最终还是必须依据原典文本的分析性诠释去证成,此之谓"论证"(expound and prove);未经"论证",仅是从主观立场笼统表述意见,甚至带着意识形态或情绪,妄断或评价,这一类立场主义、观点主义的"论述"(discourse),都不是严格的学术,只宜在学院外的文化、社会或政治运动场合发声。原典文本具有作为论证依据的优先性,这是建立严格学术的基本法则。张教授此书,所提出若干改变前人成说而自出机杼的创见,都是从原典文本的分析性诠释所获致;书中关于班固对汉代《诗》学思想的开拓,以及"气命"论基础上的王充文学思想,就是很好的范例。

  一个怀抱学术理想的学者,踽踽于寂寞的学术途中,必然是以学术作为终身志业,其终极关怀永远都是一座可望而尚未抵达的灯塔,带引着他不停地前进,鞠躬尽瘁,死而后已。我一直很钦羡柏拉图活到八十几岁,不曾停歇地著述,最后死在还正执笔写作的书桌上。张教授虽不年轻,却也还不太老;这部费时数年的《东汉文学思想史》,当然是迈步学术途中重要的里程碑,却应该不是最后一部著作。我比张教授痴长几岁,早已年逾古稀,却至今还著述不辍,预期近些年将有几部体系完整的专著出版;同时也引领期盼张教授的下一部大作。这是学者踽踽于寂寞的学术途中,尚可相互期勉、慰藉的温情。

  二〇二一年四月,辛丑暮春,颜崑阳序于花莲藏微馆
  (序文作者现任台北辅仁大学中文系讲座教授)

目　录

序：迈步学术途中重要的里程碑（颜崑阳）/ 1

绪论 / 1

第一章　两汉之际的政局、士人心态与文学演进 / 20
　　第一节　王莽擅政时期的政局与士人心态 / 20
　　第二节　刘秀复汉初期的政局与士人心态 / 44
　　第三节　两汉之际的文学创作倾向 / 49

第二章　光武帝建武中至和帝永元初的文学创作倾向 / 76
　　第一节　政治及思想文化新变与士人心态 / 76
　　第二节　颂世论理，以谶纬文：
　　　　　　东汉前期文风的新趋向 / 100
　　第三节　抒情述志，情兼雅怨：
　　　　　　东汉前期文学创作的另一种风貌 / 132

第三章　班固对汉代《诗》学思想的开拓 / 157
　　第一节　更加突出情感的生发感动特征 / 161
　　第二节　追求《诗》"本义"的思想倾向 / 166
　　第三节　开辟从地理环境、社会风俗视角论《诗》的途径 / 171

第四章 "气命"论基础上的王充文学思想 / 176

第一节 "用气为性,性成命定":
王充社会人生思想的基石 / 177

第二节 "疾虚妄"思想中的文学观念 / 184

第三节 鸿笔须颂:
鲜明的颂世文学思想 / 202

第五章 和帝永元初至桓帝和平前后的文学创作倾向 / 211

第一节 政治文化及社会的衰变与士人心态的变化 / 212

第二节 逞才游艺的文学创作倾向 / 242

第三节 颂世文学的延续与拓展 / 260

第四节 抒情述志、体儒用道的文学创作旨趣 / 276

第六章 王逸《楚辞章句》的文学思想 / 288

第一节 《楚辞章句》体例的经学渊源 / 289

第二节 以《诗》释骚 / 295

第三节 依《诗》取兴 / 301

第四节 《楚辞章句》的风教思想 / 308

第五节 王逸其他经学文学思想述要 / 315

第七章 桓帝和平前后至献帝建安末的文学创作倾向 / 328

第一节 东汉后期士人个体生命意识的觉醒 / 329

第二节 颂世文学的式微 / 362

第三节 走向自我和情感(上):
切近人生实感或生活情趣的辞赋创作倾向 / 374

第四节 走向自我和情感(下):
五言古诗创作艺术的成熟 / 391

第八章　汉代功利《诗》学的绝唱:郑玄的《诗》学思想 / 419
　　第一节　《郑笺》对《毛传》的修正和超越 / 422
　　第二节　郑玄的《诗》学思想 / 437

结语:东汉文学思想史的几个重要理论问题 / 447

主要引用及参考文献 / 473

附录:东汉文人存世文学作品一览表 / 487

后记 / 509

绪　　论

　　本书的研究目的，是要描述东汉二百年间文学思想的演进历程。根据文学创作、作家创作活动和文学观念实际发展的自然段落，并结合政局、社会和思想文化演变的情势，把整个东汉时期划分为三个历史时段，力求准确深入地揭示各个历史时段的文学创作倾向及其文学思想内涵，进而在整体上对东汉时期文学思想的演进轨迹及其文学思想特质，做出系统的切实的描述。

　　东汉文学思想的演进历程，与社会政治状况、经学（包括谶纬）发展状况以及道家思想的复兴，都有着密切的因缘关联。在这种复杂纠结的政治、思想文化规约下，东汉的文学思想有承续也有新变，在前、中、后期各个历史时段都呈现出了新的时代特质，也最终完成了由附庸于政治经学走向自足独立的质的蜕变。

一

　　为了更加清晰准确地描述东汉文学思想演进的历程，本书特把"两汉之际"单独划分出来，视之为东汉文学思想发展的前夕。

　　本书所谓"两汉之际"，是指从西汉平帝刘衎即位、王莽擅权以至代汉，到东汉光武帝刘秀建武十二年（公元前1～公元36）这段历史时期。这段近四十年的历史，前二十五六年，是王莽擅代时期，政局跌宕多变，政权两度易手，天下板荡。而刘秀复汉之初的十二年，仍是忙于东征西讨以平定各地存留武装，直到建武十二年(36)底剿灭成都公孙述,天下始大定。这近四十年,伴随着社会混乱动荡、政权跌宕更替,思想文化虽在承续中也有新的进展(主要是谶纬思想迅速达到高潮),但是整体上呈现为无序多变的状态。与政权更替、思想变乱相应,这个时期士人的处世心态也复杂多变。王莽擅代时期的士人心态,呈现为多元的取向:或如刘歆,辅助王莽篡汉并为其羽翼;或如扬雄,与王莽政权貌合神离,虚与委蛇;而更多士人的普遍反应,是旗帜鲜明地反对王莽篡汉,纷纷隐退"不仕王莽"。到刘秀复汉,中兴王朝呈现出全新的气象:举国施行休养生息的政策,轻刑减赋,省减官吏,赈济困乏,由此赢得了民心。同时,努力恢复儒学正统,重立经学博士,重用经生儒士,由此赢得了士心,拥戴刘汉复兴王朝成为其时士人普遍的选择。不过,刘秀这些颇得人心的政治文化举措对文学的实际影响,还要再滞后一段时间才能显现——到建武中后期才开始切实地反映到文学创作和文学观念上来。这种滞后反应,是人文思想发展的常态。

　　缘于社会政治动荡、民生不安,这近四十年的文学创作似乎较为低靡,作家作品不多,史料存留的状况亦不佳。据今天所见的史料,两汉之际有文学作品留存的作家,只有扬雄、崔篆、班彪三人(刘歆《遂初赋》作于哀帝时期,而冯衍《显志赋》《与妇弟任武达书》则作于建武末年,都不在"两汉之际"这个时段)。他们存留的作品包括:扬雄的《逐贫赋》《剧秦美新》《元后诔》《州箴》《官箴》《答刘歆书》《琴清英》《连珠》,崔篆的《慰志赋》和班彪的《北征赋》(班彪的其他作品如《览海赋》《冀州赋》,创作于建武中后期,也不在"两汉之际"这个时段)。从文学发展的角度看,这些创作的主要特征,是承继前人或前作的笔法或运思。如扬雄的《逐贫赋》,延续其《甘泉》《河东》《羽猎》《长杨》四赋的基本写法;《剧秦美新》启发于司马相如《封禅书》;《州箴》《官箴》仿作《虞箴》。崔篆的《慰志赋》,取法班婕妤《自悼赋》。班彪的《北征赋》,模仿刘歆《遂初赋》。与此同时,这个时段的文学创作也有一些新的拓展,主要体现在扬雄对文体的开拓上。诔文的初始义例,是"贱不诔贵,幼不诔长"、"累其德行"和"定谥"三项。扬雄的《元后诔》,舍弃了"贱不诔贵"和"定谥"二义(这当然有奉王莽指令作文的原因),仅大力发挥"累列生时行迹"一义,客观上形成了诔文新的范本,后世诔文大都是如此作法。扬雄另一个文体贡献,是首创了"连珠体"。

总的说来,两汉之际的文学创作,只是一个连绵延续的阶段,创作特色不甚鲜明;唯文体开拓和创新是这个时段最值得关注的文学现象,这主要是扬雄的贡献:他拓展并加强了"诔"和"符命"的表现力,他使"箴"这一文体得到发扬光大,他还开创了"连珠"体。两汉之际的文学,是东汉文学演进的前夜。

二

光武帝刘秀建武中到和帝刘肇永元初(即37年前后～92年前后),是东汉文学思想发展的第一个历史时段。

东汉前期最大的社会政治事件,是光武帝刘秀复汉。经历了王莽擅权进而代汉的二十多年社会乱局,"天下莫不引领而叹","百姓讴吟,思仰汉德"(《后汉书》卷四〇《班彪传》载班彪答隗嚣问)①。刘秀借势而起,摧枯拉朽,复兴刘氏天下,这在当时,是符合社会上下普遍心愿的。复汉中兴后,尤其是建武十二年(36)底剿灭公孙述之后,天下大定,刘秀开始致力于中兴王朝的政治和思想文化建设。他倡导以柔仁治国,轻刑减赋,省减官吏,罢兵归田,赈困济乏,善待奴婢,在全社会施行休养生息的政策,因而大得民

---

① [刘宋]范晔撰,[唐]李贤等注《后汉书》,北京:中华书局1965年版。除特别说明者外,本书引用《后汉书》均据此点校本,以下只随文注出书名、卷次和篇名。

心。刘秀对待复汉战争中的功臣,是以"高秩厚礼,允答元功",并不授任重要的行政职位(见《后汉书》卷二二《朱景王杜马刘傅坚马传论》);而大力招纳参与国政的,是"贤良方正"。尤其是他努力恢复儒学正统,设立经学十四博士,重用经生儒士为官的举措,赢得了广大士人的真心拥戴,"莫不抱负坟策,云会京师。范升、陈元、郑兴、杜林、卫宏、刘昆、桓荣之徒,继踵而集"(《后汉书》卷七九《儒林传序》)。明帝刘庄、章帝刘炟承继父祖既定的基本国策,持续休养生息。关于刘庄、刘炟的执政风格,史有"明帝察察,章帝长者"(《后汉书》卷三《章帝纪论》引魏文帝语)之评,然明帝之严苛主要体现在整肃吏治方面,而且是延续乃父刘秀执政后期的做法:"建武、永平之间,吏事刻深,亟以谣言单辞,转易守长。"(《后汉书》卷七六《循吏传序》)而对待国事和百姓,则一直施行宽缓柔仁的政策。所以范史以为锺离意、宋均之徒批评明帝苛细,乃是持论狭隘,缺乏"弘人之度"。而"后之言事者,莫不先建武、永平之政",也足证明帝施政大得民心(《后汉书》卷二《明帝纪论》)。在政治思想文化建设方面,明帝、章帝也是一如既往地持续弘扬儒学,尊师重道,吸纳任用儒士。到章帝建初四年(79)十一月召开的白虎观经学会议,堪称是一个标志性成果。此次会议结集的经学文献《白虎通》,成为整个东汉王朝的政治思想文化纲领。

东汉的政治思想文化,一开始就具有经谶牵合的特征[①]。刘秀每每与众臣讲论经义乐而不疲(《后汉书》卷一《光武帝纪下》),同时也极好图谶之学,以至在廊下贪读图谶"中风发疾"(《后汉书》卷一《光武帝纪下》李贤注引《东观记》)。他还曾召集学者校定图谶,最终形成定本,于其在位的最后一年即建武中元元年(56),颁

---

① 详见拙文《经谶牵合,以谶释经:东汉经学之思想特征概说》,载《文学与文化》2017年第2期。

布于天下(《后汉书》卷一《光武帝纪下》)。明帝、章帝二朝,依然经谶并重。明帝刘庄学通《尚书》,曾自作《尚书五家要说章句》;同时,他非常信重图谶,永平三年(60)即据图谶"改大(太)乐为大(太)予乐"。(以上见《后汉书》卷二《明帝纪》)后来樊准上安帝(邓太后)疏,就明确指出过明帝以经谶互释的思想路径:"孝明皇帝尤垂意于经学,删定乖疑,稽合图谶。"(《东观汉记》卷一二《樊准传》)①章帝刘炟"好儒术",且今古文并重,经学视野极为开阔,"网罗遗逸,博存众家"(《后汉书》卷七九《儒林传序》),"扶微学,广异义",是章帝一以贯之的思想文化理念。同时,他喜好图谶甚于乃祖乃父,尤其热衷于祥瑞之说。(以上见《后汉书》卷三《章帝纪》)于是在建初四年(79)召开的白虎观经学会议上,"使诸儒共正经义",最终形成了以"傅以谶记,援纬证经"(庄述祖《白虎通义考》之语)为思想特征的纲领性文献《白虎通》,可谓集其父祖经谶兼修思想之大成。

在上述政治和思想文化大势下,尤其在刘秀、刘庄、刘炟三代帝王持续的重儒用士政策导引下,东汉前期的士人心态趋向高度一致:无不衷心向往中兴之刘汉政权,"抱负坟策,云会京师",亲近朝廷,积极建言献策。这种情形,与此前王莽擅代时期士人对政权依违亲疏的多元并存局面,非常不同。体现到文学创作上,便形成了颂世论理、以谶纬文的时代文风,成为东汉前期新的文学创作倾向。

东汉前期的赋,最鲜明的时代特征,就是其创作旨意由前汉赋的讽谏劝诫转变为颂世论理。以杜笃《论都赋》、崔骃《反都赋》、傅毅《洛都赋》、班固《两都赋》为代表的"京都赋"创作,借建都的议题

---

① [东汉]刘珍等撰,吴树平校注《东观汉记校注》,北京:中华书局2008年版。除特别注明者外,本书引用《东观汉记》均据此校注本,以下只随文注出书名、卷次和篇名。

大肆颂扬刘汉复兴，证说中兴王朝的合理合法。其他多种题材的赋作，如班固《终南山赋》《竹扇赋》，崔骃《大将军西征赋》《大将军临洛观赋》等，也都是从不同角度讴歌刘汉政权。

东汉前期的其他文学性文类，也多有颂世之作。有以"颂"为文体者，如刘苍的《光武受命中兴颂》，班固的《高祖颂》《安丰戴侯颂》（残句）、《神雀颂》（存目）、《东巡颂》《南巡颂》《窦将军北征颂》，崔骃的《汉明帝颂》（残句）、《四巡颂》（西东南北）、《北征颂》（残句），傅毅的《显宗颂》（残句）、《窦将军北征颂》《西征颂》（残句）、《神雀颂》（存目），贾逵的《永平颂》（残句）、《神雀颂》（存目），杨终的《神雀颂》（存目），刘复的《汉德颂》（存目）等，仅从这些题目，即可窥知其歌功颂德的基本旨趣。也有虽不名"颂"但实为颂世之作者，如班固的《高祖沛泗水亭碑铭》《封燕然山铭》《十八侯铭》，杜笃的《大司马吴汉诔》，傅毅的《明帝诔》《北海王诔》等。

东汉前期的诗歌，也多有颂世作品。如刘苍的《武德舞歌诗》，白狼王唐菆的《莋都夷歌》三章，班固的《两都赋》附诗五首（《明堂诗》《辟雍诗》《灵台诗》《宝鼎诗》《白雉诗》）、《汉颂论功歌诗》二首（《灵芝歌》《嘉禾歌》），崔骃的《北巡颂》附歌、《安丰侯诗》等。此外，明帝刘庄为太子时，乐人曾作乐府歌诗四章："明帝为太子，乐人作歌诗四章，以赞太子之德：一曰《日重光》，二曰《月重轮》，三曰《星重辉》，四曰《海重润》。"①章帝刘炟也曾自作乐府歌诗，《后汉书·祭祀志中》载：元和二年四月，章帝东巡后回到京都，"为灵台十二门作诗，各以其月祀而奏之"。又《后汉书·礼仪志中》刘昭注引蔡邕《礼乐志》云："孝章皇帝亲著歌诗四章，列在食举。又制《云（当作灵）台十二门诗》，各以其月祀而奏之。"据沈约《宋书》卷一九

---

① ［宋］郭茂倩编撰《乐府诗集》卷四〇陆机《日重光行》题解引［晋］崔豹《古今注》，北京：中华书局1979年版，第588页。以下引用该书均据此本，只随文注出书名、卷次和篇名。

《乐志一》①,章帝亲著之四章歌诗,名为《思齐皇姚》《六骐骦》《竭肃雍》《陟叱根》(均已佚),而《灵台十二门诗》不知何时早佚,其具目亦不明确。不过从上引史料可知,这是一组宗庙祭祀的乐歌,它对应于一年十二个月,"各以其月祀而奏",其主旨必为颂美刘汉先祖,当无疑义。

在东汉前期的颂世文学风潮中,往往借助谶纬来颂扬刘汉复兴的合理合法性,讴歌东汉王朝的仁政德治。这一新的文学创作特色,普遍存在于这个时期的赋、文、诗歌之中,例证俯拾皆是,难以一一列举(详见本书第二章)。

东汉前期文学的另一种普遍风貌,是抒情述志、情兼雅怨的创作倾向。这一创作倾向,也呈现出了鲜明的时代特色,具体说就是:即便抒发万般不满、深切怨望,但情思总是归于雅正,怨而不谤,愤而不离。这与东汉前期普遍亲信朝廷的士人心态密合无间。这个创作倾向,主要体现在抒写个人情志的辞赋之中:有忠诚不得信用的悲伤失落,如冯衍《显志赋》、班彪《览海赋》《冀州赋》(一名《游居赋》);有洞明世事之后对怀才不遇境况的冷静解脱,如班固《幽通赋》《答宾戏》、崔骃《达旨》、傅毅《七激》;有无辜遭惩的悲怨,如梁竦《悼骚赋》;有修身励志的表白,如杜笃《首阳山赋》《书搋赋》。但是,尽管遭遇不公待遇,尽管百般委屈,却没有与朝廷离心离德,没有疏离远逝的志愿。

东汉前期抒写个人情志的其他文类,如班固《奕旨》描述围棋之道,其实饱含人生如棋的深沉思考;他的《连珠》,劝喻君王器重士人,要能用士并且善用士。如傅毅《扇铭》,以团扇象喻君子品格,赞誉其审时进退的处世智慧。如崔骃的官箴(今存《太尉箴》

---

① [梁]沈约撰《宋书》,北京:中华书局1974年版。本书引用《宋书》均据此点校本,以下只随文注出书名、卷次和篇名。

《司徒箴》《司空箴》《太常箴》《大理箴》《河南尹箴》),规讽、告诫官员要坚持官位职守的正义。这类作品,虽然情感淡弱,但是具有明确而醇正的人生价值取向,也与这个时期士人积极用世的品格相符。

东汉前期的诗歌,也有少量抒情述志之作。如马援的《武溪深》(一题《武陵深行》),饱含壮志难伸的悲慨憾恨之情。梁鸿的《五噫歌》《适吴诗》,悲慨个人遭际之同时,还具有深广厚重的社会意义。而傅毅的《迪志诗》则是一首述志之作,歌颂先祖,自得于家世的荣耀,而以此自勉自励。这些诗歌,都是激切用世的创作,情真意切,思致醇正,与这个时期的士人心态吻合。

东汉前期理论表述的文学思想,主要体现在班固和王充的著述中。

班固最有价值的文学思想,是他的《诗》学思想。如果全面客观地梳理班固的《诗》学思想,就会发现:它既非如前人时贤所说是《齐诗》的传承,亦非墨守儒家传统的《诗》学观念。作为一个醇儒,班固固然重视和强调《诗》的经学性质和政教目的;但同时,他还作出了重要的拓展:一是在确认《诗》的社会政治功用性质和目的之同时,更加集中地突出了情感的生发感动特征;二是他批评三家《诗》"咸非其本义",表现出追求《诗》"本义"的思想倾向;三是他在司马迁以地理环境论社会风俗的思想基础上,进一步明确地开辟了从地理和风俗的视角评论《国风》的思想方法。这些卓越的思想,涉及《诗》的本质和特质、《诗》的阐释和评论,在汉代是十分先进的思想,对今天的《诗经》研究乃至文学研究也不乏重要的启发意义,文学思想史不应再一成不变地忽略班固的重要贡献。

王充的文学思想主要呈现在《论衡》之中。学界通行的认识是,王充的思想基础是"元气自然论"或"禀气"说。这个认识固然不为无据,但是太过抽象,太过一厢情愿,远离了王充的思想实际。

王充说"禀气",并不是在一般哲学的意义上论说,其思想的关注点在于人的禀气问题,以及与禀气紧密相连的现实生活中人的生存状况。他把人的禀气状况与其现实命运的情状紧密结合在一起,建立了独具特色的"气命"论。也就是说,王充思想的重点和旨趣在于"气命",而不是"禀气"——这才是王充社会人生思想真正的理论支撑点。王充自道《论衡》的核心思想是"疾虚妄",而"疾虚妄"作为一种社会人生和文化思想,乃是以其"用气为性,性成命定"(《论衡·无形篇》①)的"气命"思想为理论基石的。今天所谓王充的文学思想,原本是他社会人生及文化思想的组成部分,自然也建立在"气命"的思想基础之上。由此一思想路径提炼王充文学思想的基本内涵,则主要有:务实用世的文学体用论,崇实黜虚的文学特征论,古今观念中体现的文学价值观,和"鸿笔须颂"的颂世文学思想。这些文学观念,既与东汉前期的政治和思想文化有着内在的逻辑关联,也是其"气命"思想在文学思想上映射和呈现。

三

和帝刘肇永元初至桓帝刘志和平前后(即92年前后～150年前后),是东汉文学思想发展的第二个历史时期。

东汉中期,社会政治的情状发生了转变。这个时期的七个皇帝(和帝、殇帝、安帝、少帝、顺帝、冲帝、质帝),即位时都是婴幼儿或少年,并且或夭折或早逝(寿命从十几个月到三十二岁不等)。小皇帝在位,外戚或中宦擅权,是这六十年间基本的政权格局。与此同时,自然灾害和边患内乱频发,也给东汉中期的国力和社会带

---

① [汉]王充撰,黄晖校释《论衡校释》,北京:中华书局1990年版,第59页。本书引用《论衡》均据此本,以下仅随文注出书名、篇名。

来重创。皇权旁落,国力日趋衰退,导致东汉中期的政治和社会不可逆转地发生迁变,开始由盛转衰。在思想文化方面,这个时期也呈现为在延续中逐渐衰敝的趋向。东汉经学在明、章二帝时期达到鼎盛,到和帝时仅能持续;从安帝即位就开始走向败落了,史称"及邓后称制,学者颇懈。……自安帝览政,薄于艺文,博士倚席不讲,朋徒相视怠散,学舍颓敝,鞠为园蔬"。顺帝时虽有重启太学之举,"然章句渐疏,而多以浮华相尚,儒者之风盖衰矣"。(以上见《后汉书》卷七九上《儒林传上》)

东汉中期,与经学衰变之同时,谶纬思想持续发挥影响力,道家思想也明显回潮,形成经、谶、道并存的多元思想景观。这个时期,持守儒家思想的学者仍是主流,如鲁恭鲁丕兄弟、樊准、桓焉、袁敞、徐防、杨震、左雄等,他们或据于政界要职,或作为学界领袖,主导着社会思想的主流趋向。与此同时,经谶兼修的学者,秉持道家思想的学人,也是这个时期重要的思想力量。《后汉书》设立专传的四位谶纬学者中,杨厚、郎𫖮二人的主要活动,就在这个时期;更多的学者如张奋、李郃、李固、周举、翟酺等,则是经谶兼修。这个时期,道家思想迅速回潮,如张霸张楷父子、周磐、杨伦、荀淑、周燮、黄宪这些人,都是当世学富五车的儒学名流,他们或轻易辞官如弃敝屣,或逃官避征唯恐不及,思想行为中满富道家精神。这个时期以儒学为体、以数术为用的方术士,他们的思想行止之中,也往往颇具道家精神。如樊英、唐檀、廖扶、折像,或辞官、逃官以避祸,或散财以避"盈满之咎",道家观念主导着他们的思想和行为方式。至于那些高士逸民如矫慎、法真等,本就以遗世高蹈相尚。这些不同学脉的著名士人满富道家精神的思想行为,标志着道家思想在东汉中期的大规模回潮。

在大一统的专制社会,思想行为趋于多元化,实际上就是士人疏离政权的一种表征。而士人对政治政权的疏离,既缘于当朝政治和社会国力的疲敝趋势,更直接来自他们对仕进环境的失望甚或忧惧。东汉中期士人的命运,可谓尴尬。一方面,此前官吏选举中"权门贵仕,请谒繁兴"的弊端,在左雄等正直官吏的努力下,得到一定程度的改观,士人的仕路较之以往更加通畅一些,史称"(左)雄在尚书,天下不敢妄选,十馀年间,称为得人。……东京之士,于兹盛焉"。另一方面,德能出众的士人虽然在一定程度上得到了拣选和任用,但是伟志不获骋,他们的"高谋"、"智力"、"謇辞"、"成式"并未受到重视,未能发挥实际的作用,诚"可为恨哉"。(以上见《后汉书》卷六一《左周黄传论》)而官场的实际情状依然是:"俗浸雕敝,巧伪滋萌,下饰其诈,上肆其残。……凭钳之戮,生于睚眦;覆尸之祸,成于喜怒。……言善不称德,论功不据实,虚诞者获誉,拘检者离(罹)毁。……廉者取足,贪者充家,特选横调,纷纷不绝。"(左雄上顺帝疏,《后汉书》卷六一《左雄传》)欺上瞒下,任情枉法,官官相誉,荐举唯亲,聚敛贪腐,行贿成风。在此种情势下,东汉中期的士人心态便悄然发生迁变:亲近朝廷、希图入仕的倾向虽然没有改变,但已不像东汉前期士人那么满怀理想热情高涨,那样虽受委屈也无怨无悔。这个时期的士人,心态转向冷静务实,没有热烈的渴盼,也没有彻底绝望,他们往往秉持孔子"无可无不可"而"义与之比"的出处原则,或参政,或疏离,入世出世、进取休息三五参半。不执着,随遇而安,成为这个时期士人通常的处世态度。

受到上述社会政治、思想文化和士人心态的影响,东汉中期的文学,创作风气由东汉前期的激情洋溢转向沉实稳健,由理想诉求转向现实关怀。

这个时期,颂世文学依然延续,但与前期相比,有了新的变化:一是歌颂的对象范围有所扩大。前期的歌颂对象,基本是刘汉王朝和帝王,以及开国和中兴的功臣将相。到这个时期,后妃、臣吏、名人、名士等也都可成为歌颂的对象,如张衡的《司空陈公诔》《司徒吕公诔》《大司农鲍德诔》，崔瑗的《窦贵人诔》《南阳文学颂》《河间相张平子碑》，胡广的《征士法高卿碑》，苏顺的《陈公诔》《贾逵诔》等。这标志着歌颂文学脱离了某种专属的"高尚"性质，走向了普适化，因而具有了更为广阔的现实精神。二是歌颂刘汉王朝的思想，在延续前期受命于天之观念的同时，更多有深度的切实而理性的颂扬。张衡《二京赋》歌颂两汉王朝的始作和中兴，既承续前人以谶纬歌颂刘汉得受天命，更是在班固《两都赋》的基础上，进一步理性阐发"任德不任力"的京都观念。而张衡《东巡诰》、马融《东巡颂》、史岑(孝山)《出师颂》、邓耽《郊祀赋》等，由玄虚抽象地歌颂刘汉王朝受命于天，转向对现实具体的政治活动的颂扬，呈示着这个时期颂世文学的理性化、现实化倾向。

这个时期抒情述志的文学创作，与前期不同的鲜明特色，主要体现在作品中道家思想成分明显加重。张衡是这个时期抒情述志文学创作成就最高的作家，其《思玄赋》，以"御《六艺》之珍驾兮，游道德之平林。……墨无为以凝志兮，与仁义乎消摇"为己志，膺服《六艺》之宝，游乎道德之径，行于"无为"，志于"仁义"，是张衡的精神归宿。他著名的《归田赋》，"感老氏之遗诫，将回驾乎蓬庐。弹五弦之妙指，咏周孔之图书。……苟纵心于物外，安知荣辱之所如？"魂归"老氏""周孔"，践履孔氏疏食曲肱之志和老子物外安生之想。他的《髑髅赋》，虚拟人与骷髅庄周的对话，向往"与万物冥一"的逍遥境界。张衡赋作中所呈现的思想境界，是体儒用道的人生理想。班昭的述行之作《东征赋》，抒发远离京师的怀土之思，以及怀才不遇的悲慨，篇末以"贵贱贫富，不可求兮。……修短之运，愚智同兮。靖恭委命，唯吉凶兮。……清静少欲，师公绰兮"表白心志，也充满浓郁的道家精神。

东汉中期文学发展中最值得关注的现象，是出现了逞才游艺的创作倾向。这与此一时期的社会和国力虽开始衰退但是相对比较平稳,士人虽得到举拔任用但难以发挥实际作用,以及士人心态由激情澎湃转为沉静平实等因素,都有密切关联。这个时期的主要作家,都有此类为文造情、展示才学的文学创作,而以李尤、张衡、马融最为耀眼。李尤一生平顺,创作极富,可惜存留状况不佳,今仅存其《德阳殿赋》《东观赋》《平乐观赋》《辟雍赋》《函谷关赋》《七叹》及《百二十铭》中的八十六篇,基本都是残存一些片段。李尤的赋作片段,除了"腴辞云构,夸丽风骇"的文才,看不出有什么深刻切实的讽颂美刺的思想内涵。他最擅长创作铭文,"自山河都邑,至于刀笔笮契,无不有铭"(挚虞《文章流别论》,《太平御览》卷五九〇①)。遇物辄铭,无物不铭,无关社会人生的实际,这当然不是为情造文,而是为文造情(内容或题材),所体现的无疑是逞才游艺的创作风习。张衡的《温泉赋》《舞赋》《定情赋》《冢赋》《羽猎赋》《扇赋》(残句)及《七辩》,抒写闲情逸志,文风都雅流丽,轻忽飘荡,而缺乏深切浓厚的情思,与现实的日常生活没有实质的关联,都是逞才游艺之作。马融的《长笛赋》《琴赋》《围棋赋》《樗蒲赋》,也都是抒写闲情雅志的游艺之作。此外,如班昭的《针缕赋》《蝉赋》,黄香的《九宫赋》,王逸的《机赋》《荔支赋》等,也是此类逞才游艺的作品。这一类无关国计民生的创作,其社会功用和思想价值固然不是很高,但就文学创作和文学观念本身的演进而言,却有其不容忽视的重要价值。简言之,此类逞才游艺的创作,推动了文学艺术表现的进展,呈现了别样一种文学特质和风貌;同时,也对汉代文学观念的转进(由隶属于政治经学而走向独立自足)具有基础性的促进作用。

东汉中期理论表述形态的文学思想,主要体现在王逸《楚辞章

---

① [宋]李昉等编纂《太平御览》,北京:中华书局 1960 年据涵芬楼影宋本重印。本书引用《太平御览》均据此本,以下只注书名、卷次和篇名。

句》之中。东汉中期,经学虽然已经显现衰颓的趋势,但是作为一种传统深厚的官方思想文化系统,经学在社会思想中依然占据着优势地位,对思想文化的其他领域仍然具有强大的渗透力和影响力。东汉中期的文学,尽管在实际的创作中已经发生了全新的变化(如逞才游艺创作倾向的出现,道家思想的普遍回潮),但是一个时代理论性的文学思想观念,一般都具有稳定性和滞后性,不会随着文学创作倾向的变化而即时改变。王逸的《楚辞章句》,就反映着这种新旧思想交错演进的情形。从基本面来看,《楚辞章句》所呈现的诗学思想,大抵是有汉以来《诗》学观念的承续。王逸把《离骚》径称为"经",力图把《楚辞》提升到与经平等的地位;他用经师注经解经的体例撰著《楚辞章句》;他以《诗》释骚,遵循《诗》的美刺思想疏释《楚辞》的比兴,揭示《楚辞》的讽谏意义;他沿用《诗》教原则,以《楚辞》为教化之具。《楚辞章句》中的这些文学思想,无疑是承继了以《毛诗序》为代表的经学文学思想,是对文学美刺讽喻功能的持续体认,对文学教化思想的再次强调,由此也形成了《楚辞章句》"拟经注《骚》,以经释《骚》"的基本思想特征。与此同时,《楚辞章句》的诗学思想也有发展演进的因素:王逸在论说屈原的创作动机时,在《楚辞》"言志"的相关述说中,较之前人,他更多地肯定思想情感的自由抒发;在疏释《楚辞》的比兴时,更多地揭示其"引类譬谕"的肌理和表现特征。这些颇有新意的阐发和认知,涉及诗歌的本质和发生、诗歌的特质和功能问题,体现着王逸文学思想的进步意义。

四

桓帝刘志和平前后至献帝刘协建安末(即 150 年前后~220),是东汉文学思想发展的第三个也是最后一个历史时期。

东汉后期的政局,基本是延续东汉中期的状况而进一步恶化。皇权依然十分疲弱,前后四个皇帝,都是幼年或少年即位(桓帝十五岁、灵帝十二岁、献帝九岁即位;少帝刘辩虽是十七岁即位,但仅在位五个月即被废),朝政基本被外戚、中宦、权臣相继掌控。同时,自然灾害、疾疫和边患内乱依然频发,"人相食"和"灭户"的人间惨剧时有发生。由此导致东汉后期政治和社会的严重衰敝,终于灭亡。思想文化方面,经学延续安帝以来衰落的趋势,加之两次党锢之祸的致命打击,"高名善士多坐流废",虽有桓帝增加太学生至三万馀员,灵帝正定《五经》文字并刻石立于太学之门,有大儒郑玄的回光返照,但是儒学衰敝的大势已不可阻挡,终是"无可奈何花落去"了。与此同时,有汉以来不绝如缕的道家思想,伴随着社会政治的不断衰颓,在东汉中期回潮的基础上更加深入人心,成为东汉后期另一种普遍的社会思想。此外,佛教和道教也悄然兴起,特别是在桓帝的喜好和支持下,逐渐产生了一定的社会影响。这种多元的思想文化环境,正是东汉后期文学走向独立自足所必需的思想土壤。

东汉后期的吏治和选举,可谓腐败不堪。桓帝本初元年七月的诏书,鉴于"选举乖错,害及元元"的现实,要求"杜绝邪伪请托之原,令廉白守道者得信(伸)其操";建和元年四月的诏书,严令"州郡不得迫胁驱逐长吏"。(见《后汉书》卷七《桓帝纪》)两通诏书,恰可反映出其时买卖官爵,任人唯亲,擅行任免、私相授受官职的选官实情。这种无视选官制度而上下逐利、结党营私的官场状况一旦蔚成风气,在皇权旁落,中宦、权臣专擅的情形下,即便皇帝励精图治也难以扭转。何况到灵帝,他自己竟然"开西邸卖官,自关内侯、虎贲、羽林,入钱各有差。私令左右卖公、卿,公千万,卿五百万"。并专门"造万金堂于西园",收藏所得财物以供其挥霍。(见《后汉书》卷八《灵帝纪》)正常的吏选制度遭到严重破坏,普通士人进仕无门，所谓"文籍虽满腹，不如一囊钱"（赵壹《刺世疾邪赋》附诗），就是当时的真实写照。

东汉后期士人的生存处境，比上述仕进生态更加凶险的，是连续不断地发生迫害士人的事件。桓帝初即位，缘于李固、杜乔与外戚、宦官持续争斗的积怨，以及顺帝驾崩后的立帝之争，大将军、外戚梁冀借清河王刘蒜谋反之机，诬陷李固、杜乔交通反王而下狱处死，士林为之震动。桓帝延熹三年（160）闰正月，"白马令李云坐直谏，下狱死"（《后汉书》卷七《桓帝纪》）。这是中宦"五侯"怂恿桓帝打击政敌，结果是士人李云、杜众惨死狱中，陈蕃、杨秉免职归田，沐茂、上官资降职留用。东汉后期对士人打击最严重的事件，是两次"党锢"之祸。桓帝延熹九年（166）十二月，仍然是在中宦的操作下，"司隶校尉李膺等二百馀人受诬为党人，并坐下狱，书名王府"（《后汉书》卷七《桓帝纪》）。尽管半年之后赦免党人，但是罢归田里，"禁锢终身"，"党人之名，犹书王府"（《后汉书》卷六七《党锢传》）。三年后，灵帝建宁二年（169）十月，又爆发了第二次"党锢"案，依然是宦官一手制造。"死者百馀人，妻子徙边，诸附从者锢及五属"，并且"制诏州郡大举钩党，于是天下豪杰及儒学行义者，一切结为党人"。这第二次"党锢"案，延续了十五年之久，朝廷多次大赦天下，"唯党人不赦"。（以上见《后汉书》卷八《灵帝纪》）直到中平元年（184）二月，张角发动黄巾暴动席卷全国，灵帝才"大赦党人，诛徙之家皆归故郡"（《后汉书》卷六七《党锢传》）。这两次"党锢"案前后相继，在皇权旁落、中宦专擅的政治情境下，以士人群体落败结束，天下"党人"及社会关系相联者，遭受禁锢前后长达二十馀年。在这种险恶的政治生态之下，东汉后期士人大规模疏离政权，也就是自然而然之事。申屠蟠"昔战国之世，处士横议，列国之王，至为拥篲先驱，卒有坑儒烧书之祸，今之谓矣"（《后汉书》卷五三《周黄徐姜申屠传》）的理性判断，许劭"方今小人道长，王室将乱,吾欲避地淮海,以全老幼"(《后汉书》卷六八《郭符许传》)的无奈抉择,延笃"慎勿迷其本,弃其生也"(延笃与李文德书,《后汉书》卷六四《延笃传》)的真诚告诫,就代表着东汉后期士人对其时生存状态的普遍认识和人生选择。

在上述政治生态、思想文化和士人心态的影响下,东汉后期的文学创作风气发生了整体转向:在政治政权日益败坏、自然灾害和内乱外患不断、民不聊生的惨苦现实中,在士人屡遭迫害甚至危及生命的境况下,颂世歌德的文学创作已经趋于式微;而大量涌现的,是抒写衰世中沉重的生命体验,深度抒发个人的生活情志,以及叙写日常生活中闲情逸志的作品。简言之,东汉后期的文学,在整体创作倾向上,已经不再直接或主要去表现政治生活。东汉后期的主要作家,如朱穆、王延寿、崔寔、边韶、郦炎、秦嘉、赵壹、蔡邕、祢衡、侯瑾、张超、边让、繁钦、蔡琰、杨修、仲长统及"建安七子"等,还有那些五言古诗的佚名作者,他们的文学创作,莫不如是。这个时期,文学创作整体上逐渐从附庸于政治和经学的境况中摆脱出来,走向独立自足。

东汉后期的辞赋,仍然有颂世和讽谏之作,前者如王延寿《鲁灵光殿赋》,后者如边让《章华赋》,但是已经非常少见;更多的辞赋作品,是那些切近人生实感或叙写生活情趣的创作。如赵壹的《解摈赋》《迅风赋》《穷鸟赋》《刺世疾邪赋》,祢衡的《鹦鹉赋》,王延寿的《王孙赋》《梦赋》,蔡邕的《述行赋》《释诲》等,都是人生况味浓郁、生命体验深沉的衰世悲鸣。如蔡邕的《检逸赋》《协初婚赋》《青衣赋》,专力描写人类的美好情感,体现着东汉后期社会人生价值观念的转向——转向了重视人的情感,重视人的性情。而如朱穆的《郁金赋》,张奂的《芙蓉赋》,赵岐的《蓝赋》,蔡邕的《笔赋》《琴赋》《弹棋赋》《圆扇赋》《伤故栗赋》《蝉赋》《玄表赋》,边韶的《塞赋》,侯瑾的《筝赋》,张纮的《瑰材枕赋》,繁钦的《桑赋》《柳赋》等,则更是既不涉及国计民生，也不关乎实际人生境况，只书写无关痛痒的日常生活情趣。这类逞才游艺的创作，也并非毫无价值，其重要的文学史意义，是在锻炼并推进文学的艺术表现之同时，使文学摆脱政治文化的束缚，回归其自身。

东汉后期，诗歌创作空前繁荣。非但作品数量激增，四言、五言、七言各体兼备，整体创作水准也达到了有汉以来的最高峰。尤其是这个时期有主名或佚名作者的大量五言诗，抒写乱离社会中的离情别绪和人生的失意无常，情深意切，艺术表现精湛，极能撼动人心。像秦嘉的《赠妇诗》三首，繁钦的《咏蕙诗》《生茨诗》，辛延年的《羽林郎》，宋子侯的《董娇娆》，还有佚名诗人的《古诗十九首》及"苏李诗"等，这些特别优秀的五言诗，情思内涵醇厚深挚，回味悠长；情感表达细腻委婉，含蓄隽永；摹形达意巨细毕显，曲尽其妙；诗歌语言浅近自然，却极富韵致和表现力。这批五言诗歌的艺术表现已经相当圆熟，成为后世仰慕的古诗创作高峰。这也显示着文学已经取得了无复依傍、独立自足的地位。

东汉后期理论表述形态的文学思想，主要体现在郑玄的《毛诗传笺》之中。从文学思想史的视角考察郑玄《诗》学思想的地位和价值，可以把它放在两个比较中得到认知：一个是与《毛传》比较。与《毛传》相较，《郑笺》其实多有新意，举其要者：《毛诗序》往往注重揭橥《诗》篇的大义和本事，而郑玄《诗谱》则更多说明诗歌得以产生的地理环境、风俗、时代政治背景及其诗体之正变；《郑笺》对《毛诗小序》之释"兴"多有修正和丰富；《毛传》不涉谶纬，而《郑笺》则多引谶纬说《诗》。郑玄笺《诗》的这种情形，与东汉时期崇尚博学旁通的学术思想环境有关，更是郑玄本人经学思想之混同古今、兼采谶纬而博通旁融的特色所致。另一个是与同时代的创作实际比较。东汉后期的诗赋创作，已经全面走向抒写作家自我的情感意趣，贴近日常生活，表达人生实感，而不再直接或侧重抒写与政治文化相关的宏大理想和社会观感。与这种全面迁变的创作实际相比,《毛诗传笺》所呈现的《诗》学思想——继《毛诗序》后一如既往地强调《诗》教,倡导《风》《雅》正变之说和温柔敦厚之说,便显得守正有馀而新变不足。把郑玄的《诗》学思想放在上述坐标中审视,即可知道:尽管它与前汉《诗》学家相较已颇有时代新意,但其思想核心仍未脱汉儒政教(《诗》教)之藩篱,仍然隶属于政治和经学。与东汉后期具有浓烈的生命意识、深度抒发个人生活情感的诗歌创作潮流相比,显得保守、落伍,堪称汉代功利《诗》学之绝唱。

第一章 两汉之际的政局、士人心态与文学演进

本书所谓"两汉之际",是指从西汉平帝刘衎即位、王莽擅权以至代汉,到东汉刘秀建武十二年这近四十年(公元前1～公元36)的历史时期。其起止的基本理由是:平帝九岁即位,"太皇太后(元后王政君)临朝,大司马(王)莽秉政,百官总己以听于莽"(《汉书》卷一二《平帝纪》)①,自此开启了王莽专权的新时期,两汉政治文化发生了极大改变。而刘秀复汉之初,仍然忙于东征西讨以平定各地存留武装,直到建武十二年(36)底剿灭成都公孙述,天下始大定,刘秀才可以集中精力展开新朝的政治文化建设。在这近四十年的历史时期,伴随着王朝政权的跌宕更替及社会乱局,政治文化、社会思想演进也随之俯仰伏起,较之哀帝及之前,更加动荡而多变,在整体趋向上亦呈现出不同于往世的新特色。在这样动荡多变的时代,士人心态也复杂多元。两汉之际的文学发展轨迹,就是在这个社会和思想文化背景下走过。

第一节 王莽擅政时期的政局与士人心态

元寿二年(前1)六月,汉哀帝刘欣崩。在元后王政君主持下,

---

① [汉]班固撰,[唐]颜师古注《汉书》,北京:中华书局1962年版。除特别说明者外,本书引用《汉书》均据此点校本,以下只随文注出书名、卷次和篇名。

王莽复拜大司马①,迎立平帝刘衎。而"(平)帝年九岁,太后临朝称制,委政于莽"(《汉书》卷九九《王莽传上》)。"孝平之世,政自莽出。"(《汉书》卷一二《平帝纪》)王莽擅政自此时开始。平帝元始元年(1),王莽以大将军兼任太傅,进号"安汉公"。元始四年(4),王莽纳女为平帝皇后,自己再加拜"宰衡"。元始五年(5),复加九锡之荣。是年十二月,年仅十四岁的平帝驾崩。居摄元年(6),选立宣帝玄孙婴为皇太子,年仅二岁,号曰"孺子",王莽居摄。不久,王莽称"假皇帝"。居摄三年(8)十二月,王莽篡汉"即真",定国号为"新",改元"始建国"。直至地皇四年(23)十月,多路义军攻入京师,三日后王莽被杀。

王莽实际主政的二十三年多,政权两度改换门庭,堪称地动山摇、天翻地覆。与政权幻变、战乱频仍相伴随的,是人心民意的迷惘和抉择。本书所关心的,就是其时士人心态的情状。

一

王莽是元后王政君之弟王曼的儿子。王曼早卒,未及封侯。因此,在王氏昆弟中,"莽独孤贫,因折节为恭俭。受《礼经》,师事沛郡陈参,勤身博学,被服如儒生"。于潜心向学之同时,王莽谦卑恭谨处事,"事母及寡嫂,养孤兄子,行甚敕备。又外交英俊,内事诸父,曲有礼意"。尤其伯父大将军王凤病笃,王莽倾心侍疾,"乱首垢面,不解衣带连月"。(以上均见《汉书》卷九九《王莽传上》)这些作为,给他换来了贤德的声誉。也正是因此,王莽得以拜官、封侯,开始了他一生的政治追求,直至篡代。

平心而言,王莽擅政后,对于思想文化建设,确有不小的作为。

---

① 王莽曾于成帝绥和元年代王根为大司马,哀帝即位免归。见《汉书》之《成帝纪》《哀帝纪》。

他整顿选举,大胆任用贤才①;加封周公、孔子后裔,追谥孔子号"褒成宣尼公"(《汉书》卷一二《平帝纪》);广建学校,以普施教化②;为皇室宗族及高官置儒学宗师加以教导③。综观这一系列举措,其力度实为有汉以来所罕见,颇具维新气象,极能鼓舞士人的心气。元始五年(5)春,他又遍招天下学者:

征天下通知逸经、古记、天文、历算、钟律、小学、《史篇》、方术、《本草》及以《五经》《论语》《孝经》《尔雅》教授者,在所为驾一封轺传,遣诣京师。至者数千人。(《汉书》卷一二《平帝纪》)

关于西汉中央政府此次规模空前的招贤纳才,《汉书》卷九九《王莽传上》记载较详:"是岁(元始四年),莽奏起明堂、辟雍、灵台④,为学者筑舍万区,作市、常满仓,制度甚盛⑤。立《乐经》,益博

---

① 《汉书》卷一二《平帝纪》载平帝即位诏有云:"及选举者,其历职更事有名之士,则以为难保废而弗举(颜师古注:"难保者,言己尝有罪过,不可保也。"),甚谬于赦小过、举贤材之义。对诸有臧及内恶未发而荐举者,皆勿案验。令士厉精乡(向)进,不以小疵妨大材。"
② 《汉书》卷一二《平帝纪》:"(元始三年夏)立官稷及学官。郡国曰学,县、道、邑、侯国曰校。校、学置经师一人。乡曰庠,聚曰序。序、庠置《孝经》师一人。"
③ 《汉书》卷一二《平帝纪》载元始五年诏有云:"其为宗室自太上皇以来族亲,各以世氏,郡国置宗师以纠之,致教训焉。二千石选有德义者以为宗师。"
④ 这是有汉以来首次正式建立明堂(武帝时曾于泰山设立明堂,京师并未建立)。次年即元始五年(5)正月,举行了明堂祫祭仪式。
⑤ 《三辅黄图》卷五《太学》:"王莽作宰衡时,建弟子舍万区,起市郭上林苑中。《三辅旧事》云:'汉太学中有市、有狱。'"(何清谷《三辅黄图校释》,北京:中华书局2005年版,第300页)《太平御览》卷五三四《礼仪部一三·学校》引《三辅黄图》记载较详:"礼:小学在公宫之南,太学在城南,就阳位也,去城七里。王莽为宰衡,起灵台,作长门宫(沈钦韩曰:"当作常满仓。"),南去堤三百步。起国学于郭内之西南,为博士之官寺。门北出,正于其中央为射宫。门西出,殿堂南向为墙,选士肄射于此中。北之外为博士舍三十区,周环之。北之东为常满仓,[仓]之北为会市,但列槐树数百行为隧,无墙屋。诸生朔望会此市,各(转下页)

士员,经各五人。征天下通一艺教授十一人以上,及有逸《礼》、古《书》、《毛诗》《周官》《尔雅》、天文、图谶、钟律、月令、兵法、《史篇》文字,通知其意者,皆诣公车。网罗天下异能之士,至者前后千数。皆令记说廷中,将令正乖缪,壹异说云。"(按据《平帝纪》,事在元始五年春)王莽大建学舍、广纳学者,激增太学博士及弟子员额。所招纳的学者,并不限于正统经学士,擅长兵法以及天文、历算、方术、图谶之类数术学者也在其中,可见其网罗天下贤才异能的胸襟异常开阔。而竟然有数千学者应诏而至,亦足可见出其时士心之所向。王莽的确开创了有汉以来从未有过的天下英才荟萃的繁盛局面。

与此同时,王莽擅政时期的政治思想文化还有另一个面相,那就是王莽信重图谶。就事实而言,信谶用谶,王莽之前即不乏其例,如秦始皇因"亡秦者胡"的谶言发兵攻打匈奴,陈胜假造鱼腹书"大楚兴,陈胜王"的谶记而起兵抗秦,刘邦以斩白蛇之事造作黑帝子杀白帝子的谶象,而借机起兵攻秦,等等。不过,他们都是为了成就某事而偶一为之,并不像王莽这样连续不断地造作图谶,更没有像王莽这样张皇其事、大肆宣扬,并宣布于天下。

关于魏郡元城王氏的谶言吉兆,《汉书》卷九八《元后传》载,王莽姑母王政君是武帝绣衣御史王贺(字翁孺)之女。翁孺为避仇,自东平陵徙居魏郡元城委粟里,那时元城老者就说:"昔春秋沙麓崩,晋史卜之,曰:'阴为阳雄,土火相乘①,故有沙麓崩。后六百四

(接上页)持其郡所出货物及经书、传记、笙磬乐[器],相与买卖。邕邕揖让,或论议槐下。其东为太学官寺。门南出,置令丞吏,诘奸究,理辞讼。五[经]博士领弟子员三百六十,六经三十博士,弟子万八百人。主事、高弟、侍讲各二十四人。学士同舍,行无远近皆随檐,雨不涂足,暑不暴首。"(《艺文类聚》卷三八《礼部上·学校》亦有引录,但比较简略)又,《通典》卷二六《职官八·太府卿》"常平署"条:"汉宣帝时,耿寿昌请于边郡皆筑仓,谷贱时增价而籴,贵时减价而粜,名曰常平仓。常平之名,起于此也。后汉明帝置常满仓(按事在永平五年),晋又曰常平仓,自后无闻。"([唐]杜佑撰,王文锦等点校《通典》,北京:中华书局1988年版,第732页)

① 颜师古注引李奇曰:"此龟繇文也。阴,元后也。阳,汉也。王氏舜后,土也。汉,火也。故曰土火相乘,阴盛而沙麓崩。"

十五年,宜有圣女兴。其齐田乎!'①今王翁孺徙,正直其地,日月当之。元城郭东有五鹿之虚,即沙鹿地也。后八十年,当有贵女兴天下。"而元后王政君母李氏怀妊时,曾"梦月入其怀",这也是王政君此后将要母仪天下的瑞征。

到王莽擅政至篡代期间,藉由图谶、符命等逐步谋夺政权,是其常用手法。择其要者:其一,平帝元始元年(1),王莽"风益州令塞外蛮夷献白雉",王莽以此祥瑞进号"安汉公"。其二,元始五年(5)十二月,平帝崩,"前辉光谢嚣奏武功长孟通浚井得白石,上圆下方,有丹书著石,文曰'告安汉公莽为皇帝'"。王莽以此"丹石之符"居摄。"符命之起,自此始矣。"其三,居摄三年(8),"广饶侯刘京、车骑将军千人扈云、大保属臧鸿奏符命。京言齐郡新井,云言巴郡石牛,鸿言扶风雍石,莽皆迎受"②。又有梓潼人哀章,"学问长安,素无行,好为大言。见莽居摄,即作铜匮,为两检,署其一曰'天帝行玺金匮图',其一署曰'赤帝行玺某传予黄帝金策书'。某者,高皇帝名也。书言王莽为真天子,皇太后如天命"。王莽以此"即真天子位,定有天下之号曰'新'"。(以上均见《汉书》卷九九《王莽传上》)

至于王莽篡代之后,更多有以图谶行政之事,如据哀章伪造的《金匮图策》任命新朝的四辅、三公、四将,以所谓玄龙石文"定帝德,国洛阳"而打算迁都洛阳,以《河图》"以土填(同镇)水"为匈奴

---

① 颜师古注引张晏曰:"阴数八,八八六十四。土数五,故六百四十五岁也。《春秋》僖十四年,沙麓崩,岁在乙亥,至哀帝元寿二年,哀帝崩,元后始摄政,岁在庚申,沙麓崩后六百四十五岁。"

② 这三项祥瑞,《汉书》卷九九《王莽传上》载王莽上奏元后云:"宗室广饶侯刘京上书言:'七月中,齐郡临淄县昌兴亭长辛当一暮数梦,曰:"吾,天公使也。天公使我告亭长曰:'摄皇帝当为真。'即不信我,此亭中当有新井。"亭长晨起视亭中,诚有新井,入地且百尺。'十一月壬子,直建冬至,巴郡石牛,戊午,雍石文,皆到于未央宫之前殿。臣与太保安阳侯舜等视,天风起,尘冥,风止,得铜符帛图于石前,文曰:'天告帝符,献者封侯。承天命,用神令。'"

灭亡之祥而派兵大击匈奴,以《紫阁图》为据调整将军名称和王号,行将败亡之时屡用"压胜"之法企图扭转颓败的形势等等。(以上均见《汉书》卷九九《王莽传》)其中,最具重大意义的,是他于始建国元年(9)秋,"遣五威将王奇等十二人班《符命》四十二篇于天下"。《汉书》卷九九《王莽传中》简要介绍了《符命》的内容:

> 德祥五事,符命二十五,福应十二,凡四十二篇。其德祥,言文、宣之世黄龙见于成纪、新都,高祖考王伯墓门梓柱生枝叶之属。符命,言井石、金匮之属。福应,言雌鸡化为雄之属。其文尔雅依托,皆为作说,大归言莽当代汉有天下云。

这四十二篇《符命》,是今天所知最早的谶纬文献编辑本,惜乎早佚,已难察其详。但根据此条引文以及下列《汉书》所录《符命》的"总说",还是可以了解其大概:

> 帝王受命,必有德祥之符瑞,协成五命,申以福应,然后能立巍巍之功,传于子孙,永享无穷之祚。故新室之兴也,德祥发于汉三七九世之后。肇命于新都,受瑞于黄支,开王于武功,定命于子同,成命于巴宕,申福于十二应,天所以保祐新室者深矣、固矣!武功丹石出于汉氏平帝末年,火德销尽,土德当代,皇天眷然,去汉与新,以丹石始命于皇帝。皇帝谦让,以摄居之,未当天意,故其秋七月,天重以三能文马。皇帝复谦让,未即位,故三以铁契,四以石龟,五以虞符,六以文圭,七以玄印,八以茂陵石书,九以玄龙石,十以神井,十一以大神石,十二以铜符帛图。申命之瑞,寖以显著,至于十二,以昭告新皇帝。皇帝深惟上天之威不可不畏,故去摄号,犹尚称假,改元为初始,欲以承塞天命,克厌上帝之心。然非皇天所以郑重

降符命之意,故是日天复决以勉书。又,侍郎王盱见人衣白布单衣,赤绩方领,冠小冠,立于王路殿前,谓盱曰:"今日天同色,以天下人民属皇帝。"盱怪之,行十馀步,人忽不见。至丙寅暮,汉氏高庙有金匮图策:"高帝承天命,以国传新皇帝。"明旦,宗伯忠孝侯刘宏以闻,乃召公卿议,未决,而大神石人谈曰:"趣新皇帝之高庙受命,毋留!"于是新皇帝立登车,之汉氏高庙受命。受命之日,丁卯也。丁,火,汉氏之德也。卯,刘姓所以为字也。明汉刘火德尽,而传于新室也。皇帝谦谦,既备固让,十二符应迫著,命不可辞,惧然祇畏,茻然闵汉氏之终不可济,亶亶在左右之不得从意,为之三夜不御寝,三日不御食。延问公侯卿大夫,佥曰:"宜奉如上天威命。"于是乃改元定号,海内更始。新室既定,神祇欢喜,申以福应,吉瑞累仍。《诗》曰:"宜民宜人,受禄于天;保右命之,自天申之。"此之谓也。(《汉书》卷九九《王莽传中》)

这段文字所述,就是四十二篇《符命》的内容梗概。其所谓"肇命于新都,受瑞于黄支,开王于武功,定命于子同,成命于巴宕",盖即"德祥五事";所谓丹石、三能文马、铁契、石龟、虞符、文圭、玄印、茂陵石书、玄龙石、神井、大神石、铜符帛图,盖即"福应十二";至于所谓"符命二十五",则不能确知了。果如此,则根据上面两段引文及两《汉书》等史籍的相关记载,所谓"德祥五事,符命二十五,福应十二",极可能有相互交叉者(如前后反复申述哀章伪造的《金匮图策》等)。因此,《符命》四十二篇可能并非严谨的定本。

就本书关注的问题而言,王莽擅政以至篡代的二十馀年间,其政治及思想文化状况,有两点最具重要意义:一是其代汉建新的正当性(或曰正统性)及其所带来的士人出处问题,二是经谶并重的思想文化状态及其对士人精神世界的影响。前者考校士人的灵魂并且无可回避,后者呈示着汉代思想文化的新趋向。这两者,都不可避免地施加在士人身上并且发生了折射效应,也因此反映在其时的文学现象之中。

二

王氏废刘,新朝代汉,不是通过所谓正义的战争用武力夺取,而是温水煮青蛙式的朝廷政变,空手套白狼,这便产生了王氏新朝之合理性、合法性、正当性——一言以蔽之,产生了有关"正统性"的思想波动。尽管在王莽恩威并施的胁迫之下,当时士人似乎并未形成有关新朝正统性的显在思潮或者激烈争议(如西汉初年君臣士人讨论秦何以败亡、汉何以成立那样),但在士人内心实是复杂纠结、暗流涌动,在王莽则尽力以图谶文饰其篡政行为(颁布《符命》四十二篇就是鲜明体现),力图使之合理合法化。这个问题过于复杂,若深入讨论,又将游离本书旨趣,故此从略。这里只探讨王莽的政治文化给当时士人带来的影响。

上文说过,王莽不仅信重、宣扬图谶,他对正统经学的尊重和大力扶持也是有汉以来罕见的。正统经学与图谶符命,在王莽那里似乎难分轩轾,他采取的是实用主义的态度。然则,面对王莽这样一个复杂多面的政治人物,及其翻天覆地的政治作为,当时的士人如何对待和选择呢?根据今存史料看,总的趋势是:在王莽擅权但并未篡代之时,士人虽不无谏言微辞,但基本没有离心离德的倾向;甚至当王莽遍征天下才士之时,还出现了士人云集的壮丽景象。但是,当他篡汉之后,情形即大变,一个基本的表现就是——士人学者大多"不仕王莽",或不应征召、或逃离退隐者甚夥[1]。直到刘秀复

---

[1] 《后汉书》卷六七《党锢列传》:"至王莽专伪,终于篡国,忠义之流,耻见缨绋,遂乃荣华丘壑,甘足枯槁。"

汉,士人们才又纷纷出仕。此种情形,两《汉书》多有记载,难以枚举。

但历史事实永远比后人的认知、判断更为复杂。以上所说,只是综括了其时士人出处的大趋势;若具体而言,在王莽专权以至篡代的二十余年间,士人心态则呈现为多元状貌。除去那些虽处乱世而心静如水,政权巨变仍旧照常做官、恪尽职守的几于"无立场"者外,主要有以下三种类型的士人值得注意:

一类是辅助王莽篡汉,并为其羽翼者。此类士人,可以刘歆为代表。平帝朝王莽主政期间,"附顺者拔擢,忤恨者诛灭"。刘歆与王舜、王邑、甄丰、甄邯、平晏、孙建、崔发、陈崇以及甄寻(甄丰之子)、刘棻(刘歆之子)等,共为王莽股肱。王莽欲有所图,这些人便出面向元后王政君请求,王莽"安汉公"之号、"宰衡"之位以及荣加九锡之待遇,都是这样得到的。孺子婴即位,王莽居摄。"居摄之萌,出于泉陵侯刘庆①、前煇光谢嚣②、长安令田终术",群臣附议。王莽篡汉自立后大封其功臣,依据哀章伪造的《金匮图策》,加封王舜、平晏、刘歆、哀章为四辅,甄邯、王寻、王邑为三公,甄丰、王兴、孙建、王盛为四将。此十一人均加公爵,其中王舜、平晏、刘歆、哀章四人为上公。(以上均见《汉书》卷九九《王莽传》)根据现存史料,这些人中可考知其思想和学术背景的,只有刘歆一人③。

---

① 《汉书》卷九九《王莽传上》:"(元始五年秋)泉陵侯刘庆上书言:'周成王幼少,称孺子,周公居摄。今帝富于春秋,宜令安汉公行天子事,如周公。'郡臣皆曰:'宜如庆言。'"

② 《汉书》卷九九《王莽传上》:"(元始五年冬)前煇光谢嚣奏武功长孟通浚井得白石,上圆下方,有丹书著石,文曰'告安汉公莽为皇帝'。"

③ 上列诸人中,崔发是崔篆之兄,其"母师氏能通经学、百家之言"(《后汉书》卷五二《崔骃传》),崔发曾任王莽讲《乐》祭酒,封说符侯(《汉书》卷九九《王莽传中》),但其学术之详情不明。田终术是哀、平时期以阴阳灾异"纳说时君著明者"之一(《汉书》卷七五《眭两夏侯京翼李传赞》),但史无具载。哀章"学问长安,素无行,好为大言",伪作"天帝行玺金匮图"、"赤帝行玺某传予黄帝金策书"(二者即所谓《金匮图策》),助成王莽篡位即真(《汉书》卷九九《王莽传上》),此外不闻斯人有其他学问。其余诸人,均不明其学缘。

刘歆出身刘汉皇室、学术世家。在王莽步步紧逼的篡位情势下，他的行为虽是表现为追随王莽并为之效力，但是他的内心其实颇为矛盾。

刘歆追随王莽，一个重要原因是王莽自成帝末哀帝初出任大司马始，便一直很器重、抬举他：

> 哀帝初即位，大司马王莽举歆宗室有材行，为侍中太中大夫，迁骑都尉、奉车光禄大夫，贵幸。复领《五经》，卒父前业。……哀帝崩，王莽持政，莽少与歆俱为黄门郎，重之，白太后。太后留歆为右曹太中大夫，迁中垒校尉、羲和、京兆尹，使治明堂、辟雍，封红休侯，典儒林史卜之官。(《汉书》卷三六《楚元王传附刘歆传》)

王莽篡位后，再加封刘歆为"国师，嘉新公"，新室"四辅"之一，居于上公，可谓位极人臣。同时，还册封其子刘叠为"伊休侯，奉尧后"(《汉书》卷九九《王莽传中》)。王莽实际上给了楚元王刘交一系有汉以来从未有过的极高地位和待遇。因此，刘歆对王莽一直怀有感恩之心，并在一些重大事项上支持王莽①，也就情有可原。

同时也应看到，刘歆助莽并非完全出于私心。自元帝、成帝

---

① 如：受元后王政君指使，为王莽女嫁为平帝皇后"杂定婚礼"(见《汉书》卷一二《平帝纪》、卷九七《外戚传下》)；协助王莽恢复长安南、北郊，意在仿效"周公郊祀后稷以配天，宗祀文王于明堂以配上帝"之例(《汉书》卷二五《郊祀志下》)，并"治明堂、辟雍，令汉与文王灵台、周公作洛同符"(《汉书》卷一二《平帝纪》)；助成王莽加号"安汉公"、加位"宰衡"及加封莽母、两子、兄子(《汉书》卷九九《王莽传中》)；与博士诸儒共同议定用天子(此时王莽居摄)礼仪丧葬莽母(《汉书》卷九九《王莽传上》)。甚至王莽实行"罢错刀、契刀及五铢钱，而更作金、银、龟、贝、钱、布之品"的货币政策，刘歆也为之提供古史和经典的根据(《汉书》卷二四《食货志下》)。

始,外戚王氏权势熏天,家凡九侯、五大司马,居位辅政。而王莽在王氏一族"独孤贫,因折节为恭俭。受《礼经》……勤身博学,被服如儒生。事母及寡嫂,养孤兄子,行甚敕备"。成帝时封侯加官之后,"爵位益尊,节操愈谦。散舆马衣裘,振施宾客,家无所馀。收赡名士,交结将相卿大夫甚众"。平帝时加号"安汉公"后,他"出钱百万,献田三十顷,付大司农助给贫民"。此种作为和形象,无论事后如何评价,但在当时,确乎鲜明地显示出他与诸王贵戚的不同。所以"在位更推荐之,游者为之谈说,虚誉隆洽,倾其诸父矣",便不足为怪。(以上均见《汉书》卷九九《王莽传上》)加之王莽在思想文化建设和招纳贤才方面的强有力作为(见上述),士人一时心向往之,也可以理解。因此,刘歆襄助王莽,虽有自身平安富贵的诉求,但也并非完全是无品格无原则的阿附:

> 初,甄丰、刘歆、王舜为莽腹心,倡导在位,褒扬功德;"安汉""宰衡"之号及封莽母、两子、兄子,皆丰等所共谋。而丰、舜、歆亦受其赐,并富贵矣,非复欲令莽居摄也。……莽羽翼已成,意欲称摄。丰等承顺其意,莽辄复封舜、歆两子及丰孙。丰等爵位已盛,心意既满,又实畏汉宗室、天下豪桀。而疏远欲进者,并作符命,莽遂据以即真,舜、歆内惧而已。(《汉书》卷九九《王莽传中》)

由此可见,刘歆对王莽的权势增长,其实有心理底线——那就是王莽揽权再重,也应该限于人臣。加号"安汉公"、进位"宰衡"均可,但是并不愿让王莽"居摄"。然而在他人的助力下,王莽不仅成为"摄皇帝",而且很快便"即真"。面对此种难以阻挡的局势,已经与王莽捆绑在一起的刘歆,唯有"畏汉宗室、天下豪桀"并且"内惧"而已——这恰好说明刘歆内心的矛盾和不安,他还没有完全彻底归心于王莽。所以,才会有地皇四年(23)六七月间密谋反叛王莽的事情发生。事情的起因,是卫将军王涉(王莽叔父王根之子)听信其门客西门君惠所述的一条谶记:"星孛扫宫室,刘氏当复兴。"联系当时另一谶记"刘秀发兵捕不道,四夷云集龙斗野,四七之际火为主",王涉以为当应验在国师刘歆身上①。于是联络大司马董忠,多次劝说刘歆应谶叛莽②。"歆怨莽杀其三子③,又畏大祸至,遂与涉、忠谋,欲发。"事情很快便泄露,王莽收灭董忠宗族,刘歆、王涉皆自杀。(以上见《汉书》卷九九《王莽传下》)

为了深度理解刘歆的内心世界,不妨参照一下孔光。孔光是孔子的十四世孙,"经学尤明",成帝初年选博士,并以高第举为尚书④。"凡为御史大夫、丞相各再,一为大司徒、太傅、太师,历三世,居公辅位前后十七年","守法度,修故事。有所问,据经法以心所安而对,不希指苟合;如或不从,不敢强谏争,以是久而安"。是一个知礼守分又懦弱顺遂的士人。平帝即位,王莽专政。"莽以光为旧相名儒,天下所信,太后敬之,备礼事光。"孔光见王莽位势日

---

① 据《汉书》卷三六《楚元王传附刘歆传》,哀帝建平元年,刘歆改名秀,字颖叔。王先谦《汉书补注》引应劭曰:"《河图赤伏符》云:'刘秀发兵捕不道,四夷云集龙斗野,四七之际火为主。'故改名,几以趣也。"何焯甚至说:"载其改名于哀帝之时,以见歆乐祸非望,素不能乃心王室。"(王先谦《汉书补注》,上海:上海古籍出版社《续修四库全书》第269册,第315页。以下引证此书,只注书名、丛书名、册数和页码)按:应、何之说牵强附会。钱穆《刘向歆父子年谱》已辩之甚力:"哀帝名欣……歆之改名,殆以讳嫌名耳。"(《两汉经学今古文平议》,北京:商务印书馆2001年版,第83页)没有证据表明刘歆有背叛刘汉皇室之心。

② 王涉是王莽的叔伯兄弟,他所以背叛王莽,还有一个重要原因:认为王莽并非其伯父王曼的亲生子。他劝说刘歆时曾说:"新都哀侯小被病,功显君素耆酒(此二人即王莽之父母),疑帝本非我家子也。"(《汉书》卷九九《王莽传下》)

③ 王莽"本生四男:宇、获、安、临",他先后杀掉了王获、王宇、王临三个;只有第三子王安"颇荒忽",不堪重用,得以幸免。王临之妻刘愔,即刘歆之女,亦随之自杀。见《汉书》卷九九《王莽传》。

④ 《汉书》卷八一《孔光传》:"是时,博士选三科,高为尚书,次为刺史,其不通政事,以久次补诸侯太傅。"

重,便请求退休,反被升迁为平帝太傅,"位四辅,给事中"。翌年"徙为太师,而莽为太傅"。孔光常称疾,"不敢与莽并"。其后王莽欲进"宰衡",位在诸侯王之上,"光愈恐,固称疾辞位"。王莽请元后下诏,在宫中为孔光赐餐、保留座几,"令太师毋朝……官属按职如故",给了他极高的荣耀和职权待遇。(以上见《汉书》卷八一《孔光传》)并且,王莽还推恩于孔光的后辈,"引光女婿甄邯为侍中奉车都尉"(《汉书》卷九九《王莽传上》)。可见,王莽虽是经常利用孔光,但也确实待之甚厚。性格柔顺懦弱的孔光,虽有士人的方正节操,亦不愿或不敢忤逆王莽,实际上成了王莽的得力帮手。如:哀帝崩,荐举王莽为大司马;屡次帮助王莽清除异己;与他人一起为王莽请得"安汉公"赐号(以上见《汉书》卷九九《王莽传上》);平帝时,益州越嶲郡江中现黄龙,于是称颂王莽功德可比周公,"宜告祠宗庙"(《汉书》卷七七《孙宝传》)。孔光于平帝元始五年(5)卒,其时王莽尚未"居摄",所以他没有刘歆那些"恶名"。

以孔光映照刘歆,可以更清楚地看到:在王莽恩威并施的胁迫下,刘歆、孔光这类儒士学者,内心其实非常矛盾和痛苦。他们身出名门高第,有很高的声望,客观上很难摆脱王莽的恩惠和利用;他们不乏士人的方正节操,但性格温良懦弱,不能坚守底线和原则。他们是痛苦地挣扎在不得已的人生抉择之中。

另一类士人,是与王莽貌合神离、虚与委蛇者。这类士人,可以扬雄为代表。扬雄因作《剧秦美新》《元后诔》,招致后人的激烈批评。如唐人李善说:"王莽潜移龟鼎,子云进不能辟戟丹墀,亢辞鲠议;退不能草《玄》虚室,颐性全真;而反露才以耽宠,诡情以怀禄。素餐所刺,何以加焉!"[1]又如宋人黄震说:"汉习委靡,张禹、

---

[1] 《文选》李善注卷四八《剧秦美新》题注,上海:上海古籍出版社1986年版,第2148页。本书引证《文选》,除特别说明者外,均据此本,以下只注书名、卷次和篇名。

孔光卖国为奸,馀纷纷附莽者不可胜数。惟刘歆世为宗英,扬雄自号儒者,而亦为之,罪莫大于此!歆见莽居摄而内惧;雄直为其大夫,罪尤大。"①此类批评虽然理直气壮,其实不解扬雄真心。

关于扬雄其人,有两个基本事实是确定的:一是他自成帝元延元年(前12)四十馀岁去蜀游京师②,直至王莽天凤五年(18)辞世,在人生最易发达的三十年间,却一直仕途蹭蹬:成、哀、平帝时一直为黄门侍郎③,王莽篡汉后始"以耆老久次转为大夫",直到去世。根据《剧秦美新》序文"诸吏中散大夫臣雄稽首再拜"之语,扬雄为中散大夫④。中散大夫只是备问候使的闲职⑤,俸禄不高,又没有人数限制,往往多至数十人,实在不算什么重要职位。二是扬雄的

---

① [宋]黄震《古今纪要》卷二,台北:台湾商务印书馆1986年影印文渊阁《四库全书》第384册,第52页。

② 参见陆侃如《中古文学系年》(北京:人民文学出版社1985年版)及张震泽《扬雄集校注》附录三《扬雄年表》(上海:上海古籍出版社1993年版)。

③ 《汉书》卷二七《五行志中之下》:"哀帝建平二年四月乙亥朔……有大声如钟鸣。……上以问黄门侍郎扬雄、李寻……"扬雄于成、哀、平"三世不徙官",此明言其为"黄门侍郎"。《通典》卷二一《职官三》:"凡禁门黄闼,故号黄门。其官给事于黄闼之内,故曰黄门侍郎。……掌侍从左右,给事中使,关通中外。"(王文锦等点校本,北京:中华书局1988年版,第549页)按《汉书》卷一九《百官公卿表上》:"郎掌守门户,出充车骑,有议郎、中郎、侍郎、郎中,皆无员,多至千人。议郎、中郎秩比六百石,侍郎比四百石,郎中比三百石。"汉代郎官皆无具体职务,无固定名额。"郎是殿廷侍从的意思,其任务是护卫、陪从、随时建议、备顾问及差遣。"([清]黄本骥《历代职官表》前附瞿蜕园《历代职官概述》,上海:中华书局上海编辑所1965年版)

④ 《汉书》卷一九《百官公卿表》未载中散大夫之职。王先谦《汉书补注》云:"《续志》后汉……有中散大夫,六百石,无员(按见《后汉书·百官志二》)。考萧由为中散大夫,见《萧望之传》,是前汉已有而不见于《表》。"(《续修四库全书》第268册,第299页)按:《汉书》卷九九《王莽传下》亦有"遣中散大夫、谒者各四十五人分行天下"、"免(刘叠)侍中中郎将,更为中散大夫"云云。可知前汉确已有此职,并且职员较多。

⑤ 《汉书》卷一九《百官公卿表上》:"大夫掌论议,有太中大夫、中大夫、谏大夫,皆无员,多至数十人。"《后汉书·百官志二》:"凡大夫、议郎皆掌顾问应对,无常事,唯诏令所使。"

确作过《剧秦美新》和《元后诔》①。这两个事实之间似乎龃龉难解。实际上,如果综合考量扬雄的身世地位、个性品格及其所处的生存环境,这种貌似矛盾的思想行为便可理解。

扬雄的家世身世,有几点当特别注意:一是家族境遇。扬氏在春秋时本为采食晋国杨地的贵族,并因此得氏。三家分晋时,扬氏避难至楚国巫山。秦末楚汉征战,扬氏再避难至巴郡江州。汉武帝元鼎年间,为避仇又迁至蜀郡郫县。扬雄高祖扬季,于景、武间曾官至庐江太守②。而自定居郫县之后,扬氏则"世世以农桑为业"。二是宗族血脉。扬氏"自(扬)季至雄,五世而传一子",在蜀地孤门单户,并无其他族亲。三是扬雄本人有"口吃不能剧谈"的生理缺陷。(以上见《汉书》卷八七《扬雄传》③)四是他的师承(详下)。这些因素综合交错发生影响,形成了扬雄基本的处世心态:第一,内敛孤傲、博学多闻而不争竞名利,深思寡欲、无适无莫而自强于学术文章④;

---

① 《文选》卷四八班固《典引序》:"扬雄《美新》,典而亡实。"又其同卷扬雄《剧秦美新》李善注引李充《翰林论》:"扬子论秦之剧,称新之美,此乃计其胜负,比其优劣之义。"《颜氏家训·文章篇》:"著《剧秦美新》,妄投于阁。"(王利器《颜氏家训集解》,北京:中华书局1993年版,第259页)又,《汉书》卷九八《元后传》:"太后年八十四,建国五年二月癸丑崩。三月乙酉,合葬渭陵。莽诏大夫扬雄作诔,曰:'太阴之精,沙麓之灵。作合于汉,配元生成。'"

② 《汉书》卷一九《百官公卿表上》:"郡守,秦官,掌治其郡,秩二千石。……景帝中二年更名太守。"

③ 《汉书》卷八七《扬雄传》的基本内容,乃是班固迻录自扬雄《自序》。其传赞"雄之《自序》云尔"颜师古注:"自《法言》目之前,皆是雄本《自序》之文也。"《史通·杂说上》:"马卿为《自叙传》,具在其集中,子长因录斯篇,即为《列传》。班氏仍旧,曾无改作。固于马、扬《传》末,皆云迁、雄之《自叙》如此。"([唐]刘知幾撰,[清]浦起龙通释《史通通释》,上海:上海古籍出版社2009年版,第440页)清人亦多认同此说,参见汪荣宝《法言义疏》卷一《学行卷第一》疏之引文(北京:中华书局1987年版)。

④ 《汉书》卷八七《扬雄传》:"少而好学……博览无所不见。为人简易佚荡……默而好深湛之思,清静亡为,少耆欲,不汲汲于富贵,不戚戚于贫贱,不修廉隅以徼名当世。……非圣哲之书不好也;非其意,虽富贵不事也。顾尝好辞赋。"

第二,一直躲避祸难的家族史,也给扬雄深深烙印了避祸怕事的心理①。

张震泽对青年扬雄的性格趣向及其形成,曾有简明的分析:

> 他的家庭是一个孤姓寡亲而能自给、不须求之外族的小康之家②,所以从幼年就养成了他不劳动、不事生产、不善言谈、不喜交游而好读书深思、简易佚荡、不慕荣利的孤僻性格。在这四十多年中,对他影响最大最深的有两人。一位是他的远亲临邛林闾翁孺(按:一作公孺)。此人很有学问,精于训诂,多识奇字,掌握有𫐄轩使者上奏的方言资料③。……另外

---

① 王莽始建国二年,甄寻假造符命,言平帝皇后(王莽之女)当为甄寻之妻。王莽大怒。甄寻逃亡一年多后被捕获,辞讼牵及刘歆之子刘棻,王莽乃流放了甄寻和刘棻,又连累"公卿党亲列侯以下,死者数百人"(《汉书》卷九九《王莽传中》)。当时,"雄校书天禄阁上。治狱使者来,欲收雄,雄恐不能自免,乃从阁上自投下,几死"(《汉书》卷八七《扬雄传》)。此事原与扬雄毫无关联,刘棻也是被牵连的。扬雄跳楼欲自杀,只因为"刘棻尝从雄学作奇字"。这一年扬雄已六十四岁,而他竟因莫须有的牵连而惊惧寻死,极鲜明地体现了他一生战战兢兢的避祸怕事心态。

② 扬雄《逐贫赋》有云:"人皆文绣,余褐不完;人皆稻粱,我独藜餐。贫无宝玩,何以接欢?宗室之燕,为乐不槃。徒行负笈,出处易衣。身服百役,手足胼胝。或耘或耔,霑体露肌。朋友道绝,进官凌迟。厥咎安在?职汝为之!"([清]严可均《全上古三代秦汉三国六朝文》之《全汉文》卷五二,北京:中华书局1958年影印本。以下征引该书,只注书名和卷次)有学者以此作为扬雄家贫之证,固然不错;但扬家之贫不同于普通贫民,亦从中可见:以没有"宝玩"、"徒行负笈"求学、"出处易衣"为贫,以"身服百役"、"进官凌迟"为困,当然别是一种贫困。故张震泽此云扬氏乃不须外求的小康之家,判断是准确的。

③ 《华阳国志》卷一〇上《先贤士女总赞论》:"林闾,字公孺,临邛人也。善古学。古者,天子有𫐄车之使。自汉兴以来,刘向之徒但闻其官,不详其职。惟闾与严君平知之,曰:'此使考八方之风雅,通九州之异同,主海内之音韵,使人主居高堂知天下风俗也。'扬雄闻而师之,因此作《方言》。"(任乃强《华阳国志校补图注》,上海:上海古籍出版社1987年版,第533页)

一位对扬雄有影响的人是林闾翁孺的一位好友严君平①。严君平精通《周易》《老子》。……性方正，不作苟见，不为苟得，久幽而不改其操②。扬雄常来就教，故亦效严君平不汲汲于富贵，不戚戚于贫贱。后来又立意草写《太玄》，都与严君平影响有关。③

除孤寡小康的家境和师从的影响外，因避仇难而不断迁徙并衰落的家族史、五世单传的孤悬血脉，乃至他口吃的病状，也是形成扬雄上述处世心态的重要因素。

关于扬雄之发奋于名山事业，古今论者赞述甚多，尤以《汉书》卷八七《扬雄传赞》④所述最为精要：

---

① 《汉书》卷七二《王贡两龚鲍传》："蜀有严君平……杨雄少时从游学，以而仕京师显名，数为朝廷在位贤者称严平德。"皇甫谧《高士传·严遵》："扬雄少从之游，屡称其德。"(《丛书集成初编》影印《古今逸史》本)《华阳国志》卷一〇上《先贤士女总赞论》："严遵……雅性澹泊，学业加妙，专精大《易》，耽于《老》《庄》。……扬雄少师之，称其德。"(任乃强《华阳国志校补图注》，第532页)扬雄《答刘歆书》有云："雄少不师章句，亦于《五经》之训所不解。尝闻先代輶轩之使，奏籍之书，皆藏于周、秦之室。及其破也，遗弃无见之者。独蜀人有严君平、临邛林闾翁孺者，深好训诂，犹见輶轩之使所奏言。翁孺与雄外家牵连之亲，又君平过误有以私遇，少而与雄也。君平财有千言耳，翁孺梗概之法略有。"(严可均《全汉文》卷五二)

② 《法言·问明》："蜀庄（即严君平）之才之珍也，不作苟见，不治苟得，久幽而不改其操，虽隋、和何以加诸？"(汪荣宝《法言义疏》，北京：中华书局1987年版，第200页)

③ 张震泽《扬雄集校注·前言》，上海：上海古籍出版社1993年版，第2—3页。以下引证此书，只注书名、页码。

④ 钱大昕《廿二史考异》卷八《汉书三》"扬雄传"条："予谓自'雄之《自序》云尔'以下至篇终，皆《传》文，非《赞》也。……此'赞曰'二字，后人妄增，非班史本文。"(方诗铭、周殿杰点校本，上海：上海古籍出版社2004年版，第165—166页)可备一说。

> （扬雄）实好古而乐道，其意欲求文章成名于后世，以为经莫大于《易》，故作《太玄》；传莫大于《论语》，作《法言》；史篇莫善于《仓颉》，作《训纂》；箴莫善于《虞箴》，作《州箴》；赋莫深于《离骚》，反而广之；辞莫丽于相如，作四赋：皆斟酌其本，相与放依而驰骋云。用心于内，不求于外。

班史"用心于内，不求于外"、"意欲求文章成名于后世"之评，可谓深得扬雄性情心意。扬雄对立言的追求，与他内敛而博学深思、孤傲而发奋自强的心态有极大关系。

关于扬雄的仕履，《汉书》本传云："当成、哀、平间，（王）莽、（董）贤皆为三公，权倾人主，所荐莫不拔擢，而雄三世不徙官。及莽篡位，谈说之士用符命称功德获封爵者甚众，雄复不侯，以耆老久次转为大夫，恬于势利乃如是。"不汲汲戚戚于荣利，安贫乐道，自班史而来推崇扬雄者无不如此评论扬雄品格。从基本事实看确是如此，但同时也应该看到，他的内心并不那么平静安恬。《汉书》本传载："哀帝时，丁、傅、董贤用事，诸附离之者或起家至二千石。时，雄方草《太玄》，有以自守，泊如也。或嘲雄以玄尚白，而雄解之，号曰《解嘲》。"其文有云：

> 客徒欲朱丹吾毂，不知一跌将赤吾之族也！……今大汉左东海，右渠搜，前番禺，后陶塗。东南一尉，西北一候。徽以纠墨，制以质铁，散以《礼》《乐》，风以《诗》《书》，旷以岁月，结以倚庐。天下之士，雷动云合，鱼鳞杂袭，咸营于八区。家家自以为稷、契，人人自以为咎繇，戴縰垂缨而谈者皆拟于阿衡，五尺童子羞比晏婴与夷吾。当涂者入青云，失路者委沟渠；旦握权则为卿相，夕失势则为匹夫。譬若江湖之雀，勃解之鸟，乘雁集不为之多，双凫飞不为之少。……故当其有事也，非

萧、曹、子房、平、勃、樊、霍则不能安；当其亡事也，章句之徒相与坐而守之，亦亡所患。故世乱，则圣哲驰骛而不足；世治，则庸夫高枕而有馀。

扬雄这篇《解嘲》，容易令人想起东方朔《答客难》"彼一时也，此一时也"的浩叹。当此天下一统、高度集权之时，士人已经失去了春秋战国时期效才学以取爵位的社会环境。并且，当今士人所面临的，往往是种种政治的吊诡甚至险境："当涂者入青云，失路者委沟渠；且握权则为卿相，夕失势则为匹夫"，"客徒欲朱丹吾毂，不知一跌将赤吾之族也"。由此很可揣摩出，扬雄之"恬于势利"、"自守泊如"的背后，其实有一股郁勃不平之气。不过，他并没有表现为东方朔那样显在的滑稽玩世的姿态，而是采取"无可无不可"的态度，倾心著述。除去政途凶险多变的原因外，这也是他曾经高贵的家世、本人深湛的文化修养及怕事避祸乃至"口吃不能剧谈"等复杂因素共同造就的。

总之，内敛、自傲又怕事避祸，是扬雄的基本心态；而倾心于名山事业，是他坚定的人生理想。基于避祸的心态，更为了著述得到保障，扬雄对于仕途和政治，采取"无可无不可"的态度。孔子曾经批评伯夷、叔齐、虞仲、夷逸、朱张、柳下惠、少连数子的执著，声称"我则异于是，无可无不可"（《论语·微子》）；又曾云："君子之于天下也，无适也，无莫也，义之与比也。"（《论语·里仁》）司马迁也曾背负奇耻大辱苟活于世，以求完成其念兹在兹的《太史公书》。对于学养深厚的一代大儒扬雄而言，他所敬仰的前代圣贤的此类思想行为，无疑会成为他的精神依托。

事实上，早在扬雄未入仕途之前，他已经表述了"无可无不可"的处世心态。他蛰居蜀地期间所作的《反离骚》，即不赞成屈原固执理想、以身殉国，"以为君子得时则大行，不得时则龙蛇。遇不遇,命也,何必湛身哉"(《汉书》本传)。所以他年过四十始游京师;而他之入朝待诏,乃是因文名得举荐,应召而来,并非汲汲以求:"雄始能草文,先作《县邸铭》《王佴颂》《阶闼铭》及《成都城四隅铭》。蜀人有杨庄者,为郎,诵之于成帝。成帝好之,以为似相如。雄遂以此得外见。"(扬雄《答刘歆书》,见严可均《全汉文》卷五二)①他初入京师的两年内,奋力创作四赋以逞才见志,表现出积极进取的姿态,正是他"得时则大行"心态的体现——既应诏为官,便亦可应时而为(当然还有他一直羡慕前辈同乡司马相如作赋弘丽温雅,"每作赋,常拟之以为式"的创作动因)。而当他经历了几年的仕宦生涯,仍然位不过郎,又亲身体验了官场的谲诡险恶之后,"不得时则龙蛇"的处世心态又占据上风。其《太玄赋》②结末即云:

> 甘饵含毒,难数尝兮。麟而可羁,近犬羊兮。鸾凤高翔,戾青云兮。不挂网罗,固足珍兮。斯、错位极,离(罹)大戮兮;屈子慕清,葬鱼腹兮;伯姬曜名,焚厥身兮;孤竹二子,饿首山兮;断迹属娄,何足称兮。辟斯数子,智若渊兮。我异于此,执太玄兮。荡然肆志,不拘挛兮。

而王莽代汉以后扬雄之转为中散大夫,对王莽而言是拉拢示恩于著名学人,对扬雄而言则是任其自然、无可无不可之事——这个闲

---

① 按《文选》卷七《甘泉赋》李周翰注:"扬雄家贫好学,每制作,慕相如之文。尝作《绵竹颂》,成帝时,直宿郎杨庄诵此文。帝曰:'此似相如之文。'庄曰:'非也。此臣邑人扬子云。'帝即召见,拜为黄门侍郎。"张震泽以为"颂即铭,《绵竹颂》盖即《县邸铭》之一"(《扬雄集校注》,第267页)。

② 《太玄赋》不能确知作于何时。张震泽说:"从本篇的内容看,其写作时间,约与《解嘲》《解难》相先后,时雄五十多岁。"(《扬雄集校注》,第138页)此说合理,可从。

散小官,是王莽见他资历甚老又久不徙官而赏给他的,并不是他自己努力求取来的。宋人黄震所谓"歆见莽居摄而内惧;雄直为其大夫,罪尤大",如此评判刘歆和扬雄,实在不够厚道更不够公道!

至此可以明确,扬雄一生汲汲以求的只有一件事,那就是著述以传名。其他事情,都无可无不可。与此同时,不能忽略的是,避祸怕事的心态一直深藏其心间。明乎此,再来看他作《剧秦美新》和《元后诔》,就可以得到比较准确的理解了。二文均作于王莽篡位之后①,一为祝贺王莽代汉,一为哀悼元后王政君之死,其基本内容,都是附会图谶以颂扬王氏的受命自天、勋德卓著。如果说《元后诔》是扬雄奉命而作,那么并没有证据表明《剧秦美新》也是被迫而作的,这正是此文尤其不能得到后人谅解的主要原因。如果了解扬雄胆小怕事、无可无不可的处世心态,则在"附顺者拔擢,忤恨者诛灭"的情势下,为了自保、为了完成其名山事业,扬雄主动作此文,也可以理解。因此,唐宋人的另一类评说可谓切理厌心:

> 王莽篡汉位,自立为皇帝,国号新室。是时雄仕莽朝,见莽数害正直之臣,恐己见害,故著此文。以秦酷暴之甚,以新室为美,将悦莽意,求免于祸,非本情也。(李周翰语,六臣注《文选》卷四八《剧秦美新》题注,《四部丛刊》本)

> 世儒或以《剧秦美新》贬之,是不然,此雄不得已而作也。……使雄善为谀佞,撰符命、称功德以邀爵位,当与国师公同列,岂固穷如是哉!②

---

① 《元后诔》作于王莽始建国五年三月,《汉书》卷九八《元后传》有明确记载。《剧秦美新》一文不确知作于何年,据其所述均为始建国元年及以前之事,最早亦当作于此时(详下)。

② [宋]洪迈《容斋随笔》卷一三"晏子扬雄"条,上海:上海古籍出版社1978年版,第168页。

当其时，士皆言符命，劝莽代汉，唯恐其晚，前后封侯者百数；其不附丽者，莽辄杀之。雄为朝廷闻人，既不言符命，然不可以默。逮莽既僭，乃奏《剧秦美新》一篇。（晁说之《嵩山文集》卷一九《扬雄别传下》，《四部丛刊》本）

所以，《剧》《元》二文虽称美王氏，但不可据此认为扬雄真心附莽。事实是，由于扬雄出身微贱，不像刘歆、孔光那样拥有显赫的家世、显耀的政治地位和影响力，在王莽篡汉的过程中，他并未像刘歆、孔光那样为王莽提供实质性的帮助；在王莽代汉之后，他也并未像刘歆、孔光那样得到王莽极大的实质性恩惠。也就是说，扬雄与王莽篡汉，实质上并无多大干系。他之作《剧》《元》二文，只是在感觉到沉重压迫的情势下，虚与委蛇而已。上引李、洪、晁之评，实为得扬子之心者。

还有一类反对王莽篡汉的士人。自平帝起，始终有许多士人旗帜鲜明地反对王莽篡汉，他们往往退隐不仕，甚或公然直言抨击。《后汉书》卷七九《儒林传序》云："昔王莽、更始之际，天下散乱，礼乐分崩，典文残落。及光武中兴，爱好经术，未及下车而先访儒雅，采求阙文，补缀漏逸。先是，四方学士多怀协图书，遁逃林薮。自是，莫不抱负坟策，云会京师，范升、陈元、郑兴、杜林、卫宏、刘昆、桓荣之徒，继踵而集。"这里虽是述说王莽、刘秀之时儒士的去从大势，但可视为此时全体士人出处抉择的缩影，具有普遍性。除范史例举的学人外，可以再举出一些要例：

卓茂。元帝时游学长安，事《鲁诗》博士江生（名翁，号为《鲁诗》宗），兼习《诗》《礼》、历算，称为通儒。哀、平之时，任密县令，以仁为治，教化大行，竟至"天下大蝗，河南二十馀县皆被其灾，独不入密县界"。平帝时王莽秉政，迁卓茂为大司农京部丞。"及莽居摄，以病免归郡，常为门下掾祭酒，不肯作职吏。"至刘秀复汉，征拜太傅，封褒德侯。"茂与同县孔休、陈留蔡勋、安众刘宣、楚国龚胜、上党鲍宣六人同志,不仕王莽,并名重当时。"(《后汉书》卷二五《卓茂传》)

蔡茂。"哀、平间以儒学显,征试博士,对策陈灾异,以高等擢拜议郎,迁侍中。遇王莽居摄,以病自免,不仕莽朝。"刘秀时征拜议郎,迁广汉太守,以政绩称。建武二十年迁司徒。(《后汉书》卷二六《蔡茂传》)

宣秉。"少修高节,显名三辅。哀、平际,见王氏据权专政,侵削宗室,有逆乱萌,遂隐遁深山,州郡连召,常称疾不仕。王莽为宰衡,辟命不应。及莽篡位,又遣使者征之,秉固称疾病。"至刘秀建武元年,征拜御史中丞,迁司隶校尉、大司徒司直。(《后汉书》卷二七《宣秉传》)

王丹。"哀、平时,仕州郡。王莽时,连征不至。家累千金,隐居养志,好施周急。"刘秀复汉,征为太子少傅。(《后汉书》卷二七《王丹传》)

王良。"少好学,习《小夏侯尚书》。王莽时,寝病不仕,教授诸生千余人。"刘秀建武三年,征拜谏议大夫。后迁沛郡太守,征拜太中大夫,大司徒司直。(《后汉书》卷二七《王良传》)

郭丹。从师长安,"常为都讲,诸儒咸敬重之"。王莽征之,丹遂与诸生逃入北地。刘秀建武十三年,大司马吴汉辟举高第,拜并州牧。后迁左冯翊,明帝初为司徒。(《后汉书》卷二七《郭丹传》)

申屠刚。平帝时举贤良方正。王莽篡位,避地河西、巴蜀约二十年,其间力劝隗嚣不要归从公孙述对抗刘汉。刘秀建武七年,征拜御史,迁尚书令。(《后汉书》卷二九《申屠刚传》)

洼丹。"世传《孟氏易》。王莽时,常避世教授,专志不仕,徒众数百人。建武初,为博士,稍迁,十一年,为大鸿胪。作《易通论》七篇,世号《洼君通》。"(《后汉书》卷七九《儒林传上》)

高诩。世传《鲁诗》,"王莽篡位,父子称盲,逃,不仕莽世。光

武即位,大司空宋弘荐诩,征为郎,除符离长。去官,后征为博士。建武十一年,拜大司农"。(《后汉书》卷七九《儒林传下》)

李业。"习《鲁诗》,师博士许晃。(平帝)元始中,举明经,除为郎。会王莽居摄,业以病去官,杜门不应州郡之命。……王莽以业为酒士,病不之官,遂隐藏山谷,绝匿名迹,终莽之世。"(《后汉书》卷八一《独行传》)

刘茂。"习《礼经》,教授常数百人。哀帝时,察孝廉,再迁五原属国候,遭母忧去官。服竟后,为沮阳令。会王莽篡位,茂弃官,避世弘农山中教授。建武二年归,为郡门下掾。……诏书征茂拜议郎,迁宗正丞。后拜侍中,卒官。"(《后汉书》卷八一《独行传》)

应特别提出的是,反对王莽篡汉的士人中也有擅长图谶、数术的学者。如:

> 王莽时,寇贼群发,(郅)恽乃仰占玄象,叹谓友人曰:"方今镇、岁、荧惑并在汉分翼、轸之域,去而复来,汉必再受命,福归有德。……"……西至长安,乃上书王莽曰:"……汉历久长,孔为赤制,不使愚惑,残人乱时。……上天垂戒,欲悟陛下,令就臣位,转祸为福。刘氏享天永命,陛下顺节盛衰,取之以天,还之以天,可谓知命矣。若不早图,是不免于窃位也。……"莽大怒,即收系诏狱,劾以大逆。犹以恽据经谶,难即害之,使黄门近臣胁恽,令自告狂病恍忽,不觉所言。恽乃瞋目詈曰:"所陈皆天文圣意,非狂人所能造。"遂系须冬。会赦得出,乃与同郡郑敬南遁苍梧。(《后汉书》卷二九《郅恽传》)

> (平帝元始)四年,选明达政事、能班化风俗者八人。时并举(谯)玄为绣衣使者,持节,与太仆王恽等分行天下,观览风俗,所至专行诛赏。事未及终,而王莽居摄,玄于是纵使者车,变易姓名,间窜归家,因以隐遁。(《后汉书》卷八一《独行传》)

(王莽)篡位,拜(郭)宪郎中,赐以衣服。宪受衣焚之,逃于东海之滨。莽深忿恚,讨逐,不知所在。(《后汉书》卷八二《方术传上》)

(许杨)少好术数。王莽辅政,召为郎,稍迁酒泉都尉。及莽篡位,杨乃变姓名为巫医,逃匿它界。莽败,方还乡里。(《后汉书》卷八二《方术传上》)

郅恽"理《韩诗》《严氏春秋》,明天文历数",观天象而知汉再受命;谯玄善说《易》《春秋》,成帝时数有灾异,玄辄陈其变;郭宪后为刘秀博士、光禄勋,曾预知齐国火灾;许杨明晓水脉,有异能(如被诬入狱时"械辄自解"之类)。(以上均见《后汉书》各自本传)这些擅长图谶或数术的士人,都忠于刘汉,明确反对王莽篡政。

第二节　刘秀复汉初期的政局与士人心态

从光武帝刘秀即位到建武十二年(36)底,刘汉政权复兴,开始实施休养生息的国策。与此同时,刘秀积极扶持儒学振兴,重建经学博士,重用经生儒士入朝为官。黜莽兴汉,本就是当时社会民心之所向,加之刘秀果断实施顺应民心的政策,刘汉中兴王朝因而极大地赢得了民心、士心。

自王莽僭位居摄始,即不断有反叛其擅政的事件发生。居摄元年(6)四月安众侯刘崇发动兵变,居摄二年(7)九月东郡太守翟义起兵讨莽,虽然都很快失败了,但是他们点燃了反抗王莽擅权篡政的火种。其后,各地规模不一的武装反叛连续不断,直至王莽被杀。尽管各路义军起兵原因不同,目的各异,但是反莽拥刘至少是他们打出的共同旗号,客观上造成了一种民心、思想同趋的社会风势。《后汉书》卷四〇《班彪传》载班彪答隗嚣问,即有云:"王氏擅朝,因窃号位。……是以即真之后,天下莫不引领而叹。十馀年间,中外骚扰,远近俱发,假号云合,咸称刘氏,不谋同辞。……而百姓讴吟,思仰汉德,已可知矣。"这可以视为王莽篡代时期社会民心之所向。

王莽地皇三年(22)十月,刘秀在南阳郡宛县起兵,加入推翻王莽政权的战争,到建武元年(25)六月即皇帝位,建立东汉王朝。随后,东征西讨以平定各地兵乱,至建武十二年(36)十一月平定成都公孙述,天下始大定,刘秀才腾出手来全力建设东汉王朝。

刘秀复汉,在平定各地兵乱、稳固新朝的同时,就开始施行休养生息的政策。《后汉书》卷一《光武帝纪》载:建武二年(26)三月,诏令"中二千石、诸大夫、博士、议郎议省刑法"。建武四年(28)正月及次年二月,"大赦天下"。建武五年(29)五月,因天旱下诏,命令释放除去必死罪之外的囚犯,同时戒令任用官吏要"务进柔良,退贪酷"。十二月,"诏复济阳二年徭役"。建武六年(30)正月,诏令郡国发放谷物,以救济"高年、鳏寡孤独及笃癃、无家属贫不能自存者"。六月下诏简政,以为"张官置吏,所以为人也。今百姓遭难,户口耗少,而县官吏职所置尚繁",诏令合并县国,省减吏员。于是"并省四百馀县,吏职减损,十置其一"。十二月,诏令恢复西汉初年的三十税一旧制:"顷者师旅未解,用度不足,故行什一之税。今军士屯田,粮储差积。其令郡国收见田租三十税一,如旧制。"建武七年(31)正月,诏令释放囚犯,"非犯殊死,皆一切勿案其罪"。同时,诏令天下,倡导薄葬。三月,诏令"罢轻车、骑士、材官、楼船士及军假吏,令还复民伍",也就是令预备役人员归田①。之后几年,刘秀忙于征剿平定隗嚣、公孙述。至建武十一年(35),于二月、八月、十月三下诏令,以为"天地之性人为贵",严禁虐杀残

---

① 李贤注:"《汉官仪》曰:'高祖命天下郡国选能引关蹶张、材力武猛者,以为轻车、骑士、材官、楼船,常以立秋后讲肄课试,各有员数。平地用车骑,山阻用材官,水泉用楼船。'军假吏,谓军中权置吏也。今悉罢之。"

害奴婢。这些政令举措,旨在轻刑减赋,省减官吏,罢兵归田,赈济困乏,保护奴婢,无疑会恢复国力,并且深得民心。

在选官用人方面,刘秀采取了完全不同于前汉建国之时的策略——他在财富和地位上给复国功臣优渥的待遇,却很少授任他们重要的职权。《后汉书》卷二二《朱景王杜马刘傅坚马传》范史之"论",可谓深解刘秀"深图远算"之用心:自秦汉以来,政权更替全凭战力,借重武人。因此,夺得天下之后便厚赏重用武人:"鬻缯屠狗轻猾之徒,或崇以连城之赏,或任以阿衡之地。……自兹以降,迄于孝武,宰辅五世,莫非公侯。"其结果,一是易于发生政治变乱:"势疑则隙生,力侔则乱起";二是不便管理、不堪任用:"直绳则亏丧恩旧,桡情则违废禁典;选德则功不必厚,举劳则人或未贤;参任则群心难塞,并列则其敝未远。"同时,另一个重要弊端,就是重用功臣必然堵塞进贤任能的道路:"使缙绅道塞,贤能蔽壅,朝有世及之私,下多抱关之怨①。其怀道无闻、委身草莽者,亦何可胜言!"于是刘秀"鉴前事之违,存矫枉之志",对待功臣,以"高秩厚礼,允答元功",而不以行政职位赏功。(以上均见《后汉书》卷二二《朱景王杜马刘傅坚马传论》)与此同时,刘秀多次诏令进贤纳言:建武六年冬十月诏:"其敕公卿举贤良方正各一人;百僚并上封事,无有隐讳。"七年三月日食,诏令"百僚各上封事,无有所讳"。四月,诏令"公、卿、司隶、州牧举贤良方正各一人,遣诣公车,朕将览试焉"。(以上均见《后汉书》卷一《光武帝纪》)这样的选官用人举措,不仅开明公正,也与王莽时期"附顺者拔擢,忤恨者诛灭"的官场生态形成鲜明对比,最能获得士人的赞誉。

本书更加关注的是,刘秀在大力推行宽柔仁政的同时,也开始

---

① 李贤注:"世及,谓父子相继也。……抱关,谓守门者。《前书》曰:萧望之署小苑东门候,王仲翁谓望之曰:'不肯碌碌,反抱关为?'"

努力恢复儒学正统,重建经学博士,并重用经生儒士为官。

《后汉书》卷一《光武帝纪》载,建武五年二月,封孔子后裔孔安为殷绍嘉公。十月,"幸鲁,使大司空(宋弘)祠孔子";同时"初起太学。车驾还宫,幸太学,赐博士弟子各有差"。在王朝初复,百废待兴,尤其兵乱未平的情势下,刘秀祭祀孔子、加封孔子后裔、重建太学的作为,明显展露出了新朝的崇儒气象。

据《后汉书》卷七九《儒林传序》,刘秀复汉之初,即着手"立《五经》博士,各以家法教授。《易》有施、孟、梁丘、京氏,《尚书》欧阳、大小夏侯,《诗》齐、鲁、韩,《礼》大、小戴,《春秋》严、颜,凡十四博士,太常差次总领焉"。刘秀建立《五经》十四博士的具体情形及其时间,史书没有集中系统的记载。但根据《后汉书》有关"征拜博士"的零散记述看,十四博士应当是一段时间内逐步建立的。举例来看:范升,传授《梁丘易》,建武二年(26)征拜博士;四年(28)正月,因反对立《左氏春秋》博士而与陈元反复辩论。(见《后汉书》本传)洼丹,传授《孟氏易》,"建武初为博士"。牟长,传授《欧阳尚书》,建武二年"拜博士"。高诩,传授《鲁诗》,建武初"征为博士"。薛汉,传授《韩诗》,"建武初为博士"。伏恭,传授《齐诗》,建武十七年(41)"拜博士"。丁恭,传授《严氏春秋》,"建武初为博士"。张玄,传授《颜氏春秋》,建武初"试策第一,拜为博士"。(以上均见《后汉书》卷七九《儒林传》)可见,从建武初年到建武中期,都有新的博士设立,而以建武初年比较集中。无论其详情如何,有一点是明确的:刘秀复汉之初,便积极重建博士制度。

与此同时,刘秀大量征用名儒宿学,授任要职。举一些例子:卓茂,元帝时在长安师从《鲁诗》博士江翁,并学习《礼》和历算,"究极师法,称为通儒"。而"光武初即位,先访求茂",拜为太傅,封褒德侯。伏湛,九世祖为伏胜,家传《尚书》。乃父伏理师事匡衡,传授《齐诗》。伏湛少传父业,以《齐诗》名家。"光武即位,知湛名儒旧臣，欲令干任内职，征拜尚书，使典定旧制。……建武三年，代邓禹为大司徒，封阳都侯。"王良，习《小夏侯尚书》，建武三年征拜谏议大夫。建武六年，代宣秉为大司徒司直。（以上均见《后汉书》各自本传）刘昆，传习《施氏易》，"建武五年……征拜议郎，稍迁侍中、弘农太守"。洼丹，"世传《孟氏易》。……（建武）十一年，为大鸿胪"。欧阳歙，家传《伏生尚书》，"世祖即位，始为河南尹，封被阳侯。……（建武六年）拜杨州牧，迁汝南太守。……九年，更封夜侯。……视事九岁，征为大司徒"。牟长，建武二年"拜（《欧阳尚书》）博士，稍迁河内太守"。高诩，"光武即位……征为（《鲁诗》）博士。建武十一年，拜大司农"。伏恭，建武十七年"拜（《齐诗》）博士，迁常山太守"。丁恭，"建武初，为谏议大夫、（《严氏春秋》）博士，封关内侯"。锺兴，习《严氏春秋》，建武初年"光武召见……拜郎中，稍迁左中郎将。……封关内侯"。甄宇，"建武中……征拜（《严氏春秋》）博士，稍迁太子少傅"。（以上均见《后汉书》卷七九《儒林传》）

在"百姓讴吟，思仰汉德"的普遍社会心理中，在刘秀复汉随即施行休养生息的国策下，尤其是刘秀积极恢复儒学正统、礼遇经生儒士的举措，赢得了广大士人的真心拥戴。《后汉书》卷七九《儒林传序》云：

> 昔王莽、更始之际，天下散乱，礼乐分崩，典文残落。及光武中兴，爱好经术，未及下车而先访儒雅，采求阙文，补缀漏逸。先是，四方学士多怀协图书，遁逃林薮。自是，莫不抱负坟策，云会京师。范升、陈元、郑兴、杜林、卫宏、刘昆、桓荣之徒，继踵而集。

王莽篡代时"怀协图书，遁逃林薮"的儒生，在刘秀中兴初期纷纷归汉，这就是士心所向。轻刑减赋，精兵简政，进贤纳言，恢复儒学，重建博士制度，重用儒士为官，刘秀复汉初期的这种种举措，必然会极大地赢得当时士人的倾心拥戴,心向往之。

第三节 两汉之际的文学创作倾向

据前后《汉书》及两《汉纪》《东观汉记》等史籍,活动于两汉之际(公元前1~公元36)的文人作家,有扬雄、刘歆、史岑(子孝)、桓谭、冯衍、崔篆、班彪、王隆、夏恭九人。

刘歆(公元前50?~公元23)的文学创作不多,其《遂初赋》(载《古文苑》卷五①,《艺文类聚》卷二七节录②)作于哀帝时,而《甘泉宫赋》(《艺文类聚》卷六二,《初学记》卷二四③)、《灯赋》(《艺文类聚》卷八〇)都仅存少许片段。他作于此一时段的著作《三统历谱》《钟历书》及《功显君丧服议》等奏议,都不是文学作品。

史岑(字子孝,公元前50?~公元10?)的作品④,《后汉书》卷八〇《文苑王隆传》附有简略记载:"王莽末,沛国史岑子孝亦以文章显,莽以为谒者。著颂、诔、《复神》《说疾》凡四篇。"《隋书·经籍志

---

① [宋]章樵注《古文苑》,《四部丛刊》据常熟瞿氏铁琴铜剑楼藏宋刊本影印。本书引证《古文苑》均据此本,以下只注书名、卷次和篇名。

② [唐]欧阳询等编《艺文类聚》,上海:上海古籍出版社2013年影印宋绍兴刻本。本书引证《类聚》,除特别注明者外,均据此本,以下只注书名、卷次和篇名。

③ [唐]徐坚等编《初学记》,北京:中华书局2004年第2版。本书引证《初学记》均据此本,以下只注书名、卷次和篇名。

④ 东汉知名文人中有两个史岑:字子孝者,生活在两汉之际,曾续作《史记》。字孝山者,生活在和帝安帝时期,作品有《出师颂》《和熹邓后颂》等。《文选》卷四七史孝山《出师颂》李善注:"范晔《后汉书》曰:'王莽末,沛国史岑字孝山(按:本作"子孝",李善误引作"孝山")以文章显。'《文章志》及《集林》《今书》《七志》并同,皆载岑《出师颂》,而《流别集》及《集林》又载岑《和熹邓后颂并序》。计莽之末以讫和熹,百有馀年。又《东观汉记》:'东平王苍上《光武中兴颂》,明帝问校书郎:"此与谁等?"对云:"前世史岑之比。"'(按见《东观汉记》卷七《东平宪王苍传》)斯则莽末之史岑,明帝之时已云前世,不得为《和熹之颂》明矣。然盖有二史岑,字子孝者仕王莽之末,字孝山者当和熹之际。但书典散亡,未详孝山爵里,诸家遂以孝山之文载于子孝之集,非也。"

四》云:"梁有王莽中谒者《史岑集》二卷,亡。"①两《唐志》均在《桓谭集》之后著录"《史岑集》二卷"。②史岑(子孝)是当时著名文人,《东观汉记》卷七《东平宪王苍》记载:明帝永平十五年,东平王刘苍上《光武受命中兴颂》,明帝"甚善之,以问校书郎'此与谁等',皆言类相如、扬雄、前代史岑之比"。他也曾续作《史记》(见《史通·古今正史》)。可惜他的作品全部都失传了。

桓谭(公元前23?～公元56?)的著作,据《后汉书》本传,除《新论》二十九篇(其中"《琴道》一篇未成,肃宗使班固续成之")外③,还有"赋、诔、书、奏凡二十六篇"。《隋书·经籍志四》录载:"梁有后汉《桓谭集》五卷,亡。"《旧唐书·经籍志》著录"后汉《桓谭集》二卷","《琴操》二卷,桓谭撰","桓子《新论》十七卷,桓谭撰"。《新唐书·艺文志》著录"桓谭《乐元起》二卷,又《琴操》二卷","《桓谭集》二卷","桓子《新论》十七卷"。然今存桓谭的著作,除《新论》辑本外,只有《仙赋》片段(见《艺文类聚》卷七八)和本传所载《陈时政疏》《抑谶重赏疏》二文,以及《上便宜》《陈便宜》《答扬雄书》三文的残句④;其文学性的作品基本不存了,仅存的《仙赋》片段还是他在成帝时的少作(见赋前小序)。

————

① [唐]魏徵等撰《隋书》,北京:中华书局1973年排印本。本书引用该书均据此本,以下只注书名、卷次和篇名。

② [后晋]刘昫等撰《旧唐书》,北京:中华书局1975年排印本。[宋]欧阳修、宋祁撰《新唐书》,北京:中华书局1975年排印本。本书引用两《唐书》均据此本,以下只注书名、卷次和篇名。

③ 李贤注:"《新论》:一曰《本造》,二《王霸》,三《求辅》,四《言体》,五《见征》,六《遣非》,七《启寤》,八《祛蔽》,九《正经》,十《识通》,十一《离事》,十二《道赋》,十三《辨惑》,十四《述策》,十五《闵友》,十六《琴道》。《本造》《闵友》《琴道》各一篇,馀并有上下。《东观记》曰:'光武读之,敕言卷大,令皆别为上下,凡二十九篇。'"

④ 参见[清]严可均《全上古三代秦汉三国六朝文》之《全后汉文》卷一三。按:严氏《全后汉文》辑录桓谭文,还有题名《启事》的"官吏二千石,布襦羊裘,以白木杯饮食,饰虚诈,欲以求名干誉"几句佚文,未注明出处。此数句佚文见于《太平御览》卷七五九(文字稍异),作者为班彪,严氏误辑于此。

冯衍(公元前20?～公元60?)的作品本来较多,《后汉书》本传云:"所著赋、诔、铭、说、《问交》《德诰》《慎情》、书记说、自序、官录说、策五十篇。"李贤注:"《衍集》见有二十八篇。"《隋书·经籍志四》著录"后汉司隶从事《冯衍集》五卷",两《唐志》均著录"《冯衍集》五卷"。但是今存甚少,比较完整者均见于《后汉书》本传及李贤注。这些较为完整的作品,除去议论时政的游说、奏疏和书信外,唯有《显志赋》及《与妇弟任武达书》属于文学作品,但它们都作于建武末冯衍晚年,不在这个时段,留待下一章论述。

王隆(公元前10?～公元40?)的创作也较多,《后汉书》卷八〇《文苑王隆传》载:"王莽时,以父任为郎。后避难河西,为窦融左护军。建武中,为新汲令。能文章,所著诗、赋、铭、书凡二十六篇。"又,《后汉书·百官志一》:"故新汲令王隆作小学《汉官篇》。"《隋书·经籍志二》著录"《汉官解诂》三篇,汉新汲令王隆撰,胡广注。"又其《经籍志四》云:"梁有《王隆集》二卷,亡。"《新唐书·艺文志》:"王隆《汉官解诂》三卷,胡广注。"王隆主要活动于王莽擅代至刘秀建武年间,可惜他的作品全部亡佚了。

夏恭(生卒年不详)也是当时作品比较多的文人,《后汉书》卷八〇《文苑夏恭传》载:"习《韩诗》《孟氏易》,讲授门徒常千馀人。王莽末,盗贼从横,攻没郡县。恭以恩信为众所附,拥兵固守,独安全。光武即位,嘉其忠果,召拜郎中,再迁太山都尉。……恭善为文,著赋、颂、诗、《励学》凡二十篇。四十九卒官。"王先谦《后汉书集解》引顾炎武曰:"《光武纪》:建武六年初罢郡国都尉官。恭之迁,盖在此年前。"[①]可知夏恭主要活动于王莽擅代至刘秀初年。但是他的作品也全部失传了。

[①] 王先谦《后汉书集解》,北京:中华书局1984年影印虚受堂刊本,第913页。以下引用该书,只注书名、篇名和页码。

上述文人作家，或无作品传世，或是存留的文学创作不在此一时段。限于文献之实存状况，本节只能讨论扬雄、崔篆、班彪在这个时段的创作。

一

据今存史料，扬雄（公元前53～公元18）在此一时段的文学创作有：《逐贫赋》《剧秦美新》《元后诔》《州箴》《官箴》《答刘歆书》《琴清英》和《连珠》。简要考述如下：

《逐贫赋》。载于《艺文类聚》卷三五、《太平御览》卷四八五、《古文苑》卷四，《初学记》卷一八节录。该赋之作年，陆侃如说"疑当作于暮年穷愁之际"，故拟定为王莽始建国四年（12）所作①。龚克昌《全汉赋评注》赞同此说②。张震泽《扬雄集校注》则谓"此赋盖以文为戏，作期不能确定"③。按：有学者以为此赋当作于扬雄未出川之时，与其《蜀都赋》《蜀王本纪》并为扬雄青年时期的作品④。此说貌似有理，但实与青年扬雄之精神状态不合。《汉书》本传谓："雄少而好学，不为章句，训诂通而已，博览无所不见。为人简易佚荡。……清静亡为，少耆欲，不汲汲于富贵，不戚戚于贫贱，不修廉隅以徼名当世。家产不过十金，乏无儋石之储，晏如也。自有大度，非圣哲之书不好也；非其意，虽富贵不事也。"一个有着崇高精神追求的十分自信自负的青年，更可能坚守"君子固穷"理想。只有经历了数十年世事坎坷，直至晚年仍然穷困潦倒，才更有可能思虑"逐贫"的话题（无论出于真诚抑或嘲戏等何种心态）。

---

① 陆侃如《中古文学系年》，北京：人民文学出版社1985年版，第43页。以下引证此书，只注作者、书名和页码。
② 龚克昌《全汉赋评注》，石家庄：花山文艺出版社2003年版，第373页。
③ 张震泽《扬雄集校注》，第148页。
④ 见蓝秀隆《扬子法言研究》，台北：文津出版社1978年版。

《汉书·扬雄传赞》谓:"雄三世不徙官。及莽篡位……雄复不侯,以耆老久次转为大夫。"王莽诛杀甄丰父子后,"雄以病免,复召为大夫。家素贫,耆酒,人希至其门"。这种晚境,与《逐贫赋》沉着老成的人生况味的表述,心神更加相合。所以,《逐贫赋》作于扬雄晚年的判断比较合理。

《剧秦美新》。载于《文选》卷四八和《艺文类聚》卷一〇。当作于王莽始建国元年(9)前后。班固《典引序》云:"扬雄《美新》,典而亡实。"(《文选》卷四八)《文选》扬雄《剧秦美新》李善注题解引李充《翰林论》云:"扬子论秦之剧,称新之美,此乃计其胜负,比其优劣之义。"《颜氏家训·文章篇》云:"(扬雄)著《剧秦美新》,妄投于阁。"①可证扬雄的确作过《剧秦美新》。但此文究竟作于何年?陆侃如《中古文学系年》因文中有"诸吏中散大夫臣雄稽首再拜"句,而《王莽传中》记载始建国元年"封拜卿大夫侍中尚书官凡数百人",推测"雄为大夫,当在此数百人中","此篇大约是答谢升迁而作",因此系于始建国元年②。张震泽《扬雄集校注》则云:"按《王莽传》,始建国二年十一月收捕甄丰父子。雄自投阁当在此时,则其惧祸而献《剧秦美新》,亦当在是年,文中所言,皆是年以前事,可证。"③陆、张二说相差一年,然均在王莽始建国初。

《元后诔》。载于《古文苑》卷二〇,《艺文类聚》卷一五节录(题作《皇后诔》)。作于王莽始建国五年(13)。《汉书》卷九八《元后传》载:"太后年八十四,建国五年二月癸丑崩。三月乙酉,合葬渭陵。莽诏大夫扬雄作诔,曰:'太阴之精,沙麓之灵。作合于汉,配元生成。'"

《州箴》和《官箴》。今存三十三篇,大部分保存在《古文苑》卷

---

① 王利器《颜氏家训集解》,北京:中华书局1993年版,第259页。
② 陆侃如《中古文学系年》,第40页。
③ 张震泽《扬雄集校注》,第207页。

一四、卷一五,唐宋类书《北堂书钞》《艺文类聚》《初学记》《太平御览》及《文选》注也有部分引录。其创作时间,应是王莽居摄年间(6～8)。《汉书》卷八七《扬雄传赞》曰:"箴莫善于《虞箴》,作《州箴》。"又其卷三〇《艺文志·诸子略》"扬雄所序三十八篇"自注:"箴二。"察《后汉书》卷四四《胡广传》有云:"杨雄依《虞箴》作十二州、二十五《官箴》,其九箴亡阙。"沈钦韩据此以为,《汉志》"'箴二'下有脱字。……见存应有二十八箴也";陶宪曾则认为:"《州箴》《官箴》合为'箴二'。"①至于其具体篇数,后汉胡广说三十七篇中"九箴亡阙",而严可均《全汉文》则辑录了三十三篇,严氏解释道:"所谓亡阙者,谓有亡有阙。《侍中》《太史令》《国三老》《太乐令》《太官令》五箴多阙文,其四箴亡,故云'九箴亡阙'也。《百官箴》收整篇不收残篇,故子云仅二十八篇。群书征引据本集,本集整篇残篇兼载,故有三十三篇。其《司空》《尚书》《太常》《博士》四箴,《艺文类聚》作扬雄,必可据信也。"(严可均《全汉文》卷五四)这三十七箴的创作时间,据陆侃如考证,"大约在王莽改十三州为十二州之后(按:事在元始五年,见《汉书》卷九十九《王莽传上》)。……作箴当在元始五年以后。同时,我们也可以知道它们的写作在王莽更改官制之前(按:事在始建国元年,见《汉书》卷九十九《王莽传中》)。……作箴当在始建国元年之前"②。合理可从。

《答刘歆书》。载于传本《方言》和《古文苑》卷一〇,《艺文类聚》卷八五、《太平御览》卷八一四节录。当作于王莽天凤三年(16)。此书信之缘由,是刘歆来信索求扬雄所著《方言》,扬雄遂作此答书。宋代以来颇有怀疑《答刘歆书》为伪作者,四库馆臣、戴震《方言疏证》等力证其真,此后再无疑议。此文之作年,据文中所述可以推

---

① 沈、陶之说,见王先谦《汉书补注》引,《续修四库全书》第269册,第228页。

② 陆侃如《中古文学系年》,第39页。

算:"雄为郎之岁,自奏:少不得学,而心好沈博绝丽之文,愿不受三岁之奉,且休脱直事之繇,得肆心广意,以自克就。有诏可,不夺奉,令尚书赐笔墨钱六万,得观书于石室。……故天下上计孝廉及内郡卫卒会者,雄常把三寸弱翰,赍油素四尺,以问其异语,归即以铅摘次之于椠,二十七岁于今矣。"《汉书》卷八七《扬雄传赞》云:"奏《羽猎赋》,除为郎,给事黄门。"据《汉书》卷一〇《成帝纪》,元延二年(前11)"冬,行幸长杨宫,从胡客大校猎";衡之《汉书》本传,扬雄作《羽猎赋》、为郎就在此年末。由此下推二十七年,即为王莽天凤三年。

《琴清英》。今仅存六段佚文,见于《水经注》卷三三,《艺文类聚》卷九〇,《通典》卷一四四,《太平御览》卷五七七、五七八、九一七,《乐府诗集》卷五七,《事类赋注》卷一一,《太平广记》卷四六一,《路史·发挥卷二·神农琴说》等引录。其创作时间,当在平帝元始四年(4)前后。《汉书》卷三〇《艺文志·诸子略》"扬雄所序三十八篇"自注:"《太玄》十九,《法言》十三,《乐》四,《箴》二。"姚振宗《汉书艺文志条理》卷二之上:"案《王莽传》元始四年立《乐经》,《论衡·超奇篇》谓蜀郡阳城衡所作。《隋志》有《乐经》四卷,不著撰人,或以为即阳城衡之书。今案本《志》云'《乐》四',疑即王莽在平帝时所立。当时成书不一其人,故王仲任归之阳城衡,班孟坚归之扬雄;犹《论语集解》同撰者五人,诸史志归之何晏,《晋书》归之郑冲也。"[1]陆侃如《中古文学系年》综核《汉书》之《艺文志》《王莽传》及姚振宗说,拟定《琴清英》作于此年。[2]

《连珠》。今存四段佚文,载于《太平御览》卷四六八、四六九,及《艺文类聚》卷五七,《文选》卷四九干宝《晋纪总论》、卷五〇范晔

---

[1] 《二十五史补编》,北京:中华书局1955年重印开明书店原版,第1599页。以下引证此书,只注书名和页码。

[2] 陆侃如《中古文学系年》,第29页。

《后汉书光武纪赞》、卷五四陆机《五等诸侯论》注。至于《连珠》具体作于何时，则因史料乏征，难以确考了。但就其佚文片段来看，讲说政治原则和愿景，旨趣与《州箴》《官箴》相同，蠡定其作于同一时段，应无大谬。

据上述，本节即以《州箴》《官箴》《剧秦美新》《元后诔》《答刘歆书》《逐贫赋》《连珠》及《琴清英》为据，分析扬雄在此一时段的文学创作思想。

首先，扬雄此一时段的作品，其主要的创作倾向，仍然是与社会政治密切相连，这是他创作的基本旨趣。其《剧秦美新》《元后诔》，多称符命以颂赞王莽新朝深得天意民心——尽管这是迫于王莽篡代的政治时势高压，未必代表扬雄的本心诚意。其《州箴》《官箴》及《连珠》，纵论古今王朝之迁变和历史镜鉴，深刻表达自己的政治制度见解。以上作品述论政治的品性显而易见，可不必赘言。即便如《逐贫赋》这样"以文为戏"（《古文苑》章樵解题语）的作品，也有"人皆文绣，余褐不完；人皆稻粱，我独藜飡。……徒行负赁，出处易衣。身服百役，手足胼胝。或耘或耔，露体沾肌。朋友道绝，进官凌迟"（《古文苑》卷四）这样与社会政治直接相关的内心郁愤的抒发。即便如《连珠》这种炫技文字，也有"臣闻明君取士，贵拔众之所遗。忠臣荐善，不废格（一作俗）之所排①。是以岩穴无隐，而侧陋章显也"（《艺文类聚》卷五七）、"圣明在上，禄不遗贤，罚不偏罪，君子小人，各处其位"（《太平御览》卷四六九）这样政治愿景的表达。即便如《琴清英》这样述论音乐的文字，也有"舜弹五弦之琴，而天下化。尧加二弦，以合君臣之恩"（《通典》卷一四四《乐

---

① 以上二句，《艺文类聚》原作"忠臣不荐，善废格而所排"，应有误。今据〔北宋〕吴棫《韵补》卷一《五支》（《丛书集成初编》本）、《北堂书钞》卷一〇二〔明〕陈禹谟《补注》（文渊阁《四库全书》本）及《佩文韵府》卷四二、卷四六（文渊阁《四库全书》本）之引文校改。

四·八音》①,又见《太平御览》卷五七七)、"祝牧与妻偕隐,作琴歌云:天下有道,我黼子佩;天下无道,我负子戴"([清]马骕《绎史》卷一四五②)这样的政教意旨的阐发。可见,在这个时段扬雄的创作里,赋、诔、箴、连珠这些文类,固然存在着抒情述志的成分,但总体上还是倾向于政治观感和见解的表达,文学仍然从属于政治,为政教服务。这是有汉以来人们的基本认知,扬雄概莫能外。

其次,对文体的开拓,是扬雄这个时段创作最重要的文学贡献。他在这个时段创作的文体,有一般意义的文、书(信)和赋,还有诔、箴、连珠以及较为特别的《剧秦美新》。他的文(《琴清英》)和书(《答刘歆书》),文体新变意义不足;他的《逐贫赋》,虽篇幅短小,但仍是呈现虚设问答、铺排文字以表情达意的大赋风神,延续其《甘泉》《河东》《羽猎》《长杨》四赋的基本写法③——只是由于题材的缘故,文辞质朴了些。以上作品,均可毋论矣;这里主要讨论其他四体。

诔之首创,任昉《文章缘起》④谓:"汉武帝《公孙弘诔》。"然汉武帝曾作《公孙弘诔》,后世已不闻其事,亦不见其辞。《文心雕

---

① [唐]杜佑撰,王文锦等点校《通典》,北京:中华书局1988年版。本书引证《通典》均据此本。

② [清]马骕撰,王利器整理《绎史》,北京:中华书局2002年版,第3520页。

③ 关于扬雄初入京师的大赋创作特点,参见拙著《西汉文学思想史》第六章第二节,台北:台湾商务印书馆2013年修订版,第237—245页。

④ [齐梁]任昉《文章缘起》一卷,[宋]章如愚《群书考索》(一名《山堂考索》)前集卷二一"文章门"收录(台湾商务印书馆影印文渊阁《四库全书》第936册,第271—274页);[宋]陈元靓编《新编纂图增类群书类要事林广记》后集卷七"辞章类"亦收录(上海古籍出版社影印《续修四库全书》第1218册,第354—355页)。以下引用《文章缘起》均据《考索》本,参以《事林广记》本,不再出注。按:关于任昉《文章缘起》的真伪、版本及其学术价值,吴承学《中国古代文体学研究》(北京:人民出版社2011年版)下编第四章《任昉〈文章缘起〉考论》议论周洽,可参见。

龙·诔碑》①云:"诔者,累也,累其德行,旌之不朽也。夏商已前,其详靡闻。周虽有诔,未被于士。又贱不诔贵,幼不诔长,在万乘则称天以诔之。读诔定谥,其节文大矣。自鲁庄战乘丘,始及于士②。逮尼父卒,哀公作诔③,观其'憖遗'之切,'呜呼'之叹,虽非叡作,古式存焉④。至柳妻之诔惠子⑤,则辞哀而韵长矣。暨乎汉世,承流而作。扬雄之诔元后,文实烦秽,沙麓撮其要。"据此可知,诔这种文体,其初始义例有三:一为"贱不诔贵,幼不诔长";二为"累其德行";三为"定谥"。这是刘勰祖述前人的解释:《礼记·曾子问》即有云:"贱不诔贵,幼不诔长,礼也。"《周礼·春官·大祝》"作六辞,以通上下亲疏远近……六曰诔"贾公彦疏引郑众云:"诔谓积累生时德行,以锡(赐)之命主为其辞也。"《礼记·曾子问》郑玄注云:"诔,累也,累列生时行迹,读之以作谥。谥当由尊者成。"

---

① [梁]刘勰著,范文澜注《文心雕龙注》,北京:人民文学出版社1958年版。本书引证《文心雕龙》,除特别注明者外,均据此本,只随文标注书名和篇名。
② 《礼记·檀弓上》:"鲁庄公及宋人战于乘丘,县贲父御。……马惊,败绩。……县贲父曰:'他日不败绩,而今败绩,是无勇也。'遂死之。……(公)遂诔之。士之有诔,自此始也。"(北京:中华书局1980年影印《十三经注疏》本)
③ 《左传·哀公十六年》:"夏四月己丑,孔丘卒。公诔之曰:'旻天不吊,不憖遗一老,俾屏余一人以在位,茕茕余在疚!呜呼哀哉,尼父!无自律。'"(北京:中华书局1980年影印《十三经注疏》本)
④ [清]纪昀评云:"诔之传者始于是,故标为古式。"(黄叔琳注,纪昀评《文心雕龙》,[清]道光十三年成都励志勉学讲舍重校刊本)
⑤ 《列女传》卷二《贤明传·柳下惠妻》载此诔文:"夫子之不伐兮,夫子之不竭兮,夫子之信诚而与人无害兮。屈柔从俗,不强察兮。蒙耻救民,德弥大兮。虽遇三黜,终不蔽兮。恺悌君子,永能厉兮。嗟呼惜哉,乃下世兮。庶几遐年,今遂逝兮。呜呼哀哉,魂神泄兮。夫子之谥,宜为惠兮。"([清]道光五年扬州阮福摹刊南宋建安余仁仲刻本)按:柳下惠为鲁僖公(釐公)时人,比孔子早近百年。刘勰在此先述哀公诔孔子,后说柳妻诔其夫,盖不以柳妻诔文为真也;然又置于汉世之前,则犹以为战国之文。纪昀评曰:"此诔体之始变,然其文出《列女传》,未必果真出柳下妇也。"(黄叔琳注,纪昀评《文心雕龙》,[清]道光十三年成都励志勉学讲舍重校刊本)即便此诔经过了刘向的加工甚或重写,它也在扬雄之前,并不影响本书的述评。

诔文的这三个本始义例,今已不见上古的文例实证。至春秋末鲁哀公诔孔子,诔文的作法有了新变——唯有累述生时德行,而不定谥号。《左传·哀公十六年》孔颖达疏:"此传唯说诔辞,不言作谥。传记群书皆不载孔子之谥。盖唯累其美行,示已伤悼之情而赐之命耳。不为之谥,故书传无称焉。"(以上引文,均见中华书局1980年影印《十三经注疏》)吴讷《文章辨体序说》判断道:"后世有诔辞而无谥者,盖本于此。"①至传为柳下惠妻之诔夫文,文章篇幅增多,"累"的特征得到显现,即刘勰所谓"辞哀而韵长"矣。到了扬雄的《元后诔》,诔之文体义例和风貌又有了新变:其一,不再坚持"贱不诔贵,幼不诔长"的原则,一介普通的中散大夫,也可以为驭国四朝的皇太后作诔——尽管这是王莽指令扬雄撰写的,但确也切实体现了诔文义例的变化②。其后杜笃诔吴汉(见《艺文类聚》卷四七节引)、傅毅诔明帝、苏顺和崔瑗诔和帝(以上见《艺文类聚》卷一二节引)等,便都不再持守"贱不诔贵,幼不诔长"这个原则了。其二,《元后诔》不仅"累列生时行迹",还大量加入谶纬的内容,并笼盖全文:"沙麓之灵,太阴之精③。天生圣姿,豫有祥祯。作合于汉,配元生成。"这是说元后王政君天生即为天精地灵,早有祥瑞征

---

① [明]吴讷著,于北山校点《文章辨体序说》,[明]徐师曾著,罗根泽校点《文体明辨序说》,北京:人民文学出版社1998年版,第53页。以下征引此二著,均据此本。

② 《艺文类聚》卷一五:"晋左九嫔《上元皇后诔表》曰:伏惟圣善宣慈,仁洽六宫,含弘光大,德润四海。妾闻之前志:卑不诔尊,少不诔长。扬雄,臣也,而诔汉后;班固,子也,而诔其父;皆以述扬景仁,显之竹帛。岂所谓三代不同礼,随时而作者乎?"

③ 《汉书》卷九八《元后传》载:元后父王翁孺徙居魏郡元城委粟里,元城建公曰:"昔春秋沙麓崩,晋史卜之,曰:'阴为阳雄,土火相乘,故有沙麓崩。后六百四十五年,宜有圣女兴。'其齐田乎!今王翁孺徙,正直其地,日月当之。元城郭东有五鹿之虚,即沙鹿地也。后八十年,当有贵女兴天下。"是即所谓"沙麓之灵"。本传又载:母李氏怀孕元后时,曾"梦月入其怀"。是即所谓"太阴之精"。

兆，所以她嫁元帝、生成帝，都是天意必然。"兆征显见，新都黄龙①。"这是说王莽代汉早已有黄龙见于新都的吉兆，实乃天命。"冀以金火，赤仍有央。勉进大圣，上下兼该。群祥众瑞，正我黄来②。火德将灭，惟后于斯。天之所坏，人不敢支。"金指刘姓；火为汉德，故色尚赤。这是以五德终始之说印证王莽代汉的合理性，故下文又有"皇天眷命，黄虞之孙。历世运移，属在圣新。代于汉刘，受祚于天。汉祖承命，赤传于黄"云云。此即刘勰所谓"沙麓撮其要"——以符命肯定王莽代汉，成为诔文的基调和主旨。这固然是特殊时势背景下迎合王莽的喜好和诉求，也确实体现着诔文全新的风貌。其三，最重要的，比起之前的诔文，《元后诔》篇幅极大加长，不再是简要叙述命主的德行勋绩而后痛抒悲悼之情，而是以赋法作诔，多方铺陈命主的生时行迹，空前突出了"累"的特征（刘勰所谓"文实烦秽"盖即指此）；篇末以简短文字抒发"呜呼哀哉"的悲悼之情。这种写法，成为后世诔文的基本模样。

箴之初创，《汉书》卷八七《扬雄传赞》及《后汉书》卷四四《胡广传》都说，扬雄是仿《虞箴》创作了《州箴》《官箴》。挚虞《文章流别论》也说："扬雄依《虞箴》作《十二州十二官箴》，而传于世。"（《北堂书钞》卷一〇二③）《虞箴》载于《左传·襄公四年》④。《文心雕龙·

---

① 《汉书》卷一〇《成帝纪》：永始元年五月封王莽为新都侯。《汉书》卷九九《王莽传中》云：始建国元年秋，王莽"班《符命》四十二篇于天下。德祥五事……其德祥，言文宣之世黄龙见于成纪、新都，高祖考王伯墓门梓柱生枝叶之属"。

② 《古文苑》卷二〇《元后诔》章樵注："莽自以代汉为土德，色尚黄。"

③ ［隋唐］虞世南编《北堂书钞》，［清］光绪十四年南海孔氏三十有三万卷堂影宋刊本，《续修四库全书》第1212—1213册。本书引用《书钞》，除特别说明者外，均据此本，以下只注书名、卷次和篇名。

④ 《左传·襄公四年》载，魏绛以夏后羿为戒，劝谕晋悼公怀柔戎狄，有云："昔周辛甲之为大史也，命百官，官箴王阙。于《虞人之箴》曰：'芒芒禹迹，画为九州，经启九道。人有寝、庙，兽有茂草；各有攸处，德用不扰。在帝夷羿，冒于原兽，忘其国恤，而思其麀牡。武不可重，用不恢于夏家。兽臣司原，敢告仆夫。'《虞箴》如是，可不惩乎？"（北京：中华书局1980年影印《十三经注疏》本）

铭箴》胪述箴之源流云："箴者，所以攻疾防患，喻针石也。斯文之兴，盛于三代。夏商二箴，馀句颇存①。及周之辛甲，百官箴阙，唯《虞箴》一篇②，体义备焉。迄至春秋，微而未绝。故魏绛讽君于后羿，楚子训民于在勤③。战代已来，弃德务功。铭辞代兴，箴文委(萎)绝。至扬雄稽古，始范《虞箴》，作卿尹州牧二十五篇。"据刘勰所述，则箴文在上古三代之时已颇为兴盛，且"体义备焉"。其后不绝如缕，直到扬雄仿《虞箴》作《州箴》《官箴》数十篇，才使箴体重新发扬光大。三代官箴兴盛之情形，缘于文献缺失已不复见，但是幸存于《左传》的《虞箴》，却直观地呈示着箴的基本写作模式：其一，箴的创作目的明确，就是对官位职守的规讽、规诫，吴讷《文章辨体序说》引吕祖谦云："凡作箴，须用'官箴王阙'之意。箴尾须依《虞箴》'兽臣司原，敢告仆夫'之类。"其二，箴的基本内容，须有与该官职相关的历史掌故，以加强规讽的典重和力度。其三，箴的基本形式，是以四言为主的典雅韵文，以"敢告某某"结束。以上三点，应就是刘勰所说的箴之"体义"。以此衡量扬雄的《州箴》《官箴》(今

---

① 今尚存此二箴佚句：《逸周书》卷三《文传解》引用了《夏箴》的两个片段："中不容利，民乃外次"；"小人无兼年之食，遇天饥，妻子非其有也；大夫无兼年之食，遇天饥，臣妾舆马非其有也。"(黄怀信等《逸周书汇校集注》，上海：上海古籍出版社 2007 年版。按《北堂书钞》卷一〇二引《夏箴》云："天有四殃，水旱饥荒。非务积聚，何以备粮。"据今传《逸周书》，此四句佚文不在其征引之《夏箴》内)《吕氏春秋·有始览·应同》引用了《商箴》二句："天降灾布祥，并有其职。"(陈奇猷《吕氏春秋新校释》，上海：上海古籍出版社 2002 年版)

② "及周之辛甲"三句，原作"及周之辛甲百官箴一篇"，有缺漏。今据敦煌写本《文心雕龙》残卷(见林其锬、陈凤金《增订文心雕龙集校合编》，上海：华东师范大学出版社 2011 年版)和《太平御览》卷五八八录《文心雕龙》文补全。

③ 《左传·宣公十二年》栾武子曰："楚自克庸以来，其君无日不讨(杜预注：讨，治也)国人而训之于民生之不易、祸至之无日、戒惧之不可以怠；在军，无日不讨军实而申儆之于胜之不可保、纣之百克而卒无后，训之以若敖、蚡冒筚路蓝缕以启山林。箴之曰：'民生在勤，勤则不匮。'"(北京：中华书局 1980 年影印《十三经注疏》本)

存三十三篇,其中五篇残缺),无论其作意,还是其风貌、体式,与《虞箴》都十分相近。也就是说,扬雄这一组箴文的文体开拓意义不足;它的文学史意义,主要在于传承了箴之文体并使之重新辉煌。扬雄之后,如刘騊駼《郡太守箴》、崔駰《河南尹箴》(以上见《艺文类聚》卷六)、皇甫规《女师箴》、傅幹《皇后箴》(以上见《艺文类聚》卷一五)等,风貌均大抵相同。

连珠之初创,任昉《文章缘起》谓:"扬雄作。"《艺文类聚》卷五七引沈约《注制旨连珠表》说:"窃寻连珠之作,始自子云。放(仿)《易》象《论》,动模经诰。班固谓之命世,桓谭以为绝伦。"《文心雕龙·杂文》也说:"扬雄覃思文阔,业深综述,碎文琐语,肇为连珠。"他们都说是扬雄首创了连珠之体。但是《艺文类聚》卷五七引傅玄《叙连珠》则有另说:"所谓连珠者,兴于汉章帝之世,班固、贾逵、傅毅三子受诏作之;而蔡邕、张华之徒又广焉。"(《北堂书钞》卷一〇二、《文选》卷五五陆机《演连珠》刘孝标题解、《太平御览》卷五九〇及《事物纪原》卷四均有引述)若按时代先后来看,傅玄的说法更早,可信度应该更高。不过,《艺文类聚》、《文选》注和《太平御览》都引录了扬雄《连珠》,这便在事实上印证了扬雄首创之说的正确。所以徐师曾《文体明辨序说》云:"盖自扬雄综述碎文,肇为连珠,而班固、贾逵、傅毅之流,受诏继作。傅玄乃云兴于汉章之世,误矣。"连珠的文体特征,沈约《注制旨连珠表》特别突出了其篇章结构的特色:"连珠者,盖谓辞句连续,互相发明,若珠之结排也。"傅玄《叙连珠》则概述得比较周全:"其文体,辞丽而言约;不指说事情,必假喻以达其旨,而贤者微悟,合于古诗劝兴之义;欲使历历如贯珠,易睹而可悦,故谓之连珠也。"据此,则连珠的创作旨意,是"假物陈义以通讽谕"(徐师曾《文体明辨序说》);其表达特征,是"辞丽而言约";其组构体式,是"辞句连续,互相发明,若珠之结排"。不过,由于扬雄《连珠》今只残存片段①,已难以体会傅玄、沈约的说法。只有借助两汉其他作者的存文,方可有效印证《连珠》的上述体貌特征②。至于吴讷《文章辨体序说》所指连珠体"四六对偶而有韵"的句式,则应是依据陆机《演连珠》(见《文选》卷五五)而揭出的,两汉之时尚非定式。连珠体,后世一般都归入"杂文"范畴。它是在同一话题或语境中,以体格、句式大体相同的段落连贯陈述,每章都用"臣闻某某"开头,类比托喻以讽谕政治。这是一种新巧的文章结构形式③。所以刘勰说,扬雄的《连珠》,与宋玉《对问》、枚乘《七发》一样,都是"智术之子,博雅之人,藻溢于辞,辞盈乎气,苑囿文情,故日新殊致"的结果。刘勰不大看得起这种新创的文体,认为是"文章之枝派,暇豫之末造"(以上见《文心雕龙·杂文》)。但是从文体发展的角度看,此种文章组构,尽管不免文字炫技的嫌疑,但是确有其实用意旨,并且结构新颖自成一体,的确是扬雄丰富文体样式的重要贡献。扬雄之后,写作连珠可谓蔚然成风,据《后汉书》各本传及唐宋类书、《文选》注,东汉的杜笃、班固、傅毅、贾逵、刘珍、服虔、蔡邕

---

① 扬雄《连珠》今仅存四个片段,其中只有一章是完整的:"臣闻天下有三乐,有三忧焉。阴阳和调,四时不忒,年谷丰遂,无有夭折,灾害不生,兵戎不作,天下之乐也。圣明在上,禄不遗贤,罚不偏罪,君子小人,各处其位,众臣之乐也。吏不苟暴,役赋不重,财力不伤,安土乐业,民之乐也。乱则反焉,故有三忧。"(《太平御览》卷四六九)

② 如班固《拟连珠》:"臣闻公输爱其斧,故能妙其巧;明主贵其士,故能成其治。/臣闻良匠度见材,而成大厦;明主器其士,而建功业。/臣闻听决价而资玉者,无楚和之名;因近习而取士者,无伯乐之功。故玙璠之为宝,非胭绘之术也;伊吕之佐,非左右之旧。/臣闻鸾鸟养六翮以凌云,帝王乘英雄以济民。《易》曰:'鸿渐于陆,其羽可以为仪。'/臣闻马伏枥而不用,则驽与良而为群;士齐僚而不职,则贤与愚而不分。"(《艺文类聚》卷五七)蔡邕《广连珠》:"臣闻目瞤耳鸣,近夫小戒也;狐鸣犬嗥,家人小袄也;犯忌慎动,作封镇书符以防其祸。是故天地示异,灾变横起,则人主恒恐惧而修政。"(《太平御览》卷四五九)

③ 荀子作《成相篇》以讽谕政治,也是"历历如贯珠"的结构方式,但是二者的文题和句式都不相同。扬雄开创连珠体,或亦曾受到《成相》的启发。

及方术士韩说等,都有《连珠》文创作。

《剧秦美新》,《文心雕龙》纳入《封禅篇》,与司马相如《封禅书》(见《史记》卷一一七《司马相如传》,《文选》卷四八题为《封禅文》)、张纯《泰山刻石文》①(见《后汉书·祭祀志上》)、班固《典引》(见《文选》卷四八,《艺文类聚》卷一〇)、邯郸淳《受命述》(见《艺文类聚》卷一〇)、曹植《魏德论》(见《艺文类聚》卷一〇)一并述之。任昉《文章缘起》也专列"封禅书"一体,云:"汉文园令司马相如。"萧统《文选》,则专列"符命"体,收录《封禅文》《剧秦美新》《典引》三篇,文体意识更为鲜明些②。实际上,刘勰、萧统等把此一主题的文章归为一体,主要还是来自原作者的认识。扬雄《剧秦美新序》说:"往时司马相如作《封禅》一篇,以彰汉氏之休。臣……敢竭肝胆,写腹心,作《剧秦美新》一篇,虽未究万分之一,亦臣之极思也。"班固《典引序》也说:"伏惟相如《封禅》,靡而不典;杨雄《美新》,典而亡实。然皆游扬后世,垂为旧式。臣……不胜区区,窃作《典引》一篇。"扬雄作《剧秦美新》上牵《封禅书》,班固作《典引》上连《封禅书》《剧秦美新》,都引为同类。此一类文体(《文选》称"符命")的特

---

① 《后汉书》卷三五《张纯传》:"中元元年,帝乃东巡岱宗,以纯视(李贤注:"视,比也。")御史大夫从,并上元封旧仪及《刻石文》。"

② 古人区分文体,或以体式,或以作法,或以主题,甚或以标题等随机划分,没有统一标准。《文选》之"符命"类,是以文章内容立体,故后世体认不一。有遵从者,也有如吴讷《文章辨体序说》等不列"符命"体者,还有认为当归入颂赞一类者——如章学诚《文史通义·诗教下》:"若夫《封禅》《美新》《典引》,皆颂也"(叶瑛校注本,北京:中华书局1985年版,第81页);蒋伯潜《文体论纂要》:"'符命'者,谓天降瑞应,以为帝王受命之符;人臣作为文章,侈陈瑞应,铺张功德,即谓之'符命'。如司马相如底《封禅文》,扬雄底《剧秦美新》,班固底《典引》皆是。此种文章,实与设辞托讽的'赋'相远,而与称扬功德的'颂'相近,当归入'颂赞'一类。"(上海:正中书局1946年版,第164页)依照今天的通识,文体划分应以体式为统一标准,故以"符命"标体的确不恰当,归入一般的"文"或是"赋"(如马积高《赋史》即云:"《剧秦美新》实亦赋。"上海:上海古籍出版社1987年版,第91页),可能会更妥帖一些。

征是:其意旨,是称颂帝王受命之符瑞,以证当朝得位符合天意,政治意义极为重大,故刘勰说"兹文为用,盖一代之典章也";其作法,刘勰说:"构位之始,宜明大体。树骨于训典之区,选言于宏富之路,使意古而不晦于深,文今而不坠于浅。义吐光芒,辞成廉锷,则为伟矣。"(《文心雕龙·封禅》)在受命于天的基本格局下,须大量征引经典故实以与符命之说互证,文辞须典雅宏富,意旨应古雅典重又明白晓畅。具体说到扬雄的《剧秦美新》,《文心雕龙·封禅》评论道:"观《剧秦》为文,影写长卿,诡言遁辞,故兼包神怪。然体制靡密①,辞贯圆通。"这就是说,较之司马相如,扬雄之文引述典故、符命更加绵密,铺陈更多,典故、符命与时事更能融会贯通。至于班固《典引序》批评"《美新》典而亡实",那是因为扬雄是以符命歌颂新莽——而班固不认可王莽篡代,视新莽为无物;若说不实,则符命之说全都"亡实"。

上述而外,任昉《文章缘起》还罗列了扬雄开创的其他几个文体:"反骚,汉扬雄作";"志录,扬雄作";"记,扬雄作《蜀记》";"解嘲,扬雄作。"其中"志录"不明所以②,亦无作品传世;其他各体则均作于哀帝之前,这里从略。

扬雄擅长仿作前人之文类,《汉书》卷八七《扬雄传赞》谓:"以为经莫大于《易》,故作《太玄》;传莫大于《论语》,作《法言》;史篇莫善于《仓颉》,作《训纂》;箴莫善于《虞箴》,作《州箴》;赋莫深于《离

---

① 体制,原作"骨掣"。范文澜《文心雕龙注》曰:"此'骨掣'之'掣',当作'制'。"王利器《文心雕龙校证》曰:"'制'原作'掣',义不可通,今改。且疑'骨'亦'體'之坏文。"(上海:上海古籍出版社1980年版,第153页)杨明照《文心雕龙校注拾遗》曰:"按'骨掣'二字不辞,疑当作'体制'。"(上海:上海古籍出版社1982年版,第188页)今据改。

② [明]陈懋仁《文章缘起注》曰:"志,识也。录,领也。《书》曰'书用识哉'(按见《尚书·益稷》),谓录其过恶,以识于册。古史《世本》编以简册,领其名数,故曰录也。"(文渊阁《四库全书》本)

骚》,反而广之;辞莫丽于相如,作四赋。皆斟酌其本,相与放依而驰骋云。"汉魏六朝文坛流行仿作之风,扬雄无疑是极为重要的开拓者和示范者。但是仿作之事,不能简单贬斥,好的仿作往往能够以模仿为创新,对相关文体的完善和成熟,对文学艺术表现能力的进步和提高,均可发挥重要作用。即以上述扬雄的创作而论,他传承并光大了"官箴",拓展了"诔"和"符命"的表现力,并开创了"连珠"体。这是扬雄在文学发展早期,对文学文体的不可忽视的重要贡献。

二

崔篆是崔骃的祖父,生卒年不详,主要活动于两汉之际。他的作品,《后汉书》卷五二《崔骃传》载:刘秀建武初,崔篆"客居荥阳,闭门潜思,著《周易林》六十四篇①,用决吉凶,多所占验。临终作赋以自悼,名曰《慰志》"。这是今天可知崔篆的两部作品名。而据史志目录,崔篆本有文集行世:《隋书·经籍志四》谓"梁有王莽建新大尹《崔篆集》一卷,亡";两《唐志》均著录"《崔篆集》一卷"。可惜失传了,具体篇目不明。今仅存其《慰志赋》。

《慰志赋》录载于《后汉书》卷五二《崔骃传》,具体创作时间不明。从文本看,它溢美刘秀复汉,并提到自己被幽州刺史举荐("辟四门以博延兮,彼幽牧之我举"),表达自己年老不宜再仕之意("分画定而计决兮,岂云贲乎鄙耇。遂悬车以縶马兮,绝时俗之进取"),据此,刘跃进《秦汉文学编年史》以为当作于建武二年

---

① 《隋书·经籍志二》著录"《周易林》十卷",未署作者,自注云:"梁《周易林》三十三卷,录一卷。"两《唐志》均著录"崔氏《周易林》十六卷"。《崇文总目·卜筮类》著录"《周易林》一十八卷",未署作者。唐宋以来其他官私目录未见著录,大约宋初以后就亡佚了。

(26)前后①,是有道理的。至少可以肯定:此赋作于刘秀建武初年。

据《后汉书》卷五二《崔骃传》,崔氏家族在王莽擅代时期颇受恩宠。崔篆之兄崔发,"以佞巧幸于莽,位至大司空(按《汉书》卷九九《王莽传》:崔发因善说图谶符命,封说符侯)。母师氏能通经学、百家之言,莽宠以殊礼,赐号义成夫人,金印紫绶,文轩丹毂,显于新世"。但是,崔篆本人虽也得拜高官(建新大尹),却并不顺附王莽,而是心向刘汉,有着坚定的正义感。这从《后汉书》本传所载三件事中,明显可见:第一件,崔篆"王莽时为郡文学,以明经征诣公车,太保甄丰举为步兵校尉",他说:"吾闻伐国不问仁人,战陈(阵)不访儒士。此举奚为至哉!"于是辞归不仕。第二件,王莽拜崔篆为建新大尹,他无奈喟叹:"吾生无妄之世,值浇、羿之君,上有老母,下有兄弟,安得独洁己而危所生哉?"迫于家族生计,百般不情愿地赴任了。可是到任后,他"称疾不视事,三年不行县"。在门下掾吏倪敞的极谏下,才强起巡县。看见所到之县狱犴填满,他垂涕不忍,果断释放了二千余人,随即称疾辞归。第三件,"建武初,朝廷多荐言之者,幽州刺史又举篆贤良",但是"篆自以宗门受莽伪宠,惭愧汉朝,遂辞归不仕"。

不认同王莽篡代,心向刘汉正统,以及迫于时势的内心挣扎,对自己无奈行为的惭愧,崔篆"临终作赋以自悼",把这复杂纠结的生命体验,都写入了《慰志赋》里:

嘉昔人之遘辰兮,美伊、傅之遇时。应规矩之淑质兮,过班、倕而裁之。协准矱之贞度兮,同断金之玄策。何天衢于盛世兮,超千载而垂绩。岂修德之极致兮,将天祚之攸适。

---

① 刘跃进《秦汉文学编年史》,北京:商务印书馆2006年版,第336页。

这是对远古君臣遇合之和谐情境的美好怀想。

  憨余生之不造兮,丁汉氏之中微。氛霓郁以横厉兮,羲和忽以潜晖。六柄制于家门兮,王纲濉以陵迟。黎、共奋以跋扈兮,羿、浞狂以恣睢。睹嫚臧而乘衅兮,窃神器之万机。思辅弱以媮存兮,亦号咷以諀咨。嗟三事之我负兮,乃迫余以天威。岂无熊僚之微介兮,悼我生之歼夷。庶明哲之末风兮,惧大雅之所讥。遂翕翼以委命兮,受符守乎艮维。恨遭闭而不隐兮,违石门之高踪。扬蛾眉于复关兮,犯孔戒之冶容。懿氓蚩之悟悔兮,慕白驹之所从。

这是对王莽篡代的郁愤,以及迫于时势又担心家族受害而不得不接受王莽伪职的无奈,和不能顺心遂志的惭愧。

  乃称疾而屡复兮,历三祀而见许。悠轻举以远遁兮,托峻崅以幽处。竫潜思于至赜兮,骋《六经》之奥府。皇再命而绍邮兮,乃云眷乎建武。运欃枪以电扫兮,清六合之土宇。圣德滂以横被兮,黎庶恺以鼓舞。辟四门以博延兮,彼幽牧之我举。分画定而计决兮,岂云赍乎鄙耇。遂悬车以絷马兮,绝时俗之进取。叹暮春之成服兮,阖衡门以扫轨。聊优游以永日兮,守性命以尽齿。贵启体之归全兮,庶不忝乎先子。

这是终于得以辞官、如释重负的轻快,以及对刘秀复汉的由衷欢悦。赋作最后,表达自己年老不愿为官、闲居以养生的志愿。
  《慰志赋》其实可以视为"遂志"赋,抒写作者在江山跌宕巨变的时势中一段苦闷、挣扎终至遂意的心路历程。这种集中抒发内心情感体验的写法,是西汉后期辞赋回归自我、重视抒情之创作倾向的延续①,或者说,《慰志赋》就在这一创作风尚之中。王褒《洞箫赋》以箫自况,抒发其从偏居一隅的怀才不遇,到应召入仕却遭受俳优待遇的郁愤不舒心情;班婕妤《自悼赋》,抒写自己从入宫到被贬的心态变化和情感体验:得宠时如何勤勉自修、忧衰惧弃,打入冷宫后又多么凄凉无聊、思君怨君;刘歆《遂初赋》,以"述行"纵论古今政事善否,发抒其遭遇不公待遇的愤郁不平。这些作品,都侧重在某种际遇下内心感受的抒发。不过,王褒和刘歆的抒情,是"散点透视"式的;班婕妤的赋作,则写出了情感的连续曲折变化。崔篆《慰志赋》,与《自悼赋》的写法相近,在生存境遇的变化中,抒写其由苦闷挣扎到终于"遂志"的心路历程。但与班赋限于抒写一己小我的情感经历不同,《慰志赋》的社会背景更加重大且惊心动魄,它的心路历程的抒写也就更加具有深刻而重大的意义,反映了一个历史时段士人的普遍心态,这便是它重要的文学思想史价值所在。

三

《后汉书》本传载,班彪(3~54)"所著赋、论、书、记、奏事,合九篇"。《隋书·经籍志四》著录"后汉徐令《班彪集》二卷,梁五卷"。《旧唐书·经籍志》著录"《班彪集》二卷",《新唐书·艺文志》著录"《班彪集》三卷"。《宋史》及唐宋以后其他官私目录均不见著录,大概自宋代之后便散佚了。严可均《全后汉文》辑录班彪十四篇,篇目为:《览海赋》《北征赋》《冀州赋》《悼离骚》《复护羌校尉疏》《上言宜复置乌桓校尉》《上言宜选东宫及诸王国官属》《奏事》《上事》《奏议答北匈奴》《与京兆丞郭季通书》《与金昭卿书》《王命论》《史

---

① 关于西汉后期辞赋创作倾向,参见拙著《西汉文学思想史》第六章第三节,台北:台湾商务印书馆2013年修订版,第245—256页。

记论》。可见班彪所作不止"九篇"①，曾朴《补后汉书艺文志并考》卷八就说："范书统合九篇，而严辑反多五篇，古无今有，似无其理。且《隋志》云梁有五卷，以五卷之数核之，似亦必不止九篇也，疑范书有讹脱。"②顾櫰三《补后汉书艺文志》卷九云："今可考者：《北征赋》《冀州赋》《览海赋》《悼离骚》《王命论》《为窦融章奏》《前史得失论》《请置太子诸王官属疏》《上言西羌事》《议答北匈奴疏》《请置乌桓校尉》《北单于奏》《上便宜表》《上事》《奏记东平王苍》《与京兆丞郭季通书》《与金昭卿书》《笺》。"③凡十八篇。其中《为窦融章奏》还不止一篇，姚振宗《后汉艺文志》即云："史言光武问窦融'所上奏章，谁与参定'，融对'皆从事班彪所为'，则《融传》及袁宏《纪》所载《上书归诚》《上书请征隗嚣》《与隗嚣书》，并在河西时事，或叔皮之辞。"④

上述可考的著作中，属于文学作品的是三赋一骚。它们的创作时间略考如下：

《北征赋》，收录在《文选》卷九。李善注之题解引挚虞《流别论》云："更始时，班彪避难凉州，发长安，至安定，作《北征赋》也。"又于作者"班叔皮"下引《汉书》曰："彪年二十，遭王莽败，刘圣公立未定，乃去京师，往天水郡归隗嚣。"（按今传《汉书》卷一〇〇《叙传上》，无"刘圣公立未定"句）这是说，《北征赋》是班彪由长安赴天水投奔隗嚣时所作。察《后汉书》卷四〇《班彪传》："年二十馀，更始败，三辅大乱。时隗嚣拥众天水，彪乃避难从之。"两《汉书》所载之

---

① 其实，《全后汉文》还有漏辑者：《北堂书钞》卷六六《太子中庶子》引班彪《笺》一条："窃见国家故事，选公卿列侯子孙卫太子家，为中庶子、前左将军也。"严可均即未辑录。

② 《二十五史补编》，第2542页。

③ 《二十五史补编》，第2269页。

④ 《二十五史补编》，第2417页。

时事稍有不同,前书云"年二十,遭王莽败,世祖即位于冀州",后书云"年二十馀,更始败"。《汉书》所述与史实不合,班彪二十岁时是王莽地皇三年(22),王莽被义军所杀是下一年的事,而刘秀即皇帝位更是此后三年的事。《汉书》盖以班彪年龄成数言之,并涵括叙述数年之事。相比之下,《后汉书》所述更合史实。"更始败"事在更始三年,也就是刘秀建武元年(25),这一年班彪二十三岁。因此,陆侃如把《北征赋》的作年系于建武元年①,是正确的。

《览海赋》,收录于《艺文类聚》卷八。赋首云:"余有事于淮浦,览沧海之茫茫。""淮浦"指徐县②,可知《览海赋》必作于班彪赴任徐令之时。班彪何时任徐令呢?《后汉书》本传载:"及融征还京师,光武问曰:'所上章奏,谁与参之?'融对曰:'皆从事班彪所为。'帝雅闻彪材,因召入见,举司隶茂才,拜徐令。"又,《后汉书》卷二三《窦融传》:"及陇、蜀平,诏融与五郡太守奏事京师,官属宾客相随,驾乘千馀两。"《后汉纪》卷六《光武皇帝纪六》系此事于建武十二年(36)九月③。班彪就是此时随窦融入洛。《窦融传》又云:"数月,拜为冀州牧。十馀日,又迁大司空。"《后汉书》卷一《光武帝纪下》载,建武十三年四月"冀州牧窦融为大司空"。刘秀召见班彪并拜为徐令,依情理最早亦当在安置窦融职位之时。故陆侃如《中古文学系年》把《览海赋》之作年系于建武十三年(37)④,合理可从。

《冀州赋》(一名《游居赋》),《艺文类聚》卷六及卷二八、《初学记》卷八均有收录,其中《类聚》卷二八(题作《游居赋》)录文比较完整。赋首云:"夫何事于冀州,聊托公以游居。"可知此赋必作于班

---

① 陆侃如《中古文学系年》,第54页。
② 《后汉书》卷四〇《班彪传》"拜徐令"李贤注:"徐县属临淮郡。"
③ [晋]袁宏撰《后汉纪》,张烈点校《两汉纪》下册,北京:中华书局2002年版。本书引证《后汉纪》均据此本,以下仅随文注出书名、卷次和篇名。
④ 陆侃如《中古文学系年》,第62页。

彪赴任望都长之时。《后汉书》本传云："拜徐令，以病免。后数应三公之命，辄去。……后察司徒廉，为望都长，吏民爱之。建武三十年，年五十二卒官。"察《后汉书·郡国志二》，望都属冀州中山国。《后汉书》卷一九《耿弇传》李贤注亦云："望都，县名，属中山国。尧母庆都山在南，故以名焉。"班彪究竟何年赴任望都长？史无具载。但是据相关史料可以考知。《后汉书》卷八九《南匈奴传》有云："（建武）二十八年，北匈奴复遣使诣阙，贡马及裘，更乞和亲，并请音乐。又求率西域诸国胡客，与俱献见。帝下三府议酬答之宜，司徒掾班彪奏曰云云。"由此可知，建武二十八年时班彪还是司徒掾；而建武三十年他就在望都长职位上辞世了。所以陆侃如考定他任望都长、作《冀州赋》时在建武二十九年（53）①，合理可从。

《悼离骚》，今仅存数句佚文："夫华植之有零茂，故阴阳之度也；圣哲之有穷达，亦命之故也。惟达人进止得时，行以遂伸；否则诎而坏蠖，体龙蛇以幽潜。"（《艺文类聚》卷五六）述说人生况味浓厚的穷达出处之意，似是晚年心态，但是难以确考其作年了。

据上述，本节只分析班彪的《北征赋》。

《北征赋》开首曰："余遭世之颠覆兮，罹填塞之阨灾②。旧室灭以丘墟兮，曾不得乎少留。遂奋袂以北征兮，超绝迹而远游。"汉室覆灭，王莽擅代，班彪强烈感受到家国巨变的黍离之悲。于是不愿稍留已经改辙易姓的京师，决计投奔隗嚣。赋作有着不顺服新莽的鲜明立场，可是并未交代此行的具体目的。而从班彪的其他述论中，可以了解他的真实意愿。《后汉书》卷四〇《班彪传》载，班彪至天水，隗嚣问他对当前局势发展的看法，班彪答辞中说道："王氏擅朝，因窃号位。……天下莫不引领而叹，十馀年间，中外骚扰，

---

① 陆侃如《中古文学系年》，第 77 页。
② 《文选》卷九《北征赋》李善注引孔安国《尚书传》曰："王道不通，故曰填塞。"

远近俱发,假号云合,咸称刘氏,不谋同辞。……百姓讴吟,思仰汉德。"隗嚣不能听信。班彪乃作《王命论》①,"以为汉德承尧,有灵命之符。王者兴祚,非诈力所致",借以奉劝隗嚣顺应天意民心,归顺刘秀。但是隗嚣终不觉悟,班彪便离开他,去河西投奔了窦融。由此可见,班彪之奔依隗嚣,以及他去隗嚣投窦融,一以贯之的心愿是寻找依托以反莽助刘。

接着,赋作依行程路线顺次展开抒写,每写到一处,都追述该地的史事,议论臧否,感慨世事迁变。篇末是写景抒情:

> 野萧条以莽荡,迥千里而无家。风猋发以漂遥兮,谷水灌以扬波。飞云雾之杳杳,涉积雪之皑皑。雁邕邕以群翔兮,鹍鸡鸣以哜哜。游子悲其故乡,心怆恨以伤怀。抚长剑而慨息,泣涟落而沾衣。揽余涕以於邑兮,哀生民之多故。夫何阴曀之不阳兮,嗟久失其平度。谅时运之所为兮,永伊郁其谁诉!

一片莽荡荒芜,风水肆虐又寒凉凄清的景色,不止令作者伤怀故乡进而哀叹生民多艰,更有前途不明又不知何处可以告诉的迷茫。悲景哀情,相得益彰。

从文学创作的角度看班彪《北征赋》,无论其以辞赋抒情述志的创作倾向,还是其"旅行缘由——叙写行程——征史而论——写景抒情"的结构模式,都是模仿刘歆的《遂初赋》②。因此,它的文

---

① 《汉书》卷一〇〇《叙传上》及《后汉书》卷四〇《班彪传》均载,班彪作《王命论》之后便避地河西。班彪离开隗嚣去投窦融的时间,史书不载,相关记述也无线索可供推断。但有一点可以明确:《王命论》必作于隗嚣建武六年五月起兵反刘(见《后汉书》卷一《光武帝纪下》)之前。因此,《资治通鉴》卷四一《汉纪三十三·世祖光武皇帝上之下》系于建武五年(29)四月,陆侃如《中古文学系年》从之。无论如何,《王命论》作于建武最初几年之内,是没有问题的。

② 参见拙著《西汉文学思想史》第六章第三节论刘歆创作部分,台北:台湾商务印书馆 2013 年修订版,第 251—252 页。

学演进价值并不大。但是，与崔篆《慰志赋》一样，《北征赋》自有它的文学思想史意义：其一，它有着鲜明的时代、时事内涵，反映了一个惊心动魄的重大历史时段的士心民意和作者的情志所寄；其二，它延续了（同时也是强化了）辞赋抒情述志的创作倾向。

四

根据本节的分析，可以总结两汉之际的文学创作倾向如下：

其一，文学创作与其时的社会政治状况紧密相联。直接表达政治见解的作品（如《州箴》《官箴》），以及以重大政治事件为题的作品（如《剧秦美新》《元后诔》），可毋论矣；即使是侧重抒写作者人生体验、侧重抒发内心情志的作品（如《逐贫赋》《慰志赋》《北征赋》），也无不与时政关系密切。并且，大量阑入谶纬与政治之思想关联，成为这个时段文学创作的新异景观。这个创作特征，也体现在当时流行的民间歌谣里。例如：

出吴门，望缇群。见一蹇人，言欲上天。令天可上，地上安得人？（王莽末天水童谣）

谐不谐，在赤眉。得不得，在河北。（更始时南方童谣）

黄牛白腹，五铢当复。（蜀中童谣）

"出吴门"一首，《后汉书》卷一三《隗嚣传》注引《续汉志》曰："王莽末天水童谣曰云云。时（隗）嚣初起兵于天水，后意稍广，欲为天子，遂破灭。嚣少病蹇。吴门，冀都门名也，有缇群山。"这是讽喻隗嚣意图称帝不得民心。"谐不谐"一首，《后汉书》卷一《光武纪》注引《续汉志》曰："更始时，南方有童谣云云。后更始为赤眉所杀，是不谐也。光武由河北而兴，是得之也。"这是预言更始败亡、刘秀成功夺取天下。"黄牛白腹"一首,《后汉书·五行志一》载:"世祖建武六年,蜀童谣曰云云。是时公孙述僭号于蜀,时人窃言王莽称'黄',述欲继之,故称'白'。'五铢',汉家货,明当复也。述遂诛灭。"这是预言公孙述灭亡、刘秀终得复汉。这些民间歌谣,以"谶言"的形式流传,表达的却是政局变幻莫测的两汉之际民众的政治愿望和诉求。

其二,两汉之际,文体的开拓和创新是最值得关注的文学现象,因为文学之所以为文学,最本质的标尺就是文体。文体演进,是最本色的文学发展现象。这个时段文体的拓展,主要体现在扬雄的创作上:他拓展并加强了"诔"和"符命"的表现力,他使"箴"这一文体得到发扬光大,他还开创了"连珠"体。扬雄对文体的拓展和创造,贡献卓著,也具有重要的文学思想史意义。

其三,两汉之际文学表现的进展,虽不像文体开拓那样耀眼,但是也有一定程度的掘进。如普遍大量地写入谶纬的内容,使这个时期的文学作品具有了耳目一新的时代面貌,成为此一时段文学的鲜明标记。再如崔篆《慰志赋》,以重大社会变革为背景,完整抒写个人的心路历程,其苦闷、挣扎到欣慰、遂志的情感变化,得到了婉转屈曲的透彻的表达。较之此前的同类创作(如班婕妤《自悼赋》),文学表现力更强。这些文学创作实绩,都具有一定的文学表现进展的意义。

若极概括地说,基于今存之史料,扬雄这个时段作品所呈现出来的创作倾向,可以代表两汉之际文学思想的一般情状。

第二章　光武帝建武中至和帝永元初的文学创作倾向

光武帝刘秀建武中至和帝刘肇永元初（即37年前后～92年前后）这五十多年，是东汉文学思想发展的第一个历史时期。所以如此分期，是因为：第一，这半个世纪多，东汉王朝在中兴并稳固政权的基础上，展开了有效的思想文化建设，经过光武、明、章三代帝王的持续努力，确立了东汉一朝思想文化的基本格局。第二，这个时期的文学创作，伴随着中兴王朝的政治、思想文化演变，也在整体上呈现出了新气象、新旨趣。第三，这个时期主要作家的创作（或著述）活动，大抵都于和帝初年及之前结束，如冯衍卒于明帝初年（约60年前后），杜笃卒于章帝建初三年（78），梁鸿卒于建初中（约80年前后），刘苍卒于建初八年（83），班固、崔骃卒于和帝永元四年（92），傅毅大约也卒于此时（90年前后）。虽然王充卒于和帝永元中（约100年前后）、贾逵卒于永元十三年（101），但他们的著述活动都于和帝初年结束。而之后的重要作家，如张衡、马融尚未成年，刘珍、苏顺、史岑（孝山）等都才二十岁出头；李尤、班昭虽有四十馀岁，但史载他（她）们的创作活动都在和帝初年之后。

第一节　政治及思想文化新变与士人心态

东汉中兴伊始，其政治和思想文化建设就开始呈现出不同以往的面貌。政治上，刘秀灭莽复汉，顺应了"百姓讴吟，思仰汉德"的普遍社会期待，而刘秀随即施行的轻刑减赋、精兵简政、休养生息的国策，更赢得了民心。思想文化上，刘秀积极恢复儒学正统、礼遇经生儒士、重建博士制度、重用儒士为官等举措，也获得了广大士人的真心拥戴（详见本书第一章第二节）。到明、章二帝，延续刘秀的政治、思想文化政策，并不断强化、明确以至定型，遂为东汉一朝奠定了思想文化的基本格局。

应该特别强调的是，东汉儒学演进，从一开始就具有经谶牵合的新的特征。这一点，为长久以来的汉代思想文化研究及经学研究所忽视。如果认识不到谶纬思潮与正统经学的互动关系，就很难准确揭示东汉思想文化的实际情状。经谶牵合互释的思想实践，事实上几乎贯穿两汉的思想史：伴随着儒家经学的兴起和确立，谶纬思想也随之而生。两汉四百多年，正统经学与谶纬思潮始终相伴，不同时期或有远近消长，而终至牵合①。这一演进趋势，到两汉之际而显耀，到东汉前期而定规，由此长久地主导着东汉思想文化的旨趣。

一

纵观东汉政治思想文化，既重经学，又重图谶，倡导经谶牵合，是其基本格局。而这一格局，是从刘汉中兴之时就已开始了的。

东汉中兴帝王刘秀，年轻时即修习正统经典："王莽天凤中，乃之长安，受《尚书》，略通大义。"（《后汉书》卷一《光武帝纪上》）《东观汉记》卷一《光武帝》载："之长安，受《尚书》于中大夫庐江许子威。"复

---

① 谶纬思想于西汉文帝时即已发生，古来"谶纬兴于哀、平之际"的论断并不准确。其发生、演进之情实，参见拙文《两汉谶纬考论》，载《文史哲》2017年第4期。

汉为帝之后,他更是讲论经义乐而不疲①。天下初定,他便祭孔②,立《五经》十四博士并复起太学③,全力扶持正统经学的发展。《后汉书》卷七九《儒林传论》曰:"光武中年以后,干戈稍戢,专事经学,自是其风世笃焉。其服儒衣、称先王、游庠序、聚横塾者,盖布之于邦域矣。若乃经生所处,不远万里之路,精庐暂建,赢粮动有千百,其著名高义开门受徒者,编牒不下万人。"由此可以窥见刘秀时期经学复兴之盛况。

与此同时,刘秀亦喜好图谶。他起兵讨莽,曾得力于图谶④;他即皇帝位,也借助了图谶的帮助⑤。基本平定天下后,他也一如

---

① 《后汉书》卷一《光武帝纪下》:"每旦视朝,日仄乃罢。数引公卿、郎、将,讲论经理,夜分乃寐。皇太子见帝勤劳不怠,承间谏曰:'陛下有禹、汤之明,而失黄、老养性之福。愿颐爱精神,优游自宁。'帝曰:'我自乐此,不为疲也。'"又其卷三二《樊准传》:"光武皇帝受命中兴,群雄崩扰,旌旗乱野,东西诛战,不遑启处。然犹投戈讲艺,息马论道。"又其卷三六《陈元传》:"陛下拨乱反正,文武并用,深愍经艺谬杂,真伪错乱,每临朝日,辄延群臣讲论圣道。"

② 《后汉书》卷一《光武帝纪上》:"(建武五年冬十月)幸鲁,使大司空祠孔子。"

③ 《后汉书》卷七九《儒林传上》:"及光武中兴,爱好经术,未及下车,而先访儒雅,采求阙文,补缀漏逸。先是,四方学士多怀协图书,遁逃林薮。自是莫不抱负坟策,云会京师。范升、陈元、郑兴、杜林、卫宏、刘昆、桓荣之徒,继踵而集。于是立《五经》博士,各以家法教授:《易》有施、孟、梁丘、京氏,《尚书》欧阳、大小夏侯,《诗》齐、鲁、韩,《礼》大小戴,《春秋》严、颜,凡十四博士。……建武五年,乃修起太学。"

④ 《后汉书》卷一《光武帝纪上》:"(地皇三年)宛人李通等以图谶说光武云:'刘氏复起,李氏为辅。'光武初不敢当,然独念兄伯升素结轻客,必举大事,且王莽败亡已兆,天下方乱,遂与定谋,于是乃市兵弩。十月,与李通从弟轶等起于宛,时年二十八。"又其卷一五《邓晨传》:"王莽末,光武尝与兄伯升及晨俱之宛,与穰人蔡少公等燕语。少公颇学图谶,言'刘秀当为天子'。或曰:'是国师公刘秀乎?'光武戏曰:'何用知非仆邪?'坐者皆大笑。"

⑤ 《后汉书》卷一《光武帝纪上》:"(建武元年夏)光武先在长安时同舍生强华,自关中奉《赤伏符》,曰:'刘秀发兵捕不道,四夷云集龙斗野,四七之际火为主(李贤注:四七,二十八也。自高祖至光武初起,合二百二十八年,即四七之际也。汉火德,故火为主也)。'……光武于是命有司设坛场于鄗南千秋亭五成陌。六月己未,即皇帝位。……其祝文曰:'……谶记曰:"刘秀发兵捕不道,卯金修德为天子(李贤注:卯金,刘字也。《春秋演孔图》曰:卯金刀,名为[刘],赤帝后,次代周。")。"……'于是建元为建武,大赦天下,改鄗为高邑。"

既往地喜好图谶①,曾征求天下通晓《内谶》者②。并且,他信用图谶,往往以谶语行政、决事及封官拜将③。更重要的一件事是,他曾召集学者校定图谶,最终形成一个定本颁布于天下。尽管此事因史料极其匮乏,已难知其详,但有二事尚可考稽。其一是,尹敏、薛汉曾受命校谶:

> 建武二年,(尹敏)上疏陈《洪范》消灾之术。时世祖方草创天下,未遑其事,命敏待诏公车,拜郎中,辟大司空府。帝以敏博通经记,令校图谶,使蠲去崔发所为王莽著录次比。(《后汉书》卷七九上《尹敏传》)

> (尹敏)才学深通,能论议,以司空掾与校图谶。(《后汉纪》卷八《光武皇帝纪第八》)

> 尹敏为大司空掾,上以敏博通,令校图谶。(《东观汉记》卷一八《尹敏》)

---

① 《东观汉记》卷一《光武帝》:"(建武)六年春二月……天下悉定,惟独公孙述、隗嚣未平。……当此之时,贼檄日以百数,忧不可胜,帝犹以馀闲讲经艺、发图谶。"《后汉书》卷一《光武帝纪下》建武十七年李贤注引《东观记》:"上以日食避正殿,读图谶多,御坐庑下浅露,中风发疾,苦眩甚。"
② 《华阳国志》卷一〇中《广汉士女》:"建武初,天下求通《内谶》二卷者,不得。"按:《内谶》二卷不知何时成书。唯《后汉书》卷三〇上《杨厚传》载,厚父统于章帝时曾作"《内谶》二卷解说"。《内谶》及杨统《解说》均早已不存。盖《内谶》刘秀时已有传本,唯无人解其义,故有征求解者不得之事。
③ 如《东观汉记》卷一《光武帝》:"自帝即位,按图谶,推五运,汉为火德。"《后汉纪》卷八《光武皇帝纪第八》:"中元元年春正月,天子览《河图会昌符》,而感其言。于是太仆梁松复奏封禅之事,乃许焉。二月辛卯,上登封于太山,事毕乃下。"又其卷三《光武皇帝纪第三》载:"野王令王梁为大司空,封武强侯。初,《赤伏符》曰:'王良主卫作玄武。'上以野王,卫徒也;玄武,水神也;大司空,水土之官也;乃以梁为大司空。又以谶言,以平狄将军孙臧行大司马事。"刘秀以图谶决大事之事多有,参见《后汉书》之《桓谭传》《尹敏传》等。

（薛汉）建武初为博士,受诏校定图谶。(《后汉书》卷七九下《薛汉传》)

　　建武初,博士淮阳薛汉……受诏定图谶。(陆玑《毛诗草木鸟兽虫鱼疏》卷下《韩诗》,《丛书集成初编》丁晏校本)

并且,据引文"与校图谶"、"受诏校定图谶"这样的叙述,可推知当时参与校定图谶者非止一二人,只是其他校谶者今天已难以考知。而《后汉书》所载"使䜩去崔发所为王莽著录次比"之语,当即是刘秀诏令校谶的工作原则和基本目的。

　　其二是,刘秀诏令校谶的起讫时间。《后汉书·薛汉传》、陆玑《毛诗草木鸟兽虫鱼疏》泛言"建武初"。而据《后汉书·尹敏传》之语意,最早亦当在建武二年;又,上引尹敏校谶的记载,都说在他"辟大司空府"期间。据《后汉书》卷一《光武帝纪》:"(建武二年二月)大司空王梁免。壬子,以太中大夫宋弘为大司空。……(建武六年)十二月壬辰,大司空宋弘免。"又其卷二六《宋弘传》:"建武二年,代王梁为大司空。……弘在位五年,坐考上党太守无所据,免归第。"如此可知,尹敏乃是征辟宋弘府。他参与校定图谶,当在建武二年到六年之间。《后汉书·薛汉传》、陆玑《毛诗草木鸟兽虫鱼疏》所说"建武初",也与此相合。至于校谶工作何时结束?是集中一段时间完成的还是断续进行的?则不能确知了。可以明确的是,到建武中元元年(56)刘秀"宣布图谶于天下"(《后汉书》卷一《光武帝纪下》),东汉图谶便有了定本①。

---

① 《后汉书》卷五九《张衡传》"《河》《洛》《六艺》,篇录已定"李贤注:"衡集《上事》云:'《河》《洛》五九,《六艺》四九。'谓八十一篇也。"《隋书》卷三二《经籍志一》也载:"有《河图》九篇、《洛书》六篇,云自黄帝至周文王所受本文;又别有三十篇,云自初起至于孔子,九圣之所增演,以广其意。又有《七经纬》三十六篇,并云孔子所作。并前合为八十一篇。"与张衡所说吻合。一般认为,这八十一篇图谶就是刘秀宣布于天下者。其中"六艺"或"七纬"(加《孝经》纬)部分,《后汉书》卷八二上《方术传·樊英》李贤注具列了三十五个篇名(比张衡所说少一种)。至于《河》《洛》的四十五篇,古今学人说法较杂乱,尚无明确共识。

以上概说刘秀经谶并重之情形。而随着天下一统和趋于稳定,经谶牵合互释的思想路径,也在刘秀的导引下复兴①。举两个例子:

> (建武六年秋九月)丙寅晦,日有食之。冬十月丁丑,诏曰:"吾德薄不明,寇贼为害,强弱相陵,元元失所。《诗》云:'日月告凶,不用其行。'(按见《小雅·十月之交》)永念厥咎,内疚于心。其敕公卿举贤良、方正各一人;百僚并上封事,无有隐讳;有司修职,务遵法度。"(《后汉书》卷一《光武帝纪下》)

> (建武二十七年,臧宫等上书建议北击匈奴)诏报曰:"《黄石公记》曰:'柔能制刚,弱能制强。柔者德也,刚者贼也,弱者仁之助也,强者怨之归也。故曰:有德之君,以所乐乐人;无德之君,以所乐乐身。乐人者其乐长,乐身者不久而亡。舍近谋远者,劳而无功;舍远谋近者,逸而有终。逸政多忠臣,劳政多乱人。故曰:务广地者荒,务广德者强。有其有者安,贪人有者残。残灭之政,虽成必败。'今国无善政,灾变不息,百姓惊惶,人不自保,而复欲远事边外乎?孔子曰:'吾恐季孙之忧,不在颛臾。'(按见《论语·季氏》)且北狄尚强,而屯田警备传闻之事,恒多失实。诚能举天下之半以灭大寇,岂非至愿;苟非其时,不如息人。"自是诸将莫敢复言兵事者。(《后汉书》卷一八《臧宫传》)

建武六年十月的诏书,刘秀将日食天象与《诗经》牵合互证。建武

---

① 经谶牵合之思想路径,始于西汉文帝时。至西汉中期,董仲舒、刘向、京房等许多学者蹈厉发扬。至两汉之际,缘于政治剧变,谶纬往往直接与政治需求牵连,与经牵合之情形有所淡弱。到刘秀平定天下,经谶牵合互释便复兴了。详见拙文《两汉谶纬考论》,载《文史哲》2017年第4期。

二十七年刘秀给臧宫的答书,可视为刘秀朝实施柔仁国策的总结①,而它正是经谶牵合的好例。作为刘秀治国思想根据的《黄石公记》,便是一种谶书②。刘秀所示范的经谶牵合的思想路径,在朝臣中得到积极响应。也举两个例子:

> (刘秀之子沛献王刘辅)好经书,善说《京氏易》《孝经》《论语》传及图谶,作《五经论》,时号之曰"《沛王通论》"。(《后汉书》卷四二《光武十王传》)

> (建武)三十年,(张)纯奏上宜封禅,曰:"自古受命而帝,治世之隆,必有封禅,以告成功焉。《乐动声仪》曰:'以《雅》治人,《风》成于《颂》。'有周之盛,成、康之间,郊配封禅,皆可见也。《书》曰'岁二月,东巡狩,至于岱宗,柴'(按见《尚书·舜典》),则封禅之义也。臣伏见陛下受中兴之命,平海内之乱,修复祖宗,抚存万姓,天下旷然,咸蒙更生,恩德云行,惠泽雨施,黎元安宁,夷、狄慕义。《诗》云:'受天之祜,四方来贺。'(按见《大雅·下武》)今摄提之岁,仓龙甲寅,德在东宫。宜及嘉时,遵唐帝之典,继孝武之业,以二月东巡狩,封于岱宗,明中兴,勒功勋,复祖统,报天神,禅梁父,祀地祇,传祚子孙,万世之基也。"(《后汉书》卷三五《张纯传》)

---

① 《后汉书》卷七六《循吏传序》:"光武长于民间,颇达情伪,见稼穑艰难,百姓病害。至天下已定,务用安静,解王莽之繁密,还汉世之轻法。身衣大练,色无重采,耳不听郑卫之音,手不持珠玉之玩,宫房无私爱,左右无偏恩。……损上林池籞之官,废骋望弋猎之事。……勤约之风,行于上下。……广求民瘼,观纳风谣。故能内外匪懈,百姓宽息。"

② 王先谦《后汉书集解》引惠栋曰:"《黄石公记序》云:'黄石者,神人也。有上略、中略、下略。'《河图》云:'黄石公谓张良曰:"读此为刘帝师。"'《隋经籍志》:'梁有《黄石公记》三卷。'今《三略》引军谶与此同,故曰有德之君'以下至'虽成必败',皆见下篇。"

刘辅"好经书,论集经、传、图谶,作《五经通论》"(《东观汉记》卷七),其《五经通论》今虽不得见,但显然是融合经、传、谶以为说。张纯乃前汉富平侯张安世后裔,"在朝历世,明习故事。建武初,旧章多阙,每有疑议,辄以访纯,自郊庙、婚冠、丧纪礼仪,多所正定"(《后汉书》本传)。"纯数上书议庙祀,议禘、祫,议立辟雍、明堂,议宜封禅,帝皆从之。真一代礼宗也!"①这位礼学大师建议刘秀封禅,也是经谶并提互证。

当然,刘秀时期也有部分正统学者不喜图谶之学。如"博学多通,遍习《五经》"的桓谭,王莽居摄篡代之际,"天下之士莫不竞褒称德美,作符命以求容媚,谭独自守,默然无言";刘秀复汉,信用图谶,桓谭却上奏《抑谶重赏疏》,排斥图谶,终于以此遭贬。(见《后汉书》卷二八上《桓谭传》)再如尹敏,习《尚书》,兼善《毛诗》《穀梁》《左氏春秋》,刘秀令他校订图谶,他却说"谶书非圣人所作……恐疑误后生"(《后汉书》卷七九上《尹敏传》),也以此沉滞。再如郑兴,"好古学,尤明《左氏》《周官》,长于历数","依经守义,文章温雅",但不治图谶,刘秀曾问他郊祀之事,并"欲以谶断之",郑兴则答以"臣不为谶",因此也不得重用。(见《后汉书》卷三六《郑兴传》)还有一些学者,既不批评也不涉足图谶,如范升、陈元、桓荣等,在今存有关他们的史料中,尚看不到经谶牵合的影响。

关于刘秀时期士人对图谶的态度及其际遇,《后汉书》卷八二上《方术传序》概述道:"光武尤信谶言,士之赴趣时宜者,皆骋驰穿凿,争谈之也。故王梁、孙咸,名应图箓,越登槐鼎之任;郑兴、贾逵,以附同称显②;桓谭、尹敏,以乖忤沦败。自是习为内学,尚奇

---

① [清]姚之骃《后汉书补逸》卷四,文渊阁《四库全书》本。
② 此言郑兴"以附同称显"有误。郑兴既未"附同"图谶,亦不曾"显"。据《后汉书》本传,郑兴初因杜林举荐,征为太中大夫,"以不善谶故不能任";其后仅做过征南将军监军、莲勺令,很快就被免职。此后未再出仕。又,《后汉书》卷三六《贾逵传》论曰:"桓谭以不善谶流亡,郑兴以逊辞仅免,贾逵能附会文致,最差贵显。"

文，贵异数，不乏于时矣。是以通儒硕生，忿其奸妄不经，奏议慷慨，以为宜见藏摈。"依范史之义，在刘秀大力倡导图谶之时，士人分为两类：一类是趋之若鹜的"赴趣时宜"者，一类是"忿其奸妄不经"的"通儒硕生"。实际上，还有一类士人如范升、陈元、桓荣等，既不言说信用，也不抨击批评，他们始终讲说正统经典，对图谶不予理睬。这种多元并存的情形，恰是思想演变过程中共存而交替的过渡状态。而那些或排拒或漠视图谶的学者，在这个时期的思想界，实际上已脱离了社会思想的主流。

刘秀时期复兴经谶牵合互释的思想路径，既是顺应前汉思想传统的强大感召力，也有谶纬思想本身需要依附正统经典而生存发展的动因。刘秀本人此种经谶并重的思想取向，是经谶牵合互释思潮复兴的最有力引导，也为明帝、章帝时期经学的发展指示了方向。

明、章二朝的思想文化，遵循刘秀示范、引导的路径展开，尊师重道，经谶并举，终于以国家法典形式（《白虎通》）把经谶互释的思想模式确定下来。

明帝刘庄，"十岁能通《春秋》"，"师事博士桓荣，学通《尚书》"（《后汉书》卷二《明帝纪》），曾自作《五家要说章句》[1]。明帝时期儒学大盛，《后汉书》卷七九上《儒林传序》谓："中元元年，初建三雍。明帝即位，亲行其礼。……飨射礼毕，帝正坐自讲，诸儒执经问难于前，冠带缙绅之人，圜桥门而观听者盖亿万计。其后复为功臣子孙、四姓末属别立校舍，搜选高能以受（刘攽曰："案文，此'受'

---

[1] 《后汉书》卷三七《桓荣传附桓郁传》：桓郁"敦厚笃学，传父业，以《尚书》教授，门徒常数百人。……（明）帝自制《五家要说章句》，令郁校定于宣明殿。李贤注云："《华峤书》曰：'帝自制《五行章句》。'"此言'五家'，即谓五行之家也。"按：李贤此说应误。据《桓郁传》上下文意，明帝"自制"者，显然是《尚书五家要说章句》。王先谦《后汉书集解》引沈钦韩说："五家，谓欧阳、林尊、平当、朱普、桓荣也。《华书》作'五行'，似专言《洪范》五行，盖非。"沈说甚为合理。

当作'授'。")其业。自期门羽林之士,悉令通《孝经》章句。匈奴亦遣子入学。济济乎,洋洋乎,盛于永平矣!"明帝崇经、重道尊师之实际,《后汉书》卷二《明帝纪》有具载。如永平二年(59)冬十月,"幸辟雍,初行养老礼",赐帝师桓荣关内侯,拜五更,"以二千石禄养终厥身"。永平九年(66),"为四姓小侯开立学校,置《五经》师"①。永平十五年(72)三月,"幸孔子宅,祠仲尼及七十二弟子。亲御讲堂,命皇太子、诸王说经"。与此同时,明帝又特重图谶。《后汉书》卷三《章帝纪》载,永平十八年(75)十二月(按明帝于是年八月壬子崩,同日章帝即位),有司上奏明帝庙号及祭礼,其中有云:"(明帝)备三雍之教,躬养老之礼。作登歌,正予乐,博贯六艺,不舍昼夜。聪明渊塞,著在图谶。"李贤注云:"《河图》曰:'图出代,九天开明,受用嗣兴,十代以光。'又《括地象》曰:'十代礼乐,文雅并出。'谓明帝也②。"这可能正是明帝倾心图谶的内在动力,加之乃父刘秀经谶并重的示范导引,共同促成了明帝经谶并重互释的思想旨趣。《东观汉记》卷一二《樊准传》载樊准上安帝(邓太后)疏,就明确指出了明帝经谶互释的思想路径:"孝明皇帝尤垂意于经学,即位删定乖疑,稽合图谶。"这一思想路径,从《后汉书》卷二《明帝纪》可以得到充分证明,这里仅举其中两个重要例证:其一,

---

① 李贤注引袁宏《汉纪》曰:"永平中崇尚儒学,自皇太子、诸王侯及功臣子弟,莫不受经。又为外戚樊氏、郭氏、阴氏、马氏诸子弟立学,号四姓小侯,置《五经》师。"

② 《后汉书》卷一《光武帝纪上》:"世祖光武皇帝讳秀,字文叔,南阳蔡阳人,高祖九世之孙也,出自景帝生长沙定王发。发生舂陵节侯买,买生郁林太守外,外生巨鹿都尉回,回生南顿令钦,钦生光武。"景帝为刘邦孙,故至刘秀为第九代,明帝刘庄为第十代。又,《后汉书》卷一《光武帝纪下》:"(建武)十九年春正月庚子,追尊孝宣皇帝曰中宗。始祠昭帝、元帝于太庙。"李贤注引《汉官仪》曰:"光武第虽十二,于父子之次,于成帝为兄弟,于哀帝为诸父,于平帝为祖父,皆不可为之后。上至元帝,于光武为父,故上继元帝而为九代。故《河图》云'赤九会昌',谓光武也。然则宣帝为祖,故追尊及祠之。"

永平三年(60)秋八月,"改大(太)乐为大(太)予乐"。为什么改名?《后汉书》卷三五《曹褒传》载:曹褒父曹充,以治《庆氏礼》为刘秀博士。曾从驾巡狩岱宗,定封禅之礼。明帝即位,曹充上言:"汉再受命,仍有封禅之事。而礼乐崩阙,不可为后嗣法。五帝不相沿乐,三王不相袭礼,大汉当自制礼,以示百世。"明帝问"制礼乐云何",曹充对曰:"《河图括地象》曰:'有汉世,礼乐文雅出。'《尚书璇机钤》曰:'有帝汉出,德洽作乐,名予。'"明帝善之,遂下诏曰:"今且改太乐官曰太予乐;歌诗曲操,以俟君子。"制礼作乐是国之大体,明帝更改太乐之名,乃据谶纬作决定。其二,永平八年(65)冬十月"壬寅晦,日有食之",明帝诏书有云:"朕以无德,奉承大业,而下贻人怨,上动三光。日食之变,其灾尤大,《春秋》图谶所为至谴。"李贤注云:"《春秋感精符》曰:'人主含天光,据机衡,齐七政,操八极。故君明圣,天道得正,则日月光明,五星有度。日明则道正,不明则政乱,故常戒以自救厉。'日食,皆象君之进退为盈缩。当春秋拨乱,日食三十六。故曰'至谴'也。"明帝更改太乐名称,依据的是图谶;他诏书中蕴含的基本思想,也是来自图谶。

　　章帝刘炟,"少宽容,好儒术"(《后汉书》卷三《章帝纪》)。其思想文化建设延续祖、父两代之路径,并总结光扬,终于为整个东汉思想文化奠定了基型。章帝重视正统经学传承,并且今古文并重,经学视野极为开阔,气魄弘大。如其建初八年(83)冬十二月诏曰:"《五经》剖判,去圣弥远,章句遗辞,乖疑难正,恐先师微言将遂废绝,非所以重稽古、求道真也。其令群儒选高才生,受学《左氏》《榖梁春秋》《古文尚书》《毛诗》,以扶微学、广异义焉。"(同上)"扶微学、广异义",是章帝一以贯之的思想文化理念(《章帝纪》中一再表述),《后汉书》卷七九《儒林传序》赞誉章帝"网罗遗逸,博存众家",便是指此。与此同时,章帝喜好图谶,较之乃祖乃父,有过之而无不及。读《后汉书·章帝纪》一个特别鲜明的感受,便是章帝朝的祥瑞明显多于前朝。"在位十三年,郡国所上符瑞,合于图书者数百千所。"(《后汉书》卷三《章帝纪论》)如果没有章帝的喜好和鼓励,如此祥瑞频仍的状况是难以想象的①。再看章帝诏书的例证:建初五年(80)春二月庚辰朔日食,又久旱伤麦,章帝于甲申日下诏曰:"《春秋》书'无麦苗',重之也。去秋雨泽不适,今时复旱,如炎如焚。凶年无时,而为备未至。朕之不德,上累三光,震栗忉忉,痛心疾首。前代圣君,博思咨诹,虽降灾咎,辄有开匮反风之应②。今予小子,徒惨惨而已。其令二千石理冤狱,录轻系;祷五岳四渎及名山能兴云致雨者,冀蒙不崇朝遍雨天下之报。务加肃敬焉!"(《后汉书》卷三《章帝纪》)这是极为典型的天人感应的灾异思想,经谶天人水乳交融。

章帝朝最具标志性的思想文化建设成果,当然是白虎观经学会议及其结集《白虎通》。《后汉书》卷三《章帝纪》有简要记载:建初四年(79)十一月壬戌,章帝下诏"使诸儒共正经义"。"于是下太常、将、大夫、博士、议郎、郎官及诸生、诸儒会白虎观,讲议《五经》同异。使五官中郎将魏应承制问,侍中淳于恭奏,帝亲称制临决,如孝宣甘露石渠故事,作《白虎议奏》。"根据章帝的诏书,这次经学

---

① 颇疑《后汉书·章帝纪》所载符瑞中,多有地方官伪报者。比如零陵郡上报祥瑞,就明显比其他地方频繁,有投帝王所好之嫌。当时也有清醒者,如《后汉书》卷四三《何敞传》载:何敞于章帝元和中辟太尉宋由府,由待以殊礼。司徒袁安亦深敬重之。"是时京师及四方累有奇异鸟兽草木,言事者以为祥瑞。敞通经传,能为天官,意甚恶之。乃言于二公曰:'夫瑞应依德而至,灾异缘政而生。故鹳鹆来巢,昭公有乾侯之厄;西狩获麟,孔子有两楹之殡。海鸟避风,臧文祀之,君子讥焉。今异鸟翔于殿屋,怪草生于庭际,不可不察。'由、安惧然不敢答。居无何,而肃宗崩。"何敞虽不敢怀疑这些祥瑞的真伪,但是他质疑其意义——这也可以从一个侧面佐证:章帝喜好图谶,上下官员便投其所好,大肆宣扬祥瑞。

② 李贤注:"武王有疾,周公作请命之书,藏于金匮。后管、蔡流言,成王疑周公,天乃大风,禾木尽偃。成王启金匮,得书,乃郊天谢过,天乃反风起禾。事见《尚书》。"按见《尚书·金縢》。

讨论会的缘起,是"中元元年诏书(按《光武帝纪》未载):《五经》章句烦多,议欲减省"之事一直未能实行,现在要完成"先帝大业"。其目的,是通过诸儒"讲议《五经》同异",来统一经义、统一思想①。如此看来,这是一次具有思想文化"战略"意义的严肃醇正的经学研讨会。

关于此次会议的结集,相关文献中出现《白虎议奏》(见《后汉书》卷三《章帝纪》)、《白虎通德论》②《白虎通义》③三个不同名称。一般认为,《白虎议奏》是会议纪要,是原始记录;而《白虎通德论》《白虎通义》是一种书,即《白虎通》,是思想统一之后的决议④。那么,这份天下鸿儒参与讨论并经章帝亲临决议的经学纲领性文献,究竟是怎样的状貌呢?庄述祖《白虎通义考》论之甚为精当:"《白虎通义》杂论经传……《论语》《孝经》、六艺并录,傅以谶记,援纬证经。自光武以《赤伏符》即位,其后灵台郊祀,皆以谶决之,风尚所趋然也。故是书之论郊祀、社稷、灵台、明堂、封禅,悉隐括纬候,兼综图书,附世主之好。"(见陈立《白虎通疏证》附录二)⑤"傅以谶

---

① 《后汉书》卷四八《杨终传》:"终又言:'宣帝博征群儒,论定《五经》于石渠阁。方今天下少事,学者得成其业,而章句之徒,破坏大体。宜如石渠故事,永为后世则。'于是诏诸儒于白虎观论考同异焉。"

② 《后汉书》卷四〇《班固传》:"天子会诸儒讲论《五经》,作《白虎通德论》,令固撰集其事。"

③ 《后汉书》卷七九《儒林传》:"建初中,大会诸儒于白虎观,考详同异,连月乃罢。肃宗亲临称制,如石渠故事,顾命史臣,著为通义。"李贤注:"即《白虎通义》是。"但是此书通行的称呼是《白虎通》。正式的《白虎通义》之名,似是到唐代始见。如《旧唐书》卷二五《礼仪志五》中宗李显神龙元年太常博士张齐贤上疏称引"《白虎通义》",《新唐书》卷一四五《黎幹传》亦曾称引"《白虎通义》"。至于史志目录,则通称为《白虎通》,只有《新唐书》卷五七《艺文志一》称"班固等《白虎通义》六卷"。

④ 参见陈立《白虎通疏证》附录之庄述祖《白虎通义考》、刘师培《白虎通义源流考》,北京:中华书局1994年版。

⑤ 文渊阁《四库全书总目》亦云:"书中征引六经、传记而外,涉及纬、谶,乃东汉习尚使然。"

记,援纬证经",的确是《白虎通》的主要思想特征。因此,白虎观会议及其思想成果《白虎通》的重要思想史意义在于:在继承刘秀尤其是明帝以来经谶牵合的思想取向的基础上,又进一步把经谶牵合互释的思想原理及其系统的思想成果,以国家思想"法典"①的形式固定下来,成为东汉王朝最崇高的统治思想。

综上所述,东汉前期刘秀、刘庄、刘炟三代帝王,在经谶并重的同一思想路径上,持续建构中兴王朝的政治思想文化,其经谶牵合互释之演进轨迹昭然:如果说刘秀颁布图谶于天下,乃是凭借政权威势强行确立图谶与正统经学并重的思想地位,那么明帝刘庄的"游意经艺,删定乖疑,稽合图谶",则是在学理上通过经谶牵合互释来巩固图谶的地位。刘庄较刘秀高明之处也正在这里——在学理上继西汉之后进一步强化经谶牵合互释的思想途径,既巩固了图谶的地位,也易于成为天下学者思想取向的有力指引(贾逵于明帝时上言《左传》与图谶相合者若干事,明帝"写藏秘馆",即是显例)。到章帝刘炟再进一步,将经谶结合的《白虎通》确立为国家政治伦理的"国宪",同时也就使经谶牵合互释成为了"法定"正统的思想途径。自此,东汉士人学者经谶兼修、经谶互释便成为常态。

二

经过了王莽擅权、篡代的二十馀年,刘汉王朝终于复兴。中国历史上的政权鼎革之际,社会民心往往呈现为弃旧慕新;民心向新,是深受前朝腐败之害,而期待社会变革,盼望新格局新气象。

---

① 《后汉书》卷三五《曹褒传论》:"孝章永言前王,明发兴作,专命礼臣,撰定国宪,洋洋乎盛德之事焉!"此所谓"国宪",章权才以为:"明显地包括两个相续的阶段:一个是建初四年召开白虎观经学会议;一个是从元和二年开始,征拜博士,叫曹褒等人'撰次天子至于庶人冠婚吉凶终始制度',这就是后来所说的《汉礼》。班固在《曹褒传论》中所说的'国宪',主要就是由《白虎通》和《汉礼》所构成的。"(见氏所著《两汉经学史》,广州:广东人民出版社1990年版,第215页)

而就统治者来说,由于新旧政权交替往往是多年战乱的结果,所以新朝初建之时,也必然会施行休养生息的国策以恢复国力;同时,为了尽快巩固新政权,也往往会革除前朝的某些政治弊端,以回应社会期待,笼络民心。中国历史上的政权更替,社会总体情状大抵如此。而对于东汉来说,除此之外,还有一个特殊的情状:刘秀是复兴汉家天下,而非创建新朝。人们厌弃的是王莽以阴谋手段巧取政权,期待的是刘汉复位。正如班彪答隗嚣问时所说:"王氏擅朝,因窃号位。……是以即真之后,天下莫不引领而叹。十余年间,中外骚扰,远近俱发,假号云合,咸称刘氏,不谋同辞。……百姓讴吟,思仰汉德。"(《后汉书》卷四〇上《班彪传》)两汉之际的士心所向,亦是如此。士人学者大多"不仕王莽",直到刘秀复汉才又纷纷出仕。支撑这种普遍社会心理的,是这样一种社会共识:王莽篡权不合规矩,不具有"正统性"及合法性。(以上参见本书第一章之第一、第二节)这是当时士心民意向汉的最普遍的基本理由。

刘秀复汉后的政治作为,是其时士心向刘的另一个重要因素。《后汉书》卷七六《循吏传序》概述东汉前期政治风貌大势云:"初,光武长于民间,颇达情伪,见稼穑艰难,百姓病害,至天下已定,务用安静,解王莽之繁密,还汉世之轻法。身衣大练,色无重彩,耳不听郑卫之音,手不持珠玉之玩,宫房无私爱,左右无偏恩。……损上林池籞之官,废骋望弋猎之事。……勤约之风,行于上下。数引公卿郎将,列于禁坐。广求民瘼,观纳风谣。故能内外匪懈,百姓宽息。……然建武、永平之间,吏事刻深,亟以谣言单辞,转易守长。故朱浮数上谏书,箴切峻政①,锺离意等亦规讽殷勤,以'长

---

① 建武后期吏事趋于严苛。《后汉书》卷三三《朱浮传》云:"旧制:州牧奏二千石长吏不任位者,事皆先下三公,三公遣掾史案验,然后黜退。帝(刘秀)时用明察,不复委任三府,而权归刺举之吏。"朱浮乃上疏反对。

者'为言①,而不能得也。……自章、和以后,其有善绩者,往往不绝。"后汉前期三代帝王之为政,光武柔仁,明帝苛刻,章帝宽厚,这是历代治汉史者的共识。范史《后汉书》卷二《明帝纪论》就说:"明帝善刑理,法令分明。日晏坐朝,幽枉必达。"其卷三《章帝纪论》亦曰:"魏文帝称'明帝察察,章帝长者'。章帝素知人厌明帝苛切,事从宽厚。感陈宠之义,除惨狱之科。深元元之爱,著胎养之令。……平徭简赋,而人赖其庆。又体之以忠恕,文之以礼乐。故乃蕃辅克谐,群后德让。"历代以为刘秀后期至明帝时行政苛细,这需要准确理解:建武末至永平时期的所谓政治严苛,乃主要体现在吏治之上;而对于天下百姓,则仍是一直施行宽缓怀柔的休养生息政策。尽管苛责官吏为政,一时间也必会波及百姓利益,但宏观长远地看,严肃吏治总体上对天下百姓是利好的②。所以《后汉书》卷二《明帝纪论》又云:"内外无幸曲之私,在上无矜大之色。断狱得情,号居前代十二③。故后之言事者,莫不先建武、永平之政。而锺离意、宋均之徒④,常以'察慧'为言,夫岂弘人之度未优乎?"范史赞扬"建武、永平之政",批评锺离意、宋均等人不够宽容、苛责小恶遮蔽大善,是有史家高明眼光的。

———————

① 《后汉书》卷四一《锺离意传》:"帝(明帝)性褊察,好以耳目隐发为明,故公卿大臣数被诋毁,近臣尚书以下至见提拽。……朝廷莫不悚慄,争为严切,以避诛责。唯意独敢谏争,数封还诏书,臣下过失辄救解之。"

② 《后汉书·郡国志一》刘昭注引《帝王世纪》:西汉末平帝元始二年,全国人口有五千九百万馀,乃"汉之极盛也"。"及王莽篡位,续以更始、赤眉之乱,至光武中兴,百姓虚耗,十有二存。"也就是说,建武初年仅有一千多万人口,但到了刘秀末期的中元二年,全国人口已增加到二千二百万馀(《后汉书·郡国志五》注引伏无忌之说相同),将近翻倍;至"永平、建初之际,天下无事,务在养民,迄于孝和,民户滋殖。"可见从刘秀到刘炟的东汉前期,民力得到了非常明显的恢复。

③ 李贤注:"十断其二,言少刑也。"

④ 《后汉书》卷四一《宋均传》:"均性宽和,不喜文法,常以为吏能弘厚,虽贪污放纵,犹无所害;至于苛察之人,身或廉法,而巧黠刻削,毒加百姓,灾害流亡所由而作。及在尚书,恒欲叩头争之,以时方严切,故遂不敢陈。"

刘秀求贤若渴的姿态和作为,是其时士心向刘的又一个重要原因。刘秀本就是儒者出身,讲习儒术乐而不疲。他身边的功臣武将,大都有儒学背景。清人赵翼《廿二史札记》卷四《东汉功臣多近儒》条即云:"西汉开国,功臣多出于亡命无赖;至东汉中兴,则诸将帅皆有儒者气象,亦一时风会不同也。……光武诸功臣,大半多习儒术,与光武意气相孚合。盖一时之兴,其君与臣本皆一气所钟,故性情嗜好之相近,有不期然而然者,所谓有是君即有是臣也。"①这是刘秀积极吸纳任用儒士的人文环境。《后汉书》卷七九上《儒林传序》概述东汉初年的君士关系云:"昔王莽、更始之际,天下散乱,礼乐分崩,典文残落。及光武中兴,爱好经术,未及下车而先访儒雅,采求厥文,补缀漏逸。先是,四方学士多怀协图书,遁逃林薮。自是莫不抱负坟策,云会京师。"《后汉书》卷八三《逸民传序》也说:"汉室中微,王莽篡位,士之蕴藉义愤甚矣。是时裂冠毁冕,相携持而去之者,盖不可胜数。……光武侧席幽人,求之若不及,旌帛蒲车之所征贲,相望于岩中矣。……群方咸遂,志士怀仁,斯固所谓'举逸民天下归心'者乎!"所谓士为知己者死,刘秀的尊重、招纳和善待,必然令士人心向往之。

明、章两代,延续刘秀轻刑简赋、休养生息的国策,弘扬儒学、吸纳任用士人,也是一如既往并持续推进。简要述之如下:

明帝永平二年(59)"三月,上初礼于学,临辟雍,行大射礼,使天下郡国行乡饮酒礼于学校。……冬十月壬子,上临辟雍,初养三老五更。于是士效礼乐三雍,仪制备矣"(《后汉纪》卷九《孝明皇帝纪上》)。明帝同时下诏,赐帝师桓荣(《尚书》博士)关内侯,并"以二千石禄养终厥身"(《后汉书》卷二《明帝纪》)。"(桓)荣病笃……

---

① [清]赵翼撰,王树民校证《廿二史札记校证》,北京:中华书局1984年版,第90—91页。

上悯伤之,临幸其家,入巷下车,拥经趋进,躬自抚循,赐以床帐衣服,于是诸侯大夫问疾者皆拜于床下。及终,赠赐甚厚,上亲变服临送,赐冢茔。"(《后汉纪》卷九《孝明皇帝纪上》)永平九年(66),"为四姓小侯开立学校,置《五经》师"。李贤注云:"袁宏《汉纪》曰:永平中崇尚儒学,自皇太子、诸王侯及功臣子弟,莫不受经。又为外戚樊氏、郭氏、阴氏、马氏诸子弟立学,号四姓小侯,置《五经》师。"①永平十五年(72)三月,"幸孔子宅,祠仲尼及七十二弟子。亲御讲堂,命皇太子、诸王说经"。李贤注引《汉春秋》曰:"(明)帝时升庙立,群臣中庭北面,皆再拜,帝进爵而后坐。"(以上引文,均见《后汉书》卷二《明帝纪》)《后汉书》卷三二《樊准传》载樊准《上邓太后疏》概述明帝时期的儒学状况云:"至孝明皇帝,兼天地之姿,用日月之明,庶政万机,无不简心,而垂情古典,游意经艺,每飨射礼毕,正坐自讲,诸儒并听,四方欣欣。……又多征名儒,以充礼官,如沛国赵孝、琅邪承宫等,或安车结驷,告归乡里;或丰衣博带,从见宗庙。其馀以经术见优者,布在廊庙。故朝多皤皤之良,华首之老。每讌会,则论难衎衎,共求政化。详览群言,响如振玉。朝者进而思政,罢者退而备问。小大随化,雍雍可嘉。期门羽林介胄之士,悉通《孝经》。博士议郎,一人开门,徒众百数。化自圣躬,流及蛮荒,匈奴遣伊秩訾王大车且渠来入就学。八方肃清,上下无事。是以议者每称盛时,咸言永平。"明帝的这些作为,尊师重道、擢任儒士的标志意义极为浓厚,自然会深获士心。

　　章帝弘儒用士的力度及其实效,都远超乃祖乃父。其发展弘扬儒学最具标志性的举措,便是建初四年(79)十一月,召集白虎观经学会议,"使诸儒共正经义"。此次会议所撰集的经学文献《白虎通》,成为了整个东汉王朝的政治思想文化纲领。此外,如元和二

---

① 李贤之引文,见《后汉纪》卷一四《孝和皇帝纪下》。

年(85)三月庚寅,章帝"祠孔子于阙里,及七十二弟子,赐褒成侯及诸孔男女帛"。同年五月戊申,诏"赐博士员弟子见在太学者布,人三匹。令郡国上明经者,口十万以上五人,不满十万三人"。(以上引文,均见《后汉书》卷三《章帝纪》)隆重祭祀孔子及其弟子,多方拔举明经学人,以及赏赐太学生,无不具有光扬儒学之政治导引意义。章帝选任士人的胸襟尤为开阔,不问出身,唯干才是举,口惠并且实至。建初元年(76)"三月甲寅,山阳、东平地震",章帝诏令即有云:"明政无大小,以得人为本。……每寻前世举人贡士,或起甽亩,不系阀阅。敷奏以言,则文章可采;明试以功,则政有异迹。文质彬彬,朕甚嘉之。其令太傅、三公、中二千石、二千石、郡国守相,举贤良方正、能直言极谏之士各一人。"五月,"初举孝廉、郎中宽博有谋,任典城者,以补长、相"。建初五年(80)二月庚辰朔日食,诏令"公卿已下,其举直言极谏、能指朕过失者各一人,遣诣公车,将亲览问焉。其以岩穴为先,勿取浮华"。五月辛亥,诏曰:"朕思迟直士,侧席异闻①。其先至者,各以发愤吐懑,略闻子大夫之志矣,皆欲置于左右,顾问省纳。建武诏书又曰:'尧试臣以职,不直以言语笔札。'今外官多旷,并可以补任。"(以上引文,均见《后汉书》卷三《章帝纪》)章帝诏令举荐的,包括贤良方正、直言极谏、宽博有谋、岩穴直士等各色士人,并且不计出身,只求有实干才能。而一旦选用,便尽可能授以实职。《后汉书》卷四《和帝纪》李贤注引《汉官仪》,记载了章帝以四科取士的用人政策:"建初八年十二月己未,诏书辟士四科:其一曰德行高妙,志节清白;二曰经明行修,能任博士;三曰明晓法律,足以决疑,能案章覆问,文任御史;四

---

① 李贤注:"迟犹希望也。……侧席谓不正坐,所以待贤良也。"王先谦《后汉书集解》引惠栋曰:"《曲礼》有'忧者侧席而坐',郑玄注:'侧犹特也,不布他面席。'案:侧席与《仪礼》'侧杀'、'侧受'礼之'侧'同,忧在进贤,故侧席。注非。"又引何若瑶曰:"《史·卫将军传》索隐:'迟者,待也。'思迟直士,思待直士也。注说不词。"

曰刚毅多略,遭事不惑,明足照奸,勇足决断,才任三辅令。皆存孝悌清公之行。自今已后,审四科辟召,及刺史、二千石察举茂才尤异孝廉吏,务实校试以职。"①史称章帝宽厚长者,不止谓其为政待民宽缓不苛,也指其扶持经学今古并举,招贤纳士兼容并蓄。

在上述政治思想文化大势下,尤其在光武、明、章三代持续的重儒用士政策指引下,这个时期的士人心态趋向高度一致:无不衷心向往中兴之刘汉,"抱负坟策,云会京师",建言献策,亲近朝廷。这一点,与此前王莽篡代时期士人对政权依违亲疏的多元并存局面,是很不相同的。

然而,世道人心变幻复杂。光武、明、章三朝,积极招纳、善待、任用士人,士人拥戴刘汉中兴,心向朝廷,这是这个时期君士关系的一般情状。与此同时,君士之间不和谐的音声也时常奏响。士人的所思所愿,永远不可能与统治者的意志完全合拍。因此,士人对中兴王朝寄望越高,也就越容易失望灰心。更有一些清醒冷静或是淡泊名利的士人,从内心深处便远离政权,无论其姓刘姓王。

刘秀喜好并信用图谶,桓谭不以为然,终因上奏《抑谶重赏疏》排斥图谶而遭到贬黜(《后汉书》卷二八上《桓谭传》);尹敏为正统经学名家,以为"谶书非圣人所作……恐疑误后生"(《后汉书》卷七九上《尹敏传》),以此沉滞不迁。郑兴"依经守义",但不治图谶,因

---

① 此文又见《太平御览》卷六二八引《汉官仪》。[唐]杜佑《通典》卷一三《选举一》云:"章帝建初元年诏曰云云。始复用前汉丞相故事,以四科辟士(自注:武帝因董仲舒之言立制,故事在丞相府,今复用之。第一科补西曹、南阁祭酒,二科补议曹,三科补四辞八奏,四科补贼决)。凡所举士,先试之以职,乃得充选;其德行尤异不宜试职者,疏于他状。举非人兼不举者,罪。"[宋]谢维新《古今合璧事类备要》后集卷一三也说:"章帝四科取士。"但是,《后汉书·百官志一》刘昭注及《北堂书钞》卷七九《秀才》引应劭《汉官仪》,均谓此为世祖刘秀诏书。[宋]章如愚《群书考索》续集卷三三也说:"东汉中兴,光武虽擢县令为三公,至以四科取士,皆令有孝弟公廉之行。其公卿辟召,刺史二千石察举,授试以职,有非其人,有司奏罪名,并正举者。"未知孰是,这里暂采章帝诏书说。

此也不得重用(《后汉书》卷三六《郑兴传》)。这只是几个显明的例子,事实上,由于东汉前期三代帝王都笃信图谶,当时的士人势必都须表明自己对图谶的态度。《后汉书》卷八二上《方术传序》就说,"光武尤信谶言,士之赴趣时宜者,皆骋驰穿凿,争谈之也",而一些"通儒硕生,忿其奸妄不经,奏议慷慨,以为宜见藏摈"。不信图谶的士人坚持己见,或直率批评,或缄口不谈,因此不同程度地遭到政权的排斥或冷落。这是此一时期君士之间的思想文化冲突。

这个时期君士不谐的另一种情形,是士人的怀才不遇,有功不得酬报。一个典型的例证是班彪。更始败,天下大乱,班彪乃赴天水,游说隗嚣助刘复汉。隗嚣自有野心,不纳其言,班彪"伤时方艰,乃著《王命论》,以为汉德承尧,有灵命之符。王者兴祚,非诈力所致,欲以感之"。而隗嚣终不觉悟,班彪遂至河西投靠窦融,为窦融画策事汉。建武十二年(36)九月,班彪随窦融被征还京师,却未能得到刘秀重用,仅仅举为"茂才",拜徐令(时当在建武十三年)。其后,约在建武二十九年(53)前后,又被任为望都长①,次年卒于官。(以上见《后汉书》卷四○上《班彪传》及《汉书》卷一○○上《叙传上》)班彪为一代名儒,他一生执着的政治选择,便是助刘复汉,并且做出了为窦融策划归汉如此重大的贡献(他劝谏隗嚣归汉尽管无果,但也付出了极大努力)。可是,他并未得到应有的酬报,未得刘秀重用,职位不过县令,才志不得施展。

另一个典型的例证是冯衍。他"幼有奇才,年九岁能诵《诗》,至二十而博通群书"。当王莽擅权、天下大乱之际,冯衍鲜明而基本的政治态度是不仕王莽:"王莽时,诸公多荐举之者,衍辞不肯仕。"他认为"天下离(罹)王莽之害久矣","天下自以去亡新,就圣汉,当蒙其福而赖其愿"。他先是追随王莽更始将军廉丹,劝说廉

---

① 班彪拜徐令及望都长的时间,参见本书第一章第三节的考述。

丹脱莽助刘:"将军之先,为汉信臣。新室之兴,英俊不附。今海内溃乱,人怀汉德,甚于诗人思召公也,爱其甘棠,而况子孙乎?"可见冯衍是致力于兴刘复汉的。廉丹不听,冯衍乃赴河东,游说更始帝属臣鲍永(时任尚书仆射,行大将军事)暂且拥兵以自重。更始败,刘秀称帝,乃招安鲍永、冯衍,但鲍、冯不肯降。不久后,他们确认更始已死,才投降刘秀。由于这个原因,冯衍终生不得任用。客观地说,在基本的政治立场上,冯衍是反抗王莽、助刘兴汉的。只不过他一开始没有选择刘秀,而是选择了刘秀的族兄更始帝刘玄。这个选择无可厚非,刘玄、刘秀都是刘氏皇裔,并且刘玄已经称帝,刘秀名义上也隶属于更始,接受更始的封侯拜将。刘秀对冯衍的忌恨,盖主要在两点:一是鲍永的部将田邑投降了刘秀,冯衍曾写信斥责他背弃更始;二是冯衍没有及时接受刘秀的招降。冯衍之所以没有及时归降,是因为他听信了"更始随赤眉在北"的讹言;而当他"审知更始已殁",便罢兵投降了刘秀。(以上均见《后汉书》卷二八《冯衍传》)无论是写信指责田邑背约,还是未及时投降刘秀,都体现了冯衍对更始帝刘玄的忠心。何况,冯衍的基本政治追求是助刘复汉。他的选择和行为,即使不加表彰,也应当予以理解。冯衍归降刘秀后,积极建言献策(《上书陈八事》),但始终不得重用,只委以曲阳县令这个小官。不得已,冯衍乃与外戚阴氏交游。建武末,刘秀惩治外戚宾客,但是赦免了冯衍,遣归故里①。明帝

---

① 陆侃如《中古文学系年》将此事系于建武二十八年(52),理由是:据《后汉书》卷一《光武帝纪下》,建武二十八年"夏六月丁卯,沛太后郭氏薨,因诏郡县捕王侯宾客,坐死者数千人"。而《后汉书》卷二四《马援传》云:"及郭后薨,有上书者,以为(王)肃等受诛之家,客因事生乱,虑致贯高、任章之变。帝怒,乃下郡县收捕诸王宾客,更相牵引,死者以千数。吕种亦豫其祸。"又《后汉纪》卷八《光武皇帝纪八》:"(建武二十八年)是时禁网疏阔,王侯贵人多通宾客。寿光侯刘鲤,更始少子也,得幸于沛王辅。鲤怨盆子杀其父,因辅结客报,杀盆子兄故式侯恭。辅坐,系狱三日。由是捕诸王宾客,死者千馀人。……于是吕种、王砻、冯衍皆以诸王宾客下狱。……种、砻死狱中,衍被赦出,废于家。"

即位,冯衍仍不得任用,"遂废于家"。《后汉书》卷二八《桓谭冯衍传赞》感慨此二人命运道:"道不相谋,诡时同失。体兼上才,荣微下秩。"诚哉斯言!

像班彪、冯衍这类才智超卓的士人,他们一心助刘复汉,无论其实际贡献大小,都做出了无愧于心的努力。但是刘汉中兴政权稳定之后,并没有给予他们应有的报偿,反而慢待冷落。因此,他们产生疏离怨望之心,就是自然之事了。

这个时期君士不谐的再一种情形,是高士逸民远离朝堂,保身养性。《后汉书》卷八三《逸民传》集中记载了这部分士人的人生旨趣:

向长。"隐居不仕,性尚中和,好通《老》《易》。……王莽大司空王邑辟之,连年乃至,欲荐之于莽,固辞乃止。……(建武中)敕断家事勿相关,'当如我死也'。于是遂肆意,与同好北海禽庆俱游五岳名山,竟不知所终。"

逢萌。"家贫,给事县为亭长。时尉行过亭,萌候迎拜谒,既而掷盾叹曰:'大丈夫安能为人役哉!'遂去。之长安,学通《春秋经》。时王莽杀其子宇,萌谓友人曰:'三纲绝矣!不去,祸将及人。'即解冠挂东都城门。归,将家属浮海,客于辽东。……及光武即位,乃之琅邪劳山,养志修道。……连征不起,以寿终。"

周党。"敕身修志,州里称其高。及王莽窃位,托疾杜门。……建武中,征为议郎,以病去职,遂将妻子居黾池。复被征,不得已,乃着短布单衣,谷皮绡头,待见尚书。及光武引见,党伏而不谒,自陈愿守所志,帝乃许焉。"

王霸。"少有清节。及王莽篡位,弃冠带,绝交宦。建武中,征到尚书,拜称名,不称臣。有司问其故。霸曰:'天子有所不臣,诸侯有所不友。'……以病归。隐居守志,茅屋蓬户。连征不至,以寿终。"

严光。"少有高名,与光武同游学。及光武即位,光乃变名姓,隐身不见。"后得知严光在齐国,刘秀"乃备安车玄纁,遣使聘之,三反而后至"。司徒侯霸与严光素有交情,遣人先行奉书拜谒,言明得暇亲来探望,而严光口授回信道:"君房足下:位至鼎足,甚善!怀仁辅义天下悦,阿谀顺旨要领绝。"刘秀"车驾即日幸其馆,光卧不起。帝即其卧所,抚光腹曰:'咄咄子陵,不可相助为理邪?'光又眠不应,良久,乃张目熟视,曰:'昔唐尧著德,巢父洗耳。士故有志,何至相迫乎!'帝曰:'子陵,我竟不能下汝邪?'于是升舆叹息而去"。拜为谏议大夫,而严光"不屈,乃耕于富春山"。"建武十七年,复特征,不至。年八十,终于家。"

井丹。"少受业太学,通《五经》,善谈论,故京师为之语曰:'《五经》纷纶井大春。'性清高,未尝修刺候人。建武末,沛王辅等五王居北宫,皆好宾客,更遣请丹,不能致。信阳侯阴就,光烈皇后弟也,以外戚贵盛,乃诡说五王,求钱千万,约能致丹,而别使人要劫之。丹不得已,既至,就故为设麦饭、葱叶之食,丹推去之,曰:'以君侯能供甘旨,故来相过,何其薄乎?'更置盛馔,乃食。及就起,左右进辇。丹笑曰:'吾闻桀驾人车,岂此邪?'坐中皆失色。就不得已,而令去辇。自是隐闭,不关人事,以寿终。"

梁鸿。"受业太学,家贫而尚节介,博览无不通,而不为章句。学毕,乃牧豕于上林苑中。"后娶丑女孟光为妻,"乃共入霸陵山中,以耕织为业。咏《诗》《书》,弹琴以自娱。仰慕前世高士,而为四皓以来二十四人作颂。因东出关,过京师,作《五噫之歌》曰云云。肃宗闻而非之,求鸿不得。乃易姓运期,名燿,字侯光,与妻子居齐鲁之间。有顷,又去适吴,将行,作诗曰云云。遂至吴,依大家皋伯通,居庑下,为人赁舂。……及卒,伯通等为求葬地于吴要离冢傍。咸曰:'要离烈士,而伯鸾清高,可令相近。'"

高凤。"少为书生,家以农亩为业,而专精诵读,昼夜不息。……其后遂为名儒,乃教授业于西唐山中。……凤年老,执志不倦,名声著闻。太守连召请,恐不得免,自言本巫家,不应为吏,又诈与寡嫂讼田,遂不仕。建初中,将作大匠任隗举凤直言,到公车,托病逃归。……隐身渔钓,终于家。"

台佟。"隐于武安山,凿穴为居,采药自业。建初中,州辟不就。刺史行部,乃使从事致谒,佟载病往谢。刺史乃执贽见佟曰:'孝威居身如是,甚苦,如何?'佟曰:'佟幸得保终性命,存神养和。如明使君奉宣诏书,夕惕庶事,反不苦邪?'遂去,隐逸,终不见。"

《后汉书》卷八三《逸民传序》泛言逸民高士之心态云:"或隐居以求其志,或回避以全其道,或静己以镇其躁,或去危以图其安,或垢俗以动其概,或疵物以激其清。然观其甘心畎亩之中,憔悴江海之上,岂必亲鱼鸟、乐林草哉?亦云性分所至而已。"所谓"性分所至",既包含个性志趣,也当有洞察世情之后"去危图安"的志愿。而后者,可能是最重要的隐逸动因。《逸民传》记载"野王二老"对刘秀讲说的"即人者,人亦即之"之理,深刻地揭示了君臣之间的微妙危险的关系。识其先机者,自会远遁而去。《论语·泰伯》载孔子云:"笃信好学,守死善道。危邦不入,乱邦不居。天下有道则见,无道则隐。"是危邦还是乱邦,是有道还是无道,乃基于个人的判断;但是隐逸以全身守道,孔子也深表认可。从此一视角去看待东汉前期的隐逸士人,可能更为切合其时的时代状况。

总上所述,东汉前期的士人普遍心向中兴政权,认同其思想文化取向,同时也有疏离、怨望的心态。此种情状,深刻地影响了这个时期文学创作的风貌。

第二节 颂世论理,以谶纬文:
东汉前期文风的新趋向

综核相关传世文献,刘秀建武中到和帝永元初的作家,主要有班彪、冯衍、杜笃、班固、崔骃、傅毅以及刘苍、梁鸿、马援、王吉、刘复、王景、王充、贾逵、梁竦、刘广世、袁安、杨终、章帝刘炟、白狼王唐菆等人(参见本书附录《东汉文人存世文学作品一览表》)。本书描述东汉前期的文学风貌,即以这些作家存世的文学作品和著述为基本依据。他们的文学作品,呈现出颂世论理、以谶纬文和抒情述志、情兼雅怨两种创作倾向,本节先分梳前者。

一

东汉前期的赋创作,一个最鲜明的特征,便是其创作旨意由讽谏劝诫转向颂世论理。

由枚乘《七发》首创,到司马相如《天子游猎赋》,到扬雄《甘泉》《河东》《羽猎》《长杨》四赋,西汉大赋的创作目的,莫不以讽谏劝诫为指归——尽管从客观效果看,往往会陷入"劝百讽一"的尴尬。而到了两汉之际尤其是东汉中兴以后,赋的创作旨意则转向了颂世论理。这一转向途程的发轫者,是扬雄《剧秦美新》。无论这篇文字的文体属性如何认定[1],其时空交错、多方敷赞王莽新朝深得天意民心的铺张扬厉的行文,总是与大赋相类[2]。扬雄在两汉之际的文坛拥有极大的影响力,《剧秦美新》的颂扬旨趣,必会交叉感染其时的作赋风向。何况,拥戴刘汉复兴是当时上下同趋的普遍社会心理,有扬雄作品的示范和启迪在前,东汉前期文人以赋颂汉便是自然的选择。

这个时期赋坛最耀眼的景观,是"京都赋"的创作。借建都议题颂世,是其时赋作的重要创作旨趣。刘秀建武后期,杜笃(20?~78)上奏《论都赋》(载《后汉书》卷八〇上《杜笃传》)[3],首倡返都长

---

[1] 关于《剧秦美新》的文体属性,参见本书第一章第三节。
[2] 马积高《赋史》即云:"《剧秦美新》实亦赋。"上海:上海古籍出版社1987年版,第91页。
[3] 陆侃如考定杜笃《论都赋》作于建武二十年(44)。见其《中古文学系年》,第68页。

安的主张。其理由,一是雍州土地肥沃易于生存,二是地形险要易守难攻,认为西京"固帝王之渊囿,而守国之利器也"。值得注意的是,这篇阐述京都观念的赋作,是通过颂赞刘汉的光辉历史来表达的——认为刘汉各个时期的辉煌勋绩,莫不根基于西都。赋作历数刘汉"创业于高祖,嗣传于孝惠,德隆于太宗,财衍于孝景,威盛于圣武,政行于宣元,侈极于成哀,祚缺于孝平"的历史,重点铺叙三个时段:一是高祖"斩白蛇,屯黑云,聚五星于东井,提干将而呵暴秦。蹈沧海,跨昆仑,奋彗光,扫项军",建都长安,为大汉"开基";二是文景"躬履节俭,侧身行仁。……赈人以农桑,率下以约己。……佞邪之臣不列于朝,巧伪之物不鬻于市,故能理升平而刑几措",使大汉富足安泰;三是武帝"拓地万里,威震八荒",镇抚四夷,开创"大汉之盛"。赋作以为,西汉"传世十一,历载三百①"的历史,"德衰而复盈,道微而复章",国祚不绝,原因就在"皆莫能迁于雍州,而背于咸阳"。赋作的最后,敷赞刘秀灭莽复汉的丰功伟绩:

逮及亡新,时汉之衰。……于时圣帝,赫然申威。荷天人之符,兼不世之姿。受命于皇上,获助于灵祇。立号高邑,搴旗四麾。首策之臣,运筹出奇;虓怒之旅,如虎如螭。师之攸向,无不靡披。盖夫燔鱼剸蛇,莫之方斯②。大呼山东,响动流沙。要龙渊,首镆铘,命腾太白,亲发狼、弧。南禽公孙,北背强胡,西平陇、冀,东据洛都。乃廓平帝宇,济蒸人于涂炭,成兆庶之亹亹,遂兴复乎大汉。

---

① 李贤注:"高祖至平帝十一代,合二百十四年。此言'三百'者,谓出二百年,涉三百年也。"

② 李贤注:"《尚书》今文《泰誓篇》曰:'太子发升舟,中流,白鱼入于王舟,王跪取出,以燎。群公咸曰休哉。'郑玄注云:'燔鱼以祭,变礼也。'剸,割也,谓高祖斩蛇也。"是谓刘秀的历史功勋,超越了文王、刘邦。

进而说,国家复兴之初,"主上方以边垂为忧",并且"务在爱育元元",所以"未遑于论都而遗思雍州也"。以理解的口吻,委婉地表达了返都西京之意愿。

与杜笃同时的崔骃(30?~92)、傅毅(35?~90?)、班固(32~92),纷起创作京都赋,反对回迁西京。他们表达意见,也是以颂美的方式呈现:盛称洛邑制度之美,阐述"祸败之机不在险"(崔骃《反都赋》)的京都观念。他们的赋作,充斥着对中兴王朝的赞美和歌颂。如云:

> 建武龙兴,奋旅西驱。虏赤眉,讨高胡,斩铜马,破骨都。收翡翠之驾,据天下之图。上圣受命,将昭其烈,潜龙初九,真人乃发。上贯紫宫,徘徊天阙,握狼弧,蹈参伐,陶以乾坤,始分日月。观三代之馀烈,察殷夏之遗风。背崤函之固,即周洛之中。兴四郊,建三雍,禅梁父,封岱宗。(崔骃《反都赋》,《艺文类聚》卷六一)

> 惟汉元之运会,世祖受命而弭乱,体神武之圣姿,握天人之契赞。寻往代之规兆,仍险塞之自然,被昆仑之洪流,据伊洛之双川,挟成皋之严阻,扶二崤之崇山。(傅毅《洛都赋》,《艺文类聚》卷六一)

> 往者王莽作逆,汉祚中缺,天人致诛,六合相灭。……故下民号而上诉,上帝怀而降鉴,致命于圣皇。于是圣皇乃握乾符,阐坤珍,披皇图,稽帝文。赫尔发愤,应若兴云。霆发昆阳,凭怒雷震。遂超大河,跨北岳,立号高邑,建都河洛。绍百王之荒屯,因造化之荡涤。体元立制,继天而作。……仁圣之事既该,帝王之道备矣。至于永平之际,重熙而累洽。……光汉京于诸夏,总八方而为之极。(班固《两都赋》,《后汉书》本传)

崔骃《反都》、傅毅《洛都》二赋,今存者已非完篇,但仍可看出,它们与班固《两都赋》运思一样,都是从刘秀受命复汉、洛都制度美盛两个方面铺张夸饰,颂扬后汉中兴。前汉赋作"曲终奏雅"的讽喻微言,已经完全消失了。

在此应附带说明:东汉前期,借帝都建址议题颂美复兴王朝的创作,还不限于"京都赋"一类。比如章帝时徐州刺史王景,就曾作"论"以颂美洛都:"先是,杜陵杜笃奏上《论都赋》,欲令车驾迁还长安。耆老闻者,皆动怀土之心,莫不眷然伫立西望。景以宫庙已立,恐人情疑惑,会时有神雀诸瑞,乃作《金人论》,颂洛邑之美,天人之符,文有可采。"(《后汉书》卷七六《王景传》)①建都洛阳抑或还都长安,在当时是一个不小的思想波动,为文作赋的人应有不少。惜乎史料缺如,难知其详,王景的《金人论》今天也只存目而已。不过,从范史的记述看,该文颂赞洛邑得"天人之符,文有可采",也是受命于天、礼制美善二义,与这个时期的"京都赋"意旨相同。

东汉前期的赋创作,另一个鲜明的特征,是借助谶纬来颂世论理。上述之"京都赋",杜笃《论都赋》"(刘邦)斩白蛇,屯黑云②,聚五星于东井③"、"(刘秀)荷天人之符④,兼不世之姿。受命于皇上,

---

① 王景《金人论》已佚,今已不知其面貌。不过,汉人创作论辩类文章,往往有与赋相类者,如东方朔《非有先生论》、王褒《四子讲德论》之属。此文乃针对《论都赋》而作,颇疑其文体类赋。

② 《后汉书》卷八〇上《杜笃传》李贤注:"《前书》高祖斩大蛇,有一老妪夜哭曰:'吾子白帝子,今赤帝子斩之。'故曰白蛇。又吕后曰:'季所居,上常有云气。'"

③ 《汉书》卷二六《天文志》:"汉元年十月,五星聚于东井,以历推之,从岁星也。此高皇帝受命之符也。故客谓张耳曰:'东井秦地,汉王入秦,五星从岁星聚,当以义取天下。'秦王子婴降于枳道,汉王以属吏,宝器妇女亡所取,闭宫封门,还军次于霸上,以候诸侯。与秦民约法三章,民亡归心者,可谓能行义矣,天之所予也。五年遂定天下,即帝位。"

④ 李贤注:"天人符,谓强华自关中持《赤伏符》也。"

获助于灵祇①。……盖夫燔鱼剸蛇,莫之方斯"云云,崔骃《反都赋》"上圣受命,将昭其烈。……上贯紫宫,徘徊天阙,握狼弧②,蹈参伐"云云,傅毅《洛都赋》"惟汉元之运会,世祖受命而弭乱,体神武之圣姿,握天人之契赞"云云,都是借谶纬颂汉。班固《两都赋》,更是通篇充盈此意:

是以众庶悦豫,福应尤盛,《白麟》《赤雁》《芝房》《宝鼎》之歌,荐于郊庙③;神雀、五凤、甘露、黄龙之瑞,以为年纪④。(《两都赋序》,《文选》卷一)

周以龙兴,秦以虎视。及至大汉受命而都之也,仰瞻东井之精,俯协《河图》之灵⑤。奉春建策,留侯演成。天人合应,以发皇明⑥。乃眷西顾,寔惟作京。……其宫室也,体象乎天

---

① 李贤注:"皇上,谓天也。《尚书》曰:'惟皇上帝,降衷于下人。'(按见《古文尚书·汤诰》)灵祇,谓呼池冰及白衣老父等也。"
② 《后汉书》卷八〇上《杜笃传》李贤注:"狼、弧,并星名也。《史记》曰:'天苑东有大星曰天狼,下有四星曰弧。'宋均注:《演孔图》曰:狼为野将,用兵象也。《合诚图》曰:弧主司兵,兵弩象也。'"
③ 《汉书》卷六《武帝纪》:"行幸雍,获白麟,作《白麟之歌》。"又曰:"行幸东海,获赤雁,作《朱雁之歌》。"又曰:"甘泉宫内产芝,九茎连叶,作《芝房歌》。"又曰:"得宝鼎后土祠傍,作《宝鼎之歌》。"
④ 《汉书》卷八《宣帝纪》"神雀元年"应劭曰:"前年,神雀集长乐宫,故改年也";"五凤元年"应劭曰:"先者,凤凰五至,因以改元";又甘露元年诏曰:"乃者凤凰至,甘露降,故以名元年";"黄龙元年"应劭曰:"先是,黄龙见新丰,因以改元焉。"
⑤ 李贤注:"高祖至霸上,五星聚于东井。又《河图》曰:'帝刘季,日角戴胜,斗匈龙股,长七尺八寸。昌光出轸,五星聚井,期之兴,天授图,地出道,予张兵钤刘季起。'东井,秦之分野,明汉当代秦都关中。"
⑥ 李贤注:"天,谓五星聚东井也。人,谓娄敬等进说也(按上文"奉春"即指娄敬,娄敬始向刘邦献建都之策)。皇明,谓高祖也。"

地,经纬乎阴阳。据坤灵之正位,放泰紫之圆方①。(《西都赋》,《后汉书》卷四〇《班固传》)

往者王莽作逆,汉祚中缺。天人致诛,六合相灭。……故下民号而上诉,上帝怀而降鉴,致命于圣皇②。于是圣皇乃握乾符,阐坤珍,披皇图,稽帝文③。赫尔发愤,应若兴云。……秦领九嵕,泾渭之川,曷若四渎五岳,带河泝洛,图书之渊④?建章、甘泉,馆御列仙,孰与灵台、明堂,统和天人⑤?(《东都赋》,《后汉书》卷四〇《班固传》)

这个时期的其他赋作,如班彪(3～54)《览海赋》《游居赋》(一作《冀州赋》),杜笃《众瑞赋》(今仅存残句),也都有借助谶纬歌颂刘汉中兴的鲜明内涵:

指日月以为表,索方瀛与壶梁⑥。曜金璆以为阙,次玉石

---

① 李贤注:"圆象天,方象地。南北为经,东西为纬。扬雄《司空箴》曰:'普彼坤灵,侔天作合。'太紫,谓太微、紫宫也。刘向《七略》曰:'明堂之制:内有太室,象紫宫。南出明堂,象太微。'《春秋合诚图》曰:'太微,其星十二,四方。《史记·天官书》曰:'环之匡卫十二星,藩臣,皆曰紫宫。'是太微方而紫宫圆也。"

② 李贤注:"言上天愍念下人之上诉,故下视四海可以为君者,而致命于光武也。"

③ 李贤注:"乾符、坤珍,谓天地符瑞也。皇图、帝文,谓图纬之文也。"

④ 李贤注:"《河图》曰:'天有四表,以布精魄。地有四渎,以出图书。'……图书之渊,谓河、洛也。《易系辞》曰:'河出图,洛出书'也。"

⑤ 李贤注:"馆御,谓设台以进御神仙也。《礼含文嘉》曰:'礼:天子灵台,以考观天人之际,法阴阳之会'也。"

⑥ 《史记》卷一二《孝武本纪》:"于是作建章宫,度为千门万户。前殿度高未央。其东则凤阙,高二十馀丈。其西则唐中,数十里虎圈。其北治大池,渐台高二十馀丈,名曰'泰液',池中有蓬莱、方丈、瀛洲、壶梁,象海中神山龟鱼之属。其南有玉堂、璧门、大鸟之属。乃立神明台、井干楼,度五十馀丈,辇道相属焉。"北京:中华书局2014年修订本。本书引用《史记》均据此本。

而为堂。芝芝列于阶路,涌醴渐于中唐。朱紫彩烂,明珠夜光。松乔坐于东序,王母处于西箱(厢)。命韩众与岐伯,讲神篇而校灵章。愿结旅而自托,因离世而高游。……通王谒于紫宫,拜太一而受符①。(《览海赋》,《艺文类聚》卷八)

夫何事于冀州,聊托公以游居。……遂发轸于京洛,临孟津而北厉。想尚甫之威虞,号苍兕而明誓②。既中流而叹息,美周武之知性。谋人神以动作,享乌、鱼之瑞命③。瞻《淇澳》之园林,善绿竹之猗猗。望常山之峨峨,登北岳而高游。嘉孝武之乾乾,亲饬躬于伯姬。建封禅于岱宗,瘗玄玉于此丘④。遍五岳与四渎,观沧海以周流。(《游居赋》,《艺文类聚》卷二八)

班彪的二赋,分别作于离京赴任徐令和望都长之时(详见本书第一章第三节的考述),抒情述志是其基本面貌。但是其中也有以谶纬颂汉的鲜明意涵:《览海赋》由观海写到海上神山,再由神山写到帝宫,表达作者攀附依托中兴王朝的志愿。其中对帝宫仙境的描摹,今天看来似是道教语,但应注意:东汉初期道教尚未产生,这些关

---

① 《后汉书》卷四〇上《班彪传》:"彪既疾(隗)嚣言,又伤时方艰,乃著《王命论》,以为汉德承尧,有灵命之符;王者兴祚,非诈力所致。欲以感之。而嚣终不寤,遂避地河西。"

② 《史记》卷三二《齐太公世家》:"文王崩,武王即位。九年,欲修文王业,东伐以观诸侯集否。师行,师尚父左杖黄钺,右把白旄,以誓曰:'苍兕苍兕,总尔众庶,与尔舟楫,后至者斩!'遂至盟津。诸侯不期而会者八百诸侯。诸侯皆曰:'纣可伐也。'武王曰:'未可。'还师,与太公作此《太誓》。"

③ 《史记》卷四《周本纪》:"(九年,武王)东观兵,至于盟津。……武王渡河,中流,白鱼跃入王舟中(《集解》引马融曰:"鱼者,介鳞之物,兵象也。白者,殷家之正色,言殷之兵众与周之象也。"),武王俯取以祭。既渡,有火自上复于下,至于王屋,流为乌,其色赤,其声魄云(《集解》引郑玄曰:"《书说》云乌有孝名。武王卒父大业,故乌瑞臻。赤者,周之正色也。")。"

④ 《汉书》卷六《武帝纪》:"(天汉三年)三月,行幸泰山,修封,祀明堂,因受计。还幸北地,祠常山,瘗玄玉。"

于仙境的知识、观念，当时都是谶纬家言。班彪借此表达了对中兴王朝的歌颂。《游居赋》将汉武帝封禅与周武王"白鱼"、"赤乌"的祥瑞征象共提并述，用意显然：以为汉承周德，赞颂刘汉与姬周一样，都是受命于天。

杜笃的《众瑞赋》，今仅散存七句①，已难见其大体，更不可直观其中的谶纬表述。但根据题目透露的信息以及作者主要活动的年代（20？～78），可以确定：这是一篇描述各种祥瑞征象以歌颂刘秀复汉的作品。

班固的《典引》（载《后汉书》本传及《文选》卷四八、《艺文类聚》卷一〇），历代均不以之为赋。《文选》把它与司马相如《封禅书》、扬雄《剧秦美新》编为一卷，列为"符命"类。其实从汉代的文体类型看，《典引》（以及马、扬二作）实可归入赋体。《典引》②专力述赞刘汉的符命、祥瑞和美盛仁德，连篇累牍，堪称刘汉谶记之集大成者。因其文体类赋，故在此简略提及。

除上述阐发京都观念和以谶纬颂世的赋作之外，这个时期还有其他多样题材的一些赋作，如班固的《终南山赋》《竹扇赋》，崔骃的《大将军西征赋》《大将军临洛观赋》等，也都属于颂世一类。《终南山赋》云：

> 伊彼终南，岿嶵嶙囷。概青宫，触紫辰。嶔岑郁律，萃于

---

① 《众瑞赋》七句佚文为："夫千金之裘，非一狐之白；雅颂之声，非一家之作也"（《北堂书钞》卷一二九）；"千里遥思，展转反侧"（《文选》卷一三谢惠连《雪赋》李善注引杜笃《众瑞颂》）；"猛将与虏交锋"（《文选》卷二〇潘岳《关中诗》李善注引杜笃《众瑞颂》）。

② 《后汉书》卷四〇《班固传》："典，谓《尧典》。引，犹续也。汉承尧后，故述汉德以续《尧典》。"《文选》卷四八李善题注引蔡邕曰："典引者，篇名也。典者，常也，法也。引者，伸也，长也。《尚书》疏尧之常法，谓之《尧典》；汉绍其绪，伸而长之也。"

霞雰。暧曃暗蔼,若鬼若神。傍吐飞濑,上挺修林。玄(《古文苑》作立)泉落落,密荫沉沉。荣期绮季,此焉恬心。三春之季,孟夏之初,天气肃清,周览八隅。皇鸾鸑鸑,警乃前驱①。尔其珍怪,碧玉挺其阿,密房溜其巅。翔凤哀鸣集其上,清水泌流注其前。彭祖宅以蝉蜕,安期飨以延年。唯至德之为美,我皇应福以来臻。扫神坛以告诚,荐珍馨以祈仙。嗟兹介福,永钟(《古文苑》作终)亿年!②(《初学记》卷五,《古文苑》卷五)

这篇赋的基本意思是:当春夏之交,天清气和,皇帝驾临终南山,祀仙乞寿。赋作夸饰终南山险峻高耸,上与天宫相接;山岚云雾吞吐,障天蔽日,变化殊形;修林密荫,立泉飞瀑。荣启期、四皓在此避世养生,彭祖、安期生在此修炼升仙。因而祝愿"我皇"景福亿年。其颂美汉世、祈福汉皇之情,溢于言表。

《竹扇赋》则是一篇宫廷制作,以咏扇颂美帝王:

青青之竹,形兆直妙。华长竿纷,寔翼杳筱。丛生于水泽,疾风时,纷纷萧飒。削为扇翣,成器美,托御君王。供时有度量,异好有圆方,来风辟暑致清凉③。安体定神达消息,百王传之赖功力,寿考康宁累万亿。(《古文苑》卷五)

章樵解题云:"按葛洪《西京杂记》:汉制,天子玉几,夏设羽扇,冬设

---

① 《古文苑》章樵注:"皇鸾鸑鸑,皆凤属也。《春秋元命苞》:'火离为鸾。'《国语》:'周之兴也,鸑鸑鸣于岐山。'赋言人主出游,朱雀为之前驱。"

② 《古文苑》章樵注:"《本传》:肃宗雅好文章,固愈得幸。每行巡狩,辄献上赋颂。按《章帝本纪》行幸祠祀之事,无岁无之,如增修群望,柴告岱宗,祀汶上,祠阙里,幸岐山,登太行,史不绝书。惟终南荐享,不见于史,岂偶遗佚耶?"

③ 章樵注:"一本'来风堪辟暑,静致夜清凉'。"按:《艺文类聚》卷六九:"汉班固《竹扇诗》曰:供时有度量,异好有团方。来风堪避暑,静夜致清凉。"

缯扇。至成帝时,昭阳殿始有九华扇、五明扇及云母孔雀翠羽等名,其华饰侈丽,不言可知。孟坚在肃宗朝时,以竹扇供御。盖中兴以来,革去奢靡,崇尚朴素所致。赋而美之,所以彰盛德、养君心也。"

崔骃的《大将军西征赋》《大将军临洛观赋》,今天都仅存片段:

> 主簿骃言:愚闻昔在上世,义兵所克,工歌其诗,具陈其颂,书之庸器,列在明堂,所以显武功也。于是袭孟秋而西征,跨雍梁而远踪。陟陇阻之峻城,升天梯以高翔。旗旄翼如游风,羽毛纷其覆云。金光皓以夺日,武鼓铿而雷震。(《大将军西征赋》,《艺文类聚》卷五九)

> 滨曲洛而立观,营高壤而作庐。处崇显以闲敞,超绝邻而特居。列阿阁以环匝,表高台而起楼。步辇道以周流,临轩槛以观鱼。于是迎夏之首,末春之垂,桃枝夭夭,杨柳猗猗。既乃日垂西阳,中曜内光,弛衔纵策,逸如奔扬。(《大将军临洛观赋》,《艺文类聚》卷六三)

赋中的大将军,是指窦宪。其《西征赋》片段,自首至"所以显武功也",当是其自序的节录;"于是袭孟秋而西征"以下,是赋文的节录。崔氏自序已表述得很清楚,此赋的创作目的,就是歌颂窦宪北征匈奴以显耀大汉"武功"①。《临洛观赋》,《太平御览》卷二〇之录文题作《临洛观春赋》(仅录"迎夏之首,末春之垂,桃之夭夭,杨柳依依"四句)。从今存的片段看,当是敷赞窦宪于春末夏初之际

---

① 据《后汉书》卷四《和帝纪》,永元元年夏六月,车骑将军窦宪、度辽将军邓鸿联合南匈奴单于,与北匈奴战于稽落山,大败之。又据《后汉书》卷二三《窦宪传》,班固随军征战,奉命作《封燕然山铭》(班固、傅毅均有《窦将军北征颂》,亦当作于此时。详下)。故陆侃如以为《类聚》所录崔骃《大将军西征赋》"'西征',疑'北征'之误。……与固、毅当系同时之作"(《中古文学系年》,第115页)。

游赏洛阳某台观之作。班固、崔骃的这些赋作,虽或存之不完,但其颂美大汉的旨趣清晰可见,是东汉前期赋创作中流行着颂美主潮的重要表征。

二

今存史料中,还有东汉前期的一些其他文学性文类,如七、颂、诔、哀、吊、碑、箴、铭、祝等,但除少数作品外,大部分仅存片段、残句甚或存目(见本书附表)。其中存留比较完整、可见作意的作品,如果从其创作旨趣粗略地区分,大抵包含歌德颂世和述志抒情两类。述志抒情一类,留待下一节讨论;这里仅述论其中歌德颂世的创作。

首先是题目为"颂"的文作。今天可知其名目者有:刘苍《光武受命中兴颂》(存目)①;班固《高祖颂》《安丰戴侯颂》(残句)、《神雀颂》(存目)②、《东巡颂》《南巡颂》《窦将军北征颂》;崔骃《汉明帝颂》(残句)、《四巡颂》(西东南北)、《北征颂》(残句);傅毅《显宗颂》(残句)、《窦将军北征颂》《西征颂》(残句)、《神雀颂》(存目);贾逵《永平颂》(残句)、《神雀颂》(存目)③;杨终《神雀颂》(存目);刘复《汉德颂》(存目)④。除班固《窦将军北征颂》因收录于《古文苑》(见其卷一二,题作《车骑将军窦北征颂》)得以存留全文外,其他诸

---

① 《后汉书》卷四二《光武十王传·东平宪王苍传》:"(永平)十五年春,行幸东平。……帝以所作《光武本纪》示苍,苍因上《光武受命中兴颂》。帝甚善之,以其文典雅,特令校书郎贾逵为之训诂。"

② 《论衡·佚文篇》:"永平中,神雀群集,孝明诏上《神爵颂》。百官颂上,文皆比瓦石。唯班固、贾逵、傅毅、杨终、侯讽五颂金玉,孝明览焉。"

③ 《后汉书》卷三六《贾逵传》:"永平中……有神雀集宫殿官府,冠羽有五采色。帝异之……乃召见逵……敕兰台给笔札,使作《神雀颂》。"《东观汉记》卷一五《贾逵传》:"明帝永平十七年,神雀五色翔集京师。……帝召贾逵,敕兰台给笔札,使作《神雀颂》。"

④ 《后汉书》卷三九《刘赵淳于江刘周赵传》附王扶传:"永平中,临邑侯刘复著《汉德颂》,盛称(王)扶为名臣云。"

作都仅存片段、残句甚或题目。

这些"颂"类文作,多半是直接颂扬刘汉帝王:

> 汉帝本系,出自唐帝。降及于周,在秦作刘。涉魏而东,遂为丰公①。(班固《高祖颂》,《汉书》卷一下《高帝纪赞》)

> 窃见巡狩岱宗,上稽帝尧,中述世宗,遵奉世祖,礼仪备具,动自圣心,是以明神屡应,休征仍降。不胜狂简之情,谨上《岱宗颂》一篇。曰若稽古,在汉迪哲。聿修厥德,宪章丕烈。翶六龙,较五辂,齐百僚,陶质素。命南重以司历,厥中月之六辰,备天官之列卫,盛舆服而东巡。(班固《东巡颂》,《艺文类聚》卷三九。《初学记》卷一三节录其序)

> 惟汉再命,系叶十一。帝典协景,和则天经。郊高宗,光六幽,通神明。既禘祖于西都,又将祫于南庭。是时,圣上运天官之法驾,凭列宿而赞元(此句《初学记》卷一三作"建日月之旗旌")。(班固《南巡颂》,《艺文类聚》卷三九)

> 惟永平三年八月己丑,行幸河东。志曰"君举必书",是故工歌其诗,史立春秋。若夫声管不发,雅颂罔记。(崔骃《西巡颂》,《太平御览》卷五三七)

> 伊汉中兴三叶,於皇维烈,允迪厥伦。缵王命,胤汉勋②。矩坤度以范物,规乾则以陶钧。于是考上帝以质中,总列宿于北辰。开太微,敞禁庭,延儒林,以咨询岱岳之事。于时典司者耆,载华抱实,迪尔而造曰:盛乎大汉,世增其德。此神人之所庶幸,海内之所想思。《颂》有乔山之征,《典》有徂岳之巡。

---

① 刘邦为沛县丰乡人。
② "缵王命,胤汉勋"二句,据《初学记》补。

时迈其邦,民斯攸勤,不亦宜哉！乃命太仆,训六驷,闲路马,戒师徒。于是乘舆,登天灵之威路,驾太一之象车,升九龙之华旗,建扫霓之旌旄。哀胡耆之元老,赏孝行之畯农。(崔骃《东巡颂》,《艺文类聚》卷三九。《初学记》卷一三,文字稍异)

建初九年,秋谷始登,犹斯嘉时,举先王之大礼。假于章陵,遂南巡楚路。临江川以望衡山,顾九疑叹虞舜之风。是时庶绩咸熙,罔可黜陟。(崔骃《南巡颂》,《太平御览》卷五三七)

元和二年正月,上既毕郊祀之事,乃东巡。出于河内,经青、兖之郊,回冀州,遂礼北岳。圣泽流浃,黎元被德,嘉瑞并集。(崔骃《北巡颂》,《太平御览》卷五三七)

纷纷扬扬张皇其事,不过是称颂刘汉受命于天,承绪上古三代,泽惠百姓,祥瑞频仍,天人和畅。

至于班固、崔骃、傅毅的三篇《北征颂》,则是专力赞美大汉之神武：

车骑将军应昭明之上德,该文武之妙姿。蹈佐历,握辅揆,翼肱圣上,作主光辉。资天心,谟神明,规卓远,图幽冥。亲率戎士,巡抚疆城。……师横鹜而庶御,士怫愲以争先,回万里而风腾,刘残寇于沂垠。粮不赋而师赡,役不重而备军。行戎丑以礼教,炘鸿校而昭仁。文武炳其并隆,威德兼而两信。清乾钧之攸冒,拓畿略之所顺。櫜弓镞而戢戈,回双麾以东运。于是封燕然,以降高禅。广鞭以弘旷,铭灵陶以勒崇。钦皇祇之祐贶,宣惠气,荡残风。……嘉卉始农,土膏含养,四行分任。于是三军称曰："亶亶将军,克广德心。光光神武,弘昭德音。超兮首天潜,眇兮与神参。"(班固《车骑将军窦北征

颂》,《古文苑》卷一二)

人事协兮皇恩得,金精扬兮水灵伏。顺天机兮把刑德,戈所指兮罔不克。(崔骃《北征颂》,《太平御览》卷三五一)

建汉祖之龙兴①,荷天符而用师。曜神武于幽冀,遇白登之重围。何獯鬻之桀虐,自上世而不羁。哀昏戾之习性,阻广汉之荒垂。命窦侯之征讨,蹑卫、霍之遗风。奉圣皇之明策,奋无前之严锋。采伊吾之城壁,蹈天山而遥降。曝名烈于禹迹,奉旗鼓而来旋。圣上嘉而褒宠,典禁旅之戎兵。内雍容以询谟,外折冲于无形。惟倜傥以弘远,委精虑于朝廷。(傅毅《窦将军北征颂》,《艺文类聚》卷五九)

此三篇颂作,都是铺张窦宪北征匈奴之事。其作意,是大汉运命得天之助,故能轻松完胜匈奴。与此同时,刻意点染汉皇的仁惠恩德,以彰显大汉"文武炳其并隆,威德兼而两信"的文治武功。

再看其他虽不题为"颂"但实属颂类的文作,主要是铭、碑、诔文。《文心雕龙·铭箴篇》云:"铭者,名也,观器必名焉。正名审用,贵乎慎德。"②又其《诔碑篇》云:"夫属碑之体,资乎史才。其序则传,其文则铭。标序盛德,必见清风之华;昭纪鸿懿,必见峻伟之烈。"《诔碑》又云:"诔者,累也,累其德行,旌之不朽也。……诔之为制,盖选言录行,传体而颂文,荣始而哀终。"可见铭、碑、诔文,其主要的作意,便是歌颂传扬传主的功德。

班固仍然是这些文类的主要作手,其《高祖沛泗水亭碑铭》云:

---

① 建,严可均《全后汉文》卷四三作"远"。峰屹按:疑当是"逮"之形误。

② 此条据唐钞本《文心雕龙》。见林其锬、陈凤金《增订文心雕龙集校合编》,上海:华东师范大学出版社2011年版,第158页。

第二章 光武帝建武中至和帝永元初的文学创作倾向

> 皇皇圣汉,兆自沛丰。乾降著符,精感赤龙。承魁流裔,袭唐末风。寸木尺土,无俟斯亭。建号宣基,维以沛公。扬威斩蛇,金精摧伤。涉关陵郊,系获秦王。应门造势,斗璧纳忠。天期乘祚,受爵汉中。勒陈东征,剟擒三秦。灵威神佑,鸿沟是乘。汉军改歌,楚众易心。诛项讨羽,诸夏以康。陈、张画策,萧、勃翼终。出爵褒贤,列土封功。炎火之德,弥光以明。源清流洁,本盛末荣。叙将十八,赞述股肱。休勋显祚,永永无疆。国宁家安,我君是升。根生叶茂,旧邑是仍。於皇旧亭,苗嗣是承。天之福佑,万年是兴。(《古文苑》卷一三)

这是颂扬刘邦承天受命,起兵灭秦克项,创建大汉王朝。君明圣而臣贤能,国宁家安。最后祝福刘汉在"天之福佑"下兴盛万年。

班固的《封燕然山铭》(载《后汉书》卷二三《窦宪传》),是和帝永元元年窦宪北征匈奴获胜,命班固作铭刻石以记颂战功之作。它铺夸窦宪带领"鹰扬之校,螭虎之士",联合"南单于、东乌桓、西戎氐羌侯王君长之群",经过"陵高阙,下鸡鹿,经碛卤,绝大漠"的艰苦奋战,终于"蹑冒顿之区落,焚老上之龙庭",大获全胜。进而赞扬此战的重大政治意义:"上以摅高、文之宿愤,光祖宗之玄灵;下以安固后嗣,恢拓境宇,振大汉之天声。兹所谓一劳而久逸,暂费而永宁者也。"充斥全文字里行间的,是大汉德威远著的自信和自豪。

班固还有《十八侯铭》(载《古文苑》卷一三),以四言八句(唯《陈平铭》六句)韵文的典重体式,表彰赞扬刘邦开国功臣萧何、樊哙、张良、周勃、曹参、陈平、张敖、郦商、灌婴、夏侯婴、傅宽、靳歙、王陵、韩信、陈武、虫达、周昌、王吸的丰功伟绩。如其《将军留侯张良铭》云:"赫赫将军,受兵黄石。规图胜负,不出帷幄。命惠瞻仰,安全正朔。国师是封,光荣旧宅。"歌颂张良运筹帷幄,辅助刘邦攻打天下,以及智斗诸吕、稳定惠帝刘盈皇位的功勋。

这个时期的诔文,今存有杜笃和傅毅的三篇作品:

> 笃以为尧隆稷、契,舜嘉皋陶,伊尹佐殷,吕尚翼周,若此五臣,功无与畴;今汉吴公,追而六之。乃作诔曰:朝失鲠臣,国丧牙爪。天子愍悼,中宫咨嗟。四方残暴,公不征兹。征兹海内,公其攸平。泯泯群黎,赖公以宁。勋业既崇,持盈守虚。功成即退,挹而损诸。死而不朽,名勒丹书。功著金石,与日月俱。(杜笃《大司马吴汉诔》,《艺文类聚》卷四七)

> 惟此永平,其德不回。恢廓鸿绩,遐方是怀。明明肃肃,四国顺威。赫赫盛汉,功德巍巍。躬履圣德,以临万国。仁风宏惠,云布雨集。武伏蚩尤,文腾孔、墨。下制九州,上系皇极。丰美中世,垂华亿载。冠尧佩舜,践履五代。三雍既洽,帝道继备。《七经》宣畅,孔业淑著。明德慎罚,尊上师傅。薄刑厚赏,惠慈仁恕。明并日月,无有偏照。譬如北辰,与天同曜。发号施令,万国震惧。庠序设陈,礼乐宣布。琁玑所建,靡不奄有。贡篚纳赋,如归父母。正朔永昌,冠带儋耳。四方共贯,八极同轨。(傅毅《明帝诔》,《艺文类聚》卷一二)

> 永平六年①,北海静王薨。于是境内,市不交易,涂无征旅,农不修亩,室无女工。感伤惨怛,若丧厥亲,俯哭后土,仰诉皇旻。于是群英列俊,静思勒铭。惟王勋德,是昭是明。存隆其实,光曜其声。终始之际,于斯为荣。乃作诔曰:览视昔初,若论往代,有国有家,篇籍攸载。贵鲜不骄,满罔不溢,莫

---

① 《古文苑》卷二〇作"七年",是。《后汉书》卷一四《宗室四王三侯传》:"北海靖王兴,建武二年(26)封为鲁王。……(二十八年)徙兴为北海王。……立三十九年薨。"据此,则刘兴卒于明帝永平七年(64)。

能履道,声色以卒。惟王建国,作此蕃弼,抚绥方域,承翼京室。对杨休嘉,光昭其则,温恭朝夕,敦循伊德。(傅毅《北海王诔》,《艺文类聚》卷四五)

杜笃的《吴汉诔》,极赞吴汉宁国安民的功勋,和"功成即退"、"持盈守虚"的德操。称美吴汉可与尧之稷、契,舜之皋陶,商之伊尹,周之吕尚同功,可与日月同曜。傅毅的《明帝诔》,全面敷赞明帝诸般仁德勋绩,"冠尧佩舜",可与五帝媲美;"譬如北辰",可与天地同辉。其《北海王诔》,夸饰国人哀悼丧王的悲伤情境,赞美刘兴"抚绥方域,承翼京室"的功勋。

三

今存东汉前期的诗歌,包括乐府诗歌和其他有主名诗歌。由于《后汉书》没有目录专志,各类传世文献之载录又比较零散且多含糊不明,这个时期诗歌创作的详确情形实难清晰了解。迄今为止,仍以逯钦立《先秦汉魏晋南北朝诗》辑校汉诗最为周全妥当①;据此书之辑录,大抵可明确为此一时期的诗歌如下:

《渔阳民为张堪歌》《临淮吏人为朱晖歌》《蜀郡民为廉范歌》《郭乔卿歌》《董少平歌》《凉州民为樊晔歌》《通博南歌》(一名《行者歌》)。(以上为乐府《杂歌谣辞》)

马援《武溪深》(一名《武溪深行》),王吉《射乌辞》,白狼王唐菆《莋都夷歌》三章,杜笃《京师上巳篇》,梁鸿《五噫歌》《适吴诗》《思高恢诗》,刘苍《武德舞歌诗》,班固《两都赋》附诗五首、《论功歌诗》二首、《咏史》,崔骃《北巡颂》附歌、《安丰侯诗》《七言诗》《三

---

① 逯钦立辑校《先秦汉魏晋南北朝诗》,北京:中华书局1983年版。以下简称"逯书"。

言诗》,傅毅《迪志诗》《七激》附歌。(以上为有主名诗,不含逯书所辑之残句)

上揭逯书收录的有主名诗歌中,杜笃《京师上巳篇》为误收,应予剔除。此作非诗,乃是杜氏《祓禊赋》(一名《上巳赋》)中的文句,见于《艺文类聚》《北堂书钞》①。

萧涤非《汉魏六朝乐府文学史》述及"东汉民间乐府"时说:"汉乐府之时代,本多不可考。兹所谓东汉民间乐府者,实亦难必其皆东汉作也。"②然则,欲全部指实今存汉代无主名乐府诗歌中,哪些乃作于东汉前期,便更无可能。又,萧氏胪述"东汉文人乐府"时所列诗章,属东汉前期者,有马援《武溪深行》、刘苍《武德舞歌诗》、傅毅《冉冉孤生竹》三首。其中所谓傅毅之作,殊可存疑③。

基于此种情形,本章引证东汉前期的诗歌作品,即以上述逯书

---

① 《艺文类聚》卷四:"后汉杜笃《祓禊赋》曰:……于是旨酒嘉肴,方丈盈前;浮枣(《书钞》作杯)绛水,酹酒醴川。若乃窈窕淑女,美媵艳姝(《书钞》作妃),戴翡翠,珥明珠,曳离褂,立水涯。微风掩裼,纤縠(严可均《全后汉文》卷二八校订为"縠",是)低佪,兰苏盼蜜,感动情魂。……"《北堂书钞》卷一三五引录其中"窈窕"以下十四字,题作《京师上巳》。又,《书钞》卷一五五引其"浮杯绛水,酹酒醴川"二句,题作《上巳赋》。逯书失考,乃据《书钞》卷一三五辑录,并点断为"窈窕淑女美媵艳,妃戴翡翠珥明珠"二句,且加案语云:"汉人七言,率句句用韵。此'艳'、'珠'不叶,疑非出一章。"(第165页)

② 萧涤非《汉魏六朝乐府文学史》,北京:人民文学出版社1984年版,第75页。以下只注书名和页码。

③ 萧涤非《汉魏六朝乐府文学史》说:"《文心雕龙》云:'《孤竹》一篇,傅毅之辞。'必有所据。"(第106页)但问题是,《冉冉孤生竹》篇为傅毅所作之说,似仅见于《文心雕龙·明诗》,南朝时并无此定说;萧统《文选》收入《古诗十九首》中(李善注:"并云古诗,盖不知作者。或云枚乘,疑不能明也。");徐陵《玉台新咏》也收入《古诗八首》中,钟嵘《诗品》亦无《孤竹》为傅毅所作之说。至《乐府诗集》卷七四录入《杂曲歌辞》,也是标为"古辞"。周振甫《文心雕龙注释》(北京:人民文学出版社1981年版,第55页)从作品风格辨析,认为"说《冉冉孤生竹》是傅毅作,也不可靠"。

第二章　光武帝建武中至和帝永元初的文学创作倾向　119

所辑者为基本参照(惟去除杜笃《京师上巳篇》),加之以失传作品的考述,来共同描述这个时期诗歌创作之状貌。这里先来分梳其中主旨为歌颂的诗作。

明帝为太子时,曾有乐人作乐府歌诗四章。《乐府诗集》卷四〇陆机《日重光行》之题解,引[晋]崔豹《古今注》曰:

> 《日重光》《月重轮》,群臣为汉明帝作也。明帝为太子,乐人作歌诗四章,以赞太子之德:一曰《日重光》,二曰《月重轮》,三曰《星重辉》,四曰《海重润》。汉末丧乱,后二章亡。旧说云:天子之德,光明如日,规轮如月,众辉如星,沾润如海。太子比德,故曰重耳。①

[唐]吴兢《乐府古题要解》卷下"《日重光》《月重轮》"条,与此相同②,盖亦迻自《古今注》。此外,《白孔六帖》卷三七《太子》"《日重光》《月重轮》《山重晖》《海重润》"条,《太平御览》卷四、卷七、卷一四八引录崔豹《古今注》,以及两宋之际叶廷珪《海录碎事》卷一、卷十下,祝穆《古今事文类聚》前集卷二一,谢维新《古今合璧事类备要》后集卷二,王应麟《玉海》卷五九、《小学绀珠》卷四,及宋代无名氏《锦绣万花谷》前集卷九,《翰苑新书》后集上卷五等,都有相同的记述。据《古今注》所述,知晋时尚存《日重光》《月重轮》二章,其后不知何时便全部亡佚了。这四支歌曲,乃是以"天子之德,光明如日,规轮如月,众辉如星,沾润如海","比德"而歌颂时为太子的明帝。

---

① [宋]郭茂倩编《乐府诗集》,第589页。
② [唐]吴兢《乐府古题要解》,载丁福保辑《历代诗话续编》,北京:中华书局1983年版。

章帝也曾自作乐府《灵台十二门诗》①。《后汉书·祭祀志中》载:"(章帝元和二年)四月,(东巡之后)还京都。庚申,告至,祠高庙、世祖,各一特牛。又为灵台十二门作诗,各以其月祀而奏之。"又其《礼仪志中》刘昭注引蔡邕《礼乐志》云:"孝章皇帝亲著歌诗四章,列在食举。又制《云台十二门诗》,各以其月祀而奏之。"②这里所说章帝作诗的情况,沈约《宋书》卷一九《乐志一》记述稍详:

　　章帝元和二年,宗庙乐。故事:食举有《鹿鸣》《承元气》二曲。三年,自作诗四篇:一曰《思齐皇姚》,二曰《六骐骥》,三曰《竭肃雍》,四曰《陟叱根》,合前六曲,以为宗庙食举。加宗庙食举《重来》《上陵》二曲,合八曲,为上陵食举;减宗庙食举《承元气》一曲,加《惟天之命》《天之历数》二曲,合七曲,为殿中御食饭举(疑当作"御饭食举")。又汉太乐食举十三曲:一曰《鹿鸣》,二曰《重来》,三曰《初造》,四曰《侠安》,五曰《归来》,六曰

---

①《后汉书·祭祀志中》刘昭注:"《礼含文嘉》曰:'礼,天子灵台,所以观天人之际、阴阳之会也。揆星度之验,征六气之端,应神明之变化,睹日气之所验,为万物获福于无方之原,招太极之清泉,以与稼穑之根。仓廪实,知礼节;衣食足,知荣辱。天子得灵台之[礼],则五车三柱,明制可行,不失其常。水泉川流,无滞寒暴暑之灾,陆泽山陵,禾尽丰穰。'故《东京赋》曰:'左制辟雍,右立灵台。'薛综注曰:'于上班教曰明堂,大合乐射飨者辟雍,司历记候节气者曰灵台。'"《汉书》卷九九上《王莽传上》颜师古注:"灵台,所以观气象者也。文王受命,作邑于丰,始立此台。兆庶自劝,就其功作。"

②　蔡邕《礼乐志》所谓"云台",当作"灵台"。云台是洛阳南宫内的一处宫殿建筑,《后汉书》多有君臣在"南宫云台"日常工作活动的记载(如《马援传》"显宗图画建武中名臣列将于云台"李贤注:"云台,在南宫也";《阴识传附阴兴传》"受顾命于云台广室"李贤注:"洛阳南宫有云台广德殿。"),它也不大可能有十二个门。而灵台在南郊,与明堂、辟雍同属一组建筑。《后汉书》卷一下《光武帝纪下》"是岁初起明堂、灵台、辟雍"李贤注:"《汉官仪》曰:'……明堂去平城门(按:南宫南门)二里所。天子出,从平城门,先历明堂,乃至郊祀。'又曰:'辟雍去明堂三百步。车驾临辟雍,从北门入。……'《汉宫阁疏》曰:'灵台高三丈,十二门。……'"

《远期》,七曰《有所思》,八曰《明星》,九曰《清凉》,十曰《涉大海》,十一曰《大置酒》,十二曰《承元气》,十三曰《海淡淡》。

由此可知,蔡邕所谓章帝"亲著歌诗四章",是《思齐皇姚》《六骐骥》《竭肃雍》《陟叱根》四曲;而"又制《云(灵)台十二门诗》"则未见具目。《灵台十二门诗》早已不存;不过从上引史料可知,这是一组宗庙祭祀乐歌,它对应于一年十二个月,"各以其月祀而奏"。其主旨必为颂美刘汉祖先,当可确定。

上述与明、章二帝相关的乐府诗歌早已亡佚,今存东汉前期有主名的颂世乐府,只有东平王刘苍的《武德舞歌诗》,是为世祖刘秀庙创作的乐舞歌辞:

於穆世庙,肃雍显清。俊乂翼翼,秉文之成。越序上帝,骏奔来宁。建立三雍,封禅泰山。章明图谶,放(仿)唐之文。休矣惟德,罔射协同。本支百世,永保厥功。(《后汉书·祭祀志下》刘昭注引《东观书》)

《后汉书》卷四二《光武十王传·东平宪王苍传》云:"是时,中兴三十馀年,四方无虞。苍以天下化平,宜修礼乐,乃与公卿共议,定南北郊冠冕车服制度,及光武庙登歌八佾舞数。"刘苍此歌,当即作于是时。

但是,相关史料记载此事,也有含糊不明处,主要是:刘秀庙之乐舞究竟是《武德》还是《大武》? 据《后汉书》卷二《明帝纪》:"(永平三年)冬十月,蒸祭光武庙,初奏《文始》《五行》《武德》之舞①。"

---

① 李贤注:"前书曰:《文始舞》者,本舜《韶舞》也,高祖六年更名曰《文始》,其舞人执羽籥。《五行》者,本周舞也,秦始皇二十六年更名曰《五行》,其舞人冠冕衣服法五行色。《武德》者,高祖四年作,言行武以除乱也,其舞人执干戚。光武草创,礼乐未备,今始奏之,故云初也。"

这里说,明帝初祭光武庙,乃沿用刘邦时所创之《武德》乐舞。而《后汉纪》卷九《孝明皇帝纪上》说:"东平王苍议曰:'汉制旧典,宗庙各奏其乐,不必相袭,以明其德也。……(光武帝)庙乐宜曰《大武》之舞。'从之。"《宋书》卷一九《乐志一》也说:"至明帝初,东平宪王苍总定公卿之议,曰:'宗庙宜各奏乐,不应相袭,所以明功德也。承《文始》《五行》《武德》,为《大武》之舞。'又制《舞哥》一章,荐之光武之庙。"这里又说,刘苍等新定刘秀庙乐舞为《大武》。最为缠夹的是《后汉书·祭祀志下》刘昭注引《东观书》:"……世祖庙乐名宜曰《大武》之舞。……十月烝祭始御,用其《文始》《五行》之舞如故。……进《武德》之舞如故。"前云新定刘秀庙乐为《大武》,后云进用《武德》如故。王先谦《后汉书集解》引钱大昕的解释道:"按下文引:'《琁机钤》曰:"有帝汉出,德洽作乐,名予。"虞《韶》、禹《夏》、汤《濩》、周《武》无异,不宜以名舞。'盖言乐名《大予》,与《韶》《夏》《濩》相同,不宜更以'大'名舞也。又引:'《诗传》云:"颂言成也,一章成篇,宜列德。"'此言歌诗宜名《武德》之舞,不宜单称《大武》也。然则东平王苍之议,正主《武德》之舞;其前云'乐名宜称《大武》'者,或当时公卿有此议,故博引图纬、经传以驳之耳。沈约《乐志》……错会《东观书》意。苍所制歌诗,固云《武德舞》,不云《大武舞》也。"钱氏此解虽能应和《后汉书·明帝纪》之记载,但仍难疏通刘昭注引《东观书》及上引《后汉纪》之记载,不免有强解之嫌。

　　无论如何,刘苍为刘秀庙创作的歌诗是留存下来了。其奏议(严可均《全后汉文》题名为《世祖庙乐舞议》)有云:"光武皇帝受命中兴,拨乱反正。武畅方外,震服百蛮,戎狄奉贡,宇内治平。登封告成,修建三雍。肃穆典祀,功德巍巍,比隆前代。以兵平乱,武功盛大。"(《后汉书·祭祀志下》刘昭注引《东观书》)这首《武德舞歌诗》,就是赞美刘秀复汉之功德,乃是受命上帝,承继唐尧周文之统序;故而贤能咸集,天地人和,国祚昌盛;最后祝愿刘汉江山永驻。

诗中"章明图谶,放(仿)唐之文"云云,是借用谶记阐明刘汉政权的正统正当,与时代思潮吻合。

这个时期的乐府民歌,今存七首,其中五首为颂美之作:

桑无附枝,麦穗两岐。张君为政,乐不可支。(《渔阳民为张堪歌》,《后汉书》卷三一《张堪传》)

强直自遂,南阳朱季。吏畏其威,人怀其惠。(《临淮吏人为朱晖歌》,《后汉书》卷四三《朱晖传》)

廉叔度,来何暮?不禁火,民安作。平生无襦今五绔。(《蜀郡民为廉范歌》,《后汉书》卷三一《廉范传》)

厥德仁明郭乔卿,忠正朝廷上下平。(《郭乔卿歌》,《后汉书》卷二六《蔡茂传附郭贺传》)

枹鼓不鸣董少平。(《董少平歌》,《后汉书》卷七七《董宣传》)

这五支歌曲的创作背景,《后汉书》均有明确记录:《渔阳民为张堪歌》,《后汉书》卷三一《张堪传》载,张堪为渔阳太守,"捕击奸猾,赏罚必信,吏民皆乐为用。……开稻田八千馀顷,劝民耕种,以致殷富。百姓歌曰云云"。《临淮吏人为朱晖歌》,《后汉书》卷四三《朱晖传》载,朱晖(字文季)为临淮太守,"好节概,有所拔用,皆厉行士。其诸报怨,以义犯,率皆为求其理,多得生济;其不义之囚,即时僵仆。吏人畏爱,为之歌曰云云"。《蜀郡民为廉范歌》,《后汉书》卷三一《廉范传》载,廉范字叔度,"建初中迁蜀郡太守,其俗尚文辩,好相持短长,范每厉以淳厚,不受偷薄之说。成都民物丰盛,邑宇逼侧。旧制禁民夜作,以防火灾,而更相隐蔽,烧者日属。范乃毁削先令,但严使储水而已。百姓为便,乃歌之曰云云"。《郭乔卿歌》,《后汉书》卷二六《蔡茂传附郭贺传》载,郭贺字乔卿,"建武中为尚书令,在职六年,晓习故事,多所匡益。拜荆州刺史,引见赏赐,恩宠隆异。及到官,有殊政,百姓便之,歌曰云云"。《董少平歌》,董宣字少平,史有"强项令"之美称,《后汉书》卷七七《董宣传》载,宣为洛阳令时,"湖阳公主苍头白日杀人,因匿主家,吏不能得。及主出行,而以奴骖乘,宣于夏门亭候之,乃驻车叩马,以刀画地,大言数主之失,叱奴下车,因格杀之。主即还宫诉帝,帝大怒,召宣,欲箠杀之。宣叩头曰:'愿乞一言而死。'帝曰:'欲何言?'宣曰:'陛下圣德中兴,而纵奴杀良人,将何以理天下乎?臣不须箠,请得自杀。'即以头击楹,流血被面。帝令小黄门持之,使宣叩头谢主,宣不从,强使顿之,宣两手据地,终不肯俯。……因敕强项令出。赐钱三十万,宣悉以班诸吏。由是搏击豪强,莫不震慄,京师号为'卧虎'。歌之曰云云"。

这五支乐府民歌,直率表达了民众对利惠民生、正义直行的官吏的歌颂,情感真切质朴,颂美倾向鲜明。

今存东汉前期有主名的徒诗中,颂世之作有王吉、班固、崔骃及白狼王唐菆的作品。

王吉《射乌辞》。《初学记》卷三〇引《风俗通》曰:"按《明帝起居注》曰:东巡泰山,到荥阳,有乌飞鸣乘舆上。虎贲王吉射中之,作辞曰:'乌乌哑哑,引弓射左腋。陛下寿万岁,臣为二千石。'帝赐钱二百万,令亭壁画为乌也。"(又见《太平御览》卷七三六、卷九二〇,《太平寰宇记》卷九及《事类赋》卷一九)这首诗歌粗鄙俗浅不足道,却能得到明帝的极力赞赏,是因为它借助图谶观念歌颂明帝:"乌"在上古是与太阳联系在一起的征象[①],而"日"又是人间君王

---

① 《山海经·大荒东经》云:"汤谷上有扶木,一日方至,一日方出,皆载于乌。"郭璞注:"(日)中有三足乌。"清人吴任臣《山海经广注》:"案《春秋元命苞》曰:'阳数起于一,成于三。故日中有三足乌。'《灵宪论》曰:'日者阳精之宗,积而成乌,象乌而有三足。《黄帝占书》:'日中三足乌,见者有白衣会物,类相感志。凡日无光,则日乌不见;日乌不见,则飞乌隐窜。'"(文渊阁《四库全书》本)按:《后汉书》卷四〇《班固传》李贤注引《春秋元命包》曰:"乌者,阳之精。"

的征象。王吉射中明帝乘舆上方飞鸣之乌,其重要的谶验意义是明帝得日、与天合德,是祥瑞吉兆①。因此王吉才得到赏赐,当地亭壁也多画乌之形象②。

班固所作颂诗,今存最多。唐宋类书载录其《汉颂论功歌诗》二章:

> 因露寝兮产灵芝,象三德兮瑞应图③,延寿命兮光北(《御览》作此)都。配上帝兮象太微,参日月兮扬光辉。(《初学记》卷一五,题作《汉颂论功歌》;《太平御览》卷五七〇,题作《颂论功歌诗灵芝歌》;《玉海》卷一九七,题作《颂汉论功歌诗灵芝歌》)

> 后土化育兮四时行,修灵液养兮元气覆。冬同云兮春霢霂,膏泽洽兮殖嘉谷。(《太平御览》卷一,题作《汉颂论功歌诗》。逯书依《御览》义例,补题为《嘉禾歌》)

《灵芝歌》专述灵芝之祥瑞,赞美汉皇德配天地。《嘉禾歌》则歌唱

---

① 《古微书》卷九《春秋文耀钩》:"太微宫有五帝星座……维星得,则日月光,乌三足,礼义循,物类合。"(上海商务印书馆《丛书集成初编》1939年影印[清]张海鹏《墨海金壶》本。本书引用《古微书》均据此本。)

② [宋]乐史撰,王文楚等点校《太平寰宇记》卷九《河南道·郑州·荥泽县》:"至今荥泽亭堡之间,犹多画乌,即遗事也。"北京:中华书局2007年版,第168页。

③ 三德,《尚书·洪范》箕子为武王陈"洪范九畴",其六曰"乂(艾)用三德","三德:一曰正直,二曰刚克,三曰柔克。"孔颖达《疏》:"既言人主有三德,又说随时而用。……既言三德张弛、随时而用,又举天地之德,以喻君臣之交。地之德,沈深而柔弱矣,而有刚,能出金石之物也。天之德,高明刚强矣,而有柔,能顺阴阳之气也。以喻臣道虽柔,当执刚以正君;君道虽刚,当执柔以纳臣也。"孙星衍《疏》:"此三德,谓天、地、人之道。正直者,《论语》云'人之生也直',人道也;刚克,天道。柔克,地道。"瑞应图,《古微书》卷九《春秋文耀钩》:"太微宫有五帝星座,五帝所行,同道异位。……故天枢得则景星见,甘露零,凤皇翔,朱草生;璇星得则嘉禾液;……摇光得则陵醴出,玄芝生江吐。"故下文云"配上帝兮象太微,参日月兮扬光辉"。

春霖适时而降,嘉禾滋长,预兆丰年;颂天即是颂汉——大汉仁德和洽天人,故四时顺行,天祥地瑞。

班固《两都赋》(载《后汉书》卷四〇《班固传》)末,附有歌诗五首:

於昭明堂,明堂孔阳。圣皇宗祀,穆穆煌煌。上帝宴飨,五位时序。谁其配之?世祖光武①。普天率土,各以其职。猗与缉熙,允怀多福。(《明堂诗》)

乃流辟雍,辟雍汤汤。圣皇莅止,造舟为梁。皤皤国老,乃父乃兄。抑抑威仪,孝友光明②。於赫太上,示我汉行。鸿化惟神,永观厥成。(《辟雍诗》)

乃经灵台,灵台既崇。帝勤时登,爰考休征。三光宣精,五行布序。习习祥风,祁祁甘雨③。百谷溱溱,庶卉蕃芜。屡惟丰年,於皇乐胥④。(《灵台诗》)

岳修贡兮川效珍,吐金景兮歊浮云。宝鼎见兮色纷缊,焕其炳兮被龙文⑤。登祖庙兮享圣神,昭灵德兮弥亿年。(《宝

---

① 李贤注:"《前书》曰:'天神贵者太一,太一佐曰五帝。'五位,五帝也。《河图》曰:'苍帝威灵仰,赤帝赤熛怒,黄帝含枢纽,白帝白招矩,黑帝叶光纪。'扬雄《河东赋》曰:'灵衹既飨,五位时序。'谓各依其方而祭之。"

② 李贤注引《孝经援神契》曰:"天子尊事三老,兄事五更。"

③ 李贤注:"三光,日、月、星也。宣,布也。精,明也。五行,水、火、金、木、土。布序,谓各顺其性,无谬诊也。习习,和也。……《礼斗威仪》曰:'君政颂平,则祥风至。'宋均注曰:'即景风也。'祁祁,徐也。……《尚书考灵耀》曰:'荧惑顺行,甘雨时'也。"

④ 李贤注:"《诗·周颂》曰:'绥万邦,屡丰年。'……《诗·小雅》曰:'君子乐胥,受天之祜。'"

⑤ 《后汉书》卷二《明帝纪》:"(永平六年)二月,王雒山出宝鼎,庐江太守献之。夏四月甲子,诏曰:'昔禹收九牧之金,铸鼎以象物,使人知神奸,不逢恶气。遭德则兴,迁于商周;周德既衰,鼎乃沦亡。祥瑞之降,以应有德。……太常其以礿祭之日,陈鼎于庙,以备器用。'"

> 鼎诗》)
>
> 启灵篇兮披瑞图,获白雉兮效素乌①。发皓羽兮奋翅英,容絜朗兮於淳精②。章皇德兮侔周成,永延长兮膺天庆③。(《白雉诗》)

《两都赋》的主旨,是歌颂东都洛阳的制度之美。而明堂、辟雍、灵台一组建筑,是兼有祭祀、布政、教育等重要功能的重要体制(场所);歌颂明堂、辟雍、灵台,就是歌颂刘汉政权通天得人的仁政。宝鼎、白雉,是意义重大的祥瑞器物,包含得天下、得天瑞的天授君权的政治意义。班固歌咏这些教化制度和祥瑞器物,其深度颂汉的用意十分鲜明。

班固还有一首五言《咏史》诗:"三王德弥薄,惟后用肉刑。太仓令有罪,就递(《文选》作逮)长安城。自恨身无子,困急独茕茕。小女痛父言,死者不可(《文选》作复)生。上书诣阙下,思古歌《鸡鸣》。(以上二句,《文选》作"上书诣北阙,阙下歌《鸡鸣》")忧心摧折裂,《晨风》扬激(《文选》作激扬)声。圣汉孝文帝,恻然感至情。百男何愦愦(《文选》作愤愤),不如一缇萦!"(《史记》卷一〇五《仓公传》正义,《文选》卷三六王融《永明九年策秀才文》李善注)这首诗颂扬孝女缇萦,更是歌颂文帝的仁政,众所熟知。

崔骃的诗歌,除《北巡颂》附歌外,都仅存残句。胪列于下:

> 皇皇太上,湛恩笃兮。庶见我王,咸思亲兮。仁爱纷纭,

---

① 李贤注:"灵篇,谓《河》《洛》之书也。《固集》此题篇云'《白雉素乌歌》',故兼言'效素乌'。"按:《后汉书》卷二《明帝纪》:"(永平十一年)时麒麟、白雉、醴泉、嘉禾所在出焉。"

② 李贤注引《春秋元命包》曰:"乌者,阳之精。"

③ 李贤注引《孝经援神契》曰:"周成王时,越裳献白雉。"

德优渥兮。滂霈群生,泽淋漉兮。惠我无疆,承天祉兮。流衍万昆,长无已兮。(《北巡颂》附歌,《文馆词林》卷三四六①)

鸾鸟高翔时来仪,应治归得(德)合望规,啄食楝实饮华池。(《七言诗》残句,《太平御览》卷九一六)

戎马鸣兮金鼓震,壮士激兮忘身命。破光(《御览》卷三三九作"被咒")甲兮跨良马,挥长戟兮廓强弩。(《安丰侯诗》残句,《艺文类聚》卷五九)

屏九皋,咏典文,披五素,耽三坟。(《三言诗》残句,《北堂书钞》卷九七)

《文馆词林》卷三四六载崔骃《北巡颂》序曰:"元和三年正月②,上既毕郊祀之事,乃东巡狩。出河内,经青、兖之郊,回舆冀州,遂礼北岳。圣泽流浃,黎元被德,众瑞并集。乃作颂曰。"这支歌,赞颂章帝仁爱恩德如甘露普降,滋润百姓,与天合德,因而嘉瑞并集,德运长久。其《七言诗》残句,"鸾鸟来仪,应治归德"云云,也是歌颂汉皇得天祥瑞。其《安丰侯诗》残句、《三言诗》残句,虽具体含义不明,但义归颂扬当可确定。

白狼王唐菆《莋都夷歌》三章(载《后汉书》卷八六《西南夷传》),其创作时间,当在永平十七年③。诗云:

---

① 罗国威《日藏弘仁本文馆词林校证》,北京:中华书局2001年版,第107—108页。

② 按:《后汉书》卷三《章帝纪》及《后汉纪》《东观汉记》均无章帝于元和三年东巡的记载,而均云时在"元和二年"初。《太平御览》卷五三七引录崔骃《北巡颂》序,文字与《文馆词林》大同,唯叙时亦作"元和二年正月"。盖《文馆词林》刻误矣。

③ 《后汉书》卷二《明帝纪》:"是岁(永平十七年),甘露仍降,树枝内附,芝草生殿前,神雀五色翔集京师。西南夷哀牢、儋耳、僬侥、盘木、白狼、动黏诸种,前后慕义贡献;西域诸国遣子入侍。"

大汉是治,与天意合。吏译平端,不从我来。闻风向化,所见奇异。多赐缯布,甘美酒食。昌乐肉飞,屈申悉备。蛮夷贫薄,无所报嗣。愿主长寿,子孙昌炽。(《远夷乐德歌》)

蛮夷所处,日入之部。慕义向化,归日出主。圣德深恩,与人富厚。冬多霜雪,夏多和雨。寒温时适,部人多有。涉危历险,不远万里。去俗归德,心归慈母。(《远夷慕德歌》)

荒服之外,土地坚埆。食肉衣皮,不见盐谷。吏译传风,大汉安乐。携负归仁,触冒险陕。高山岐峻,缘崖磻石。木薄发家,百宿到洛。父子同赐,怀抱匹帛。传告种人,长愿臣仆。(《远夷怀德歌》)

《后汉书》卷八六《南蛮西南夷传·莋都夷》载:"永平中,益州刺史梁国朱辅好立功名,慷慨有大略。在州数岁,宣示汉德,威怀远夷,自汶山以西,前世所不至、正朔所未加白狼、盘木、唐菆等百馀国……举种奉贡,称为臣仆。辅上疏曰:'……今白狼王唐菆等慕化归义,作诗三章。……远夷之语,辞意难正。……有犍为郡掾田恭与之习狎,颇晓其言。臣辄令讯其风俗,译其辞语。今遣从事史李陵与恭护送诣阙,并上其乐诗……'帝嘉之,事下史官,录其歌焉。"这三首诗歌,文字典雅,表义得体,可能与田恭的翻译有关。前两首,"大汉是治,与天意合","蛮夷所处,日入之部。慕义向化,归日出主","冬多霜雪,夏多和雨。寒温时适,部人多有"云云,歌颂刘汉王朝德合天地、如日之升,且恩泽普施、天地和洽。后一首,"携负归仁,触冒险陕。……传告种人,长愿臣仆"云云,是甘愿归附"安乐大汉"的表白。

四

本节胪述东汉前期各体文学创作,已清晰可见颂世论理的创作倾向流行于这个时期的文坛。而史籍中尚多有此类记述：

> （明帝同母弟刘京）数上诗赋颂德，（明）帝嘉美，下之史官。（《后汉书》卷四二《光武十王传·琅邪孝王京传》）

> （永平）十五年春，行幸东平。……帝以所作《光武本纪》示苍，苍因上《光武受命中兴颂》，帝甚善之。（《后汉书》卷四二《光武十王传·东平宪王苍传》）

> 明帝永平十七年，神雀五色翔集京师。……帝召贾逵，敕兰台给笔札，使作《神雀颂》。（《东观汉记》卷一五《贾逵传》；《后汉书》卷三六《贾逵传》）

> 永平中，神雀群集，孝明诏上《神爵颂》。百官颂上，文皆比瓦石。唯班固、贾逵、傅毅、杨终、侯讽五颂金玉，孝明览焉。（《论衡·佚文篇》）

> 建初中，肃宗博召文学之士，以毅为兰台令史，拜郎中，与班固、贾逵共典校书。毅追美孝明皇帝功德最盛，而庙颂未立，乃依《清庙》作《显宗颂》十篇奏之。（《后汉书》卷八〇上《傅毅传》）

> （章）帝东巡狩，凤皇黄龙并集。（杨）终赞颂嘉瑞，上《述祖宗鸿业》，凡十五章。（《后汉书》卷四八《杨终传》）

这些史料中提到的诗文作品，今虽均已不存，但足可以佐证其时文学创作中的颂世论理之风。

东汉前期文学创作的颂世论理倾向，具有重要的文学思想史意义。简而言之，盖有三焉：

其一，这是一种史无前例的文学创作思潮。以文学颂世，从

《诗经》的三《颂》,到西汉的《安世房中歌》《郊祀歌》,不乏创作实绩;但是在东汉以前,它并不是一种普遍的文学创作倾向。构成东汉之前主流创作倾向的,是《诗经》的"兴观群怨",战国的"诗言志",《楚辞》的"发愤以抒情"(《九章·惜诵》),《毛诗序》的"在心为志,发言为诗",刘安的"情发于中而声应于外"(《淮南子·齐俗训》),司马迁的"发愤著书",刘向的"思然后积,积然后满,满然后发"(《说苑·贵德》),以及西汉辞赋创作中普遍存在的讽谏之风等等。这些创作实绩和思想主张所呈现出来的文学创作的主流倾向,并不是颂扬,而是发抒现实社会人生的真切感受和意志愿望。即使大一统政权和"独尊儒术"思想确立以后,文学创作也还是以"发乎情,止乎礼义"(《毛诗序》)为原则,其基本面仍然是抒情述志,而并未以颂世为导向。到了东汉之初,文学创作转而以颂世为主潮,有其客观原因,那就是灭莽复汉乃民心所向。刘秀集团顺应了民意诉求,复汉后又以仁柔治国,轻刑简赋,赏拔重用儒生士人,赢得了上下一片赞誉。《韩诗外传》有云:"道得则泽流群生,而福归王公。泽流群生则下安而和,福归王公则上尊而荣。百姓皆怀安和之心,而乐戴其上,夫是之谓下治而上通。下治而上通,颂声之所以兴也。"(卷五第三十一章)[1]东汉之初,黜莽复刘的人心民意得偿所愿,又能政通人和,颂世之音一时勃起,便是自然之事了。

其二,颂世需要论理,论理务必求实;摒除虚妄,据实设论,才有说服力。然而东汉前期的颂世诗赋,却在歌颂复汉兴刘的既定事实中,大量加入谶纬的述说,不止颂扬刘秀复汉满足了人心民意的期待,更加渲染其受命于天的重大政治意义。这在当时的知识和思想背景下,显得自然而然。东汉前期的经学,既已开拓了以谶解经甚至经谶互释的格局(参见本章第一节);这个时期的文学创

---

[1] 许维遹《韩诗外传集释》,北京:中华书局1980年版,第199页。

作,也因大量阑入谶纬叙述而呈现出新的风貌,形成求实与玄幻和谐共存的奇妙文风,极具鲜明的时代特色。

其三,东汉前期的颂世文风虽有其特定的历史因缘,但是一旦形成了一个历史时期的文学风气,那就为后世文学树立了一种典范,成为后世以文学颂世的榜样和根据。从后世中国文学发展的历史实际来反观,东汉初期开拓的颂世文学思想,其影响力极为深远。

第三节　抒情述志,情兼雅怨:东汉前期文学创作的另一种风貌

东汉前期的文学创作倾向,与上述颂世论理之新趋向同时并行的,是"情动于中而形于言"的抒情述志的文学传统仍然持续,构成东汉前期文学创作的另一种主流风貌。值得注意的是:这个时期的作品,即便抒发万般不满、深切怨望,但情思总是归于雅正,怨而不谤,愤而不离。这与刘汉中兴、广施仁政的政局,以及普遍亲近希慕新朝的士人心态直接相关。

一

辞赋仍然是东汉前期用以述志抒情的主要文学体裁。君臣不得亲密遇合的无奈,才志不得赏识擢用的郁愤,以及修身培德的自励自勉,怡情养心志愿的抒发,这种种社会人生的深切感受和情思意愿,都抒写在辞赋之中。以下分类例述。

1. 忠诚不得信用的悲伤失落

当王莽擅权、天下大乱之际,冯衍所持的基本政治立场是灭莽复汉。他认为"天下离(罹)王莽之害久矣","天下自以去亡新,就圣汉,当蒙其福而赖其愿"。为此,他先是劝说王莽更始将军廉丹

脱莽助刘;廉丹不听,冯衍乃赴河东,游说更始帝大将军鲍永拥兵自重,以待时机。至更始败,刘秀招安鲍永、冯衍,但鲍、冯听信了"更始随赤眉在北"的讹言,不肯降。不久,确认更始已殁,才罢兵归降刘秀。职是故,冯衍终生不得任用。冯衍因而倍感压抑和委屈,是完全可以理解的:其一,反抗王莽、助刘兴汉,是他倾力践行的政治追求。当时义兵四起,形势不明,他一开始没有选择辅佐刘秀,而是选择了刘秀族兄更始帝刘玄,并无可厚非,何况刘秀本人也隶属于更始,接受刘玄的封侯拜将。冯衍没有及时归降刘秀,是因为当时传言更始帝尚在;而当他一旦确认刘玄已死,马上就罢兵归降了。这个因缘和经历,实在不应成为刘秀冷淡冯衍的理由。其二,冯衍归降刘秀之后,一心亲附中兴新朝,积极建言献策(《上书陈八事》①),但始终不得重用,只委以曲阳县令这个小官,蹉跎多年。不得已,冯衍乃与外戚阴氏交游。建武末,刘秀惩治外戚宾客,虽赦免了冯衍,但是遣归故里,"闭门自保,不敢复与亲故通"。直至明帝即位,仍不任用,冯衍"遂废于家"。(以上引文,均见《后汉书》卷二八《冯衍传》)所谓"体兼上才,荣微下秩"(《后汉书》卷二八《冯衍传赞》),倾心复汉,反遭冷落,岂能不委屈压抑!

冯衍的郁闷不舒,都发抒在了《显志赋》(载《后汉书》卷二八《冯衍传》)里。《后汉书》本传载:建武末,冯衍再次上疏刘秀,自陈其忠贞专诚却反遭谗怨之意,"书奏,犹以前过不用。衍不得志,退而作赋"。其自序云:

夫人之德,不碌碌如玉,落落如石。风兴云蒸,一龙一蛇,与道翱翔,与时变化,夫岂守一节哉? 用之则行,舍之则臧,进

---

① 《后汉书》卷二八《冯衍传》:"建武六年日食,衍上书陈八事:其一曰显文德,二曰褒武烈,三曰修旧功,四曰招俊杰,五曰明好恶,六曰简法令,七曰差秩禄,八曰抚边境。"

退无主,屈伸无常。故曰:"有法无法,因时为业;有度无度,与物趣舍。"常务道德之实,而不求当世之名;阔略杪小之礼,荡佚人间之事。正身直行,恬然肆志。顾常好俶傥之策,时莫能听用其谋,喟然长叹,自伤不遭。久栖迟于小官,不得舒其所怀。抑心折节,意凄情悲。……惟夫君子之仕,行其道也。虑时务者不能兴其德,为身求者不能成其功。

冯衍自言有磊落弘志,屈伸大节,不虑人间时务,不求当世名利,然而怀才不遇,有志不获骋,因而"抑心折节,意凄情悲"。赋作正文,先是反复抒发其"自伤不遭"的孤凄悲情:

悲时俗之险厄兮,哀好恶之无常;弃衡石而意量兮,随风波而飞扬。纷纶流于权利兮,亲雷同而妒异;独耿介而慕古兮,岂时人之所熹?……何天命之不纯兮,信吾罪之所生;伤诚善之无辜兮,赍此恨而入冥。嗟我思之不远兮,岂败事之可悔?虽九死而不眠兮,恐余殃之有再。泪泆澜而雨集兮,气滂浡而云披;心怫郁而纡结兮,意沈抑而内悲。

继而倾诉"历观九州山川之体,追览上古得失之风,愍道陵迟,伤德分崩"之意。最后表示自己将"阖门讲习道德,观览乎孔、老之论,庶几乎松、乔之福"(《显志赋序》):

览天地之幽奥兮,统万物之维纲;究阴阳之变化兮,昭五德之精光①。……凿岩石而为室兮,托高阳以养仙。……纂

---

① 李贤注:"五德,五行之德也。施之于物,则为金木水火土;施之于人,则为仁义礼智信也。"

前修之夸节兮,曜往昔之光勋;披绮季之丽服兮,扬屈原之灵芬。高吾冠之岌岌兮,长吾佩之洋洋。……华芳晔其发越兮,时恍忽而莫贵;非惜身之坱轲兮,怜众美之憔悴。游精神于大宅兮,抗玄妙之常操;处清静以养志兮,实吾心之所乐。……诵古今以散思兮,览圣贤以自镇;嘉孔丘之知命兮,大老聃之贵玄;德与道其孰宝兮?名与身其孰亲?陂山谷而闲处兮,守寂寞而存神。夫庄周之钓鱼兮,辞卿相之显位;於陵子之灌园兮,似至人之仿佛。盖隐约而得道兮,羌穷悟而入术;离尘垢之窈冥兮,配乔、松之妙节。惟吾志之所庶兮,固与俗其不同;既傲倪而高引兮,愿观其从容。

现实无可奈何,于是退居养精修性。虽以屈原自励,以孔、老自慰,以松、乔自期,但压抑不住的,是他内心涌动的郁愤不平。

《初学记》卷六《渭水》节录冯衍的《杨节赋序》①云:"冯子耕于骊山之阿,渭水之阴。废吊问之礼,绝游宦之路。眇然有超物之心,无偶俗之志。"此赋已不存,观其所述志意与《显志赋》同,当亦是同时抒忿之作。

如果说冯衍还有刘秀招降不时至的"瑕疵",班彪则是自始至终毫无二心别意的。于天下大乱之际,班彪先是赴天水,游说隗嚣协助刘秀复汉,隗嚣自有图谋,不用其言。班彪乃至河西为窦融画策,归降了刘秀。然而,如此大功却并未得到相应的报偿。班彪随窦融被征还京师后,仅仅被举为"茂才",授职徐令。建立重大功勋,胸怀一片热忱,却遭到如此冷遇,怎能不灰心失落!其《览海赋》(载《艺文类聚》卷八)便是作于离京赴任徐令之时,开首即云:

---

① 《文选》卷一〇潘岳《西征赋》李善注引"冯子耕于骊山之阿"句,题为《扬节赋》,当是。

"余有事于淮浦,览沧海之茫茫。悟仲尼之乘桴,聊从容而遂行。"借用孔子"道不行,乘桴浮于海"(《论语·公冶长》)之语,抒发其有功无酬、怀才不遇的郁闷。现实既不得所愿,那就只好去寻访仙境:"指日月以为表,索方瀛与壶梁。曜金璆以为阙,次玉石而为堂。蕙芝列于阶路,涌醴渐于中唐。朱紫彩烂,明珠夜光。松乔坐于东序,王母处于西箱。命韩众与岐伯,讲神篇而校灵章。"方壶、瀛洲、壶梁,都是传说中仙人居住的神山。赤松子、王子乔、西王母,都是传说中的仙人、神人。作者神游仙境,情志舒张,遂"愿结旅而自托,因离世而高游",真诚期盼"麾天阍以启路,辟闾阖而望余。通王谒于紫宫,拜太一而受符"。这里又可看到,作者乃是借仙境来写人世,虽不得重用而心有郁结,但仍然渴望交通王上,获得重任,并非真的想要离世高蹈。

与冯衍一样,班彪也是一生仕路蹉跎,晚年时又被任命为望都长,仍然只是个县令。其《冀州赋》(一名《游居赋》,载《艺文类聚》卷二八及卷六、《初学记》卷八等),就是作于建武末年赴任望都长之时。"夫何事于冀州,聊托公以游居",赋作开篇,一股郁勃不平之气便扑面而来。之后,作者随旅途所经之地,缅怀古迹前贤,感念昔时君臣的辉煌事业,慨叹自己生不逢其时:"鄙臣恨不及事,陪后乘之下僚";因而悲思、孤独:"今匹马之独征,岂斯乐之足娱!"最终只好以"且休精于敝邑,聊卒岁以须臾"无奈地自我宽慰。班彪大约于赴任望都长的第二年便辞世了,《冀州赋》可称绝笔,生平身世之感慨,极为深重。

班彪还有《悼离骚》,亦当是辞赋类作品。今仅存其残文,云:"夫华植之有零茂,故阴阳之度也。圣哲之有穷达,亦命之故也。惟达人进止得时,行以遂伸,否则诎而坏蠖,体龙蛇以幽潜。"(《艺文类聚》卷五六)述说穷达出处之义,自示旷达,但是人生坎坷之况味浓厚深沉,掩抑不住内里涌动的不平之气,与《冀州赋》作意相近。

2. 洞明世事之后对怀才不遇境况的冷静解脱

班固《幽通赋》(载《汉书》卷一〇〇《叙传上》),作于青年时期。《汉书·叙传上》云:"有子曰固,弱冠而孤,作《幽通之赋》,以致命遂志。"一个二十岁的青年,何以会创作人生体悟如此深沉的作品?不能不说与乃父的人生际遇密切相关。班固自叙班彪在刘秀朝的简历:"举茂材,为徐令,以病去官。后数应三公之召。仕不为禄,所如不合;学不为人,博而不俗;言不为华,述而不作。"(《汉书》卷一〇〇《叙传上》)以简要清峻的笔墨,描画了一位才志高远但遭遇迍邅、忤俗独立的父亲形象。这是青年班固对社会现实的深刻体认。其《幽通赋》,首先就是铺叙人间世事往往颠倒凌乱:"昔卫叔之御昆兮,昆为寇而丧予。管弯弧欲毙雠兮,雠作后而成己。……雍造怨而先赏兮,丁繇惠而被戮。叅取吊于迪吉兮,王膺庆于所戚……"他感慨世人多无慧眼卓识:"惟天地之无穷兮,鲜生民之晦在。纷屯邅与蹇连兮,何艰多而智寡!"他深深感受到"变化故而相诡兮,孰云豫其终始"的云谲波诡的无奈。他纵论史事兴衰,体悟到"道混成而自然兮,术同原而分流。神先心以定命兮,命随行以消息。斡流迁其不济兮,故遭罹而赢缩",以为人生各有遭遇,未必能全部顺遂免困,然而大道混一,终归自然,各随其所逢,任其赢亏可也。赋作最后,是班固自述人生志趣:

> 所贵圣人之至论兮,顺天性而断谊。物有欲而不居兮,亦有恶而不避。……侯中木之区别兮,苟能实而必荣。要没世而不朽兮,乃先民之所程。……非精诚其焉通兮,苟无实其孰信!操末技犹必然兮,矧湛躬于道真!登孔、颜而上下兮,纬群龙之所经。朝贞观而夕化兮,犹谊已而遗形。

孔子曾云:"君子之于天下也,无适也,无莫也,义与之比。"(《论语·里仁》)孟子亦曰:"生亦我所欲,所欲有甚于生者,故不为苟得也;死亦我所恶,所恶有甚于死者,故患有所不辟也。"(《孟子·告子上》)这便是班固人生志趣的思想根基。面对世事纷纭,命运穷达不能自主,只能顺任自然,明哲保身①;只要能够专诚持守孔孟之道,便可如草木之实而必荣;朝闻道夕死可矣。

班固《答宾戏》(载《汉书》卷一〇〇《叙传上》)虽无赋名,实为赋体。其作意,大旨与《幽通赋》一脉相通。《汉书·叙传上》述其作赋缘由,已经明白道出此赋的主旨:"永平中为郎,典校秘书,专笃志于博学,以著述为业。或讥以无功,又感东方朔、扬雄自谕以不遭苏、张、范、蔡之时,曾不折之以正道,明君子之所守,故聊复应焉。"赋作虚设"宾"与"主人"辩难:"宾"以为当建树功名于当世,"运朝夕之策,定合会之计,使存有显号,亡有美谥",不赞同"徒乐枕经籍书,纡体衡门……独撞意乎宇宙之外,锐思于豪芒之内,潜神默记,恒以年岁"的生存方式。"主人"则以为,"宾"之所言格局褊狭,"见势利之华,暗道德之实"。他不赞成"因势合变,偶时之会"的投机做法,而仰慕"仲尼抗浮云之志,孟轲养浩然之气",以为"彼岂乐为迂阔哉? 道不可以贰也"。班固以为,像咎繇、箕子、傅说、吕尚、甯戚、张良等昔贤那样,"言通帝王,谋合圣神","能建必然之策,展无穷之勋",固可令人效慕;而"陆子优繇,《新语》以兴;董生下帷,发藻儒林;刘向司籍,辩章旧闻;扬雄覃思,《法言》《太玄》:皆及时君之门闱,究先圣之壶奥,婆娑乎术艺之场,休息乎篇

---

① 班固《离骚序》云:"君子道穷,命矣。故潜龙不见是而无闷,《关雎》哀周道而不伤。蘧瑗持可怀之智,宁武保如愚之性,咸以全命避害,不受世患。故《大雅》曰:'既明且哲,以保其身',斯为贵矣。今若屈原,露才扬己,竞乎危国群小之间,以离(罹)谗贼。然责数怀王,怨恶椒、兰,愁神苦思,强非其人,忿怼不容,沈江而死,亦贬絜狂狷景行之士。"([宋]洪兴祖《楚辞补注》,北京:中华书局1983年版,第49页)

籍之囿，以全其质而发其文，用纳乎圣听，列炳于后人"，同样值得赞赏。所以，正确的处世态度，是委命守道：

> 壹阴壹阳，天地之方；乃文乃质，王道之纲；有同有异，圣哲之常。故曰：慎修所志，守尔天符，委命共（恭）己，味道之腴。神之听之，名其舍诸？①

这篇赋作的话题，显然是继西汉东方朔《答客难》、扬雄《解嘲》以来，在时移世易的境况下士人出处穷达的老问题。但是，班固的旨趣不同以往：他并没有停留于东方朔"彼一时也，此一时也"、"谈何容易"的无奈慨叹，也不赞同扬雄"为可为于可为之时则从，为不可为于不可为之时则凶"的保身避祸见解，而是进一步提升了认识，认为安命守志以著述弘道，与出谋划策建功当世一样，都可以不朽。从《幽通赋》到《答宾戏》，可以清晰地看到：孔子提倡的"无适无莫，义与之比"，是班固一以贯之的处世准则。

崔骃的《达旨》（载《后汉书》卷五二《崔骃传》），其基本作意与班固《答宾戏》大抵相同。《后汉书·崔骃传》云："常以典籍为业，未遑仕进之事。时人或讥其太玄静，将以后名失实。骃拟扬雄《解嘲》，作《达旨》以答焉。"赋作以或人所说"今子韫椟《六经》，服膺道术。……然下不步卿相之廷，上不登王公之门，进不党以赞己，退不黩于庸人。独师友道德，合符曩真，抱景特立，与士不群。……胡为嘿嘿而久沉滞也"设难，讥嘲崔骃身怀高才却不谋当世功名。崔骃一则答以君子当知通变："君子通变，各审所履。……与其有事，则褰裳濡足，冠挂不顾。……当其无事，则蹑履整襟，规矩其步"；再则答以君子当审时势："今圣上之育斯人也，朴以皇质，雕以

---

① 颜师古注："言修志委命，则明神听之，佑以福禄，自然有名，永不废也。"

唐文。六合怡怡，比屋为仁。……方斯之际，处士山积，学者川流，衣裳被宇，冠盖云浮。……彼采其华，我收其实。舍之则藏，已所学也。故进动以道，则不辞执珪而秉柱国；复静以理，则甘糟糠而安藜藿"；三则答以君子当持守求仕正道："夫君子非不欲仕也，耻夸毗以求举。……暴智耀世，因以干禄，非仲尼之道也。……子笑我之沈滞，吾亦病子屑屑而不已也。"崔骃的人生旨趣乃在于：

> 因天质之自然，诵上哲之高训；咏太平之清风，行天下之至顺。惧吾躬之秽德，勤百亩之不耘。縶余马以安行，俟性命之所存。

显然，此赋之宗旨，与班固相同，都是义归《论语·里仁》"君子之于天下也，无适也，无莫也，义与之比"，而与老、庄道家无涉。值得注意者，崔骃此赋全文毫无郁闷怨望，而完全是积极而理性的面貌，与前汉东方朔《答客难》、扬雄《解嘲》甚至班固《幽通赋》等，均有不同。

傅毅的《七激》（载《艺文类聚》卷五七），主题也是君臣遇合问题，但是风貌别致：一是以"七"体为之，二是以颂美为讽谏，与同时代赋作的直述直抒不同。《后汉书》卷八〇上《傅毅传》说明了《七激》的创作缘由："毅以显宗求贤不笃，士多隐处，故作《七激》以为讽。"谏议明帝诚纳贤士，是《七激》的用意所在。赋作虚拟"徒华公子托病幽处，游心于玄妙，清思乎黄老"。于是"玄通子"前往劝谏：

> 仆闻君子当世而光迹，因时以舒志，必将铭勒功勋，悬著隆高。今公子削迹藏体，当年陆沉，变度易趣，违拂雅心。挟《六经》之指，守偏塞之术。意亦有所蔽与？何图身之谬也！

这是"玄通子"的第一"激",开宗明义:君子应该"挟《六经》之指"以追求当世之功名,不当"守偏塞之术"而执迷于黄老。接下来,模仿枚乘《七发》,从听妙音、食嘉膳、乘骏马、观狩猎、游苑囿五个方面,"为公子论天下之至妙",以激发"徒华公子"的用世意志。最后一"激"云:

> 汉之盛世,存乎永平。太和协畅,万机穆清。于是群俊学士,云集辟雍,含咏圣术,文质发矇。达羲农之妙旨,照虞夏之典坟,遵孔氏之宪则,投颜闵之高迹。推义穷类,靡不博观,光润嘉美,世宗其言。

倾情敷赞明帝之时汉世的盛美状况,以引诱"徒华公子"出仕。结果,公子终于"瞿然而兴",曰:"至乎!主得圣道,天基允臧。明哲用思,君子所常。自知沉溺,久蔽不悟,请诵斯语,仰子法度。"本意是讽谏"显宗求贤不笃",却以贤士游心于黄老、蒙昧避世出之,倒果为因。其客观效果,必然又是像武帝读司马相如《大人赋》而飘飘欲仙一样,明帝也必会自我得意于天下才士均入我彀中矣。傅毅《七激》所述内容虽属后汉,其运思谋篇却与前汉辞赋机杼无二,终是"讽则讽矣,不免于劝"。

最应注意的是,《七激》虽是讽谏"显宗求贤不笃",但是它跟崔骃《达旨》思想倾向一致,没有丝毫的怨望退避,而完全是积极用世的姿态,效力刘汉中兴王朝的意愿十分鲜明。班固、崔骃、傅毅对于怀才不遇问题的理解和解脱,与前汉东方朔、扬雄等人完全不同,而与东汉前期士人心向朝廷的心态密切相关。

3. 无辜遭惩的悲怨

东汉前期,也有因遭遇不公待遇而怨望很深的赋作,梁竦《悼骚赋》(见《后汉书》卷三四《梁统传附梁竦传》李贤注引《东观记》)

就是代表：

> 彼仲尼之佐鲁兮，先严断而后弘衍。虽离逸以呜邑兮，卒暴诛于两观。殷伊尹之协德兮，暨太甲而俱宁。岂齐量其几微兮，徒信己以荣名！虽吞刀以奉命兮①，抉目眦于门间。吴荒萌其已殖兮，可信颜于王庐？图往镜来兮，关、北在篇②。君名既泯没兮，后辟亦然。屈平濯德兮，絜显芬香。勾践罪种兮，越嗣不长。重耳忽推兮，六卿卒强。赵殒鸣犊兮，秦人入疆。乐毅奔赵兮，燕亦是丧。武安赐命兮，昭以不王。蒙宗不幸兮，长平颠荒。范父乞身兮，楚项不昌。何尔生不先后兮，推洪勋以遐迈。服荔裳如朱绂兮，骋鸾路于奔濑。历苍梧之崇丘兮，宗虞氏之俊乂。临众渎之神林兮，东敕职于蓬碣。祖圣道而垂典兮，褒忠孝以为珍。既匡救而不得兮，必殒命而后仁。惟贾傅其违指兮，何杨生之欺（一作败）真③。彼皇麟之高举兮，熙太清之悠悠。临岷川以怆恨兮，指丹海以为期。

《后汉书》卷三四《梁统传附梁竦传》："（竦）坐兄松事，与弟恭俱徙九真。既徂南土，历江湖，济沅湘，感悼子胥、屈原以非辜沈身，乃作《悼骚赋》，系玄石而沈之。"梁竦之兄梁松获罪之事，《后汉书》卷三四《梁统传附梁松传》有载：梁松娶刘秀女舞阴长公主为妻，颇得宠信："光武崩，受遗诏辅政。永平元年，迁太仆。"但是梁松为官不够清廉，多次写信请托郡县长官以谋私，"（永平）二年发觉，免

---

① 虽，当作"胥"。王先谦《后汉书集解》引惠栋曰："'虽'当作'胥'，谓伍员也。"按：伍员即伍子胥。

② 关北，当作"关比"。王先谦《后汉书集解》引王会汾曰："言关龙逢、比干以直谏死，其事著在篇籍也。诸本皆误作'阙北'。"按：中华书局点校本《后汉书》已改"阙"为"関"，然未校正"北"字。

③ 王先谦《后汉书集解》引王会汾曰："谓杨雄作《反骚》，义乖贞烈也。"

官,遂怀怨望。四年冬,乃县(悬)飞书诽谤,下狱死,国除"①。梁竦因此案受到牵连,被迁徙南方。其《悼骚赋》,历数古代圣贤忠贞事君却无辜遭受惩治,因而导致国祚衰亡的史迹,慨叹己身之无辜和不幸,发抒古今同慨,似无新意。但大可注意者,是他明确批评贾谊"违指"、扬雄"败真":既不认可贾谊《吊屈原赋》高飞远举的意愿,也不认可扬雄《反离骚》明哲保身的旨趣。他赞同的,是屈原"既莫足与为美政兮,吾将从彭咸之所居"的选择——"既匡救而不得兮,必殒命而后仁"。这表明,尽管遭遇不公待遇,尽管百般委屈,他仍不会与朝廷离心离德,不会疏离远逝。这与东汉前期普遍亲信朝廷的士人心态吻合。

4. 修身励志的表白

今存杜笃《首阳山赋》及《书捃赋》片段,是修身励志之作。《首阳山赋》如下:

> 嗟首阳之孤岭,形势窟其槃曲。面河源而抗岩,陇堆隈而相属。长松落落,卉木蒙蒙。青罗落漠而上覆,穴溜滴沥而下通。高岫带乎岩侧,洞房隐于云中。忽吾睹兮二老,时采薇以从容。于是乎乃讯其所求,问其所修,州域乡党,亲戚匹俦,何务何乐,而并兹游矣?其二老乃答余曰:吾殷之遗民也。厥胤孤竹,作蕃北湄。少名叔齐,长曰伯夷。闻西伯昌之善救,育年艾于胡(《古文苑》作"黄")耇。遂相携而随之,冀寄命乎余寿。而天命之不常,伊事变而无方。昌伏事而毕命,子忽遘其不祥。乃兴师于牧野,遂干戈以伐商。乃弃之而来游,誓不步于其乡②。余闭口而不食,并卒命于山傍。(《艺文类聚》卷

---

① 《后汉书》卷二《明帝纪》:"(永平四年)十二月,陵乡侯梁松下狱死。"
② 誓,《艺文类聚》作"擔",此据《古文苑》校改。

七,《古文苑》卷五)

这篇赋作,除开头对首阳山的描写外,其主体就是复述《史记》卷六一《伯夷列传》:"伯夷、叔齐,孤竹君之二子也。……闻西伯昌善养老,盍往归焉。及至,西伯卒,武王载木主,号为文王,东伐纣。伯夷、叔齐叩马而谏曰:'父死不葬,爰及干戈,可谓孝乎?以臣弑君,可谓仁乎?'左右欲兵之。太公曰:'此义人也。'扶而去之。武王已平殷乱,天下宗周,而伯夷、叔齐耻之,义不食周粟,隐于首阳山,采薇而食之。及饿且死,作歌,其辞曰:'登彼西山兮,采其薇矣。以暴易暴兮,不知其非矣。神农虞夏忽焉没兮,我安适归矣?于嗟徂兮,命之衰矣!'遂饿死于首阳山。"杜笃作赋歌颂伯夷、叔齐,所赞赏的,是他们忠君守义的气节。显然,杜笃是以此来自励心志的。

其《书楬赋》,今仅存片段:

惟书揭而丽容,象君子之淑德。载方矩而履规,加文藻之修饰。能屈伸以和礼,体清净而坐立。承尊者之至意(《御览》缺漏以上二句),惟高下而消息。虽转旋而屈桡,时倾斜而反侧。抱《六艺》而卷舒,敷《五经》之典式。(《艺文类聚》卷五五,《太平御览》卷六〇六)

"揭"即"楬",古代书法,"扌""木"偏旁往往通用。书楬即书帙,用以盛书,有竹木制也有布帛制。宋人《类篇》《集韵》均释曰"籍书具",北宋任广《书叙指南》卷五《文房众物》叙述较详:"承书夹曰书楬(自注:后汉杜笃赋),又曰书帙。盛书囊曰方底,贮书物曰绿笥丹筒,又曰金版玉箱,又曰锦文缇帙,浅黄色书衣曰缃帙,盛书青白袋曰缥囊。"(《守山阁丛书》钱熙祚校本)书楬表面除题写书目外,往往还施画色彩图案,北宋文同《丹渊集·题友人书斋新壁》即有

"彩榲纵横设,雕厨次第开"之句(文渊阁《四库全书》本)。杜笃此赋,以书榲比拟君子之德,表彰其怀抱《六艺》《五经》,礼文兼备,且善能成人之美,以此自勉其修身养德之志趣。

上述而外,东汉前期其他赋作,还有傅毅的《舞赋》(载《文选》卷一七)以及刘广世《七兴》残段(载《艺文类聚》卷五七等处)、袁安《夜酣赋》残句(载《初学记》卷一五等处)、王充《果赋》残句(载《太平御览》卷九六八等处)。后三篇残损太甚,已难知其大体,无法讨论。傅毅的《舞赋》,既非颂世亦非抒情述志,而是一篇游艺逞才之作,但是它文笔十分精湛,故附此略作分析。

《舞赋》假托宋玉与楚襄王答问,引出对乐舞全程的精彩叙描:先是铺叙歌舞场所的华丽、气氛的松弛、观舞者情绪的高涨;之后细致描摹舞女容貌之靓丽、舞姿之美妙绝伦;最后是夸饰曲终舞止,观舞众人乘车离去的沸腾场景。仅节引其描摹舞女舞姿的几个精彩片段如下:

> 于是郑女出进,二八徐侍。姣服极丽,姁媮致态。貌嫽妙以妖蛊兮,红颜晔其扬华。眉连娟以增绕兮,目流睇而横波。珠翠的皪而照耀兮,华袿飞髾而杂纤罗。顾形影,自整装。顺微风,挥若芳。动朱唇,纡清阳,亢音高歌为乐方。

> 其始兴也,若俯若仰,若来若往。雍容惆怅,不可为象。其少进也,若翔若行,若竦若倾。兀动赴度,指顾应声。罗衣从风,长袖交横。骆驿飞散,飒擖合并。鶣鷅燕居,拉㧙鹄惊。绰约闲靡,机迅体轻。姿绝伦之妙态,怀悫素之洁清。修仪操以显志兮,独驰思乎杳冥。在山峨峨,在水汤汤。与志迁化,容不虚生。

> 于是合场递进,按次而俟。埒材角妙,夸容乃理。轶态横

出,瑰姿谲起。眄般鼓则腾清眸,吐哇咬则发皓齿。摘齐行列,经营切儗。仿佛神动,回翔竦峙。击不致策,蹈不顿趾。翼尔悠往,闇复辍已。及至回身还入,迫于急节。浮腾累跪,跗蹋摩跌。纤形赴远,漼似摧折。纤縠蛾飞,纷猋若绝。超逾鸟集,纵弛殟歿。蜲蛇姌袅,云转飘曶。体如游龙,袖如素蜺。黎收而拜,曲度究毕。迁延微笑,退复次列。

第一段写舞女的华服丽饰和美貌、表情,第二、三段写舞姿之进退俯仰,动静徐疾,回旋合分,无不态轶姿瑰,轻盈曼妙。文笔分外华丽,摹写刻画极为细腻精妙,在东汉前期实属罕见,体现了傅毅笔力精湛,极富表现力。明人孙月峰评论道:"力量雄劲之甚,形容处略不费力,而意态曲尽,撰语工妙,又无追琢之迹,允为高作。"①诚为的评。

二

辞赋而外,东汉前期其他文体也不乏述志抒情之作。这类作品存世情形较为零散,题旨也不一致,故下文依人列述之。

冯衍《与妇弟任武达书》(见《后汉书》卷二八《冯衍传》李贤注引《冯衍集》)是一封家书。《后汉书·冯衍传》载:"衍娶北地任氏女为妻,悍忌,不得畜媵妾,儿女常自操井臼。老竟逐之,遂埳壈于时。"《艺文类聚》卷三五引《冯敬通集》曰:"敬通有一婢,妻任酷妒之,击婢无所不至。敬通乃弃遣之,因与妇弟任武达书。"这通家书,淋漓尽致地控诉其妻的乖戾妒狠:

年衰岁暮,恨入黄泉,遭遇嫉妒,家道崩坏。……五年已

---

① [清]于光华辑:《重订文选集评》上册,国家图书馆出版社 2012 年影印乾隆四十三年启秀堂重刻本,第 588 页。

来,日甚岁剧。以白为黑,以非为是,造作端末,妄生首尾,无罪无辜,谗口嗷嗷。……醉饱过差,辄为桀纣。房中调戏,布散海外。张目抵掌,以有为无。痛彻苍天,毒流五藏。愁令人不赖生,怨令人不顾祸。入门著床,继嗣不育。纺绩织纴,了无女工。家贫无僮,贱为匹夫,故旧见之,莫不凄怆,曾无悯惜之恩。唯一婢,武达所见,头无钗泽,面无脂粉,形骸不蔽,手足抱土。不原其穷,不揆其情,跳梁大叫,呼若入冥,贩糖之妾,不忍其态。……哀怜姜、豹,常为奴婢。恻恻焦心,事事腐肠,诇诇籍籍,不可听闻。暴虐此婢,不死如发,半年之间,脓血横流。婢病之后,姜竟春炊,豹又触冒泥塗,心为怆然。缣毅放散,冬衣不补,端坐化乱,一缕不贯。

妻子任氏"既无妇道,又无母仪",搞得举家不得安宁,甚至连累冯衍仕途受挫:"衍以室家纷然之故,捐弃衣冠,侧身山野,绝交游之路,杜仕宦之门,阖门不出,心专耕耘,以求衣食,何敢有功名之路哉!"忍无可忍,冯衍决绝休妻:"不去此妇,则家不宁;不去此妇,则家不清;不去此妇,则福不生;不去此妇,则事不成。"

冯衍此信虽是琐屑家事,但是情真意切,畅快淋漓,千载之下,声貌犹似活跃目前。它与前述傅毅游艺逞才的《舞赋》一样,文辞生动卓越,极富表现力,都是东汉前期不可多得的优秀文作。

傅毅的杂文,今存完整者有《扇铭》(载《北堂书钞》卷一三四):"翩翩素圆,清风载扬。君子玉体,赖以宁康。冬则龙潜,夏则凤举。知进能退,随时出处。"以团扇象喻君子品格,赞誉其审时进退的处世智慧。但是文辞、意蕴都较为浅近,盖亦为游戏笔墨者。

同样似是闲笔,借赋物以象喻人生,班固的《奕旨》(载《古文苑》卷一七)更为精湛。它描述围棋之道,其实饱含人生如棋的深沉思考:

局必方正，象地则也。道必正直，神明德也。棋有白黑，阴阳分也。骈罗列布，效天文也。四象既陈，行之在人，盖王政也。成败臧否，为仁由己，危之正也。……高下相推，人有等级，若孔氏之门回、赐相服。循名责实，谋以计策，若唐虞之朝考功黜陟。器用有常，施设无析（章樵注：一作所），因敌为资，应时屈伸，续之不复，变化日新，或虚设豫置以自护卫，盖象庖羲罔罟之制。堤防周起，障塞漏决，有似夏后治水之势。一孔有阙，坏颓不振，有似瓠子泛滥之败。一棋破窒，亡地复还，曹子之威。作伏设诈，突围横行，田单之奇。要厄相劫，割地取偿，苏张之姿。固本自广，敌人恐惧，三分有二，释而不诛，周文之德，知者之虑也。既有过失，能量弱强，逡巡需行，保角依旁，却自补续，虽败不亡，缪公之智，中庸之方也。上有天地之象，次有帝王之治，中有五霸之权，下有战国之事，览其得失，古今略备。及其晏也，至于发愤忘食，乐以忘忧，推而高之，仲尼概也。乐而不淫，哀而不伤，质之《诗》《书》，《关雎》类也。纰专知柔，阴阳代至，施之养性，彭祖气也。外若无为，默而识净泊，自守以道意，隐居放言，远咎悔行，象虞仲。

把棋局与社会人生、历史兴亡完美地比拟融会在一起，感悟非常深湛。其中蕴含的思想旨趣，是班固一贯的人生理念：面对纷纭百变的社会时局，君子务须遵道以养性，守正而自持。

今存班固的杂文，还有《拟连珠》五章（载《艺文类聚》卷五七）：

臣闻公输爱其斧，故能妙其巧；明主贵其士，故能成其治。

臣闻良匠度见材，而成大厦；明主器其士，而建功业。

臣闻听决价而资玉者，无楚和之名；因近习而取士者，无伯玉之功①。故玙璠之为宝,非驵侩之术也;伊吕之佐,非左右之旧。

臣闻鸾凤养六翮以凌云,帝王乘英雄以济民。《易》曰:"鸿渐于陆,其羽可以为仪。"

臣闻马伏皂而不用,则驽与良而为群;士齐僚而不职,则贤与愚而不分。

这一组《连珠》的用意非常显明,就是讽喻君王要器重士、能用士并且要善用士。今天看来,其文体形式比较程式化,但在两汉之际至东汉前期,"连珠"确是一种新的文体,它由扬雄首创,杜笃、班固、傅毅、贾逵等人都有创作②,惜乎基本不存。傅玄《叙连珠》所谓"其文体,辞丽而言约;不指说事情,必假喻以达其旨,而贤者微悟,合于古诗劝兴之义;欲使历历如贯珠,易睹而可悦"(《艺文类聚》卷五七),今天只能从扬雄、班固残存的作品片段中体会了。

东汉前期讽喻执政者最为集中的作品,是崔骃的官箴。今存以下六篇:

---

① 伯玉,春秋时卫国大夫蘧瑗。《大戴礼记》卷三《保傅》:"卫灵公之时,蘧伯玉贤而不用,弥子瑕不肖而任事。史鰌患之,数言蘧伯玉贤而不听。病且死,谓其子曰:'我即死,治丧于北堂。吾生不能进蘧伯玉而退弥子瑕,是不能正君者,死不当成礼。而置尸于北堂,于我足矣。'灵公往吊,问其故,其子以父言闻,灵公造然失容,曰:'吾失矣。'立召蘧伯玉而贵之,召弥子瑕而退,徙丧于堂,成礼而后去。卫国以治,史鰌之力也。夫生进贤而退不肖,死且未止,又以尸谏,可谓忠不衰矣。"(按《韩诗外传》卷七所载大同)《论语·卫灵公》孔子曰:"直哉,史鱼!邦有道,如矢;邦无道,如矢。君子哉,蘧伯玉!邦有道,则仕;邦无道,则可卷而怀之。"又《大戴礼记》卷六《卫将军文子》孔子曰:"外宽而内直,自设于隐栝之中,直己而不直于人,以善存,亡汲汲,盖蘧伯玉之行也。"

② 关于"连珠"文体的基本情况,参见本书第一章第三节论扬雄《连珠》部分。

天官冢宰，庶僚之率。师锡有帝，命虞作尉。爰叶台极，爰平国域。制军诘禁，王旅惟式。九州用绥，群公咸治。干戈载戢，宿躔其纪。上之云据，下之云戴。苟非其人，斁我帝载。昔周人思文公，而《召南》咏《甘棠》。昆吾崇夏，伊挚嘉商。季叶颇僻，礼用不匡。无曰我强，莫余敢丧；无曰我大，轻战好杀。纣师百万，卒以不艾。宰臣司马，敢告在际。(《太尉箴》，《初学记》卷一一)

天鉴在下，仁德是兴。乃立司徒，乱兹黎蒸。茫茫庶域，率土祁祁。民具尔瞻，四方是维。乾乾夕惕，靡怠靡违。敬敷五教，九德咸事。啻人用章，黔甿是富。无曰尔悖，忘于尔辅。无曰余圣，以忽执政。匪用其良，乃荒厥命。庶绩不怡，疚于尔禄。丰有折肱，而鼎覆其悚。《书》歌股肱，《诗》刺南山，尹氏不堪，国度斯愆。徒臣司农，敢告执藩。(《司徒箴》，《初学记》卷一一)

善彼坤灵，俾天作则。分制五服，划为万国。乃立地官，空惟是职。茫茫九州，都鄙盈区。网以群牧，缀以方侯。烈烈隽乂，翼翼王臣。臣当其官，官宜其人。九一之政，七赋以均。昔在季叶，班禄遗贤。掊克充朝，而象、恭滔天。匪人斯力，匪政斯敕。流货市宠，而苞苴是鬻。王路斯芜，孰不倾覆。空臣司土，敢告在侧。(《司空箴》，《初学记》卷一一)

翼翼太常，实为宗伯。穆穆灵祇，寝庙奕奕。称秩元祀，班于群神。我祀既祇，我粢孔蠲。匪愆匪忒，公尸攸宜。弗祈弗求，惟德之报。不矫不诬，庶无罪悔。无曰我材，轻身恃筮。东邻之牺牛，不如西邻之麦鱼。秦殒望夷，隐毙钟巫。常臣司宗，敢告执事。(《太常箴》，《初学记》卷一二)

邈矣皋陶，翊唐作士。设为犴狴，九州允理。如石之平，如渊之清。三槐九棘,以贤以德。罪人斯殛,凶族斯进。熙乂帝载,旁施作明。昔在仲尼,哀矜圣人。子罕礼刑,卫人释艰。释之其忠,勋亮孝文。于公哀寡,定国广门。夐哉逸矣,旧训不遵。主慢臣骄,虐用其民。赏以崇欲,刑以归忿。纣作炮烙,周人灭殷。商用淫刑,汤誓其军。卫鞅酷烈,卒殒于秦。不疑知害,祸不及身。嗟兹大理,慎于尔官。赏不可不思,断不可不虔。或有忠能被害,或有孝而见残。吴沉伍胥,殷剖比干。莫遂尔情,是截是刑。无遂尔志,以速以巫。天鉴在显,无细不录。福善祸恶,其效甚速。理臣司律,敢告执狱。(《大理箴》,《初学记》卷一二)

茫茫天区,画冀为京。商邑翼翼,四方是营。唐虞商周,河洛是居。成王郏鄏,以处鹑墟。诸夏劲强,是从是横。彻我墙屋,而师尹不匡。霸夺其权,宗器以分。图籍迁齐,九鼎入秦。(《河南尹箴》,《艺文类聚》卷六,《古文苑》卷一六。按:此箴今存不完)

这些作品,与扬雄的《百官箴》风貌一致[1]:用四言为主的典雅韵文,结合与该官职相关的正反历史掌故,严肃规讽、告诫其官位职守的正义所在,风格典则持重。从中明显可见作者贞正高通的政治思想倾向。

崔骃的杂文,今存还有《杖颂》《酒箴》残句、《仲山甫鼎铭》《樽铭》《车左铭》《车右铭》《车后铭》《刀剑铭》片段、《刻漏铭》残句、《扇铭》《六安枕铭》《袜铭》《缝铭》片段以及《婚礼结言》。这些作品,都是在一般意义上讲述对象所蕴含的形上意义或是泛泛的祝福,文学特色和真情实意均不足,不再赘述。

---

[1] 参见本书第一章第三节论扬雄《十二州牧百官箴》部分。

三

东汉前期的诗歌,无论有主名创作还是民歌,都有抒情述志的作品传世。虽然数量不多,但殊有可观之处。

《乐府诗集》卷七四收录马援《武溪深》(一题《武陵深行》)一首:

> 滔滔武溪,一何深!鸟飞不度,兽不敢临。嗟哉武溪兮,多毒淫!

《乐府诗集》解题引崔豹《古今注》曰:"《武溪深》,马援南征之所作也。援门生爰寄生善吹笛,援作歌,令寄生吹笛以和之,名曰《武溪深》。"①马援南征之事,《后汉书》卷二四《马援传》有记载:"(建武)二十四年,武威将军刘尚击武陵五溪蛮夷,深入,军没。援因复请行,时年六十二。……遂遣援率中郎将马武、耿舒、刘匡、孙永等,将十二郡募士及弛刑四万馀人征五溪。……(明年)三月,进营壶头。贼乘高守隘,水疾,船不得上。会暑甚,士卒多疫死,援亦中病,遂困,乃穿岸为室,以避炎气。贼每升险鼓譟,援辄曳足以观之,左右哀其壮意,莫不为之流涕。……援病卒。"这首诗当作于此时。诗作描述武陵五溪水幽深且宽广,连鸟兽都难以靠近、飞渡;山水之间毒瘴散布,行军作战异常艰难。诗句不多,但是饱含壮志难伸的悲慨憾恨之情。诗风质朴淳厚,雄壮慷慨。后世曹操北征高干途中所作《苦寒行》,与马援此作可引为同调。

梁鸿的诗歌今存三首,抒情淳厚浓郁,在东汉前期的诗歌中实

---

① 《太平御览》卷六七引《善歌录》曰:"武溪水,源出武山东南,流注于溪,故为歌曰:'武溪深复深,飞鸟不能渡,游兽不能临。'"逯钦立《先秦汉魏晋南北朝诗》云:"殆别是一歌也。"(第163页)

属罕见。其《五噫歌》是文学史上知名的作品：

> 陟彼北芒兮,噫!顾览帝京兮,噫!宫室崔嵬兮,噫!人之劬劳兮,噫!辽辽未央兮,噫!(《后汉书》卷八三《梁鸿传》)

梁鸿幼年丧父,"家贫而尚节介"。曾在上林苑牧猪,误失火烧毁人家房舍,"鸿乃寻访烧者,问所去失,悉以豕偿之";不足以抵偿损失,便以劳作赔偿。娶妻孟光,夫妻志同道合,共入霸陵山隐居,以耕织为业。"咏《诗》《书》,弹琴以自娱。"后"东出关,过京师,作《五噫之歌》曰云云。肃宗闻而非之,求鸿不得"。(以上见《后汉书》卷八三《梁鸿传》)可见梁鸿是一个虽身受穷困但有正义德操、高节逸志的人。《五噫歌》之所以引人注目,以至于章帝竟然要抓捕梁鸿,盖因此歌唱出了太平盛世之下民众生活的劳苦艰辛及其生命的轻贱,饱含后世杜诗"朱门酒肉臭,路有冻死骨"之义。诗歌以对比和反讽的手法,揭示了繁荣盛世之下社会现实的另一种真实面貌,因而具有深广沉重的社会意义。

梁鸿为躲避抓捕逃离京畿,游居齐鲁。不久,又南下吴越。其《适吴诗》云:

> 逝旧邦兮遐征,将遥集兮东南。心惙怛兮伤悴,志菲菲兮升降。欲乘策兮纵迈,疾吾俗兮作谗。竞举枉兮措直,咸先佞兮唲咿。固靡惭兮独建,冀异州兮尚贤。聊逍摇兮遨嬉,缵仲尼兮周流。倪云睹兮我悦,遂舍车兮即浮。过季札兮延陵,求鲁连兮海隅。虽不察兮光貌,幸神灵兮与休。惟季春兮华阜,麦含含兮方秀。哀茂时兮逾迈,愍芳香兮日臭。悼我心兮不获,长委结兮焉究!口嚣嚣兮余讪,嗟恇恇兮谁留?(《后汉书》卷八三《梁鸿传》)

这首诗,极具抒情深度。遭受政治追捕,被迫远离家乡漂泊的遭遇,令他愤郁难舒。他痛斥举枉以措直、先佞而信谗的社会政治,也悲叹自己"茂时兮逾迈"、有志不获骋的无奈。这就使个人的遭际悲怨,与整个社会民生联系起来,从而具有了更加深广的意义。

在吴地客居期间,梁鸿思念京兆的友人,作《思高恢诗》:"鸟嘤嘤兮,友之期。念高子兮,仆怀思。想念恢兮,爰集兹。"(《后汉书》卷八三《梁鸿传》)借用《诗经》的典故①,深长抒发对朋友的思念之情。

傅毅的长篇《迪志诗》,则是一首述志的作品:

咨尔庶士,迨时斯勖。日月逾迈,岂云旋复!哀我经营,旅力靡及。在兹弱冠,靡所庶立。

於赫我祖,显于殷国。二迹阿衡,克光其则。武丁兴商,伊宗皇士。爰作股肱,万邦是纪。奕世载德,迄我显考。保膺淑懿,缵修其道。汉之中叶,俊乂式序。秩彼殷宗,光此勋绪。

伊余小子,秽陋靡逮。惧我世烈,自兹以坠。谁能革浊,清我濯溉?谁能昭暗,启我童昧?先人有训,我讯我诰。训我嘉务,诲我博学。爰率朋友,寻此旧则。契阔夙夜,庶不懈忒。

秩秩大猷,纪纲庶式。匪勤匪昭,匪壹匪测。农夫不怠,越有黍稷,谁能云作,考之居息?二事败业,多疾我力。如彼遵衢,则罔所极。二志靡成,聿劳我心。如彼兼听,则溷于音。

於戏君子,无恒自逸。徂年如流,鲜兹暇日。行迈屡税,胡能有迄。密勿朝夕,聿同始卒。(《后汉书》卷八〇上《傅毅传》)

---

① 《诗经·小雅·伐木》首章:"伐木丁丁,鸟鸣嘤嘤。出自幽谷,迁于乔木。嘤其鸣矣,求其友声。相彼鸟矣,犹求友声;矧伊人矣,不求友生?"

诗作起首即感慨时光如梭,而自己在儒学仁义之道上还无所成就;继而追怀傅氏先祖前辈的功勋和荣耀,自殷商傅说功比伊尹,到前汉傅介子、傅喜、傅晏、傅商,直至刘秀时傅俊,皆裂地封侯;之后便是自己不可玷污先祖,立志修行大道,不敢丝毫懈怠的诚恳表白。诗作以四言体创作,风貌典雅持重,与所述内容十分协调。前汉韦玄成有《自劾诗》《戒子孙诗》(见《汉书》卷七三《韦贤传附韦玄成传》),其作意及创作情境虽与傅毅此诗不甚相同,但以四言诗体颂怀先祖以自励的运思旨趣是相同的,对傅毅此作或有启发。

傅毅的诗歌,还有《七激》中的附歌一首:"陟景山兮采芳苓,哀不惨伤,乐不流声。弹羽跃水,叩角奋荣。沉微玄穆,感物悟灵。"(《艺文类聚》卷五七)这是"玄通子"以聆听妙音来劝喻"徒华公子"应当出仕盛朝一段中的歌辞,用以配合劝仕的主题。

可以确认为东汉前期的民歌之中,也有抒情言志的作品,如:

> 游子常苦贫,力子天所富。宁见乳虎穴,不入冀府寺。大笑期必死,忿怒或见置。嗟我樊府君,安可再遭值!(《凉州民为樊晔歌》,《后汉书》卷七七《酷吏列传·樊晔》)

《后汉书·酷吏樊晔传》云:"隗嚣灭后,陇右不安,乃拜晔为天水太守。政严猛,好申韩法,善恶立断。人有犯其禁者,率不生出狱,吏人及羌胡畏之。道不拾遗。行旅至夜,聚衣装道傍,曰'以付樊公'。凉州为之歌曰云云。"据《后汉书》卷一《光武帝纪下》,建武九年(33)正月,隗嚣病死,其子隗纯嗣立为王。次年十月,来歙大破隗纯,隗纯降,陇右自此剿平。建武十一年(35)冬,马成击破先零羌,驻屯天水、陇西、扶风。樊晔守天水,当在此时或之后不久。这首民歌,抨击樊晔行政严苛,百姓避之唯恐不及。"宁见乳虎穴,不入冀府寺"(李贤注:"冀,天水县也。"),用反衬手法,凸显樊晔为政之猛恶更甚于洞中哺乳的母虎,是诗中传神之笔。值得注意者,这首建武后期的民歌,也是完整的五言诗,与班固《咏史》同样具有重要的文体价值。再如:

> 汉德广,开不宾。度博南,越兰津。度兰沧,为它人。(《通博南歌》,一名《行者歌》。《后汉书》卷八六《南蛮西南夷列传·西南夷·哀牢》,《太平御览》卷七八六)①

《后汉书·南蛮西南夷列传》载:"永平十二年,哀牢王柳貌遣子率种人内属。……显宗以其地置哀牢、博南二县,割益州郡西部都尉所领六县,合为永昌郡。始通博南山,度兰仓水。行者苦之,歌曰云云。"诗歌以赞扬大汉仁德广施起首,实际歌唱的却是劳民伤财的实感,颇具讽刺意味。

这些民歌,很显然,都是"饥者歌其食,劳者歌其事"的真情创作。

---

① 《水经注·若水注》《华阳国志·南中志》及《太平御览》卷五九亦载此歌,云为汉武帝时民歌。

第三章　班固对汉代《诗》学思想的开拓

关于班固的《诗》学思想，学界的研究成果尚不多见。究其原因，除去史料不足征外，盖主要由于古今学者大多认为班氏世习《齐诗》，班固的《诗》学观念也是《齐诗》的承传，故研究价值不大①。仔细检讨此种看法，实大有可商：

首先，认为班固传习《齐诗》的主要根据，是其伯祖父班伯"少受《诗》于师丹"(《汉书》卷一〇〇《叙传上》)，而师丹"治《诗》，事匡衡"，传《齐诗》(见《汉书》卷八六《师丹传》)。汉代以后，多有学人相信两汉经师恪守"家法"、"师法"②。因此认为，班伯既传习《齐诗》，则班氏家族即世习《齐诗》，班固也必然传习《齐诗》。其代表说法如：

> 班固之从祖伯，少受《诗》于师丹，诵说有法，故叔皮父子世传家学。《汉书·地理志》引"子之营兮"及"自杜沮漆"，并据《齐

---

① 如目前出版的《诗经》学史著作，考察汉代《诗经》学时，主要关注三家《诗》、《毛诗》及《郑笺》等，鲜有论及班固《诗》学思想者。偶有提及，亦不予重视。其中有代表性的观点，如洪湛侯说："班固父子世习《齐诗》，故《汉书》和《白虎通》中，间采《齐诗》之说。所作《艺文志》则本之刘歆《七略》，谓三家说《诗》'咸非其本义'和'与不得已，《鲁》最为近'，恐怕都是刘歆的看法。"(《诗经学史》，北京：中华书局2002年版，第125页)

② 前人关于汉代学术恪守"家法"、"师法"之成说，实不可尽信。仅从现象看，自汉文帝始立经学博士、武帝建全《五经》博士，即不限于一经立一博士；至后汉初，有《五经》博士十四人。若后学弟子均严格祖述"家法"、"师法"，绝无异说，则《五经》立五博士足矣，何必另辟多条学脉！此一问题，钱穆《两汉经学今古文平议·两汉博士家法考》(北京：商务印书馆2001年版)论证甚详，可参。

诗》之文。又云"陈俗巫鬼，晋俗俭陋"，其语亦与匡衡说《诗》合，是其验已。①

《汉书·叙传》："班伯少受《诗》于师丹。"《师丹传》："治《诗》事匡衡。"是班伯习《齐诗》。固传家学，亦当是习《齐诗》者。②

班伯受《诗》于匡衡③，《齐诗》乃班氏家传。④

这里所谓"叔皮父子世传家学"、"固传家学"、"《齐诗》乃班氏家传"云云，都是根据"家法"、"师法"的理念所作的推论，并无明确的文献依据。

早在南宋时，王应麟《诗考》搜辑《齐诗》遗说十三条，尚有明确的文献根据。其中与班固有关的两条，一是"子之营兮，遭我虖嶩之间兮"⑤，二是"自杜沮漆"⑥。王氏钩稽这两条，不仅仅以出自《汉书》卷二八《地理志》为据，还有其他明确的文献依据："子之营兮"二句，《地理志》明确说"《齐诗》曰"；"自杜沮漆"句，《地理志》云"《诗》曰'自杜'"，颜师古注："《大雅·绵》之诗曰：'人之初生，自土漆沮。'《齐诗》作'自杜'。言公刘避狄而来居杜与漆、沮之地。"至清儒增补王氏所辑三家《诗》，开始时也还颇重文献明确记载的依据，比较客观，如清初范家相《三家诗拾遗·三家诗源流》即说："班固《白虎通》多引《韩诗内传》（按实际仅有四处引用），亦时述《鲁

---

① ［清］陈乔枞《三家诗遗说考》之《齐诗遗说考·自序》，见王先谦编《皇清经解续编》，上海：上海书店1988年据南菁书院本影印，第四册，第1280页。
② ［清］皮锡瑞《经学通论》卷二《论〈诗〉有正义有旁义即古义亦未尽可信》，北京：中华书局1954年重印商务印书馆《国学基本丛书》本。
③ 此说误。班伯受《诗》于师丹，是匡衡的再传弟子。
④ ［清］唐晏《两汉三国学案》卷六，北京：中华书局1986年版，第279页。
⑤ 《齐诗·齐风·营》诗句。《毛诗》该诗名为《还》，诗句中"营"亦作"还"。
⑥ 《齐诗·大雅·绵》诗句。《毛诗》"杜"作"土"。

诗》;《汉书》亦然。盖三家《诗》俱有之。"(文渊阁《四库全书》本)指出班固著作中引述《诗经》,乃是兼及三家。再到后来的学者,则基本以"家法"、"师法"的学理为依据来辑佚了①,陈寿祺、陈乔枞父子辑三家《诗》,就是典型的例子。他们因班固的伯祖父班伯受习《齐诗》,于是将《汉书》等所引述的《诗》篇及《诗》说,即均视为《齐诗》遗文及《齐诗》说(见《齐诗遗说考》之《自序》及卷一)。

实际上,这样的看法明显与两《汉书》所述不符。《汉书》卷一〇〇《叙传》只记载"(班)伯少受《诗》于师丹",但并未明确说班家其他人也修习《齐诗》。如说班伯的二弟班斿"博学有俊材",曾与刘向共校秘书,未具载其师承和学业;记述班伯的三弟班穉(班固祖父)的事迹,亦未载其学殖。又如说班斿之子班嗣"虽修儒学,然贵老、严(庄)之术";说班穉之子班彪(班固父)"唯圣人之道然后尽心焉",然亦未具载其学业传承。班彪《王命论》征引《论语》《春秋》《易经》乃至图谶,却并未引用《诗经》。至于班固,《叙传》自谓"专笃志于博学,以著述为业",所撰述之《汉书》,"旁贯《五经》,上下洽通",也没有交代其经学师承。《后汉书》卷四〇《班固传》记载其学业稍详具:

  年九岁,能属文、诵诗赋。及长,遂博贯载籍,九流百家之言,无不穷究。所学无常师,不为章句,举大义而已。

从《汉书》卷一〇〇《叙传》所述班氏家族诸人的学业看,各有取资志趣,班氏家族似乎并无严格的《诗》学"家法"。统观两《汉书》述班固之学——"专笃志于博学"、"博贯载籍,九流百家之言,无不穷究。所学无常师,不为章句,举大义而已",不难了解,班固

---

① 关于清人搜辑三家《诗》佚文佚说之成就与不足,参见拙文《清人辑录三家〈诗〉学佚文的方法和理据之检讨》,载《长江学术》2016年第1期。

并非固守"家法"、"师法"的学者。因此,以班伯受习《齐诗》来判断班固亦必传习《齐诗》,证据并不充分。

其次,班固作为醇正的儒家学者,他的《诗》学思想固然较多继承了有汉以来儒家的思想观念,集中体现为强调《诗》的经学性质和政教目的,但是,他也并非完全拾唾前人,而是有不少开拓创新之论。其中最为耀眼者有三:一是在确认《诗》的社会政治功用和目的之同时,更加集中地突出了情感的生发感动特征。这对于进一步认识诗歌的本质特征,有着很大的推动作用。二是他批评三家《诗》"咸非其本义",表现出追求《诗》之"本义"的思想倾向。这一点,在今文经学极盛的时代显得尤为可贵,是《诗》学思想史上的重要演变。三是他在司马迁以地理环境论社会风俗的思想基础上,进一步明确地开辟了从地理和风俗的视角评论《国风》的思想方法。这一卓越思想,对今天的《诗经》研究乃至文学研究都具有重要的启发甚至示范意义。正因为班固的《诗》学观念在以上三方面有着开拓性的贡献,《诗》学思想史不应轻视他的存在。

有一个问题,需附带说明。在体现班固《诗》学思想的主要文献中,《汉书》之《地理志》《艺文志》,都是班固在刘向、刘歆父子(及他人)的基础上重新编撰而成[①],学者不免有那些思想属刘属班的争议。但是第一,刘氏父子的著述早已失传,今天已无从详确了解

---

① 《汉书》卷二八《地理志下》:"汉承百王之末,国土变改,民人迁徙。成帝时,刘向略言其地分,丞相张禹使属颍川朱赣条其风俗,犹未宣究,故辑而论之,终其本末著于篇。"《汉书》卷三〇《艺文志》:"至成帝时,以书颇散亡,使谒者陈农求遗书于天下。诏光禄大夫刘向校经传、诸子、诗赋,步兵校尉任宏校兵书,太史令尹咸校数术,侍医李柱国校方技。每一书已,向辄条其篇目,撮其指意,录而奏之。会向卒,哀帝复使向子、侍中奉车都尉歆卒父业。歆于是总群书而奏其《七略》,故有《辑略》,有《六艺略》,有《诸子略》,有《诗赋略》,有《兵书略》,有《术数略》,有《方技略》。今删其要,以备篇籍。"

刘、班著述之异同①；第二，即便班固所述多取自刘氏父子，他既然编述在《汉书》之中，至少说明他也认可这些思想。在今天可见的文献状况下，将班固作为这些思想的代表，也未尝不可。更为重要的是，不能因为刘、班此种前后相承的撰述因缘，而形成刘无法说、班又不能谈的局面，不能因此忽视了历史上曾经存在过的这些高明的《诗》学思想。基于此种考虑，本章仍以这些史料为据，从上述三个具有开拓意义的方面②，对班固代表的《诗》学思想之演进作一简要梳理。

第一节　更加突出情感的生发感动特征

班固谈论诗歌的源起、性质或功用等问题，其基本思想乃是继承先秦儒家(如孔子"兴观群怨"说、荀子《乐论》等)及前汉儒者(如《毛诗大序》等)的一般认识，重视诗歌的政教目的。如他说：

---

①　班固绝非照抄或者简单编辑刘氏父子原作，应可确定。以《艺文志》而言，清人章宗源撰《隋书经籍志考证》(今仅存其史部十三卷。见《二十五史补编》)，其卷八"《七略》七卷"条下按语云："班固因《七略》而志《艺文》，其与歆异者，特注其出入，使后人可考刘氏原本。"章氏并以诸书引《七略》文相校，举出不少例证，指出《汉志》有"异《七略》之旧文"、"未取《七略》"和"虽依《七略》而语多从简"三种情况。陈其泰、赵永春《班固评传》也说："班固以《七略》为基础加以删改……有的是对篇目和分类进行调整……有的增入，有的删除，有的调整入别类之中。……班固还对《七略》原文作了改写。"(南京：南京大学出版社2002年版，第359—360页)唯缘《别录》《七略》亡佚，今天已无从翔实了解刘、班之异同。

②　班固《诗》学思想中与其他汉儒大抵相同的内容(如"观风俗、知得失、自考正"的政教说等)，以及学界讨论较多的内容(如对屈原的评论等)，本章从略。另外，班固文学思想中存在着矛盾之处，可参见顾易生、蒋凡《中国文学批评通史·先秦两汉卷》(上海：上海古籍出版社1996年版)。本章只关注班固《诗》学思想之中发展演进的因素，其馀则不论。

《书》曰:"诗言志,歌咏言。"故哀乐之心感,而歌咏之声发。诵其言谓之诗,咏其声谓之歌。故古有采诗之官,王者所以观风俗、知得失、自考正也。(《汉书》卷三〇《艺文志》)

自孝武立乐府而采歌谣,于是有代、赵之讴,秦、楚之风,皆感于哀乐,缘事而发,亦可以观风俗、知薄厚云。(同上)

乐者,圣人之所乐也,而可以善民心。其感人深,其移风易俗易,故先王著其教焉。夫民有血气心知之性,而无哀乐喜怒之常,应感而动,然后心术形焉。……音声足以动耳,诗语足以感心,故闻其音而德和,省其诗而志正。(《汉书》卷二二《礼乐志》)

这些说法耳熟能详,其思想核心乃在"观风俗、知得失、自考正"、"可以观风俗、知薄厚"、"可以善民心……移风易俗"的政治教化理念,而这个理念乃是先秦儒家及有汉以来经学之常谈——这一点,无需多言。

但是,班固这些说法中不同于孔、荀和前汉儒者的内涵,或者说有所演进的思想因素,古今学者显然未能给予足够的重视。《艺文志》说采诗以观民风、自考正时,强调"哀乐之心感,而歌咏之声发"、"感于哀乐,缘事而发"的情感生发性质;《礼乐志》说乐可移风易俗时,重视"音声足以动耳,诗语足以感心"的情感感动作用。这一思想因素,在班固之前的儒家学者那里,并不鲜明。如孔子说《诗》可以"兴观群怨",但是以"思无邪"(《论语·为政》)、"乐而不淫,哀而不伤"(《论语·八佾》)为标的。荀子谈《诗》,认定"《诗》者,中声之所止也"[1](《荀子·劝学》)。《诗大序》谈《诗》,强调了

---

[1] 杨倞注云:"诗谓乐章,所以节声音,至乎中而止,不使流淫也。"

"发乎情,止乎礼义"的表现原则。而荀子论乐,虽然认识到音乐乃"人情之所必不免","声乐之入人也深,其化人也速",但唯其如此,他更加单纯地宣示音乐的"中平"、"肃庄"品格,极力反对"姚冶以险"的郑卫之音。他说:"凡奸声感人而逆气应之,逆气成象而乱生焉。正声感人而顺气应之,顺气成象而治生焉。"(以上均见《荀子·乐论》)因而荀子仅仅肯定先王之乐、雅正之声。荀子的这个思想,为《礼记·乐记》完整继承①。甚至到了刘向、刘歆,还在强调情感须"发由其道"。如刘向说:"夫诗,思然后积,积然后满,满然后发;发由其道,而致其位焉。"(《说苑·贵德》)刘歆虽肯定"《诗》以言情",但认为"情者,信之符也②"(《七略》,《太平御览》卷六〇九引)。简言之,两汉之际以前的儒者,无论谈《诗》论乐,都不排斥情感的抒发,但是一概限制情感抒发的性质和强度。而到了班固,其《诗》学思想中这个限制弱化了,甚至并不明确地限制某些情感的抒发了。或者说,他不再明确地要求抒发情感时应该遵循什么原则了。他常常说的是这样的话:

周道始缺,怨刺之诗起。(《汉书》卷二二《礼乐志》)

男女有不得其所者,因相与歌咏,各言其伤③。(《汉书》卷二四《食货志上》)

君炕阳而暴虐,臣畏刑而拑口,则怨谤之气发于歌谣。(《汉书》卷二七《五行志中之上》)

---

① 参见拙著《西汉文学思想史》第五章第一节论《礼记·乐记》部分,台北:台湾商务印书馆 2013 年修订版。

② 信,朱彝尊《经义考》卷九八引作"性",学者多有从之,实误。此段佚文最早见于《太平御览》卷六〇九,全文为:"刘歆《七略》曰:《诗》以言情;情者,信之符也。《书》以决断;断者,义之证也。"据其上下文《诗》《书》对言,作"信"是。

③ 颜师古注:"怨刺之诗也。"

> 谗邪交乱,贞良被害,自古而然。故伯奇放流,孟子宫刑,申生雉经,屈原赴湘,《小弁》之诗作,《离骚》之辞兴。经曰:"心之忧矣,涕既陨之。"(《汉书》卷七九《冯奉世传赞》)

> 屈原以忠信见疑,忧愁幽思而作《离骚》。离,犹遭也;骚,忧也。明己遭忧作辞也。是时周室已灭,七国并争。屈原痛君不明,信用群小,国将危亡,忠诚之情,怀不能已,故作《离骚》。(《离骚赞序》,《楚辞补注》卷一①)

在这里,班固对这些"怨刺"、"怨谤"、"忧愁幽思"、痛愤"谗邪交乱,贞良被害"的诗歌,全都抱以同情,给予肯定②。

当然,作为正统的儒家学者,班固《诗》学思想的基本宗旨不可能游离经学之政教根本,但仔细品味,他在讲说这个宗旨时,与之前的儒者是有所不同的:

> 人函天地阴阳之气,有喜怒哀乐之情。天禀其性而不能节也,圣人能为之节而不能绝也,故象天地而制礼乐,所以通神明、立人伦、正情性、节万事者也。(《汉书》卷二二《礼乐志》)

> 夫乐本情性,浃肌肤而臧骨髓,虽经乎千载,其遗风馀烈尚犹不绝。(同上)

> 凡民函五常之性,而其刚柔缓急,音声不同,系水土之风

---

① [宋]洪兴祖撰,白化文等点校《楚辞补注》,北京:中华书局1983年版,第51页。

② 最直接鲜明的例证,是班固赞扬屈原:"昔卞和献宝,以离(罹)断趾;灵均纳忠,终于沈身。而和氏之璧,千载垂光;屈子之篇,万世归善。"(《奏记东平王苍》,载《后汉书》卷四〇《班固传》)案:班固在不同场合对屈原的褒贬不一,本章不拟纠缠这个问题。

气,故谓之风;好恶取舍,动静亡常,随君上之情欲,故谓之俗。孔子曰:"移风易俗,莫善于乐。"言圣王在上,统理人伦,必移其本,而易其末,此混同天下,壹之虖中和,然后王教成也。(《汉书》卷二八《地理志下》)

《书》曰:"予欲闻六律、五声、八音、七始咏,以出内五言,女听。"予者,帝舜也。言以律吕和五声,施之八音,合之成乐。七者,天地四时人之始也。顺以歌咏五常之言,听之则顺乎天地,序乎四时,应人伦,本阴阳,原情性,风之以德,感之以乐,莫不同乎一。唯圣人为能同天下之意,故帝舜欲闻之也。(《汉书》卷二一《律历志上》)

这些话,自然都是在政治教化的思想框架中述说的,如《礼乐志》之"通神明、立人伦、正情性、节万事",《地理志》之"混同天下,壹之虖中和,然后王教成",《律历志》之"莫不同乎一"等,无疑都是讲述乐歌的政教目的。但是与此同时,他肯定人的"喜怒哀乐之情"及"乐本情性",申说"风俗""音声"之不同,认可"原情性",客观上即有肯定不同风俗、不同情性的效果。他所撰集的《白虎通》有云:"乐所以必歌者何?夫歌者,口言之也。中心喜乐,口欲歌之,手欲舞之,足欲蹈之。故《尚书》曰:'前歌后舞,假于上下。'"(《白虎通·礼乐》)这是一段完整的话,他引经据典,讲述的是人的情感的自然抒发。班固论赋,也可资参照:"或以抒下情而通讽谕,或以宣上德而尽忠孝。……抑亦《雅》《颂》之亚也。"(《两都赋序》,《文选》卷一)他说赋兼讽、颂二义,可以"抒下情而通讽谕",认为这样的赋是符合《雅》《颂》精神的。

不难见出,班固在政教的大前提下,在确认文艺政教功用之同时,总是比前人更多更频繁地发表重情甚至任情一类言论;并且,他在表述重情观念之时,并没有同时明确地指出应该限制什么情感,或者感情应该依据什么原则抒发,而往往是肯定人的自然情感表达。这两点,与以前的儒家学者是很不相同的,是班固《诗》学思想中新的因素。

第二节 追求《诗》"本义"的思想倾向

西汉四家《诗》在具体解释《诗》篇时多有不同,但它们解《诗》的思想方式和旨趣基本一致,大抵是从政教的目的出发,贯穿"美刺"之旨,而往往不去顾及《诗》篇的本义,甚至附会《诗》篇的"本事"①。班固对此种情形有着态度鲜明的批评,《汉书》卷三〇《艺文志·六艺略》说:

> 汉兴,鲁申公为《诗》训故,而齐辕固生、燕韩生皆为之传。或取《春秋》,采杂说,咸非其本义。与不得已,《鲁》最为近之。三家皆列于学官。又有毛公之学,自谓子夏所传,而河间献王好之,未得立。

在这里,班固明确说三家《诗》解都不合"本义",如果一定要说哪家更符合"本义"一些,则只有《鲁诗》相对比较接近②;对于《毛诗》,班固也以"自谓子夏所传"表示了清晰的怀疑态度——"'自谓'云者,人不取信之词也"(皮锡瑞《经学通论》卷二《论三家亡而〈毛传〉孤行,人多信毛疑三家,魏源驳辨明快可为定论》)。

班固所谓《诗》之"本义",是指《诗》篇本身的内涵,此乃不言自

---

① 参见拙著《西汉文学思想史》第二章第四节论汉初四家《诗》部分,台北:台湾商务印书馆 2013 年修订版。
② 颜师古注:"与不得已者,言皆不得也。三家皆不得其真,而《鲁》最近之。"

明之事①,原无需索隐深求。唯见汪祚民《〈诗〉入乐与〈汉书·艺文志〉中的诗观念》一文,努力深解班固之"本义":他先是区分了先秦学者论《诗》的两类情形:"一类撇开入乐的特点侧重诗文本身,求取诗义,或断章比附。……另一类《诗》说,侧重诗乐合体,讲究其审美教化功能。"随之认为班固继承了后一类说《诗》传统,"忠实于诗入乐的原生形态,较多地触及诗乐一体的本质特征和文化内涵"②。这里实有两个问题:其一,汪文是从"诗入乐"的角度宏观把握《汉书·艺文志》的诗歌观念,论阈兼及《诗》三百以至汉乐府,初不仅为《诗经》之阐释而发。且也,汪氏执滞于"诗乐合体原生形态",以此通论先秦至西汉的诗歌,也不完全符合事实。诗、乐之合分,情形甚为复杂,先合后分之后,又随时可合可分,未可偏执看待③。其二,汪氏把先秦学者论《诗》之情形,分为"侧重诗文本身,求取诗义"和"侧重诗乐合体,讲究其审美教化功能"两类(这个说法是否准确,此姑不论),究其实质,实无区别,都是重视《诗》之"义",唯一偏释义、一偏教化耳④,而释义、教化二者难以截然切

---

① 至于如何理解诗篇本身的思想情感内涵,本就是见仁见智之事。无论如何解析,要必能符合诗篇本身之语句和情境,而不能过分地添加、赋予。

② 汪祚民《〈诗〉入乐与〈汉书·艺文志〉中的诗观念》,载《安徽师范大学学报》1996年第3期。

③ 这个问题此处不便详说,参见拙文《儒家诗乐观念异同论》,载《南开学报》2006年第3期。

④ 事实上,汉世学者已难详乐义。《汉书》卷三〇《艺文志》即言:"周衰俱坏,乐尤微眇,以音律为节,又为郑、卫所乱,故无遗法。汉兴,制氏以雅乐声律,世在乐官。颇能记其铿锵鼓舞,而不能言其义。"故而汉人说《诗》,均走释义一途,参见拙著《西汉文学思想史》第二章第四节论汉初四家《诗》部分(台北:台湾商务印书馆2013年修订版)。又,王国维《观堂集林》卷二《汉以后所传周乐考》云:"诗、乐二家,春秋之季,已自分途。诗家习其义,出于古师儒。孔子所云言诗、诵诗、学诗者,皆就其义言之。其流为齐、鲁、韩、毛四家。乐家传其声,出于古太师氏。子贡所问于师乙者,专以其声言之。其流为制氏诸家。"(北京:中华书局1959年影印本,第121页)而制氏仅记"铿锵鼓舞"而已。

分。故汪氏强调《汉志》诗歌观念之"诗乐合体"内涵,以此来理解班固所谓《诗》之"本义",恐将游离本相。

详参班固所说《诗》之"本义",依然侧重于诗歌本身的思想情感内涵。所谓"鲁申公为《诗》训故,而齐辕固生、燕韩生皆为之传",盖"训故(诂)"与"传"不同:"训诂"重在对经典中字词的解释,《说文解字》释"诂"为"训故言也";孔颖达《毛诗正义》卷一释"诂训":"诂者古也,古今异言,通之使人知也;训者道(导)也,道物之貌,以告人也。……然则'诂训'者,通古今之异辞,辨物之形貌,则解释之义尽归于此。"①故"训诂"重在通古今之异辞,以训释字词为主。而"传"是相对于"经"而言的,虽"传"中亦有"训诂",但其"训诂"不是主要目的,其目的在于阐发经典的微言大义(所谓"或取《春秋》,采杂说",当即指此)。因此,鲁申公说《诗》重在疏通文字古今之义,虽容有附会,因"训诂"不重阐发,亦不致游离太远②,所以班固说"与不得已,《鲁》最为近之"。而齐、韩二家并为之"传",在"训诂"的基础上加以发挥,易于游离《诗》篇本身所包含的内涵。《汉志·六艺略》载录《鲁诗》有"故"而无"传",齐、韩两家《诗》有"故"亦有"传",可佐证班固上述评论。因此,班固所谓《诗》之"本义",主要还是就《诗》篇本身所包容的情思内涵而言;他批评三家《诗》"咸非其本义",是说:无论《鲁诗》的"训故"为主,还是齐、韩两家的阐发大义,都程度不同地游离了《诗》篇本身所包含的"意义"(内容及思想情感内涵)。

班固直率地批评三家《诗》说"咸非其本义",说明他本人有追求《诗》之"本义"的思想倾向,这一点应是确定无疑。但遗憾的是,

---

① 孔颖达《毛诗正义》,北京:中华书局 1980 年影印世界书局《十三经注疏》本。
② 《汉书》卷八八《申公传》:"申公独以《诗经》为训诂以教,亡传,疑者则阙弗传。"颜师古注:"口说其指,不为解说之'传'。"

他并没有进一步的申说。此其一。其二，今存班固的著述中《诗》说较多者如《汉书》《白虎通》，都是班固在他人的基础上撰述或者纂集的，并且《汉书》中的《诗》说，主要保存在各人传记的言论之中，往往并非班固本人的述说①。其三，即便这样一些《诗》说，也往往是在其他语境（或论题）中引用孤立的《诗》句，以佐证或发挥，很难见出其对《诗》文全篇意义的理解。因此，今天若想寻求班固追求《诗》之"本义"的丰富实例，是极为困难的。努力检阅所有相关史料，只有班固对《豳风·七月》一诗的解释，可以孔窥其追求"本义"思想倾向之具相的一斑。

汉代经师解《诗》，往往不顾诗篇本身的涵义，而着重揭橥本事或比附历史，以讲述其美刺、教化意义。《毛诗序》对《豳风·七月》的解释就是如此："陈王业也。周公遭变，故陈后稷先公风化之所由，致王业之艰难也。"《毛诗》认为这是周公遭遇管、蔡之变②，忧虑王业将坏，故陈述先王勤修德教、成就王业之事以示警诫。这就把这首意旨鲜明的农事诗，解释成了具有重大政治意义的教化诗。三家《诗》解今已不存，唯后汉王符习《鲁诗》③，《后汉书》本传载其《潜夫论·浮侈篇》有云："明王之养民，忧之劳之，教之诲之，慎微防萌，以断其邪。……《七月》之诗，大小教之，终而复始。由此观之，人

---

① 故唐晏《两汉三国学案》引录班固《诗》说，主要取自《白虎通》；取自《汉书》的，只有《地理志》的三条。

② 《毛诗郑笺》："周公遭变者，管、蔡流言，辟居东都。"又《左传·襄公二十九年》："为之歌《豳》。曰：'美哉，荡乎！乐而不淫。其周公之东乎？'"杜预注："周公遭管、蔡之变，东征三年，为成王陈后稷先公不敢荒淫，以成王业。故言'其周公之东乎'。"郑、杜之说有所不同。

③ 陈乔枞《鲁诗遗说考自序》云："'仁义陵迟，《鹿鸣》刺焉'（案：语见《史记》卷一四《十二诸侯年表》），史迁盖语本《鲁》说，而王符《潜夫论》、高诱《淮南注》亦均以《鹿鸣》为刺上之作。互证而参观之，夫固可以考见家法矣。"（《皇清经解续编》本）故唐晏《两汉三国学案》卷五径将王符阑入《鲁诗》派（北京：中华书局1986年版）。清人每以家法、师法确定两汉学人之学派，实有可商。此姑依之。

固不可恣也。"李贤注:"大谓耕桑之法,小谓索绹之类。自春及冬,终而复始也。"以此观之,盖《鲁诗》亦以为《七月》乃政教之作。

然则班固怎样解读这首诗呢?《汉书》卷二八《地理志下》云:

> 昔后稷封斄,公刘处豳,太王徙邠,文王作酆,武王治镐,其民有先王遗风,好稼穑,务本业,故《豳诗》言农桑衣食之本甚备①。

尽管班固也给《七月》铺设了一个"先王遗风"的背景,但他直接解读此诗的涵义,乃在"言农桑衣食之本甚备"。与《毛诗》《鲁诗》张皇"大义"的作法绝不相同。他在《汉书》卷二四《食货志上》中,也表述了对此诗的理解:

> 春,令民毕出在野;冬,则毕入于邑。其《诗》曰:"四之日举止,同我妇子,馌彼南晦。"又曰:"十月蟋蟀,入我床下,嗟我妇子,聿为改岁,入此室处。"……春,将出民,里胥平旦坐于右塾,邻长坐于左塾,毕出然后归,夕亦如之。入者必持薪樵,轻重相分,班白不提挈。冬,民既入,妇人同巷,相从夜绩,女工一月得四十五日。……男女有不得其所者,因相与歌咏,各言其伤。

班固这里讲的是殷周盛时的乡间生活常态。他说"春出冬入",引用《七月》的诗句以互相发明。尽管这不是对诗义的直接解释,仍可以看到他对此诗的朴素理解。而"男女有不得其所者,因相与歌咏,各言其伤"的总结,更是理性地说明了他对《七月》等民歌

---

① 颜师古注:"谓《七月》之诗。"

之内涵的判断——这些诗歌原本是民众真切的生活感受,本无所谓自上而下的重大政教意义。正因如此,才能藉以"观风俗,知得失"。

可见,班固对《七月》一诗的理解,并不像其他汉儒《诗》说那样,去阐发它的形上意义,而是紧紧围绕着其农事诗的本质来阐述的。此一例证,可以管窥班固追求《诗》"本义"的具体情状。

第三节 开辟从地理环境、社会风俗视角论《诗》的途径

在《汉书》卷二八《地理志》中,班固记述各地的自然地理状貌和社会风俗,同时往往引用《国风》的诗句以为互证。从文学思想的角度考察,这可以视为一种解读《诗经》的途径。这一途径,不仅具有诠释《诗》篇之意义,还具有思想方法意义。

从地域角度分说风俗,不始于班固。司马迁《史记》卷一二九《货殖列传》叙述各地经济状况,即已确立了以地域论其风俗的视角。如云:

> 关中自汧、雍以东至河、华,膏壤沃野千里,自虞夏之贡以为上田,而公刘适邠,太王、王季在岐,文王作丰,武王治镐,故其民犹有先王之遗风,好稼穑,殖五谷,地重,重为邪。及秦……长安诸陵,四方辐凑并至而会,地小人众,故其民益玩巧而事末也。

> 昔唐人都河东,殷人都河内,周人都河南。夫三河在天下之中,若鼎足,王者所更居也,建国各数百千岁,土地小狭,民人众,都国诸侯所聚会,故其俗纤俭习事。……种、代,石北也,地边胡,数被寇。人民矜懻忮,好气,任侠为奸,不事农

商。……其民羯羠不均,自全晋之时固已患其僄悍,而(赵)武灵王益厉之,其谣俗犹有赵之风也。……中山地薄人众,犹有沙丘纣淫地馀民,民俗懁急,仰机利而食。丈夫相聚游戏,悲歌忼慨,起则相随椎剽,休则掘冢作巧奸冶,多美物,为倡优。女子则鼓鸣瑟,跕屣,游媚贵富,入后宫,遍诸侯。

齐带山海,膏壤千里,宜桑麻,人民多文彩布帛鱼盐。临淄亦海岱之间一都会也。其俗宽缓阔达而足智,好议论,地重,难动摇,怯于众斗,勇于持刺,故多劫人者,大国之风也。

而邹、鲁滨洙、泗,犹有周公遗风,俗好儒,备于礼,故其民龊龊。颇有桑麻之业,无林泽之饶。地小人众,俭啬,畏罪远邪。

陶、睢阳亦一都会也。昔尧作游成阳,舜渔于雷泽,汤止于亳。其俗犹有先王遗风,重厚多君子,好稼穑,虽无山川之饶,能恶衣食,致其畜藏。

越、楚则有三俗。……(西楚)其俗剽轻,易发怒,地薄,寡于积聚。……徐、僮、取虑,则清刻,矜已诺。……(东楚)其俗类徐、僮。朐、缯以北,俗则齐。……(南楚)其俗大类西楚。郢之后徙寿春,亦一都会也。……与闽中、干越杂俗,故南楚好辞,巧说少信。

颍川、南阳,夏人之居也。夏人政尚忠朴,犹有先王之遗风,颍川敦愿。秦末世,迁不轨之民于南阳。……俗杂,好事业,多贾。其任侠,交通颍川。

尽管司马迁并没有明确地作出理论总结,但据其行文也不难见出,他认为地域风俗的形成取决于两方面的因素:一是自然地理环境,二是社会政治和历史文化。这个贯穿在行文中的思想,极为深刻。

班固继承了这个思想,但是更加明确而自觉。《汉书》卷二八《地理志下》云:

> 凡民函五常之性,而其刚柔缓急,音声不同,系水土之风气,故谓之风;好恶取舍,动静亡常,随君上之情欲,故谓之俗。

这个"风俗"释义,显然是承继司马迁而来:所谓"水土之风气",即自然地理环境;所谓"君上之情欲",即君主的政治导向(属于政治历史文化范畴)。但是班固有所开拓,也是明显的:第一,他首次以理论表述的方式,清晰地说明了何谓"风俗"以及风俗的成因;第二,他把社会政治和历史文化因素明确聚焦在君主好尚之上,司马迁在具体述说中虽也主要倾向于此,但是班固的说法更加扼要和明确。

以上还不是本章要关注的;本章所要关注的是班固的另一个重大开拓:他把各地风俗与当地的诗歌联系起来,互为印证。这是司马迁不曾做过的事,是班固的思想开拓。从文学思想史的角度看,由自然地理环境、社会风俗的视角观照文学(诗歌)创作,是一个全新的思路,具有重大的文学理论意义和思想价值。

先看《汉书》卷二八《地理志下》中的一些具体实例:

> 天水、陇西,山多林木,民以板为室屋。及安定、北地、上郡、西河,皆迫近戎狄,修习战备,高上气力,以射猎为先。故《秦诗》曰"在其板屋",又曰"王于兴师,修我甲兵,与子偕行"[①]。及《车辚》《四载》《小戎》之篇,皆言车马田狩之事。

[①] 《汉书》卷六九《赵充国辛庆忌传赞》亦有云:"山西天水、陇西、安定、北地,处势迫近羌胡,民俗修习战备,高上勇力鞍马骑射。故《秦诗》曰:'王于兴师,修我甲兵,与子偕行。'其风声气俗自古而然,今之歌谣慷慨,风流犹存耳。"

这是说秦地的一段话。"山多林木"的自然地理环境,导致民居木屋;"迫近戎狄"的社会(历史)环境,使居民"高上气力"。而居住木屋、崇尚武备,便是秦地之风俗。这样的述说和思路,都与司马迁相似;与司马迁迥然不同者,是班固进而引《诗》为证。班固引《诗》的目的,当然是为了充分说明此地之风俗,本不为文学而发。不过,我们也可以反其道而思之,可以作如此理解:某地诗歌之风貌,与当地之自然地理环境、社会文化背景共同作用下所形成的风俗,有着密切的因缘关系。这便发明了一条考察文学现象的重要而且有效的大思路。

《地理志下》还有不少这样的例证,再举几个:

> 河东土地平易,有盐铁之饶,本唐尧所居,《诗·风》唐、魏之国也。……其民有先王遗教,君子深思,小人俭陋。故《唐诗》《蟋蟀》《山枢》《葛生》之篇曰"今我不乐,日月其迈","宛其死矣,它人是媮","百岁之后,归于其居",皆思奢俭之中,念死生之虑。

> 幽王败,桓公死,其子武公与平王东迁,卒定虢、会之地,右雒左泲,食溱、洧焉。土狭而险,山居谷汲,男女亟聚会,故其俗淫。《郑诗》曰:"出其东门,有女如云";又曰:"溱与洧,方灌灌兮。士与女,方秉菅兮";"恂盱且乐,惟士与女,伊其相谑"。此其风也。

> 陈本太昊之虚,周武王封舜后妫满于陈,是为胡公,妻以元女大姬。妇人尊贵,好祭祀,用史巫,故其俗巫鬼。《陈诗》曰:"坎其击鼓,宛丘之下,亡冬亡夏,值其鹭羽";又曰:"东门之枌,宛丘之栩,子仲之子,婆娑其下"。此其风也。

这些例子,说唐、郑、陈诸国之风俗。其思想路径,与上文分析的说秦地的路径完全一致:因于自然地理环境和社会政治历史文化,形成各地风俗;而各地之诗歌,可以与当地的风俗互为证明。

班固的风《诗》与风俗互为印证的思想方法,不仅为深切理解风《诗》提供了科学有效的途径,也可以与其追求《诗经》"本义"的思想倾向深度而合理地联系起来:不是从政治教化的角度,而是从地域风俗角度去探究诗篇的本义,可以在很大程度上避免主观阐发(甚或赋予),更易于接近诗义的真相。同时,此一思想方法更为重大的意义还在于:可以推而广之,演化成为一种普遍的文学研究思路——"地域与文学"的研究思路,从而也就开辟了文学研究的一个新的领域。这正是班固风《诗》与风俗互证思想的最大价值所在。

总观班固《诗》学思想之文学思想史价值,他突出强调《诗》以情感动人,有助于正确认识诗歌的本质属性,而不是片面地趋奉概念式的政治教化——尽管班固《诗》学思想核心仍是政教;他追求《诗》之本义,有助于回归诗作本身之义涵,而不是一味地赋予诗作政教意义;他建立"地理环境——社会历史文化——民情风俗——诗歌(文学)"这个成熟的解释《国风》之路径,则不仅使探究诗作本义更具科学精神,也生成了一种新的《诗》学(文学)思想方法。这些,正是班固《诗》学思想之中最具演进价值的因素。

第四章 "气命"论基础上的王充文学思想

王充没有独立明确的文学思想；今天所谓王充的文学思想，乃是其社会人生及文化思想的组成部分。探讨王充的文学理论批评，已有不少论著①，都从各自的视角，精心总结提炼了王充的基本文学观念，如提倡文学的社会功用、文风求实斥虚、文质华实相符以及反对贵古贱今、模拟因袭等，已成学人之共识。

但是，对王充文学思想更加准确深入的认知，尚可进一步开掘：第一，更加准确清晰地把握王充的思想根基及其思理逻辑，这是准确理解其文学观念的思想基础。第二，切实地把王充放到东汉前期的思想文化背景中去理解。在这样的研究思路下，对王充的文学思想就会有不同的认知（比如如何提炼其文学思想的主要

---

① 重要者除蒋祖怡的专著《王充的文学理论》（上海：上海古籍出版社1980年版）外，像朱荣智《两汉文学理论之研究》（台北：联经出版公司1978年版）、施昌东《汉代美学思想述评》（北京：中华书局1981年版）、许结《汉代文学思想史》（南京：南京大学出版社1990年版），以及文学批评通史如罗根泽《中国文学批评史》（上海：上海古籍出版社1984年版）、敏泽《中国文学理论批评史》（北京：人民文学出版社1981年版）、蔡钟翔等《中国文学理论史》（北京：北京出版社1987年版）、张少康等《中国文学理论批评发展史》（北京：北京大学出版社1995年版）、蒋凡《两汉文学批评》（王运熙、顾易生主编《中国文学批评通史·先秦两汉卷》第二编，上海：上海古籍出版社1996年版）等，都辟有专章或专节予以讨论。此外，还有三篇博士学位论文：[韩]金钟美《天、人和王充文学思想——以王充文学思想同天人关系思想的联系为中心》（北京：社会科学文献出版社1994年版），王慧玉《王充文学思想研究》（长沙：岳麓书社2007年版），王治理《王充及其文学思想》（济南：齐鲁书社2007年版）。

内涵,及其各文学思想因素孰为轻重、关系如何等)。既有的相关研究成果中,有的著作显然具有这样的思想路径,但是,或因撰著体例宏大而不能给予王充更多篇幅,或因写作宗旨所限而不便完全贯彻上述思路,总的看来,集中于文学观念本身的静态平面的分析总结,迄今仍是王充文学思想研究的基本面貌。因此,在准确理解王充社会人生及文化思想的前提下,深切结合东汉初期的思想文化特征,以准确揭示王充文学思想的特质及其历史价值,仍有深入讨论的空间。

第一节 "用气为性,性成命定":王充社会人生思想的基石

为了准确理解王充的文学思想,先须准确了解其社会人生及文化思想的基本内涵,尤其要先弄清其思想之内在肌理。因王充主张"禀气"说,现代学者大都认定他是唯物思想家。这个认知不能说完全没有道理,但是太过概念化、"现代化"。讨论王充,必须要有一个基本的认识:其《论衡》八十五篇,与先秦两汉其他思想家的著作一样,探讨的是社会人生问题,而不是抽象的哲学问题。这是理解王充的基本点和出发点。

《论衡》述评社会生活中种种虚妄的情事和认知,异常犀利地批驳包括圣人和各种子史经典在内的诞言妄说,极具思想勇气和理论自信。然则,其思想的底气或理论根基是什么？当然可以抽象地归结为"禀气"说。但是,仅限于此,则难以真切理解王充的思想要义和旨归。王充说"禀气",并不是在一般哲学的意义上论说,其思想的关注点在于人的禀气,以及与禀气紧密相连的现实生活中人的生存状况。他把人的禀气状况与其现实命运的情状紧密结合在一起,建立了独具特色的"气命"论;其思想的重点和旨趣在于

"气命",而不是"禀气"——这才是王充社会人生思想真正的理论支撑点。《论衡·气寿篇》专谈"禀气"之义,把禀气与人的身体、寿命直接联系起来:

> 凡人禀命有二品:一曰所当触值之命,二曰强弱寿夭之命。所当触值,谓兵烧压溺也;强弱寿夭,谓禀气渥薄也。兵烧压溺,遭以所禀为命,未必有审期也。若夫强弱夭寿,以百为数;不至百者,气自不足也。

所谓"触值之命",是指人的社会生活遭际①;所谓"强弱寿夭之命",是指人生命健康与否和寿命长短。《气寿篇》的解释是:"禀气渥则其体强,体强则其命长;气薄则其体弱,体弱则命短。"一个人是否能够健康长寿,与其禀气的丰歉强弱直接相关,此其一;其二,禀气不只有渥薄,还有优劣,只有禀受和正之气才能长寿:"圣人禀和气,故年命得正数。气和为治平,故太平之世,多长寿人。"健康状况和寿命长短,是人的命运范畴中最为基础的部分。王充在这个最基本点上,把禀气状况和人生状态紧密联系起来。

王充说"禀气",始终是和人的命运结合起来的。《气寿篇》而外,《论衡》之《命禄》《幸偶》《命义》《无形》《偶会》《骨相》《初禀》《本性》等篇,都是谈论"气命"问题。《幸偶篇》的这段话,最具代表性:

> 俱禀元气,或独为人,或为禽兽。并为人,或贵或贱,或贫或富。富或累金,贫或乞食;贵至封侯,贱至奴仆。非天禀施

---

① 这一点,王充在《气寿篇》并未展开论说,因为本篇意在建构"气命"说的基础理论。其他论说性命的篇章,则多是谈论生存状态问题。

(黄晖曰:"疑当作施气。")有左右也,人物受性有厚薄也。

王充在这里说,人生命运的贵贱贫富,决定于禀气的厚薄。他并且认为,由于人一生的命运是天定的,也就难以人为而改变:

> 凡人遇偶及遭累害,皆由命也。有死生寿夭之命,亦有贵贱贫富之命。自王公逮庶人,圣贤及下愚,凡有首目之类,含血之属,莫不有命。命当贫贱,虽富贵之,犹涉祸患,失其富贵矣;命当富贵,虽贫贱之,犹逢福善,离其贫贱矣。故命贵,从贱地自达;命贱,从富位自危。故夫富贵若有神助,贫贱若有鬼祸。……仕宦贵贱,治产贫富,命与时也。命则不可勉,时则不可力,知者归之于天。(《命禄篇》)

《命禄篇》反复述说"禄命有贫富,知(智)不能丰杀;性命有贵贱,才不能进退","贵贱在命,不在智愚;贫富在禄,不在顽慧"。命当贫贱,即使暴得富贵也会重归贫贱;反之亦然。这都是"天道自然"。质言之,命运是禀气状况的必然结果。

既然人一生不变的命运,乃取决于禀气的厚薄和优劣,那么,人可以自主选择禀受何种气吗?或者说,禀气是怎样一种情形,是如何实现的呢?王充说:

> 凡人受命,在父母施气之时,已得吉凶矣。(《命义篇》)

> 人禀元气于天,各受寿夭之命,以立长短之形,犹陶者用埴为簋、庑(读为甀),冶者用铜为桙(盘)、杅(盂)矣。器形已成,不可小大;人体已定,不可减增。用气为性,性成命定。体气与形骸相抱,生死与期节相须。形不可变化,命不可减加。以陶冶言之,人命短长,可得论也。(《无形篇》)

这里说，人的性命，自出生之时就已经天定了。犹如陶工制作陶器、铸工制作金属器，一旦范器成型，就不能改变。人亦如此，父母一旦施气授精以成人形，其性状和命运就已经注定了。

以上就是王充"气命"论的基本内涵，可以藉其《无形篇》"用气为性，性成命定"八个字概括之。很明显，王充并非在一般的哲学意义上谈论"禀气"，他说"禀气"是为了评论人的现实生活命运，他关注的核心问题是人的生存状态。因此，必须把"气"与"命"合起来考察，才能切实把握其由"气"而"命"的思想旨趣。

王充"气命"思想的要点，一是把人的现实生活际遇归因于禀气状况，而禀气乃是"天道自然"，人无能干预，更不能预选；二是把思想焦点集中于现实的人生，并由此阐发了他对一系列社会人生问题的见解。

这里仅以士人境遇为例，看看王充怎样把"气命"论落实下来。对于士人而言，君士遇合，大展宏图，是他们最大的人生理想。《论衡·逢遇篇》专论君士遇合问题，而感慨"操行有常贤，仕宦无常遇"。仕途困蹇，往往是士人人生的常态。而世俗之见却总是批评士人不识时务："贤人可遇，不遇，亦自其咎也：生不希世准主，观鉴治内，调能定说，审伺际会。"如果士人"进能有益，纳说有补赡主，何不遇之有"？世俗之说把君士间的遇不遇归结到士人能否迎合君主之需要上，王充则驳斥世俗的此种见解乃缘于不懂得何谓"遇"：

> 且夫遇也，能不预设，说不宿具，邂逅逢喜，遭触（一作合）上意，故谓之"遇"。如准主调说，以取尊贵，是名为"揣"，不名曰"遇"。春种谷生，秋刈谷收，求物得物，作事事成，不名为"遇"。不求自至，不作自成，是名为"遇"。犹拾遗于涂，摭弃于野，若天授地生，鬼助神辅。（《逢遇篇》）

王充认为，刻意求得的君士遇合，不是"遇"而是"揣"，是揣摩君王的心思而有意求取的；而不求自至、不期而遇的君士遇合，才是"遇"。"揣"是有主观意图和设计的行为，犹如春种秋收；"遇"则没有预期没有事先计划，而是自然相逢一拍即合，犹如拾遗于道路。

因此，"遇"是可遇不可求的，是命运所定的，非人力能为能改。《命禄篇》劈头就说："凡人遇偶及遭累害，皆由命也。"之后举出孔、孟、《淮南子》、贾谊及扬雄之言，反复申明此义：

> 孔子曰："死生有命，富贵在天。"鲁平公欲见孟子，嬖人臧仓毁孟子而止。孟子曰："天也！"孔子圣人，孟子贤者，诲人安道，不失是非，称言"命"者，有命审也。《淮南书》曰："仁鄙在时不在行，利害在命不在智。"贾生曰："天不可与期，道不可与谋，迟速有命，焉识其时？"……扬子云曰："遇不遇，命也。"

王充在其他篇章，也反复讲述此义。如《偶会篇》，其核心观点就是："命，吉凶之主也，自然之道，适偶之数，非有他气旁物厌（压）胜感动使之然也。"这里，"吉凶"是指命运的好坏，"适偶"就是遇合。王充是说，一个人的生存状况，是由"命"做主的，不是生活历程中的其他任何东西所能决定和改变的。王充并推而论之，凡"仕宦进退迁徙"、"人君治道功化"，莫不是"命当贵，时适平；期当乱，禄遭衰"，非人力所能改变。如《幸偶篇》，把"俱行道德，祸福不均；并为仁义，利害不同"的现实生态，完全归因于禀气厚薄所决定的一生不变的命运。再如《定贤篇》也说："夫免于害者幸，而命禄吉也，非才智所能禁，推行（黄晖曰："疑当作操行。"）所能却也。……夫不能自免于患者，犹不能延命于世也。命穷，贤不能自续；时厄，圣不能自免。"显然，王充这个"气命"论的思想及其肌理，用唯物主义去总括，并不确切——现代抽象的思想概念，往往无法说明历史鲜活的思想。

众所周知，王充标志性的思想主张，是"疾虚妄"。《论衡·佚文篇》说：

> 《诗三百》，一言以蔽之，曰"思无邪"；《论衡》篇以十数①，亦一言也，曰"疾虚妄"②。

这是王充自述其著作的思想旨趣，毫无疑问。然则，"疾虚妄"与其"气命"思想是什么关系？理解这个问题的关键，是要弄清：王充所谓"虚妄"，究竟指什么？若以今例古，望文生义，就不能准确把握。

《论衡》八十五篇内容广泛，兼及天鬼人世、历史现实的种种世相。求实黜虚，无疑是王充一以贯之的基本思想。但是王充所谓"虚妄"，缘于其知识背景和思想立场，与今人的理解有所不同。简要而言，王充所批评的"虚妄"，依《论衡》篇目先后，大抵包括"九虚"（《书虚》《变虚》《异虚》《感虚》《福虚》《祸虚》《龙虚》《雷虚》《道虚》）、"三增"（《语增》《儒增》《艺增》）、虚玄的天人感应说（自《寒温》至《感类》十五篇）、鬼灵妖祥说（《论死》《死伪》《纪妖》《订鬼》）以及各种迷信（《四讳》《䄆时》《讥日》《卜筮》《辨祟》《难岁》《诘术》）。这些篇章所批评的，固然是不真实、不可考或荒诞夸饰、迷信无理之类思想认知，但是要注意，同在《论衡》书中，还不乏如下说法：

---

① 黄晖引刘盼遂曰："十数，当作'百数'，各本皆误。百数者，百许也，百所也。"

② 黄晖曰："宋本'妄'作'矣'。"按：作"虚妄"或是"虚矣"，意涵相同，无伤大义。

> 凡人禀贵命于天，必有吉验见于地；见于地，故有天命也。验见非一，或以人物，或以祯祥，或以光气。(《吉验篇》)
>
> 皇瑞比见，其出不空，必有象为，随德是应。……皇帝圣仁，故芝草寿征生。黄为土色，位在中央，故轩辕德优，以黄为号。皇帝宽惠，德侔黄帝，故龙色黄，示德不异。东方曰仁，龙，东方之兽也。皇帝圣仁，故仁瑞见。甘者，养育之味也。皇帝仁惠爱黎民，故甘露降。龙，潜藏之物也，阳见于外，皇帝圣明，招拔岩穴也。瑞出必由嘉士，祐至必依吉人也。天道自然，厥应偶合。(《验符篇》)

这些都是天人感应的思想，本当是王充批判的"虚妄"之说。但是，《吉验篇》讲述黄帝、尧、舜、后稷直至刘邦、刘秀等十五位帝王及名臣出生时的种种异象征兆，从而确信："天命当兴，圣王当出，前后气验，照(昭)察明著。……禀天光气，验不足言。创业龙兴，由微贱起于颠沛，若高祖、光武者，曷尝无天人神怪光显之验乎？"《验符篇》列述汉世频获黄金、芝草、黄龙、凤凰的祥瑞，"天下并闻，吏民欢喜，咸知汉德丰雍，瑞应出也"，王充也信以为真。此外，《宣汉篇》计说"符瑞则汉盛于周"，如数家珍；《恢国篇》津津乐道刘邦、刘秀出生时的异象瑞征，进而表彰汉世仁德丰茂，故频获祥瑞："前世龙见不双，芝生无二，甘露一降；而今八龙并出，十一芝累生，甘露流五县，德惠盛炽，故瑞繁夥也。""一代之瑞，累仍不绝，此则汉德丰茂，故瑞祐多也。"正如上揭《验符篇》所论断，王充以为"瑞出必由嘉士，祐至必依吉人"，瑞征与吉人必然相互感应，这是"天道自然"。

王充在很多篇章中批评天人感应的认知，断为"虚妄"，而对于发生在上古圣贤和汉世政权上的某些同类认知，却认为"天道自然"，显然有双重标准之嫌。但是，若以自相矛盾来评判王充的思想，是简单粗暴的。总观《论衡》全书，王充的思想实有两个基点：

一是理论基点,就是"气命"论;二是意旨基点,就是贵今厚今的思想倾向。"气命"论和贵今厚今主张,其实互为因果:坚守"气命"思想,必然会推导出肯定现世的结果;而认可现世,也就必然要归因于"气命"。要之,以既定的现实秩序为思想基点和立场,发明"气命"思想理论,去看待社会人生、历史现实的种种现象和问题,就是王充的思想肌理,也是他的基本思想旨趣。《论衡·对作篇》提出其"考之以心,效之以事"的思想方法,其实际含义即在于此。所以,今天看似矛盾的思想认识,在王充那里并不矛盾。王充一切的论析,都要纳入其"气命"论及肯定现世的思想中去理解:一切既定的、现实的并且可验证的社会人生现象,都符合"气命";凡是现世的以及切合现世所用的思想和认知,都符合"气命"。而符合"气命"原理的东西,就都不是虚妄的,而是"天道自然"。这便是王充的思想逻辑,颇具实用主义品相。

第二节 "疾虚妄"思想中的文学观念

明白了王充所谓"虚妄"的含义及其如何判断"虚妄",就可以准确了解《论衡》中的文学思想因素及各因素价值之轻重,也就可以理解这些文学思想因素与"疾虚妄"之间的思理逻辑。

《论衡》书中可视为文学思想的因素极多,或相对集中或零星散布,几可谓遍布全书。前贤多有摘拣,而繁简不一,精详各异。在笔者看来,《论衡》呈现的文学思想面貌虽似零散不整、条块分置,但隐然已成系统,可以文学体用论、特征论、价值观概括之。此三者,均笼盖在其"疾虚妄"的思想旨趣之中。

一、务实用世的文学体用论

在一般的思想逻辑中,体、用属于不同的范畴,本应分别论说;

但是王充文学思想中的体用,关联直接而密切,所以本章把它整合起来论析。

蒋凡《两汉文学批评》已经准确指出,王充所谓"文"是广义的,包括文饰(礼文)、学术和文章三种含义①。如《论衡》有云:

> 世主好文,已为文则遇;主好武,已则不遇。主好辩,有口则遇;主不好辩,已则不遇。文主不好武,武主不好文;辩主不好行,行主不好辩。(《逢遇篇》)

> 孔门弟子七十之徒,皆任卿相之用,被服圣教,文才雕琢,知能十倍,教训之功而渐渍之力也。(《率性篇》)

> 若夫短书俗记,竹帛胤文,非儒者所见,众多非一。(《骨相篇》)

第一例之"文",是所谓质文代变、继体守文之"文",是礼文、文治一类意思。第二例之"文",是学术之义;所谓"文才",是指孔门弟子所掌握的学术。第三例之"文",显然是指书写在竹帛上面的文章。由此也可知,王充所秉持的仍然是杂文学观念。

文学思想史最关注的,自然是"文章"之"文"。在这个意义范畴,王充《论衡》提出了"五文"之说:

> 文人宜遵《五经》《六艺》为文,诸子传书为文,造论著说为文,上书奏记为文,文德之操为文。立五文在世,皆当贤也。造论著说之文,尤宜劳焉。何则?发胸中之思,论世俗之事,非徒讽古经、续故文也。论发胸臆,文成手中,非说经艺之人

---

① 王运熙、顾易生主编《中国文学批评通史·先秦两汉卷》,上海:上海古籍出版社1996年版,第578—579页。

所能为也。周秦之际,诸子并作,皆论他事,不颂主上,无益于国,无补于化。造论之人,颂上恢国,国业传在千载,主德参贰日月,非适诸子书传所能并也。上书陈便宜,奏记荐吏士,一则为身,二则为人,繁文丽辞,无上书文德之操、治身完行,徇利为私,无为主者。夫如是,五文之中,论者(黄晖曰:"疑当作论著。")之文多矣,则可尊明矣。(《佚文篇》)

这里所谓"五文",经传、诸子、论著、奏疏四者的文类属性是清晰的,但是何谓"文德之操之文"?王充对前四者都有评断,唯独没有评论"文德之操之文"如何,只说上书、奏记"繁文丽辞,无文德之操"。察《论衡·书解篇》,有对"文德"的论说:"夫文德,世服也。空书为文,实行为德,著之于衣为服。故曰:德弥盛者文弥缛,德弥彰者文弥明。大人德扩其文炳,小人德炽其文斑。官尊而文繁,德高而文积。……由此言之,衣服以品贤,贤以文为差,愚杰不别,须文以立折。"这是说德文一致之义,即孔子所谓"有德者必有言"也。可知王充所谓"文德",乃是对文章的品格和价值的判断,并非别是一类文章。所以,《佚文篇》所谓"立五文在世"之"文",含义应是不同的:前四者可理解为文类或文体之"文";而"文德"之"文",则当是指文章中呈现的品德操行。质言之,《佚文篇》所谓"五文",并不在同一范畴;从文类角度说,王充的"五文"实仅有经传、诸子、论著、奏疏"四文"而已。

在所谓"五文"之中,很明显,王充尤重"造论著说之文"。他认为,经传之文只是"说经艺之人所为",颇含轻视之意。《书解篇》划然区分文儒和世儒:"著作者为文儒,说经者为世儒。"王充对二者的褒贬态度非常鲜明:"世儒业易为,故世人学之多。……文儒之业,卓绝不循……书文奇伟";世儒多"虚说",而文儒之文皆"实篇"。至于诸子之文,因其"皆论他事",不务颂世,故"无益于国,无补于化"。而奏疏之文,虽涉实际事务,但是"一则为身,二则为人……徇利为私,无为主者","无文德之操"。所以,"五文"之中唯有"论著之文"最可"尊明"。

王充推尊"造论著说之文",是因为它"发胸中之思,论世俗之事,非徒讽古经、续故文也"。换言之,论著之文实诚、切实、独创,是据于社会人生之实际,发真诚之思,作独见之论。因此,王充看重的,是"文"的实诚独见和现实功用——这一体一用,结合紧密,犹如手心手背不可分离。《论衡》中表述这个思想的文段甚夥,举两个例子:

> 夫文人文章,岂徒调墨弄笔、为美丽之观哉?载人之行,传人之名也。善人愿载,思勉为善;邪人恶载,力自禁裁。然则文人之笔,劝善惩恶也。谥法,所以章善,即以著恶也。加一字之谥,人犹劝惩,闻知之者,莫不自勉;况极笔墨之力,定善恶之实,言行毕载,文以千数,传流于世,成为丹青。故可尊也。(《佚文篇》)

> 圣人作经,贤者传记,匡济薄俗,驱民使之归实诚也。案《六略》之书,万三千篇,增善消恶,割截横拓,驱役游慢,期便道(导)善,归正道焉。孔子作《春秋》,周民弊也。故采求毫毛之善,贬纤介之恶,拨乱世,反诸正,人道浃,王道备,所以检柙靡薄之俗者,悉具密致。夫防决不备,有水溢之害;网解不结,有兽失之患。是故周道不弊,则民不文薄;民不文薄,《春秋》不作。杨、墨之学不乱传(刘盼遂曰:"当'儒'之误。")义,则孟子之传不造;韩国不小弱,法度不坏废,则韩非之书不为;高祖不辨得天下,马上之计未转,则陆贾之语不奏;众事不失实,凡论不坏乱,则桓谭之论不起。故夫贤圣之兴文也,起事不空为,因因(一作"因可")不妄作。作有益于化,化有补于正。(《对作篇》)

《佚文篇》说"文人之笔,劝善惩恶也",《对作篇》说"贤圣之兴文也,起事不空为……作有益于化,化有补于正",都是强调写作文章要有切实的社会功用;而只有切实并实诚的文章,才会产生积极有效的社会功用。王充说他自己作《论衡》之书,便是缘于"众书并失实,虚妄之言胜真美也。故虚妄之语不黜,则华文不见息;华文[不]放流,则实事不见用。故《论衡》者,所以铨轻重之言,立真伪之平,非苟调文饰辞,为奇伟之观也。其本皆起人间有非,故尽思极心,以讥世俗。"(《对作篇》)其《自纪篇》也说:或人讥其所作篇章太过繁多,王充则以为:"寡言(黄晖曰:"当作实言。")无多,而华文无寡。为世用者,百篇无害;不为用者,一章无补。如皆为用,则多者为上,少者为下。"文章好坏,不在数量多寡,而在是否"实言"以及是否确有实用。

"五文"而外,《论衡》也谈到了更具纯文学属性的诗、赋。在文学体用的论域,尤应关注王充关于作家与作品(情文)之关系的看法。

《论衡·书解篇》说,有人责难王充:"著作者,思虑闲也,未必材知出异人也。居不幽,思不至。使著作之人,总众事之凡,典国境之职,汲汲忙忙,竭暇著作?……孔子作《春秋》,不用于周也;司马长卿不预公卿之事,故能作《子虚》之赋;扬子云存(在)中郎之官,故能成《太玄经》,就《法言》。使孔子得王,《春秋》不作;[籍]长卿、子云为相,《赋》《玄》不工。"或人以为著书作文者都是闲居无事的人,若身负繁重国事便无暇著作。王充则说:

夫禀天地之文,发于胸臆,岂为闲作于暇日哉?感伪起妄,源流气烝。管仲相桓公,致于九合;商鞅相孝公,为秦开帝业。然而二子之书,篇章数十。长卿、子云,二子之伦也。俱感,故才并;才同,故业钧。皆士而各著,不以思虑闲也。问事

弥多而见弥博,官弥剧而识弥泥(黄晖曰:"疑为'深'字形误。")。居幽则思不至,思不至则笔不利。(《书解篇》)

王充并不认可或人的责难,他恰恰认为"居幽则思不至,思不至则笔不利",闲居散放之人不会有深切的思虑,而思虑不切实不专诚不深湛,就不可能写出好文章。他认为,在这一点上,司马相如作《子虚赋》、扬雄作《太玄》《法言》,堪与管仲、商鞅的经世致用著作伦比。这段言及辞赋的文字,从文学思想的角度看,便是与"情动于中而形于言"相同的认识。"问事弥多而见弥博,官弥剧而识弥深",社会经历愈丰富,真切体验愈深刻,思想认识就愈精湛,"发于胸臆"而流为文章辞赋。故文章辞赋乃是源自真情实感的抒发,并非闲暇无事的无病呻吟。

《论衡》多有直接表述情文相副观点的文段,举两个例子:

> 贤圣定意于笔,笔集成文,文具情显,后人观之,见以正邪,安宜妄记?足蹈于地,迹有好丑;文集于札,志有善恶。故夫占迹以睹足,观文以知情。(《佚文篇》)

> 有根株于下,有荣叶于上;有实核于内,有皮壳于外。文墨辞说,士之荣叶、皮壳也。实诚在胸臆,文墨著竹帛,外内表里,自相副称。意奋而笔纵,故文见而实露也。人之有文也,犹禽之有毛也。毛有五色,皆生于体。苟有文无实,是则五色之禽,毛妄生也。选士以射,心平体正,执弓矢审固,然后射中。论说之出,犹弓矢之发也。论之应理,犹矢之中的。夫射以矢中效巧,论以文墨验奇。奇巧俱发于心,其实一也。(《超奇篇》)

《佚文篇》认为"文具情显"、"观文以知情",情文一致的意思非常显明。《超奇篇》的这段文字,屡为学者称引。王充以根株荣叶、实核皮壳为喻,以"五色之禽"为喻,以选士大射为喻,阐述作文之"实"与"文"的一致关系,认为"外内表里,自相副称","文见而实露"。所谓"文由胸中而出,心以文为表"(《超奇篇》),就是文如其人;所强调的,是文作本身的实诚品格。王充评论具体作家也贯彻着这一思想,如说:

> 心思为谋,集札为文。情见于辞,意验于言。……陆贾消吕氏之谋,与《新语》同一意;桓君山易晁错之策,与《新论》共一思。观谷永之陈说,唐林之宜(一作直)言,刘向之切议,以知为本,笔墨之文,将而送之,岂徒雕文饰辞,苟为华叶之言哉? 精诚由中,故其文语感动人深。是故鲁连飞书,燕将自杀;邹阳上疏,梁孝开牢。书疏文义,夺于肝心,非徒博览者所能造,习熟者所能为也。(《超奇篇》)

在王充的思想中,这文心一致的认知,既是强调"实诚在胸臆,文墨著竹帛",强调意诚心实而发为诚恳切实的文章,同时也是强调文章的实用实效。犹如选士大射,固须"心平体正,执弓矢审固",同样重要的,是射而中的。切实情并且有实效,才是王充完整的文学体用思想。王充论诗,便明确地申说了此意:

> 古有命使采诗,欲观风俗,知下情也。诗作民间,圣王可云"汝民也,何发作",囚罪其身,殁灭其诗乎? 今已不然,故《诗》传至今。(《对作篇》)

王充论诗的文字并不多(《论衡》涉言诗歌,多为引《诗》句论事),这是最集中显明的一段。学者多注意其"诗作民间"的说法,但考虑

《对作篇》全文及《论衡》全书,这段论诗的文字,其思想重点并不是"诗起源于民间",而是强调诗反映了民间的真情实感、真实意愿。由于诗有真情实感,反映了民情民意,所以能够存之长久,即使圣王也不可能以强力令其"殁灭"。同时,也是缘于诗的真诚品格,方可用以"观风俗,知下情",也即《汉书·艺文志》所谓"观风俗,知得失,自考正"之义。

如上可见,王充论诗赋等纯文学创作,其思想理路与论"五文"相同,也是一以贯之地突出"发于胸臆"、情真意切而流为诗赋的本体属性。同时,是否具有切实的社会效用,也是他评骘诗赋好坏的重要标准。这个标准,也体现在他对赋家和赋作的评论中。《论衡·案书篇》云:"董仲舒著书不称'子'者,意殆自谓过诸子也。汉作书者多,司马子长、扬子云,河汉也;其馀,泾渭也。然而子长少臆中之说,子云无世俗之论。仲舒说道术奇矣,比方二家尚矣。"认为董仲舒之文,超越了先秦诸子和司马迁、扬雄。诸子文"无益无补"(见上述),毋论矣;司马迁文缺少真切思虑("少臆中之说"),扬雄文不够切实用世("无世俗之论"),所以均不及董仲舒。王充批评司马相如、扬雄的赋,也是同一思路:

> 以敏于赋颂,为弘丽之文为贤乎?则夫司马长卿、扬子云是也。文丽而务巨,言眇而趋深,然而不能处定是非,辩然否之实,虽文如锦绣,深如河汉,民不觉知是非之分,无益于弥为(读作弭伪)崇实之化。(《定贤篇》)

> 孝武皇帝好仙,司马长卿献《大人赋》,上乃仙仙有凌云之气。孝成皇帝好广宫室,扬子云上《甘泉颂》,妙称神怪,若曰非人力所能为,鬼神力乃可成。皇帝不觉,为之不止。长卿之赋,如言仙无实效;子云之颂,[如]言奢有害,孝武岂有仙仙之气者,孝成岂有不觉之惑哉?……二子为赋颂,令两帝惑而不

悟也。(《谴告篇》)

王充认为,马、扬的赋作虽是文采斐然,但不能"定是非,辩然否",故无益于黜伪扬真。他举例说,司马相如上《大人赋》,扬雄上《甘泉赋》,本意是讽谏,但是由于运思不明、遣词造语不实,结果乃适得其反,反使武帝、成帝"惑而不悟",并无良好的实效。

综上所述,王充秉持杂文学观念,他的文学体用观十分清晰:认为"实诚在胸臆,文墨著竹帛",强调为文要切实并真诚;他提倡为文应"有益于化,有补于正",倡导文学"弭伪崇实"、"定是非,辩然否"的社会功效。因此,他最推崇"论著之文",而不大看好"不能处定是非,辩然否之实"的辞赋。

二、崇实黜虚的文学特征论

与务实用世的文学体用论(文学是什么、有何用)直接相关联,王充在文学特征(文学怎么样)的认知上,也贯彻着崇实黜虚的精神。上文说其文学体用论中对作家作品(情文)关系的认识,实亦具有文学特征论的理论意义;但是本小节乃专注于王充对文学作品本身风貌的看法,就不再复述情文关系问题,仅讨论王充讲述最多的文学作品的文质华实和深浅雅俗两个思想。

文学作品应该具备怎样的风貌?不同时代的不同作家理论家,会有不同的认识。王充主要从体貌和语言两个方面,阐述了他的观点。

关于文章体貌,王充的基本态度非常鲜明,那就是要追求质实无华、切实有用。有人认为"文必丽以好,言必辩以巧"(《自纪篇》),批评王充的著作无《吕览》《淮南》文采之美,必遭读者指摘谴毁。王充回答道:

夫养实者不育华,调行者不饰辞。丰草多华英(黄晖曰:"当作落英。"),茂林多枯枝。为文欲显白其为,安能令文而无谴毁?救火拯溺,义不得好;辩论是非,言不得巧。入泽随龟,不暇调足;深渊捕蛟,不暇定手。言奸辞简,指趋妙远;语甘文峭,务意浅小。稻(舀)谷千钟,糠皮太半;阅钱满亿,穿决出万。大羹必有澹味,至宝必有瑕秽,大简必有大好(黄晖曰:"当作不好。"),良工必有不巧。然则辩言必有所屈,通文犹有所黜。(《自纪篇》)

王充认为,著作文章的目的是要"显白其为",明白透彻地讲清作意旨趣,而不是逞竞文辞辩丽,故"养实者不育华,调行者不饰辞"。那些文风华丽的文章,虽然"酆(丰)文茂记,繁如荣华;恢谐剧谈,甘如饴密(疑当作"蜜")",但"未必得实"(《本性篇》)。因此,"大羹必有澹味,至宝必有瑕秽",切实有用的文章著作必然质实无华。

《论衡》反复述说作文追求实显而不务华丽虚饰之意:

世俗所患,患言事增其实,著文垂辞,辞出溢其真,称美过其善,进恶没其罪。何则?俗人好奇,不奇,言不用也。故誉人不增其美,则闻者不快其意;毁人不益其恶,则听者不惬于心。闻一增以为十,见百益以为千,使夫纯朴之事,十剖百判;审然之语,千反万畔。墨子哭于练丝,杨子哭于歧道,盖伤失本,悲离其实也。(《艺增篇》)

世俗之性,好奇怪之语,说虚妄之文。何则?实事不能快意,而华虚惊耳动心也。是故才能之士,好谈论者,增益实事,为美盛之语;用笔墨者,造生空文,为虚妄之传。听者以为真然,说而不舍;览者以为实事,传而不绝。不绝,则文载竹帛之上;不舍,则误入贤者之耳。至或南面称师,赋奸伪之说;典城佩紫,读虚妄之书。明辨然否,疾心伤之,安能不论?孟子伤杨、墨之议大夺儒家之论,引平直之说,褒是抑非,世人以为好辩。孟子曰:"予岂好辩哉?予不得已!"今吾不得已也。虚妄显于真,实诚乱于伪,世人不悟,是非不定,紫朱杂厕,瓦玉集糅,以情言之,岂吾心所能忍哉!……不得已,故为《论衡》,文露而旨直,辞评而情实。……冀悟迷惑之心,使知虚实之分。实虚之分定,而华伪之文灭;华伪之文灭,则纯诚之化日以孳矣。(《对作篇》)

世俗之人,为了快目悦心,往往会喜欢奇丽虚妄之文,致使"虚妄显于真,实诚乱于伪"、"是反为非,虚转为实"。王充以为,要想改变这种信伪迷真的风气,就必须消灭华伪虚饰之文。所以他作《论衡》,就是用浅近的语言,切合世情实情,明白地表达意旨思想,"考之以心,效之以事",以"解释世俗之疑,辩照是非之理"(《对作篇》),希望能够觉悟世人的迷惑之心,让人们知道虚实之分和是非之别。

与此同时,王充也并不是一味地反对文辞华美。他的完整主张,其实是文质名实相副相称。所谓"名实相副,犹文质相称也"(《感类篇》),"人主好文,佞人辞丽……外内不相称,名实不相副"(《答佞篇》)云云,就是文质彬彬思想的表白。《论衡》中多有此论:

夫人,有文质乃成。物有华而不实,有实而不华者。《易》曰:"圣人之情见乎辞。"出口为言,集札为文,文辞施设,实情敷烈。……非唯于人,物亦咸然。龙鳞有文,于蛇为神;凤羽五色,于鸟为君;虎猛,毛蚡蜦(纷纶);龟知,背负文。四者体不质,于物为圣贤。且夫山无林,则为土山;地无毛,则为泻(舄)土;人无文,则为仆人。土山无麋鹿,泻(舄)土无五谷,人无文德,不为圣贤。上天多文而后土多理,二气协和,圣贤禀受,法象本类,故多文彩。……物以文为表,人以文为基。(《书解篇》)

绣之未刺,锦之未织,恒丝庸帛,何以异哉?加五彩之巧,施针缕之饰,文章炫耀,黼黻华虫,山龙日月。学士有文章,犹丝帛之有五色之巧也。本质不能相过,学业积聚,超逾多矣。……骨曰切,象曰瑳,玉曰琢,石曰磨,切瑳琢磨,乃成宝器。人之学问,知能成就,犹骨象玉石,切瑳琢磨也。(《量知篇》)

这里所谓"文",其实有二义:《书解篇》"集札为文,文辞施设"的"文",是指文章、文辞;而同篇"物以文为表,人以文为基"的"文",以及《量知篇》"学士有文章"的"文",则是指充实于内而显露于外的仪表,是腹有诗书气自华的风仪。但不管是哪种意义的"文",都是文饰之义,是外显的形式。《论衡》中的这类说法,显然又都是在强调文饰的重要。

如上所述,王充讲实道质,说文言采,都是各自尽力推崇。这种情形,与《论衡》各篇都是专题论说文的体例有关,更与王充激进思想家的性格相符。但是综合来看,尤重文章质实的风貌,是王充的基本思想;在这个前提之下,他不反对文饰,主张文质相符相称。这便是王充文质华实思想的基本内涵。

语言的浅深雅俗,也是体现文章风貌的重要因素。在这个问题上,王充主张言文一致:

《论衡》者,论之平也。口则务在明言,笔则务在露文。高士之文雅,言无不可晓,指无不可睹。观读之者,晓然若盲之开目,聆然若聋之通耳。……夫文由语也,或浅露分别,或深迂优雅,孰为辩者?故口言以明志,言恐灭遗,故著之文字。

文字与言同趋,何为犹当隐闭指意?狱当嫌辜,卿决疑事,浑沌难晓,与彼分明可知,孰为良吏?夫口论以分明为公,笔辩以获露为通,吏文以昭察为良。深覆典雅,指意难睹,唯赋颂耳。经传之文,贤圣之语,古今言殊,四方谈异也。当言事时,非务难知,使指[意]闭隐也。……夫笔著者,欲其易晓而难为,不贵难知而易造;口论务解分而可听,不务深迂而难睹。(《自纪篇》)

这段话,可以分为两个层次理解:第一,不同的文类,行文语言的浅深不同。经传之文,都是古代圣贤所作,它的语言未必有多么艰深,只是缘于古今和地域的相隔,今人不易读得明白。至于赋颂,并不在王充所谓"五文"之内,因为它不能"定是非,辩然否",无益于黜伪扬真,王充基本持贬斥态度(见上文)。所以,赋颂遣词造语"深覆典雅,指意难睹",是不可取的。第二,在一般的作文意义上,王充主张语言浅近明白,"文字与言同趋"。尤其"论著之文",目的是明理以晓人,更须"以获露为通"、"以昭察为良"、"欲其易晓",而"不务深迂而难睹"。那种以深芜之语文饰肤浅之见的文章,是王充所不屑的。所以王充以《论衡》语言"形露易观"为荣为傲。

《论衡》反复申明其言文一致的文章语言观:"圣人之言,与文相副,言出于口,文立于策,俱发于心,其实一也"(《问孔篇》);"以敏于笔、文墨雨集为贤乎?夫笔之与口,一实也。口出以为言,笔书以为文。口辩,才未必高,然则笔敏,知未必多也"(《定贤篇》)。王充为什么坚持倡导浅近明白的文章语言?他在《自纪篇》作了回答:

充升擢在位之时,众人蚁附;废退穷居,旧故叛去。志(黄晖引齐燕铭曰:"疑是'恚'之坏字。")俗人之寡恩,故闲居作

《讥俗节义》十二篇。冀俗人观书而自觉,故直露其文,集以俗言。或谴,谓之浅。答曰:以圣典而示小雅(黄晖曰:"疑当作稚。"),以雅言而说丘野,不得所晓,无不逆者。故苏秦精说于赵,而李兑不说;商鞅以王说秦,而孝公不用。夫不得心意所欲,虽尽尧舜之言,犹饮牛以酒、啖马以脯也。故鸿丽深懿之言,关(读作"贯")于大而不通于小。不得已而强听,入胸者少。……俗晓[形]露之言,勉以深鸿之文,犹和神仙之药以治尰咳,制貂狐之裘以取薪菜也。且礼有所不待,事有所不须。断决知辜,不必皋陶;调和葵韭,不俟狄牙;间巷之乐,不用《韶》《武》;里母之祀,不待太牢。既有不须,而又不宜。牛刀割鸡,舒戟采葵,铁铖裁箸,盆盎酌卮,大小失宜,善之者希。何以为辩?喻深以浅。何以为智?喻难以易。贤圣铨材之所宜,故文能为深浅之差。

王充自述作《讥俗节义》十二篇(已佚),刻意使用直露浅俗的语言,目的是让世俗之人"观书而自觉"。他这样写作的学理是:"以圣典而示小稚,以雅言而说丘野,不得所晓,无不逆者。"向世俗之人宣讲道理,如果使用典雅的语言,就会像用美酒饮牛、用肉干喂马、用仙药治疗尰咳、用貂裘收取薪菜一样,采用了错误的方式,结果必然是完全无效的。因此,"贤圣铨材之所宜,故文能为深浅之差",文章作得是深是浅,要看读者情形而定,深浅随宜。王充并且认为,能够"喻深以浅"、"喻难以易",才是高明的辩才智士。在这里,王充强调的是文章的实用和实效。

综上所述,关于文章本身的体貌(文学特征),王充主张文风质文相副而尤重质实,语言浅深适宜而特倡浅近明白。这种文学特征论,与其崇实黜虚的思想原则一致一贯,都以切实和实用为旨归。

三、古今观念中体现的文学价值观

王充反对贵古贱今，论者多有揭示论说。从现象或事实的层面，指出王充具有这个思想，这是完全正确的。但问题是，应该怎样定性地认识这一思想？学人或认定为文学演进观念，或关注其文学风格多样化的理论内涵，这些认知也都有学理根据，言之成理。不过，准确理解王充古今思想观念的真实含义，还是应当纳入其"疾虚妄"的思想体系之中去考察。

《论衡》揭橥世俗认知习惯中的尊古卑今现象，并分析了世人的心态：

> 述事者好高古而下今，贵所闻而贱所见。辩士则谈其久者，文人则著其远者。近有奇而辨不称，今有异而笔不记。……画工好画上代之人，秦汉之士功行谲奇，不肯图。[不肯图]今世之士者，尊古卑今也。贵鹄贱鸡，鹄远而鸡近也。使当今说道深于孔、墨，名不得与之同；立行崇于曾、颜，声不得与之钧。何则？世俗之性，贱所见、贵所闻也。……作奇论，造新文，不损于前人，好事者肯舍久远之书而垂意观读之乎？扬子云作《太玄》，造《法言》，张伯松不肯壹观——与之并肩，故贱其言。使子云在伯松前，伯松以为《金匮》矣。（《齐世篇》）

王充说，"贱所见、贵所闻"，乃是"世俗之性"。当世的伟著、身边的贤者，往往轻而视之，甚或视而不见。贵远贱近、向声背实的认知倾向，其实由来已久。先秦的显学儒、墨二家，言必称三代，论必据唐虞，以古例今以判断是非，造就了中华民族浓重的历史主义的思想价值倾向。只有后起的法家，才不唯古为尊，而主张因时因事制宜:"不期修古,不法常可,论世之事,因为之备。……事因于世,而备适于事。……世异则事异……事异则备变。"①而明确提出并批评"高古下今"的世俗思想习惯,王充之前罕值其人。

说到著作文章领域的贵古贱今现象,王充举出圣人的言论文章为例,在极端的意义上予以批评:

> 世儒学者,好信师而是古,以为贤圣所言皆无非,专精讲习,不知难问。夫贤圣下笔造文,用意详审,尚未可谓尽得实,况仓卒吐言,安能皆是? 不能皆是,时人不知难;或是,而意沈难见,时人不知问。案贤圣之言,上下多相违;其文,前后多相伐者,世之学者不能知也。(《问孔篇》)

王充以为,即便是圣人的言论著述,也未必尽得其实、句句珠玑,其实也不乏"上下相违,前后相伐"的情形存在。后世学者讲习贤圣著述而"不知难问",一味地"信师而是古,以为贤圣所言皆无非",这不是求实的正确态度,完全不可取。

然则,王充是否反其道而行之,主张贵今贱古呢? 王充从其"气命"论思想根基出发,的确有厚今贵今的思想倾向。但是他并非简单看待古今问题,而是要"考之以心,效之以事",无论今著古书,一以真伪、是非为评骘标准。他说:

> 夫俗好珍古不贵今,谓今之文不如古书。夫古今一也,才有高下,言有是非,不论善恶而徒贵古,是谓古人贤今人也。……盖才有浅深,无有古今;文有伪真,无有故新。广陵陈子回、颜方,今尚书郎班固、兰台令杨终、傅毅之徒,虽无篇

---

① 王先慎《韩非子集解·五蠹》,北京:中华书局2003年版,第442—445页。

章,赋颂记奏,文辞斐炳,赋象屈原、贾生,奏象唐林、谷永,并比以观,其好美一也。当今未显,使在百世之后,则子政、子云之党也。(《案书篇》)

文才有深浅,著作有真伪,古今皆然。只要是才剧而实诚的文章著述,不论古今,都是"好美"的作品。由此可知,王充的古今观念,主要不是一种"历史的"思想,而是一种"价值论"。只不过缘于世俗之人"不论善恶而徒贵古"的现实,他更多地批评世俗"古人贤今人"的错误认识。因此,王充关于古今著作优劣的论断,并不是尊古卑今或贵今贱古的简单选择,更不是单纯的贵今厚今观念,而是在古今评骘问题上提出统一的原则性看法,即:"才有浅深,无有古今;文有伪真,无有故新。"古今一也,唯实唯是是求。这是王充求实黜虚根本思想所必然规定的。

王充在谈论自己的著作时,也贯穿着这样的古今观念。有人批评《论衡》"不类前人":"谐于经,不验;集于传,不合;稽之子长,不当;内(纳)之子云,不入。文不与前相似,安得名佳好、称工巧?"(《自纪篇》)王充答曰:

饰貌以强类者失形,调辞以务似者失情。百夫之子,不同父母,殊类而生,不必相似,各以所禀,自为佳好。文必有与合然后称善,是则代匠斫不伤手,然后称工巧也。文士之务,各有所从,或调辞以巧文,或辩伪以实事。必谋虑有合,文辞相袭,是则五帝不异事,三王不殊业也。美色不同面,皆佳于目;悲音不共声,皆快于耳。酒醴异气,饮之皆醉;百谷殊味,食之皆饱。谓文当与前合,是谓舜眉当复八采,禹目当复重瞳。(《自纪篇》)

这段话,学者颇多引证,而往往用于说明王充主张文学风格多样。这样的提炼总结当然也合乎学理,不过,考察其原本的语境,王充本是谈论古今高下的问题:或人批评《论衡》,与经传、史迁、扬雄之文皆不相类,怎能称得上"佳好"、"工巧"!王充即如此作答。所以,这段文字的本义,是讲说古今文作的价值判断问题。质疑《论衡》者的价值标准是合于古者方为佳作,王充则认为"各以所禀,自为佳好"。他的理由是:"文士之务,各有所从。"著书作文各有其主旨和功用,文士各自面对的现实及其相应的目的不同,著作的面貌自然不同;如果要求著书作文者的思虑、文辞必须合同前人,那就如同要求五帝三王不能有各自的事业一样,不切实际也绝无可能。

王充认为"古今一也",不必强分轩轾、厚此薄彼,他论述了这一思想的终极理由:

> 夫上世治者,圣人也;下世治者,亦圣人也。圣人之德,前后不殊,则其治世,古今不异。上世之天,下世之天也,天不变易,气不改更。上世之民,下世之民也,俱禀元气;元气纯和,古今不异,则禀以为形体者,何故不同?夫禀气等,则怀性均;怀性均,则形体同;形体同,则丑好齐;丑好齐,则夭寿适。一天一地,并生万物。万物之生,俱得一气。气之薄渥,万世若一。帝王治世,百代同道。(《齐世篇》)

所谓"齐世",就是"世齐",是古今世代等齐之义。古今天地无别,人民禀气若一,形体、美丑、寿夭相类,故古今治世之道亦无不同。推而论之,古今人品亦无不同:"上世之人,所怀五常也;下世之人,亦所怀五常也。俱怀五常之道,共禀一气而生";古今士人当然亦无不同:"夫上世之士,今世之士也,俱含仁义之性。"因而,古今著述自然也就无高下之别。"善恶杂厕,何世无有?"(《齐世篇》)每个时代的著作文章都有好有坏,不可简单以时代强分优劣。

总观王充的古今观念,不是简单地提倡尊古或贵今;其思想的重点,也不在确认历史进步或肯定多样化(尽管今天也可以作如此解释)。准确的理解应当是:著作无论古今,切实有用与否才是评骘其优劣的标尺。因于世俗往往厚古薄今的思想实际,《论衡》更多呈现为对尊古卑今的批评,有贵今厚今的思想倾向,但不能因此得出王充主张贵今贱古的结论——这一点,是尤须准确把握的。王充在论说著作文章中所体现的古今观念,其根本性质,乃是一种统一的价值判断;并且,是基于其"疾虚妄"根本思想下的一种价值观。从文学思想的视角看其理论意义,这主要就是追求真诚、反对华伪的文学观念。

第三节 鸿笔须颂:鲜明的颂世文学思想

在文学创作上,王充有一个独特而鲜明的主张——"鸿笔须颂",这是他求实重用文学思想的重要组成部分,并且极具时代和个人的特色。

《论衡》许多篇章都有鲜明的颂汉文段,尤以《须颂》《宣汉》《恢国》《验符》几篇最为集中。《须颂篇》可视为王充颂世文学主张的理论阐述:

> 古之帝王建鸿德者,须鸿笔之臣褒颂纪载,鸿德乃彰,万世乃闻。问说《书》者:"'钦明文思'以下[1],谁所言也?"曰:"篇家也。""篇家谁也?""孔子也。"然则孔子,鸿笔之人也。

---

[1] 黄晖引皮锡瑞曰:"仲任以'钦明文思'以下为孔子所言,盖指《书序》言之,汉人皆以《书序》为孔子作。"按《尚书·尧典序》:"昔在帝尧,聪明文思,光宅天下,将逊于位,让于虞舜,作《尧典》。"

"自卫反鲁,然后乐正,《雅》《颂》各得其所也。"鸿笔之奋,盖斯时也。或说《尚书》曰:"尚者,上也。上所为,下所书也。""下者谁也?"曰:"臣子也。"然则臣子,书上所为矣。问儒者:"礼言制,乐言作,何也?"曰:"礼者上所制,故曰制;乐者下所作,故曰作。天下太平,颂声作。"方今天下太平矣,颂诗乐声可以作未?传(刘盼遂曰:"当作'儒'。")者不知也,故曰拘儒。卫孔悝之鼎铭,周臣劝行。孝宣皇帝称颖川太守黄霸有治状,赐金百斤,汉臣勉政。夫以人主颂称臣子,臣子当褒君父,于义较矣。虞氏天下太平,夔歌舜德。宣王惠周,《诗》颂其行。召伯述职,周歌棠树。是故《周颂》三十一,《殷颂》五,《鲁颂》四,凡《颂》四十篇,诗人所以嘉上也。由此言之,臣子当颂,明矣。

王充将孔子誉为以鸿笔颂世的第一人;而《书》《诗》《礼》《乐》这些儒家经典,他认为,或是"臣子书上所为",或是"天下太平,颂声作",都是及时记载或歌颂盛世的经典。王充以圣人和经典为说,为其作文颂世主张找到了崇高的实践和理论的依据。

王充认为,以文颂世的当然合理性,在于"帝王建鸿德者,须鸿笔之臣褒颂纪载",不能因失于记载而磨灭;其目的和意义,是要彰显圣王的鸿德功业,以传扬万世。而以鸿笔颂世,这是臣子不可推卸的职责。他说:

古之通经之臣,纪主令功,记于竹帛;颂上令德,刻于鼎铭。文人涉世,以此自勉。(《须颂篇》)

龙无云雨,不能参天;鸿笔之人,国之云雨也。载国德于传书之上,宣昭名于万世之后,厥高非徒参天也。城墙之土,平地之壤也,人加筑蹋之力,树立临池。国之功德,崇于城墙;文人之笔,劲于筑蹋。圣主德盛功立,莫(刘盼遂曰:"当为

'若'之误。")不褒颂纪载,奚得传驰流去无疆乎?……弦歌为妙异之曲,坐者不曰善,弦歌之人,必怠不精。何则?妙异难为,观者不知善也。圣国扬妙异之政,众臣不颂,将顺其美,安得所施哉?(《须颂篇》)

"纪主令功","颂上令德","扬(圣国)妙异之政",使之"昭名于万世之后","传驰流去无疆",这是"文人涉世,(当)以此自勉"的当然职责。王充特别说明,他主张颂世,并非阿谀当朝:"非以身生汉世,可褒增颂叹,以求媚称也",而是追求实事求是之必然:"核事理之情,定说者之实也"(《宣汉篇》)。所以,《论衡》往往颂扬汉世,光明正大,理直气壮,毫不掩饰:

秦、汉善恶相反,犹尧舜、桀纣相违也。亡秦与汉,皆在后世,亡秦恶甚于桀、纣,则亦知大汉之德不劣于唐、虞也。唐之万国,固增而非实者也。有虞之凤皇,宣帝已五致之矣。孝明帝符瑞并至。夫德优故有瑞,瑞钧则功不相下。宣帝、孝明如劣不及尧、舜,何以能致尧、舜之瑞?光武皇帝龙兴凤举,取天下若拾遗,何以不及殷汤、周武?世称周之成、康不亏文王之隆,舜巍巍不亏尧之盛功也。方今圣朝,承光武,袭孝明,有浸酆溢美之化,无细小毫发之亏,上何以不逮舜、禹?下何以不若成、康?(《齐世篇》)

汉兴,至文帝时,二十馀年。贾谊创议,以为天下洽和,当改正朔、服色、制度,定官名,兴礼乐。……夫如贾生之议,文帝时已太平矣。汉兴二十馀年,应孔子之言"必世而后仁"也。汉一世之年数已满,太平立矣,贾生知之。况至今且三百年,谓未太平,误也。且孔子所谓一世,三十年也。汉家三百岁,十帝耀德,未平如何?夫文帝之时,固已平矣,历世治平矣。

至平帝时,前汉已灭。光武中兴,复致太平。……能致太平者,圣人也,世儒何以谓世未有圣人?天之禀气,岂为前世者渥、后世者泊哉?周有三圣,文王、武王、周公,并时猥出。汉亦一代也,何以当少于周?周之圣王,何以当多于汉?汉之高祖、光武,周之文、武也。文帝、武帝、宣帝、孝明、今上,过周之成、康、宣王。(《宣汉篇》)

《宣汉》之篇,高汉于周,拟汉过周,论者(黄晖曰:"者,犹'之'也。")未极也。恢而极之,弥见汉奇。夫经熟讲者,要妙乃见;国极论者,恢奇弥出。恢论汉国,在百代之上,审矣。(《恢国篇》)

《齐世篇》说大汉的功德与尧、舜、文、武等齐。《宣汉篇》说刘汉王朝就是太平盛世,汉高祖、光武帝比同周之文、武王,而汉文、武、宣、明、章帝,则超越了周之成、康、宣王。而《恢国篇》更以为自己在《宣汉篇》颂汉还不够,"论之未极",若是"恢而极之",则刘汉功德已"在百代之上"了。

王充颂汉,也与时人一样,大量述说汉世的祥瑞符应,以明刘汉政权受命于天,仁德光耀天地、普惠人间:

光武之时,气和人安,物瑞等至。……(宣帝时)凤皇五六至,或时一鸟而数来,或时异鸟而各至,麒麟、神雀、黄龙、鸾鸟、甘露、醴泉,祭后土天地之时,神光灵耀,可谓繁盛累积矣。孝明时虽无凤皇,亦致[麒]麟、甘露、醴泉、神雀、白雉、紫芝、嘉禾,金出鼎见,离木复合。五帝、三王,经传所载瑞应,莫盛孝明。如以瑞应效太平,宣、明之年,倍五帝、三王也。(《宣汉篇》)

高祖母妊之时,蛟龙在上,梦与神遇。……夜行斩蛇,蛇妪悲哭。与吕后俱之田庐,时自隐匿,光气畅见,吕后辄知。始皇望见东南有天子气。及起,五星聚于东井。……光武且生,凤皇集于城,嘉禾滋于屋。皇妣之身,夜半无烛,宫中光明。初者,苏伯阿望春陵气,郁郁葱葱。光武起,过旧庐,见气憧憧上属于天。五帝三王初生始起,不闻此怪。……皆不及汉太平之瑞。黄帝、尧、舜,凤皇一至。凡诸众瑞,重至者希。汉文帝黄龙、玉杯。武帝黄龙、麒麟、连木。宣帝凤皇五至,麒麟、神雀、甘露、醴泉、黄龙、神光。平帝白雉、黑雉。孝明麒麟、神雀、甘露、醴泉、白雉、黑雉、芝草、连木、嘉禾,与宣帝同,奇有神鼎、黄金之怪。一代之瑞,累仍不绝,此则汉德丰茂,故瑞祐多也。孝明天崩,今上嗣位,元二之间,嘉德布流。三年,零陵生芝草五本。四年,甘露降五县。五年,芝复生六本。黄龙见,大小凡八。前世龙见不双,芝生无二,甘露一降,而今八龙并出,十一芝累生,甘露流五县,德惠盛炽,故瑞繁夥也。自古帝王,孰能致斯?(《恢国篇》)

其《验符篇》,更是一一详说有汉以来的诸般祥瑞吉征,连篇累牍,如数家珍。王充以祥瑞颂汉可谓不遗馀力,与同时代班固、崔骃、傅毅等人无异。

这里有一个问题需要辨明。《论衡》从《寒温》到《感类》这十五篇,集中论说天人关系,批评世儒天人感应之说,认为那些所谓的天人相感现象,莫不是"天道自然"。而上述诸篇,又明确是以天人感应观念颂扬大汉功德。因此,有学者颇疑王充思想存在自相矛盾之处。实际上,王充的思想自成体系,对此有他自圆其说的解释。《论衡》的《讲瑞》《指瑞》《是应》三篇,专门论说瑞征问题,批驳世儒虚玄刻板的瑞应之说。其中的《讲瑞篇》,集中表达了王充关于"瑞应"的基本看法:其一,"生于常类之中而有诡异之性,则为瑞矣"。所谓"瑞物",只是常物之中具有特异性征者,并非别是一类神物。所谓麒麟,"亦或时生于麈,非有骐骥之类";所谓凤凰,"亦或时生于鹄鹊,毛奇羽殊,出异众鸟,则谓之凤皇耳,安得与众鸟殊种类也"!其二,"瑞物皆起和气而生"。瑞物的出现并不神秘,乃是天地阴阳之和气所生,是自然现象,并没有特定具体的政治象喻意义:

> 夫瑞应犹灾变也。瑞以应善,灾以应恶,善恶虽反,其应一也。灾变无种,瑞应亦无类也。阴阳之气,天地之气也,遭善而为和,遇恶而为变,岂天地为善恶之政,更生和变之气乎?然则瑞应之出,殆无种类,因善而起,气和而生。亦或时政平气和,众物变化,犹春则鹰变为鸠,秋则鸠化为鹰,蛇鼠之类辄为鱼鳖,虾蟆为鹑,雀为蜄蛤①。物随气变,不可谓无。黄石为老父,授张良书,去复为石也,儒[者]知之。或时太平气和,麈为骐骥,鹄为凤皇。因故气性,随时变化,岂必有常类哉?(《讲瑞篇》)

这段话有两层意思:第一,天地阴阳所成之气,有"和气"有"变气",都是自然现象,不为政治善恶而发:"岂天地为善恶之政,更生和变之气乎?"所以,瑞应犹如灾变,都"无种"、"无类",没有特定的政治奖惩意义。第二,王充承认有"瑞应"现象存在,但是他的思想重点,是强调"瑞应之出……气和而生",把瑞应归结为自然现象,而不像世儒那样把重点放在了神秘地说明政治如何感应瑞征之上。至于其"政平气和"、"太平气和"云云,似是把仁政与和气祥瑞联系

---

① 这里所说的鹰鸠互变、蛇鼠化为鱼鳖、虾蟆为鹑、雀为蜄蛤,盖为当时一般的世俗认知。黄晖曰:"蛇变鳖,今俗犹云。"

在了一起,但王充的解释是"偶合":"(瑞应乃是)因故气性,随时变化,岂必有常类哉?"这个意思,在《验符篇》说得更明白:

> 皇瑞比见,其出不空,必有象为,随德是应。……皇帝圣仁,故芝草寿征生。……皇帝圣仁,故仁瑞见。……皇帝仁惠爱黎民,故甘露降。龙,潜藏之物也,阳见于外,皇帝圣明,招拔岩穴也。瑞出必由嘉士,祐至必依吉人也。天道自然,厥应偶合。

所谓"皇瑞比见,其出不空,必有象为,随德是应。……瑞出必由嘉士,祐至必依吉人"云云,看上去与世儒的天人感应之说(如董仲舒"同类相动"、"以类相应"说)并无区别,但王充全以"天道自然,厥应偶合"来总揽、解释、落实。与世儒的认知不同,王充是把"瑞应"现象纳入其"气命"、"天道自然"的思想框架中,作了客观的解释。

当然,王充未能彻底摆脱董仲舒以来天人以类相感的强势思想。他虽然作了"天道自然,厥应偶合"的客观解说,但毕竟还是相信祥瑞吉征乃"因善而起,气和而生",相信"其出不空,随德是应。……皇帝圣仁,故仁瑞见",相信"瑞出必由嘉士,祐至必依吉人"。今天看来,这是王充思想中思理逻辑不够完善的地方,也是一个思想家难以避免的时代局限。但是整体考虑,这个局部扞格的存在,并不能破坏王充思想的系统性。如果从其思想的两个基点——"气命"论和厚今思想倾向来看,王充关于瑞应的论说,则又是完全契合其思想根基的。

王充的颂世文学思想,有坚实的创作实绩基础。东汉前期的文坛,流行着颂世的文学创作倾向①。《论衡》也颇有言及:

---

① 关于东汉前期的颂世文潮,参见本书第二章第二节。

今上上至高祖，皆为圣帝矣。观杜抚、班固等所上《汉颂》，颂功德符瑞，汪涉深广，滂沛无量，逾唐、虞，入皇域。（《宣汉篇》）

汉家著书，多上及殷、周，诸子并作，皆论他事，无褒颂之言，《论衡》有之。夫《诗》颂周，名《周颂》；杜抚、［班］固所上《汉颂》，相依类也。（《须颂篇》）

陈平仲纪光武，班孟坚颂孝明，汉家功德，颇可观见。今上即命，未有褒载，《论衡》之人，为此毕精，故有《齐世》《宣汉》《恢国》《验符》。（同上）

孝明之时众瑞并至，百官臣子不为少矣，唯班固之徒称颂国德，可谓誉得其实矣。颂文谲奇，以彰汉德于百代，使帝名如日月，孰与不能言、言之不美善哉？（同上）

永平中，神雀群集，孝明诏上《［神］爵颂》。百官颂上，文皆比瓦石，唯班固、贾逵、傅毅、杨终、侯讽五颂金玉，孝明览焉。（《佚文篇》）

广陵陈子迴、颜方，今尚书郎班固，兰台令杨终、傅毅之徒，虽无篇章（按：指"造论著说之文"），赋颂记奏，文辞斐炳，赋象屈原、贾生，奏象唐林、谷永，并比以观，其好美一也。（《案书篇》）

显然，王充对当世流行的颂世文风，津津乐道，高度赞赏。他自述《论衡》一些篇章的创作缘由和目的，就是论汉、颂汉：

古今圣王不绝，则其符瑞亦宜累属。符瑞之出，不同于前，或时已有，世无以知，故有《讲瑞》。俗儒好长古而短今，言瑞则渥前而薄后,《是应》实而定之,汉不为少。汉有实事,儒者不称;古有虚美,诚心然之。信久远之伪,忽近今之实,斯盖三《增》、九《虚》所以成也,《能圣》《实圣》所以兴也①。儒者称圣过实,稽合于汉,汉不能及。非不能及,儒者之说,使难及也。实而论之,汉更难及。谷熟岁平,圣王(黄晖曰:"疑当作庸主。")因缘以立功化,故《治期》之篇,为汉激发。治有期,乱有时,能以乱为治者优。优者有之。建初孟年,无妄气至,圣世之期也。皇帝敦德,救备其灾,故《顺鼓》《明雩》,为汉应变。是故灾变之至,或在圣世,《时旱》《祸湛》②,为汉论灾。是故《春秋》为汉制法,《论衡》为汉平说。(《须颂篇》)

王充堂而皇之地颂汉,非常明确地倡导以文学颂世,这在中国文学思想史上是比较罕见的。但是它具有重要的文学思想意义,对后世文学创作和文学观念影响深远。

总括本章所论,求实、务用、颂世,是王充的基本文学思想。在王充看来,这都是著书作文中理所当然之事——而这个"理",便是他的"气命"论和厚今思想倾向。

---

① 黄晖引刘盼遂曰:"《能圣》《实圣》,《论衡》逸篇名也。"
② 黄晖曰:"'时旱祸湛'文不成义,以句倒求之,当亦举《论衡》篇名,今本脱。"

第五章　和帝永元初至桓帝
和平前后的文学创作倾向

　　和帝刘肇永元初至桓帝刘志和平前后（即 92 年前后～150 年前后）这六十年左右，是东汉文学思想发展的第二个历史时期。如此分期的理由：第一，这个时期，是东汉王朝由盛转衰的过渡时期。政治社会方面，先后即位的七个皇帝，即和帝、殇帝、安帝、少帝、顺帝、冲帝、质帝，都是婴幼儿或者少年即位（从三个月到十三岁不等），并且或夭折或早逝（寿命从十几个月到三十二岁不等）。小皇帝在位，外戚或中宦擅权，是这六十年最显著的政治景观——也只有和帝在位的后十年多，尚能延续一些刘汉王朝的尊严。同时，自然灾害和边患内乱频仍，也给这个时期的社会带来重创。此种情形，导致东汉中期政治和社会发生迁变，由盛转衰。思想文化方面，也呈现为在延续中逐渐衰落。东汉经学在明、章二帝时期达到高峰，到和帝时仅能持续，"及邓后称制，学者颇懈。……自安帝览政，薄于艺文，博士倚席不讲，朋徒相视怠散，学舍颓敝，鞠为园蔬"。顺帝虽重启太学，"然章句渐疏，而多以浮华相尚，儒者之风盖衰矣"。（见《后汉书》卷七九上《儒林传上》）因此，这个时期的思想文化也在演进中发生迁转。第二，从文学创作看，这个时期，整个创作风气由东汉前期的激情洋溢转向沉实稳健，由理想诉求转向现实关怀。第三，东汉前期的主要作家，如杜笃、班固、崔骃、傅毅等，都已先后辞世；王充（卒于 100 年前后）、贾逵（卒于 101 年）虽尚在世，但他们的文学及著述活动已经基本结束。而这个时期的主要作家,李尤(卒于126年)、班昭(卒于120年)、黄香(约卒于130年)、张衡(卒于139年)、崔瑗(卒于143年)、崔琦(约卒于150年),都在桓帝和平之前相继去世;王逸(约卒于165年)、马融(卒于166年)虽尚健在,但他们的著作活动已基本结束。东汉后期的重要作家如朱穆、延笃、崔寔等,此时之后才以创作知名,而蔡邕、秦嘉、赵壹、王延寿、邯郸淳等尚未成年。

第一节　政治文化及社会的衰变与士人心态的变化

一

章和二年(88)二月,和帝刘肇十岁,即皇帝位,窦太后临朝听政,乃兄窦宪辅政。四年多后,即永元四年(92)六月,"窦宪潜图弑逆。……诏收捕宪党射声校尉郭璜、璜子侍中举、卫尉邓叠、叠弟步兵校尉磊,皆下狱死。使谒者仆射收宪大将军印绶,遣宪及弟笃、景就国,到皆自杀"(《后汉书》卷四《和帝纪》)。和帝清剿了窦氏擅权势力,方始亲政。励精图治,努力延续明、章盛世。但是天灾人祸不断,东汉王朝已经势不可挡地走上了下坡路。略举其显著者:

外患、边乱,几乎无年无之:永元元年(89)六月,车骑将军窦宪大击匈奴。永元二年(90)五月,副校尉阎磐北讨匈奴;西域长史班超击破月氏。永元三年(91)二月,左校尉耿夔出居延击北单于。永元四年(92)十二月,"武陵零陵澧中蛮叛。烧当羌寇金城"。次年末剿平。永元六年(94)七月,西域都护班超平定西域;九月,光禄勋、行车骑将军事邓鸿等大击匈奴;十一月,乌桓校尉任尚击破乌桓、鲜卑;"武陵溇中蛮叛,郡兵讨平之"。永元八年(96)七月,行度辽将军庞奋等剿灭南匈奴叛军。永元九年(97)三月,西域长史王林剿灭车师后王叛乱;八月,"烧当羌寇陇西,杀长吏",遣行征西将军刘尚等讨破之。永元十二年(100)四月,"日南象林蛮夷反,郡兵讨破之"。永元十三年(101)八月,护羌校尉周鲔击破烧当羌叛民;十一月,"鲜卑寇右北平,遂入渔阳,渔阳太守击破之"。永元十四年(102)四月,荆州兵讨破巫蛮叛民。元兴元年(105)九月,辽东太守耿夔平定貊人叛民。(以上均见《后汉书》卷四《和帝纪》)

地震、山崩、旱灾、蝗灾、水患等自然灾害,亦几乎无年无之:永元元年(89)七月,会稽山崩;"是岁,郡国九大水"。永元四年(92)六月,"郡国十三地震";"是夏,旱,蝗"。永元五年(93)二月,陇西地震;六月,"郡国三雨雹";七月,"京师旱"。永元七年(95)七月,易阳地裂;九月,京师地震。永元八年(96)五月,河内、陈留蝗灾;九月,京师蝗灾。永元九年(97)三月,陇西地震;"六月,蝗、旱";七月,"蝗虫飞过京师"。永元十年(98)五月,京师大水;十月,"五州雨水"。永元十二年(100)闰四月,秭归山崩;六月,舞阳大水。永元十三年(101)八月,"荆州雨水"。永元十四年(102)秋,"三州雨水"。永元十五年(103)五月,南阳大风;"是秋,四州雨水"。永元十六年(104)七月,旱。元兴元年(105)五月,雍地裂。和帝亲政后,于永元四年十二月、六年三月、八年九月、九年六月、十二年三月、十三年九月、十四年十月、十六年七月,频下诏书,减赋减刑以赈济灾民,但是救不胜救,国力明显衰退。(以上均见《后汉书》卷四《和帝纪》)

天灾、外患以及民乱之外,促动东汉王朝衰落至关重要的因素,实在政治的败坏。东汉的守成皇帝,明帝三十岁即位,章帝十九岁即位,均已成年,又可借助中兴王朝的上升风势,足以主持国事。但自和帝始,开启了在外戚或中宦主持下拥立小皇帝的政治模式,如此,则必然导致皇权旁落,利益集团营私舞弊成风。和帝十岁即位之时,尚能凭借东汉前期盛世的馀威,并得到忠直臣属如乐恢、何敞、袁安、任隗及宦官郑众等的大力扶持,在短期内铲除窦氏外戚的擅权势力,掌控政权,但毕竟年幼,又享年不永,二十七岁即驾崩。实际上,他已经无力挽回王朝的颓势了。

专制集权的政治体制下,选用官吏是否公正以及皇帝是否能够自主掌控选举,实为政治清明与否的晴雨表。一般地说,专制集权的政体易于导致官场的腐败,所以官吏选举一直是东汉帝王特别关注的问题。明帝即位当年十二月的诏书中,就说"今选举不实,邪佞未去,权门请托,残吏放手,百姓愁怨,情无告诉",责令"有司明奏罪名,并正举者",严厉惩戒不合格的官吏及其举荐者(《后汉书》卷二《明帝纪》)。章帝即位的建初元年正月,也诏令"有司明慎选举,进柔良,退贪猾";三月,又下专诏严诫选举舞弊:"选举乖实,俗吏伤人,官职耗乱,刑罚不中,可不忧与!……政无大小,以得人为本。夫乡举里选,必累功劳。今刺史、守相不明真伪,茂才、孝廉岁以百数,既非能显,而当授之政事,甚无谓也。"责令有司推选"敷奏以言,则文章可采;明试以功,则政有异迹"的有真才实学的官吏。(以上见《后汉书》卷三《章帝纪》)到和帝灭窦亲政,永元五年(93)三月即下诏:"选举良才,为政之本。科别行能,必由乡曲。而郡国举吏,不加简择,故先帝明敕在所,令试之以职,乃得充选①。又德行尤异,不须经职者,别署状上。而宣布以来,出入九年,二千石曾不承奉,恣心从好,司隶、刺史讫无纠察。今新蒙赦令,且复申敕,后有犯者,显明其罚。在位不以选举为忧,督察不以发觉为负,非独州郡也,是以庶官多非其人。下民被奸邪之伤,由

---

① 李贤注:"《汉官仪》曰:建初八年十二月己未,诏书辟士四科:一曰德行高妙,志节清白;二曰经明行修,能任博士;三曰明晓法律,足以决疑,能案章覆问,文任御史;四曰刚毅多略,遭事不惑,明足照奸,勇足决断,才任三辅令。皆存孝悌清公之行。自今已后,审四科辟召,及刺史、二千石察举茂才尤异孝廉吏,务实校试以职。有非其人,不习曹事,正举者故不以实法。"按:此诏书《后汉书·章帝纪》未载。

法不行故也。"殇帝延平元年(106)七月的诏书也说:"选举乖宜,贪苛惨毒,延及平民。"(以上见《后汉书》卷四《和帝纪》)从诏书中即可见出:选举不实、任人唯亲、营私舞弊的吏治状况,不仅败坏了官场风气和政治国体,恶吏贪酷,更殃及社会民生。

安、顺二朝,外戚或中宦擅权、外患内乱、自然灾害一直持续,且情形更甚,有过之而无不及。

外戚或中宦几乎全程掌控安、顺时期的朝政。元兴元年(105)十二月,殇帝刘隆出生仅百馀日,即皇帝位,邓太后临朝。转年八月刘隆夭折,安帝刘祜十三岁,被立为皇帝,邓太后继续临朝听政。直至十五年后的建光元年(121)三月邓太后崩,安帝二十八岁时才开始亲政。但是不久,政权又落入外戚、中宦之手。其标志性的事件,是发生于延光三年(124)的两件事:一是废黜太子。安帝与宫人李氏之子刘保,六岁时立为皇太子。是年九月,阎皇后与中宦江京、樊丰等合谋,废太子为济阴王。太子生母李氏,旋为阎皇后鸩杀。二是枉杀太尉杨震。是年春,樊丰与耿宝(帝舅)、阎显(后兄)等,因杨震多次上疏痛斥中宦、外戚擅权,遂诬陷杨震"深用怨怼","有恚恨之心",罢免其太尉之职,遣归故郡。杨震自杀。(《后汉书》卷五四《杨震传》)翌年(125)三月,安帝三十二岁就驾崩了。阎太后及其兄车骑将军阎显主持,立北乡侯刘懿为皇帝(史称少帝),当年十月即驾崩。十一月,中黄门孙程、王康等十九人发动宫变,斩杀江京、刘安、陈达等弄权的内侍,迎立年仅十一岁的废太子刘保即位,是为顺帝。随即捕杀阎显兄弟,迁太后于离宫(转年驾崩)。永建元年(126)二月,以桓焉为太傅,朱宠为太尉,朱伥为司徒;十月,以张皓为司空。此后的十年左右,小皇帝在位,由大臣主政,是一段相对比较开明的时期。至阳嘉元年(132)正月立皇后梁氏,阳嘉四年(135)四月拜后父梁商为大将军,尤其是永和六年(141)八月梁商子梁冀(后兄)继任大将军之后,政权实又归于外戚。外戚与中宦之间也一直角力争权，永和四年(139)正月，中常侍张逵、蓬政、杨定等与梁氏外戚争权落败，连及弘农太守张凤等吏员，一并下狱死(详见《后汉书》卷三四《梁商传》)，就是显例。建康元年(144)八月，顺帝三十岁驾崩。之后又是两个夭折的小皇帝——顺帝太子刘炳二岁即位(史称冲帝)，五个月后夭折；渤海王刘鸿之子刘缵八岁即位(史称质帝)，一年半后被大将军梁冀鸩杀。这两年，政权由梁太后与其兄梁冀实际掌控。本初元年(146)闰六月，梁太后、梁冀策立年仅十五岁的刘志为帝(桓帝)，梁太后临朝听政，东汉王朝便进入加速崩溃的历史时期了。(以上除注明者外，均见《后汉书》之《安帝纪》《顺帝纪》)

安、顺时期吏治败坏之甚，可以从左雄上疏中窥其一斑。顺帝初立，尚书令左雄上疏陈事，其中有云：

> 汉初至今三百馀载，俗浸雕敝，巧伪滋萌，下饰其诈，上肆其残。典城百里，转动无常，各怀一切，莫虑长久。谓杀害不辜为威风，聚敛整辨为贤能，以理己安民为劣弱，以奉法循理为不化。髡钳之戮，生于睚眦；覆尸之祸，成于喜怒。视民如寇仇，税之如豺虎。监司项背相望，与同疾疢，见非不举，闻恶不察，观政于亭传，责成于期月，言善不称德，论功不据实，虚诞者获誉，拘检者离毁。或因罪而引高，或色斯以求名。州宰不覆，竞共辟召，踊跃升腾，超等逾匹。或考奏捕案，而亡不受罪，会赦行赂，复见洗涤。朱紫同色，清浊不分。故使奸猾枉滥，轻忽去就，拜除如流，缺动百数。乡官部吏，职斯禄薄，车马衣服，一出于民，廉者取足，贪者充家，特选横调，纷纷不绝，送迎烦费，损政伤民。(《后汉书》卷六一《左雄传》)

欺上瞒下，残民以逞，官官相誉，荐举唯亲，聚敛贪腐，行贿成风。

这种吏治败坏的情况,直到顺帝中后期,依然如故,如其阳嘉元年(132)闰十二月诏,还在说:"间者以来,吏政不勤,故灾咎屡臻,盗贼多有。退省所由,皆以选举不实,官非其人,是以天心未得,人情多怨。"(《后汉书》卷六《顺帝纪》)又如阳嘉二年(133)李固对策有云:"古之进者,有德有命①;今之进者,唯财与力。……今长吏多杀伐致声名者,必加迁赏;其存宽和无党援者,辄见斥逐。是以淳厚之风不宣,浇薄之俗未革。"(《后汉书》卷六三《李固传》)吏治腐败,选举不公,最能打击士人的心气,导致士人与政权疏离。

　　安、顺时期,自然灾害、外患内乱较之和帝时期愈发频繁,不胜一一数说。粗略统计《后汉书》卷五《安帝纪》的记载,安帝在位的十八年多(106～125),全国各地发生洪涝雨雹灾害 298 次/地;地震地陷山崩 343 次/地;旱灾蝗灾 62 次/地;风灾 183 次/地。此外,还有两次大的流行疫病:元初六年(119)四月,"会稽大疫";延光四年(125)冬,"京师大疫"。平均每年都有数十次不同的自然灾害发生,远高于和帝时期。同时,外患内乱此伏彼起:乌桓、鲜卑、南匈奴、夫馀夷、高句骊、秽貊、马韩相继侵扰边境,时有守将战殁或长吏被杀之事发生。西域诸降国,先零羌,海贼张伯路,汉阳人杜琦、王信,蜀郡夷,武陵澧中蛮,苍梧、郁林、合浦蛮,越嶲夷,沈氐羌,烧当羌,虔人羌,牦牛夷等,也接踵发动叛乱。有的寇边、叛乱,剿平又发,死灰复燃,反复多次。顺帝朝的情况依然如是。较之《后汉书》其他《帝纪》,其《顺帝纪》记事明显偏少而简略(这是一个值得探讨的有意味的现象),而据其所载,顺帝在位的十八年多(125～144),全国各地发生洪涝海水灾害 7 次/地;地震地陷山崩 198 次/地;旱灾蝗灾 19 次/地;宫陵火灾 2 次/地;饿狼吃近百人 1 次/地。同时,外患内乱仍是不断发生,并且进一步加剧:陇西种

---

① 李贤注:"命,爵命也。言有德者乃可加爵命也。"

羌、鲜卑、钟羌、武都塞上屯羌、乌桓、白马羌、烧当羌、且冻羌、巩唐羌、日南蛮,及南匈奴、西域焉耆、尉犁、危须等归降国,先后不断侵扰、叛乱。顺帝朝最引人注目的,是更加频繁的民乱:"海贼曾旌等寇会稽,杀句章、鄞、鄮三县长,攻会稽东部都尉";"杨州六郡妖贼章河等寇四十九县,杀伤长吏";"益州盗贼劫质令长,杀列侯";"武陵蛮叛,围充县,又寇夷道";"日南叛蛮攻郡府";"江夏盗贼杀邾长";"九江贼蔡伯流寇郡界,及广陵,杀江都长";"广陵盗贼张婴等寇郡县";"杨、徐盗贼攻烧城寺,杀略吏民";"南郡、江夏盗贼寇掠城邑";"九江盗贼徐凤、马勉等称'无上将军',攻烧城邑";"丹阳贼陆宫等围城,烧亭寺";"庐江盗贼攻寻阳,又攻盱台";"历阳贼华孟自称'黑帝',攻杀九江太守杨岑"。还有两个安帝朝不曾有过的现象:一是叛民盗挖皇陵。建康元年(144)十二月,顺帝入葬仅三个月,"群盗发宪陵"。二是郡国官兵发动叛乱。永和二年(137)七月"九真、交阯二郡兵反";永和三年(138)五月"吴郡丞羊珍反,攻郡府"。郡国官兵叛乱这种极端事件的发生,足证顺帝朝沉疴严重,已经非常腐败和穷困了。(以上均见《后汉书》之《安帝纪》《顺帝纪》)

　　频发的自然灾害和内外战争,导致民众极度贫困,东汉时期人吃人的惨剧开始发生:安帝永初三年(109)三月,"京师大饥,民相食","并凉二州大饥,人相食"。因此,安帝朝不得不反复诏令节俭用度,其中有特别意义者如:殇帝延平元年(106)十二月,"罢鱼龙曼延百戏"。安帝永初元年(107)九月,"诏三公明申旧令,禁奢侈,无作浮巧之物,殚财厚葬";又"诏太仆、少府减黄门鼓吹,以补羽林士;厩马非乘舆常所御者,皆减半食;诸所造作,非供宗庙园陵之用,皆且止"。永初四年(110)正月元日朝廷聚会,"彻(撤)乐,不陈充庭车"。元初五年(118)七月下诏,令国人"务崇节约",其中有云:"遭永初之际,人离(罹)荒厄,朝廷躬自菲薄,去绝奢饰,食不兼味,衣无二彩。"可见其时国财困乏之状。也就是从安帝时始,朝廷因国库空虚,不得不卖官鬻爵:永初三年(109)四月,"三公以国用不足,奏令吏人入钱谷,得为关内侯、虎贲羽林郎、五大夫、官府吏、缇骑、营士各有差"。(以上均见《后汉书》卷五《安帝纪》)顺帝时,贫困依然。顺帝频下诏书赈救,如:永建元年(126)十月,"诏以疫疠水潦,令人半输今年田租;伤害什四以上,勿收责;不满者,以实除之"。永建六年(131)十一月诏:"连年灾潦,冀部尤甚。比蠲除实伤,赡恤穷匮,而百姓犹有弃业,流亡不绝。……其令冀部勿收今年田租、刍槀。"阳嘉二年(133)二月,"诏以吴郡、会稽饥荒,贷人种粮"。阳嘉三年(134)二月,"诏以久旱,京师诸狱无轻重皆且勿考竟,须得澍雨"。汉安二年(143)十月,"减百官奉。禁沽酒"。(以上均见《后汉书》卷六《顺帝纪》)但是,似乎并没有实效,民众以更多的叛乱攻掠,袭击官府杀死长吏,证明了顺帝朝官府腐败、民众穷困潦倒的现实。

二

皇权不振,政治腐败,选举不公,以及国力的极大衰退,导致这个时期的思想文化也发生衰变。《后汉书》卷七九《儒林传》概述这个时期的经学大势云:

> 孝和亦数幸东观,览阅书林。及邓后称制,学者颇懈。时樊准、徐防并陈敦学之宜,又言儒职多非其人,于是制诏公卿妙简其选,三署郎能通经术者,皆得察举。自安帝览政,薄于艺文,博士倚席不讲,朋徒相视怠散,学舍颓敝,鞠为园蔬,牧儿荛竖,至于薪刈其下。顺帝感翟酺之言,乃更修黉宇,凡所造构二百四十房,千八百五十室。试明经下第补弟子,增甲乙之科员各十人,除郡国耆儒皆补郎、舍人。本初元年,梁太后诏曰:"大将军下至六百石,悉遣子就学,每岁辄于乡射月一飨

会之,以此为常。"自是游学增盛,至三万余生。然章句渐疏,而多以浮华相尚,儒者之风盖衰矣。

范史盛赞明帝时儒学"济济乎,洋洋乎,盛于永平",盛赞章帝时儒学"网罗遗逸,博存众家"。而至和帝时经学则开始衰颓,至安帝末年更至于太学荒废。顺帝时虽有重振太学之举,但儒风已经衰敝了。

范史所述者,是东汉中期儒学发展的基本态势。和、安、顺三朝儒学发展的具相实情,可以从其时三位朝臣的上疏中获得真切了解。和帝永元十四年(102),司空徐防以为《五经》久远,圣意难明,宜为章句,以悟后学",乃上疏曰:"伏见太学试博士弟子,皆以意说,不修家法,私相容隐,开生奸路。每有策试,辄兴诤讼,论议纷错,互相是非。……今不依章句,妄生穿凿,以遵师为非义,意说为得理,轻侮道术,寖以成俗。……臣以为博士及甲乙策试,宜从其家章句,开五十难以试之。解释多者为上第,引文明者为高说;若不依先师,义有相伐,皆正以为非。……虽所失或久,差可矫革。"(《后汉书》卷四四《徐防传》)徐防承学祖、父,三代传习《易》学。他上疏和帝,乃缘于太学考试"不修家法"、"不依章句"而"皆以意说",建议"宜从其家章句",以家法、师法为依据和准的。"诏书下公卿,皆从防言。"(同上)由徐防上疏可见,至和帝后期,经学已经出现不受家法、师法约束而自主阐释的风气了。安帝初,"邓太后临朝,儒学陵替",尚书郎樊准上疏曰:"……今学者盖(刘攽曰:案文,'盖'当作'益')少,远方尤甚。博士倚席不讲,儒者竞论浮丽,忘謇謇之忠,习䛐䛐之辞①。……臣愚以为宜下明诏,博求幽隐,发扬岩穴,宠进儒雅。……公卿各举明经及旧儒子孙,进其

---

① 李贤注:"䛐䛐,谐言也。"即巧辩过实之言。

爵位,使缵其业。""太后深纳其言。是后,屡举方正敦朴仁贤之士。"(《后汉书》卷三二《樊准传》)樊准奏疏之意,与徐防精神相同,也是有感于"儒者竞论浮丽"、游离正道根本的现实,故建议拔举"明经及旧儒子孙"以延续儒学正统。顺帝即位,太学已然荒废,将作大匠翟酺上疏建议重修太学,云:"顷者(太学)颓废,至为园采刍牧之处①。宜更修缮,诱进后学。""帝从之。酺免后,遂起太学,更开拓房室,学者为酺立碑铭于学云。"(《后汉书》卷四八《翟酺传》)由上述可以确证,和、安、顺时期,经学已经走上了衰变之路。君臣虽深感忧虑并努力拯救,但是颓势已成,难以挽回了。

经学的衰变,无疑与这个时期皇权和国力双双衰颓有极大关系;同时,也与经学自身发展走向关系密切(这两者实亦有因果关联)。范史已指出,"章句渐疏,而多以浮华相尚",就是儒风渐衰的缘由,也是表征。这个判断,从徐防、樊准的奏疏中已经可见。皮锡瑞就此阐释道:后汉"儒风之衰,由于经术不重。经术不重,而人才徒侈其众多;实学已衰,而外貌反似乎极盛。于是游谈起太学"②。皮氏指出后汉经学之衰,乃缘于"经术不重","实学已衰",确为在学理上直击要害③。实际上,这个时期的君臣已经明显看出了经学游离、竞为浮华的问题,安帝永初四年(110)邓太后诏刘珍等校书,其实质就是力图扭转风气之举。《后汉书》卷五《安帝纪》载:"诏谒者刘珍及《五经》博士,校定东观《五经》、诸子、传记、百家艺术,整齐脱误,是正文字。"校订的图书虽不限于儒学经典,

---

① 据《后汉书》卷五《安帝纪》,延光三年(124)三月尚有"幸太学"之事。又据其卷六《顺帝纪》,永建六年(131)"九月,缮起太学";阳嘉元年(132)七月,"以太学新成,试明经下第者补弟子,增甲乙科,员各十人"。然则,东汉中期太学之废,当在安帝末至顺帝初的政争纷乱的五六年间。

② [清]皮锡瑞撰,周予同注释《经学历史》,北京:中华书局2004年版,第74—75页。

③ 这是个专深的问题,限于本书之撰述目标,这里不能详论。

但校订儒家经传无疑是其中最为重要的工作。《后汉书》卷一〇上《和熹邓皇后纪》记述得更为明晰:"太后自入宫掖,从曹大家受经书,兼天文、筹数。昼省王政,夜则诵读,而患其谬误,惧乖典章,乃博选诸儒刘珍等及博士、议郎、四府掾史五十馀人,诣东观雠校传记。"很明显,"患其谬误,惧乖典章",正是邓太后启动校书的根本原因。但是"竞论浮丽"的风势既成,加之政局、社会的颓败无力,经学衰变已难以挽回。而儒学风气衰变,必然导致它的影响力和吸引力随之消减。

和、安、顺时期,与经学衰变之同时,谶纬思想持续发挥影响力,道家思想也明显回潮,形成经、谶、道并存的多元思想景观。

这个时期,持守儒家思想的学者仍是主流,如传习《鲁诗》的鲁恭、鲁丕兄弟,上疏建议拔举"明经及旧儒子孙,进其爵位,使缵其业"的樊准,"明经笃行"的桓焉,廉劲不阿的《易》学学者袁敞,以及力主"宜从章句"的《易》学学者徐防,被誉为"关西孔子"的《尚书》学者杨震,"上言宜崇经术,缮修太学"的左雄等,他们或据于政界要职,或作为学界领袖,主导着这个时期思想的主流趋向。与此同时,经谶兼修的学者,秉持道家思想的学人,也具有不可忽视的社会影响力。下面举例来看。

《后汉书》设立专传的四位谶纬学者中,杨厚、郎顗二人的主要活动,就在这个时期。杨厚三世传习谶纬。祖父杨春卿,"善图谶学,为公孙述将"。父亲杨统,章帝时为彭城令,"一州大旱,统推阴阳消伏,县界蒙泽。太守宗湛使统为郡求雨,亦即降澍。自是朝廷灾异,多以访之。……位至光禄大夫,为国三老"。安帝永初三年(109),"太白入北斗,洛阳大水"。[①]其时杨厚随父在京师,邓太后

---

① 李贤注:"《续汉志》曰:时正月己亥,太白入北斗中,以为贵相凶也。又京师及郡国四十一雨水,邓太后专政也。"

使中常侍咨询,杨厚建议发遣在京的诸王王子归国。"太后从之,星寻灭不见。又克水退期日,皆如所言。"由是朝野知名。后因应对不合邓太后心意而罢归①。顺帝即位,特征杨厚,杨厚"因陈汉三百五十年之厄②,宜蠲法改宪之道,及消伏灾异,凡五事"。大得顺帝褒奖。此后,多次预言蝗灾、疫病、水患、火灾及边乱、民叛、宫变,都一一应验。"每有灾异,厚辄上消救之法,而阉宦专政,言不得信。"时大将军梁冀威权倾朝,欲与杨厚结交。杨厚于是称病辞归,"修黄老,教授门生,上名录者三千馀人"。(以上均见《后汉书》卷三〇上《杨厚传》)

郎颛也是传习图谶家学,乃父郎宗,"学《京氏易》,善风角、星筭、六日七分,能望气占候吉凶"。郎颛"少传父业,兼明经典",隐居海畔,不应州郡辟召。顺帝阳嘉二年(133)正月,公车征召,郎颛奏章曰:"臣闻天垂妖象,地见灾符,所以谴告人主,责躬修德,使正机平衡、流化兴政也。《易内传》曰:'凡灾异所生,各以其政。变之则除,消之亦除。'"从而建议去奢侈、敬时节、勤政肃选,以消除灾异。顺帝乃令尚书问对,郎颛又上奏七条建议:罢省西苑、用贤良黜奸佞、节俭减赋、简出宫女、整肃州郡吏治、罢免司徒、轻刑简政。假借频发的灾异,全面阐述其政见。随后,郎颛又上书举荐黄琼、李固,并再陈任用贤良、罢黜奸佞、审慎政令、仁惠施政四事。"书奏,特诏拜郎中。辞病不就,即去归家。"(以上均见《后汉书》卷三〇下《郎颛传》)杨厚、郎颛是后汉谶纬学者的两位代表人物,他们都深得帝王和朝廷的赏识、尊重,能够以其深湛的图谶学识,对当

---

① 李贤注:"《袁山松书》曰:邓后问厚曰:'大将军邓骘应辅臣星不?'对曰:'不应。'以此不合其旨。"按:邓骘为邓太后之兄。

② 李贤注:"《春秋命历序》曰:'四百年之间,闭四门,听外难,群异并贼,官有孽臣,州有兵乱,五七弱,暴渐之效也。'宋均注云:'五七三百五十岁,当顺帝渐微,四方多逆贼也。'"

朝政治施加正向影响,实与正统经学殊途同归。

与东汉前期一样,这个时期的正统经学学者,也往往兼修谶纬。例如:

张奋(主要活动在章、和时期),其父为《礼》学学者张纯,曾为刘秀正定祭祀、封禅礼仪。和帝永元六年(94),张奋为司空。"时岁灾旱,祈雨不应,(奋)乃上表曰:'比年不登,人用饥匮,今复久旱,秋稼未立,阳气垂尽,岁月迫促。夫国以民为本,民以谷为命,政之急务,忧之重者也。臣蒙恩尤深,受职过任,夙夜忧惧,章奏不能叙心,愿对中常侍疏奏。'实时引见,复口陈时政之宜。明日,和帝召太尉、司徒幸洛阳狱,录囚徒,收洛阳令陈歆,即大雨三日。"永元九年(97),以病免。在家上疏,提议制作汉世礼乐,有云:"臣以为汉当制作礼乐,是以先帝圣德,数下诏书,愍伤崩缺,而众儒不达,议多驳异。臣累世台辅,而大典未定,私窃惟忧,不忘寝食。"永元十三年(101),召拜太常,复上疏曰:"汉当改作礼乐,图书著明①。王者化定制礼,功成作乐。谨条礼乐异议三事,愿下有司,以时考定。……先帝已诏曹褒,今陛下但奉而成之。"(以上均见《后汉书》卷三五《张纯传附张奋传》)张奋家传《礼》学,但是久旱之下张奋"口陈时政之宜",和帝遂平反冤狱,感动上苍大雨三日,以及根据图谶制礼作乐,都显示了谶纬的知识和力量。

---

① 《后汉书》卷三五《曹褒传》:章帝元和二年下诏曰:"《河图》称:'赤九会昌,十世以光,十一以兴。'(李贤注:"九谓光武,十谓明帝,十一谓章帝也。")《尚书璇机钤》曰:'述尧理世,平制礼乐,放唐之文。'(李贤注:"纬本文云:'使帝王受命,用吾道述尧理代,平制礼放唐之文,化洽作乐名斯在。'")……《帝命验》曰:'顺尧考德,题期立象。'(李贤注:"宋均注曰:尧巡省于河、洛,得龟龙之图书。舜受禅后习尧礼,得之演以为《考河命》,题五德之期,立将起之象,凡三篇,在《中候》也。")且三五步骤,优劣殊轨(李贤注:"《孝经钩命决》曰:'三皇步,五帝骤,三王驰。'宋均注云:'步谓德隆道用,日月为步。时事弥顺,日月亦骤。勤思不已,日月乃驰。'是优劣也。"),况予顽陋,无以克堪,虽欲从之,末由也已。每见图书,中心恧焉。"

李郃(主要活动在和、安、顺时期),其父李颉,"以儒学称,官至博士"。李郃承袭父业,游于太学,"通《五经》,善《河》《洛》、风、星"。预言屡中。如和帝初,大将军窦宪娶妻,天下郡国皆有礼庆。李郃进谏汉中太守曰:"窦将军椒房之亲,不修礼德,而专权骄恣,危亡之祸可翘足而待,愿明府一心王室,勿与交通。"太守不听。李郃遂自请进京奉献,故意在路上耽搁时间,"行至扶风,而(窦)宪就国自杀,支党悉伏其诛。凡交通宪者,皆为免官,唯汉中太守不豫焉"。李郃于和帝初举孝廉,官至尚书令、太常。安帝元初四年(117),代袁敞为司空。多次奏陈得失,有忠臣之节概。安帝崩,北乡侯立,为司徒,后以疾疫灾异策免。(以上见《后汉书》卷八二上《方术列传·李郃》)

杨震(主要活动在安帝时期),师事太常桓郁研习《欧阳尚书》,明经博览,无不穷究,时人誉为"关西孔子"。潜心经学,数十年不应州郡荐召。安帝初年,大将军邓骘辟举茂才,历任荆州刺史、东莱太守、涿郡太守、太仆、太常、司徒、太尉。一个精纯的经学家,数十年不应辟召,何以年已五十却忽然要出仕?原因是:"有冠雀衔三鳣鱼,飞集讲堂前。都讲取鱼,进曰:'蛇鳣者,卿大夫服之象也。数三者,法三台也。先生自此升矣。'"飞鸟送来三尾鳣鱼,这是位至三公的吉兆。于是杨震开始去做官。后来杨震被中宦外戚陷害致死,竟不许下葬,"露棺道侧"。一年多后,顺帝即位,才得以归乡入土。"先葬十馀日,有大鸟高丈馀,集震丧前,俯仰悲鸣,泪下沾地,葬毕乃飞去。……于是时人立石鸟象于其墓所。"杨震为官清廉公正,并且勇斗内宠外戚。建光元年(121),"邓太后崩,内宠始横"。时为司徒的杨震接连上疏,抑制安帝乳母王圣及其亲属擅权,"内幸皆怀忿恚"。延光二年(123),杨震为太尉。帝舅大鸿胪耿宝向杨震举荐中常侍李闰之兄,皇后兄执金吾阎显亦推荐其亲信,杨震皆不应允,由是又得罪了擅权的外戚。在此期间,杨震继续接连上疏,弹压中宦外戚,终于次年春被罢免。中宦樊丰等与大将军耿宝,进而共同谮毁杨震"不服罪,怀恚望",安帝乃诏令其归居本郡,杨震自杀。杨震的上疏,义正辞严,往往引经据典,但是经谶并用。如其延光二年因地震上疏曰:"臣蒙恩备台辅,不能奉宣政化,调和阴阳,去年十二月四日,京师地动。臣闻师言:'地者阴精,当安静承阳。'而今动摇者,阴道盛也。其日戊辰,三者皆土,位在中宫①,此中臣近官盛于持权用事之象也。臣伏惟陛下以边境未宁,躬自菲薄,宫殿垣屋倾倚,枝柱而已,无所兴造,欲令远近咸知政化之清流,商邑之翼翼也。而亲近幸臣,未崇断金,骄溢逾法,多请徒士,盛修第舍,卖弄威福。道路讙哗,众所闻见。地动之变,近在城郭,殆为此发。又冬无宿雪,春节未雨,百僚燋心,而缮修不止,诚致旱之征也。《书》曰:'僭恒阳若,臣无作威作福玉食。'唯陛下奋乾刚之德,弃骄奢之臣,以掩訧言之口,奉承皇天之戒,无令威福久移于下。"杨震因发生地震,上疏谏议安帝自掌权要,勿令君权旁落入中宦外戚之手。其理由是:地为阴,地动乃是阴胜于阳的征象;落实到朝廷政治,就是"中臣近官盛于持权用事之象"。(以上均见《后汉书》卷五四《杨震传》)

李固(主要活动在顺帝时期),为李郃之子。少年好学,常步行寻师,不远千里,遂究览坟籍②。顺帝阳嘉二年(133),"有地动、山崩、火灾之异,公卿举固对策,诏又特问当世之敝,为政所宜",李固奏对,谏言五事:反对加封乳母宋娥;反对重用和封赏外戚梁氏;禁举宦官子弟为孝廉;禁授公主子弟实职;中枢机构宜用儒生,裁黜宦官。核心就是批评外戚中宦擅政、不重用儒者的政治状况。对

---

① 李贤注:"戊干、辰支皆土也,并地动,故言三者。"
② 李贤注引《谢承书》曰:"固改易姓名,杖策驱驴,负笈追师三辅,学《五经》,积十馀年。博览古今,明于风角、星筭、《河图》、谶纬,仰察俯占,穷神知变。"

策中贯穿着谶纬思想,劈头就说:"臣闻王者父天母地①,宝有山川。王道得则阴阳和穆,政化乖则崩震为灾。斯皆关之天心,效于成事者也。"文末又说:"今陛下之有尚书,犹天之有北斗也。斗为天喉舌,尚书亦为陛下喉舌②。斗斟酌元气,运平四时③。尚书出纳王命,赋政四海,权尊势重,责之所归。若不平心,灾眚必至。"李固因而遭到诬陷,出为广汉雒令,不赴任而辞归。之后,李固又奏记梁商,请他退辞大将军之职,以表率风化。其中有云:"夫穷高则危,大满则溢,月盈则缺,日中则移。凡此四者,自然之数也。天地之心,福谦忌盛,是以贤达功遂身退,全名养寿,无有怵迫之忧。"(以上均见《后汉书》卷六三《李固传》)这里又充满了道家思想。在李固的思想中,经、谶、道都有呈现。

周举(主要活动在顺帝时期),博学洽闻,为儒者所宗,时人誉为"《五经》从(纵)横周宣光"。顺帝阳嘉三年(134),河南、三辅大旱,周举对策曰:"臣闻《易》称:'天尊地卑,乾坤以定。'二仪交构,乃生万物,万物之中,以人为贵。故圣人养之以君,成之以化,顺四节之宜,适阴阳之和,使男女婚娶不过其时。包之以仁恩,导之以德教,示之以灾异,训之以嘉祥。此先圣承乾养物之始也。夫阴阳闭隔,则二气否塞;二气否塞,则人物不昌;人物不昌,则风雨不时;风雨不时,则水旱成灾。陛下处唐虞之位,未行尧舜之政,近废文

---

① 李贤注:"《春秋感精符》曰:'人主日月同明,四时合信,故父天母地,兄日姊月。'宋均注曰:'父天于圜丘之祀也,母地于方泽之祭也,兄日于东郊,姊月于西郊。'"

② 李贤注:"《春秋合诚图》曰:'天理在斗中,司三公,如人喉在咽,以理舌语。'宋均注曰:'斗为天之舌口,主出政教。三公主导宣君命,喻于人,则宜如人喉在咽,以理舌口,使言有条理。'"

③ 李贤注:"《春秋保乾图》曰:'天皇于是斟元气陈枢,以五易威。'宋均注曰:'威,则也,法也。天皇斟元气,陈列枢机,受行次之当得也。'"按:五,当指五行。

帝、光武之法，而循亡秦奢侈之欲，内积怨女，外有旷夫。今皇嗣不兴，东宫未立，伤和逆理，断绝人伦之所致也。非但陛下行此而已，竖宦之人，亦复虚以形势，威侮良家，取女闭之，至有白首殁无配偶，逆于天心。昔武王入殷，出倾宫之女；成汤遭灾，以六事克己①；鲁僖遇旱，而自责祈雨：皆以精诚转祸为福。自枯旱以来，弥历年岁，未闻陛下改过之效，徒劳至尊暴露风尘，诚无益也。又下州郡祈神致请。昔齐有大旱，景公欲祀河伯，晏子谏曰：'不可。夫河伯以水为城国，鱼鳖为民庶。水尽鱼枯，岂不欲雨？自是不能致也。'陛下所行，但务其华，不寻其实，犹缘木希鱼，却行求前。诚宜推信革政，崇道变惑，出后宫不御之女，理天下冤枉之狱，除太官重膳之费。夫五品不训，责在司徒，有非其位，宜急黜斥。"（以上均见《后汉书》卷六一《周举传》）这个对策正气浩然，而贯穿其中的思想基础便是谶纬。

　　翟酺（主要活动在安、顺时期），四世传《诗》，又"好《老子》，尤善图纬、天文、历筭"。邓太后卒，安帝始亲政，元舅耿宝及皇后兄弟阎显等并用威权。翟酺乃上疏，直斥"今外戚宠幸，功均造化，汉元以来，未有等比。……禄去公室，政移私门"。奏疏中，经、谶、孔、老并举："臣恐威权外假，归之良难，虎翼一奋，卒不可制。故孔子曰'吐珠于泽，谁能不含'②，老子称'国之利器，不可以示人'。此最安危之极戒，社稷之深计也。"顺帝即位，拜光禄大夫，迁将作大匠。屡因灾异，多所匡正。"著《援神》《钩命》解诂十二篇。"（以上均见《后汉书》卷四八《翟酺传》）

---

　　① 李贤注："《帝王纪》曰：汤伐桀，后大旱七年，洛川竭。使人持三足鼎，祝于山川曰：政不节邪？使人疾邪？苞苴行邪？谗夫昌邪？宫室荣邪？女谒行邪？何不雨之极也！"

　　② 李贤注："《春秋保乾图》曰：'臣功大者主威侵，权并族害己奸行，吐珠于泽，谁能不含。'谕君之权柄外假，则必竞取以为己利，犹珠出于泽中，谁能不含取以为己宝也。"按：汉儒多有以纬书为孔子所作者。

安、顺时期,缘于外戚中宦擅权、仕路不公、天灾人祸频仍、社会衰颓等,致使道家思想迅速回潮。看一些例子:

张霸、张楷父子(主要活动在和、安、顺时期)。张霸七岁通《春秋》,后从樊儵受习《严氏公羊春秋》,遂博览《五经》。以为樊儵删述《严氏春秋》犹多繁辞,乃减定为二十万言,更名《春秋张氏学》。和帝永元中,张霸为会稽太守,视事三年,乃谓其掾史曰:"太守起自孤生,致位郡守。盖日中则移,月满则亏。老氏有言:'知足不辱。'"于是称病辞归,不再出仕。(以上见《后汉书》卷三六《张霸传》)张楷为张霸之中子,亦通《严氏春秋》及《古文尚书》,授业门徒常百人。家贫无以为业,常驾驴车至县卖药谋生,略能足给食用,即还乡里。司隶举为茂才,除授长陵县令,张楷并不到任,而隐居于弘农山中。太傅、太尉、司徒、司空、大将军五府接连辟召,举贤良方正,楷皆不应召。汉安元年(142),顺帝特下诏,令河南尹征召,复告疾不到。(以上见《后汉书》卷三六《张霸传附张楷传》)张霸、张楷父子本来修习正统经学,然而其精神、行止都满富道家思想旨趣。

周磐(主要活动在和、安时期),"少游京师,学《古文尚书》《洪范五行》《左氏传》,好礼有行,非典谟不言,诸儒宗之。……教授门徒常千人"。和帝初,拜谒者,除任城长,迁阳夏、重合令。后因思念母亲,弃官还乡里。及其母殁,痛不欲生。公府三辟,周磐对友人说:"昔方回、支父啬神养和,不以荣利滑其生术①。吾亲以没矣,从物何为?"遂不应辟召。(以上均见《后汉书》卷三九《周磐传》)

杨伦(主要活动在安、顺时期),师事司徒丁鸿修习《古文尚书》。初为郡文学掾,但是"志乖于时,以不能人间事,遂去职,不复

---

① 李贤注引《列仙传》曰:"方回,尧时隐人也。尧聘之,练食云母,隐于五柞山。至夏启末,为人所劫,闭之室中,从求道,回化而去。"又引《高士传》曰:"尧、舜各以天下让支父,支父曰:'予适有劳忧之病,方且疗之,未暇理天下也。'"

应州郡命"。此后便居乡专心讲学,弟子千馀人。安帝元初中,州郡礼请,三府并辟,公车征召,均称疾不就。后安帝特征为博士,为清河王傅。顺帝阳嘉二年(133),征拜为太中大夫。大将军梁商以为长史。因谏诤不合,出补常山王傅,称病不赴任。"伦前后三征,皆以直谏不合。既归,闭门讲授,自绝人事。公车复征,逊遁不行,卒于家。"(以上均见《后汉书》卷七九上《儒林列传·杨伦》)

荀淑(主要活动在安、顺时期),为荀子十一世孙。"安帝时,征拜郎中,后再迁当涂长。去职还乡里。当世名贤李固、李膺等皆师宗之。及梁太后临朝,有日食、地震之变,诏公卿举贤良方正,光禄勋杜乔、少府房植举淑对策,讥刺贵幸,为大将军梁冀所忌,出补朗陵侯相。莅事明理,称为神君。顷之,弃官归,闲居养志。产业每增,辄以赡宗族知友。"(《后汉书》卷六二《荀淑传》)

锺皓(主要活动在安、顺时期),家传刑律之学。"少以笃行称,公府连辟,为二兄未仕,避隐密山,以《诗》、律教授门徒千馀人。……前后九辟公府,征为廷尉正、博士、林虑长,皆不就。时皓及荀淑,并为士大夫所归慕。李膺常叹曰:'荀君清识难尚,锺君至德可师。'"(《后汉书》卷六二《锺皓传》)

周燮(主要活动在和、安时期),十岁就学,能通《诗经》《论语》;成年后,专精《礼》《易》。"不读非圣之书,不修贺问之好。有先人草庐结于冈畔,下有陂田,常肆勤以自给。非身所耕渔,则不食也。乡党宗族希得见者。"举孝廉、贤良方正,特征,均称病辞却。延光二年(123),安帝以玄纁羔币征召,周燮曰:"吾既不能隐处巢穴,追绮季之迹,而犹显然不远父母之国,斯固以滑泥扬波,同其流矣。夫修道者,度其时而动,动而不时,焉得亨乎!"仍是称疾不就。(以上均见《后汉书》卷五三《周燮传》)

黄宪(主要活动在安、顺时期),少年时,就得到时贤名流荀淑、袁阆、戴良、陈蕃、周举、郭林宗等的激赏和仰慕。戴良赞誉黄宪道:"瞻之在前,忽焉在后,固难得而测矣。"陈蕃、周举说:"时月之间不见黄生,则鄙吝之萌复存乎心。"郭林宗亦曰:"叔度汪汪若千顷陂,澄之不清,淆之不浊,不可量也。"屡次举孝廉,辟公府,黄宪均不坚拒,但是到了京师随即还乡,终不接受任何职务。天下因而号为"征君"。(以上均见《后汉书》卷五三《黄宪传》)

以上这些人,都是当世学富五车的儒学名流(只有锺皓研习刑律之学,但亦擅《诗》),他们或是轻易辞官如弃敝屣,或是逃官避征唯恐不及。

汉代的方术士,往往都是以儒学为其学术根基,而尤为擅长数术。所以,经谶数术集于一身,是两汉方术士的常态。东汉中期的方术士,于经谶数术之外,还往往颇具道家精神。例如:

樊英(主要活动在和、安、顺时期),"少受业三辅,习《京氏易》,兼明《五经》。又善风角、星筭,《河》《洛》七纬,推步灾异"。樊英著《易章句》,世名"樊氏学",而"以图纬教授"。隐居在壶山之阳,四方慕名前来受业者甚夥。州郡前后多次礼请,均不应召;公卿举贤良方正、有道,亦皆不行。安帝初,征为博士。至建光元年(121),复诏公车赐策书,英仍不至。顺帝永建二年(127),策书备礼,以玄𬘘征召,樊英仍以病笃推辞。顺帝乃下诏切责郡县,强行车载上路。英不得已,到京即称病不肯起。于是强请入殿,犹不屈从。顺帝敬重其名望,令就太医养疾。至永建四年(129)三月,顺帝为樊英设坛席,令公车令前导,尚书奉引,赐几杖,待以师傅之礼遇,咨询朝政得失。樊英遂不敢再辞,拜为五官中郎将。数月后,樊英奏称疾笃,擢为光禄大夫,赐归。(《后汉书》卷八二上《方术列传·樊英》)

唐檀(主要活动在安、顺时期),"少游太学,习《京氏易》《韩诗》《颜氏春秋》,尤好灾异星占。后还乡里,教授常百馀人。……(顺帝)永建五年(130),举孝廉,除郎中。是时白虹贯日,檀因上便宜三事,陈其咎征。书奏,弃官去。著书二十八篇,名为《唐子》"。

(《后汉书》卷八二下《方术列传·唐檀》)

廖扶(主要活动在安、顺时期),"习《韩诗》《欧阳尚书》,教授常数百人。父为北地太守,(安帝)永初中,坐羌没郡下狱死。扶感父以法丧身,惮为吏。及服终而叹曰:'老子有言:"名与身孰亲?"吾岂为名乎!'遂绝志世外。专精经典,尤明天文、谶纬、风角、推步之术。州郡公府辟召,皆不应。就问灾异,亦无所对"。(《后汉书》卷八二上《方术列传·廖扶》)

折像(主要活动在安、顺时期),"通《京氏易》,好黄老言。及国(折像父)卒,感多藏厚亡之义,乃散金帛资产,周施亲疏。或谏像曰:'君三男两女,孙息盈前,当增益产业,何为坐自殚竭乎?'像曰:'昔斗子文有言:"我乃逃祸,非避富也。"吾门户殖财日久,盈满之咎,道家所忌。今世将衰,子又不才。不仁而富,谓之不幸。墙隙而高,其崩必疾也。'智者闻之咸服焉"。(《后汉书》卷八二上《方术列传·折像》)

这些以儒学为体、以数术为用的方术士,或辞官、逃官以避祸,或散财以避"盈满之咎",道家观念主导着他们的思想和行为方式。

至于其时的高士逸民,本就是遗世高蹈的群体,这里仅举两个例子:

矫慎(主要活动在安、顺时期),"少学黄老,隐遁山谷,因穴为室,仰慕松、乔导引之术。与马融、苏章乡里并时,融以才博显名,章以廉直称,然皆推先于慎"。年七十馀,"自言死日,及期果卒"。(《后汉书》卷八三《逸民列传·矫慎》)

法真(主要事迹在顺帝时期),"好学而无常家,博通内外图典,为关西大儒"。法真生性恬静寡欲,不接交人间俗事。辟公府,举贤良,皆不就。同郡田弱举荐真曰:"处士法真,体兼四业[①],学穷

[①] 李贤注:"谓《诗》《书》《礼》《乐》也。"

典奥,幽居恬泊,乐以忘忧,将蹈老氏之高踪,不为玄𫄸屈也。臣愿圣朝就加衮职(按指三公之职),必能唱《清庙》之歌,致来仪之凤矣。"顺帝先后四次虚心征召,法真均不应召,曰:"吾既不能遁形远世,岂饮洗耳之水哉?"于是"深自隐绝,终不降屈"。其友人郭正赞誉道:"法真名可得闻,身难得而见,逃名而名我随,避名而名我追,可谓百世之师者矣!"友人一同刊石颂扬法真,号为"玄德先生"。(《后汉书》卷八三《逸民列传·法真》)

逸民高士的思想行为,极易在社会上传播,也易于影响社会风气。

三

《后汉书》卷六一《左周黄传论》评说东汉前中期的选举和士风道:

> 汉初诏举贤良方正,州郡察孝廉、秀才。……中兴以后,复增敦朴、有道、贤能、直言、独行、高节、质直、清白、敦厚之属。荣路既广,觖望难裁,自是窃名伪服,浸以流竞。权门贵仕,请谒繁兴。自左雄任事,限年试才,虽颇有不密,固亦因识时宜。……故雄在尚书,天下不敢妄选,十馀年间,称为得人。……顺帝始以童弱反政,而号令自出,知能任使,故士得用情,天下喁喁仰其风采。……处士鄙生,忘其拘儒,拂巾衽褐,以企旌车之招矣。至乃英能承风,俊乂咸事,若李固、周举之渊谟弘深,左雄、黄琼之政事贞固,桓焉、杨厚以儒学进,崔瑗、马融以文章显,吴佑、苏章、种暠、栾巴牧民之良干,庞参、虞诩将帅之宏规,王龚、张晧虚心以推士,张纲、杜乔直道以纠违,郎𫖮阴阳详密,张衡机术特妙:东京之士,于兹盛焉。向使庙堂纳其高谋,疆场宣其智力,帷幄容其謇辞,举厝禀其成式,

则武、宣之轨,岂其远而?《诗》云:"靡不有初,鲜克有终。"可为恨哉!

范史此论,可作两层解读:其一,安、顺二帝时期尊重、信用士人;在左雄等正直官吏的努力下,一定程度上革除了"权门请谒"的选举弊端,士人的仕路更加通畅。因此,东汉一朝,以这个时期人才最盛。其二,得以选用任职的士人,他们的"高谋"、"智力"、"謇辞"、"成式"却并未得到实施,未能发挥实际作用,因而"武、宣之轨"不得实现。也就是说,德能出众的士人虽被任用,但是伟志不获骋,徒为憾恨。

东汉中期士人,所面临的正是这样一种现实:一方面,皇帝和朝廷积极纳贤,态度恳切。顺帝征召樊英,就极具标志意义:多次征召不至,顺帝乃严令郡县强送京师;到京师后樊英又称病不起,乃令人强迫其到殿,顺帝怒责道:"朕能生君,能杀君,能贵君,能贱君,能富君,能贫君。君何以慢朕命?"樊英当庭反驳:"臣受命于天。生尽其命,天也;死不得其命,亦天也。陛下焉能生臣,焉能杀臣!臣见暴君如见仇雠,立其朝犹不肯,可得而贵乎?虽在布衣之列,环堵之中,晏然自得,不易万乘之尊,又可得而贱乎?陛下焉能贵臣,焉能贱臣!臣非礼之禄,虽万钟不受;若申其志,虽箪食不厌也。陛下焉能富臣,焉能贫臣!"然而顺帝却并不治罪,反令其就太医养病。两年后,"为英设坛席,令公车令导,尚书奉引,赐几杖,待以师傅之礼,延问得失",拜为五官中郎将。数月后,樊英仍称病坚辞,顺帝乃擢为光禄大夫,允准其归乡,并"令在所送谷千斛。常以八月致牛一头,酒三斛。如有不幸,祠以中牢"。(见《后汉书》卷八二上《方术列传·樊英》)可谓虚心求贤,仁至义尽。但另一方面,东汉中期的政局实情却是小皇帝君权旁落,外戚、中宦专擅,他们为了维护自己小集团的利益,往往沆瀣一气,处处掣肘,致使公益善政不得有效实施。这种状况,在其时朝廷各大臣的传记中屡见不鲜。

因此,东汉中期的士人心态悄然迁变:整体上看,亲近朝廷、希图入仕的倾向虽然没有改变,但是已经不像东汉前期那么热情高涨,那样虽遭受委屈挫折也无怨无悔。同时,也不像东汉后期那样激烈地批判政治腐败,那样离心离德、高蹈远举(详见本书第七章第一节)。这个时期的士人,心态转向冷静务实,没有热烈的渴盼,也没有彻底绝望,他们往往秉持孔子"无可无不可"而"义与之比"的出处原则,或参政,或疏离,入世出世、进取休息三五参半。总之,不执着,随遇而安,是这个时期士人通常的处世态度。从东汉全部历史进程看,这个时期的士人心态,呈现为由进取到隐退的过渡状态。

文人是士人的重要组成部分,上述士人心态变迁之大势,也体现在和、安、顺时期的文人身上。这个时期文人的处世心态,大抵有以下几种情形:

一类是境遇顺风顺水,仕途顺遂,没有大起大落的文人,可以李尤、黄香、班昭为代表。

李尤(44~126),"少以文章显。和帝时,侍中贾逵荐(李)尤有相如、扬雄之风,召诣东观,受诏作赋,拜兰台令史。稍迁,安帝时为谏议大夫,受诏与谒者仆射刘珍等俱撰《汉记》。后帝废太子为济阴王,尤上书谏争。顺帝立,迁乐安相,年八十三卒"。(《后汉书》卷八〇上《文苑列传上·李尤》)从这份履历看,李尤一生顺风顺水,虽无高位显爵,但也没有起落跌宕。只有安帝废太子之事,李尤有所牵连。其详情,《后汉书》卷一五《来歙传附来历传》有具体记载:延光三年(124),安帝乳母王圣等诬陷太子乳母王男、厨监邴吉,皆下狱死。太子思念乳母,数为叹息。王圣及其同党大长秋江京、中常侍樊丰等惧有后患,于是共同构陷太子。安帝大怒,废黜太子为济阴王。太仆来历"乃要结光禄勋㑺讽,宗正刘玮,将作大匠薛皓,侍中闾丘弘、陈光、赵代、施延,太中大夫朱伥、第五颉,中散大夫曹成,谏议大夫李尤,符节令张敬,持书侍御史龚调,羽林右监孔显,城门司马徐崇,卫尉守丞乐闱,长乐、未央厩令郑安世等十馀人,俱诣鸿都门,证太子无过"。安帝严厉训斥,但是并未追究这十几个人的罪责。本传所谓"(李)尤上书谏争",就是指这件有惊无险的事。

黄香(生卒年不详,主要活动在章帝末至安帝初年),"博学经典,究精道术,能文章,京师号曰'天下无双江夏黄童'"。章帝末诏诣东观,"读所未尝见书",后拜尚书郎。和帝永元四年(92)拜尚书左丞,两年后迁尚书令。后擢为东郡太守,黄香上疏辞让不受,和帝亦爱惜黄香干练好用,"复留为尚书令,增秩二千石。……是后遂管枢机,甚见亲重,而香亦祗勤物务,忧公如家"。殇帝延平元年(106),迁魏郡太守。安帝初,"坐水潦事免,数月,卒于家"。(以上见《后汉书》卷八〇上《文苑列传上·黄香》)

班昭(49?~120?)是班彪女,班固妹。博学有高才。班固著《汉书》,其八《表》及《天文志》未及写竟而卒,和帝乃诏班昭至东观藏书阁接续撰写。"(和)帝数召入宫,令皇后诸贵人师事焉,号曰'大家'。每有贡献异物,辄诏大家作赋颂。"及和帝崩,邓太后临朝听政,班昭得以参与政事。邓太后特封其子曹成关内侯,官至齐相。"时《汉书》始出,多未能通者,同郡马融伏于阁下,从昭受读。"安帝永初中,邓太后兄、大将军邓骘上书乞退,太后不许,因以咨询班昭。班昭上疏,赞美邓骘有"谦让之风,德莫大焉",可以"光昭令德,扬名于后",建议太后允准。"太后从而许之。"班昭作《女诫》七篇,"马融善之,令妻、女习焉"。安帝末,班昭年七十馀卒。(以上见《后汉书》卷八四《列女传·曹世叔妻》)

像李尤、黄香、班昭这类文人,其博学文才得到帝王赏识,一生风平浪静,波澜不惊,所以他们的文学作品,大都是闲暇之作。

另一类是秉性恬淡、不慕荣利,然而又不能忘怀世事,深感怀才不遇、抑郁不平的文人,可以张衡为代表。

张衡(78~139)"少善属文,游于三辅,因入京师,观太学,遂通《五经》,贯《六艺》"(《后汉书》卷五九《张衡列传》。以下关于张衡之行事和著述的引文,无特别注明者,均见此本传)。虽才高于世,但从容淡静,并不傲世骄人。和帝永元中,"举孝廉不行,连辟公府不就"。其时天下承平日久,自王侯以下莫不生活奢侈。张衡"乃拟班固《两都》作《二京赋》,因以讽谏。精思傅会,十年乃成"。由此可见张衡从容优游的处世心态。大将军邓骘激赏其才学,多次辟召,而张衡并不应召。因为张衡的志向,不在为官从政,而在于著书立说。《后汉书》本传载,张衡推崇扬雄的《太玄》,曾谓其好友崔瑗曰:

> 吾观《太玄》,方知子云妙极道数,乃与《五经》相拟,非徒传记之属,使人难论阴阳之事,汉家得天下二百岁之书也。复二百岁①,殆将终乎?所以作者之数,必显一世,常然之符也。汉四百岁,《玄》其兴矣。

显然,张衡是以扬雄为人生导师,以为汉家二百年时诞生了扬雄,所著《太玄》堪比《五经》;现下又过了差不多二百年,汉家又当生出一位像扬雄一样的贤圣。此类表述,耳熟能详。前汉司马谈临终曾嘱托其子司马迁云:"自周公卒五百岁而有孔子。孔子卒后至于今五百岁,有能绍明世,正《易传》,继《春秋》,本《诗》《书》《礼》《乐》之际?"司马迁深深认可乃父遗愿:"意在斯乎!意在斯乎!小子何敢

---

① 扬雄作《太玄》在哀帝时(见《汉书》本传),即公元前的五六年之内。张衡卒于顺帝永和四年(139)。自扬雄撰《太玄》至张衡辞世,最多不超过一百五十年。故此"复二百岁"之说,乃是侈说成数。

让焉。"(《史记》卷一三〇《太史公自序》)立志撰著《史记》。显然,张衡"二百岁"之说,乃是以扬雄著《太玄》可拟《五经》之成就自期。

安帝时,张衡被公车特征,拜郎中,再迁为太史令。到顺帝初,复为太史令。官职多年不得升迁,有人质疑张衡学无所用:"吾子性德体道,笃信安仁,约己博艺,无坚不钻,以思世路,斯何远矣!曩滞日官,今又原之。虽老氏曲全,进道若退,然行亦以需。必也学非所用,术有所仰,故临川将济,而舟楫不存焉。徒经思天衢,内昭独智,固合理民之式也?"张衡"乃设客问,作《应间》以见其志"。此种出处进退的情思挣扎,两汉士人多有之。倍感形格势禁、怀才不遇之时,他们都有"此一时也,彼一时也"的感慨。前汉东方朔的《答客难》和两汉之际扬雄的《解嘲》,为怀才不遇的士人提供了两种解脱之途径:前者,面对"尊之则为将,卑之则为虏;抗之则在青云之上,抑之则在深泉之下;用之则为虎,不用则为鼠"的现状,以"时异事异"自慰,进而以修身自洁自勉。东方朔《戒子》文更清晰地说明了这种处世态度的内涵:"明者处世,莫尚于中。优哉游哉,与道相从。首阳为拙,柳惠为工。饱食安步,以仕代农。"(《艺文类聚》卷二三)这种处世态度,成为后世大多数怀才不遇士人的生存准则。而后者,扬雄提出的解脱途径,则与东方朔不丧其志而滑稽玩世的姿态不同,他是遵循孔子"无可无不可"而"义与之比"的处世原则,专心用志于著述,以扬名于后世。这条解脱道路,便非大才莫能办了。张衡仰慕扬雄,他在《应间》中表述的志愿,正是扬雄标立的路径:

君子不患位之不尊,而患德之不崇;不耻禄之不夥,而耻智之不博。……天爵高悬,得之在命,或不速而自怀,或羡旃而不臻,求之无益,故智者面而不思。陟身以徼幸,固贪夫之所为,未得而豫丧也。枉尺直寻,议者讥之,盈欲亏志,孰云非羞?……公旦道行,故制典礼以尹天下,惧教诲之不从,有人之不理。仲尼不遇,故论《六经》以俟来辟,耻一物之不知,有事之无范。……今也,皇泽宣洽,海外混同,万方亿丑,并质共剂,若修成之不暇,尚何功之可立!立事有三,言为下列;下列且不可庶矣,奚冀其二哉!……仆进不能参名于二立,退又不能群彼数子。愁《三坟》之既颓,惜《八索》之不理。庶前训之可钻,聊朝隐乎柱史。且韫椟以待价,踵颜氏以行止。

张衡羞于"盈欲亏志",而以孔子删述《六经》为期。"立言"虽位列"三立"之末,但当此"皇泽宣洽,海外混同,万方亿丑,并质共剂"之时,正是一种高尚的追求。所以,他要"朝隐乎柱史",安于著述,追慕颜子安贫乐道之高踪。这里应特别注意的是,张衡虽与前贤一样,也满含"时移世易"的感慨,但是此时,他并没有东方朔们的郁闷愤慨,他的认识是平静自然的:"世易俗异,事势舛殊,不能通其变,而一度以揆之,斯契船而求剑、守株而伺兔也。冒愧逞愿,必无仁以继之,有道者所不履也。"在张衡看来,时势变异之下,士人必须审时度势调适自己的人生态度,刻舟求剑、守株待兔式的不懂通变的做法是不可取的。这是追求著书立说以扬名不朽的学者型文人,在时势变异之下的一种通脱平静的心态。

但是,张衡也并非没有现实的关怀和忧虑,只不过他懂得进退,并不执拗。顺帝阳嘉中,张衡见时政渐损,权移于下,于是上疏陈事,谏议"威不可分,德不可共","勿令刑德八柄,不由天子"。又见"中兴之后,儒者争学图纬,兼复附以妖言",于是上疏谏议禁绝那些虚妄的图谶。由此深得顺帝信任,擢迁侍中,"引在帷幄,讽议左右"。宦官因而惧怕张衡不利于己,"遂共谗之"。"衡常思图身之事,以为吉凶倚伏,幽微难明,乃作《思玄赋》,以宣寄情志。"遭遇群宦危及自身的谗毁,张衡的心情就不那么平静了,他倍感一介浊世清流的孤独:"既姱丽而鲜双兮,非是时之攸珍。奋余荣而莫见兮,播余香而莫闻。……何孤行之茕茕兮,孑不群而介立!感鸾鹥之特栖兮,悲淑人之稀合";更伤情于黑白颠倒、是非不分的现实:"彼无合其何伤兮,患众伪之冒真。"尽管如此,张衡仍然坚守初衷,节操不改:"欲巧笑以干媚兮,非余心之所尝";人生的理念和追求不变:

收畴昔之逸豫兮,卷淫放之遐心。修初服之娑娑兮,长余佩之参参。文章焕以粲烂兮,美纷纭以从风。御《六艺》之珍驾兮,游道德之平林。结典籍而为罟兮,欧儒①、墨而为禽。玩阴阳之变化兮,咏《雅》《颂》之徽音。嘉曾氏之《归耕》兮,慕历陵之钦崟。共(恭)夙昔而不贰兮,固终始之所服也;夕惕若厉以省愆兮,惧余身之未效也。苟中情之端直兮,莫吾知而不愠。墨无为以凝志兮,与仁义乎消摇。不出户而知天下兮,何必历远以劬劳?

在遭遇沉重挫折之后,张衡决意归往的志向,是"御《六艺》之珍驾兮,游道德之平林"、"墨无为以凝志兮,与仁义乎消摇",儒道并举。其《归田赋》也说:"感老氏之遗诫,将回驾乎蓬庐。弹五弦之妙指,咏周孔之图书。挥翰墨以奋藻,陈三皇之轨模。苟纵心于物外,安知荣辱之所如?"(《文选》卷一五)这种守儒兼道、体孔用老的思想旨趣,代表着东汉中后期许多士人的共同思想特征。

从张衡的身上,可以看到东汉中期文人的一种处世心态:不是汲汲渴渴地追求仕途名利,但也不拒斥;一旦遭遇困辱,便随时或在行动上或在思想上抽身引退。而无论仕隐,他们的内心情志都趋向平静,波澜不惊;同时,坚守人生初衷,始终不改。这种处世态

---

① 按张衡此处所谓"儒",李贤注云:"儒家,子思、孟轲、孙卿等。"

度，从思想根源上看乃是儒道兼修，孔老并重，但是其思想的主体或根基，乃是孔子倡导的"无可无不可"而"义与之比"原则。

东汉中期，还有一类士人，他们不排拒辟召举荐，做官后也十分敬业尽职，但是他们并不贪位恋栈，深明进退而内心平静，随遇而安。这类仕进文人，可以崔瑗、马融为代表。

崔瑗(78～143)是崔骃之子，"早孤，锐志好学，尽能传其父业"。十八岁至京师，跟从大儒贾逵学习经学大义，"遂明天官、历数、京房《易传》、六日七分，诸儒宗之"。在京师游学期间，与马融、张衡交游，特相友好。崔瑗专心好学，并不积极求仕，直到四十多岁才开始做郡吏。其间曾因事入狱，知狱吏擅长《礼》学，考讯闲暇之时，崔"辄问以《礼》说"。其好学如此！出狱后，应度辽将军邓遵辟召入幕，不久邓遵有罪被杀，崔瑗免归。之后，车骑将军阎显召崔瑗入府，得参政事。中常侍江京、陈达等蛊惑安帝废黜太子，崔瑗审时度势，欲劝谏阎显收治江京等，复迎立废太子。但是阎显终日沉醉，崔瑗不得进言。后顺帝即位，阎显兄弟被诛，崔瑗辞归，"不复应州郡命"。久之，大将军梁商初开幕府，首辟崔瑗。崔瑗不愿再为贵戚家吏，称病固辞。后举茂才，任汲令，勤勉行政，"百姓歌之"。汉安初，大司农胡广、少府窦章共同举荐崔瑗，以为"宿德大儒，从政有迹，不宜久在下位"，由此迁济北王相，岁馀病卒。(以上均见《后汉书》卷五二《崔瑗传》)

马融(79～166)"为人美辞貌，有俊才"。从京兆大儒挚恂游学，博通经籍。安帝永初二年(108)，大将军邓骘辟召，马融初不应命，但见到羌乱导致米贵人饥、饿莩相望的社会景况，乃谓友人曰："古人有言：'左手据天下之图，右手刎其喉，愚夫不为。'所以然者，生贵于天下也。今以曲俗咫尺之羞，灭无赀之躯，殆非老庄所谓也。"于是往应邓骘之召。由此可以看到马融贵生的思想。永初四年(110)，拜为校书郎中，与刘珍等共诣东观典校秘书。是时邓太后临朝,邓骘兄弟辅政。"而俗儒世士,以为文德可兴,武功宜废,遂寝蒐狩之礼,息战陈之法,故猾贼从横,乘此无备。"马融则以为安不忘危,文武之道不可偏废,乃于元初二年(115)上《广成颂》以讽谏。因此忤逆邓氏,滞留东观十年不得调用。马融遂辞归。邓太后大怒,诏令州郡禁锢之。直到邓太后崩,安帝亲政,马融方得召还郎署,出为河间王厩长史,复召拜郎中。安帝崩,马融称病辞去,转为郡功曹。顺帝阳嘉二年(133),征诣公车对策,拜议郎。大将军梁商表为从事中郎,转武都太守。至桓帝时为南郡太守。因事令大将军梁冀不满,被免官,髡徙朔方。后得赦还,复拜议郎,重在东观著述,以病去官,卒于家。

关于马融两件颇有争议的事,也需简略提及。一是"为梁冀草奏李固,又作《大将军西第颂》,以此颇为正直所羞";二是"居宇器服,多存侈饰。常坐高堂,施绛纱帐,前授生徒,后列女乐"。前者涉及马融人品,谓其阿谀外戚权贵,没有节操;后者涉及马融行止,居处奢靡,不类学者。实际上,马融此类行为颇具思想史的深厚意蕴,均可从马融贵生的根本思想中得到解释;同时,东汉中期道家思想回潮,也是马融此类行为的土壤。范史谓其"达生任性,不拘儒者之节",实为切中肯綮之评。(以上均见《后汉书》卷六〇上《马融列传》)

崔瑗笃学勤政但是随遇而安,马融贵生惜命亦能达观出处。他们虽然积极用世,随缘出仕,但是进亦可,退亦可,并不执着恋栈。这也是东汉中期士人普遍的处世心态的缩影。

第二节　逞才游艺的文学创作倾向

和帝永元初到桓帝和平前后(约92年前后～150年前后)的文学创作,给人最新鲜而深刻的印象,就是逞才游艺的创作倾向。这

种文学创作旨趣,滥觞于战国末年,至两汉之际不绝如缕。《文心雕龙·杂文》有云:

> 智术之子,博雅之人,藻溢于辞,辞盈乎气,苑囿文情,故日新殊致。宋玉含才,颇亦负俗,始造《对问》,以申其志,放怀寥廓,气实使之。及枚乘摘艳,首制《七发》,腴辞云构,夸丽风骇。盖七窍所发,发乎嗜欲,始邪末正,所以戒膏粱之子也。扬雄覃思文阁,业深综述,碎文琐语,肇为《连珠》,其辞虽小而明润矣。凡此三者,文章之枝派、暇豫之末造也。

刘勰进而梳理汉魏六朝此类作品,一一评说。其中汉人的作品,属于《对问》一类者,有东方朔《答客难》、扬雄《解嘲》、班固《答宾戏》、崔骃《达旨》、张衡《应间》、崔寔《客讥》(当作《答讥》)、蔡邕《释诲》;属于《七发》一类者,有傅毅《七激》、崔骃《七依》、张衡《七辨》、崔瑗《七厉》;而《连珠》一类,则"拟者间出",杜笃、贾逵、刘珍、潘勖均有拟作。从这份作品名目看,与正统的诗、文、赋相比,它们可以称为"文章之枝派",但未必都是"暇豫之末造"。尤其后人的仿拟之作,不乏贴近现实人生、寄托深切情思并且艺术表现精湛者。不过,这个问题并非本章所应讨论;这里要关注的,是刘勰指出的"为文而造情"(语出《文心雕龙·情采》)的文学创作风气——这种创作风气,始于宋玉,两汉之际以后渐盛(从刘勰提出的作者名单即可见出)。刘勰给此类创作的定评是:"智术之子,博雅之人,藻溢于辞,辞盈乎气,苑囿文情,故日新殊致。"也就是说,这是作者凭借其丰茂的才学,为文而造情,所创作的耳目一新的文类和作品。所谓宋玉"含才",枚乘"摘艳"、"腴辞云构",扬雄"文阁"、"碎文琐语",就含有这样的意思。这就是一种逞才游艺的创作风气。

到东汉中期,社会和国力虽开始衰颓但是相对比较平稳,士人的生存状态整体上也没有大起大落,社会心理也由激情澎湃转为沉静平实,于是逞才游艺的创作风气郁起。这个时期的主要作家,都有此类为文造情、展示才学的文学创作,而以李尤、张衡、马融最为耀眼。

李尤(44～126)一生平顺,创作颇多。"少以文章显。和帝时,侍中贾逵荐(李)尤有相如、杨雄之风,召诣东观,受诏作赋,拜兰台令史。"安帝时为谏议大夫,受诏与刘珍等共同撰写《汉记》。顺帝即位,擢为乐安相。年八十三卒。"所著诗、赋、铭、诔、颂、《七叹》《哀典》凡二十八篇。"(《后汉书》卷八〇上《文苑列传上·李尤》)《华阳国志》卷一〇中《广汉仕女》记载其创作比较具体一些:李尤被召诣东观,"作《辟雍》《德阳》诸观赋、《怀戎颂》《百二十铭》,著《政事论》七篇"①。其《怀戎颂》《政事论》及本传所述诗、颂、《哀典》等,均已失传;唯任昉《文章缘起》([宋]章如愚《群书考索》卷二一收录)载有"汉乐安相李尤作《和帝哀策》",亦仅存目。今存李尤的作品只有赋、铭两种文体,包括《德阳殿赋》《东观赋》《平乐观赋》《辟雍赋》《函谷关赋》《七叹》及《百二十铭》中的八十六篇②。除了部分铭文,大抵都是不完整的片段。这些作品,基本都是逞才游艺之作。

---

① [晋]常璩撰,任乃强校注《华阳国志校补图注》,上海:上海古籍出版社1987年版,第564页。

② 今存李尤的八十六铭是:《河铭》《洛铭》《鸿池陂铭》《函谷关铭》《明堂铭》《太学铭》《辟雍铭》《东观铭》《永安宫铭》《云台铭》《德阳殿铭》《鞠城铭》(一作《鞠室铭》)《京师城铭》《高安馆铭》《平乐馆铭》《上林苑铭》《阙铭》《门铭》《谷城门铭》《上东门铭》《中东门铭》《旌门铭》《开阳门铭》《平城门铭》《津城门铭》《广阳门铭》《雍城门铭》《上西门铭》《夏城门铭》《堂铭》《室铭》《楹铭》《牖铭》《井铭》《灶铭》《钟簴铭》《琴铭》《笛铭》《漏刻铭》《屏风铭》《书案铭》《经樬铭》《读书枕铭》《笔铭》《错佩刀铭》《金马书刀铭》《宝剑铭》《戟铭》《弧矢铭》《良弓铭》《弩铭》《弹铭》《铠铭》《盾铭》《鞍铭》《辔铭》《马箠铭》《钲铭》《武库铭》《卧床铭》《几铭》《席铭》《灵寿杖铭》《麈尾铭》《镜铭》《熏炉铭》《印铭》《研墨铭》《冠帻铭》《文履铭》《舟楫铭》《小车铭》《天辟车铭》(一作《辂车铭》)《鼎铭》《盘铭》《盂铭》《樽铭》《杯铭》《羹魁铭》《安哉铭》《匜匦铭》《丰侯铭》《箕铭》《围棋铭》《金羊灯铭》《权衡铭》。

赋为汉世文学之正体,无论其实际效果如何,讽谏、建言或是歌颂,总是作赋的基本用意。今存李尤的赋作片段,则除了"腴辞云构,夸丽风骇"之外,似乎看不出有什么深刻切实的思想内涵。以下是作品实例:

> 开三阶而参会,错金银于两楹。入青阳而窥总章,历户牖之所经。连璧组之润漫,杂虬文之蜿蜒。尔乃周阁回迎,峻楼临门。朱阙岩岩,嵯峨概云。青琐禁门,廊庑翼翼。华虫诡异,密采珍缛。达兰林以西通,中方池而特立。果竹郁茂以蓁蓁,鸿雁沛裔而来集。德阳之北,斯曰濯龙。葡萄安石,蔓延蒙笼。橘柚含桃,甘果成丛。文栋曜水,光映煌煌。(《德阳殿赋》,《艺文类聚》卷六二)

> 敷华实于雍堂,集干质于东观。东观之艺,孽孽洋洋。上承重阁,下属周廊。步西蕃以徙倚,好绿树之成行。历东厓之敞坐,庇蔽茅之甘棠。前望云台,后匝德阳。道无隐而不显,书无阙而不陈。览三代而采宜,包郁郁之周文。(《东观赋》,《艺文类聚》卷六三)

> 乃设平乐之显观,章秘玮之奇珍。习禁武以讲捷,厌不羁之退邻。徒观平乐之制,郁崔嵬以离娄。赫岩岩其崟峇,纷电影以盘盱。弥平原之博敞,处金商之维陬。大厦累而鳞次,承岧峣之翠楼。过洞房之转闳,历金环之华铺。南切洛滨,北陵仓山。龟池决漭,果林榛榛。天马沛艾,鼍尾布分。尔乃大和隆平,万国肃清。殊方重译,绝域造庭。四表交会,抱珍远并。杂沓归谊,集于春正。玩屈奇之神怪,显逸才之捷武。百僚于时,各命所主。方曲既设,秘戏连叙。逍遥俯仰,节以鞉鼓。戏车高橦,驰骋百马。连翩九仞,离合上下。或以驰骋,覆车

颠倒。乌获扛鼎,千钧若羽。吞刀吐火,燕跃鸟峙。陵高履索,踊跃旋舞。飞丸跳剑,沸渭回扰。巴渝隈一,踰肩相受。有仙驾雀,其形蚴虬。骑驴驰射,狐兔惊走。侏儒巨人,戏谑为耦。禽鹿六驳,白象朱首。鱼龙曼延,崰崹山阜。龟螭蟾蜍,挈琴鼓缶。(《平乐观赋》,《艺文类聚》卷六三)

辟雍岩岩,规矩圆方。阶序牖闼,双观四张。流水汤汤,造舟为梁。神圣班德,由斯以匡。王公群后,卿士具集。攒罗鳞次,差池杂沓。延忠信之纯一兮,列左右之貂珰。三后八蕃,师尹群卿。加休庆德,称寿上觞。戴甫垂毕,其仪跄跄。是以乾坤所周,八极所要。夷戎蛮羌,儋耳哀牢。重译响应,抱珍来朝。南金大路,玉象犀龟。(《辟雍赋》,《艺文类聚》卷三八)

尔乃周览以泛观,历众关以游目。惟迂阔之显丽,羌莫盛乎函谷。施雕瓷以作好,建峻敞之坚重。殊中外以隔别,翼巍巍之高崇。命尉臣以执钥,统群类之所从。严固守之猛厉,操戈钺而普聪。蕃镇造而惕息,侯伯过而震惶。惟函谷之初设险,前有姬之苗流。睢背魏而西逝,托衾衣以免搜。大汉承弊以建德,革厥旧而运修。准令宜以就制,因兹势以立基。盖可以诈非司邪,枯执喉咽。季末荒戍,堕关有年。天闵群黎,命我圣君。稽符皇乾,孔适河文。中兴再受,二祖同勋。永平承绪,钦明奉循。上罗三关,下列九门。(《函谷关赋》,《艺文类聚》卷六①)

上列赋作的前四篇,无非是对德阳殿、东观、平乐观、辟雍几处

---

① 《古文苑》卷六亦收录李尤《函谷关赋》,字数比《类聚》多出一倍。多出的部分,是铺写函谷关的地理形势和历史沿革。《类聚》录文对这两个内容有所删节。

京城著名建筑的描摹，夸饰其形势建构，铺叙其中人的活动，当然含有赞颂大汉盛世之义，但由于描述太过虚泛华丽，没有多少实感，其颂世之义便轻如毛羽。只有《函谷关赋》，在夸饰关塞的高峻险要之后，通过叙述函谷关的历史沿革来颂扬大汉受命于天，其颂世旨意比较明白。当然，今存李尤的赋作，基本都是在类书（《艺文类聚》《初学记》等）引录时被删减过的片段，已不能见其全貌。但是无论如何，此类赋作往往缺乏真切的现实社会人生实感，其虚浮夸丽、逞竞才学的基本面貌，应该可以断定。

李尤《七叹》[①]，也仅存片段：

> 奇宫闲馆，回庭洞门。井干广望，重阁相因。夏屋渠渠，嵯峨合连。前临都街，后据流川。梁王青黎，卢橘是生。白华绿叶，扶疏各荣。与时代序，孰不堕零。黄景炫炫，眩林曜封。金衣素里，班白内充。副以芋柘，丰弘诞节。纤液玉津，旨于饮蜜。（《艺文类聚》卷五七）

这篇赋作，唐宋诸类书及《文选》李善注等多有引句，上列《类聚》卷五七录文最多。据今存的片段文字，此作乃是描写宫馆园林景致美富，大概并无感慨生民多艰之类意蕴；其题目所谓"叹"，盖为叹赏、赞叹之义。这也可以从其他典籍的引句中得到证明：《太平御览》卷九七一："鸿柿若瓜"；《编珠》卷四："金衣素里，斑理内充。滋味伟异，淫乐无穷"；《初学记》卷二八："梁土青丽，卢橘是生。白华

[①] 此作之篇名不一：《艺文类聚》卷五七、《太平御览》卷九七一均题为《七款》；《文选》卷一八马融《长笛赋》李善注题为《七疑》，而其卷四左思《蜀都赋》注、卷三五张协《七命》注、卷四〇陈琳《答东阿王笺》注则均题为《七叹》；《编珠》卷四、《初学记》卷二八、《楚辞补注·橘颂》均题为《七叹》。按：款、疑、欺三字形近，盖传抄讹误所致。《后汉书》李尤本传作《七叹》，当从之。

绿叶,扶疏冬荣";《文选》卷四左思《蜀都赋》注:"龙鼍水处";又其卷三五张协《七命》注:"季秋末际,高风欻厉";又其卷三五张协《七命》注、卷四〇陈琳《答东阿王笺》注:"神奔电驱,星流矢惊,则莫若益野腾驹";《楚辞补注·橘颂》:"白华绿叶,扶疏冬荣。金衣素里,班理内充。"这些句子,显然都是描写宫馆苑囿奢丽富华一类内容,与现实的社会民生无关。

李尤堪称东汉铭文第一作手,几乎无物不铭。晋挚虞《文章流别论》云:"李尤为铭,自山河都邑至于刀笔笮契,无不有铭,而文多秽病。讨论润色,亦可采录。"(《太平御览》卷五九〇)《玉海》卷六〇引《李尤集序》也说:"尤好为铭赞,门阶户席,莫不有述。"这种创作情形,犹如后世南朝的宫体诗人,举凡有形无形之物,无物不咏。遇物辄铭,就不是为情造文,而是为文造情(内容或题材),无疑是逞才游艺的创作习气。

铭文由来已久,原本文风典重且有实用。《文心雕龙·铭箴》云:

> 昔帝轩刻舆几以弼违,大禹勒笋簴而招谏,成汤盘盂,著日新之规,武王户席,题必戒之训,周公慎言于金人,仲尼革容于欹器,则先圣鉴戒,其来久矣。故铭者,名也,观器必也正名,审用贵乎盛德。盖臧武仲之论铭也,曰:"天子令德,诸侯计功,大夫称伐。"夏铸九牧之金鼎,周勒肃慎之楛矢,令德之事也;吕望铭功于昆吾,仲山镂绩于庸器,计功之义也;魏颗纪勋于景钟,孔悝表勤于卫鼎,称伐之类也。

这里说,自黄帝、大禹已还,往往有铭①,而铭文之意义大抵有二:

---

① 《文心雕龙》此段文字所涉典事较多,具见范文澜《文心雕龙注》,第195—199页。

或用以警戒行止,或用以彰德表功。用以鉴戒,则须正直切实,故扬雄《法言·修身》云:"铭哉,铭哉,有意于慎也";曹丕《典论·论文》云:"铭诔尚实。"用以记功表德,则当信实典重,故挚虞《文章流别论》云:"德勋立而铭著。"(《艺文类聚》卷五六)又云:"上古之铭,铭于宗庙之碑。蔡邕为杨公作碑,其文典正,末世之美者也。后世以来,器铭之嘉者,有王莽《鼎铭》,崔瑗《机铭》,朱公叔《鼎铭》,王粲《砚铭》,咸以表显功德。……勒钟鼎之义,所言虽殊而令德一也。"(《太平御览》卷五九〇)

李尤铭文之创作风调,已经游离其典正信实的本来面貌,走向了夸饰虚浮。举几个相对完整的例子来看:

  洋洋河水,赴宗于海。经自中州,龙图所在。昔周武诸侯,会于孟津。鱼入王舟,乃往克殷。大汉承绪,怀附遐邻。邦事来济,各贡厥珍。(《河铭》,《艺文类聚》卷八)

  洛出熊耳,东流会集。夏禹导疏,经于洛邑。玄龟赤字,汉符是立。帝都通路,建国南乡。万乘终济,造舟为梁。三都五州,贡篚万方。广视远听,审任贤良。元首昭明,庶类是康。(《洛铭》,《初学记》卷六)

  函谷险要,襟带喉咽。尹从李老,留作二篇。孟尝离秦,奔骛东征。夜造稽疑,谲以鸡鸣。范睢将入,自盛以囊。元鼎革移,错之新安。舍彼西阻,东即高原。长墉重阁,闲固不逾。简易易从,与乾合符。(《函谷关铭》,《艺文类聚》卷六)

  布政之室,上圆下方。体则天地,在国正阳。窗闼四设,流水洋洋。顺节行化,各居其房。春恤幼孤,夏进贤良。秋厉武人,冬谨关梁。(《明堂铭》,《艺文类聚》卷三八)

  周氏旧区,皇汉寔循。房闼内布,疏绮外陈。升降三除,

贯启七门。是谓东观,书籍林泉。列侯弘雅,治掌艺文。(《东观铭》,《艺文类聚》卷六三)

虚左致贤,设坐来宾。筵床对几,盛养已陈。殽仁饮义,枕典席文。道可醉饱,何必清醇。(《床几铭》,《北堂书钞》卷一三三)

龙渊曜奇,太阿飞名。陆断犀兕,水截鲵鲸。善击之妙,齐契更赢。缙绅咸服,翼宣仪刑。岂徒振武,义合金声。(《宝剑铭》,《北堂书钞》卷一二二)

容易看出,这些作品虽题名为铭,实则更近于赋、颂。其共同的特点:没有切实深湛的思想情志,只是依题铺叙夸饰,罗列相关的典事,聊作浮泛的歌颂。这是李尤为铭而铭以逞示才学的创作动机所导致的必然结果。

张衡(78～139)才高于世,思想深湛,为人又从容淡静,不与俗人交游。但是,他也难免受到时代文风的影响,创作了不少逞才游艺的作品。从其可以见出基本梗概的存世作品看,《温泉赋》《舞赋》《定情赋》《冢赋》《羽猎赋》《扇赋》(残句)及《七辩》,基本都属于此类。

《温泉赋》序云:"余适骊山,观温泉,浴神井,美洪泽之普施,乃为赋。"这个短序,其实很好地说明了张衡创作此赋的无聊。赋作本身呈现的风貌也印证了这一点:

阳春之月,百草萋萋。余在远行,顾望有怀。遂适骊山,观温泉,浴神井,风中峦。壮厥类之独美,思在化之所原。览中域之珍怪,无斯水之神灵。控汤谷乎瀛洲,濯日月乎中营。荫高山之北延,处幽屏以闲清。于是殊方跋涉,骏奔来臻。士女晔其鳞萃,纷杂沓其如绌。乱曰:天地之德,莫若生兮。帝育蒸人,资厥成兮。六气淫错,有疾疠兮。温泉汩焉,以流秽兮。蠲除苛慝,服中正兮。熙哉帝载,保性命兮。(《古文苑》卷五)

作者说他于春和景明之时,到骊山温泉洗浴,于山峦吹风,恬适于此地的幽美清闲,于是感恩天地生养人类的大美之德,决意要珍惜生命。这种轻飘飘的生命感受,真是无谓!但是它的文字,典则而华丽,精炼美雅又如风行水面般地自然流荡,的为文学大家之手笔。

其《舞赋》《羽猎赋》《冢赋》的文笔,是同样的辞藻华丽、描摹细腻而琳琅。《舞赋》描摹歌舞娱乐场景:

音乐陈兮旨酒施,击灵鼓兮吹参差,叛淫衍兮漫陆离。于是饮者皆醉,日亦既昃,美人兴而将舞。乃修容而改袭,服罗縠之杂错,申绸缪以自饰。拊者啾其齐列,盘鼓焕以骈罗。抗修袖以翳面兮,展清声而长歌。歌曰:"惊雄逝兮孤雌翔,临归风兮思故乡。"搦纤腰而互折,嫚倾倚兮低昂。增芙蓉之红花兮,光的皪以发扬。腾瞵目以顾眄,盼烂烂以流光。连翩骆驿,乍续乍绝。裾似飞燕,袖如回雪。于是粉黛施兮玉质粲,珠簪挺兮缁发乱。然后整笄揽发,被纤垂紫。同服骈奏,合体齐声。进退无差,若影追形。(《艺文类聚》卷四三)

烘托舞场的丽靡热烈气氛,细腻摹画舞女的舞姿及歌声,生动鲜活,如在目前。

《羽猎赋》今仅存片段:

皇上感天威之缪烈,思太昊之观虞。虞人表林麓而廓莱薮,翦荆梓而夷榛株。于是凤皇献历,太仆驾具,蚩尤先驱,雨师清路,山灵护阵,方神跸御,羲和奉辔,骈节西征。翠盖葳蕤,鸾鸣礚硲。山谷为之澹淡,丘陵为之籔倾。于是皇舆绸缪,迁延容与,抗天津于伊洛,夐遥集乎南圃。大诏猎者,竞逐长驱,轻车飙厉,羽骑电骛,雾合云集,波流雨注,马蹂麋鹿,轮轥雉兔,弓不妄弯,弩不虚举,鸟惊絓罗,兽与矢遇。(《艺文类聚》卷六六)

夸饰铺叙皇家苑囿狩猎场面,文字辞藻编织绵密。

《冢赋》题材奇异,专门描写坟墓:

载舆载步,地势是观。降此平土,陟彼景山。一升一降,乃心斯安。尔乃隳巍山,平险陆,刊蓁林,凿盘石,起峻垒,构大桴。高冈冠其南,平原承其北。列石限其坛,罗竹藩其域。系以修隧,洽以沟渎。曲折相连,迤靡相属。乃树灵木,灵木戎戎。繁霜峨峨,匪雕匪琢。周旋顾盼,亦各有行。乃相厥宇,乃立厥堂,直之以绳,正之以日。有觉其材,以构玄室。奕奕将将,崇栋广宇。在冬不凉,在夏不暑。祭祀(《艺文类聚》作祝)是居,神明是处。修隧之际,亦有披门。披门之西,十一馀半。下有直渠,上有平岸。舟车之道,交通旧馆。寒渊虑弘,存不忘亡。恢厥广(一作庙)坛,祭我兮子孙。宅兆之形,规矩之制。希而望之方以丽,践而行之巧以广。幽墓既美,鬼神既宁。降之以福,于以(一作如水)之平。如春之卉,如日之升。(《古文苑》卷五)

从选址、筑造,一直到坟墓的形制及"鬼神既宁"、"降之以福"的祈愿,都作了透彻细腻的铺叙。但是仅此而已,既没有深湛的生命沉思,也没有撼人心魄的感动力量。读者印象最深刻的,是作者纯熟的文字表现能力。

其《定情赋》的文笔,是同样的妖冶艳丽却又自然流畅:

> 夫何妖女之淑丽,光华艳而秀容。断当时而呈美,冠朋匹而无双。叹曰:大火流兮草虫鸣,繁霜降兮草木零。秋为期兮时已征,思美人兮愁屏营。(《艺文类聚》卷一八)

张衡的《七辩》(载《艺文类聚》卷五七),是沿袭传统"七"体的赋作。因此,其七段劝谏依次展开、曲终奏效的基本结构模式依旧。但是,这篇赋作颇有新意:首先是它的题材令人耳目一新。经过反复的论辩劝谏,令"祖述列仙,背世绝俗,唯诵道篇"、"淹在幽隅,藏声隐景,划迹穷居"的"无为先生"翻然回转,表示"敬受教命,敢不是务",决心要"列乎帝庭,揆事施教"去了。其次,更加令人印象深刻的,是以下两点:一是谋篇运思的创新——不再是两个人的对话,而是七对一的对话。张衡虚拟了虚然子、雕华子、安存子、阙丘子、空桐子、依卫子、髣无子七个人,相继以宫室之丽、滋味之丽、音乐之丽、女色之丽、舆服之丽、神仙之丽和"汉虽旧邦,其政惟新",依次接踵劝诱无为先生出仕。这是对"七"体模式的重要开拓。二是与张衡其他闲逸的赋作一样,文笔绵密,并且流丽烂漫。如:

> 乐国之都,设为闲馆。工输制匠,谲诡焕烂。重屋百层,连阁周漫。应门锵锵,华阙双建。雕虫彤绿,蛸虹蜿蜒。于是弹比翼,落鸥黄,加双鹇,经鸳鸯。然后擢(櫂)云舫,观中流,搴芙蓉,集芳洲,纵文身,搏潜鳞,探水玉,拔琼根。收明月之照曜,玩赤瑕之璘㻞。(《艺文类聚》卷五七)

这是虚然子以"宫室之丽"劝诱无为先生的段落,不止描画宫室闲馆的富丽,同时也写生活于其中的闲雅逍遥,诱惑十足。

张衡的上述赋作,与切实的日常生活没有太多实质的关联;尤其具体的艺术表现,可谓闲情逸致,都雅流丽,轻忽飘荡,概属逞才游艺之作。

马融(79~166)"才高博洽,为世通儒,教养诸生,常有千数",卢植、郑玄都是他的弟子(见《后汉书》卷六〇上《马融列传》)。马融为一代大儒,同时儒道兼修。"贵生"思想,在他的生命中占有极为重要的地位。一生颇有跌宕起伏,但是"达生任性,不拘儒者之节"(同上)的性情不曾改变,是一个非常重视生活品质的人。马融学术著作甚夥,赋、颂创作亦不为少①,但是他的赋、颂作品留存状况不佳。除《后汉书》本传所载《广成颂》和《文选》所收《长笛赋》外,其馀存世的赋、颂作品盖均非完篇。

今存马融的作品,《广成颂》为严肃端正的讽谏之作,此处暂不论;其馀的《长笛赋》《琴赋》《围棋赋》《樗蒲赋》四篇,则都是抒写闲情雅志的游艺之作。

其《长笛赋》(载《文选》卷一八),是文学史上颇负盛名的作品。但实际上,它的基本结构、运思、意旨,都是西汉王褒《洞箫赋》的翻版:从制作长笛的材料竹子写起,依次是:竹子生长之地高峻险僻,竹木经受各种艰险的锤炼成就其善鸣的品质;伐竹制笛;笛声笛曲;笛曲的意义;笛曲强大的感染教化力。《长笛赋序》已经清楚地说明了其缘起和作意:"(融)为督邮,无留事,独卧郿平阳邬中。有雒客舍逆旅,吹笛为《气出》《精列》相和。融去京师逾年,暂闻,甚

---

① 《后汉书》卷六〇上《马融列传》:"著《三传异同说》,注《孝经》《论语》《诗》《易》《三礼》《尚书》《列女传》《老子》《淮南子》《离骚》。所著赋、颂、碑、诔、书、记、表、奏、七言、琴歌、对策、遗令,凡二十一篇。"《隋书·经籍志四》著录"后汉南郡太守《马融集》九卷"。

悲而乐之。追慕王子渊、枚乘、刘伯康、傅武仲等箫琴笙颂，唯笛独无，故聊复备数，作《长笛赋》。"这就是说，马融为官州郡，闲居无聊，因前人尚无赋笛之作，遂作此赋"聊复备数"。因此，《长笛赋》虽在形式、构思上模仿王褒的赋作，但是它并没有像《洞箫赋》那样以箫况人，融入作者深切的生命体验①，只不过是炫耀作者的才学文笔而已。而就文笔和才学来说，《长笛赋》确有其精湛过人之处，如其写笛曲：

> 尔乃听声类形，状似流水，又象飞鸿。泛滥溥漠，浩浩洋洋。长矕远引，旋复回皇。充屈郁律，瞋菌碨柍。酆琅磊落，骈田磅唐。取予时适，去就有方。洪杀哀序，希数必当。微风纤妙，若存若亡。荵滞抗绝，中息更装。奄忽灭没，晔然复扬。或乃聊虑固护，专美擅工。漂凌丝簧，覆冒鼓钟。或乃植持缞缪，佁儗宽容。箫管备举，金石并隆。无相夺伦，以宣八风。律吕既和，哀声五降。曲终阕尽，馀弦更兴。繁手累发，密栉迭重。蹈跼攒仄，蜂聚蚁同。众音猥积，以送厥终。（《文选》卷一八）

不止以各种有形的意象摹画笛曲，而且细微传神地描述出笛曲的巨细低昂、断续变化、独鸣齐奏、起承转结，堪称些微毕现，笔力惊人。

他的《琴赋》，今仅存《艺文类聚》卷四四节录的片段："惟梧桐之所生，在衡山之峻陂。于是遨闲公子，中道失志，孤茕特行，怀闵抱思。昔师旷三奏，而神物下降，玄鹤二八，轩舞于庭。何琴德之

---

① 参见拙著《西汉文学思想史》第六章第三节论王褒《洞箫赋》部分，台北：台湾商务印书馆2013年修订版，第247—248页。

深哉!"这是典籍中存留此作文字最多的一段①,着重描写琴曲的艺术感染力。此作其他的内容,就不得而知了。

马融的《围棋赋》《樗蒲赋》,就更明显是逞才游艺的作品了:

略观围棋,法于用兵。三尺之局,为战斗场。陈聚士卒,两敌相当。怯者无功,贪者先亡。先据四道,守角依傍。缘边遮列,往往相望。离离马目,连连雁行。踔度间置,徘徊中央。收取死卒,无使相迎。当食不食,反受其殃。离乱交错,更相度越。守规不固,为所唐突。深入贪地,杀亡士卒。狂攘相救,先后并没。计功相除,以时早讫。事留变生,拾棋欲疾。营或窘乏,无令诈出。深念远虑,胜乃可必。(《围棋赋》,《古文苑》卷五)

昔有玄通先生,游于京都。道德既备,好此樗蒲。伯阳入戎,以斯消忧。枰则素旃紫罽,出乎西邻。缘以缋绣,纻以绮文。杯则摇木之干,出自崑山。矢则蓝田之石,卞和所工。含精玉润,不细不洪。马则玄犀象牙,是磋是磨。杯为上将,木为军副,齿为号令,马为翼距,筹为策动,矢法卒数。于是芬葩贵戚,公侯之俦,坐华榱之高殿,临激水之清流。排五木,散九齿,勒良马,取道里。是以战无常胜,时有逼遂。临敌攘围,事在将帅,见利电发,纷纶滂沸。精诚一叫,入卢九雉,磊落踸踔,并来猥至。先名所射,应声粉溃。胜贵欢悦,负者沉悴。(《樗蒲赋》,《艺文类聚》卷七四)

---

① 其他如《初学记》卷五,《文选》卷一八嵇康《琴赋》注、卷四六颜延之《三月三日曲水诗序》注、卷四七刘伶《酒德颂》注及《白帖》卷五均有引录,但所引赋句都在此段之中。

樗蒲,类于今天的象棋。显然,这是两篇描述棋艺的赋作,述说围棋、樗蒲的游戏谋略和技巧。其创作之十足的游戏性质,不需多言。

东汉中期的作家作品,除上述李尤、张衡、马融而外,班昭的《针缕赋》《蝉赋》,黄香的《九宫赋》,王逸的《机赋》《荔支赋》等,都是逞才游艺一类创作。简述如下。

班昭(49?～120?)是班彪女,班固妹。博学有高才。和帝时,诏入东观藏书阁,续作乃兄班固未及完成的《汉书》之八《表》及《天文志》。和帝还"数召入宫,令皇后诸贵人师事焉,号曰'大家'。每有贡献异物,辄诏大家作赋颂"。当时《汉书》开始流传,习者多不能读通,大儒马融即曾跟从班昭受读《汉书》。班昭的创作,有"赋、颂、铭、诔、问、注、哀辞、书、论、上疏、遗令凡十六篇"。(以上见《后汉书》卷八四《列女传·曹世叔妻》)《隋书》卷三五《经籍志四》记载:"梁有《班昭集》三卷,亡。"今存班昭赋作四篇,其中《针缕赋》《蝉赋》(仅存片段),即是闲情逸志之作:

> 镕秋金之刚精,形微妙而直端。性通远而渐进,博庶物而一贯。惟针缕之列迹,信广博而无原。退逶迤以补过,似素丝之《羔羊》。何斗筲之足算,咸勒石而升堂。(《针缕赋》,《艺文类聚》卷六五)

> 伊玄虫之微陋,亦摄生于天壤。当三秋之盛暑,陵高木之流响。融风被而来游,商焱厉而化往。(《蝉赋》,《艺文类聚》卷九七)

《针缕赋》描述针线的形质、作用和形上意义,其实不能出荀子《针赋》之右。《蝉赋》仅存片段,描写了蝉的习性,已看不出更多的意涵。不过,无论如何,这类赋作都不是情动于衷、不得不发的创作。

黄香(主要活动在章帝末至安帝初)青少年时即已"博学经典,

究精道术,能文章,京师号曰'天下无双江夏黄童'"。史传记载其作品有"赋、笺、奏、书、令,凡五篇"①。(以上见《后汉书》卷八〇上《文苑列传上·黄香》)《隋书》卷三五《经籍志四》记载:"梁有魏郡太守《黄香集》二卷,亡。"今存黄香的作品中,有《九宫赋》(载《古文苑》卷六,《艺文类聚》卷七八有节录),堪称逞才游艺的典型作品。顾名思义,这篇赋作就是描述九宫及其意义。九宫,指九个方位,即所谓"文王八卦方位"——北坎、东北艮、东震、东南巽、南离、西南坤、西兑、西北乾,再加上中央宫。汉代学者,把方位和天象、五行、时令、人事等牵合起来,形成了一整套复杂的谶纬知识②,用以指导行政实践甚至日常生活。《九宫赋》的创作,即以此为知识背景。至于其创作目的和意义,龚克昌等《两汉赋评注》的述评颇为准确:"《史记·封禅书》:'天神贵者太一,太一佐曰五帝。'可见太一是汉代最尊贵的神,他的地位极高,在五帝之上。《易乾凿度》郑玄注:'四正四维为八卦神所居,故亦名之曰宫。天一(即太一)下行,犹天子出巡狩省方岳之事,每卒中复。'反过来说,天子居帝京,巡视八方,犹太一之居紫宫省视八方。在这里,天人完全合一了。这也就是此赋写作的主题。可见,《九宫赋》受纬

---

① 《后汉书》传记中的目录往往并不完善。比如黄香的作品,今存还有《屏风铭》(见《北堂书钞》卷一三二、《太平御览》卷五九〇、《玉海》卷九一、《古今合璧事类备要》外集卷五〇)和《天子冠颂》(见《初学记》卷一四、《通典》卷五六《礼十六·天子加元服》、《太平御览》卷五四〇等),就不在其本传的这个目录中。

② 这套知识系统太过复杂,加之相关史料或零散或阙如,今天实难详确了解。这里仅列出《古文苑》卷六《九宫赋》章樵的题解,以便粗略感知其梗概:"《河图》之数,戴九履一,左三右七,二四为肩,六八为足,五居中央,从横十五。《易乾凿度》曰:'太一取其数,以行九宫。'郑玄注云:'太一者,北辰神名也。下行八卦之宫,每四乃还于中央。中央者,地神之所居,故谓之九宫。'天数以阳出,以阴入。阳起于子,阴起于午,是以太一下行九宫,从坎宫始,自此而坤宫,又自此而震宫,既。又自此而巽宫,所行者半矣,还息于中央之宫,既。又自此而乾宫,自此而兑宫,自此而艮宫,自此而离宫,行则周矣。上游息于太一之星,而反紫宫,行起从坎宫,终于离宫也。"

书的影响是极明显的。"①这篇赋作,几乎句句罗列知识掌故,追求文字典雅以至于诘屈聱牙,难以卒读,的为逞竞才学之极品。

王逸(90?~165?)安帝时拜校书郎,顺帝时为侍中,著作有《楚辞章句》。同时,他也是东汉中期的重要作家。"其赋、诔、书、论及杂文,凡二十一篇。又作《汉诗》百二十三篇。"(《后汉书》卷八〇上《文苑列传上·王逸》)《隋书》卷三五《经籍志四》记载:"梁有《王逸集》二卷,录一卷,亡。"今存其《机赋》《荔支赋》二篇,前者赋织布机,后者赋荔枝,都是逞才游艺之作:

> 帝轩龙跃,庶业是昌。俯覃圣恩,仰览三光。爰制布帛,始垂衣裳。于是取衡山之孤桐,南岳之洪樟。结灵根于盘石,托九层于岩傍。性条畅以端直,贯云表而剀仓。仪凤晨鸣翔其上,怪兽群萃而陆梁。于是乃命匠人,潜江奋骧,逾五岭,越九冈,斩伐剖析,拟度短长。胜复回转,克像乾形。大匡淡泊,拟短则川平。光为日月,盖取昭明。三轴列布,上法台星。两骥齐首,俨若将征。方圆绮错,微妙穷奇。虫禽品兽,物有其宜。兔耳跧伏,若安若危。猛犬相守,窜身匿蹄。高楼双峙,下临清池。游鱼衔饵,瀺灂其陂。鹿卢并起,纤缴俱垂。一往一来,匪劳匪疲。于是暮春代谢,朱明达时。蚕人告讫,舍罢献丝。或黄或白,蜜蜡凝脂。纤纤静女,经之络之。尔乃窈窕淑媛,美色贞怡。解鸣佩,释罗衣,披华幕,登神机,乘轻杼,览床帷。动摇多容,俯仰生姿。(《机赋》,《艺文类聚》卷六五)

> 暧若朝云之兴,森如横天之彗,湛若大厦之容,郁如峻岳之势。修干纷错,绿叶蓁蓁。灼灼若朝霞之映日,离离如繁星

---

① 龚克昌等《两汉赋评注》,济南:山东大学出版社2011年版,第556—557页。

之着天。皮似丹罽,肤若明珰,润侔和璧,奇喻五黄。仰叹丽表,俯尝嘉味,口含甘液,心受芳气。兼五滋而无常主,不知百和之所出。卓绝类而无俦,超众果而独贵。(《荔支赋》,《艺文类聚》卷八七)

《机赋》铺叙织布机的制作、形制,描摹织女登机织布的美妙姿态。《荔支赋》(今仅存片段)摹画荔枝树和荔枝果实的美味。全都是游戏文字而已,并没有什么深刻的内涵意蕴。但是辞藻绚丽,文采飞扬,又能自然流畅,极富表现力。

此外,崔瑗(78~143)的《三子钗铭》[1]《杖铭》[2]《柏枕铭》[3],也是这类游戏文字的作品,不再赘述了。

如本节所述,东汉中期的确存在着一种逞才游艺的创作风尚。今天看来,为情造文的文学创作固然是正途,值得称赞;但是为文造情(内容或题材)的创作,也不能轻易地一概否定。因为,此类逞才游艺的创作,事实上推动了文学艺术表现的进步,呈现了别样一种文学特质和风貌,也对汉代文学观念的转进(由隶属于政治经学而走向独立自足)具有基础性的促进作用。

第三节 颂世文学的延续与拓展

东汉前期涌现的颂世文学风潮,到和、安、顺时期仍然延续,但

---

[1] 《艺文类聚》卷七〇:"后汉崔瑗《三子钗铭》曰:元正上日,百福孔灵。鬒发如云,乃象众星。三珠璜钗,摄媛赞灵。"《太平御览》卷七一八录文同,唯"璜"作"横","媛"作"嫒"。

[2] 《太平御览》卷七一〇:"崔瑗《杖铭》云:乘危履险,非杖不行。年老力竭,非杖不强。诸蔗虽美,犹不可杖。□人悦己,亦不可相。"

[3] 《北堂书钞》卷一三四:"崔瑗《柏枕铭》云:元首云尊,为乾之精。贻我良材,玄冬再荣。是用为枕,爰勒直铭。"

同时也发生了一些变化:一是歌颂的对象范围有所扩大。前期的歌颂对象,基本是王朝和帝王,以及开国或中兴中重要的功臣将相。到这个时期,后妃、臣吏、名人、名士等都可成为歌颂对象。二是歌颂刘汉王朝的思想,在延续前期受命于天之观念的同时,出现了切实的有深度的理性的颂扬。三是与上述游艺逞才的时代文风相一致,一些歌颂的作品也具有比较明显的游戏文字的特征。

颂美刘汉王朝的复兴,歌颂东汉美政,仍然是这个时期颂世文学的主旋律。班昭的《大雀赋》,张衡《二京赋》《南都赋》《东巡诰》,马融的《东巡颂》,史岑(孝山)的《出师颂》,邓耽的《郊祀赋》,黄香的《天子冠颂》,苏顺的《和帝诔》等,都是这类作品。李尤铺叙宫殿观馆的赋作及其《百二十铭》中的相当部分,其实也有明显的颂世意蕴;他还作有《怀戎颂》一篇(见《华阳国志》卷一〇中《广汉仕女》),今仅存目。因上一节对他有详述,且从颂世的角度看他的作品,也没有更多特异之处,故本节不再评述李尤的作品。

班昭号为"大家",其《大雀赋》延续东汉前期的创作路径,以祥瑞颂汉。《后汉书》卷八四《列女传·曹世叔妻》有云:"每有贡献异物,(和帝)辄诏大家作赋颂。"这篇赋作,即是"大家同产兄西域都护定远侯班超献大雀,诏令大家作赋"(《大雀赋序》,《艺文类聚》卷九二)的创作。其应诏即时创作的情境,既凸显曹大家才学敏捷出众,也令这篇作品的创作带有鲜明的游艺性质。赋曰:

嘉大雀之所集,生昆仑之灵邱。同小名而大异,乃凤皇之匹畴。怀有德而归义,故翔万里而来游。集帝庭而止息,乐和气而优游。上下协而相亲,听《雅》《颂》之雍雍。自东西与南

北,咸思服而来同。(《艺文类聚》卷九二)

汉人往往以珍禽异兽为祥瑞,两《汉书》多有记载。而来自异域贡献的奇异之物,就更加是皇恩浩荡、德及海外的表征。赋中"怀有德而归义"、"咸思服而来同"云云,正是王者惠之和之、化之徕之的最高政治理想。班昭借一只汉将自西域贡献的鹰隼,便写出了和帝的沛然王者气象,其虚夸颂君之情溢于言表。

东汉中期创作颂世文学成就最高者,非张衡莫属。上文说这个时期歌颂的范围有所扩展,作品有深度有理性,主要就是指张衡的创作。这里先看他颂世的作品。其《二京赋》,是文学史上最著名的赋作之一。夸饰而不失真切,虚美但富于通明的理性,与班固《两都赋》一起,成为体现东汉大赋创作特征的当然代表。文学史家对《二京赋》作意(思想逻辑)的通常理解是:西京固然地势险阻、物产丰富,但是不如东京制度之美。所以张衡抑西京扬东京,赞美当下政权。这个理解大旨不差,但尚需细酌。对刘汉之西京、东京,张衡其实并无厚此薄彼之意。《西京赋》(载《文选》卷二)借凭虚公子之口,赞美西都长安的形胜和富庶:"地沃野丰,百物殷阜。岩险周固,衿带易守。得之者强,据之者久";夸饰长安城市如何繁荣富足,民众生活如何奢泰逸乐。这是诚恳的颂扬之意,而不是贬抑。而《东京赋》(载《文选》卷三)借安处先生之口,不赞同西京以品物奢华为美的思想,而是盛赞洛阳制度之美。进而阐述王者建立功勋在德不在力,在仁礼制度不在形势险峻的京都观念。这当然更是恳挚深切的颂扬。因此,《二京赋》的整体思想逻辑,不是西京不好东京好,而是西京固然很好,但东京更好。

因此,《二京赋》的主旨,既是阐述作者"任德不任力"的京都观念,同时也是歌颂两汉王朝的始作和中兴。它是以颂扬两汉王朝为体,以发表京都观念为用。所以赋作中充满了歌功颂德

的文字:

> 高祖膺箓受图,顺天行诛,杖朱旗而建大号①。……作洛之制,我则未暇②。……且高既受命建家,造我区夏矣。文又躬自菲薄,治致升平之德。武有大启土宇,纪禅肃然之功。宣重威以抚和,戎狄呼韩来享。咸用纪宗存主,飨祀不辍,铭勋彝器,历世弥光。……
>
> (至王莽篡位)我世祖忿之,乃龙飞白水,凤翔参墟③。授钺四七,共工是除④。櫼枪甸始,群凶靡馀。区宇乂宁,思和求中。睿哲玄览,都兹洛宫。曰止曰时,昭明有融⑤。既光厥武,仁洽道丰。登岱勒封,与黄比崇。
>
> 逮至显宗,六合殷昌。乃新崇德,遂作德阳(**崇德、德阳,均宫殿名**)。启南端之特闱,立应门之将将。昭仁惠于崇贤,抗义声于金商(**崇贤、金商,东西城门名**)。飞云龙于春路,屯神虎于秋方(**云龙、神虎,德阳殿东西门名**)。建象魏之两观,旌六典之旧章⑥。……于是观礼,礼举仪具。……乃羡(**延引**)公侯卿士,登自东除,访万机,询朝政,勤恤民隐,而除其

---

① 薛综注:"膺箓,谓当五胜之箓。受图,卯金刀之语。顺天,谓顺天命而起。又悟神姥之言,举朱旗而大呼,天下之英雄,与其定事也。"李善注:"《春秋命历引》曰:'五德之运征符合,应箓次相代。'……《汉书》:'高祖立为沛公,旗帜皆赤。'故曰朱也。"

② 薛综注:"谓天下新造草创,不暇改作如制礼也。"

③ 薛综注:"白水,谓南阳白水县也,世祖所起之处也。初为更始大司马,讨王郎于河北。北为参、虚分野。龙飞凤翔,以喻圣人之兴也。"

④ 薛综注:"四七,二十八将也。共工,霸天下者,以喻王莽也。"

⑤ 薛综注:"融,长也。言当止居是洛邑,必有昭明之德,长久之道也。"

⑥ 薛综注:"象魏,阙也,一名观也。旌,表也。言所以立两观者,欲表明《六典》旧章之法。谓悬书于象魏,浃日而敛之。"李善注:"《周礼》曰:'太宰掌建邦之《六典》:一曰《治典》,二曰《教典》,三曰《礼典》,四曰《政典》,五曰《刑典》,六曰《事典》。'旧章,法令条章也。"

眚。人或不得其所,若己纳之于隍。荷天下之重任,匪怠皇以宁静。(《东京赋》,《文选》卷三)

赋作接下来次第铺叙郊祀、籍田、苑猎、大傩、巡行之礼,无不是为国泰民安而尽心尽力、勤苦行政。最后阐述作者的京都观念:"是以论其迁邑易京,则同规乎殷盘。改奢即俭,则合美乎《斯干》。登封降禅,则齐德乎黄轩。为无为,事无事,永有民以孔安。遵节俭,尚素朴。思仲尼之克己,履老氏之常足。将使心不乱其所在,目不见其可欲。……所贵惟贤,所宝惟谷。民去末而反本,咸怀忠而抱悫。于斯之时,海内同悦,曰:'吁!汉帝之德,侯其祎而!'"(《东京赋》,《文选》卷三)值得注意者,张衡在这里儒道孔老并举,在儒家仁政理想中融入老子"为无为,事无事"的思想,带有东汉中期时代思想的印痕。

张衡的《南都赋》,歌颂中兴帝王刘秀的故里南阳。《文选》卷四《南都赋》李善注题解引挚虞曰:"南阳郡治宛,在京之南,故曰南都。"宛,是刘秀起兵的地方。赋作赞美南都"於显乐都,既丽且康",继以地理、珍怪、山峦、树木、河流、陂泽、园圃、美食、祭祀、祓禊等的铺排夸饰,之后颂汉云:

夫南阳者,真所谓汉之旧都者也。远世则刘后甘厥龙醢,视鲁县而来迁①。奉先帝而追孝,立唐祀乎尧山②。固灵根于

---

① 李善注:"《左氏传》曰:'刘累学扰龙于豢龙氏,以事孔甲。龙一雌死,潜醢以食夏后,夏后飨之。既,又使求之,惧而迁于鲁县。'《汉书》曰:'南阳郡鲁阳县,即御龙氏所迁。'"

② 李善注:"先帝,谓尧也。皇甫谧曰:'尧始封于唐,今中山唐县是也。后徙晋阳。及为天子,都平阳,于《诗》为唐国。是尧以唐侯升为天子也。'《水经》曰:'南阳县西尧山。'郦元曰:'鲁县立尧祠于西山,谓之尧山也。'"按:刘汉引尧为先祖。

夏叶,终三代而始蕃①。非纯德之宏图,孰能揆而处旃! ……

高祖阶其涂,光武揽其英②。是以关门反距③,汉德久长。及其去危乘安,视人用迁。周召之俦,据鼎足焉,以庀王职。缙绅之伦,经纶训典,赋纳以言。是以朝无阙政,风烈昭宣也。于是乎鲵齿眉寿,鲐背之叟,蹯蹯然被黄发者,喟然相与歌曰:"望翠华兮葳蕤,建太常兮褕裶。驷飞龙兮骙骙,振和鸾兮京师。总万乘兮徘徊,按平路兮来归。"……遂作颂曰:皇祖(指高祖刘邦)止焉,光武起焉。据彼河、洛,统四海焉。本枝百世,位天子焉。永世克孝,怀桑梓焉。真人南巡,睹旧里焉。(《文选》卷四)

汉人以帝尧为刘氏先祖,而尧称帝于此。刘姓的远祖、夏代的御龙人刘累,亦迁居于此。刘邦自南阳一役不战而屈人之兵,此后一路夺关斩将,顺利攻入咸阳。刘秀起兵于此,得人于此。故南阳者,真所谓刘姓发祥之福地也!而光武中兴,"朝无阙政,风烈昭宣",南阳百姓安居乐业,鲐背眉寿盼望天子衣锦还乡。其颂世之情,堪称笃实而深切。

东汉时期,每年春月,往往有天子巡行天下的仪制。所以东汉作家多有此类颂世之作。张衡的《东巡诰》,即描述了这个仪制之大概:

惟二月初吉,帝将狩于岱岳,展义省方,观民设教。率群

---

① 李善注:"言刘氏植根于夏叶,终三代而始蕃昌也。"
② 李善注:"《汉书》曰:'沛公围宛城,南阳守齮降,引兵西,无不下者。'……《东观汉记》曰:'邓禹、吴汉,并南阳人。'《三略》曰:'主将之体,务在揽英雄之心。'"按此二句谓:刘邦建汉,刘秀中兴,均得益于南阳。
③ 李善注:"言居西而距东,居东而距西,故言反也。"按句谓南阳对西京长安、东京洛阳而言,均具关隘护卫地位,可保两都之安全。

> 宾,备法驾,以祖于东门,届于灵宫。是日也,有凤双集于台。壬辰,祀上帝于明堂。帝曰:"咨!予不材,为天地主。慄慄翘翘,百僚万机,心之谓矣,孰朕之劳。上帝有灵,不替朕命,诞敢不祗承。"凡庶与祭于坛墠之位者曰:"怀尔邦君,寔愿先帝。载厥太宗,以左右朕躬。"群臣曰:"帝道横被,旁行海表,一人有慶,万民赖之。"从巡助祭者,兹惟嘉瑞,乃歌曰:"皇皇者凤,通玄知时。萃于山趾,与帝邀期。吉事有祥,惟汉之祺。"帝曰:"朕不敢当,亦不敢蔽天之吉命。"(《艺文类聚》卷三九)

此作题为"诰",故模仿《尚书》诰体笔法,文字追求简奥古雅。不过如"帝道横被,旁行海表,一人有慶,万民赖之",嘉瑞双凤"与帝邀期。吉事有祥,惟汉之祺"云云,其中蕴含的盎然之颂意,还是跃然纸上。

马融也有一篇《东巡颂》,今仅存其片段:

> 允迪在昔,绍烈陶唐。殷天衷,充摇光。若时则,运琼衡。敷六典,经八成。肆类乎上帝,实柴乎三辰。禋祀乎六宗,祗燎乎群神。遂发号群司,申戒百工。卜筮称吉,蓍龟袭从。南征□□,冯相告祥。清夷道而后行,曜四国而扬光。展圣义于巡狩,喜圻埭而咏八荒。指宗岳以为期,固岱神之所望。散斋既毕,越翼良辰。棫橰增构,烈火燔燃。晖光四炀,焱烂薄天。萧香肆升,青烟冒云。珪璋峨峨,牺牲絜纯。郁鬯宗彝,明水玄樽。空桑孤竹,《咸池》《云门》。六八匝变,神祇并存。(《艺文类聚》卷三九)

与张衡《东巡诰》描述典重的天子巡行启动仪式不同,马融《东巡颂》的这个片段,乃是具体摹画巡行中的祭祀场面。其中也满富歌颂之意，如："允迪在昔，绍烈陶唐"，是称美汉帝远绍唐尧正统，根正苗纯；"殷天衷，充摇光。若时则，运琼衡。敷六典，经八成"，是赞颂大汉应天和人，治定功成；"展圣义于巡狩，喜圻畤而咏八荒"，是赞颂天子勤政爱民，仁惠普施。

这个时期赞美大汉重要政治活动的作品，还有史岑（孝山，70?～130?）的《出师颂》和邓耽（生卒年不详①）的《郊祀赋》。史孝山《出师颂》云：

> 茫茫上天，降祚有汉。兆基开业，人神攸赞。五曜霄映，素灵夜叹。皇运来受，万宝增焕。历纪十二，天命中易。西零不顺，东夷遘逆。乃命上将，授以雄戟。桓桓上将，寔天所启。允文允武，明《诗》悦《礼》。宪章百揆，为世作楷。昔在孟津，惟师尚父。素旄一麾，浑一区宇。苍生更始，朔风变楚。薄伐狁狁，至于太原。诗人歌之，犹叹其艰。况我将军，穷城极边。鼓无停响，旗不暂褰。泽沾遐荒，功铭鼎铉。我出我师，于彼西疆。天子饯我，路车乘黄。言念伯舅，恩深《渭阳》。介珪既削，列壤酬勋。今我将军，启土上郡。传子传孙，显显令问（当作闻）。（《文选》卷四七）

《文选》卷四七《出师颂》李善注题解云："范晔《后汉书》曰：邓骘字昭伯，女弟为和熹皇后。安帝立，骘为虎贲中郎将，封上蔡侯。凉部叛羌，摇荡西州，诏骘将兵击之，车驾幸平乐观饯送。骘西屯汉阳，征西校尉任尚与羌战，大败之。遣中郎将迎拜骘为大将军。既至，大会群臣，赐以束帛乘马。"此次出征，本是邓骘率兵弹压西羌

---

① 《后汉书》卷八〇上《文苑列传上·刘毅》曰："毅少有文辩称，（安帝）元初元年，上《汉德论》并《宪论》十二篇。时刘珍、邓耽、尹兑、马融共上书称其美。"知邓耽与刘珍、马融等同时。

叛乱，但作品却从大汉承天受命写起，借用汉谶"五星聚东井"（五曜霄映）、刘邦"斩白蛇"（素灵夜叹），歌颂刘汉正统，以证西羌叛民违逆天意的非正义性。继而歌颂邓骘"允文允武，明《诗》悦《礼》"，堪比姜尚。最后祝愿天兵凯旋，使大汉恩威"泽沾遐荒，功铭鼎铉"，将军邓骘荣获"列壤酬勋"，永传子孙。一篇铺叙朝廷出兵戡乱的作品，却把书写重点放在了天祚刘汉、颂美汉将的意蕴之上。

邓耽的《郊祀赋》，文字精简古雅但涵蕴丰厚：

> 咨改元正，诞章厥新，丰恩羡溢，含唐孕殷。承皇极，稽天文，舒优游，展弘仁，扬明光，宥罪人。群公卿尹，侯伯武臣，文林华省，奉贽厥珍。夷髦卢巴，来贡来宾。玉璧既卒，于斯万年。穆穆皇王，克明厥德，应符蹈运，旋章厥福。昭假烈祖，以孝以仁，自天降康，保定我民。（《初学记》卷一三）

它是说，刘汉植根于唐尧商汤（含唐孕殷），虽为旧邦但受命维新。大汉上承天命，仁政溥施，国民康定，四夷咸服。故行郊祀之礼，告天报祖，祈保永祥。

东汉中期还有直接歌颂帝王之作，黄香的《天子冠颂》和苏顺的《和帝诔》，今存比较完整。《通典》卷五六《礼十六·天子加元服》云："和帝冠以正月甲子，乘金根车，驾六玄虬，至庙成礼，乃回轸反宫。朝服以飨宴，撞太蔟之庭钟，咸献寿焉。黄香颂云。"其辞曰：

> 惟永元之盛代，圣皇德之茂纯，躬烝烝之至孝，崇敬顺以奉天。以三载之孟春，建寅月之上旬，皇帝时加玄冕，简甲子之元辰。皇舆幸夫金根，六玄虬之连蜷，建螭龙以为旗，鸣节路之和銮。既臻庙以成礼，乃回轸而反宫，正朝服以享燕，撞

太蔟之庭钟。祚藩屏与鼎辅,暨夷蛮之君王,咸进爵于金罍,献万寿之玉觞。(《通典》卷五六《礼十六·天子加元服》)

据《后汉书》卷四《和帝纪》,刘肇加冠,事在永元三年(91)春正月甲子日。黄香此作,就在这时。一篇即时应景之作,除了玩弄文字以叙述天子加冠过程,就是"皇德茂纯"、"烝烝至孝"、皇恩浩荡("祚藩屏与鼎辅,暨夷蛮之君王")之类空洞的颂美,以及万寿无疆的虚夸祝愿了。

相比较而言,苏顺(70?～130?)的《和帝诔》倒是更笃实一些:

天王徂登,率土奄伤。如何昊穹,夺我圣皇!恩德累代,乃作铭章。其辞曰:恭惟大行,配天建德。陶元二化(指阴阳),风流万国。立我蒸民,宜此仪则。厥初生民,三五(指三皇五帝)作刚。载籍之盛,著于虞唐。恭惟大行,爰同其光。自昔何为,钦明允塞。恭惟大行,天覆地载。无为而治,冠斯往代。往代崎岖,诸夏擅命。爰兹发号,民乐其政。奄有万国,民臣咸袂。大孝备矣,《闵宫》有侐。由昔姜嫄,祖妣之室。本枝百世,神契惟一。弥留不豫,道扬末命。劳谦有终,实惟其性。衣不制新,犀玉远屏。履和而行,威稜上古。洪泽滂流,茂化沾溥。不慭少留,民斯何怙。歔欷成云,泣涕成雨。昊天不吊,丧我慈父!(《艺文类聚》卷一二)

诔文痛悼和帝之逝:前呼"如何昊穹,夺我圣皇",末号"昊天不吊,丧我慈父",情感浓烈。歌颂和帝"配天建德",与三皇五帝"同其光";勤政谦和,俭己爱民,使"民臣咸袂"、"茂化沾溥"。惜乎其命不永,英年早逝,举国悲伤!这篇诔辞,情实具备,虽甚虚美但可谓情真意切,有一定的感人力量。

东汉中期的颂美文学创作,与前期相比,其歌颂对象的范围有所拓展。除王朝、帝王和开国或中兴的重要功臣而外,一般的臣吏、名人、名士等,也都成为了歌颂对象。这或许意味着:在其时人们的心目中,"人的意识"(尊重每一个人的生命价值)开始觉醒。下面看一些具体作品例证。

张衡有《司空陈公诔》《司徒吕公诔》《大司农鲍德诔》三篇:

> 敬仲初育,发繇卜筮。凤飞观国,流光末裔。天祚明德,德茂于公。入孝出友,爱肃爱邕。兼学多识,穷理知机。德音孔昭,翻尔灰飞。赋政二城,还集皇闱。公寔省之,亹亹庶绩。公寔静之,蔼蔼百僚。公寔愍之,乃陟司空。纂禹之迹,导杨(当作扬)徽庸。致训京畿,协和万邦。万邦既协,殊服来同。眇论前绩,莫与比踪。(《司空陈公诔》,《艺文类聚》卷四七)

> 昔吕皇祖,帝交之绪。伯夷秩唐,唐宗允叙。四岳在虞,傅土佐禹。克厌帝心,姓姜氏吕。登是南邦,以家以处。降及于周,穆侯作辅。寡于九族,九族用宁。登受八命,衮职靡倾。黄耳金铉,公䜍以盈。绰兮其冤(当作宽),瞰兮其清。既明且哲,式保令名。旖旎从风,驷牡超骧。去此宁寓,归于幽堂。玄室冥冥,修夜弥长。(《司徒吕公诔》,《艺文类聚》卷四七)

> 昔君烈祖,平显奕世。敬叔生牙,美管交赖。至于中叶,种德以迈。种德伊何,去虚适参。建旌屯留,其茂如林。降及我君,总角有声。遗蒙万谷,宠禄斯丁。守约勤学,克劳其形。浚哲之资,日就月成。业业学徒,童蒙求我。舍厥往著,去风即雅。济济京河,寔为西鲁。昔我南都,惟帝旧乡。同于郡国,殊于表章。命亲如公,弁冕鸣横(当作璜)。若惟允之,实耀其光。导以仁惠,教以义方。习射矍相,飨老虞庠。羌髳作

虐,艰我西邻。君斯整旅,耀武月频。蠢蠢戎虏,是慑是震。知德者鲜,惟君克举。既厌帝心,将处台辅。命有不永,时不我与。天寔为之,孰其能御?股肱或毁,何痛如之!国丧遗爱,如何无思!(《大司农鲍德诔》,《艺文类聚》卷四九)

这三篇诔文,详略不一,盖与《类聚》之节录有关。不过,其大体格局可见。它们有一个共同的模式:首先追祖序宗,以见其氏族德厚悠久;之后赞美诔主德茂才巨,能和睦百僚、协和内外,勋业卓著,最后是直抒追思悼念之情。值得注意的是,这三位诔主虽贵为三公或高官,但并非传名后世的开国功臣或取得历代传颂的重大功业者,张衡颂美一般的官吏,与东汉前期相比,这就是开拓了颂美文学的歌颂范围。

与张衡同时的崔瑗,更是极大地拓展了歌颂对象的范围。今存他的作品,既有《和帝诔》①《窦贵人诔》②《清河王诔》③《鲍德诔》④这种歌颂重要政治人物的创作,更有《南阳文学颂》《河间相张平子碑》这样歌颂一般学人文士的作品。其《南阳文学颂》,是对家乡学人群体的赞美:

---

① 《艺文类聚》卷一二载其《和帝诔》:"玄景寝曜,云物见征。冯相考妖,遂当帝躬。三载四海,遏密八音。如丧考妣,擗踊号吟。大隧既启,乃徂玄宫。永背神器,升遐皇穹。长夜冥冥,曷云其穷!"
② 《艺文类聚》卷一五载其《窦贵人诔》:"若夫贵人,天地之所留神,造化之所殷勤,华光曜乎日月,才志出乎浮云。然犹退让,未尝专宠。乐庆云之普覆,悼时雨之不广。忧国念主,不敢怠遑。呜呼哀哉!惟以永伤。重曰:积善之家福庆长,修身以寿道之常。圣人之言义不虚,修身获报效莫疏。令问不忘身犹存,贵人虽没德尊,著于金石垂后昆。"
③ [宋]陈彭年、邱雍等《重修广韵》卷一《十虞》、[宋]丁度《附释文互注礼部韵略》卷一《十虞》引其《清河王诔》一句:"惠于嫡孺。"
④ 《北堂书钞》卷五四载其《鲍德诔》数句:"乃司大农,掌是六府。三事九功,乃修乃聚。"

昔圣人制礼乐也，将以统天理物，经国序民，立均出度，因其利而利之，俾不失其性也。故观礼则体敬，听乐则心和，然后知反其性，而正其身焉。取律于天以和声，采言于圣以成谋，以和邦国，以谐万民，以序宾旅，以悦远人。其观威仪，省祸福也。出言视听，于是乎取之。民生如何，导以礼乐。乃修礼官，奋其羽籥。我国既淳，我俗既敦，神乐民则，嘉生乃繁。无言不酬，其德宜光，先民既没，赖兹旧章。我礼既经，我乐既馨，三事不叙，莫识其形。（《艺文类聚》卷三八）

崔瑗的同乡张衡也曾作《南阳文学儒林书赞》，有云："南阳太守上党鲍君，愍文学之弛废，怀儒林之陵迟，乃命匠修而新之，崇肃肃之仪，扬济济之化。"（《北堂书钞》卷三九）崔瑗此作，亦当由此而起。他们作品的全貌今已不见，但是其崇高儒学"统天理物，经国序民"的政教作用，因之敷赞家乡儒者之作意，是完全可以推知的。

崔瑗的《河间相张平子碑》，完整存留下来了。碑文不长，全录如下：

河间相张君，南阳西鄂人，讳衡，字平子。其先出自张老，为晋大夫，纳规赵武而反其侈，书传美之。君天姿睿哲，敏而好学，如川之逝，不舍昼夜。是以道德漫流，文章云浮，数术穷天地，制作侔造化。瑰词丽说，奇技伟艺，磊落焕炳，与神合契。然而体性温良，声气芬芳，仁爱笃密，与世无伤，可谓淑人君子者矣。初举孝廉，为尚书侍郎，迁太史令，实掌重黎历纪之度，亦能焊耀敦大，天明地德，光照有汉。迁公车司马令，侍中，遂相河间，政以礼成，民是用息。遭命不永，闇忽薨徂。朝失良臣，民陨令君。天泯斯道，世丧斯文。凡百君子，靡不伤焉。乃铭斯表，以旌厥闻。其词曰：於维张君，资质懿丰，德茂材羡,高明显融。焉所不学,亦何不师,盈科而逝,成章乃达。一物不知,实以为耻,闻一善言,不胜其喜。包罗品类,禀授(当作受)无形,酌焉不竭,冲而复盈。廪廪其庶,亹亹其几,膺数命世,绍圣作师。苟华必实,令德惟恭,柔嘉伊则,孝友祗容。允出在兹,维帝念功,往才(读为哉)女谐,化洽民雝。愍而不吊,降此咎凶,哲人其萎,罔不时(读为是)恫。纪于铭勒,永终誉兮。死而不朽,芳烈著兮。(《古文苑》卷一九)

作者由衷倾心、痛快淋漓地全面赞扬张衡:述其才学,则"天姿睿哲,敏而好学","数术穷天地,制作侔造化";述其德行,则"道德漫流,文章云浮","磊落焕炳,与神合契";述其性情,则"体性温良,声气芬芳,仁爱笃密,与世无伤";述其功业,则"政以礼成,民是用息","天明地德,光照有汉"。堪称德能勤绩,概不世出。哲人其萎,作者的哀痛之情诚挚而深切,以为"朝失良臣,民陨令君。天泯斯道,世丧斯文"!必将"死而不朽,芳烈著兮"。这篇古久以来的著名碑文,情动于中而形于言,情文并茂,恳切动人,不愧为千古佳构!

与张衡、崔瑗一起拓展颂文歌颂范围的,还有胡广、苏顺、马融、刘珍、崔琦等。简述如下。

胡广有《征士法高卿碑》《吊夷齐文》存世。前者曰:

言满天下,发成篇章,行充宇宙,动为仪表。四海英儒,履义君子,企望来臻者,不可胜纪也。翻然凤举,匿燿远遁。名不可得而闻,身难可得而睹。为尧舜所知,不饮洗耳之水。超越青云之上,德逾巢、许之右。所谓逃名而名我随,避声而声我追者已。揆君分量,轻宠傲俗,乃百世之师也。其辞曰:逸玄德,膺懿资。弘圣典,研道机。彪童蒙,作世师。辞皇命,确不

移。亚洪崖,超由、夷。垂英声,扬景晖。(《艺文类聚》卷三七)

法真字高卿,南郡太守法雄之子。"好学而无常家,博通内外图典,为关西大儒。"精通《诗》《书》《礼》《乐》,"幽居恬泊,乐以忘忧。将蹈老氏之高踪,不为玄纁屈也"。连辟公府,举贤良,皆不屈就。顺帝先后四次征召,法真均不应召,曰:"吾既不能遁形远世,岂饮洗耳之水哉?"于是"深自隐绝,终不降屈"。其友人郭正赞誉道:"法真名可得闻,身难得而见,逃名而名我随,避名而名我追,可谓百世之师者矣!"友人一同刊石颂扬法真,号为"玄德先生"。(以上均见《后汉书》卷八三《逸民列传·法真》)胡广此碑,盖即在"友人刊石"之列。

胡广《吊夷齐文》歌颂伯夷、叔齐,颇能推陈出新:

遭亡辛之昏虐,时缤纷以芜秽。耻降志于污君,溷雷同于荣势。抗浮云之妙志,遂蝉蜕以偕逝。徼六军于河渚,叩王马而虑计。虽忠情而指尤,匪天命之所谓。赖尚父之戒慎,镇左右而不害。(《艺文类聚》卷三七)

通常歌颂伯夷、叔齐的,都是他们"不降其志,不辱其身"(《论语·微子》)、饿死不食周粟的忠君精神。胡广则表彰他们不事昏君、不同流合污的清洁品格,感慨他们在天命转移之下不能力挽狂澜的悲剧命运,庆幸新朝姜尚的不忍加害。赞扬夷、齐高尚清洁的品格之中,也充满了同情和感慨。

苏顺有《陈公诔》《贾逵诔》,今存者均为残句。前者曰:"化侔春风,泽配甘雨"(《文选》卷二〇曹植《上责躬应诏诗表》注),赞美诔主的勋德;后者曰:"惟天生君,继孔之迹。光明克哲,果论至赜"(《初学记》卷二一),表彰贾逵经学弘深,继往开来。

马融有《大将军西第颂》,今存者也是残句:"腾极受檐,阳马承阿"(《文选》卷一一何晏《景福殿赋》注、卷三五张协《七命》注);"西北戌亥,玄右承输。虾蟆吐写,庚辛之城"(《玉烛宝典》卷三①)。从残句看,颂文主体应是铺夸梁冀府邸如何恢弘豪奢、气象万千,其中也当有颂美梁冀的内容。故《后汉书》卷六〇上《马融传》云:"初,融惩于邓氏,不敢复违忤势家,遂为梁冀草奏李固,又作《大将军西第颂》,以此颇为正直所羞。"这篇歌颂腐败骄横外戚梁冀的作品,成为马融生平中的一个污点。

刘珍(70?~130?)有《赞贾逵诗》,今存四句:"摛藻扬辉,如山如云。世有令闻,以迄于君。"(《北堂书钞》卷一〇〇。按:宋本题作《贾逵》,《四库全书》用陈禹谟校刻本题作《赞贾逵诗》)此作已不能睹其全貌,这四句是赞美贾逵文藻辉丽,美名远扬。

崔琦有《四皓颂》:"昔商山四皓者,盖角里先生、绮里季、夏黄公、东园公是也,秦之博士。遭世暗昧,道灭德消,坑黜儒术,《诗》《书》是焚。于是四公退而作歌曰:'莫莫高山,深谷灭哉。晔晔紫芝,可以疗饥。唐虞世远,吾将何归?驷马高盖,其忧甚大。富贵畏人兮,不如贫贱之肆志。'"(《太平御览》卷五七三)颂扬秦汉之际避乱隐居于商山的四皓。此作与胡广《吊夷齐文》有相似的运思:四皓不是躲避战乱,而是逃避暴君,不堪忍受秦始皇的"道灭德消,坑黜儒术,《诗》《书》是焚"。四皓所歌"富贵畏人兮,不如贫贱之肆志",充盈着道家精神,是东汉中期道家思想回潮的一种反映。

如本节所述,东汉中期的颂美类文学创作,沿袭前期颂世文风,并拓展了歌颂范围,趋于悫实理性,并掘进了颂扬的深度。尤其歌颂普通臣吏、士人的文作兴起,或即意味着这一时期"人的意

---

① [隋]杜台卿编撰,[清]杨守敬校订《玉烛宝典》,《古逸丛书》影旧钞卷子本,上海古籍出版社《续修四库全书》第885册。本书引用该书,均据此本。

识"开始觉醒。

第四节　抒情述志、体儒用道的文学创作旨趣

东汉中期,述志抒情的文学创作也取得不小成就,并且呈现出一些新的特色。主要体现在赋、诗和箴、铭、碑等文体之上。

马融的《广成颂》(载《后汉书》卷六〇上《马融传》),虽题为"颂",实为赋作,是一篇颇具大赋风神的作品。《后汉书·马融传》云:"(安帝永初)四年(110),拜为校书郎中,诣东观典校秘书。是时邓太后临朝,骘兄弟辅政。而俗儒世士,以为文德可兴,武功宜废,遂寝蒐狩之礼,息战陈之法,故猾贼从横,乘此无备。融乃感激,以为文武之道,圣贤不坠,五才之用,无或可废。元初二年(115),上《广成颂》以讽谏。"赋作承袭大赋传统的讽谏精神,又足具东汉大赋具实明切的创作特征。如其序有云:

> 伏见元年已来,遭值厄运,陛下戒惧灾异,躬自菲薄,荒弃禁苑,废弛乐悬,勤忧潜思,十有馀年,以过礼数。重以皇太后体唐尧亲九族笃睦之德,陛下履有虞烝烝之孝,外舍诸家,每有忧疾,圣恩普劳,遣使交错,稀有旷绝。时时宁息,又无以自娱乐,殆非所以逢迎太和,裨助万福也。臣愚以为虽尚颇有蝗虫,今年五月以来,雨露时澍,祥应将至。方涉冬节,农事闲隙,宜幸广成,览原隰,观宿麦,劝收藏,因讲武校猎,使寮庶百姓复睹羽旄之美,闻钟鼓之音,欢嬉喜乐,鼓舞疆畔,以迎和气,招致休庆。(《后汉书》卷六〇上《马融传》)

具体指出朝政的问题所在,明白阐述文武不可偏废、安不忘危的主张,表达思想意志毫不含糊。此种明确捷直的文风,与马融学者的

身份有密切关系。

这个时期更具个性和文学性的抒情述志赋作,是班昭和张衡的作品。

班昭的《东征赋》,是一篇述行赋作。《文选》卷九《东征赋》李善注题解云:"《大家集》曰:子谷为陈留长,大家随至官,作《东征赋》。"这篇赋作,与乃父班彪的《北征赋》一样,都是模仿刘歆《遂初赋》而作。不过,大家此作有创新之处,对"叙写行程——征史而论——写景抒情"的结构模式有所突破:她把"写景抒情"部分置换为直抒情志;同时,也加强了个人情志的抒发深度。赋作开头叙述行程,悲怆之情即扑面而来:"惟永初之有七兮,余随子乎东征。时孟春之吉日兮,撰良辰而将行。乃举趾而升舆兮,夕予宿乎偃师。遂去故而就新兮,志怆恨而怀悲!"中间主体部分,随着行经之地征史议论,也随时点缀"乃遂往而徂逝兮,聊游目而遨魂"、"怅容与而久驻兮,忘日夕而将昏"这样浓烈抒情的语句。赋作最后,是直抒情志之所归:

> 惟经典之所美兮,贵道德与仁贤。吴札称多君子兮,其言信而有征。后衰微而遭患兮,遂陵迟而不兴。知性命之在天,由力行而近仁。勉仰高而蹈景兮,尽忠恕而与人。好正直而不回兮,精诚通于明神。庶灵祇之鉴照兮,祐贞良而辅信。
> (《文选》卷九)

班昭的一生,除去丈夫早卒外,似乎并没有遭遇太大的挫折。和帝时诏入东观,续写乃兄《汉书》未能完成的部分。深得和帝信任和赏识,"数召入宫,令皇后诸贵人师事焉"。马融也曾跟随班昭学习《汉书》。安帝时邓太后临朝,班昭更得以"与闻政事"。太后兄大将军邓骘请辞,太后专门咨询班昭的意见,班昭以为应当允准,太后即"从而许之"。邓太后还特封其子曹成为关内侯,后官至齐相。安帝末年,班昭寿七十馀卒,"皇太后素服举哀,使者监护丧事",可谓极尽哀荣。(以上见《后汉书》卷八四《列女传·曹世叔妻》)然而,这篇赋作则明白显示着班昭的内心颇有郁结。赋中既有不愿远离京师的怀土之思("涉封丘而践路兮,慕京师而窃叹!小人性之怀土兮,自书传而有焉"),更有怀才不遇的悲慨——这当是班昭郁闷不舒的症结所在:"谅不登樔而椓蠡兮,得不陈力而相追。且从众而就列兮,听天命之所归。"①最终,只有寄愿于修德存名,委任天命:"唯令德为不朽兮,身既没而名存";"贵贱贫富,不可求兮。正身履道,以俟时兮。修短之运,愚智同兮。靖恭委命,唯吉凶兮。敬慎无怠,思嗛约兮。清静少欲,师公绰兮。"班昭的《东征赋》,是东汉中期不多见的深挚抒情之作。

这个时期的抒情述志类创作,仍以张衡成就最巨。其《应间》《思玄赋》《归田赋》《髑髅赋》《鸿赋》(今仅存其序)以及《四愁诗》《怨诗》《同声歌》等,都是这类作品。不只数量较多,且兼及赋、诗两种文体,创作水平也最高。

《应间》(载《后汉书》卷五九《张衡传》),是东方朔《答客难》、扬雄《解嘲》一系的作品,创作情境相同。《思玄赋》(载《后汉书》卷五九《张衡传》),是张衡任职侍中、深得顺帝信任时,宦官惧怕他于己不利,"遂共谗之"的境况下,张衡的抒愤之作。这两篇赋作,本章第一节论析士人心态时已有所分析;这里关注的是:两篇赋作的述志抒情的深度及其旨趣。

张衡生性淡泊,耽于学术,高志雅趣,不务世务。他创作《应间》之时,尚未受到中朝擅权者的强力挤迫,唯因不愿与世俗交游,滞留太史令多年而遭遇同僚俗吏之讥笑耳。没有生存危机之时,

---

① 《论语·季氏》:"陈力就列,不能者止。"

张衡是相当高傲而超逸的:"君子不患位之不尊,而患德之不崇;不耻禄之不夥,而耻智之不博。……天爵高悬,得之在命,或不速而自怀,或羡旖而不臻,求之无益,故智者面而不思。"他不屑于汲汲渴渴地追名逐利,他的志趣乃在于:"愍《三坟》之既颓,惜《八索》之不理。庶前训之可钻,聊朝隐乎柱史。"(以上《应间》的引文,均见《后汉书》卷五九《张衡传》)《应间》没有浓烈的抒情,只有冷静的理性和清明的志愿,文笔清雅朗畅。

而他创作《思玄赋》之情境,则是受到宦官群体的生存威迫,令他深感人生的多艰和郁愤。于是,文风陡转,比兴与铺叙共用,历史与现实同参,激愤与理性并陈,痛快淋漓。他痛抒其形只影单的孤愤之感:"既姱丽而鲜双兮,非是时之攸珍。奋余荣而莫见兮,播余香而莫闻。幽独守此仄陋兮,敢怠皇而舍勤?……何孤行之茕茕兮,孑不群而介立!感鸾鷖之特栖兮,悲淑人之稀合。"他愤怼是非不分、白黑颠倒的世界:"彼无合其何伤兮,患众伪之冒真。……俗迁渝而事化兮,泯规矩之圆方。珍萧艾于重笥兮,谓蕙芷之不香。……行陂僻而获志兮,循法度而离殃。惟天地之无穷兮,何遭遇之无常!"作者愤极无奈,于是四游以求解释,最终以书写坚定不变的志愿结穴:

> 收畴昔之逸豫兮,卷淫放之遐心。修初服之娑娑兮,长余佩之参参。文章焕以粲烂兮,美纷纭以从风。御《六艺》之珍驾兮,游道德之平林。结典籍而为罟兮,欧儒、墨而为禽。玩阴阳之变化兮,咏《雅》《颂》之徽音。嘉曾氏之《归耕》兮,慕历陵之钦崟。共(通恭)凤昔而不贰兮,固终始之所服也;夕惕若厉以省愆兮,惧余身之未敕也。苟中情之端直兮,莫吾知而不恧。墨无为以凝志兮,与仁义乎消摇。(《后汉书》卷五九《张衡传》)

膺服《六艺》之宝,游乎道德之径,行于"无为",志于"仁义",便是张衡的精神归宿,体现着张衡以儒为体、以道为用的人生思想观念。

张衡的《归田赋》,是千古传诵的名篇:

> 游都邑以永久,无明略以佐时。徒临川以羡鱼,俟河清乎未期。感蔡子之慷慨,从唐生以决疑。谅天道之微昧,追渔父以同嬉。超埃尘以遐逝,与世事乎长辞。
>
> 于是仲春令月,时和气清。原隰郁茂,百草滋荣。王雎鼓翼,鸧鹒哀鸣。交颈颉颃,关关嘤嘤。于焉逍遥,聊以娱情。尔乃龙吟方泽,虎啸山丘。仰飞纤缴,俯钓长流。触矢而毙,贪饵吞钩。落云间之逸禽,悬渊沈之鲌鲤。
>
> 于时曜灵俄景,系以望舒。极般游之至乐,虽日夕而忘劬。感老氏之遗诫,将回驾乎蓬庐。弹五弦之妙指,咏周孔之图书。挥翰墨以奋藻,陈三皇之轨模。苟纵心于物外,安知荣辱之所如?(《文选》卷一五)

没有传统赋作的堆砌和冗赘,文笔清丽而灵动;更没有传统赋作的寡情虚饰,情志真诚又雅逸。首段写辞官归田,有如释重负般的轻快;中段写春和景明、逍遥娱情,画境摩情笔力传神,文虽短而意隽永;末段述志,乃由前文自然流出,水到渠成。《归田赋》的谋篇布局、遣词造语,堪称惊天地泣鬼神,一字千金。而其人生旨趣,与他的很多作品一样,魂归"老氏""周孔",践履孔氏疏食曲肱之志,和老子物外安生之想。

张衡的《髑髅赋》(载《古文苑》卷五),是一篇题材与情境都十分神奇的作品:设计人与髑髅的对话,而那个髑髅竟然是庄周!于是,作者图谋令庄子复生:"我欲告之于五岳,祷之于神祇。起子素骨,反子四支。取耳北坎,求目南离,使东震献足,西坤授腹。五内

皆还,六神皆复。"而庄子的骷髅则说:

> 死为休息,生为役劳。冬冰之凝,何如春冰之消?荣位在身,不亦轻于尘毛?巢、许所耻,伯成所逃。况我已化,与道逍遥。离朱不能见,子野不能听,尧舜不能赏,桀纣不能刑,虎豹不能害,剑戟不能伤。与阴阳同其流,与元气合其朴。以造化为父母,天地为床蓐,雷电为鼓扇,日月为灯烛,云汉为川池,星宿为珠玉。合体自然,无情无欲。澄之不清,混之不浊。不行而至,不疾而速。(《古文苑》卷五)

这是庄子倡导的"无己"而"与万物冥一"的逍遥境界,当也正是作者此时此刻的人生渴望。而作者的文笔举重若轻,事典繁富但浅近自然,意象纷沓却如行云流水。整体风调,玄幻又真切,深得庄子行文之风神。像这样题材奇幻又充满深切人生感受的创作,在整个中国文学史中都是罕见的,极富新意。

张衡的《鸿赋》,今仅存其序:"南寓衡阳,避祁寒也。若其雅步清音,远心高韵,鹓鸾已降,罕见其俦。而锻隔墙阴,偶影独立。喈喋秕稗,鸡鹜为伍。不亦伤乎!余五十之年,忽焉已至,永言身事,慨然其多绪,乃为之赋,聊以自慰。"(《太平御览》卷九一六)由此序推想,《鸿赋》当亦是抒写逃离"鸡鹜为伍"的浑浊世界,如飞鸿一般远举高飞的理想。

赋作以外,张衡还是东汉中期成就最高的诗人,今存其四言《怨诗》、五言《同声歌》、七言《四愁诗》,都是深度抒情述志的优秀作品。这三篇诗作,其实有一个共同的主题:借用屈原以来"君子美人"的抒写传统,发抒君臣遇合之思。其诗序或相关绍述,已经说得十分明白:

张衡《怨诗》曰：秋兰，嘉美人也。嘉而不获用，故作是诗也。(《太平御览》卷九八三)

《乐府解题》曰："《同声歌》，汉张衡所作也。言妇人自谓幸得充闺房，愿勉供妇职，不离君子。思为莞簟，在下以蔽匡床；衾裯，在上以护霜露。缱绻枕席，没齿不忘焉。以喻臣子之事君也。"(《乐府诗集》卷七六)

张衡不乐久处机密，阳嘉中，出为河间相。时国王骄奢，不遵法度，又多豪右并兼之家。衡下车，治威严，能内察属县，奸猾行巧劫，皆密知名，下吏收捕，尽服擒。诸豪侠游客，悉惶惧逃出境。郡中大治，争讼息，狱无系囚。时天下渐弊，郁郁不得志，为《四愁诗》。屈原以美人为君子，以珍宝为仁义，以水深雪雰为小人。思以道术相报，贻于时君，而惧谗邪不得以通。其辞曰云云。(《文选》卷二九《四愁诗》题解)

张衡这三篇诗作并非情歌，前人早已分梳清楚。发挥比兴传统，借用男女情意，抒写君臣遇合的渴望和纠结，这种曲折的运思，使三篇诗歌本就具有浓厚的文学品味；而张衡高妙的艺术表现，更是其流传千古而流韵弥香的奥秘所在。其《同声歌》和《四愁诗》最为美妙，各有新意：

邂逅承际会，得充君后房。情好新交接，恐栗若探汤。不才勉自竭，贱妾职所当。绸缪主中馈，奉礼助蒸尝。思为莞蒻席，在下蔽匡床；愿为罗衾帱，在上卫风霜。洒扫清枕席，鞮芬以狄香。重户结金扃，高下华灯光。衣解巾粉御，列图陈枕张。素女为我师，仪态盈万方。众夫所希见，天老教轩皇。乐莫斯夜乐，没齿焉可忘！(《同声歌》,《乐府诗集》卷七六)

> 我所思兮在太山,欲往从之梁父艰,侧身东望涕沾翰。美人赠我金错刀,何以报之英琼瑶。路远莫致倚逍遥,何为怀忧心烦劳?
>
> 我所思兮在桂林,欲往从之湘水深,侧身南望涕沾襟。美人赠我金琅玕,何以报之双玉盘。路远莫致倚惆怅,何为怀忧心烦伤?
>
> 我所思兮在汉阳,欲往从之陇阪长,侧身西望涕沾裳。美人赠我貂襜褕,何以报之明月珠。路远莫致倚踟蹰,何为怀忧心烦纡?
>
> 我所思兮在雁门,欲往从之雪纷纷,侧身北望涕沾巾。美人赠我锦绣段,何以报之青玉案。路远莫致倚增叹,何为怀忧心烦惋?(《四愁诗》,《文选》卷二九)

《同声歌》最令人叹赏之处有二:其一,造语出新,喻比婉切,尤其"思为莞蒻席,在下蔽匡床;愿为罗衾帱,在上卫风霜"四句,为历代传诵称赏;其二,五言诗体在东汉前中期尚为罕见,而如此婉转流畅、意味悠长、情韵并美的五言诗则为其时所仅见,弥足珍贵。《四愁诗》令人耳目一新之处在于:其一,这可能是文学史上最早的完整的七言诗[1];其二,是它连章的组构形式。张衡一生最仰慕扬雄,这一结构形式很可能是受到扬雄《连珠》的启发,而转型创新,运用到诗歌上来。

"君子美人"的抒情传统虽始自先秦,但有汉三百年以来政治一统、经学一统,尤其东汉安帝施行清除奢丽的国策,故张衡之前的汉世,这种抒情手法不见于文坛。时隔三百年之后,张衡重新拾起并大肆运用,虽是沿袭旧法,仍有除旧布新之感。而从文学史角

---

[1] 西汉武帝君臣有《柏梁台联句》诗,已为学界证伪。而汉昭帝《黄鹄歌》、李陵《别歌》等,都含有较多七言诗句,但是未能通贯全篇,并不完善。

度看,艺术表现娴熟的五言《同声歌》和七言《四愁诗》,无疑具有不可忽视的文体演进价值。

　　上述张衡、班昭、马融之外,这个时期抒情述志的赋家,还有葛龚、苏顺、王逸等。葛龚(70?～130?)被收入《后汉书》卷八〇上《文苑列传上》:"和帝时,以善文记知名。……著文、赋、碑、诔、书、记十二篇。"《隋书》卷三五《经籍志四》记载:"后汉黄门郎《葛龚集》六卷,梁五卷,一本七卷。"可见他的文作本来是比较多的,惜乎全都散佚了。今仅存其《遂初赋》残句:"承豢龙之洪族,贶高阳之休基"(《文选》卷五七颜延之《陶征士诔》李善注);"考天文于兰阁,览群言于石渠"(《太平御览》卷一八四、《玉海》卷一六三,题作《反遂初赋》)。此作残断太甚,已经难见其梗概和风貌了。苏顺(70?～130?)的赋作,今仅存其《叹怀赋》片段:"悲终风之陨箨,条枝梢以摧伤。桂敷荣而方盛,遭暮冬之隆霜。华菲菲之将实,中夭零而消亡。童乌浚其明哲,悲何寿之不将。嗟刘生之若兹,奄弥留而永丧。"(《艺文类聚》卷三四)这是一篇悲悼刘生夭亡的赋作,情感真挚,富于表现力。可惜不能得见全篇。王逸(90?～165?)作有《九思》(载《楚辞章句》),与前汉的许多同类辞赋一样,以屈原的口吻,替屈原抒写其忧愤和情志。王逸推崇屈原,故有此作。如果说西汉前期的此类辞赋,在代屈原立言中融会作者自己的生命感受,尚不失为一种巧妙的文学表现手段,到王逸的时代,这类仿拟的创作,其文学史的意义和价值就不是很大了。

　　东汉中期的述志抒情类创作,除赋、诗两种文体外,箴、铭的数量也很大。不过,缘于这类作品往往有虚饰做作的成分,并且有一定的创作套路,真情实感不足,文学价值不是很大,故在此仅作简述。

　　李尤擅作铭文,其《百二十铭》今存八十六首(其中有不完者)。铭文本有励志之作意,但李尤的铭文既多且滥,文风类赋,加之其无物不铭的创作动机,使他的铭文创作带有实足的逗才游艺特征。

本章第二节已有论析，此处不赘。

崔瑗是这个时期箴、铭的创作大家，今存其《东观箴》《关都尉箴》《河堤谒者箴》《北军中候箴》《司隶校尉箴》《郡太守箴》（一说作者为刘騊駼）、《中垒校尉箴》（仅存残句），及《三子钗铭》《遗葛龚珮铭》《窦大将军鼎铭》《座右铭》《杖铭》《柏枕铭》《机铭》（存目）等。与其他作家比较而言，崔瑗的箴、铭比较实诚有物，切实恳恳。各举一个例子：

洋洋东观，古之史官。三坟五典，靡义不贯。左书君行，右记其言。辛、尹顾访，文、武明宣。倚相见宝，荆国以安。何以季代，咆哮不虔。在强奋矫，戮彼逢、干。卫巫蛊谤，国莫敢言。狐突见斥，淖齿见残。焚文坑儒，嬴反为汉。巫蛊之毒，残者数万。吁嗟后王，曷不斯鉴？是以明哲先识，择木而处。夏终殷挚，周聃晋黍。或笑或泣，抱籍遁走。三叶靖公，果丧厥绪。宗庙随夷，远之荆楚。麦秀之歌，亿载不腐。史臣司艺，敢告侍后。（《东观箴》，《初学记》卷一二）①

无道人之短，无说己之长。施人慎勿念，受施慎勿忘。俗誉不足慕，唯仁为纪纲。隐身而后动，谤议庸何伤？无使名过实，守愚圣所臧。柔弱生之徒，老氏诫刚强。在涅贵不缁，暧暧内含光。硁硁鄙夫介，悠悠故难量。慎言节饮食，知足胜不祥。行之苟有恒，久久自芬芳。（《座右铭》，《艺文类聚》卷二三）

洛阳皇宫内的东观，是东汉的国家图书馆和学人讨论学术、撰述史

---

① 《古文苑》卷一六也收录此箴，章樵题解云："黄帝命沮诵、仓颉为左、右史。夏、商有太史。周有大史、小史、内史、外史。至汉东京，图书悉在东观，使名儒硕学直之，撰述国史。"

书的地方。《东观箴》纵论史鉴以告诫东观长官,具有明确切实的现实意义。《座右铭》讲说做人之至理,可谓句句箴言,具有永恒的意义。其中尤可注意者,是儒道兼融的处世为人思想,带有东汉中期鲜明的时代思想特征。

崔瑗而外,胡广(91~172)也是箴文一大作手。《后汉书》卷四四《胡广传》载:"初,杨雄依《虞箴》作《十二州二十五官箴》,其九箴亡阙。后涿郡崔骃及子瑗、又临邑侯刘騊駼增补十六篇。广复继作四篇,文甚典美。乃悉撰次首目,为之解释,名曰《百官箴》,凡四十八篇。"今存有胡广所作《侍中箴》《边都尉箴》《陵令箴》及其《百官箴叙》片段。此外,还存有其《印衣铭》《笥铭》。但是总的说来,胡广的箴、铭水平泛泛,价值不高,此不赘述。

相较而言,黄香、崔琦的文作虽然不多,但是更具有思想价值。黄香有《屏风铭》一篇。《太平御览》卷五九〇引《三辅决录》曰:"何敞字文高,为汝南太守。帝南巡过郡,郡有刻镂屏风,帝命侍中黄香铭之曰:'古典务农,雕镂伤民。忠在竭节,义在修身。'事见《黄香集》。"(《北堂书钞》卷一三二引《三辅决录》文同)据《后汉书》卷四三《何敞传》,何敞于和帝永元初年由济南王太傅迁汝南太守,故此铭为和帝诏令黄香作。虽因即兴应制之作而文字简短,但其为官当爱民安民、忠义修身之内涵却凿实鲜明。《后汉书》本传载何敞做汝南太守,"疾文俗吏以苛刻求当时名誉,故在职以宽和为政",与和帝所赐此铭当不无关系。

崔琦有《外戚箴》一篇,堪称东汉中期最为富实、最具现实针对性的箴文:

赫赫外戚,华宠煌煌。昔在帝舜,德隆英、皇。周兴三母,有莘崇汤。宣王晏起,姜后脱簪。齐桓好乐,卫姬不音。皆辅主以礼,扶君以仁,达才进善,以义济身。

爰暨末叶，渐已颓亏。贯鱼不叙，九御差池。晋国之难，祸起于丽。惟家之索，牝鸡之晨。专权擅爱，显己蔽人。陵长间旧，圮剥至亲。并后匹嫡，淫女毕陈。匪贤是上，番为司徒。荷爵负乘，采食名都。诗人是刺，德用不忧。暴辛惑妇，拒谏自孤。蝮蛇其心，纵毒不辜。诸父是杀，孕子是刳。天怒地忿，人谋鬼图。甲子昧爽，身首分离。初为天子，后为人螭。

非但耽色，母后尤然。不相率以礼，而竞奖以权。先笑后号，卒以辱残。家国泯绝，宗庙烧燔。末嬉丧夏，襃姒毙周，妲己亡殷，赵灵沙丘。戚姬人豕，吕宗以败。陈后作巫，卒死于外。霍欲鸩子，身乃罹废。

故曰：无谓我贵，天将尔摧；无恃常好，色有歇微；无怙常幸，爱有陵迟；无曰我能，天人尔违。患生不德，福有慎机。日不常中，月盈有亏。履道者固，仗势者危。微臣司戒，敢告在斯。(《后汉书》卷八〇上《文苑列传上·崔琦》)

《后汉书》卷八〇上《文苑列传上·崔琦》云：青年崔琦游学京师，以文章博通称名，举孝廉为郎。"河南尹梁冀闻其才，请与交。冀行多不轨，琦数引古今成败以戒之，冀不能受，乃作《外戚箴》。"东汉安帝、顺帝时期，外戚擅权已成常态，顺帝时大将军梁冀更加专擅跋扈。崔琦此箴，就是为梁冀而作。箴文历数帝舜以来的历代外戚，有"辅主以礼，扶君以仁，达才进善，以义济身"的好外戚，也有"专权擅爱，显己蔽人"、"不相率以礼，而竞奖以权"因而导致家破国亡的坏外戚，谆谆告诫梁冀"日不常中，月盈有亏。履道者固，仗势者危"，满富道家"福兮祸兮"的思想精神。

如本节所述，东汉中期抒情述志的文学创作成就，主要体现在赋和诗上。儒学为体、道家为用进而儒道孔老交融的情思表达，是这个时期言志抒情的重要思想特征，与其时思想界道家观念的回潮同步。

第六章　王逸《楚辞章句》的文学思想

　　王逸(90?～165?)，字叔师，南郡宜城(今属湖北襄阳)人，主要活动于安帝、顺帝时期。他与屈原同土共国，对《楚辞》的古音古字十分熟悉，加之学识渊博(安帝时任校书郎)，所作《楚辞章句》训诂翔实，串释句意较为贴切，对屈原的情思行止及其作品意蕴的析论也大抵言之有据。不仅成为汉代《楚辞》研究的集大成之作，也是《楚辞》学史上最重要的经典著作。王逸的其他作品，据《后汉书》卷八〇上《文苑列传上·王逸》载，有"赋、诔、书、论及杂文，凡二十一篇。又作《汉诗》百二十三篇"。可惜这些作品大都失传了，只在唐宋类书及后人的辑佚中有片断的辑存。

　　王逸生活的东汉中期，经学虽然已经显现衰颓的趋势，但是作为一种传统深厚的官方思想文化系统，经学在社会思想中依然占据优势地位，并向其他思想文化领域渗透，产生重要影响。就文学领域而言，尽管在实际的创作中已经发生了新锐的变化(如逞才游艺创作倾向的出现，道家思想的回潮等)，但是普遍的文学思想观念具有稳定性和滞后性，难以随之即时改变。王逸的《楚辞章句》，就反映着这种新旧思想交错演进的情形。王逸力图把《楚辞》提升到经之地位的努力，对有汉以来以《毛诗序》为代表的经学文学思想的传承，对文学美刺讽谕功能的强调，对文学教化思想的体认，都仍然清晰地呈现在《楚辞章句》之中，形成了它"拟经注《骚》，以经释《骚》"的基本思想特征。与此同时，王逸较前人更多地肯定情感的自由抒发，更多地探讨诗歌的表现艺术，显现出对文学本质、文学发生、文学功能的趋新认识,由此又可见出王逸文学思想的演进痕迹。

第一节 《楚辞章句》体例的经学渊源

"章句"本是儒家经师讲经、解经的方式,西汉时即已出现。察《汉书》卷三〇《艺文志·六艺略》,其《易》类著录"《章句》施、孟、梁丘氏各二篇",《书》类著录"《欧阳章句》三十一卷,大、小《夏侯章句》各二十九卷",《春秋》类著录"《公羊章句》三十八篇,《穀梁章句》三十三篇"。除"章句"外,《汉志》著录的解经著作,还有"传"、"故"、"解故"、"说"、"说义"、"传记"、"微"等名称。由此可以了解:"章句"应是一种不同于"传"、"故"等方式的独具特色的解经体例。

关于"章句"的一般意义,并不难了解,如清人毛奇龄《尚书广听录》卷五云:"经文章句最是关系……章者篇章,句者辞句"(文渊阁《四库全书》本);朱彝尊《经义考》卷一五六引王彝曰:"章句者,分章析句以发明之也。"[①]但是此种常识性的解释,不能见出"章句"与其他解经方式的实质而明晰的区别。作为一种独特的解经体例,"章句"的特质究竟是什么?南宋朱熹的相关论说,可以提供启发:

> 盖平日解经最为守章句者,然亦多是推衍文义,自做一片文字。非惟屋下架屋,说得意味淡薄,且是使人看者,将注与经作两项工夫,做了下稍(当作梢),看得支离。至于本旨,全不相照。以此方知汉儒可谓善说经者:不过只说训诂,使人以

[①] [清]朱彝尊撰,林庆彰等主编《经义考新校》,上海:上海古籍出版社2010年版,第2860页。

此训诂、玩索经文，训诂、经文不相离异，只做一道看了，直是意味深长也。（朱熹《晦庵集》卷三一《答张敬夫》，文渊阁《四库全书》本）

秦汉以来，圣学不传。儒者唯知章句、训诂之为事，而不知复求圣人之意，以明夫性命道德之归。至于近世……或乃徒诵其言以为高，而又初不知深求其意。甚者，遂至于脱略章句，陵籍训诂，坐谈空妙，展转相迷。（朱熹《〈中庸辑略〉序》，[宋]石𡻕编，朱熹删定《中庸辑略》，文渊阁《四库全书》本）

综核朱熹的论说可知："章句"与"训诂"比较接近，它同样不能阐释发明经文的"大义"（所谓"至于本旨，全不相照"，"不知复求圣人之意，以明性命道德之归"）。同时，"章句"与直接解释字词、名物的"训诂"也有所区别，那就是它还要"推衍文义，自做一片文字"。联系上引王彝"分章析句以发明"之说，则"章句"的"推衍文义"当是指串释句意、章意。朱熹《楚辞集注·叙目》之说，亦可作为此一理解的证明："东京王逸《章句》与近世洪兴祖《补注》并行于世，其于训诂、名物之间，则已详矣。……至其大义，则又皆未尝沈潜反复、嗟叹咏歌，以寻其文词指意之所出。而遽欲取喻立说，旁引曲证，以强附于其事之已然。是以或以迂滞而远于性情，或以迫切而害于义理。"[1]

汉代章句之作流传至今且较为完整者，只有王逸《楚辞章句》和赵岐《孟子章句》两种。它们是今天直观认识"章句"之体例特征的最早文献。赵岐生活于东汉中晚期，"少明经，有才艺，娶扶风马

---

[1] [宋]朱熹撰，蒋立甫校点《楚辞集注》，上海：上海古籍出版社2001年版，第3页。以下引用该书均据此本，只随文注出书名和篇名。

融兄女①"(《后汉书》卷六四《赵岐传》),"少蒙义方,训涉典文"(《孟子章句·孟子题辞》),经学颇有造诣。其《孟子章句》,作为完整流传后世的最早的经学文献之一,成为后代"章句"之学的样板②。而王逸的《楚辞章句》,撰作时间尚早于赵岐的著作,虽不是正统的经学章句,无疑也是"章句"之学的典范。以《孟子章句》为参照,检讨《楚辞章句》之体例与经学章句的关系,是探讨《楚辞章句》与经学之关系的途径之一。

焦循《孟子正义》卷一《孟子题辞正义》,概括了赵岐"章句"的体例特征:

> 汉世说经诸家,各有体例。如董仲舒之《春秋繁露》、韩婴之《诗外传》、京房之《易传》,自抒所见,不依章句;伏生《书传》,虽分篇附著矣,而不必顺文理解。然其书残缺,不睹其全。《毛诗传》全在矣,训释简严,言不尽意;郑氏笺之,则后世疏义之滥觞矣。郑于《三礼》,详说之矣,乃《周礼》本杜子春、郑司农而讨论,则又后人集解之先声也。何休《公羊》学专

---

① 《后汉书》卷六四《赵岐传》李贤注引《三辅决录注》:"岐娶马敦女宗姜为妻。敦兄子融,尝至岐家,多从宾与从妹宴饮作乐,日夕乃出。过问赵处士所在。岐亦厉节,不以妹壻(同婿,即婿)之故屈志于融也。与其友书曰:'马季长虽有名当世,而不持士节。三辅高士未曾以衣裾襜其门也。'岐曾读《周官》,二义不通,一往造之,贱融如此也。"依此,则马敦乃为马融之叔父,赵岐是马融的叔伯妹婿,非侄女婿也。

② 两汉章句之作,到唐初已存留不多。据《隋书》卷三二《经籍志一》,唯有《周易》十卷(自注:汉魏郡太守京房章句)、《周易》八卷(自注:汉曲台长孟喜章句,残缺)、《周易》五卷(自注:汉荆州牧刘表章句)、《韩诗》二十二卷(自注:薛氏章句)、《月令章句》十二卷(自注:汉左中郎将蔡邕撰)、《春秋左氏长经》二十卷(自注:汉侍中贾逵章句)、《春秋外传章句》一卷(自注:王肃撰)。这些著述,今天均已不存。又,赵岐《孟子章句》,《隋书》、两《唐书》均著录为"《孟子》十四卷(汉赵岐注)"。其称"注",似是后人简化汉代解经体例所为。

以明例,故文辞广博,不必为本句而发。盖经各有义,注各有体。赵氏于《孟子》,既分其章,又依句敷衍而发明之,所谓"章句"也。章有其恉,则总括于每章之末,是为"章恉"也。叠诂训于语句之中,绘本义于错综之内。于当时诸家,实为精密而条畅。①

焦氏认为,赵岐《孟子章句》最显著的体例特征有二:一是"分其章,又依句敷衍而发明"的"章句",二是"总括于每章之末"的"章恉"。简略地说,就是"断章而揭其大指,离句而证以实事"(焦循《孟子正义》卷二《梁惠王章句上》正义)。与董仲舒等的"自抒所见"、伏生的"不必顺文理解"、《毛诗传》的"训释简严,言不尽意"、何休的"文辞广博,不必为本句而发",都不相同。"章句"是据于经本文而对经本文进行分章析句的字句训诂和涵义解释。焦循所说的虽是《孟子章句》,其实也是所有经学章句著作共同的基本体例。

经学章句这个基本的体例特征,在王逸《楚辞章句》中有鲜明体现。其《天问后叙》说:"今则稽之旧章,合之经传,以相发明,为之符验。章绝句断,事事可晓,俾后学者永无疑焉。"②王逸认为,虽然刘向、扬雄等也"援引传记"解说《天问》,但都不能通达屈原本义,"厥义不昭,微旨不晢",读者阅后不知所云。其原因,正在于分章析句不确、训诂空疏,也就导致作品旨意的阐发落不到实处。王逸在阐释《楚辞》的实际过程中,确实体现出了训诂翔实又重视诗句意旨的特征。例如:

在《离骚》开头,他详细考证了高阳一支的世系,以证成屈原

---

① [清]焦循撰,沈文倬点校《孟子正义》,北京:中华书局1987年版,第26—27页。

② [宋]洪兴祖撰,白化文等点校《楚辞补注》,北京:中华书局1983年版,第119页。本书引用王逸《楚辞章句》均据此本,以下仅随文注出书名、篇名。

"自道本与君共祖,俱出颛顼胤末之子孙"。他还通过详细训释屈原名字的涵义,来阐发其中的深义:"正,平也。则,法也。灵,神也。均,调也。言正平可法则者,莫过于天;养物均调者,莫神于地。高平曰原,故父伯庸名我为'平'以法天,字我为'原'以法地。言己上能安君,下能养民也。"并且,他还引"子生三月,父亲名之,既冠而字之"(按见《礼记·内则》)的古制,进一步阐发道:"名所以正形体、定心意也;字所以崇仁义、序长幼也。夫人,非名不荣,非字不彰。故子生,父思善应而名字之,以表其德、观其志也。"这样的阐释,似是不厌其烦,但确实贯彻了训释翔实并且要揭橥句意要旨的经学"章句"的体例特征。

这里应当指出的是,王逸在阐释作品时,除了个别极为难通的篇章如《天问》外,一般都是以两句为一个基本单位予以解说。这样做,是为了保持原文的节奏和韵律,使注解著作在训诂字句、揭示意旨的同时,还维护了诗歌的美感。这在《九歌》等文学性较强的篇章里,表现得尤为突出。就其借鉴经学章句的体例而言,通常是两句一训,上下句都有训诂;在下句训诂之后,以"言己"、"谓"、"言"、"以言"等字眼,串释其句意及思想内涵。有时辞语较易理解则省去训诂的部分,直接进入句意的说明或阐释。如此,显得纲举目张、节奏分明,同时也避免了主次不分所造成的混乱,使层次井然,有条不紊。

《楚辞章句》遵循经学章句体例的另一个重要体现,是仿照《毛诗序》的体例,为每篇作品都作了序文。序文的内容也仿照《毛诗序》,主要是揭其本事、阐发作品意旨。例如:

《离骚经》者,屈原之所作也。屈原与楚同姓,仕于怀王,为三闾大夫。三闾之职,掌王族三姓,曰昭、屈、景。屈原序其谱属,率其贤良,以厉国士。入则与王图议政事,决定嫌疑;出则监察群下，应对诸侯。谋行职修，王甚珍之。同列大夫上官、靳尚妒害其能，共谮毁之。王乃疏屈原。屈原执履忠贞而被谗邪，忧心烦乱，不知所诉，乃作《离骚经》。离，别也。骚，愁也。经，径也。言己放逐离别，中心愁思，犹依道径，以风谏君也。故上述唐、虞、三后之制，下序桀、纣、羿、浇之败，冀君觉悟，反于正道而还己也。

《九歌》者，屈原之所作也。昔楚国南郢之邑，沅、湘之间，其俗信鬼而好祠。其祠，必作歌乐鼓舞以乐诸神。屈原放逐，窜伏其域，怀忧苦毒，愁思怫郁。出见俗人祭祀之礼，歌舞之乐，其词鄙陋，因为作《九歌》之曲，上陈事神之敬，下以见己之冤结，托之以风谏。

《天问》者，屈原之所作也。何不言"问天"？天尊不可问，故曰"天问"也。屈原放逐，忧心愁悴。彷徨山泽，经历陵陆。嗟号昊旻，仰天叹息。见楚有先王之庙及公卿祠堂，图画天地山川神灵，琦玮僪佹，及古贤圣怪物行事。周流罢倦，休息其下，仰见图画，因书其壁，呵而问之，以渫愤懑，舒泻愁思。

《九章》者，屈原之所作也。屈原放于江南之野，思君念国，忧心罔极，故复作《九章》。章者，著也，明也。言己所陈忠信之道，甚著明也。

这些序文偶有不确，如释《九章》之"章"为"著明"即是。但这并非本章所关注的；本章关注的是，这些序文的形制、作用和目的，都与《毛诗序》相类。尤其《天问序》，语句格式都与《春秋》之《公羊》《穀梁》传相似，反映了经学对《楚辞章句》体例的深度渗透。至于这些序文具体的功能和意义，下文再述。

王逸作《楚辞章句》，站在经学的立场上"依经立义"，力图把

《楚辞》提升至与儒学经典并立的地位。他不仅在体例上采用经学解经的主要形式之一的章句体注释《楚辞》,仿照《诗序》作《楚辞》各篇的序文,并且,以《离骚》为"经",把《离骚》和《诗经》强相比附,认为《离骚》之文,依《诗》取兴——这是下文将要详述的。

第二节　以《诗》释骚

王逸多次明确表述其以经典为注释的依据,如云:

> 今臣复以所知所识,稽之旧章,合之经传,作十六卷《章句》。(《离骚经后叙》)

> 今则稽之旧章,合之经传,以相发明,为之符验。章决句断,事事可晓。(《天问后叙》)

以《诗》释骚,是《楚辞章句》的基本解释方式,也是王逸经学思维的典型体现。以下分两方面述之。

首先,王逸直接拿《楚辞》和《诗经》对照,硬性牵合比附,以坐实《楚辞》中某句或某章就是《诗经》中某章某篇的意思。王逸尊《离骚》为经,同时认为屈原完全依照《诗经》的旨意作文,发挥《诗经》的"大义",有将《楚辞》视作《诗经》之传注的倾向。《离骚经后叙》的一段话,说得再明白不过了:

> 屈原履忠被谮,忧悲愁思,独依诗人之义而作《离骚》,上以讽谏,下以自慰。遭时暗乱,不见省纳,不胜愤懑,遂复作《九歌》以下凡二十五篇。……夫《离骚》之文,依托《五经》以立义焉:"帝高阳之苗裔",则"厥初生民,时惟姜嫄"也;"纫秋兰以为佩",则"将翱将翔,佩玉琼琚"也;"夕揽洲之宿莽",则

《易》"潜龙勿用"也;"驷玉虬而乘鹥",则"时乘六龙以御天"也;"就重华而陈词",则《尚书》咎繇之谋谟也;"登昆仑而涉流沙",则《禹贡》之敷土也。……

所谓"依诗人之义而作《离骚》……复作《九歌》以下凡二十五篇",即明白宣示:《楚辞》乃是依照《诗经》的思想原则而创作的。

至于其下文举出《离骚》诗句以与《诗经》及《易》《书》等儒家经典比附,稍加考证就可知其纯属无稽:"帝高阳之苗裔",乃屈原自道家世祖先之语;"厥初生民,时惟姜嫄"①,则是周人追述始祖后稷的诞生。如果说二者在溯源自身所从出这点上还有相似,那么"纫秋兰以为佩"与"将翱将翔,佩玉琼琚"②,"夕揽洲之宿莽"与"潜龙勿用"③,"驷玉虬而乘鹥"与"时乘六龙以御天"④等,完全是风马牛不相及的两码事。然而,透过表面作进一步体认,又可以得出另一种结论:王逸的说法大致不差。他当然知道《离骚》的诗句与《诗经》及《易》《书》之文字在训诂上不能完全对应,所以在具体训释《离骚》时也没有直接移入《诗》传的内容,说明王逸上述这些话不是从训诂的角度说的。王逸既然依托经典解释《楚辞》,自然便当从"大义"上立论。王逸认为"纫秋兰以为佩"是说屈原"修身

---

① 此二句出自《诗经·大雅·生民》,《郑笺》云:"言周之始祖,其生之者,是姜嫄也。姜姓者,炎帝之后。有女名嫄,当尧之时,为高辛氏之世妃,本后稷之初生,故谓之生民。"

② 此二句出于《诗经·郑风·有女同车》,孔颖达《毛诗正义》云:"此女之美,其颜色如舜木之华,然其将翱将翔之时,所佩之玉是琼琚之玉,言其玉声和谐,行步中节也。"

③ 此为《周易》"乾"卦初九之象辞,孔颖达《疏》云:"此自然之象,圣人作法,言于此潜龙之时,小人道盛,圣人虽有龙德,于此时唯谊潜藏,勿可施用。"

④ 出自《周易》"乾"卦象辞,王弼注云:"大明乎终始之道,故六位不失其时而成,升降无常,随时而用,处则乘潜龙,出则乘飞龙,故曰'时乘六龙'也。乘变化而御大器,静专动直,不失大和,岂非性命之情者邪?"

清洁"、"博采众善,以自约束"(《离骚经章句》),与"将翱将翔,佩玉琼琚"之"玉声和谐,行步中节"意义相差无几;"夕揽洲之宿莽"喻"谗人虽欲困己,己受天性,终不可变易也"(同上),与"潜龙勿用"之"唯谊潜藏,勿可施用"意义可以相通;"驷玉虬而乘鹥"言屈原"设往行游,将乘玉虬,驾凤车,掩尘埃而上征,去离世俗,远群小也"(同上),与"时乘六龙以御天"之"升降无常,随时而用,处则乘潜龙,出则乘飞龙"也有一定的可比性;陈辞重华与咎繇谟都是向帝舜进言;"登昆仑而涉流沙"记录屈原周流天地以求索的行程,与《尚书·禹贡》记载大禹遍历山川以"随行所至之山,除木通道,决流其水,水土既平,乃定其高山大川"(《尚书注疏》卷六《禹贡》孔颖达正义)也有相似之处。王逸将《离骚》与《诗经》等儒家经典比附阐释,其学理性如何,大可以讨论;但一个鲜明的事实是:他在阐释《离骚》的过程中所贯穿的,是经学的思想观念。

其次,王逸比附经典最直接的做法,就是仿《诗序》而为每篇《楚辞》作品都写了序,并且《离骚》《天问》各有一前一后两个序。汉儒四家《诗》原本都有序,只是后来三家《诗》失传,《毛诗》独存,现存完整的只有《毛诗序》。《诗序》是"诗说"的一部分,是理解《诗》篇意义的门径。王逸为《楚辞》各篇作序,除了在形式上比附《诗经》外,还有意义、功能上的仿照。

《诗序》大多是揭示诗篇的题旨,述说诗篇本事,发明其在政治教化、伦理道德等方面的现实意义。如作为《风》诗之始的《关雎》,《毛序》云:"乐得淑女以配君子,忧在进贤,不淫其色。哀窈窕,思贤才,而无伤善之心焉,是《关雎》之义也。"序文先从内容的角度,说明《关雎》的主题在于"乐得淑女以配君子";接着阐述"淑女"、"君子"之结合不是为了满足情欲,而在于为国家进献"贤才",这就是《关雎》之义",也是"后妃之德"的集中体现。从而把爱情的追求,归结到政治伦理的高度。再如《卷耳序》:"《卷耳》,后妃之志也，又当辅佐君子，求贤审官，知臣下之勤劳。内有进贤之志，而无险诐私谒之心，朝夕思念，至于忧侵也。"与《关雎序》如出一辙。

王逸的《楚辞》序，也有这种倾向。如《离骚经序》，认为屈原"上述唐、虞、三后之制，下序桀、纣、羿、浇之败"，目的在于"冀君觉悟，反于正道"。《离骚经后叙》又阐发其"人臣之义"的理论，认为作为"人臣"，应"以中正为高，以伏节为贤"，批评那些明哲保身、不撄事务的"佯愚"之臣。最后赞美屈原"危言存国"、"杀身成仁"、"进不隐其谋，退不顾其命"的精神，认为是可以与比干、伍子胥媲美的"绝世之行，俊彦之英"。

王逸序文往往叙述作品的创作背景，这也是仿照《诗序》的。如《诗经·鄘风·载驰序》，详细说明诗作的本事："《载驰》，许穆夫人作也。闵其宗国颠覆，自伤不能救也。卫懿公为狄人所灭，国人分散，露于漕邑。许穆夫人闵卫之亡，伤许之小，力不能救，思归唁其兄，又义不得，故赋是诗也。"《毛序》中，像这样揭示诗作的本事并坐实作者身份的作法，往往可见。至于因为古史渺茫，史料阙如，《毛序》所述之本事是否可信，则是另一问题，这里不予讨论。王逸的序文，虽也有穿凿附会甚至前后矛盾之处，但王逸与屈原同土共国，又去古未远，他的说法，较之《毛诗序》，显得更加信实有据。如《离骚经序》说明写作缘起，引用《史记》，显得信而有征，于史有据；《九歌序》分析《九歌》，先考察民情风俗："昔楚国南郢之邑，沅、湘之间，其俗信鬼而好祠。其祠，必作歌乐鼓舞以乐诸神。"不仅保留古老的民间习俗的记载，有极其珍贵的文献价值，而且能很好的契合《九歌》中祭祀诸神、敬慕神祇的内容。同时又能契合屈原的经历、心态："屈原放逐，窜伏其域，怀忧苦毒，愁思沸郁。出见俗人祭祀之礼，歌舞之乐，其词鄙陋，因为作《九歌》之曲。"据此可知，屈原被无辜放逐的满腔愁绪要借文字倾泻出来，而俗人歌舞之词又显得鄙陋，于是他加以创新改编，融入自己的忧思毒苦，便创作出了优美动人感情悲凄的《九歌》之曲。王逸的分析的确很信实贴切，也很精彩。

值得注意的是，《楚辞章句》的序文虽是仿照《诗序》而作，但它显然有超越《毛诗序》之处，呈现出一些新的特点。主要体现在：

（一）王逸的序文，注意总结《楚辞》艺术手法的特点。《毛诗序》也有对《诗经》艺术手法的揭示，不过大抵局限于以"比兴"说诗。《毛诗大序》提出了系统的"六义"说，其中包括"比"、"兴"，但没有作具体阐述；"比兴"说在传注中体现得较为明确①。《楚辞章句》的序文，不仅论说《离骚》也采用《诗》之"比兴"手法（详见下一节），还揭示了《楚辞》其他的艺术表现手法，择其要者：其一，指出了《楚辞》"多怪异之事"（《天问后叙》），即采用神话传说，并杂以神仙怪异幽冥之事。王逸认为，这些神仙怪异境象的加入，烘托了屈原孤独、高洁、忠贞的品格形象。如其《招隐士序》云："小山之徒，闵伤屈原，又怪其文升天乘云，役使百神，似若仙者，虽身沉没，名德显闻，与隐处山泽无异。"这是说，"升天乘云，役使百神"的描写，凸显了屈原高洁如坚守理想品格的隐士一般的形象。同时，王逸还认为，《楚辞》描写怪异境象，也是屈原借以解脱精神苦闷必不可少的表现手段。如其《远游章句序》云："屈原履方直之行，不容于世。……章皇山泽，无所告诉。乃深惟元一，修执恬漠。思欲济世，则意中愤然，文采铺发，遂叙妙思，托配仙人，与俱游戏，周历天地，无所不到。"质言之，"怪异之事"的描写，表现了屈原超尘绝俗、不与世俗苟且的高洁人格。其二，揭橥了《楚辞》的铺陈手法。屈原思想丰富、情感浓烈并且擅长抒发，其《离骚》等作品，情思热烈

---

① 如《周南·桃夭》"桃之夭夭，灼灼其华"《毛传》："兴也。桃有华之盛者。夭夭，其少壮也。灼灼，华之盛也。……桃之盛华，以兴有十五至十九少壮之女亦夭夭然，复有灼灼然。"《秦风·蒹葭》"蒹葭苍苍，白露为霜"《毛传》："兴也。……白露凝戾为霜，然后岁事成；国家待礼，然后兴。"

奔涌,反复陈说发抒,又往往采用主客问答的结撰形式,自然呈现为层层铺排、反复渲染的手法(这也为汉赋极写天上地下、总揽宇宙人物的铺张手法导夫先路)。王逸指出了《楚辞》的这一特征,如其《招魂章句序》说"外陈四方之恶,内崇楚国之美",《大招章句序》说"盛称楚国之乐,崇怀、襄之德,以比三王"等等,敏锐地抓住了铺陈排比这一表现手法的基本特征。《毛诗序》单纯以"比兴"、"美刺"说《诗》,而《楚辞章句》的序文,在承续《毛诗序》"比兴"之说而外,又能够揭出一两点纯粹的文学表现手法(如上述),这在经学文学观念流行的时代,是非常难能可贵的。

(二)王逸的序文,也体现了他"知人论世"的思想方法。他将屈原其人其行与历史、社会、政治结合起来,以倡导志士之行来反对班固"全命避害"的"明哲保身"思想,突出体现在《离骚经章句序》中。王逸赞扬屈原的"中正"、"伏节",认为屈原在满朝"婉婉以顺上,逡巡以避患"者一味妥协投降,置国家民族危亡于不顾的情势下,只有挺身而出,力争使自己正确的措施和主张得以施行,才有可能避免被强秦灭国的危险。王逸对屈原及其作品的评价,是孟子"知人论世"思想方法的具体运用和体现[1]。从王逸对屈原辞作的具体阐释可见,他非常熟悉楚国的历史、政局以及战国后期的天下大势,这是准确解读屈原及其作品的前提。同时,他善于分析屈原的思想情感及其所主张的方针策略,对屈原的思想行为有切实深入的理解。屈原之所以被迫害被放逐,其治国方略主张和外交思想是最重要的因素,王逸对此往往有准确的分析。扎实的史识修养和通达的思想能力,使王逸注释《楚辞》更加切实合理。《毛诗序》也往往是联系历史人物、历史事件来解诗,但是其旨趣或宗旨乃在解说诗作之"大义",所牵合的史事、人物往往并不真切,显

---

[1] 《孟子·万章下》:"颂其诗,读其书,不知其人,可乎?是以论其世也。"

得较为生硬。而王逸《楚辞章句》的"知人论世"就很切实妥帖,更具可信性和说服力。

(三)王逸的序文,还论述了包括文学本质、文学发生、文学功能以及辞赋观念等诸多文学思想问题(详见本章第五节)。相较《毛诗序》只注意诗篇本事、写作背景以及题旨的阐发来说,更为进步,也更为全面。

第三节 依《诗》取兴

一、两汉时期"比"、"兴"的一般涵义

据今天所见史料,首先对"比"、"兴"作出解释的是郑众,他说:"比者,比方于物也。兴者,托事于物。"(《周礼·春官·大师》郑玄注引)郑众从语辞方式上解释"比"、"兴"的涵义,是侧重揭示其"作法"意义的开端。至唐人孔颖达即阐释为:"赋、比、兴是诗之所用,风、雅、颂是诗之成形。用彼三事,成此三事。"(《毛诗正义》卷一《关雎序》"诗有六义"正义)此论是对郑众之说的丰富和发展,明确了"赋"、"比"、"兴"乃是诗歌表现手法。到朱熹《诗集传》,再进一步确认这个看法,他对"赋"、"比"、"兴"所作的具体解释,也成为今天理解"赋"、"比"、"兴"的圭臬:"赋者,敷陈其事而直言之也";"比者,以彼物比此物也";"兴者,先言他物以引起所咏之辞也"①。《朱子语类》卷八〇《诗一·纲领》论《诗》有六义"时也说:"盖所谓'六义'者,风、雅、颂乃是乐章之腔调,如言仲吕调、大石调、越调之类;至比、兴、赋,又别:直指其名、直叙其事者,赋也;本要言其事,

---

① [宋]朱熹《诗集传》,上海:上海古籍出版社 1980 年版。"赋"、"比"、"兴"之解,分见《周南》之《葛覃》《螽斯》《关雎》三诗注。

而虚用两句钓起,因而接续去者,兴也;引物为况者,比也。立此六义,非特使人知其声音之所当,又欲使歌者知作诗之法度也。"① 认为"赋"、"比"、"兴"是"作诗之法度"。

揭示"比"、"兴"之表现意义的另一条路线,是从锺嵘《诗品序》开始。他把"赋"、"比"、"兴"的顺次颠倒为"兴"、"比"、"赋",论诗特重"兴"。他对"兴"的释义——"文已尽而意有馀,兴也",也极具思想新意。自此,"兴"便朝着言外之意、象外之象、韵外之致的"境界"说发展。

以上所述,是以今天的立场,看待古人对"比"、"兴"的"文学性"的解释。如果以历史的眼光来看,事情就没有这样简单。"赋"、"比"、"兴"概念最早出现之时,其涵义本非如今天所理解的这样,而是另有所指。《周礼·春官·大师》云:"(大师)教六诗:曰风,曰赋,曰比,曰兴,曰雅,曰颂。"《周礼》没有对"六诗"作出具体的解说。郑玄注《周礼》,解释道:

> 风,言贤圣治道之遗化也。
> 赋之言铺,直铺陈今之政教善恶。
> 比,见今之失,不敢斥(直)言,取比类以言之。
> 兴,见今之美,嫌于媚谀,取善事以喻劝之。
> 雅,正也,言今之正者,以为后世法。
> 颂之言诵也,容也,诵今之德,广以美之。(《周礼注疏》卷二三)

郑玄的"六诗"释义,侧重从诗的内容或作意设言,强调其政教意

---

① [宋]黎靖德编,王星贤点校《朱子语类》,北京:中华书局1994年版,第2067页。

义。同时也可体会到,所谓风、赋、比、兴、雅、颂,在郑玄看来,乃是六种诗歌①。其中的"比"诗,主要功能是"刺";"兴"诗,主要功能是"美"②。当然,郑玄在解说"赋"、"比"、"兴"三类诗时,也有兼说其写作方式的意涵——这对后人正确理解"赋"、"比"、"兴",也具有重要的启示作用。

郑玄对"六诗"的解释,其实可能来自或受启发于《毛诗》。《毛诗大序》说"六义",只解释了"风"、"雅"、"颂"三者的含义,并演绎为"四始说"③,而并未直接解释何为"赋"、"比"、"兴"。不过,"毛公述《传》,独标兴体"(《文心雕龙·比兴》)。据朱自清统计,《毛传》标明"兴也"的诗篇共有一百一十六篇。他通过分析发现,《毛传》之"兴"有两个意义:"一是发端,一是譬喻;这两个意义合在一块儿才是'兴'。"④结合《诗大序》"风,风也,教也;风以动之,教以化之"以及《毛诗正义》"皆譬喻不斥(直)言也"的说法,可知所谓"兴"其实含有"风化"、"风刺"的作用;而所谓"譬喻",并不止于修辞,而且是"谲谏"了⑤。郑玄对"比"、"兴"的解说,正是沿着《毛诗序》的思路,将二者释为"美刺"的。其所谓"比,见今之失,不敢斥

---

① 此说后世有所传承。如南宋王质云:"《礼》:风、赋、比、兴、雅、颂六诗。当是赋、比、兴三诗皆亡,风、雅、颂三诗独存。"(《诗总闻》卷二《闻风一》,文渊阁《四库全书》本)近人章太炎亦发挥此说:"孔子删诗,求合于《韶》《武》,赋、比、兴不可歌,因以被简。"(《国故论衡·辨诗》,又可参见其《检论》卷二《六诗说》。均见《章氏丛书》上册,台北:世界书局1982年影印本)

② 《周礼·春官·大司乐》"以乐语教国子兴、道、讽、诵、言、语"郑玄注:"兴者,以善物喻善事也。"可见郑玄对"比兴"的解释是一贯的。

③ 《毛诗大序》:"是以一国之事系一人之本,谓之《风》。言天下之事,形四方之风,谓之《雅》。雅者,正也,言王政之所由废兴也。政有小大,故有《小雅》焉,有《大雅》焉。《颂》者,美盛德之形容,以其成功告于神明者也。是谓'四始',《诗》之至也。"

④ 朱自清《诗言志辨·比兴》,《朱自清古典文学论文集》,上海:上海古籍出版社1981年版,第239页。

⑤ 参见朱自清《诗言志辨·比兴》,《朱自清古典文学论文集》,第236页。

(直)言,取比类以言之"、"兴,见今之美,嫌于媚谀,取善事以喻劝之",其实就是《毛诗大序》"主文而谲谏"的另一种说法。既要达成"谏"(或"美")的目的,也要注意"谏"(或"美")的方式;"谲谏"就是委婉含蓄地劝谏。这与《诗大序》"发乎情,止乎礼义"之说,根本思想内涵都是一致的。

综核古人对"赋"、"比"、"兴"的解释,可以看到一条清晰的演变脉络,那就是从经学观念到文学观念的演变。而作为这个演变过程之一环节的两汉时期,经师、学者一概重视"六诗"的政教性质和功用,并不以"比"、"兴"为单纯的文学创作手法——这便是两汉时期"比"、"兴"的一般涵义。

二、王逸的"比兴"思想

王逸的"比兴"思想,有两个比较鲜明的特征:一是他不再像《毛诗序》那样明确区分"比"、"兴"两个概念,而是整合为一个范畴,并且,他把"比兴"看作是《楚辞》的文学表现手法;二是他依照前汉《诗》解的美刺讽谏义例来解释《楚辞》比兴的思想内涵,把《楚辞》引为《诗经》的同道。换言之,王逸既确认了"比兴"之"法"的作用或表现功能,同时又看重"比兴"之"义"的要旨,并且总是一并述说。这在《楚辞章句》中,有普遍的清晰的体现,而以《离骚经章句序》最具代表性:

《离骚》之文,依《诗》取兴,引类譬谕。故善鸟香草,以配忠贞;恶禽臭物,以比谗佞;灵修美人,以媲于君;宓妃佚女,以譬贤臣;虬龙鸾凤,以托君子;飘风云霓,以为小人。其词温而雅,其义皎而朗。

这是王逸阐述《楚辞》之"比兴"比较集中的一段话。很明显,其所谓"取兴",实际也包含"比"在内,可见他把"比"、"兴"融会成了一个概念。这是与《毛传》的第一个不同。第二个不同是，王逸把《楚辞》之"取兴"解释为"引类譬谕"，舍弃了《毛传》之"兴"的"发端"这个涵义。其原因，盖为《楚辞》在体式上不分章，没有像《诗经》那样起兴的句式，而是将比、兴直接融入抒情言志的正文之中，所以朱熹《楚辞集注·离骚经序》之按语说："《诗》之兴多而比、赋少，《骚》则兴少而比、赋多。"事实上，《楚辞》的比兴更多偏向比喻和象征，而绝少可以理解为"发端"的"兴"。职是故，王逸把"比兴"解为"引类譬谕"，实质上是根据《楚辞》的创作实际所作的提炼总结。在这里，王逸虽然没有明确说出"比兴"是文学表现手法这样的话，但是他以"引类譬谕"为定义，已经在实际上包括了这个义涵。

与确认"比兴"为文学表现手法之同时，王逸关注的重点显然在于"引类譬谕"的思想内涵。从王逸分类说明《离骚》"取兴"的具体内涵可知：所谓"依《诗》取兴"，就是说《楚辞》之"比兴"与《诗经》一样，以香草、风云、鸟兽、美人等物象，喻比现实的社会政治和人生，具有美刺讽谏的思想内涵。至于说到《楚辞》的"比兴"，游国恩具列为十个方面：(1)以栽培香草，比延揽人才；(2)以众芳芜秽，比好人变坏；(3)以善鸟恶禽，比忠奸异类；(4)以舟车驾驶，比用贤为治；(5)以车马迷途，比惆怅失志；(6)以规矩绳墨，比公私法度；(7)以饮食芳洁，比人格高尚；(8)以服饰精美，比品德坚贞；(9)以撷采芳物，比及时自修；(10)以女子身份，比君臣关系[①]。这些丰富的取兴比譬，在《楚辞》中可谓俯拾皆是，王逸《章句》都会一一明确指出，指明它们的思想意义。如其《离骚经章句》的几个实例：

蕙、茝，皆香草，以喻贤者。

[①] 《游国恩学术论文集·论屈原文学的比兴作风》，北京：中华书局1989年版，第163—165页。

> 灵，神也。修，远也。能神明远见者，君德也，故以喻君。
>
> 女，阴也，无专擅之义，犹君动而臣随也，故以喻臣。
>
> 鸷，执也，谓能执服众鸟，鹰鹯之类，以喻忠正也。
>
> （薋菉葹）三者皆恶草，以喻谗佞盈满于侧者也。
>
> 飘风，无常之风，以兴邪恶之众。

王逸用"以喻"、"以兴"之语，明确指出喻象和喻体，以呈现二者之间的修辞关系，这是说明"比兴"作为"作法"的意义。同时，他清晰地揭示喻象、喻体结合所产生的情思内涵，这是说明"比兴"所包含的思想喻义。如上所举之例，是王逸《楚辞章句》释文的常态。王逸兼顾"比兴"在表现形式和情思内涵两方面的作用和意义，所以他论说《离骚》"依《诗》取兴，引类譬谕"时，以"其词温而雅，其义皎而朗"来总括。

王逸以"依《诗》取兴"之思想原则解说《楚辞》，虽然揭示出《楚辞》艺术表现手法上的一个重要特征，不过，在他的经学思想制约下，执着强调《楚辞》的讽喻美刺义涵，有时也不免会曲解了《楚辞》的本义，有强解之嫌。朱熹就已经指出这一点：

> 其(指王逸《楚辞章句》)于训诂名物之间则已详矣。……至其大义，则又皆未尝沈潜反复、嗟叹咏歌，以寻其文词指意之所出，而遽欲取喻立说、旁引曲证，以强附于其事之已然。是以或以迂滞而远于性情，或以迫切而害于义理。(《楚辞集注·叙目》)

朱熹的批评是有根据的。王逸"依《诗》取兴"注释《楚辞》，有时确有牵强附会太甚之处。举两个例子：《离骚》篇末有"路不周以左转兮,指西海以为期"两句,本是屈原上下求索无果之后的拟想出路之辞。王逸先是对字辞作了正确的训诂:"不周,山名,在昆仑西北。转,行也。"之后却发挥其"大义"云:"过不周者,言道不合于世也。左转者,言君行左乖,不与己同志也。"这就超脱诗作本义而妄加阐释了。再如《九章·思美人》有句云:"知前辙之不遂兮,未改此度。车既覆而马颠兮,蹇独怀此异路。"车马道路,是《楚辞》常用的喻象,大抵是屈原抒发人生路途坎坷困窘之类的譬喻之辞。《思美人》这几句诗,乃是表达他"知直道之不可行,而不能改其度。虽至于车倾马仆,而犹独怀其所由之道,不肯同于众人"(朱熹《楚辞集注》)的情志。而王逸则全以比兴讽喻作解释,硬性牵合:"车以喻君,马以喻臣。言车覆者,君国危也;马颠仆者,所任非人。"认为这几句诗的深义是"君国倾侧,任小人也"。如此强解,显然远离了诗句的本义。《楚辞章句》中,像这样遵循经学思想旨趣作过度阐释,"取喻立说、旁引曲证,以强附于其事"的例证,往往可见。如此不顾及作品的语境和本义,而"引类譬谕"肆意解说,难免刻意、无理之嫌。同时,这也使王逸的诗学思想带上了深刻鲜明的经学烙印。

　　从基本面看,王逸的"比兴"思想,与前汉四家《诗》解的思想路径一样,是在经学的思想框架内,发掘《楚辞》的美刺讽谏意义,以赋予《楚辞》政教之"大义"。其"比兴"思想的主要内涵和旨趣,与前人并无明显的区别。不过,王逸的"比兴"思想,也还是有一些新意或历史价值可说:其一,他把"比"、"兴"整合为一个范畴,并且比前人更加明确地认定了"比兴"的文学表现手法性质(见上述);其二,他把"比兴"之美刺讽喻旨意拓展到《楚辞》之上,扩大了这一经学思想的影响,同时也有效提升了《楚辞》的地位;其三,缘于王逸《楚辞章句》多方大力发挥"比兴"之说,朱自清论断:"《楚辞》的'引类譬谕',实际上形成了后世'比'的意念。后世的比体诗可以说有四大类:咏史、游仙、艳情、咏物。……这四体的源头,都在王注《楚辞》里。"①朱氏此论,亦不乏启发意义。

第四节 《楚辞章句》的风教思想

一、以《楚辞》为教

经学重视《诗》教,《礼记·经解》篇云:

> 孔子曰:"入其国,其教可知也:其为人也,温柔敦厚,《诗》教也;疏通知远,《书》教也;广博易良,《乐》教也;洁净精微,《易》教也;恭俭庄敬,《礼》教也;属辞比事,《春秋》教也。"(《礼记注疏》卷五〇《经解》)

这段话,是把《诗》与其他儒家经典并列一处,说明其政治教化作用。何谓"温柔敦厚"? 孔颖达《礼记疏》云:"温,谓颜色温润;柔,谓情性和柔。《诗》依违讽谏,不指切事情,故云'温柔敦厚,是《诗》教也'。"(《十三经注疏》本)孙希旦《礼记集解》的解释稍有不同:"温柔,以辞气言;敦厚,以性情言。"②合观此二解可知:以《诗》为教,就是教化民众性情温润和柔不偏执,言语仁恕敦厚不刺激,从而形成温文尔雅的和谐的社会秩序和氛围。经学把《诗》与《书》《乐》《易》《礼》《春秋》一同对待,都看作是实现政治教化的工具。

王逸《楚辞章句》继承了这一思想,并且运用于《楚辞》阐释,也有把《楚辞》当作教化工具的倾向。首先,他认为"(《离骚经》)金相

---

① 朱自清《诗言志辨·比兴》,《朱自清古典文学论文集》,第269页。
② [清]孙希旦撰,沈啸寰、王星贤点校《礼记集解》,北京:中华书局1989年版,第1255页。

玉质,百世无匹,名垂罔极,永不刊灭","要妙"与"华藻"俱存,"博远"与"温雅"同在,完全可以用于教化。其《离骚经章句后叙》,在指明屈原之作"上以讽谏,下以自慰"的性质后,就明确说道:"楚人高其行义,玮其文采,以相教传。"其次,他认为通过《楚辞》的教传,可以使人们在哀悯同情屈原的同时,能受到其"思君念国"之情、"忠信仁义之道"的熏染。这样的述论,《楚辞章句》中所在多有:

楚人哀惜屈原,因共论述。(《天问章句序》)

昔屈原所作,凡二十五篇,世相教传。(《天问章句后叙》)

楚人惜而哀之,世论其词,以相传焉。(《九章章句序》)

楚人思念屈原,因叙其辞以相传焉。(《渔父章句序》)

宋玉者,屈原弟子也,悯惜其师,忠而放逐,故作《九辩》以述其志。至于汉兴,刘向、王褒之徒,咸悲其文,依而作词,故号为"楚辞",亦采"九"以立义焉。(《九辩章句序》)

《招隐士》者,淮南小山之所作也。昔淮南王安,博雅好古,招怀天下俊伟之士……著作篇章,分造辞赋,以类相从,故或称小山,或称大山。其义犹《诗》有《小雅》《大雅》也。小山之徒,悯伤屈原,又怪其文升天乘云、役使百神似若仙者,虽身沉没,名德显闻,与隐处山泽无异,故作《招隐士》之赋,以章其志也。(《招隐士章句序》)

谏者,正也,谓陈法度以谏正君也。古者,人臣三谏不从,退而待放。屈原与楚同姓,无相去之义,故加为《七谏》,殷勤之意,忠厚之节。或曰:《七谏》者,法天子有争臣七人也。东方朔追悯屈原,故作此辞,以述其志。所以昭忠信、矫曲朝也。(《七谏章句序》)

> 《九怀》者，谏议大夫王褒之所作也。怀者，思也，言屈原虽见放逐，犹思念其君，忧国倾危而不能忘也。褒读屈原之文，嘉其温雅，藻采敷衍，执握金玉，委之污渎，遭世溷浊，莫之能识。追而悯之，故作《九怀》，以裨其词。(《九怀章句序》)

王逸认为，屈原的作品以其巨大的影响力，感染着后世。人们不仅在形式上模拟屈赋，如宋玉之作《九辩》，刘向、王褒之徒"依而作词"，东方朔"加为《七谏》"，同时，也自觉继承屈原的精神，以屈原的"殷勤之意，忠厚之节"为榜样，以"陈法度以谏正君"为义不容辞的责任。东方朔更是敷衍三谏不从、退而待放之义，作为《七谏》，并以此"昭忠信、矫曲朝"。因此，屈原之作可以"世相教传"，如同儒家经典一样，能起到积极有效的教化作用。

二、王逸的"讽谏"说

王逸在《楚辞章句》中反复提到"讽谏"，如：

> 言己放逐离别，中心愁思，犹依道径，以风谏君也。(《离骚经章句序》)

> 屈原履忠被谮，忧悲愁思，独依诗人之义而作《离骚》，上以讽谏，下以自慰。(《离骚经章句后叙》)

> 上陈事神之敬，下见己之冤结，托之以风谏。(《九歌章句序》)

> 屈原怀忠贞之性，而被谗邪，伤君暗蔽，国将危亡，乃援天地之数，列人形之要，而作《九歌》《九章》之颂，以讽谏怀王。(《九辩章句序》)

> 宋玉怜哀屈原，忠而斥弃，愁懑山泽，魂魄放佚，厥命将落，

故作《招魂》,欲以复其精神,延其年寿。外陈四方之恶,内崇楚国之美,以讽谏怀王,冀其觉悟而还之也。(《招魂章句序》)

因以风谏,达己之志也。(《大招章句序》)

王逸认为,屈原一以国家社稷为念,绝无半点私心私利,其忠君念国之心天地可鉴,无辜被谗的遭遇使屈原忧思烦乱,无处可诉,于是作《离骚》以讽谏。襄王即位后,屈原遭到了更严厉的谗毁,但他仍以清白正直自厉,决不与奸佞小人同流合污。虽遭流放远离国都,但在家国危亡之际,仍不忘"风谏"其君,使之觉悟。

王逸认为,屈原之"风谏",如同诗人之"怨主刺上"。《离骚经章句后叙》说屈原"独依诗人之义而作《离骚》",便是王逸判断屈原之"风谏"的大纲领。《诗经》的《风诗》以及《二雅》的部分诗篇,讽刺现实不遗余力,甚至有"於乎小子,未知臧否!匪手携之,言示之事。匪面命之,言提其耳"(《大雅·抑》)的愤激之语①。屈原与《诗经》,实有现实和思想的内在联系:"变风"、"变雅"作于"王道衰,礼义废,政教失,国异政,家殊俗"(《毛诗大序》)的混乱时代,而屈原亦有国灭家破的现实危机;《诗经》的刺诗批评谗佞、乱政、昏君,屈原所处的政治环境也非常相似。愤激之情形于作品,使他们不约而同地采取了"刺"这一具有鞭挞警醒意义的表现方式。

王逸还特意指出屈原思想中"忠"的实质,认为屈原无论如何去"刺",其本质上都是"忠"的表现。他反复称赞屈原的"忠贞"、"忠厚之节",认为他讥刺现实并不是为了报复奸佞;他讥刺君王,乃是不忍看到君辱国灭的后果,意在"危言以存国,杀身以成仁"

---

① 《郑笺》释曰:"於乎,伤王不知善否,我非但以手携掣之,亲示之以其事之是非,我非但对面语之,亲提撕其耳。此言以教道之,孰不可启觉?"

(《离骚经章句后叙》)。

王逸倡言"讽谏",彰显屈原的"忠贞"、"忠厚",显见于"怨刺"而外,他还强调了"温柔敦厚"之义,这也是其"讽谏"思想的一个重要方面。

"温柔敦厚"说本是指《诗经》的教化作用(见《礼记·经解》),但缘于它所具有的普遍价值意义,也自然衍演到作诗的原则,而不再仅仅指作品对读者的感化效用。《毛诗大序》对此论说较为详密,主要表现在以下两点:

其一,诗歌要实现教化功用,在思想情感内涵上就得有所要求。《毛诗大序》说得十分清楚:所谓"风",就是"上以风化下,下以风刺上,言之者无罪,闻之者足以戒";所谓"雅",就是"言王政之所由废兴";所谓"颂",就是"美盛德之形容,以其成功告于神明"。概言之,不外乎"美"、"刺"二端。当政治清明,社会安定祥和,就需要诗歌功颂德、润色鸿业;而如果政治衰颓,弊端丛生,风教不振,刑政苛酷,则诗就要对之有所揭露和批评。所谓"国史明乎得失之迹,伤人伦之废,哀刑政之苛,吟咏情性,以风其上"是也。

其二,《毛诗大序》在情思抒发上也对诗提出了具体要求,即"主文而谲谏"、"发乎情,止乎礼义"(与"温柔敦厚"精神相通)。既然诗要揭露现实弊端并劝诫,期望在上位者改良,就得注意言辞的委婉含蓄、合于礼义。如果诗人不堪现实的颓弊,失望之馀而措辞严厉激烈,超出君上的忍耐限度,势必触怒统治者的威权,会被目为讥刺长上、不满时政,这在崇尚"君君、臣臣、父父、子子"的等级社会里是绝对不被允许的。另一方面,诗人进献诗歌的目的在于期待现实政治的改良,而这必须依靠在位者的觉悟才有可能实现,只有委婉曲折地指出问题所在,在礼义的范围内对在位者作适度提醒,才可能产生效果。这是对进谏方式的表述,也可以看作是对诗歌言辞风格的要求①。

需要说明的是,"温柔敦厚"也可以视为儒家的文艺审美理想。儒家一向把"中和"之美视为美的极致,春秋时期就有"和实生物,同则不继"的说法②,孔子也倡导凡事皆应以中庸处之,"过犹不及","中庸之为德也,其至矣乎"③!孔子评论《关雎》,称赞其"乐而不淫,哀而不伤",也是从哀乐之情有所节制的中和原则来说的④。

《楚辞章句》之重视"温柔敦厚",主要体现在对屈原及其作品的重新评价上。王逸之前的汉代学者对屈原及其作品的评价,这里不便详说,可参见拙著《两汉经学与文学思想》的相关论述⑤。这里要说的是,无论对屈原及其作品是褒是贬,汉代学者的立论基础都是相同的,那就是以"中庸"作为思想准则。司马迁引刘安《叙离骚传》赞扬屈原"虽与日月争光可也",即是如此:

> 屈平之作《离骚》,盖自怨生也。《国风》好色而不淫,《小雅》怨诽而不乱。若《离骚》者,可谓兼之矣。(《史记》卷八四《屈原贾生列传》)

---

① "不显谏"(即"讽谏"、"谲谏")也是对人臣的一个传统要求。《礼记·曲礼篇》即有"为人臣礼,不显谏。三谏而不听,则逃之"的说法。《白虎通》曾把"谏"分为"讽谏"、"顺谏"、"窥谏"、"指谏"、"陷谏"五种,并对"讽谏"推崇备至(参见其《谏诤》篇)。作诗强调"谲谏",与这一政治伦理思想是相通的。

② 《国语·郑语》载史伯曰:"和实生物,同则不继。以他平他谓之和,故能丰长而物归之;若以同裨同,尽乃弃矣。"

③ 《论语·庸也》朱熹《集注》:"中者,无过无不及之名也。庸,平常也。至,极也。"

④ 《论语·八佾》朱熹《集注》:"淫者,乐之过而失其正者也。伤者,哀之过而害于和者也。……《关雎》盖其忧虽深而不害于和,其乐虽盛而不失其正,故夫子称之如此。欲学者玩其辞,审其音,而有以识其性情之正也。"

⑤ 参见拙著《两汉经学与文学思想》第八章第一节,北京:生活·读书·新知三联书店2014年版。

他们认为《离骚》符合孔子"乐而不淫,哀而不伤"的中庸思想。虽然有怨的成分,但不失温柔敦厚之义。

而班固《离骚序》批评屈原,也是站在中庸的立场:

> 且君子道穷,命矣。故潜龙不见是而无闷,《关雎》哀周道而不伤。蘧瑗持可怀之智,宁武保如愚之性,咸以全命避害,不受世患。故《大雅》曰:"既明且哲,以保其身。"斯为贵矣。今若屈原,露才扬己,竞乎危国群小之间,以离谗贼。然责数怀王,怨恶椒、兰,愁神苦思,强非其人,忿怼不容,沉江而死,亦贬絜狂狷景行之士。(《楚辞补注》卷一《离骚经章句》后附)

班固认为,屈原指责君王,"露才扬己",特别是沉江而死的举动,不符合人臣所应有的温柔敦厚之义,与中庸之道正相违背。

王逸重新高度评价屈原、反驳班固的根据或立场,同样也是"温柔敦厚":

> 且人臣之义,以忠正为高,以伏节为贤。……今若屈原,膺忠贞之质,体清洁之性,直若砥矢,言若丹青,进不隐其谋,退不顾其命,此诚绝世之行,俊彦之英也。而班固谓之"露才扬己","竞于群小之中,怨恨怀王,讥刺椒、兰,苟欲求进,强非其人,不见容纳,忿恚自沉",是亏其高明,而损其清洁者也。昔伯夷、叔齐让国守分,不食周粟,遂饿而死,岂可复谓有求于世而怨望哉!且诗人怨主刺上,曰"呜呼小子!未知臧否。匪面命之,言提其耳",风谏之语,于斯为切。然仲尼论之,以为《大雅》。引此比彼,屈原之词优游婉顺,宁以其君不智之故,欲提携其耳乎?而论者以为"露才扬己"、"怨刺其上"、"强非其人",殆失厥中矣。(《离骚经后叙》)

王逸强调"忠正"、"伏节"的"人臣之义",屈原正道直行,所作所为都是为了宗国的利益。虽然沉江,仍是履行人臣之义的体现,不失为"绝世之行,俊彦之英"。同时指出,屈原的作品在内容上"依托《五经》以立义",在形式上"优游婉顺",尚且没有《诗经》耳提面命的愤激,正是"温柔敦厚"之《诗》教的绝好体现。

以上四节,从多个视角讨论了《楚辞章句》"以《诗》释骚"的情形,可以充分证实:《楚辞章句》乃是依据《诗经》学来建构自己的阐释体系。最后,再简要分说一下王逸采取"依经立义"的立场、以《楚辞》比附经典的原因。这可以从主客观两个方面来看:其客观原因,就是经学全面兴盛之后,其势力范围扩展到了整个社会生活的各个领域。人们生活其中,耳濡目染,形成经学思维定势,并通过著书、言论自觉不自觉地表现出来。王逸浸润于这种社会文化思潮之中,他站在经学的立场阐释《楚辞》,是文化思想大势之必然。其主观的原因,则是王逸希望通过"依经立义"的方式,揭示《楚辞》与儒家经典之内在关系,从而提高屈原及其作品的地位。因为自从扬雄、班固对屈原颇有微词之后,批评否定屈原的思想就不容忽视了。在这种情况下,王逸要想提高屈原及《楚辞》的地位,批驳班固等人的观点,从经学立场重新阐释《楚辞》就是一个必要且有力的手段。他之采用章句体例注释《楚辞》,尊《离骚》为经,牵合《楚辞》与《诗经》之内在思理关联等等,都可以看作是对班固"多称昆仑、冥婚、宓妃、虚无之语,皆非法度之政,经义所载"之说的回应和反驳。

第五节 王逸其他经学文学思想述要

王逸《楚辞章句》还涉及其他一些文学观念问题,也莫不与经学相关。下面择要述之。

一、关于"言志"的文学本质观

王逸"言志"的文学本质观,可以从以下几个方面来说明:

首先,是他确认屈原作文以"述志"。如《离骚经章句序》云:"《离骚》之文……其词温而雅,其义皎而朗。凡百君子,莫不慕其清高,嘉其文采,哀其不遇,而愍其志焉";《九章章句序》云:"言己所陈忠信之道,甚著明也";《远游章句序》云:"怀念楚国,思慕旧故,忠信之笃,仁义之厚也。是以君子珍重其志,而玮其辞焉。"王逸绍述屈原以外的作者及其创作,也是如此。如《九辩章句序》云:"故作《九辩》,以述其志";《招隐士章句序》云:"故作《招隐士》之赋,以章其志也";《七谏章句序》云:"故作此辞,以述其志";《九叹章句序》也说:"言屈原放在山泽,犹伤念君,叹息无已,所谓赞贤以辅志,骋词以曜德者也。"从文学创作本质的意义看,这些序文的共同旨意就是:这些诗歌创作都是为了"言志"。王逸生活于经学兴盛的东汉中期,当然接受"诗言志"这一中国诗学"开山的纲领"(朱自清《诗言志辨》语),并把它应用于楚骚的评论。也就是,由他之前的"《诗》言志",而进一步提出《楚辞》及骚体作品也是"言志"的。如认为《离骚》是屈原在"执履忠贞而被谗邪,忧心烦乱,不知所诉"的境遇下,通过"上述唐、虞、三后之制,下序桀、纣、羿、浇之败",而抒发出"冀君觉悟,反于正道而还己"(《离骚经章句序》)的"志"的;《九章》则是屈原在襄王继位后,"复用谗言",被放于江南,"忧心罔极"而作,表现的是"思君念国"之志(《九章章句序》);等等。

其次,王逸认为"志"兼具"思想意志"和"情感"两方面涵义。上面所举例证的意义旨趣,"志"都关乎国家、宗族的盛衰存亡,这种意义的"志"由来久远。《诗经》中那些出于功利性目的而创作的诗歌,体现了礼乐文明的内核。其所言之"志"不外乎"刺"与"美",并且与"礼"分不开,与政治伦理紧密联系。春秋时期的"赋《诗》言志",也大多关乎国家、社稷、外交。孔子论诗,把《诗》与修身、政治伦理联系起来。到《毛诗大序》,也认为"上以风化下,下以风刺上"、"言王政之所由废兴"、"美盛德之形容"是《诗》的基本旨趣。屈原《离骚》等作品,其首要的情思内涵,当然也是忧虑国家的盛衰、宗族的存亡,王逸揭示《楚辞》之"志"这方面的涵义,例证俯拾即是。这里仅以《九章》为例：

《惜诵》"何不变此志也"句,王逸释为"何不改忠直之节"。

《怀沙》"愿志之有像"句,王逸释为"愿志行流于后世,为人法也";又其"万民之生,各有所错兮"句,王逸释为"言万民禀受天命,生而各有所错,安其志。或安于忠信,或安于诈伪,其性不同也"。

《橘颂》"深固难徙,更壹志兮"句,王逸释为"专一己志,守忠信也"。

《悲回风》"眇远志之所及兮"句,王逸释为"言己常眇然高志,执行忠直";又其"介眇志之所惑兮,窃赋诗之所明"句,王逸释为"言己能守耿介之眇节,以自惑误,不用于世也。赋,铺也。诗,志也。言己守高眇之节,不用于世,则铺陈其志,以自证明也"。

可以看出,王逸所说的"志",是指"忠直之节"、"忠信"、"高眇之节"等,都属于儒家政治伦理的范畴。王逸自己创作的《九思·守志》,其所守之"志"也是"配稷契兮恢唐功"。

另一方面,也是更为重要的方面,王逸以"情"训"志",或以"情""志"互训,这是更值得关注的。例如：

《九章·惜诵》"情与貌其不变"句,王逸释为"志愿为情";又其"恐情质之不信兮"句,王逸释为"情,志也"。

《九章·思美人》"吾将荡志而愉乐兮,遵江夏以娱忧"句,王逸释为"涤我忧愁,弘佚豫也。循两水涯,以娱志也"。

《九辩》"贫士失职而志不平"句,王逸释为"心常愤懑,意未服也"。

《七谏·哀命》"内怀情之洁白兮,遭乱世而离尤"句,王逸释为"言己怀洁白之志,以得罪于众人也"。

《哀时命》"志憾恨而不逞兮,杼中情而属诗",王逸释为"言己上下无所遭遇,意中憾恨,忧而不解,则杼我中情,属续诗文,以陈己志也";又其"独悁悒而烦毒兮,焉发愤而抒情"句,王逸释为"言己怀忠直之志,独悁悒烦毒,无所发我愤懑,泄己忠心也"。

在这里,王逸有时把"忧愁"、"佚豫"、"烦毒"等属于感情领域的范畴称为"志",有时又把"志"解释为"愤懑"、"憾恨"之类的感情。这表明,王逸认为"志"中包含有"情"的成分,"情"同时也是"志"的一部分。这种认识也是其来有自的。从《诗经》的创作实际来看,一些作者本已明确述说了他们是以诗抒情的①。孔子也认为《关雎》表达了"乐而不淫,哀而不伤"的感情。《毛诗大序》更是提出了"情动于中而形于言"、"吟咏情性"的说法。这些无疑都是王逸认识"志"之内含的思想基础。但不容忽视的是,有汉以来的"诗言志"思想,乃是更多发挥"志"当中理性的"思想意志"方面的涵义,王逸之前也只有班固更多强调了"诗言志"所包含的"情"的内涵②。《楚辞章句》继班固之后,大量地将"情"、"志"互训,使这个思想更为明确和坚实了,对后世孔颖达"情志一也"(《毛诗正义》卷一)之说,也必然产生深刻影响。

第三,王逸不仅认识到了"志"中含有"情"的成分,还进一步认

---

① 如《魏风·园有桃》:"心之忧矣,我歌且谣。"《小雅·四牡》:"岂不怀归?是用作歌,将母来念。"《小雅·四月》:"君子作歌,维以告哀。"《小雅·白华》:"啸歌伤怀,念彼硕人。"《大雅·烝民》:"吉甫作诵,穆如清风。仲山甫永怀,以慰其心。"

② 参见本书第三章《班固对汉代〈诗〉学思想的开拓》。

为抒情也是楚骚的显著特征。《天问章句序》有下面一段论述：

> 屈原放逐,忧心愁悴,彷徨山泽,经历陵陆,嗟号昊旻。仰天叹息,见楚有先王之庙及公卿祠堂,图画天地山川神灵,琦玮谲佹,及古贤圣怪物行事。周流疲倦,休息其下,仰见图画,因书其壁,呵而问之,以泄愤懑,舒泻愁思。

王逸认为屈原无辜被谗,放流山泽草野,离群索居,满腔忧思无可告诉。看见楚先王公卿祠堂,其壁画怪物神灵,屈原书壁呵问,借以排解忧愤。《楚辞章句》中,此类以诗歌创作来抒情的说法还有很多,如《九章·抽思章句》注释"少歌",说"小唫讴谣,以乐志也";《哀时命章句》"独便悁而烦毒兮,焉发愤而抒情"句,王逸的解释是"言己怀忠直之志,独悁悒烦毒,无所发我愤懑,泄己忠心也";等等。因此可以说,在王逸看来,"舒泻忧思"、"乐志"、"发愤懑"等抒发内心感情,是楚骚所具备的重要功能。这个认识尤具重要的文学思想意义。

第四,王逸有限地突破了《毛诗大序》"发乎情,止乎礼义"的抒情原则。第一个表现是,《楚辞章句》中提到的"情",主要是指一己的感情,只要内心的感情激荡欲出,就可以形诸文字。如他认为《离骚》抒发的是"忧悲愁思"(《离骚经章句序》),《九歌》抒发的是"不胜愤懑"之情(《九歌章句序》),《天问》是屈原"以泄愤懑,舒泻忧思"之作(《天问章句序》),《九章》是"忧心罔极"的泄导(《九章章句序》),《九辩》是宋玉"悯惜其师之作"(《九辩章句序》),《招魂》也是宋玉"怜哀屈原"之作(《招魂章句序》),《大招》是"忧思烦乱"之作(《大招章句序》),《招隐士》是"悯伤屈原"之作(《招隐士章句序》),《七谏》是"追悯屈原"之作(《七谏章句序》),《哀时命》是"哀屈原受性忠贞,不遭明君而遇暗世"之作(《哀时命章句序》),《九怀》是"追而悯之"之作(《九怀章句序》),《九叹》是"追念屈原忠信之节"之作(《九叹章句序》),《九思》是"伤悼"屈原之作(《九思章句序》)。纵观《楚辞章句》论述每篇作品写作动机的《序》,除了《惜誓》是"刺怀王有始而无终"外,王逸认为其馀的作品都是抒情之作。而且,所抒之情多种多样,既有自己的"愤懑"、"愁思",也有"悯惜"、"伤悼"之情。虽然这种一己"情"也关乎国家社稷,不过,与《毛诗大序》所规定的"止乎礼义"、关乎政教的群体性的"情",明显是不同的。第二个表现是,《毛诗大序》"止乎礼义"的"情",在表现形式上要求"主文而谲谏"。王逸固然也认可这个抒情原则(见上文所述),但同时,他又认为感情可以尽情抒发,甚至到了呼天抢地不能自已的程度也无妨。只要感情抒发得足够真实、足够动人,就是好作品。以《离骚》而言,屈原的满腔激愤,都淋漓尽致地倾泻在这部作品之中。按照《毛诗大序》,他违背了"谲谏"、"止乎礼义"的要求。可是王逸却认为,正是因为《离骚》充分表现了屈原的悲惨遭遇和愤激情怀,才打动了后世无数的文人君子,"莫不慕其清高,嘉其文采,哀其不遇,而悯其志焉"(《离骚经章句序》)。王逸自己也给予《离骚》"金相玉质,百世无匹"的高度评价。

二、关于文学发生的思想

《楚辞章句》中也有可以视为关于"文学发生"的思想,主要体现在两点之上:一是屈原的创作动机,二是创作中的心、物关系。下面分别简述。

司马迁论述《离骚》的创作时,曾说道:

> 屈平正道直行,竭忠尽智,以事其君,谗人间之,可谓穷矣。信而见疑,忠而被谤,能无怨乎?屈平之作《离骚》,盖自

怨生也。(《史记》卷八四《屈原贾生列传》)

史迁认为屈原之作《离骚》,乃是遭遇不平因"怨"而发。而所"怨"的对象,包括奸佞擅谗的小人和昏庸暗蔽的楚王:"屈平疾王听之不聪也,谗陷之蔽明也,邪曲之害公也,方正之不容也,故忧愁幽思而作《离骚》。"(《史记》卷八四《屈原贾生列传》)班固《离骚序》也说:"今若屈原,露才扬己,竞乎危国群小之间,以离谗贼。然责数怀王,怨恶椒、兰,愁神苦思,强非其人,忿怼不容,沉江而死。"(《楚辞补注》卷一《离骚经章句》后附)尽管马、班对屈原的肯否评价不一,但他们都认为:屈原之作,乃是因"怨"而生而发的。

王逸在阐述《楚辞》各篇的创作动机时,却回避了"怨",而代之以"忧心"、"忧愁"等。这样的例证很多,如:

屈原执履忠贞而被谗邪,忧心烦乱,不知所诉,乃作《离骚经》。(《离骚经章句序》)

屈原履忠被谮,忧悲愁思,独依诗人之义而作《离骚》。(《离骚经章句后叙》)

屈原放逐,窜伏其域,怀忧苦毒,愁思沸郁。……因为作《九歌》之曲,上陈事神之敬,下见己之冤结。(《九歌章句序》)

屈原放逐,忧心愁悴,经历陵陆。嗟号昊旻,仰天叹息。……(作《天问》)以泄愤懑,舒泻忧思。(《天问章句序》)

屈原放于江南之野,思君念国,忧心罔极,故复作《九章》。(《九章章句序》)

屈原体忠贞之性,而见嫉妒。念谗佞之臣,承君顺非,而蒙富贵。己执忠直而身放弃,心迷意惑,不知所为……(《卜居

章句序》)

> 宋玉怜哀屈原,忠而斥弃,愁懑山泽,魂魄放佚,厥命将落,故作《招魂》。(《招魂章句序》)

> 屈原放流九年,忧思烦乱,精神越散,与形离别,恐命将终,所行不遂,故愤然大招其魂。(《大招章句序》)

这是一个很有意味的现象。遍览王逸《楚辞章句》的各篇序文,没有出现一次"怨"字,把司马迁说得极清楚的"自怨生"的特点,全部代之以"忧心"、"忧愁"、"忧思"等表示内在情感的辞语。简言之,便是以"忧"替代了"怨"。王逸的基本认识,是认为屈原履行忠贞之行,受到谗佞的诬陷,致使放逐在外,内心极度忧愁,形诸文字即是《楚辞》各篇作品。虽然"怨"和"忧"都有愁思郁闷的意思,但二者的内涵差异还是很明显的:"怨"主要是"埋怨"、"怨恨"、"心怀不满"等因遭遇不平而发泄、指责的意思;"忧"则主要指"忧愁"、"忧虑"、"郁结于心"、"郁懑"等内心的感受。简言之,"怨"是因为不平而悲愤,进而抱怨;"忧"则主要指个人内心的情感状态。表现在文学创作中,"怨"往往是发泄不平情思和谴责,而"忧"则更多是抒发内心郁积的情思。

正因此,王逸以"忧"、"愁"代替司马迁的"怨",也就具有了相比较而言更为纯粹的文学思想意义。司马迁强调屈原的怨愤,形诸《离骚》,就是对奸佞群小的严厉批判,和对楚王的抱怨甚至指责;王逸的解释,则是屈原舒泄内心郁积的"忧愁"、"烦懑"。在这个意义上,如果说司马迁的文学思想比较大胆,在某种程度上突破了"发乎情,止乎礼义"的束缚,那么,王逸的文学思想则比较收敛,明显地削弱了文学的批判意义,而更加突出了"情"在诗歌创作的地位,偏重强调文学抒发一己情感的本质。此种情形,盖与二人的生平遭际及思想差异有关。司马迁因李陵之祸遭受腐刑,情绪怨恨。同时他又受到"孝祖情结"的家族荣誉感和基于"圣人情结"的使命责任感的激励,忍辱负重而发愤(奋)著书。同时,不幸的遭遇也增强了司马迁洞明历史和世事的眼光,使他能够突破礼教的束缚①。王逸没有司马迁那样的悲惨遭遇和家族背景,同时也深受昌盛时代经学思想的影响,所以他虽然认识到了文学的抒情本质,但仍不免强调"讽谏"、"讽喻"之义,认同"发乎情,止乎礼义"。他对《九章·惜诵》"惜诵以致愍兮,发愤以抒情"的阐述,最能体现这种矛盾:"言己身虽疲病,犹发愤懑,作此辞赋,陈列利害,泄己情思,以风谏君也。"抒情和风谏并提,而目标终归于讽谏。

关于文学艺术创作中的心、物关系,王逸之前已有不少论说,尤具代表意义的是《毛诗大序》和《礼记·乐记》。它们都比较明确地认识到了心、物关系的存在,并且都强调"心"在"物——心——诗(乐)"关系中的枢纽地位。它们的理论重点,在于重视心对物的感知作用。因而,它们不约而同地要求心在感物之前,首先必须合乎礼义;以合乎礼义的情志(心)去感物,则"形于言"、"形于声"的诗、乐才能合乎礼义。如此作用于读者,才能担负起政治教化的功能。因此,《诗大序》和《乐记》阐述文学艺术的发生,仍是一种经学的述说,并非纯粹关乎文艺理论的思想②。

王逸关于文学的发生观念,也没有突破经学"止乎礼义"的藩篱。这在《楚辞章句》里有许多例证(如上文所引)。但是,与《毛诗大序》《礼记·乐记》不同的是,王逸似乎更加强调物对心的感发作

---

① 以上关于司马迁文学思想的述说,参见拙著《西汉文学思想史》第五章第三节《"发愤著书"说及其超越时代的意义——司马迁的著述思想》,台北:台湾商务印书馆2013年修订版。

② 以上对《诗大序》和《乐记》论心物关系的认识,详见拙著《西汉文学思想史》第五章第一节《儒家诗乐思想的总结和阐扬——〈毛诗大序〉和〈礼记·乐记〉》,台北:台湾商务印书馆2013年修订版。

用。如《九章·怀沙》开篇有云:"滔滔孟夏兮,草木莽莽。伤怀永哀兮,汩徂南土。"王逸解释说:

> 言己见草木盛长,而己独汩然放流,往居江南之土、僻远之处,故心伤而长悲思也。

在这样一个充满生机的时节,屈原孤身一人被流放到南方僻远之地,内心之悲哀可想而知。王逸意识到:正是这生气勃勃的孟夏,触发了屈原内心那本有的哀情,而抒发为文辞的。这似乎可以说,王逸认识到了物对心的感发作用。

不过需要说明的是,王逸对文学发生的机制并没有明确的理论表述,《九章·怀沙》这个例子,在《楚辞章句》中只是偶见,也不具备理论总结的品质。《楚辞》的景物描写,大都被王逸以"比兴"视之,最显著的例子,莫过于对《九章·悲回风》开头的解释:原文有"悲回风之摇蕙兮,心冤结而内伤",屈原的本意正如戴震所言,是"以回风之使人伤怀言也"①。这本能很好地说明物对心的感发作用,王逸却释为"以言谗人亦别离忠直,使得罪过也。故己见之,中心冤结,而伤痛也"。可见,王逸的文学发生论还是很不自觉的。

三、关于楚辞的观念

王逸关于楚辞的观念,也不是很全面系统,可以从以下两方面来看:

第一,关于"楚辞"的内涵。《九辩章句序》说:

---

① [清]戴震撰,褚斌杰、吴贤哲校点《屈原赋注》,北京:中华书局1999年版,第66页。

> 屈原怀忠贞之性,而被谗邪,伤君暗蔽,国将危亡,乃援天地之数,列人形之要,而作《九歌》《九章》之颂,以讽谏怀王。……宋玉者,屈原弟子也。闵惜其师忠而放逐,故作《九辩》以述其志。至于汉兴,刘向、王褒之徒,咸悲其文,依而作词,故号为"楚词"。

分析这段话,再结合王逸的其他论述,有几点值得注意:(1)"楚辞"包括屈原"讽谏"楚王之作,宋玉"闵惜其师"之作以及汉代"依而作词"的模拟屈宋之作;(2)屈原是"楚辞"之祖,后世的辞赋创作皆以其为典范:"屈原之词,诚博远矣。自终没以来,名儒博达之士著造辞赋,莫不拟则其仪表,祖式其模范,取其要妙,窃其华藻"(《离骚经章句后叙》);(3)模拟之作大都出于伤悼之情,是代屈原"述志"的代言体;(4)王逸关于"楚辞"的定义,更多着眼于内容方面的"讽谏"之志和"悯伤"屈原之意,以及形式方面的"祖式"模拟,没有从艺术特征的角度揭示"楚辞"的特点。

从宋玉开始,模拟屈原的现象就已经出现,除《九辩》外,《卜居》《渔父》《大招》均为模拟之作。汉兴以来,自贾谊《惜誓》到王逸《九思》,可以说,继承的是一个以宋玉为代表的解读传统。在这个拟作体系内,主要模仿对象是《离骚》和《九章》两部作品。汉人的拟作主要有抒发贤人失志的悲哀、表达忠君爱国的志愿、探讨出处穷通处世方式以及对远游求仙的向往[1]。它们以表达悯伤屈原的哀悼之情为主要内容,以述说伤时讽谏为主要功能。这样,楚辞就不仅是一种艺术形式,更是一种艺术精神,一种对黑暗政治的揭露和对不公平政治待遇的抗争。因此,楚辞也就带有不可忽视的经

---

[1] 参见黄松毅《论〈楚辞章句〉中的汉代拟骚作品》,载《广西民族学院学报》2002年第5期。

学时代普遍思想的深刻影响。贾谊的《惜誓》、淮南小山的《招隐士》、东方朔的《七谏》、严忌的《哀时命》、王褒的《九怀》、刘向的《九叹》以及王逸自己的《九思》,都是符合其"怀忠贞之性"、述伤时讽谏之志的艺术精神的。

第二,关于楚辞的源流。《离骚经章句后叙》开头的一段话,很明白地阐明了王逸的观点:

> 昔者孔子睿圣明哲,天生不群,定经术,删《诗》《书》,正《礼》《乐》,制作《春秋》,以为后王法。门人三千,罔不昭达。临终之日,则大义乖而微言绝。其后周室衰微,战国并争,道德陵迟,谲诈萌生。于是杨、墨、邹、孟、孙、韩之徒,各以所知著造传记,或以述古,或以明世。而屈原履忠被谮,忧悲愁思,独依诗人之义而作《离骚》,上以讽谏,下以自慰。遭时暗乱,不见省纳,不胜愤懑,遂复作《九歌》以下凡二十五篇。楚人高其行义,玮其文采,以相教传。至于孝武帝,恢廓道训,使淮南王安作《离骚经章句》,则大义粲然。后世雄俊,莫不瞻慕,舒肆妙虑,缵述其词。

王逸描述了从孔子到汉武帝时期文章(包括辞赋)发展的历史:由孔子删作经书以寄托"大义"、"微言",到诸子著作传记以"述古"、"明世",再到屈原依《诗》作《骚》以"讽谏"、"自慰",最后又发展到"后世雄俊"的"舒肆"、"缵述"以表"瞻慕"。在这个过程中,可以清楚地看出楚辞的地位:它从"诗人之义"发展而来,形成了自身的"讽谏"、"舒泻愤懑"特色,并引发了后世缵述模仿的创作风潮。

楚辞源于诗的观点,王逸之前已经有人提出。如班固《两都赋序》即说:"赋者,古诗之流也。"《汉书》卷三〇《艺文志·诗赋略》也说:"春秋之后,周道渐坏,聘问歌咏不行于列国,学《诗》之士逸在布衣,而贤人失志之赋作矣。大儒孙卿及楚臣屈原离谗忧国,皆作赋以风,咸有恻隐古诗之义。"班固所谓"赋",兼含楚辞在内。王逸认同由诗而赋(楚辞)的演进路径,他认为,屈原"履忠被谮,忧悲愁思",而创作楚辞以讽谏楚王,正是"诗人之义"的绝好体现。这一点,王逸的认识与班固是相同的,都是一种附隶于经学的文学观念。

第七章　桓帝和平前后至献帝建安末的文学创作倾向

桓帝刘志和平前后至献帝刘协建安末（即150年前后～220）的七十年左右，是东汉文学思想发展的第三个也是最后一个历史时期。这个时期，东汉王朝持续衰败以至灭亡。与东汉中期一样，这个时期皇权依然疲弱，前后四个皇帝，都是幼年或少年即位（桓帝十五岁、灵帝十二岁、献帝九岁即位；少帝刘辩虽是十七岁即位，但仅在位五个月即被废），政权基本被外戚、中宦、权臣先后掌控。同时，自然灾害和边患内乱依然频发，更是雪上加霜。由此导致东汉后期政治和社会的严重衰敝，终于灭亡。思想文化方面，经学延续安帝以来的衰落趋势，加之两次党锢之祸的致命打击，"高名善士多坐流废"，虽有桓帝增加太学生至三万馀员，灵帝正定《五经》文字刊石立于太学之门，但是大势已去，"儒者之风盖衰矣"（《后汉书》卷七九上《儒林列传上》）。因此，经学到汉末，尽管有大儒郑玄的回光返照，也终是"无可奈何花落去"了。与此同时，有汉以来不绝如缕的道家思想，伴随着政治和社会的衰敝而回潮，继东汉中期之后，影响力更加扩大，成为东汉后期另一种普遍的社会思想。

"国家不幸诗家幸。"东汉后期的文学创作，创作风气发生整体转向：颂世歌德的创作已然寥若晨星；大量涌现的，是抒写衰世当中的生命体验，深度抒发个人的情志，以及叙写生活中的闲情逸志。东汉后期的主要作家，如朱穆、王延寿、崔寔、边韶、郦炎、秦嘉、赵壹、蔡邕、祢衡、侯瑾、张超、边让、繁钦、蔡琰、杨修、仲长统及

"建安七子",以及那些五言古诗的佚名作者,他们的创作,莫不如是。这个时期,文学创作整体上逐渐从附庸于政治和经学的境况中摆脱出来,走向独立自足。

第一节　东汉后期士人个体生命意识的觉醒

一

东汉后期的朝廷政权,延续安帝以来的基本格局,而且愈演愈烈:皇权旁落依旧,而外戚、中宦沉瀣争斗,几乎全面擅权;到灵帝末年开始,又转而为权臣专权。与之相伴随的,便是东汉政治的深度腐败和社会的全面衰败。

建康元年(144)八月顺帝驾崩,皇后梁妠及其兄大将军梁冀掌控朝政。顺帝子刘炳年二岁即位(史称冲帝),梁太后临朝听政。次年正月,冲帝三岁夭折,太尉李固以为清河王刘蒜年长有德,应立为帝,太后和梁冀不从,力主迎立年仅八岁的刘缵(史称质帝),梁太后依然临朝。本初元年(146)闰六月,梁冀因为质帝聪慧,恐有后患,乃潜行鸩杀。太尉李固、大鸿胪杜乔再主立清河王刘蒜,梁冀仍不肯,罢免李固,选立年仅十五岁的刘志,是为桓帝。(以上见《后汉书》之《顺帝纪》《桓帝纪》《皇后纪》《李杜列传》)梁氏掌控皇帝之废立如是!延熹二年(159)七月,皇后梁女莹(梁冀妹)崩,大将军梁冀谋乱。桓帝乃召中宦单超、徐璜、具瑗、左悺、唐衡五人共谋,诛杀了梁冀及其亲族党羽。单超等五人同日封侯(时称"五侯"),"自是权归宦官,朝廷日乱矣"。单超转年病卒,而其他"四侯转横。天下为之语曰:'左回天,具独坐,徐卧虎,唐两堕'"。(以上见《后汉书》卷七八《宦者列传·单超》)可见其专擅政权,翻云覆雨,激起天下共愤。

永康元年(167)十二月,桓帝驾崩,寿仅三十六。桓帝无子,皇后窦妙与其父城门校尉窦武定策禁中,迎立解渎亭侯刘苌之子、十二岁的刘宏,是为灵帝。窦武自领大将军,与太傅陈蕃、司徒胡广共监朝政。缘于桓帝后期中宦专权为害,窦武与陈蕃谋划诛除宦官,却先遭毒手:建宁元年(168)九月,中常侍曹节及宦官王甫等十七人,矫诏诛杀大将军窦武、太傅陈蕃及尚书令尹勋等,皆夷其族。皇太后窦妙被迁居南宫①。自此,中宦更加恣意擅权,举几个重大事件:其一,中常侍侯览继桓帝末年党锢案之后,再次发动党锢之祸,禁锢天下学士。事情的起因是,侯览与其兄侯参贪腐掠夺成性,前后累以亿计。灵帝建宁初,督邮张俭上奏侯览罪状,并罚没其财产。侯览遂诬陷张俭私为钩党,并牵连长乐少府李膺、太仆杜密等,皆夷灭之②。(《后汉书》卷七八《宦者列传·侯览》)其二,曹节、王甫等讽令司隶校尉段颎抓捕千馀名反对宦官专权的太学生。起因是:熹平元年(172)六月,窦太后崩。有人在朱雀门书写:"天下大乱,曹节、王甫幽杀太后,常侍侯览多杀党人。公卿皆尸禄,无有忠言者。"曹节等"乃四出逐捕,及太学游生,系者千馀人"。(《后汉书》卷七八《宦者列传·曹节》)其三,熹平元年(172)十月,曹节、王甫等诬陷桓帝之弟、渤海王刘悝图谋自立,刘

---

① 《后汉书》卷八《灵帝纪》:"(建宁元年)九月辛亥,中常侍曹节矫诏诛太傅陈蕃、大将军窦武及尚书令尹勋、侍中刘瑜、屯骑校尉冯述,皆夷其族。皇太后迁于南宫。"《后汉书》卷七八《宦者列传·曹节》:"时窦太后临朝,后父大将军武与太傅陈蕃谋诛中官,节与长乐五官史朱瑀、从官史共普、张亮、中黄门王尊、长乐谒者腾是等十七人,共矫诏以长乐食监王甫为黄门令,将兵诛武、蕃等。"

② 《后汉书》卷八《灵帝纪》:"(建宁二年)冬十月丁亥,中常侍侯览讽有司奏前司空虞放、太仆杜密、长乐少府李膺、司隶校尉朱寓、颍川太守巴肃、沛相荀昱、河内太守魏朗、山阳太守翟超皆为钩党,下狱,死者百馀人,妻子徙边,诸附从者锢及五属。制诏州郡大举钩党,于是天下豪杰及儒学行义者,一切结为党人。"

悝自杀，妻子被诛①。(同上)其四，刘悝之宋妃是灵帝宋皇后姑，中常侍王甫诬陷其致死，"恐后怨之，乃与太中大夫程阿共构言皇后挟左道祝诅，帝信之"，遂于光和元年(178)十月废宋后，"后自致暴室，以忧死。……父及兄弟并被诛。诸常侍、小黄门在省闼者，皆怜宋氏无辜，共合钱物，收葬废后及酆(后父)父子，归宋氏旧茔皋门亭"。(以上见《后汉书》卷一〇下《灵帝宋皇后纪》)。

东汉桓、灵二朝中宦擅权跋扈，实与桓、灵二帝重用宦官有莫大关系：桓帝受外戚梁太后及梁冀压迫日久，"恒怀不平"，中宦单超等五人助其铲除梁氏，所以深得桓帝信赖。作为奖赏，五人同日封侯，并且恩及"五侯"兄弟："超弟安为河东太守，弟子匡为济阴太守，璜弟盛为河内太守，悺弟敏为陈留太守，瑗兄恭为沛相。"然而从此权归宦官，朝纲日乱。(以上见《后汉书》卷七八《宦者列传·单超》)灵帝更加重用宦官，除去任由曹节、王甫、侯览等恣意专权外，内署全用宦官：熹平四年(175)十月，"改平准为中准，使宦者为令，列于内署。自是，诸署悉以阉人为丞、令"。(《后汉书》卷八《灵帝纪》)直至献帝即位，董卓清除宦官，内署令、丞才均更换为士人(见《后汉书》卷九《献帝纪》)。灵帝甚至把朝廷的各路兵权也交给宦官总管：中平五年(188)八月，"初置西园八校尉"。李贤注引乐资《山阳公载记》曰："小黄门蹇硕为上军校尉，虎贲中郎将袁绍为中军校尉，屯骑校尉鲍鸿为下军校尉，议郎曹操为典军校尉，赵融为助军左校尉，冯芳为助军右校尉，谏议大夫夏牟为左校尉，淳于琼

---

① 《后汉书》卷一〇下《灵帝宋皇后纪》"中常侍王甫枉诛勃海王悝及妃宋氏"李贤注："熹平元年，王甫潜悝与中常侍郑飒交通，欲迎立悝。悝自杀，妃死狱中也。"按：刘悝为桓帝胞弟，于建和元年(147)七月被立为勃海王。延熹八年(165)正月，曾因谋反罪被降为瘿陶王。永康元年(167)十二月，桓帝临死前又复其位为勃海王(以上见《后汉书》卷七《桓帝纪》)。至灵帝熹平元年(172)十月，"勃海王悝被诬谋反。丁亥，悝及妻子皆自杀"(《后汉书》卷八《灵帝纪》)。

为右校尉。凡八校尉,皆统于蹇硕。"(《后汉书》卷八《灵帝纪》)

中平六年(189)四月,灵帝驾崩。其长子刘辩十七岁即位(史称少帝),母何太后临朝听政,大将军何进(太后兄)、太傅袁隗共同主政。何进谋诛宦官,反于同年八月为中常侍张让、段珪等所杀。虎贲中郎将袁术、司隶校尉袁绍、尚书卢植借机勒兵攻击宦官,尽皆诛杀①。九月,董卓废刘辩为弘农王。(以上见《后汉书·灵帝纪》及《皇后纪》《宦者列传》)中平六年(189)九月,董卓扶立灵帝中子、年仅九岁的刘协即位,是为献帝。董卓旋即杀掉何太后,自为太尉、相国、太师。自此,东汉外戚、宦官勾结擅权的局面基本结束,转而为权臣专政。自初平元年(190)起,各地诸侯纷起讨伐董卓。董卓遂杀死弘农王刘辩,迁都长安以避难。初平三年(192)四月董卓被诛,司徒王允总理朝政。六月,李傕攻入长安,杀掉王允,自掌朝政。至建安元年(196),李傕迁献帝返都洛阳,旋被曹操挟持,建都于许。曹操"自为司空,行车骑将军事,百官总己以听",后自为丞相、魏王,汉室便进入了曹操专权的时代,直至建安二十五年(220)灭亡。(以上见《后汉书》卷九《献帝纪》)

与朝政混乱同时,像东汉中期一样,内乱、边患依然连年频发不绝,数不胜数;而就其对社会的败坏程度来说,则更甚于东汉中期。这里仅择数其社会影响巨大者如下:

桓帝一朝的内乱,叛民往往有自立为帝者。桓帝初即位的建和元年(147)十一月,"陈留盗贼李坚自称皇帝";建和二年(148)十月,"长平陈景自号'黄帝子',署置官属;又南顿管伯亦称'真人',并图举

---

① 中平六年(189)四月丙辰,灵帝崩。八月戊辰,"中常侍张让、段珪等杀大将军何进。于是虎贲中郎将袁术烧东西宫,攻诸宦者。庚午,张让、段珪等劫少帝及陈留王幸北宫德阳殿。何进部曲将吴匡与车骑将军何苗战于朱雀阙下,苗败斩之。辛未,司隶校尉袁绍勒兵收伪司隶校尉樊陵、河南尹许相及诸阉人,无少长皆斩之。让、珪等复劫少帝、陈留王,走小平津。尚书卢植追让、珪等,斩数人,其馀投河而死"(《后汉书》卷八《灵帝纪》)。

兵";和平元年(150)二月,"扶风妖贼裴优自称皇帝";永兴二年(154)闰九月,"蜀郡李伯诈称宗室,当立为'太初皇帝'";延熹八年(165)十月,"勃海妖贼盖登等,称'太上皇帝',有玉印、珪、璧、铁券,相署置";延熹九年(166)正月,"沛国戴异得黄金印,无文字,遂与广陵人龙尚等共祭井,作符书,称'太上皇'"。这些民乱虽然最终都被朝廷镇压,但其根本否弃刘汉王朝的政治意义及社会影响是巨大的。桓帝朝的边患,连年层出不穷,以至击杀长吏,占据郡县。如永寿三年(157)四月,"九真蛮夷叛,太守兒式讨之,战殁;遣九真都尉魏朗击破之。复屯据日南"。延熹二年(159)二月,"蜀郡夷寇蚕陵,杀县令"。其他如北方匈奴、鲜卑,西方的诸种羌,南方诸蛮族的袭扰掠夺,好似家常便饭,每年都有多起。朝廷或州郡举兵弹压,疲于奔命。(以上见《后汉书》卷七《桓帝纪》)

  灵帝朝的情况愈发严重。就边患而言,鲜卑连年在北部、西部寇边劫掠已成顽疾,朝廷无法根治。加之北方的匈奴,西方的休屠各胡,西南及南部的益州、巴郡、合浦、交阯、九真、江夏、武陵诸蛮族,时时叛乱袭扰。就内乱而言,灵帝朝的民变已经动摇了刘汉王朝的统治根基。有称王称帝者,如熹平元年(172)十一月,"会稽人许生自称'越王',寇郡县";中平四年(187)六月,"渔阳人张纯与同郡张举举兵叛,攻杀右北平太守刘政、辽东太守杨终、护乌桓校尉公綦稠等。举自称天子,寇幽、冀二州";十月,"零陵人观鹄自称'平天将军',寇桂阳"。有官兵哗变杀长官者,如中平元年(184)六月,"交阯屯兵执刺史及合浦太守来达,自称'柱天将军'";中平三年(186)二月,"江夏兵赵慈反,杀南阳太守秦颉";中平四年(187)二月,"荥阳贼杀中牟令"。而最具有社会影响力的,就是波及全国的史称"黄巾起义"的民变了。中平元年(184)二月,"钜鹿人张角自称'黄天',其部帅有三十六方,皆著黄巾,同日反叛①。安平、甘

---

① 李贤注:"《续汉书》曰:三十六万馀人。"

陵人各执其王,以应之"。当年十月,张角、张梁、张宝三兄弟相继被皇甫嵩等剿杀,但是"黄巾"馀波却历时多年,如中平五年(188)二月,"黄巾馀贼郭太等起于西河白波谷,寇太原、河东。……夏四月,汝南葛陂黄巾攻没郡县";六月,"益州黄巾马相攻杀刺史郗俭,自称天子,又寇巴郡,杀郡守赵部";十月,"青、徐黄巾复起,寇郡县"。自中平元年,各地军政长官就开始了大规模的与黄巾军作战,一直延续到献帝初年。(以上见《后汉书》卷八《灵帝纪》)

中平六年(189)九月献帝即位之后,内乱仍然不断:除了继续剿灭黄巾残馀外,主要是各路军阀转而讨伐董卓,以及旷日持久的混战争夺。直到建安二十年(215)七月,曹操收降张鲁,三国鼎立的局面大体形成,天下才算趋于稳定。而此时,刘汉王朝也行将灭亡了。(以上参见《后汉书》卷九《献帝纪》)

与东汉中期一样,东汉后期的地震、水患、旱灾、蝗灾虫灾、山崩等自然灾害,亦几乎无年无之。仅据《后汉书》卷七《桓帝纪》粗略统计,桓帝在位的二十一年多,发生地震、地裂 25 次/地,水灾雨灾雹灾 16 次/地,旱灾蝗灾 36 次/地,山崩 12 次/地。同时,还爆发多次疫病:元嘉元年(151)正月,京师疾疫;二月,九江、庐江大疫;延熹四年(161)正月,大疫。天灾人祸,五谷不登,疾疫流行,致使百姓极度饥饿,以至发生饥饿绝户甚至人食人的惨况:元嘉元年(151),"任城、梁国饥,民相食";永寿元年(155)二月,"司隶、冀州饥,人相食";延熹九年(166)三月,"司隶、豫州饥死者什四五,至有灭户者"。桓帝建和三年(149)十一月的诏书中,即有"今京师厮舍,死者相枕;郡县阡陌,处处有之"之语;永兴二年(154)六月的诏书,亦有"蝗灾为害,水变仍至,五谷不登,人无宿储"云云,九月诏书有"川灵涌水,蝗虫孳蔓,残我百谷,太阳亏光,饥馑荐臻"云云。(以上见《后汉书》卷七《桓帝纪》)据《后汉书》卷八《灵帝纪》粗略统计,灵帝在位的二十一年,发生地震、地裂 8 次/地,水灾雨灾雹灾

24次/地,旱灾蝗灾15次/地,风灾3次/地,山崩1次/地①。灵帝朝疫病流行的频次更高:建宁四年(171)三月,熹平二年(173)正月,光和二年(179)春,光和五年(182)二月,中平二年(185)正月,都爆发了"大疫"。人吃人的惨况也有发生:建宁三年(170)正月,"河内人妇食夫,河南人夫食妇"。(以上见《后汉书》卷八《灵帝纪》)据《后汉书》卷九《献帝纪》粗略统计,献帝在位的三十一年,发生地震、地裂5次/地,水灾雨灾雹灾8次/地,旱灾蝗灾虫灾4次/地,风灾1次/地,山崩1次/地。同时,也有疾疫发生:建安二十二年(217),"是岁大疫"。灾害和战乱频仍,物价飞涨,导致民不聊生,饥饿相食:兴平元年(194),"是时谷一斛五十万,豆麦一斛二十万,人相食啖,白骨委积";建安二年(197),"是岁饥,江淮间民相食"。(以上见《后汉书》卷九《献帝纪》)曹操《蒿里行》诗云"白骨露于野,千里无鸡鸣",诚非虚言。

天灾、外患以及民乱、军阀混战频发,已令刘汉政权岌岌可危;而摧毁东汉王朝的最根本因素,还是在于王朝政治的严重败坏。东汉后期的吏治和选举,可谓腐败不堪。其外戚、中宦、权臣相继专擅朝权,肆意任免杀戮大臣的基本情状,前文已有概述;而中下层官吏的选举和任免,也是空前的混乱和失矩。从桓帝初即位时的两通诏书,便可见其一斑:

> 孝廉、廉吏皆当典城牧民,禁奸举善,兴化之本,恒必由之。诏书连下,分明恳恻,而在所玩习,遂至怠慢,选举乖错,害及元元。……庶望群吏,惠我劳民,蠲涤贪秽,以祈休祥。……臧吏子孙,不得察举。杜绝邪伪请托之原,令廉白守道者得信(伸)

---

① 按:较之以前的《帝纪》,《后汉书》之《灵帝纪》《献帝纪》记事明显简略很多。此二朝实际发生的自然灾害,肯定多于这里的统计数字。

其操。(本初元年七月诏,《后汉书》卷七《桓帝纪》)

诏州郡不得迫胁驱逐长吏。长吏臧满三十万而不纠举者,刺史、二千石以纵避为罪。若有擅相假印绶者,与杀人同弃市论。(建和元年四月诏,《后汉书》卷七《桓帝纪》)

前一诏书意在严肃选举,却可反观其时的选举实情:所谓"选举乖错",主要是指私相买卖官职和人情请托风行。后一诏书意在整肃吏治,亦可反观其时上位长官假公济私,随意擅行任免、私相授受官职的实情。而无论选举还是吏治,都明示着东汉后期官场上下营私贪腐成风并且积重难返("在所玩习,遂至怠慢")的情状。

到灵帝时期,王朝的政治可谓全面溃烂。除了延续之前的选举和吏治败坏并且有过之而无不及外,还发生了新的严重腐败。其荦荦大者,一是灵帝售卖官爵以满足私欲:

(光和元年)初开西邸卖官,自关内侯、虎贲、羽林,入钱各有差①。私令左右卖公、卿,公千万,卿五百万。(《后汉书》卷八《灵帝纪》)

史载东汉首次卖官,在安帝永初三年(109):"三公以国用不足,奏令吏人入钱谷,得为关内侯、虎贲羽林郎、五大夫、官府吏、缇骑、营士各有差。"(《后汉书》卷五《安帝纪》)安帝时朝廷售卖官爵的政策,乃是出自三公,其目的是补贴国用不足,也只是售卖关内侯爵和低等官职。灵帝时售卖官爵就不同了,连公爵、二千石都可买

---

① 李贤注:"《山阳公载记》曰:时卖官,二千石二千万,四百石四百万,其以德次应选者半之,或三分之一,于西园立库以贮之。"

卖。到中平四年(187),竟又允许卖出的关内侯爵可以世袭:"是岁,卖关内侯,假金印紫绶,传世,入钱五百万。"(《后汉书》卷八《灵帝纪》)更重要的是,灵帝卖官不为国计民生,只是为了满足私欲:"及窦太后崩,(灵帝生母董后)始与朝政,使帝卖官求货,自纳金钱,盈满堂室。"(《后汉书》卷一〇下《孝仁董皇后纪》)因卖官贪污所得钱财太多,于是在中平二年(185)"造万金堂于西园"(《后汉书》卷八《灵帝纪》),专门收藏财物①。

二是灵帝大修宫室苑囿,奢靡淫乐:光和三年(180),"作罼圭、灵昆苑"②;光和四年(181),"帝作列肆于后宫,使诸采女贩卖,更相盗窃争斗。帝着商估服,饮宴为乐。又于西园弄狗,着进贤冠,带绶。又驾四驴,帝躬自操辔,驱驰周旋,京师转相放效"③;光和五年(182)八月,"起四百尺观于阿亭道";中平二年(185)二月,"税天下田,亩十钱",以修宫室④;中平三年(186)二月,"复修玉堂殿,铸铜人四,黄钟四,及天禄虾蟆"⑤。(以上均见《后汉书》卷八《灵帝纪》)

---

① 卖官鬻爵之外,灵帝还私吞国帑。《后汉书》卷七八《宦者列传·张让》:"造万金堂于西园,引司农金钱缯帛,仞积其中。……(灵)帝本侯家,宿贫,每叹桓帝不能作家居,故聚为私藏。"

② 李贤注:"罼圭苑有二:东罼圭苑周一千五百步,中有鱼梁台;西罼圭苑周三千三百步。并在洛阳宣平门外。"

③ 《太平御览》卷九二:"《续汉书·五行志》曰:灵帝好胡服、帐,胡床,胡饭,胡箜篌、笛,胡舞,京都贵戚皆竞为之。……帝又于宫中西园驾四白驴,躬自操辔,驱驰周旋,以为大乐。于是公卿贵戚转相仿效,至相谋夺驴,价与马齐。"

④ 《后汉书》卷七八《宦者列传·张让》:"(中平二年)南宫灾。(张)让、(赵)忠等说帝令敛天下田亩税十钱,以修宫室。发太原、河东、狄道诸郡材木及文石。每州郡部送至京师,黄门常侍辄令谒呵不中者,因强折贱买,十分顾一。因复货之于宦官,复不为即受,材木遂至腐积,宫室连年不成。"

⑤ 《后汉书》卷七八《宦者列传·张让》:"(中平三年)使钩盾令宋典缮修南宫玉堂。又使掖庭令毕岚铸铜人四,列于苍龙、玄武阙。又铸四钟,皆受二千斛,县(悬)于玉堂及云台殿前。又铸天禄虾蟆,吐水于平门外桥东,转水入宫。"

社会民众遭遇的是天灾疾疫、边患内乱不断,五谷不登,饥饿绝户,人相啗食,灵帝却是横征暴敛,恣意贪腐,奢侈玩乐!如此鲜明的对照,怎不教天怒人怨,民乱纷起!

二

东汉后期的思想文化,随着政治衰败、国力疲弱和社会的变乱,也发生了重大的变化和转向。

经学仍然是东汉后期思想文化的主体,持续得到朝廷的大力扶持。质帝本初元年(146)四月,梁太后下诏,"令郡国举明经,年五十以上、七十以下诣太学。自大将军至六百石,皆遣子受业,岁满课试,以高第五人补郎中,次五人太子舍人。又千石、六百石、四府掾属、三署郎、四姓小侯先能通经者,各令随家法,其高第者上名牒,当以次赏进"(《后汉书》卷六《顺帝冲帝质帝纪》)。这是有汉以来规模最大的一次招收太学生,官员自六百石以上者皆须遣子入学,另外还要各郡国举荐明经者入学。《后汉书》卷七九上《儒林列传序》载梁太后诏书:"大将军下至六百石,悉遣子就学,每岁辄于乡射月一飨会之,以此为常。"大量招收太学生入学,每年考核以择优任用;其他未进太学但是能通经者,也要备案名录"以次赏进"。并且,要"以此为常"。这一励学措施,具有强大的导引力。"自是游学增盛,至三万馀生"(《后汉书》卷七九上《儒林列传序》),洵为有汉以来太学生数量最多的时期。

灵帝虽是荒淫逸乐的皇帝,但是也大力扶持经学,任用经生。熹平四年(175)三月,"诏诸儒正《五经》文字,刻石立于太学门外"(详情见《后汉书》之《蔡邕传》《宦者列传·吕强》)。熹平五年(176)十二月,"试太学生年六十以上百馀人,除郎中、太子舍人至王家郎、郡国文学吏"。光和三年(180)六月,"诏公卿举能通《古文尚书》《毛诗》《左氏》《穀梁春秋》各一人,悉除议郎"。光和五年

(182)十二月,"幸太学"①。(以上见《后汉书》卷八《灵帝纪》)

献帝朝天下大乱,军阀混战,经学已然式微,但是也有励学之举:初平四年(193)九月,"试儒生四十馀人,上第赐位郎中,次太子舍人,下第者罢之。诏曰:'孔子叹"学之不讲",不讲则所识日忘。今者儒年逾六十,去离本土,营求粮资,不得专业。结童入学,白首空归,长委农野,永绝荣望,朕甚愍焉。其依科罢者,听为太子舍人。'冬十月,太学行礼,车驾幸永福城门,临观其仪,赐博士以下各有差"(《后汉书》卷九《献帝纪》)。

然而,尽管朝廷努力扶持,经学衰微的大势已经不可回天逆转。考究东汉后期经学衰败的主要原因,一是社会政治败坏,天灾人祸、内乱外患频仍,朝廷已经应对不暇(已见上述),更无力有效地支持谋划思想文化发展;二是桓灵之际两次党锢之祸延绵二十多年,重创儒生学人(详下);三是经生及经学自身旨趣的转向。《后汉书》卷七九上《儒林列传序》说此时的经学旨趣:"章句渐疏,而多以浮华相尚,儒者之风盖衰矣。"皮锡瑞《经学历史·经学中衰时代》的论析较为全面而精审:

> 桓灵之间,党祸两见;志士仁人,多填牢户;文人学士,亦扞文网;固已士气颓丧而儒风寂寥矣。郑君康成,以博闻强记之才,兼高节卓行之美;著书满家,从学盈万。当时莫不仰望,称伊、洛以东,淮、汉以北,康成一人而已。咸言先儒多阙,郑氏道备。自来经师未有若郑君之盛者也。然而木铎行教,卒入河海而逃;兰陵传经,无救焚坑之祸;郑学虽盛,而汉学终衰。《三国志》董昭上疏陈末流之弊云:"窃见当今年少,不复

---

① 《太平御览》卷九二:"《典略》曰:建宁二年,帝年时十三岁,宦官用事,排疾士人。熹平四年五月,帝自造《皇羲》五十章。光和五年,帝幸太学,自就石碑作赋。"按:灵帝所作之石经赋不传。

以学问为本,专更以交游为业。国士不以孝悌清修为首,乃以趋势游利为先。"杜恕上疏云:"今之学者,师商、韩而上法术,竞以儒家为迂阔,不周世用。此则风俗之流弊。"……夫以两汉经学之盛,不百年而一衰至此;然则,文明岂可恃乎!范蔚宗论郑君:"括囊大典,网罗众家;删裁繁芜,刊改漏失;自是学者略知所归。"盖以汉时经有数家,家有数说,学者莫知所从;郑君兼通今古文,沟合为一;于是经生皆从郑氏,不必更求各家。郑学之盛在此,汉学之衰亦在此。……汉学衰废,不能尽咎郑君;而郑采今古文,不复分别,使两汉家法亡不可考,则亦不能无失。故经学至郑君一变。①

皮氏指出了东汉后期经学衰败的三个原因:第一,两次党锢之祸对经生学士的摧残,使士气颓丧,儒风寂寥——这是政治直接摧毁了学术繁荣;第二,经生学术风气的转变:不以学问和清修为本,转向以交游和趋势逐利为先——这是学风变为浮躁媚俗逐利,舍本逐末;第三,郑玄混同今古文,不再区分师法家法,故郑学盛而汉学亡矣——这是统一经学思想,泯灭了经学传承中丰富多彩的学术特色。东汉经学这三个衰败的原因,史鉴意义重大,真可以永久警世!

灵帝时期的"鸿都门学",也当在此附带简述。鸿都门学的基本史实,见载于《后汉书》之卷八《灵帝纪》、卷六〇下《蔡邕传》、卷五四《杨赐传》及卷七七《阳球传》。其第一个史实是:灵帝正式建立鸿都门学机构(鸿都门为洛阳北宫门),是在光和元年(178)二月(见《后汉书》卷八《灵帝纪》)。但事实上,在此之前,灵帝已经开始

---

① [清]皮锡瑞撰,周予同注释《经学历史》,北京:中华书局2004年版,第95—101页。

招纳擅长艺术之士聚会游艺并有所任用。蔡邕于熹平六年(177)七月上封事建言七事,其第五事便专谈这个事情,反对授予这些人官职:"夫书画辞赋,才之小者,匡国理政,未有其能。陛下即位之初,先涉经术,听政馀日,观省篇章,聊以游意,当代博弈,非以教化取士之本。而诸生竞利,作者鼎沸。其高者颇引经训风喻之言,下则连偶俗语,有类俳优;或窃成文,虚冒名氏。臣每受诏于盛化门,差次录第,其未及者,亦复随辈皆见拜擢。既加之恩,难复收改,但守奉禄,于义已弘,不可复使理人及仕州郡。"(《后汉书》卷六〇下《蔡邕传》)从蔡邕的叙述中可见,灵帝招纳"书画辞赋"之士,并授以官职;诸生纷纷以才艺逐利,竟至有作伪以窃名者。这种事情如果不是已然成风并造成了社会影响,蔡邕不会在上书中专门郑重谈及。然而灵帝不听,反而于次年二月成立了专门机构,使之制度化。第二个史实是:鸿都门学遭到了大臣的一致反对。光和元年(178),曾为司空、司徒而时任光禄大夫的杨赐,上书对灵帝问"祥异祸福所在"时,言辞颇为激烈:"鸿都门下,招会群小,造作赋说,以虫篆小技见宠于时。……旬月之间,并各拔擢,乐松处常伯,任芝居纳言,郄俭、梁鹄俱以便辟之性,佞辩之心,各受丰爵不次之宠。而令搢绅之徒委伏畎亩,口诵尧舜之言,身蹈绝俗之行,弃捐沟壑,不见逮及。冠履倒易,陵谷代处,从小人之邪意,顺无知之私欲,不念《板》《荡》之作,虺蜴之诫。殆哉之危,莫过于今!"(《后汉书》卷五四《杨赐传》)尚书令阳球更认为已有太学、东观,没有新设鸿都门学的必要,建议罢除:"伏承有诏敕中尚方为鸿都文学乐松、江览等三十二人图象立赞,以劝学者①。臣闻《传》曰:'君举必书。书而不法,后嗣何观!'案松、览等皆出于微蔑,斗筲小人,依凭世

---

① 《后汉书》卷六〇下《蔡邕传》:"光和元年(178),遂置鸿都门学,画孔子及七十二弟子像。"从阳球上疏看,竟又为一部分鸿都门生画像作赞,意在劝进后学。

戚,附托权豪,俯眉承睫,徼进明时。或献赋一篇,或鸟篆盈简,而位升郎中,形图丹青。亦有笔不点牍,辞不辩心,假手请字,妖伪百品,莫不被蒙殊恩,蝉蜕滓浊。是以有识掩口,天下嗟叹。臣闻图象之设,以昭劝戒,欲令人君动鉴得失。未闻竖子小人,诈作文颂,而可妄窃天官,垂象图素者也。今太学、东观,足以宣明圣化。愿罢鸿都之选,以消天下之谤。"(《后汉书》卷七七《阳球传》)选入鸿都门学的才艺士子,也受到了正直士人的孤立和鄙视,"士君子皆耻与为列焉"(《后汉书》卷六〇下《蔡邕传》)。至于鸿都门学何时停止,史无具载,因其一开始便遭到朝臣一致反对,当是建立不久也就式微了。

　　从上述史料可以感知,灵帝建立鸿都门学的决心和力度都是很大的。可他为什么要建立鸿都门学?史籍语焉不详。唯《后汉书》卷六〇下《蔡邕传》提供了可以推测的空间:"初,帝好学,自造《皇羲篇》五十章,因引诸生能为文赋者。本颇以经学相招,后诸为尺牍及工书鸟篆者,皆加引召,遂至数十人。侍中祭酒乐松、贾护,多引无行趣势之徒,并待制鸿都门下,憙陈方俗闾里小事,帝甚悦之,待以不次之位。"这段文字留下了疑惑:其一,灵帝所作《皇羲篇》究竟是什么书?据其"自造……因引诸生能为文赋者"这样的叙述语气,似乎《皇羲篇》乃是文赋一类[1]。那么,它跟下文"本颇以经学相招"又是什么关系?其二,所谓"本颇以经学相招",更令人生疑——如是招收经学士,何以舍太学而另立鸿都门?而结果则是招纳了"为尺牍及工书鸟篆者"、"无行趣势之徒"、"憙陈方俗闾里小事"之人。鸿都门学如有办学宗旨之变化,其转变的机缘究竟是什么?由于史料阙如,这些疑问今天很难详确了解了。近二十多年来,讨

---

[1] [宋]陈思《书小史》卷一云:"(灵)帝好学善书,自作《皇羲篇》五十章。"如此,则似《皇羲篇》又是书学一类。

论鸿都门学的论文盖有三四十篇①,毋庸讳言,尽管其深浅厚薄不一,亦不乏启迪,但基本都是凭借残缺史料所作的主观推阐而已。还是元人马端临《文献通考》的看法更朴实客观一些:

> 灵帝之鸿都门学,即西都孝武时待诏金马门之比也。然武帝时,虽文学如司马迁、相如、枚皋、东方朔辈,亦俱以俳优畜之,固未尝任以要职。而灵帝时,鸿都门学之士,至有封侯赐爵者。士君子皆耻与为列,则其人品可知。然当时太学诸生三万馀人,其持危言覈论、以激浊扬清自负者,诛戮、禁锢,殆靡孑遗。而其在学授业者,至争第,更相告讦,无复廉耻。且当时在仕路者,上自公卿下至孝廉、茂材,皆西园谐价、献修宫钱之人矣。于鸿都学士乎何诛?②

要之,灵帝建立鸿都门学,甚至给鸿都门生封爵授官,可能并没有多少政治或文化追求的深意;最大的可能,便是满足他恣意游乐的心愿(灵帝寿命三十四岁,一生都贪玩恣行,缺乏帝王的风仪和作为)。而朝臣的贬斥反对,盖亦因鸿都门生擅长小道巧技,传播街谈巷语,有伤正统风化,更不能容忍授予他们官职爵位。不

---

① 先后发表的论文主要有:于迎春《东汉后期经术与才艺的冲突及"鸿都门学"的意义》,载《江海学刊》1997年第2期;王永平《汉灵帝之置"鸿都门学"及其原因考论》,载《扬州大学学报》1999年第5期;孙明君《第三种势力——政治视角中的鸿都门学》,载《学习与探索》2002年第5期;张新科《文学视角中的"鸿都门学"——兼论汉末文风的转变》,载《陕西师大学报》2005年第1期;钱志熙《"鸿都门学"事件考论——从文学与儒学关系、选举及汉末政治等方面着眼》,载《北京大学学报》2008年第1期;曾维华、孙刚华《东汉"鸿都门学"设置原由探析》,载《东岳论丛》2010年第1期;杨继刚、王齐洲《东汉鸿都门学成立原因探微》,载《理论学刊》2012年第1期。

② [元]马端临《文献通考》卷四〇《学校考·太学》,北京:中华书局1986年影印商务印书馆万有文库"十通"本,第387页。

过,事实上有这样的现象出现,也确实与东汉后期政治朽弊、经学衰败、士风迁转(详后)有直接关系。在这个意义上,把鸿都门学现象放到东汉后期士人个性觉醒、文学独立的进程中去看待,也当不是无稽之谈。

东汉后期,于经学衰败的同时,道家思想继东汉中期之后更加强势回潮,佛教、道教也悄然兴起,思想文化呈现多元化趋向。

黄老思想曾流行汉初七十年,到汉武帝独尊儒术之后,道家思想仍然不绝如缕,西汉末年曾普遍回潮。到东汉,经学当然仍是社会的主体思想,但思想多元化的格局也逐渐显现。楚王刘英"少时好游侠,交通宾客,晚节更喜黄老,学为浮屠斋戒祭祀"。明帝永平八年(65),诏令死罪可缴纳缣帛以赎罪,刘英乃令人持"黄缣白纨三十匹"给他的国相,要求赎罪。国相报闻明帝,明帝乃下诏曰:"楚王诵黄老之微言,尚浮屠之仁祠,洁斋三月,与神为誓,何嫌何疑,当有悔吝? 其还赎,以助伊蒲塞、桑门之盛馔。"①并且将此诏书广泛"班示诸国中傅"。(以上见《后汉书》卷四二《光武十王传·楚王英》)这件史事有几点值得注意:其一,当时人往往把老子、佛学并为一谈,以为老子入胡后又作佛典(所谓"老子化胡"),似是其时之通说②。其二,明帝时佛学盖已开始流行③,观刘英奉佛、明帝

---

① 李贤注:"伊蒲塞,即优婆塞也,中华翻为'近住',言受戒行堪近僧住也。桑门,即沙门。"按:伊蒲塞,盖今称居士也。

② [唐]道宣《广弘明集》卷一三《辩惑篇·九箴》:"《魏书·外国传》、皇甫谧《高士传》并曰:'桑门、浮图经,老子所作。'袁宏《后汉纪》云:'老子入胡,分身作佛,道家经诰。'其说甚多。"上海:上海古籍出版社1991年影印本,第192页。

③ [北齐]魏收《魏书》卷一一四《释老志》:"汉武元狩中,遣霍去病讨匈奴,至皋兰,过居延,斩首大获。昆邪王杀休屠王,将其众五万来降。获其金人,帝以为大神,列于甘泉宫。金人率长丈余,不祭祀,但烧香礼拜而已。此则佛道流通之渐也。及开西域,遣张骞使大夏还,传其旁有身毒国,一名天竺,始闻有浮屠之教。哀帝元寿元年,博士弟子秦景宪受大月氏王使伊存口授浮屠经。(转下页)

诏书自如谈论佛事可知。其三,明帝顺便又将这通鼓励刘英修佛的诏书颁发各诸侯国傅相,当然更是鼓励各国修佛之意。

明帝与佛教的因缘,袁宏《后汉纪》卷一〇《孝明皇帝纪下》记载颇详:"浮屠者,佛也,西域天竺有佛道焉。佛者,汉言觉,将悟群生也。其教以修善慈心为主,不杀生,专务清静。其精者号为沙门。沙门者,汉言息也,盖息意去欲而归于无为也。又以为人死精神不灭,随复受形,生时所行善恶皆有报应。故所贵行善修道,以炼精神而不已,以至无生而得为佛也。佛身长一丈六尺,黄金色,项中佩日月光,变化无方,无所不入,故能化通万物而大济群生。初,帝梦见金人长大,项有日月光,以问群臣。或曰:'西方有神,其名曰佛,其形长大。陛下所梦,得无是乎?'于是遣使天竺,问其道术,遂于中国而图其形象焉。有经数千万,以虚无为宗,苞罗精粗,无所不统,善为宏阔胜大之言。所求在一体之内,而所明在视听之外。世俗之人以为虚诞,然归于玄微,深远难得而测。故王公大人观死生报应之际,莫不瞿然自失。"明帝遣使到天竺取经之事,典籍多有记载。到东汉后期,佛教如果还难说广泛流行,至少相当多的士人并不陌生了。

老子、佛教之外,道教也在东汉后期兴起。《后汉书》卷三〇下

(接上页)中土闻之,未之信了也。后孝明帝夜梦金人,项有日光,飞行殿庭,乃访群臣,傅毅始以佛对。帝遣郎中蔡愔、博士弟子秦景等使于天竺,写浮屠遗范。愔仍与沙门摄摩腾、竺法兰东还洛阳。中国有沙门及跪拜之法,自此始也。愔又得佛经《四十二章》及释迦立像。明帝令画工图佛像,置清凉台及显节陵上,经缄于兰台石室。愔之还也,以白马负经而至,汉因立白马寺于洛城雍门西。摩腾、法兰咸卒于此寺。"(北京:中华书局1974年版,第3025—3026页)[唐]魏徵等《隋书》卷三五《经籍志四》:"章帝时,楚王英以崇敬佛法闻,西域沙门,赍佛经而至者甚众。永平中,法兰又译《十住经》。其馀传译,多未能通。至桓帝时,有安息国沙门安静,赍经至洛,翻译最为通解。灵帝时,有月支沙门支谶、天竺沙门竺佛朔等,并翻佛经。而支谶所译《泥洹经》二卷,学者以为大得本旨。汉末,太守竺融亦崇佛法。"(北京:中华书局1973年版,第1097页)

《襄楷传》记载:"顺帝时,琅玡宫崇诣阙,上其师干吉于曲阳泉水上所得神书百七十卷,皆缥白素、朱介、青首、朱目,号《太平清领书》。其言以阴阳五行为家,而多巫觋杂语。有司奏崇所上妖妄不经,乃收臧之。后张角颇有其书焉。"

东汉后期儒、道、佛思想多元化格局的形成,是两汉之际以来不断积累孕育的自然结果。同时,帝王的偏好和导引也是重要的助推剂。仅就东汉后期而言,桓帝喜好老、佛,就有力推动了道家思想的回潮及佛学的传播。《后汉书》卷七《桓帝纪》载:"(延熹八年[165])春正月,遣中常侍左悺之苦县,祠老子。……(十一月)使中常侍管霸之苦县,祠老子。……(延熹九年七月)庚午,祠黄、老于濯龙宫。"王先谦《后汉书集解》引惠栋曰:

> 《孔氏谱》曰:"桓帝位老子庙于苦县之赖乡,画孔子像于壁。孔畴为陈相,立孔子碑于像前。"今见存《老子铭》曰"延熹八年八月甲子,皇上尚德宏道,含闳光大,存神养性,意在凌云。是以潜心黄轩,同符高宗,梦见老子,尊而祀之。于时陈相边韶典国之礼,演而铭之"云云。洪适曰:"《水经注》载《蒙城王子乔碑》亦云:'延熹八年八月,帝遣使致祠,国相王璋乃纪铭遗烈。盖威宗方修神仙之事,故一时郡国竞作铭表。'"①

桓帝不仅喜好老子,也偏爱佛学,他在宫中专辟奉祀老、佛的场所。《后汉书》卷七《桓帝纪论》曰:"饰芳林而考(成)濯龙之宫,

---

① 惠栋所引《老子铭》及洪适之语,均见[宋]洪适撰《隶释》卷三(北京:中华书局1985年影印洪氏晦木斋刻本)。此《老子铭》乃桓帝命边韶作,《水经注》卷二三《阴沟水》亦有记载:"濄水又北迳老子庙东,庙前有二碑,在南门外。汉桓帝遣中官管霸祠老子,命陈相边韶撰文。"([北魏]郦道元撰,陈桥驿校证《水经注校证》,北京:中华书局2007年版,第552页)

设华盖以祠浮图、老子。"①襄楷于延熹九年(166)两次上书桓帝，其第二次上书有云："闻宫中立黄老、浮屠之祠。此道清虚，贵尚无为，好生恶杀，省欲去奢。今陛下嗜欲不去，杀罚过理，既乖其道，岂获其祚哉！或言老子入夷狄为浮屠。浮屠不三宿桑下，不欲久生恩爱，精之至也。天神遗以好女，浮屠曰：'此但革囊盛血。'遂不眄之。其守一如此，乃能成道。今陛下淫女艳妇，极天下之丽，甘肥饮美，单天下之味，奈何欲如黄老乎？"(《后汉书》卷三〇下《襄楷传》)从襄楷的批评言辞中，不仅可见桓帝喜爱黄老、浮屠之学，同时亦能看到襄楷本人对黄老、浮屠的熟稔，故能谈说自如。由此亦可推知，其时学人熟悉黄老、浮屠者，必然不在少数。

思想文化的多元化，便是思想解放的表征。老子、佛学从潜流旁支、潺潺自行，到帝王倡导、士人服膺，进而走上前台，与儒学并驱局面的形成，就思想文化发展而言，的确令人欣喜。这种思想文化环境，正是东汉后期文学走向独立自足所必需的思想土壤。

三

东汉后期外戚、中宦和权臣角力争夺、相继专权的政治生态，给士人带来了极大的政治风险，不止仕路艰难，甚至危及生命。

桓帝初即位，缘于李固、杜乔一直以来与外戚、宦官争斗的积怨，以及顺帝驾崩后的立帝之争，大将军梁冀借清河王刘蒜谋反之机，诬陷李、杜与刘蒜交通，而下狱处死。士林为之震动，扼腕叹息。

此后，由宦官接连发动的几个牵连广泛的迫害士人事件，几乎彻底摧毁了士人对刘汉政权的信心。

---

① 李贤注："《续汉志》曰：祠老子于濯龙宫，文罽为坛，饰淳金釦器，设华盖之坐，用郊天乐。"

拉开迫害士人群体序幕的,是李云事件。《后汉书》卷七《桓帝纪》载:延熹三年(160)闰正月,"白马令李云坐直谏,下狱死"。此事在朝廷和士林引起了不小的风波。《后汉书》卷五七《李云传》记载较详:"(李云)性好学,善阴阳。初举孝廉,再迁白马令。桓帝延熹二年,诛大将军梁冀,而中常侍单超等五人皆以诛冀功并封列侯,专权选举。又立掖庭民女亳氏为皇后,数月间,后家封者四人,赏赐巨万。是时地数震裂,众灾频降。(李)云素刚,忧国将危,心不能忍,乃露布上书,移副三府,曰:'……孔子曰:"帝者,谛也。"今官位错乱,小人谄进,财货公行,政化日损,尺一拜用不经御省。是帝欲不谛乎?'帝得奏震怒,下有司逮云,诏尚书都护剑戟送黄门北寺狱,使中常侍管霸与御史廷尉杂考之。时弘农五官掾杜众,伤云以忠谏获罪,上书愿与云同日死。帝愈怒,遂并下廷尉。"大鸿胪陈蕃、太常杨秉、洛阳市长沐茂、郎中上官资,并上疏营救。"帝恚甚,有司奏以为大不敬。诏切责蕃、秉,免归田里;茂、资贬秩二等。……云、众皆死狱中。"不难看出,这个事件的实质,就是中宦"五侯"怂恿桓帝打击政敌,是士人与宦官矛盾的一次爆发。

事件的结果,是士人李云、杜众惨死狱中,陈蕃、杨秉免职归田,沐茂、上官资降职。有汉以来,几乎历代帝王都曾不止一次下诏举荐"能直言极谏之士"。桓帝也不例外,仅在杀李云之前,于建和元年(147)四月、建和三年(149)六月、永兴二年(154)二月,就三次诏举直谏之人。宽容、尊重直言极谏之士,是汉代的基本政治规则和政治伦理。而冤杀李云等人,也就彻底击碎了这个政治伦理,这是令士人难以容忍、非常寒心的!所以,六年之后的延熹九年(166),襄楷上书桓帝,仍然对此事愤怒不已:"李云上书,明主所不当讳;杜众乞死,谅以感悟圣朝;曾无赦宥,而并被残戮!天下之人,咸知其冤。汉兴以来,未有拒谏诛贤、用刑太深如今者也!"(《后汉书》卷三〇下《襄楷传》)这次事件,虽然没有像后来"党锢"

案那样牵连很多人,但是也足以使天下士人失望,严重打击了士人对政权的信赖和亲近感。

桓帝时影响最大、牵连最广的惩处士人事件,自然是东汉首次"党锢"案。《后汉书》卷七《桓帝纪》载:延熹九年(166)十二月,"司隶校尉李膺等二百馀人受诬为党人,并坐下狱,书名王府"。翌年(永康元年[167])六月,"大赦天下,悉除党锢"①。整个事件历时半年。

这次"党锢"案的起因比较复杂,有士林背景,也有导火索。其士林背景,是士人"清议"的流行。而"清议"之源起,本与桓帝的老师周福直接相关:桓帝即位后,拔擢其师周福为尚书。而同郡河南尹房植"有名当朝"。他们的乡人便造谣谚曰:"天下规矩房伯武,因师获印周仲进。"于是两家的宾客各树学友弟子,标榜攻讦,"党人之议,自此始矣"。此风波及太学,太学生郭林宗、贾伟节为学冠,与李膺、陈蕃、王畅更相褒奖。又有"渤海公族进阶、扶风魏齐卿,并危言深论,不隐豪强"。于是,学人清议、臧否人物成为重要的社会舆论,"自公卿以下,莫不畏其贬议"。而事件的直接导火索,是小人物牢修的诬告:善说风角的张成推算朝廷当有大赦,为显示其才学,就教唆其子杀人,果然恰逢赦免。李膺时为河南尹,不顾大赦诏令,愤而捕杀张成。张成本与中宦交通密切,桓帝也曾向他咨询过风占之事。借此关系,张成的弟子牢修便上书,"诬告(李)膺等养太学游士,交结诸郡生徒,更相驱驰,共为部党,诽讪朝廷,疑乱风俗"。桓帝震怒,下令郡国"逮捕党人,布告天下,使同忿疾,遂收执(李)膺等。其辞所连及陈寔之徒二百馀人,或有逃遁不获,皆悬金购募。使者四出,相望于道"。转年,尚书霍谞、城门校

---

① 《后汉书》卷六七《李膺传》载:讼理"党锢"案时,"(李)膺等颇引宦者子弟,宦官多惧,请帝以天时宜赦,于是大赦天下。膺免归乡里"。

尉窦武并上表请求,桓帝乃赦免党人,罢归田里,但是"禁锢终身","党人之名,犹书王府"。(以上均见《后汉书》卷六七《党锢列传》)

三年后,灵帝建宁二年(169)十月,又爆发了第二次"党锢"案。合观《后汉书》之《灵帝纪》《宦者列传·侯览》《党锢列传》及《后汉纪·孝灵皇帝纪上》,可以得知这个事件的来龙去脉。这次更大规模的迫害士人事件的直接起因,是张俭依法惩处中常侍侯览:侯览因参与诛灭梁冀有功,封为高乡侯。遂与其兄、益州刺史侯参大肆劫掠民财,"民有丰富者,辄诬以大逆,皆诛灭之,没入财物,前后累亿计"。建宁二年,"督邮张俭因举奏(侯)览贪侈奢纵,前后请夺人宅三百八十一所,田百一十八顷。起立第宅十有六区,皆有高楼池苑,堂阁相望,饰以绮画丹漆之属,制度重深,僭类宫省。又豫作寿冢,石椁双阙,高庑百尺,破人居室,发掘坟墓。虏夺良人,妻略妇子,及诸罪衅,请诛之"。侯览截留张俭的奏书不报。张俭大怒,遂"破览冢宅,籍没资财",再次具奏其罪状。奏书又被侯览截留。"览遂诬俭为钩党,及故长乐少府李膺、太仆杜密等,皆夷灭之。"(以上见《后汉书》卷七八《宦者列传·侯览》)史籍还记录了一些相关的细节:张俭的同乡朱并,"承望中常侍侯览意旨,上书告(张)俭与同乡二十四人别相署号,共为部党,图危社稷。……大长秋曹节因此讽有司奏捕前党故司空虞放、太仆杜密、长乐少府李膺、司隶校尉朱寓、颍川太守巴肃、沛相荀昱、河内太守魏朗、山阳太守翟超、任城相刘儒、太尉掾范滂等百馀人,皆死狱中。馀或先殁不及,或亡命获免。自此诸为怨隙者,因相陷害,睚眦之忿,滥入党中。又州郡承旨,或有未尝交关,亦离(罹)祸毒。其死徙废禁者六七百人"(《后汉书》卷六七《党锢列传》)。由此清晰可见,这次党祸又是宦官一手制造:侯览为报私怨策划发动,而曹节趁势推波助澜,导致"死者百馀人,妻子徙边,诸附从者锢及五属",并且"制诏州郡大举钩党,于是天下豪杰及儒学行义者,一切结为党人"(《后

汉书》卷八《灵帝纪》)。《后汉纪》所载的细节,明示着此次"党锢"案的本质:

> 李膺等以赦获免,而党人之名书在王府,诏书每下,辄伸党人之禁。陈(蕃)、窦(武)当朝后,亲而用之,皆勤王政而尽心力,拔忠贤而疾邪佞。陈、窦已诛①,中官逾专威势,既息陈、窦之党,又惧善人谋己,乃讽有司奏诸钩党者请下州郡考治。时上年十四,问(曹)节等曰:"何以为钩党?"对曰:"钩党者,即党人也。"上曰:"党人何用为而诛之邪?"对曰:"皆相举群辈,欲为不轨。"上曰:"党人而为不轨,不轨欲如何?"对曰:"欲图社稷。"上乃可其奏。(《后汉纪》卷二三《孝灵皇帝纪上》)

很明显,此次事件乃是中宦裹挟少年灵帝,对士人臣吏的一次残酷屠杀。

桓帝末的"党锢"案,半年之后便赦免了。尽管仍然记录党人名录,可是李膺等人还是可以得到任用。而灵帝初的这次"党锢"案,却延续了十五年之久。建宁四年(171)正月,熹平元年(172)五月、二年(173)二月、三年(174)二月、四年(175)五月、五年(176)四月,均大赦天下,而"唯党人不赦"。熹平五年(176)闰五月,仍有惩治党人之事:"永昌太守曹鸾坐讼党人,弃市。诏党人门生故吏父兄子弟在位者,皆免官禁锢。"(《后汉书》卷八《灵帝纪》)直至中平元年(184)二月,张角发动黄巾暴动,席卷全国。为人正派的中常侍吕强借机奏言:"党锢久积,人情多怨。若久不赦宥,轻与张角合谋,为变滋大,悔之无救。"于是灵帝"乃大赦党人,诛徙之家皆归故

---

① 灵帝十二岁即位,窦太后临朝,以陈蕃为太傅,后父窦武为大将军,共掌朝政。窦、陈谋诛宦官,反为曹节等中宦矫诏诛杀灭族。参见《后汉书》之《灵帝纪》《宦者列传·曹节》《桓思窦皇后纪》。

郡"。(《后汉书》卷六七《党锢列传》)

"西京自外戚失祚，东都缘阉尹倾国。"(《后汉书》卷七八《宦者列传论》)东汉后期由宦官操纵的两次"党锢"案，甚至可以看作是有汉数百年来士人与中宦两个集团政治冲突的总爆发。这两次"党锢"案前后相继，在皇权旁落、中宦专擅的政治情境下，以士人群体落败结束，天下士人遭受禁锢二十馀年。然则，东汉后期士人的大面积疏离，也就是自然而然的了。

四

在皇权衰微、外戚中宦及权臣相继交替专权的恶劣政局下，在擅权者随意蹂躏杀罚士人的凶险境遇中，东汉后期士人的处世心态发生了极大变化：在趋向多元的基本格局中，更多呈现出疏离政权、重生保命的倾向。

东汉后期，自然还有不少以匡世救济为使命、清正公廉、直言极谏的士人。《后汉书》卷六一《左周黄列传论》，悲凉慷慨地评说这个时期的士人状况道："及孝桓之时，硕德继兴，陈蕃、杨秉处称贤宰，皇甫（规）、张（奂）、段（颎）出号名将，王畅、李膺弥缝衮阙，朱穆、刘陶献替匡时，郭有道（泰）奖鉴人伦，陈仲弓（寔）弘道下邑。其馀宏儒远智、高心絜行、激扬风流者，不可胜言。而斯道莫振，文武陵队（坠），在朝者以正议婴戮，谢事者以党锢致灾。往车虽折，而来轸方遒。所以倾而未颠，决而未溃，岂非仁人君子心力之为乎？呜呼！"一部分以天下大治为使命的"仁人君子"，甘冒杀戮、禁锢的风险，忠心尽力地参政纠偏，力挽大厦于将倾。

东汉杨氏一族，以《尚书》学传家。连续四世均为朝廷三公，忠贞耿直，力斗外戚、中宦。杨震明经博览，被誉为"关西孔子"。安帝时为太尉，因勇斗内宠、外戚而丧命。其子杨秉，以为官清廉著称，"计日受奉，馀禄不入私门"。桓帝微行，私幸河南尹梁胤（梁冀之子)府舍,杨秉上疏劝谏。延熹三年(160),白马令李云以直谏获罪,杨秉为之力争,因而免官归田里。中常侍单超之弟单匡买凶杀人,时为河南尹的杨秉力主收治单匡,自己反被收监。延熹五年(162)冬,杨秉为太尉。"是时宦官方炽,任人及子弟为官,布满天下,竞为贪淫,朝野嗟怨。"杨秉上言:"……今枝叶宾客布列职署,或年少庸人,典据守宰,上下忿患,四方愁毒。"建议诏令司隶校尉、中二千石、二千石、城门五营校尉、北军中候,各自核实所部,清退宦官安插的官吏。于是中宦任用的"五十馀人,或死或免,天下莫不肃然"。另一中常侍侯览之弟侯参为益州刺史,贪污劫掠,暴虐一州。延熹八年(165),杨秉劾奏侯参,"槛车征诣廷尉。参惶恐,道自杀"。杨秉进而上奏侯览及中常侍具瑗敛财、擅权种种恶行,桓帝不得已,"竟免览官,而削瑗国"。杨秉子杨赐,初不欲为官,"常退居隐约,教授门徒,不答州郡礼命。后辟大将军梁冀府,非其好也。出除陈仓令,因病不行。公车征不至,连辞三公之命"。灵帝即位,征为帝师,侍讲《尚书》。历任司空、司徒、太尉。针对内宠权势嚣张,杨赐上封事直斥外戚、女宠:"夫女谒行则谗夫昌,谗夫昌则苞苴通。……惟陛下思乾刚之道,别内外之宜。……抑皇甫之权,割艳妻之爱。"灵帝耽于游乐,杨赐多次上疏直谏力诫。杨赐子杨彪,灵帝光和中为京兆尹,告发黄门令王甫使门生于郡界收敛财物七千馀万之事,司隶校尉阳球因而上奏诛杀王甫,"天下莫不惬心"。献帝即位,杨彪历任司空、司徒、太尉。初平元年(190),反对董卓迁都,被罢免司徒之职。建安元年(196),又因不满曹操专擅而罢免太尉。此后,"彪见汉祚将终,遂称脚挛不复行"。(以上均见《后汉书》卷五四《杨震列传》)

陈蕃,秉性方直刚峻,可谓终生勇斗中宦。桓帝延熹三年(160),白马令李云因上书怒斥宦官专权遭惩,时为大鸿胪的陈蕃上奏援救,坐免归田。复征为光禄勋,"时封赏逾制,内宠猥盛",陈蕃上疏桓帝,直斥厚赏中宦近臣之非,进而建议简出宫女,严肃选举。"自蕃为光禄勋,与五官中郎将黄琬共典选举,不偏权富,而为势家郎所谮诉,坐免归。"延熹八年(165),陈蕃拜太尉。中常侍苏康、管霸等"排陷忠良,共相阿媚",大司农刘祐、廷尉冯绲、河南尹李膺,均以"忤旨"之名获罪。陈蕃在朝会上为之辩白,固请原宥并加任用,"言及反复,诚辞恳切",而桓帝不听。"时小黄门赵津、南阳大猾张汜等,奉事中官,乘势犯法,二郡太守刘瓆、成瑨考案其罪,虽经赦令,而并竟考杀之。宦官怨恚,有司承旨,遂奏瓆、瑨罪当弃市。又山阳太守翟超,没入中常侍侯览财产,东海相黄浮,诛杀下邳令徐宣,超、浮并坐髡钳,输作左校。"陈蕃与司徒刘矩、司空刘茂一起谏请免除惩罚,桓帝不悦。陈蕃乃独自上疏,激烈批评中宦擅权、敛财,援救刘瓆、成瑨等。"宦官由此疾蕃弥甚。"延熹九年(166),"李膺等以党事下狱考实。蕃因上疏极谏",极为大胆激切:"臣闻贤明之君,委心辅佐;亡国之主,讳闻直辞。……伏见前司隶校尉李膺、太仆杜密、太尉掾范滂等,正身无玷,死心社稷。以忠忤旨,横加考案,或禁锢闭隔,或死徙非所。杜塞天下之口,聋盲一世之人,与秦焚书坑儒何以为异?……今陛下临政,先诛忠贤。遇善何薄?待恶何优?夫逸人似实,巧言如簧,使听之者惑,视之者昏。夫吉凶之效,存乎识善;成败之机,在于察言。人君者,摄天地之政,秉四海之维,举动不可以违圣法,进退不可以离道规。谬言出口,则乱及八方,何况髡无罪于狱,杀无辜于市乎!"桓帝震怒,遂策免陈蕃。灵帝即位,陈蕃为太傅,与大将军窦武谋诛宦官,陈蕃上疏太后曰:"今京师嚣嚣,道路喧哗,言侯览、曹节、公乘昕、王甫、郑飒等与赵夫人诸女尚书,并乱天下。附从者升进,忤逆者中伤。方今一朝群臣,如河中木耳,泛泛东西,耽禄畏害。……元恶大奸,莫此之甚。今不急诛,必生变乱,倾危社稷,其祸难量。"太后不允。陈蕃、窦武终为宦官曹节等杀害灭族。(以上见《后汉书》卷六六

《陈蕃传》)

黄琼,为官"达练官曹,争议朝堂,莫能抗夺"。桓帝元嘉元年(151),拜司空。"桓帝欲褒崇大将军梁冀,使中朝二千石以上会议其礼。特进胡广、太常羊溥、司隶校尉祝恬、太中大夫边诏等,咸称冀之勋德,其制度赉赏,以宜比周公。"只有黄琼坚决反对。永兴元年(153)迁司徒,转太尉,一概不用梁冀举荐之人:"梁冀前后所托辟召,一无所用。虽有善人而为冀所饰举者,亦不加命。"黄琼大力整肃吏治,"举奏州郡素行贪污至死徙者十馀人,海内由是翕然望之"。宦官单超等"五侯"擅权,倾动内外,黄琼"自度力不能匡,乃称疾不起"。至延熹七年(164)病笃,乃上疏历数外戚、中宫专擅贪婪之恶,并直言桓帝为政不优、不辨忠奸:"(陛下)即位以来,未有胜政。诸梁秉权,竖宦充朝,重封累职,倾动朝廷。卿校牧守之选,皆出其门;羽毛、齿革、明珠、南金之宝,殷满其室。富拟王府,势回天地。言之者必族,附之者必荣。忠臣惧死而杜口,万夫怖祸而木舌,塞陛下耳目之明,更为聋瞽之主。故太尉李固、杜乔,忠以直言,德以辅政,念国亡身,陨殁为报,而坐陈国议,遂见残灭。贤愚切痛,海内伤惧。又,前白马令李云,指言宦官罪秽宜诛,皆因众人之心,以救积薪之敝。弘农杜众,知云所言宜行,惧云以忠获罪,故上书陈理之,乞同日而死,所以感悟国家,庶云获免。而云既不幸,众又并坐,天下尤痛,益以怨结,故朝野之人,以忠为讳。……黄门协邪,群辈相党,自冀兴盛,腹背相亲,朝夕图谋,共构奸轨。临冀当诛,无可设巧,复记其恶,以要爵赏。陛下不加清澄,审别真伪,复与忠臣并时显封,使朱紫共色,粉墨杂蹂,所谓抵金玉于沙砾,碎珪璧于泥涂。四方闻之,莫不愤叹。"这封奏疏,也凸显了东汉后期士人对刘汉王朝的失望和怨愤。(以上见《后汉书》卷六一《黄琼传》)

如上这类尽忠职守的士人还有很多,如王畅、种暠、陈球(以上见《后汉书》卷五六《张王种陈列传》),刘陶、李云、刘瑜、谢弼(以上见《后汉书》卷五七《杜栾刘李刘谢列传》)、傅燮、盖勋、臧洪(以上见《后汉书》卷五八《虞傅盖臧列传》)、吴祐、延笃、史弼、卢植(以上见《后汉书》卷六四《吴延史卢赵列传》)等,都是东汉后期忠诚耿直、刚正不阿的士人。《后汉书》卷六六《陈蕃传论》揭示了这部分士人的心态:"桓、灵之世,若陈蕃之徒,咸能树立风声,抗论惛俗。而驱驰崄陀之中,与刑人腐夫同朝争衡,终取灭亡之祸者,彼非不能洁情志、违埃雾也;愍夫世士以离俗为高而人伦莫相恤也。以遁世为非义,故屡退而不去;以仁心为己任,虽道远而弥厉。……功虽不终,然其信义足以携持民心。汉世乱而不亡,百馀年间,数公之力也。"

而这个时期更多的士人,则选择疏离或远遁。《后汉书》卷六二《荀韩锺陈列传·陈寔传论》说汉末士风道:

> 汉自中世以下(指东汉中期以后),阉竖擅恣,故俗遂以遁身矫絜放言为高。士有不谈此者,则芸夫、牧竖已叫呼之(谓讥笑之)矣。故时政弥惛,而其风愈往。

仕途黑暗险恶,士人必然选择远离朝廷。

东汉后期的许多士人,或迫于生计,或迫于强行辟召而入仕,但为官意愿淡弱。一旦有机会,便会脱身而去。例如:

荀爽,是荀子十二世孙,荀淑之子,"幼而好学,年十二,能通《春秋》《论语》。……耽思经书,庆吊不行,征命不应"。桓帝延熹九年(166),太常赵典举爽至孝,拜郎中,爽对策后"即弃官去"。"后遭党锢,隐于海上,又南遁汉滨,积十馀年,以著述为事,遂称为硕儒。党禁解,五府并辟,司空袁逢举有道,不应。"至灵帝末献帝初,何进、董卓接连辟召,"爽欲遁命,吏持之急,不得去",才被迫入朝。(《后汉书》卷六二《荀淑传附荀爽传》)

宗慈,"举孝廉,九辟公府,有道征,不就。后为修武令。时太守出自权豪,多取货赂,慈遂弃官去。征拜议郎,未到,道疾卒"。(《后汉书》卷六七《党锢列传》)

檀敷,"少为诸生,家贫而志清,不受乡里施惠。举孝廉,连辟公府,皆不就。立精舍教授,远方至者常数百人。桓帝时,博士征,不就。灵帝即位,太尉黄琼举方正,对策合时宜,再迁议郎,补蒙令。以郡守非其人,弃官去"。(《后汉书》卷六七《党锢列传》)

许劭,善于赏贤拔士,与郭泰齐名。其时许劭与从兄许靖俱有高名,好品评人物,每月更换品题,时称"月旦评"。许劭曾品评陈寔、陈蕃云:"太丘道广,广则难周;仲举性峻,峻则少通。"为了避祸,遂不与他们交往。又曾被胁迫品评曹操:"清平之奸贼,乱世之英雄",曹操大悦。许劭由是扬名天下。许劭初曾为郡功曹,府中官吏因而"莫不改操饰行"。献帝即位,"司空杨彪辟,举方正、敦朴,征,皆不就"。或劝其出仕,邵对曰:"方今小人道长,王室将乱,吾欲避地淮海,以全老幼。"于是携家南下广陵。(《后汉书》卷六八《许劭传》)

还有更多的士人,或博通经籍,或多才高名,却绝不肯入仕。例如:

郑玄,耽精儒学,不乐为吏。游学十馀年,学问大成后,仍归乡里,"客耕东莱,学徒相随已数百千人"。桓灵之际党锢案发,郑玄"乃与同郡孙嵩等四十馀人,俱被禁锢。遂隐修经业,杜门不出"。灵帝末,解除党禁,大将军何进辟召,州郡胁迫,玄不得已而赴京,但是"不受朝服,而以幅巾见",转天即逃归。"后将军袁隗表为侍中,以父丧不行";"董卓迁都长安,公卿举玄为赵相,道断不至";袁绍"举玄茂才,表为左中郎将,皆不就";"公车征为大司农,给安车一乘,所过长吏送迎。玄乃以病自乞还家";建安五年(200),袁绍与曹操战于官渡,令其子袁谭逼迫郑玄随军,"不得已,载病到元城

县,疾笃不进"。当年六月病卒。(《后汉书》卷三五《郑玄传》)

郭泰①,"博通坟籍,善谈论,美音制",游于洛阳,名震京师。尤其擅长评骘人物,"其奖拔士人,皆如所鉴"②。"司徒黄琼辟,太常赵典举有道",或劝其仕进,郭泰对曰:"吾夜观乾象,昼察人事,天之所废,不可支也。"遂不应召。当时京城清议领袖之一范滂品评郭泰云:"隐不违亲,贞不绝俗。天子不得臣,诸侯不得友。"郭泰虽不仕进,但颇善自保:"虽善人伦,而不为危言覈论,故宦官擅政而不能伤也。及党事起,知名之士多被其害,唯林宗及汝南袁闳得免焉。遂闭门教授,子弟以千数。"(《后汉书》卷六八《郭泰传》)

符融,"幅巾奋袖,谈辞如云"。因慧眼识郭泰而知名。"州郡礼请,举孝廉,公府连辟,皆不应。"太守冯岱礼请,符融"辞病自绝"。"会有党事,亦遭禁锢。"优游不仕,以寿终。(《后汉书》卷六八《符融传》)

黄宪,字叔度,风仪高迈,才学深湛,深得时人赞誉:黄宪十四岁时,荀淑偶遇之,"竦然异之,揖与语,移日不能去"。戴良才高倨傲,"而见宪未尝不正容,及归,罔然若有失也",云:"良不见叔度,不自以为不及;既睹其人,则瞻之在前,忽焉在后③,固难得而测矣。"陈蕃、周举常相语曰:"时月之间不见黄生,则鄙吝之萌复存乎心。"但是黄宪绝不出仕:太守王龚"礼进贤达,多所降致,卒不能屈

---

① 郭泰,《后汉书》写作"郭太"。李贤注曰:"范晔父名'泰',故改为此'太'。"本书均回改。
② 李贤注引《谢承书》曰:"泰之所名,人品乃定,先言后验,众皆服之。故适陈留则友符伟明,游太学则师仇季智,之陈国则亲魏德公,入汝南则交黄叔度。初,泰始至南州,过袁奉高,不宿而去;从叔度,累日不去。或以问泰,泰曰:'奉高之器,譬之氿滥,虽清而易挹。叔度之器,汪汪若千顷之陂,澄之不清,挠之不浊,不可量也。'已而果然。泰以是名闻天下。"
③ 《论语·子罕》:"颜渊喟然叹曰:仰之弥高,钻之弥坚。瞻之在前,忽焉在后。夫子循循然善诱人,博我以文,约我以礼,欲罢不能。既竭吾才,如有所立卓尔。虽欲从之,末由也已。"

宪";多次被"举孝廉,又辟公府。友人劝其仕,宪亦不拒之,暂到京师而还,竟无所就。……天下号曰'征君'"。(《后汉书》卷五三《黄宪传》)

徐穉,"屡辟公府,不起"。桓帝初,陈蕃为太守,"以礼请署功曹,穉不免之,既谒而退"。"后举有道,家拜太原太守,皆不就。"延熹二年,陈蕃、胡广并荐,"桓帝乃以安车玄纁,备礼征之,并不至"。又"尝为太尉黄琼所辟,不就"。(《后汉书》卷五三《徐穉传》)

姜肱,"博通《五经》,兼明星纬,士之远来就学者三千馀人。诸公争加辟命,皆不就"。"后与徐穉俱征,不至。桓帝乃下彭城使画工图其形状。肱卧于幽暗,以被韬面,言感眩疾,不欲出风。工竟不得见之。"中常侍曹节既诛陈蕃、窦武,"欲借宠贤德,以释众望,乃白征肱为太守。……(姜肱)乃隐身遁命,远浮海滨。再以玄纁聘,不就。即拜太中大夫,诏书至门,肱使家人对云'久病就医'。遂羸服间行,窜伏青州界中,卖卜给食。召命得断,家亦不知其处,历年乃还。"(《后汉书》卷五三《姜肱传》)

申屠蟠,"家贫,佣为漆工"。名士郭泰见而奇之。同郡蔡邕亦深所推重,自己被州郡辟召,乃辞让申屠蟠。"后郡召为主簿,不行。遂隐居精学,博贯《五经》,兼明图纬。""太尉黄琼辟,不就。""再举有道,不就。"其时,京师游士范滂等清议朝政,自公卿以下皆折节下交。于是,太学生争慕其风,以为文学将兴,处士复用。蟠独叹曰:"昔战国之世,处士横议,列国之王,至为拥篲先驱,卒有坑儒烧书之祸,今之谓矣。""乃绝迹于梁砀之间,因树为屋,自同佣人。"大将军何进连征不至。灵帝中平五年(188),复与荀爽、郑玄、韩融、陈纪等十四人并征为博士,申屠蟠不至。次年,董卓擅为废立,公车再征蟠、爽、融、纪等,仍是只有申屠蟠不到。(《后汉书》卷五三《申屠蟠传》)

周勰,出身儒学世家,祖父周防习《古文尚书》,撰《尚书杂记》

三十二篇,四十万言。(《后汉书》卷七九上《儒林列传》)父周举(字宣光)博学洽闻,为儒者所宗,时人誉为"《五经》从(纵)横周宣光",历任多个州郡刺史、太守及中朝尚书、大鸿胪、光禄大夫。清公亮直,常上书直言得失,名重朝廷,甚见尊重。(《后汉书》卷六一《周举传》)而周勰则偏爱道家思想,"少尚玄虚,以父任为郎,自免归家。父故吏河南召夔为郡将,卑身降礼,致敬于勰。勰耻交报之,因杜门自绝。后太守举孝廉,复以疾去。时梁冀贵盛,被其征命者莫敢不应,唯勰前后三辟,竟不能屈。后举贤良方正,不应。又公车征,玄纁备礼,固辞废疾。常隐处窜身,慕老聃清净,杜绝人事,巷生荆棘"。(《后汉书》卷六一《周举传附周勰传》)

袁闳,"少励操行,苦身修节。……累征聘举召,皆不应。居处仄陋,以耕学为业。从父逢、隗并贵盛,数馈之,无所受。闳见时方险乱,而家门富盛,常对兄弟叹曰:'吾先公福祚,后世不能以德守之,而竞为骄奢,与乱世争权,此即晋之三郤矣。'① 延熹末,党事将作,闳遂散发绝世,欲投迹深林。以母老不宜远遁,乃筑土室,四周于庭,不为户,自牖纳饮食而已。旦于室中东向拜母。母思闳,时往就视,母去,便自掩闭,兄弟妻子莫得见也。及母殁,不为制服设位,时莫能名,或以为狂生。潜身十八年,黄巾贼起,攻没郡县,百姓惊散,闳诵经不移。贼相约语不入其间,乡人就闳避难,皆得全免。年五十七,卒于土室。"(《后汉书》卷四五《袁安传附袁闳传》)袁闳自筑土室,杜门不出,实为东汉后期士人群像的漫画式呈现,颇具象征意义。

东汉后期,士人群体何以倾向于选择避世?下列肺腑之言就是其真实心态:

许邵曰:"方今小人道长,王室将乱,吾欲避地淮海,以全老

---

① 李贤注:"三郤谓郤锜、郤犨、郤至,皆晋卿也。各骄奢,为厉公所杀。事见《左传》。"

幼。"(《后汉书》卷六八《郭符许列传》)

郭泰曰:"吾夜观乾象,昼察人事,天之所废,不可支也。"(同上)

申屠蟠曰:"昔战国之世,处士横议,列国之王,至为拥篲先驱,卒有坑儒烧书之祸,今之谓矣。"(《后汉书》卷五三《周黄徐姜申屠列传》)

徐稚曰:"大树将颠,非一绳所维,何为栖栖不遑宁处?"(同上)

东汉后期,外戚、中宦、权臣交替专权,天灾人祸、民乱边患频仍,吏治贪酷,选举唯亲,大肆迫害士人。种种现象,都呈示着:刘汉王朝业已腐败不堪,大厦将倾。士人群体疏离远举,只为全生保身而已。

延笃《与李文德书》的自述,或可视为东汉后期士人群体心态的表白:

> 夫道之将废,所谓命也。……吾尝昧爽栉梳,坐于客堂。朝则诵羲、文之《易》,虞、夏之《书》,历公旦之典礼,览仲尼之《春秋》。夕则消摇内阶,咏《诗》南轩。百家众氏,投间而作。洋洋乎其盈耳也,涣烂兮其溢目也,纷纷欣欣兮其独乐也。当此之时,不知天之为盖,地之为舆;不知世之有人,己之有躯也。虽渐离击筑傍若无人,高凤读书不知暴雨,方之于吾,未足况也。且吾自束修已来,为人臣不陷于不忠,为人子不陷于不孝,上交不谄,下交不黩,从此而殁,下见先君远祖,可不惭报。如此而不以善止者,恐如教羿射者也①。慎勿迷其本,弃其生也。(《后汉书》卷六四《延笃传》)

---

① 李贤注:"《史记》:有养由基者,善射者也,去柳叶百步而射之,百发而百中之。左右观者数千人,皆曰'善射'。有一人立其旁,曰:'善,可教射矣。'养由基怒,释弓扼剑曰:'客安能教我射乎?'客曰:'非吾能教枝左诎右也。夫去柳叶百步而射之,百发百中之,不以善息,少焉气衰力倦,弓拨矢钩,一发不中者,百发尽息。'此言羿者,盖以俱善射而称之焉。"俗语谓见好就收。

士人守正洁身但已无力挽回社会的颓败,面对不可掌控的生存风险,唯有"勿迷其本",全生保身罢了。

第二节　颂世文学的式微

有汉以来文学创作的基本状态,是一直依附于政治和经学而存在。其书写的内容,创作的目的,以及作家的所感所思、情思所寄,整体上看,都趋向于经世致用。而从东汉伊始,颂世文学更堂而皇之地登上文坛,颂世的文学思想被大力提倡;到东汉中期续有拓展,不止为刘汉王朝歌德,各种人物也成为了颂扬的对象。这种文学创作的实践,到东汉后期仍然存在,不过,俯瞰这个时期文学创作实绩的全景,歌德或颂扬的文学已经不那么普遍和显耀,而是趋于式微了。

一

东汉后期的颂世歌德文学,主要体现在赋、颂、碑几种文体上。今存完整或可以见其大概者,有王延寿《鲁灵光殿赋》、崔寔《大赦赋》(残)、廉品《大傩赋》(残)、蔡邕《光武济阳宫碑》、张超《灵帝河间旧庐碑》及侯瑾《汉皇德颂》(残)、张升《白鸠颂》(残)等。

《鲁灵光殿赋》是王延寿(143?～163?)游鲁时所作。《后汉书》卷八〇上《文苑列传·王逸传附王延寿传》李贤注引张华《博物志》曰:"王子山与父叔师到泰山,从鲍子真学算。到鲁,赋灵光殿。"《文选》卷一一收录其文,前有序云:

> 鲁灵光殿者,盖景帝程姬之子恭王馀之所立也。初,恭王始都下国,好治宫室,遂因鲁僖基兆而营焉。遭汉中微,盗贼奔突,自西京未央、建章之殿,皆见隳坏,而灵光岿然独存。意者岂非神明依凭支持以保汉室者也。然其规矩制度,上应星

宿,亦所以永安也。予客自南鄙,观艺于鲁,睹斯而眙,曰:"嗟乎! 诗人之兴,感物而作。故奚斯颂僖,歌其路寝,而功绩存乎辞,德音昭乎声。物以赋显,事以颂宣,匪赋匪颂,将何述焉?"遂作赋。

这个序,已经清晰说明了王延寿创作此赋的用意:两汉之际的战乱,使西京长安的皇室宫殿均遭毁坏,而唯有鲁国灵光殿独存——这是天祐大汉的表征,须当赋之颂之。赋作开始,即奠定了刘汉王朝上承五帝而受命于天的基调:"殷五代之纯熙,绍伊唐之炎精。荷天衢以元亨,廓宇宙而作京";并以灵光殿为象征,以明鲁国为大汉藩辅的地位:"乃立灵光之秘殿,配紫微而为辅。承明堂于少阳,昭列显于奎之分野。"继而铺叙夸饰灵光殿的状貌结构,最后是祝愿大汉吉祥止止,享运万年:

据坤灵之宝势,承苍昊之纯殿。包阴阳之变化,含元气之烟煴。玄醴腾涌于阴沟,甘露被宇而下臻。朱桂黝儵于南北,兰芝阿那于东西。祥风翕习以飒洒,激芳香而常芬。神灵扶其栋宇,历千载而弥坚。永安宁以祉福,长与大汉而久存。实至尊之所御,保延寿而宜子孙。

王延寿此赋,虽琳琅华丽,但是文笔流畅,行文颇为自然。尤其描绘殿中壁画的那段文字:

图画天地,品类群生。杂物奇怪,山神海灵。写载其状,托之丹青。千变万化,事各缪形。随色象类,曲得其情。上纪开辟,遂古之初。五龙比翼,人皇九头。伏羲鳞身,女娲蛇躯。鸿荒朴略,厥状睢盱。焕炳可观,黄帝唐虞。轩冕以庸,衣裳有殊。上及三后,淫妃乱主。忠臣孝子,烈士贞女。贤愚成败,靡不载叙。恶以诫世,善以示后。

可谓清丽流动,韵律和谐,延续了张衡以来赋作流畅自然的文风。

崔寔(100?～168?)的《大赦赋》,今存不完。这篇赋作,当作于桓帝永寿三年(157)①。《艺文类聚》《初学记》《古文苑》均有收录。《类聚》卷五二录其序云:"惟汉之十一年四月大赦,涤恶弃秽,与海内为始。亹亹乎,恩(《初学记》作思)隆平之进(《初学记》作道)也。寔就而赋焉。"显然,这是歌颂桓帝仁政的作品。赋云:

五帝异制,三王殊事,然其承天据地,兴设法制,一也。陛下以苞天之大,承前圣之迹,朝乾乾于万机,夕处敬以厉惕。然犹痛刑之未错,厥将大赦,所以创太平之迹,旌颂声之期,新邦家而更始,垂祉羡乎将来。此诚不可夺也。方将披玄云,照景星,获嘉禾于疆亩,数蓂荚于阶庭,拦麒麟之肉角,聆凤皇之和鸣。农夫欢于时雨,女工乐于机声。虽羲皇之神化,尚何斯之太宁。

就今存者看,这篇赋作除了虚饰歌德之外,无可称道。

廉品(生卒年不详)的《大傩赋》,今存者也是片段。《太平御览》卷五三〇收录一段:"于吉日之上戊,将大蜡于腊烝。先兹日之酉久,宿洁净以清澄。乃班有司,聚众大傩。天子坐华殿,临朱轩,凭玉几,席文旃。率百隶之侲子,群鼓噪于宫垣。"只是傩祭的缘起和祀前活动的铺叙。[隋]杜台卿《玉烛宝典》卷一二节录了一小段正文:"弦桃判(当作刺)棘,弓矢斯张。赭鞭朱(此处缺

---

① 参见陆侃如《中古文学系年》,北京:人民文学出版社1985年版,第212页。按:《后汉书》卷七《桓帝纪》:"(永寿)三年春正月己未,大赦天下。"

漏一字),朴(当作扑)击不祥。肜戈丹斧,芟夷凶殃。投妖匿于洛裔,辽绝限于飞梁。"①按《礼记·月令》,春秋冬三季均行傩祭之礼:季春之月,天子"命国[人]难(通傩,下同),九门磔攘,以毕春气";仲秋之月,"天子乃难,以达秋气";季冬之月,天子"命有司大难,旁磔,出土牛,以送寒气"。孙希旦解释道:"难,索室驱疫也。……盖阴阳之气流行于天地之间,其邪沴不正者,恒能中乎人而为疾病,而厉鬼乘之而为害。然阳气发舒,而阴气沈滞,故阴寒之气为害为甚。而鬼又阴类也,恒乘乎阴以出,故仲秋阴气达于地上,则天子始难;季冬阴气最盛,又岁之终,则命有司大难。季春阳气盛而亦难者,盖感冬寒之气而不即病者,往往感春温之气而发,故又难以驱之也。"②廉品此作铺叙天子冬季举行的大傩祭祝活动,然而其事《后汉书》《后汉纪》均无记载。或为廉品鉴于东汉后期疫病多发,乃据傩礼而为之谏言之作。从今存的片段看,其运思之方式,仍是延续汉赋以颂为讽的传统,颂扬天子爱民的仁政。

蔡邕(132或133~192)的《光武济阳宫碑》,载于《艺文类聚》卷一二。其基本内容,不过是歌颂刘秀秉受天命、灭莽复汉的勋绩伟业,进而祝愿大汉"子子孙孙,保之无疆"。文笔质拙,大失水准,看上去都不像是出自蔡邕之手笔。或为应命之作? 史料无征,不敢妄断。

张超(150?~200?)的《灵帝河间旧庐碑》,见于《艺文类聚》卷六四:"赫赫在上,陶唐是承。继德二祖,四宗是凭③。上纳鉴乎羲

---

① [隋]杜台卿编撰,[清]杨守敬校订《玉烛宝典》,《续修四库全书》第885册,第105页。
② [清]孙希旦《礼记集解》,北京:中华书局1989年版,第437页。
③ 《后汉书》卷三《章帝纪》:"(元和二年二月)癸酉,告祠二祖四宗。"李贤注:"二祖谓高祖、世祖。四宗谓:文帝为太宗,武帝为世宗,宣帝为中宗,明帝为显宗。"按:明帝之后,章帝号肃宗,和帝号穆宗,安帝号恭宗,顺帝号敬宗,桓帝号威宗;灵帝、献帝无号。至献帝初平元年,只保留明、章二帝的庙号,其馀均被取消(见《后汉书》卷九《献帝纪》)。

农,中结轨乎夏商。元首既明,股肱惟良。乃因旧宇,福德所基。修饰经构,农隙得时。树中天之双阙,崇冠山之华堂。通楼闲道,丹阶紫房。金窗郁律,玉璧内珰。青蒲充庖,朱草栖箱。川鱼踊跃,云鸟舞翔。煌煌大汉,合德乾刚。体效日月,验化阴阳。格于上下,震畅八荒。三光宣曜,四灵效祥。天其嘉享,丰年穰穰。驺虞奏乐,鹿鸣荐觞。二祝致告,福禄来将。永保万国,南山无量。"灵帝是一个滥用宦官、荒淫逸乐无度又贪婪成性的皇帝。张超此碑虽不乏文采,然而既违事实,复无新意,实不当为。

上述而外,今存还有侯瑾(140?~195?)的《汉皇德颂》及张升(125?~175?)的《白鸠颂》片段。仅从题目即可知道,这是两篇颂世歌德的作品。《汉皇德颂》,见于《太平御览》卷八二九之节录:"侯瑾字子瑜,敦煌人。少孤贫,依宗人居。性笃学,恒佣作为资。暮还,辄蓺柴读书。"这段文字与《后汉书》卷八〇下《文苑列传·侯瑾》相同,盖为侯瑾自序之文字,其正文已经不存了。《白鸠颂》,见于《太平御览》卷九二一之节录:"陈留郡有白鸠出于郡界,太守命门下赋曹史张升作《白鸠颂》。曰:厥名枭鸠,貌甚雍容。丹青绿目,耳象重重。"前为序,后四句是节录的正文,此颂的基本面貌亦不可知了。

二

东汉后期颂世歌德之外的其他歌颂类作品,大抵可分歌颂前贤和颂赞时贤两个主题。前者主要是歌颂儒、道之先贤,如张超《尼父颂》、祢衡《鲁夫子碑》《颜子碑》、边韶《老子铭》;后者是赞扬时贤的德行功业,如张超《杨四公颂》、祢衡《吊张衡文》及蔡邕四十多篇各类人物的碑文和颂赞文。值得注意的是,如祢衡《颜子碑》《吊张衡文》、边韶《老子铭》等,于颂美前贤之外,还蕴含别有寄托的意蕴。

张超(150?～200?)的《尼父颂》,今仅存片段,见于《艺文类聚》《初学记》和《文选》注。其中《类聚》卷二〇节录的文字最多:"岩岩孔圣,异世称杰。量合乾坤,明参日月。德被八荒,名充遐外。终于获麟,遗歌鲁、卫。"泛泛而定性式地表彰孔子的功德,并没有多少实际内容。《初学记》卷一七,《文选》卷一〇潘岳《西征赋》注、卷三四曹植《七启》注所引录的文句,都在上文的前四句之中。

而祢衡(173～198)的《鲁夫子碑》,就很丰实了:

> 受天至精,纯粹睿哲。崇高足以长世,宽容足以广包,幽明足以测神,文藻足以辩物。然而敏学以求之,下问以诹之,虚心以受之,深思以咏之。愍周道之回遹,悼九畴之乖悖。故发愤忘食,应聘四方。鲁以大夫之位,任以国政之权,譬若飞鸿鸾于中庭,骋骐骥于闾巷也。是以期月之顷,五教克谐,移风易俗,邦国肃焉,无思不服。懿文德以纡徐,缀三五之纪纲,流洪耀之休赫,旷万世而扬光。夫大明以动,天则也;广大无疆,地德也;《六经》混成,洪式也。备此三者,圣极也。合吉凶于鬼神,遂殂落于梦寐。是以风烈流行,无所不通。故立石铭勋,以示昭明。辞曰:煌煌上天,笃降若人。邈矣悠哉,千祀一邻。明德弘监,情性存存。弈弈纯嘏,稽宪乾坤。曜彼灵祇,以训黎元。终日乾乾,配天之行。在险而正,在困而亨。穷达之运,委诸穹苍。日月则阴,天地不光。圣睿殂崩,大猷不纲。

(《艺文类聚》卷二〇)

孔子的性情才德、胸襟抱负、主要仕履、思想勋绩,及其伟大的历史和思想意义,无不展示颂扬。

祢衡的《颜子碑》,称誉颜回为"亚圣":

禀天地之纯和,钟岳渎之休灵。睿哲之姿,诞自初育。英绝之才,显乎婴孩。在束修之齿,入宣尼之室。德行迈于三千,仁风横于万国。知微知彰,闻一觉十。用行舍藏,与圣合契。名为四友之冠,寔尽疏附之益。尔乃安陋巷,挹清流,甘箪瓢以充饥,虽屡空而不忧。于是河不出图,周祚未讫。仲尼无舜禹之功,先生包元凯之烈①。其辞曰:亚圣德,蹈高踪。游洙泗,肃礼容。备懿体,心弥冲。秀不实,振芳风。配圣馈,图辟雍。纪德行,昭罔穷。(《艺文类聚》卷二〇)

此作《初学记》卷一七及《文选》卷二四潘尼《赠陆机出为吴王郎中令》注、卷二六颜延年《赠王太常》注、卷五八王俭《褚渊碑文》注、卷五九王巾《头陀寺碑文》注均有引句。它盛赞颜渊的睿哲仁德、用行舍藏及其安贫乐道精神。祢衡"少有才辩,而尚气刚傲,好矫时慢物"(《后汉书》卷八〇下《文苑列传·祢衡》),从其对颜渊"备懿体,心弥冲。秀不实,振芳风"的溢美中,仿佛可见轻世傲物又怀才不遇的祢衡的影子。

边韶(100?~170?)的《老子铭》,载于《隶释》卷三。《水经注》卷二三《阴沟水》云:"涡水又北径老子庙东。庙前有二碑,在南门外。汉桓帝遣中官管霸祠老子,命陈相边韶撰文。"据《后汉书》卷七《桓帝纪》,延熹八年(165)正月,遣中常侍左悺之苦县,祠老子。十一月,使中常侍管霸之苦县,祠老子。次年七月,祠黄老于濯龙宫。此铭落款"延熹八年八月甲子",当是桓帝派管霸祀老子之前

---

① 元凯,即八元八恺,指贤臣才士。《左传·文公十八年》太史克曰:"昔高阳氏有才子八人,苍舒、隤敳、梼戭、大临、尨降、庭坚、仲容、叔达,齐、圣、广、渊、明、允、笃、诚,天下之民谓之八恺。高辛氏有才子八人,伯奋、仲堪、叔献、季仲、伯虎、仲熊、叔豹、季狸,忠、肃、共、懿、宣、慈、惠、和,天下之民谓之八元。"杜预注:"恺,和也。"《周易·文言》:"元者,善之长也。"

令边韶作。《老子铭》述说老子仕履,讲述其主要思想,批评班固贬抑老子之误,感慨世俗不识高明。其仰慕老子之情溢于言表:

于惟□德,抱虚守清,乐居下位,禄势弗营。为绳能直,屈之可萦。三川之对,舒愤散逞。阴不填(镇)阳,孰能滞并。见机而作,需郊出坰。肥遁之吉,辟世隐声。见迫遗言,道德之经。讥时微喻,寻显推冥。守一不失,为天下正。处厚不薄,居实舍荣。稽式为重,金玉是轻。绝嗜去欲,还归于婴。皓然历载,莫知其情。颇违法言,先民之程。要以无为,大□用成。进退无恒,错综其贞。以知为愚,冲而不盈。大人之度,非凡所订。九等之叙,何足累名。同光日月,合之□星。出入丹庐,上下黄庭。背弃流俗,舍景匿形。苞元神化,呼吸至精。世不能原,卬其永生。天人秩祭,以昭厥灵。羡彼延期,勒石是旌。(《隶释》卷三)

这篇作品,文采虽然并不出色,但是其文化史、文学史的意义却很重要,映射着东汉后期思想文化、文人思想心态向道家的回归。

今存东汉后期颂扬近人时贤的创作,主要是蔡邕(132 或 133~192)的作品,严可均《全后汉文》收录其碑、颂、赞文五十篇左右(其中七八篇为残句)。此外,张超的《杨四公颂》、祢衡的《吊张衡文》,也属此一主题。

蔡邕是撰写碑文的大家,从三公、二千石到贤士、平民,无不书写颂扬。这里仅举三个例子:

公言非法度,不出于口;行非至公,不萌于心。治身则伯夷之洁也,俭啬则季文之约也,尽忠则史鱼之直也,刚平则山甫之励也。总兹四德,式是百辟。夙夜匪懈,以事一人。枉丝发,树私恩,不为也;讨无礼,当强御,弗避也。是以功隆名显,在世孤特,不获恺悌宽厚之誉。享年垂老,至于积世,门无立车,堂无宴客,衣不变裁,食不兼味。虽《易》之贞厉,《诗》之羔羊,无以加也。明明在公,寔惟房后。诞应正德,式作汉辅。邪慝是仇,直亮是与。刚则不吐,柔则不茹。媚兹天子,以靖土宇。(《司空房桢碑铭》,《艺文类聚》卷四七)

君资天地之正气,含太极之纯精。明洁鲜于白珪,贞操厉乎寒松。视鉴出于自然,英风发乎天骨。事亲以孝,则行侔于曾、闵;结交以信,则契明于黄石。温温然弘裕虚引,落落然高风起世。信荆山之良宝,灵川之明珠也。爰在弱冠,英风固以扬于四海矣。拜为荆州刺史,仗冲静以临民,施仁义以接物。恩惠著于万里,诚信畅于殊俗。由是抚乱以治,缓扰以静也。帝嘉其功,锡以车服。方将扫除寇逆,清一宇宙,廓天步之艰难,宁陵夷之屯否。(《荆州刺史庚侯碑》,《艺文类聚》卷五〇。严可均《全后汉文》题作《荆州刺史度尚碑》)

先生诞膺天衷,聪睿明哲。孝友温恭,仁慈惠敏。夫其器量弘深,姿度广大,浩浩焉,汪汪焉,奥乎不可测已!于时缨緌之徒,绅佩之士,望形表而景附,聆嘉声而响臻者,犹百川之归巨海,鳞介之宗龟龙也。方将蹈鸿崖之遐迹,绍巢、许之绝轨,翔区外以舒翼,超天衢以高峙。铭曰:懿乎其纯,确乎其操。洋洋缙绅,言观其高。栖迟秘丘,善诱能教。赫赫三事,几何其招。委辞召贡,保此清妙。(《郭泰碑》,《艺文类聚》卷三七)

碑文是"写实追虚,铭德慕行"(《文心雕龙·诔碑篇》赞语)的创作,信实、追思是其基本要义。从上揭例证可见,蔡邕的碑文不止事核情真,并且文辞典雅,华美多姿而流丽自然,越出时人之上多矣。

《文心雕龙·诔碑篇》云:"自后汉以来,碑碣云起。才锋所断,莫高蔡邕。……其叙事也该而要,其缀采也雅而泽。清词转而不穷,巧义出而卓立。察其为才,自然而至。"刘勰评说蔡邕碑文的成就,实乃不刊之论。

蔡邕还有一些颂赞文,也举两个例子:

> 岩岩山岳,配天作辅。降神有周,生申及甫。允兹汉室,诞育二后。曰胡曰黄,方轨齐武。惟道之渊,惟德之薮。股肱元首,代作心膂。天之烝人,有则有类。我胡我黄,钟厥纯懿。巍巍特进,仍践其位。赫赫三事,七佩其绂。奕奕四牡,沃若六辔。衮职龙章,其文有蔚。参曜乾台,穷宠极贵。功加八荒,群生以遂。超哉邈乎,莫与为二!(《胡广黄琼颂》,《后汉书》卷四四《胡广传》李贤注引《谢承书》)

> 《洪范》八政,一曰食;《周礼》十职,一曰农。生民之本,于是乎出;丰殖财用,于是乎在。阳陵县东,厥地污泥,嘉谷不殖。光和五年,京兆尹樊君,勤恤民隐,乃命立新渠。曩之毒(《北堂书钞》卷三九作卤)田,化为甘壤。相与讴谈,斐然成章。谓之"樊惠渠"。其歌曰:"我有长流,莫或阏之;我有沟浍,莫有达之。田畴斥卤,莫修莫治。饥馑困瘵,莫恤莫思。"(《京兆樊惠渠颂》,《艺文类聚》卷九)

《胡广黄琼颂》,《后汉书》卷四四《胡广传》云:"熹平六年(177),灵帝思感旧德,乃图画(胡)广及太尉黄琼于省内,诏议郎蔡邕为其颂。"可知这是一篇应制之作。黄琼忠贞清刚,不阿梁冀,不受封侯,整肃选举,并且直斥桓帝之非,堪称品格伟岸。而胡广历仕顺、桓、灵三朝,先后一为司空,两为司徒,三为太尉,一为太傅,"汉兴以来人臣之盛,未尝有也";但是曲就中宦并且联姻,又曾飞章诬陷李固,故颇遭时议,为正直所不齿。(以上参见《后汉书》各自本传)蔡邕此作,把胡、黄二人捏置一文,殊为不谐,盖因灵帝诏命之故。且也,既是应制之作,复因颂赞之体不似碑铭那样须讲求信实,故此文大抵为虚饰浮夸之辞。而其《京兆樊惠渠颂》就完全出之自然真情了,热情讴歌京兆尹樊惠"勤恤民隐",修建灌渠的功绩。此文今存者虽不完整,但作者歌颂为民谋求福祉之官吏的由衷真情,已然溢于言表。

今存蔡邕的五十篇碑、颂、赞作品,其基本创作风貌,大体如上所述。

张超的《杨四公颂》,载于《艺文类聚》卷四五①:

峨峨西岳,峻极太清。降神挺贤,实有景灵。灵何为四?四杨是丁。佐我大侯,俾作韩贞。明明在上,不显其身。帝时畴咨,本道求真。佥曰于公,温故知新。宜保宜传,克赞典坟。昔在阿衡,左右商王。有周文武,股肱旦、望。我汉杨氏,代作栋梁。蹇蹇匪躬,惟国之纲。纲弛复整,政无乱荒。功假皇穹,率土以康。心尽于朝,终然允臧。伊德之辅,是乃毛羽。匪哲匪贤,孰云敢举?杨氏蹈之,为轨为武。轨武伊何?尽启基绪。穆穆天子,以为心膂。于万斯年,克昌厥后。

东汉杨氏一族,连续四代均为三公,无不耿直刚正,不惧危险,力抗外戚、中宦和权臣,尽力维护皇权国政。杨震,安帝时历任司徒、太尉,力压中宦、外戚,终为所害;其子杨秉,桓帝时任太尉,整肃吏治,奏免宦官五十馀人,包括侯览;杨秉子杨赐,灵帝时历任司空、司徒,力诫灵帝游乐荒政,并严斥内宠专擅;杨赐子杨彪,灵帝末历

---

① 按:《类聚》录文题作"晋张子并《杨四公颂》曰","晋"字误,当作"汉"或"后汉",文中"我汉杨氏"句可证。

任司空、司徒,献帝初任太尉,先后与董卓、曹操抗争。(以上参见《后汉书》卷五四《杨震列传》)张超此颂的文采不算出色,但是其颂扬杨氏的累代功勋,进而祝愿杨氏子孙繁昌的真情,确是盎然欲出。

祢衡的《吊张衡文》,歌颂张衡气清才秀,深切感慨张衡德优才敏然而生不逢时的际遇:

南岳有精,君诞其姿。清和有理,君达其机。故能下笔绣辞,扬手文飞。昔伊尹值汤,吕尚遇旦。嗟矣君生,而独值汉。仓蝇争飞,凤凰已散。元龟可羁,河龙可绊。石坚而朽,星华而灭。唯道兴隆,悠永靡绝。君音永浮,河水有竭;君声永流,旦光没发①。余生虽后,身亦存游。士贵知己,君其勿忧!(《太平御览》卷五九六)

世道混浊,白黑倒置,甚至玄龟河龙都遭羁绊,坚石星辰都可磨灭,唯有道德文章永存不朽。文末自我举荐为张衡知己,既是慰灵,亦复自吊,情文悲慨而弘壮。这篇吊文,作者寄寓自己身世之感的作意非常明显。然而《文心雕龙·哀吊篇》却说:"祢衡之吊平子,缛丽而轻清。"不解祢衡甚矣!

东汉后期歌德颂世的诗歌,基本不见典籍之载录,史料中仅见灵帝时有《云台十二门新诗》(按:云台当作灵台)。《后汉书·礼仪志中》刘昭注引蔡邕《礼乐志》云:"孝章皇帝亲著歌诗四章,列在食举。又制《云台十二门诗》②,各以其月祀而奏之。熹平四年正月

---

① 以上六句,宋本《御览》有三十字:"唯道与隆悠悠永绝靡滞君音与浮河水有竭君声永流周旦先没发梦孔丘。"文字有讹误。今暂从严可均《全后汉文》。
② 蔡邕《礼乐志》之"云台"当作"灵台"。[清]顾炎武《历代宅京记》卷七《洛阳》、徐松《河南志·后汉城阙古迹》均引《汉宫阁疏》曰:"灵台高三丈,十二门。"灵台在洛阳皇城南,与明堂、辟雍相接;云台则是洛阳南宫内的一处建筑。

中,出《云台十二门新诗》,下大予乐官习诵,被声,与旧诗并行者,皆当撰录,以成《乐志》。"(《东观汉记》卷五《乐志》同)这组郊庙乐府诗歌,当是如西汉初年《安世房中歌》一类颂世歌德的作品,可惜已经只字不存了。

"青山遮不住,毕竟东流去。"从东汉后期文学创作大势看,统治者喜闻乐见的颂世歌德文学,在朝政吏治日益败坏、自然灾害和内乱外患不断、民不聊生的境况下,已经日近西山了。代之而起的,是生命意识浓厚、人生感慨深沉的抒发真情的文学创作。

第三节 走向自我和情感(上):
切近人生实感或生活情趣的辞赋创作倾向

东汉后期文学价值最大的,是普遍而大量存在的不为政治、回归自我而抒发真情的文学创作。如果概略描述东汉后期文学创作的走向大势,乃是由两条路径走向了自我和情感:一条是从颂世歌德转向抒发自我情感,一条是由逞才游艺转向抒写真情实感。这个时期的文学创作,因而走上了独立自足的途程。当然,这是就东汉后期文学演进的主流和趋势而言,并不是说这个时期完全没有歌德颂世文学和逞才游艺的创作。且也,逞才游艺一类文学创作,也是对政治的疏离甚至摆脱,具有文学创作走向独立自足的意义。

歌德颂世文学的没落,上一节已有详述;以下两节,着重描述东汉后期独立自足的文学创作。本节先来看这个时期辞赋创作的风貌。

东汉后期的辞赋,除颂扬主题的作品(已见上节)外,也还有意在讽谏的创作,只是比较少见。边让(?~200?)的《章华赋》,是今见唯一完整的讽谏赋作。《后汉书》卷八〇下《文苑列传·边让》云:"少辩博,能属文。作《章华赋》,虽多淫丽之辞,而终之以正,亦如相如之讽也。"其序曰:"楚灵王既游云梦之泽,息于荆台之上。前方淮之水,左洞庭之波,右顾彭蠡之隩,南眺巫山之阿。延目广望,骋观终日。顾谓左史倚相曰:'盛哉斯乐,可以遗老而忘死也!'于是遂作章华之台,筑乾溪之室,穷木土之技,单珍府之实,举国营之,数年乃成。设长夜之淫宴,作北里之新声。于是伍举知夫陈、蔡之将生谋也,乃作斯赋以讽之。"可见此作乃是借古人之事,托古人之口,讽谏帝王生活的奢丽淫靡。其全文夸饰章华台之华丽逸乐,结以楚灵王自省的委婉讽谏的结构,乃是亦步亦趋地跟随西汉大赋的撰写模式,完全没有独思巧构,诚如范史所言:"亦如相如之讽也。"在东汉后期文坛,这样的赋作已经没有多大文学价值了。

东汉后期最有文学价值也是主流的辞赋创作,是那些切近人生实感或叙写生活情趣的作品。

一

纵观两汉大赋的创作概貌,西汉主讽谏,东汉主颂美;无论讽还是颂,都是与政治紧紧捆绑在一起。而自东汉中期始,以张衡《归田赋》等为标志,开启了以赋抒情述志的途程。这个演变的根本意义,并不在赋作体制的大小,而在于作赋可以不再关注政治善恶或社会民生重大问题,可以抒写作者自己个性化的人生体验和真情实感。这就使赋创作转向了更为纯粹的文学的本质。到东汉后期,这种抒情述志的赋作,就普遍大量地创作出来了。

赵壹(生卒年不详,主要活动在桓、灵时期)的赋作,今知有《解摈赋》《迅风赋》《穷鸟赋》《刺世疾邪赋》四篇。《解摈赋》的创作动因,《后汉书》卷八〇《文苑列传下·赵壹》说:"(赵壹)恃才倨傲,为乡党所摈,乃作《解摈》。"可知这是一篇抒愤自白的作品,惜乎今已不存[①]。其

---

① 唯《太平御览》卷九五一引录一句:"赵壹《解摈赋》曰:丹鸿可杀蚤虱。"

《迅风赋》也仅存片段:"惟巽卦之为体,吐坤气而成风。纤微无所不入,广大无所不充。经营八荒之外,宛转毫毛之中。察本莫见其始,揆末莫睹其终。啾啾飕飕,吟啸相求。阿那徘徊,声若歌讴。抟之不可得,系之不可留。"(《艺文类聚》卷一)铺叙风行无所不入,摹写风声如歌,诉说风之不可把控。但是它的确切作意,已不得而知了。赵壹最负盛名的《穷鸟赋》《刺世疾邪赋》,都是身世感慨、愤世嫉俗之作。《后汉书》本传载,赵壹"屡抵罪,几至死,友人救得免"。壹乃贻书谢恩,并作《穷鸟赋》。赋云:

> 有一穷鸟,戢翼原野。毕网加上,机阱在下,前见苍隼,后见驱者,缴弹张右,羿子彀左,飞丸激矢,交集于我。思飞不得,欲鸣不可,举头畏触,摇足恐堕。内独怖急,乍冰乍火。幸赖大贤,我矜我怜,昔济我南,今振我西。鸟也虽顽,犹识密恩,内以书心,外用告天。天乎祚贤,归贤永年,且公且侯,子子孙孙。(《后汉书》卷八〇下《文苑列传下·赵壹》)

显然,赋作是以困于机网、危险重重的"穷鸟"自喻,抒写自己"思飞不得,欲鸣不可,举头畏触,摇足恐堕"的困境,以及"内独怖急,乍冰乍火"的恐怖急怒的感受。最后是对友人的真诚感谢和祝福。这篇赋作极具象征意义,"穷鸟"不止比喻作者,其实也是同一时期许多士人生存境况的象征。

《刺世疾邪赋》(载《后汉书》卷八〇下《文苑列传下·赵壹》),极端否定古今一切帝王和世代:五帝三王鼎革兴替,其是非非是,均无益于世道之治平:"德政不能救世溷乱,赏罚岂足惩时清浊?"春秋战国以来,更是一无足道。自古及今,无论治世乱世,统治者都不会真正考量民生,只是谋取私利而已:"宁计生民之命?唯利己而自足。"而当下的境况更加糟糕:

> 于兹迄今,情伪万方。佞谄日炽,刚克消亡。舐痔结驷,正色徒行。妪媚名势,抚拍豪强。偃蹇反俗,立致咎殃。捷慑逐物,日富月昌。浑然同惑,孰温孰凉。邪夫显进,直士幽藏。原斯瘼之攸兴,实执政之匪贤。女谒掩其视听兮,近习秉其威权。所好则钻皮出其毛羽,所恶则洗垢求其瘢痕。

无耻的谗佞之徒横行张狂,占尽名利;而正直贞刚的士人却是困窘难伸,"虽欲竭诚而尽忠,路绝崄而靡缘"。此种境况的成因,乃在"执政之匪贤":女谒蒙蔽,近习擅权,指鹿为马,任人唯亲。赵壹敏锐地觉察到汉代社会行将败亡的危险:"安危亡于旦夕,肆嗜欲于目前。奚异涉海之失柂,积薪而待燃?"于是,激愤地呼喊:"宁饥寒于尧舜之荒岁兮,不饱暖于当今之丰年!"

赵壹的这两篇赋作,都具有情感激切、行文恳切直白但足具震撼力的特点。

祢衡(173～198)[①]与赵壹性情相类,也尚气刚傲,好矫时慢物。他的《鹦鹉赋》(载《文选》卷一三)同样表现士人困厄无奈的主题,但艺术表现却很不同。祢衡被刘表转送江夏太守黄祖,黄祖长子黄射大宴宾客。客有献鹦鹉者,请祢衡为赋。"衡因为赋,笔不停缀,文不加点",一气呵成。《鹦鹉赋》通篇描述鹦鹉资质的美好及其身被罗网、诀别亲族而被人囚笼赏玩的悲哀。如云:

> 于是羡芳声之远畅,伟灵表之可嘉。命虞人于陇坻,诏伯益于流沙。跨昆仑而播弋,冠云霓而张罗。虽纲维之备设,终一目之所加。且其容止闲暇,守植安停。迫之不惧,抚之不

[①] 祢衡的生卒年,参见陆侃如《中古文学系年》的考证(北京:人民文学出版社1985年版,第254—255页)。

惊。宁顺从以远害,不违忤以丧生。故献全者受赏,而伤肌者被刑。

尔乃归穷委命,离群丧侣。闭以雕笼,剪其翅羽。流飘万里,崎岖重阻。逾岷越障,载罹寒暑。女辞家而适人,臣出身而事主。彼贤哲之逢患,犹栖迟以羁旅。矧禽鸟之微物,能驯扰以安处。眷西路而长怀,望故乡而延伫。忖陋体之腥臊,亦何劳于鼎俎?

嗟禄命之衰薄,奚遭时之险巇?岂言语以阶乱,将不密以致危?痛母子之永隔,哀伉俪之生离!匪馀年之足惜,愍众雏之无知。

容易看出,祢衡处处写鹦鹉,实际上处处写自己,抒发他身困尘网、任人摆弄的悲哀。他以反讽手法,赞赏鹦鹉"顺从以远害"、"驯扰以安处",实是困厄无奈的委婉表白。正言曲说,更加重了悲哀的浓度。这篇赋作,通篇比喻象征,抒情深沉浓郁,艺术表现水平极高。

王延寿寿命虽仅二十多岁,却是东汉后期别具特色的赋家。上一节分析其《鲁灵光殿赋》,已见其才学横溢;而其《王孙赋》《梦赋》,更显示着他的奇崛怪异之才。《王孙赋》(载《初学记》卷二九、《古文苑》卷六及《艺文类聚》卷九五),今存似非完篇,但基本面貌可见。赋作写猿猴的命运,刻画其丑陋形貌,摹状其声音动静,书写其剽悍性情。然而,终于还是被人类捕获:

乃置酒于其侧,竞争饮而踦驰。酳陋酗以迷醉,朦眠睡而无知。暨挐鬓以缲缚,遂缨络而羁縻。归镶系于庭厩,观者吸呷而忘疲。(《初学记》卷二九,《古文苑》卷六)

猿猴被灌醉酒,关入圈笼,无论昔日有多么敏捷剽悍,现在也只能供人观赏了。这篇赋作所蕴含的意义,具有多种理解的张力。《古文苑》章樵题解云:"王孙,猴类。以况小人之轻黠便捷者,卒以欲心发露,受制于人。"这是一种解释。其实还可以有其他的理解:一些特立独行、恃才傲物的士人,命运也与此猿猴相类。在这个意义上,《王孙赋》的思想意蕴,便与祢衡《鹦鹉赋》相近。

王延寿的《梦赋》(载《古文苑》卷六及《艺文类聚》卷七九),更加奇谲。其序云:"臣弱冠,尝夜寝,见鬼物与臣战,遂得东方朔与臣作骂鬼之书。臣遂作赋一篇叙梦。后人梦者读诵以却鬼,数数有验。"赋作描写作者梦中与蛇头四角、鱼首鸟身、三足六眼、龙形似人的各种"鬼神变怪"激战,想象极为奇幻。篇末云:"齐桓梦物,而亦以霸兮。武丁夜感,而得贤佐兮。周梦九龄,年克百兮。晋文鹽脑,国以竞兮。老子役鬼,为神将兮。转祸为福,永无恙兮。"(以上见《古文苑》卷六)用齐桓公北伐孤竹见神(见《管子·小问》)、殷武丁梦上帝赐予贤人(见《史记》卷三《殷本纪》)、周武王梦上帝赐予年寿(见《礼记·文王世子》)、晋文公梦楚子咀嚼自己的脑浆(见《左传·僖公二十八年》)、老子善于役鬼(见葛洪《神仙传》)的掌故,表现作者不惧祸灾的坚强意志。这篇作品,无论构思还是内容,都十分奇特玄幻,表现了作者个人极为独特的生存感受。

蔡邕(132或133～192)是东汉后期的重要赋家。据邓安生《蔡邕集编年校注》[①],蔡邕的赋作今存十六篇:《霖雨赋》《述行赋》《释诲》《青衣赋》《汉津赋》《协初婚赋》《笔赋》《弹棋赋》《圆扇赋》《伤故栗赋》《蝉赋》《玄表赋》《检逸赋》《短人赋》《瞽师赋》《琴赋》。除《述行赋》《释诲》外,都仅存片段或残句。从这些赋作的题目即

---

① 邓安生《蔡邕集编年校注》,石家庄:河北教育出版社2002年版。本书引证蔡邕的作品,除特别注明者外,均据此著。

可看出,既有切近现实人生感受的作品,也有书写其生活情趣的创作。这里先分析其前一类。

《述行赋》是蔡邕赋作的代表。其序曰:"延熹二年(159)秋,霖雨逾月。是时梁冀新诛,而徐璜、左悺等五侯擅贵于其处。又起显阳苑于城西,人徒冻饿,不得其命者甚众。白马令李云以直言死,鸿胪陈君以救云抵罪。璜以余能鼓琴,白朝廷,敕陈留太守发遣。余到偃师,病不前,得归。心愤此事,遂托所过,述而成赋。"①《后汉书》卷六〇下《蔡邕传》也简要记载了此事。《述行赋》记叙途中所见,又借古讽今,抒发郁愤不平之情。批评的矛头直指最高统治集团:"皇家赫而天居兮,万方徂而星集。贵宠煽以弥炽兮,佥守利而不戢。前车覆而未远兮,后车驱而竞及。穷变巧于台榭兮,民露处而寝湿。消嘉谷于禽兽兮,下糠秕而无粒。弘宽裕于便辟兮,纠忠谏其骎急。"这篇赋作,前半吊古,后半伤今,层次清晰而意图明确。在艺术表现方面,《述行赋》承继刘歆《遂初赋》、班彪《北征赋》以来的结撰模式,把沿途所见史迹所引发的感慨,与一路上的景物气候融会交织,把古事与今情相互交织,抒发浓重的家国忧患,极具表现力。尤其景物气候的描写,非常出色。如:

寻修轨以增举兮,邈悠悠之未央。山风泪以飙涌兮,气懆懆(惨惨)而厉凉。云郁术而四塞兮,雨濛濛而渐唐(塘)。仆夫疲而劬瘁兮,我马虺隤以玄黄。格莽丘而税驾兮,阴瞳瞳而不阳。

----

① 《后汉书》卷七《桓帝纪》:延熹二年(159)"秋七月,初造显阳苑,置丞"。同年八月,"大将军梁冀谋为乱。八月丁丑,帝御前殿,诏司隶校尉张彪将兵围冀第,收大将军印绶,冀与妻皆自杀"。延熹三年(160)闰正月,"白马令李云坐直谏,下狱死。"则《述行赋》作于延熹三年初。

写征途遥远、云阴气凉、秋雨连绵,借以烘托悲凉气氛,抒发愤郁的心绪。

《释诲》,载于《后汉书》卷六〇下《蔡邕传》。其序云:"(蔡邕)闲居玩古,不交当世。感东方朔《客难》及扬雄、班固、崔骃之徒设疑以自通,乃斟酌群言,韪其是而矫其非,作《释诲》,以戒厉云尔。"赋作虚拟"务世公子"与"华颠胡老"对话,写务世公子劝勉华颠胡老谋求仕进,华颠胡老则以利害成败相伴相随、承平时代不当出仕、仕途富藏凶险等作答。这些不欲出仕的理由,东方朔、扬雄以来的同类作品,已经反复表述,蔡邕此作没什么新意。《释诲》的新意,体现在篇终作者人生旨趣的表白之上:

> 方将骋驰乎典籍之崇涂,休息乎仁义之渊薮,盘旋乎周、孔之庭宇,揖儒、墨而与为友。舒之足以光四表,收之则莫能知其所有。若乃丁千载之运,应神灵之符,阊阖阖,乘天衢,拥华盖而奉皇枢,纳玄策于圣德,宣太平于中区。计合谋从,己之图也;勋绩不立,予之辜也。龟凤山翳,雾露不除,踊跃草莱,祗见其愚。不我知者,将谓之迂。修业思真,弃此焉如?静以俟命,不斁不渝。百岁之后,归乎其居。幸其获称,天所诱也。罕漫而已,非己咎也。……胡老乃扬衡含笑,援琴而歌。歌曰:"练余心兮浸太清,涤秽浊兮存正灵。和液畅兮神气宁,情志泊兮心亭亭,嗜欲息兮无由生。踔宇宙而遗俗兮,眇翩翩而独征。"

盘旋周、孔,揖友儒、墨;用之则行,舍之则藏。而无论际遇如何,始终恬淡寡欲,抱璞优游。这是博通融会儒、道最高人生理想的修养境界,代表着东汉后期士人普遍的人生追求。

二

东汉后期的赋作，以书写闲情逸志的作品数量最大。这些创作，既不涉及国计民生，也不关乎作者的实际人生境况，而只是书写似乎无关痛痒的生活情趣。赋家们敷写物类，记叙游乐，咏诵人类情感，不一而足。如果不再给文人强行套上沉重的道德和社会责任的枷锁，则这些逞才游艺的创作，在文学史演进的视域里，无疑是文学摆脱政治、回归自我的发展和进步。

这些抒写生活情趣的赋作，今存大都只是片段。但是，仅从这些片段甚至赋作的题目中，即可看出这个时期赋创作风气的转变，一股普遍不同以往的轻清风味扑面而来。

喜欢敷写物类，是东汉后期赋创作的最显著特点。如朱穆（100～163）的《郁金赋》，张奂（104～181）的《芙蓉赋》，赵岐（安帝即位前后～201）的《蓝赋》，蔡邕的《笔赋》《琴赋》《弹棋赋》《圆扇赋》《伤故栗赋》《蝉赋》《玄表赋》，侯瑾（140?～195?）的《筝赋》，张纮（152～212）的《瑰材枕赋》，繁钦（?～218）的《桑赋》《柳赋》等，都是这类赋作。这些赋家往往文笔超迈，拟物象形如出画中。举几个例子来看：

> 岁朱明之首月兮，步南园以迥眺。览草木之纷葩兮，美斯华之英妙。布绿叶而挺心，吐芳荣而发曜。众华烂以俱发，郁金邈其无双。比光荣于秋菊，齐英茂乎春松。远而望之，粲若罗星出云垂；近而观之，晔若丹桂曜湘涯。赫乎扈扈，萋兮猗猗。清风逍遥，芳越景移。上灼朝日，下映兰池。睹兹荣之瑰异，副欢情之所望。折英华以饰首，耀静女之仪光。瞻百草之青青，羌朝荣而夕零。美郁金之纯伟，独弥日而久停。晨露未晞，微风肃清。增妙容之美丽，发朱颜之荧荧。作椒房之珍

玩,超众葩之独灵。(朱穆《郁金赋》,《艺文类聚》卷八一)

这个片段,从静、动、品三个视角描绘郁金香。写其静,则形色美于秋菊、春松,堪与众星、丹桂媲美;状其动,则随风播芳,光彩闪耀,"上灼朝日,下映兰池"。而颂美郁金香之品性,则是百草众芳均已零落,唯有郁金香"纯伟","独弥日而久停","超众葩之独灵"。文段虽不长,却能够从多角度展示郁金香的风韵,并且铺排细腻,生动如画。

蔡邕《琴赋》、侯瑾《筝赋》是两篇叙写乐器和乐曲的赋作:

尔乃言求茂木,周流四垂。观彼椅桐,层山之陂。丹华炜烨,绿叶参差。甘露润其末,凉风扇其枝。鸾凤翔其巅,玄鹤巢其岐。考之诗人,琴瑟是宜。尔乃清声发兮五音举,发宫商兮动角羽。曲引兴兮繁弦抚,然后哀声既发,秘弄乃开。左手抑扬,右手徘徊。指掌反复,抑案藏摧。于是繁弦既抑,雅韵乃扬。仲尼思归,《鹿鸣》三章。梁甫悲吟,周公越裳。青雀西飞,别鹤东翔。饮马长城,楚曲明光。楚姬遗叹,鸡鸣高桑。走兽率舞,飞鸟下翔。感激兹歌,一低一昂。(蔡邕《琴赋》,《艺文类聚》卷四四)

于是急弦促柱,变调改曲,卑杀纤妙,微声繁缛。散清商而流转兮,若将绝而复续。纷旷荡以繁奏,邈遗世而越俗。若乃察其风采,练其声音,美武(《初学记》作哉)荡乎,乐而不淫。虽怀思而不怨,似《豳风》之遗音。于是雅曲既阕,《郑》《卫》仍修,新声顺变,妙弄优游。微风漂裔,冷气轻浮。感悲音而增叹,怆嚬悴而怀愁。若乃上感天地,下动鬼神,享祀祖宗,酬酢嘉宾,移风易俗,混同人伦,莫有尚于筝者矣。(侯瑾《筝赋》,《艺文类聚》卷四四)

《琴赋》夸饰制琴桐木的华贵清雅，琴曲的典正醇雅；《筝赋》摹写筝曲（这段文字当是《类聚》剪切拼缝的状态），雅俗兼取，而终归于感天动地、移风易俗的功效。这两篇作品今存者显然都只是片段，但均能化虚为实，体现了作者高超的文字表现力。

张纮的《瑰材枕赋》，描写玉枕：

> 有卓尔之殊瑰，超诡异之邈绝。且其材色也，如芸之黄。其为香也，如兰之芳。其文彩也，如霜地而金茎，紫叶而红荣，有若蒲陶之蔓延，或如兔丝之烦萦，有若嘉禾之垂颖，又似灵芝之吐英。其似木者，有类桂枝之阑干，或象灌木之丛生。其似鸟者，若惊鹤之径逝，或类鸿鹍之上征，有若孤雌之无味，或效鸳鸯之交颈。纷云兴而气蒸，般星罗而流精，何众文之冏朗，灼僯爚而发明。曲有所方，事有所成。每则异姿，动各殊名。众夥（此处脱二字），不可殚形。制为方枕，四角正端。会致密固，绝际无间。形妍体法，既丽且闲。高卑得适，辟坚每安。不屑珠玉之饰助，不烦锥锋之镌镂。无丹漆之彤朱，罔觿象之佐副。较程形而灵（"灵"字疑为衍文）露真，众妙该而悉备。（《艺文类聚》卷七〇）

赋作前半，铺排摹绘玉石的色香纹理，姿彩形貌生动形象；后半赞美玉枕舒适熨帖，无需装饰而自然美好，凸显了玉枕的美质。这篇赋作文笔精妙，当时就给张纮带来了美誉。《三国志》卷五三《吴书八·张纮传》裴松之注引《吴书》云："陈琳在北见之，以示人曰：'此吾乡里张子纲所作也。'后纮见陈琳作《武库赋》《应机论》，与琳书，深叹美之。琳答曰：'自仆在河北，与天下隔。此间率少于文章，易为雄伯，故使仆受此过差之谭，非其实也。今景兴（王朗）在此，足下与子布（张昭）在彼，所谓小巫见大巫，神气尽矣。'"陈琳激赏此作,自叹弗如。

以赋描写人的情感,是东汉后期赋作的又一个重要特色。蔡邕是这类赋作的主要作手,今存其《检逸赋》《协初婚赋》《青衣赋》。

《艺文类聚》卷一八节录了《检逸赋》的一段:"夫何姝妖之媛女,颜炜烨而含荣。普天壤其无俪,旷千载而特生。余心悦于淑丽,爱独结而未并。情罔象而无主,意徙倚而左倾。昼骋情以舒爱,夜托梦以交灵。"这篇赋作情文并美,仅从这一小段即可感知。只是由于今存文字太少,已难以确切了解其作意了。但是无论如何,心悦渴慕淑丽美女,自《诗经·关雎》以来,都是一种美好的人类情感。

其《协初婚赋》,《艺文类聚》卷一八节录一段,题为《协初赋》;《太平御览》卷三八一所录,文题均同《类聚》;《北堂书钞》卷一三四、卷一三五引句,也题作《协初赋》。而《初学记》卷一四节录一段,中华书局点校本(底本据古香斋本)题为《协和婚赋》,南宋绍兴刻本则作《协初婚赋》;《古文苑》卷二一所录与《初学记》相同(只有个别的字不同),题亦作《协和婚赋》。邓安生以为,标题当为《协初婚赋》[①],今从之。引录其存留文字最多的两段如下:

> 惟情性之至好,欢莫伟乎夫妇。受精灵之造化,固神明之所使。事深微以玄妙,实人伦之端始。考遂初之原本,览阴阳之纲纪。乾坤和其刚柔,艮兑感其脢胩。《葛覃》恐其失时,《摽梅》求其庶士。惟休和之盛代,男女得乎年齿。婚姻协而莫违,播欣欣之繁祉。良辰既至,婚礼以举。二族崇饰,威仪有序。嘉宾僚党,祈祈云聚。车服照路,骖騑如舞。既臻门屏,结轨下车。阿傅御竖,雁行蹉跎。丽女盛饰,晔如春华。

---

① 邓安生《蔡邕集编年校注》,第441—442页。

(《初学记》卷一四)

其在近也,若神龙采鳞翼将举;其既远也,若披云缘汉见织女。立若碧山亭亭竖,动若翡翠奋其羽。众色燎照,视之无主。面若明月,辉似朝日。色若莲葩,肌如凝蜜。(《艺文类聚》卷一八)

此作描述新婚。《初学记》所录者,当是赋作开首的一段,揭示婚姻作为"人伦之端始"的重大意义,描摹婚礼盛大热烈的场面。《类聚》所录者,当是赋作的中段,细致描画新娘的妙姿美貌。此外,《北堂书钞》卷一三四引句:"长枕横施,大被竟床,莞蒻和软,茵褥调良";又其卷一三五引句:"粉弛黛落,发乱钗脱。"是描写洞房的情景。综合以观,赋作所烘染的情感气氛,热烈、温馨而美好。赋作的艺术表现,也是华丽都雅、自然流畅的。

蔡邕的《青衣赋》,载于《艺文类聚》卷三五和《初学记》卷一九①,两处文字多有不同。《类聚》录文比较雅洁蕴藉一些:

金生沙砾,珠出蚌泥。叹兹窈窕,生于卑微。玄发光润,领如蠐螬。修长冉冉,硕人其颀。绮绣丹裳,躞蹀丝韦。都冶妖媚,卓砾多姿。精慧小心,趣事若飞。寒雪翩翻,充庭盈阶。停停沟侧,嗷嗷青衣。我思远逝,尔思来追。明月昭昭,当我户扉。条风狒猎,吹予床帷。河上逍遥,徙倚庭阶。南瞻井柳,仰察斗机。非彼牛女,隔于河维。思尔念尔,怒焉且饥。

---

① 《古文苑》卷六张超《诮青衣赋》章樵题解中,引录了蔡邕《青衣赋》,文字与《初学记》相同。

青衣,即婢女。赋作所述,盖为作者的一次出行艳遇。描写婢女姿容妩媚,聪慧善事,作者一见钟情,两情欢悦,以及不能长相厮守的别后的深长思念。这种偶遇的情感经历,即使在今天也不足为外人道,但是蔡邕纯真重情,竟把它写成了美丽的赋作流传。这便以一种极端的表现,凸显了蔡邕人生价值观念的转向——转向了重视人的情感,重视人的性情。这也是东汉后期此类抒写情感赋作的共同价值意义所在。

不过,《青衣赋》在当时就遭到了一些人的讥笑。张超(150?~200?)专作《诮青衣赋》一篇(载于《艺文类聚》卷三五、《初学记》卷一九及《古文苑》卷六),批评蔡邕。《古文苑》所录最为完整:

> 彼何人斯,悦此艳姿。丽辞美誉,雅句斐斐。文则可嘉,志鄙意微。凤兮凤兮,何德之衰!高冈可华,何必棘茨?醴泉可饮,何必洿泥?随珠弹雀,堂溪刈葵。鸳雏啄鼠,何异乎鸱?历观今古,祸福之阶,多由孽妾淫妻。《书》戒牝鸡,《诗》载哲妇。三代之季,皆由斯起。晋获骊戎,毙坏恭子。有夏取仍,覆宗绝祀。叔肸纳申,听声狼似。穆子私庚,竖牛馁已。黄歇之败,从李园始。鲁受齐乐,仲尼逝矣。文公怀安,姜笑其鄙。周渐将衰,康王晏起。毕公喟然,深思古道。感彼《关雎》,性不双侣。愿得周公,妃(读为配,下文同)以窈窕。防微消渐,讽谕君父。孔氏大之,列冠篇首。晏婴洁志,不顾景女。乃隽不疑,奉霍不受。见尊不迷,况此丽竖。三族无纪,绸缪不序。蟹行索妃,旁行求偶。昏姻无媒,宗庙无主。门户不名,依其在所。生女为妾,生男为虏。岁时酹祀,诣其先祖。或于马厩,厨间灶下。东向长跪,接狎觞酒。悉请诸灵,僻邪无主。多乞少出,铜瓦铁柱。积缯累亿,皆来集聚。嫡婉欢心,各有先后。臧获之类,盖不足数。古之赘壻,尚为尘垢。况明智

者,欲作奴父。勤节君子,无当自逸。宜如防水,守之以一。秦缪思愆,故获终吉。

张超谈古论今,批评蔡邕情感随意施放,以为君子应该谨慎守节,不当放纵。直到宋人章樵注《古文苑》,解释《古文苑》何以收录张超《诮青衣赋》而不录蔡邕《青衣赋》时,还说:蔡作"岂少年时所为耶?志荡词淫,不宜玷简册"。可见回归人的真性情,路途何其艰难!

东汉后期,还有一些描写游戏器具的赋作。今存较多片段者,有蔡邕的《弹棋(或作碁)赋》和边韶(100?～170?)的《塞赋》。《弹棋赋》今存两个片段:

> 荣华灼烁,蕚不韡韡。于是列象棋,雕华丽。丰腹敛边,中隐四企。轻利调博,易使骋驰。然后栍犗,兵棋夸惊。或风飘波动,若飞若浮,不迟不疾,如行如留,放一弊六,功无与俦。(《弹棋赋》,《艺文类聚》卷七四)

> 夫张局陈碁,取法武备。因嬉戏以肄业,托欢娱以讲事。设兹文石,其夷如砥,采若锦缋,平若停水,肌理光泽,滑不可履。乘色行巧,据险用智。(《弹碁赋》,《太平御览》卷七五五)

写象棋(碁)的规制、游戏技巧及其备武练兵的意义。

边韶的《塞赋》,赋文片段载于《艺文类聚》卷七四:

> 可以代博奕者,曰塞其次也。试习其术,以惊睡救寐,免昼寝之讥而已。然而徐核其因通之极,乃亦精妙而足美也。故书其较略,举其指归,以明博奕无以尚焉。曰:始作塞者,其

明哲乎！故其用物也约，其为乐也大。犹土鼓块枹，空桑之瑟，质朴之化，上古所耽也。然本其规模，制作有式：四道交正，时之则也；棋有十二，律吕极也；人操厥半，六爻列也；赤白色者，分阴阳也；乍亡乍存，像日月也；行必正直，合道中也；趋隅方折，礼之容也；迭往迭来，刚柔通也；周则复始，乾行健也；局平以正，坤德顺也。然则塞之为义，盛矣大矣，广矣博矣！质象于天，阴阳在焉；取则于地，刚柔分焉；施之于人，仁义载焉。考之古今，王霸备焉。览其成败，为法式焉。

塞，盖亦棋类。赋作的重点，在阐述塞游戏的庄重象征和意义。《太平御览》卷七五四引录《塞赋序》云："余离群索居，无讲诵之事。欲学无友，欲农无末，欲奕无塞，欲博无楮。问可以代博奕者乎？曰塞其次也。"可知这是边韶闲极无聊的游戏之作。

三

这里必须附带说明一个重要问题：曹操、"建安七子"都卒于曹丕称帝之前；蔡琰卒年不详，但大抵也在曹魏代汉之前。他们理应属于东汉后期的作家。曹丕（187～226）、曹植（192～232）兄弟卒年稍晚，但他们的很多作品也都创作于献帝建安时期。不过，文学史家都把他们划归魏晋时段论述。为尊重既有之通识，本书论述东汉后期的文学，只简略提及他们的创作（下一节论述这个时期的诗歌创作，也不涉及他们的创作。在此一并说明）。

孔融、蔡琰没有赋作流传。曹操今存仅有《鹖鸡赋序》："鹖鸡猛气，其斗终无负，期于必死。今人以鹖为冠，像此也。"[①]盖有所寄托，但不知其详。上述其他作家的赋作，录其题目如下：

[①] 《曹操集》，北京：中华书局2018年版，第15页。

曹丕(187～226)赋,今存二十八篇:《浮淮赋》《沧海赋》《济川赋》《临涡赋》《述征赋》《校猎赋》《登台赋》《登城赋》《感物赋》《感离赋》《离居赋》《戒盈赋》《永思赋》《悼夭赋》《寡妇赋》《出妇赋》《愁霖赋》《喜霁赋》《弹棋赋》《玛瑙勒赋》《车渠椀赋》《玉玦赋》《柳赋》《槐赋》《莺赋》《迷迭香赋》《蔡伯喈女赋》《哀己赋》。

曹植(192～232)建安时期的赋作,今存三十一篇:《感婚赋》《愍志赋》《出妇赋》《静思赋》《九华扇赋》《离思赋》《登台赋》《娱宾赋》《释思赋》《愁霖赋》《归思赋》《鹦鹉赋》《橘赋》《叙愁赋》《东征赋》《游观赋》《蝉赋》《神龟赋》《离缴雁赋》《酒赋》《闲居赋》《述行赋》《车渠椀赋》《迷迭香赋》《槐赋》《大暑赋》《鹖赋》《宝刀赋》《芙蓉赋》《节游赋》《喜霁赋》。

陈琳(155?～217)赋,今存十四篇:《大暑赋》《止欲赋》《武军赋》《神武赋》《神女赋》《大荒赋》《迷迭赋》《玛瑙勒赋》《车渠椀赋》《柳赋》《悼龟赋》《鹦鹉赋》《应讥》《答客难》。

阮瑀(159?～212)赋,今存四篇:《筝赋》《止欲赋》《纪征赋》《鹦鹉赋》。

应玚(175?～217)赋,今存十五篇:《愁霖赋》《灵河赋》《正情赋》《赞德赋》《撰征赋》《西征赋》《西狩赋》《驰射赋》《校猎赋》《神女赋》《迷迭赋》《车渠椀赋》《杨柳赋》《鹦鹉赋》《慜骥赋》。

刘桢(175?～217)赋,今存六篇:《大暑赋》《黎阳山赋》《鲁都赋》《遂志赋》《清虑赋》《瓜赋》。

徐幹(171～218)赋,今存八篇:《齐都赋》《西征赋》《序征赋》《从征赋》《哀别赋》《喜梦赋》《圆扇赋》《车渠椀赋》。

王粲(177～217)赋,今存二十四篇。除《登楼赋》因收入《文选》得以保全外,其他也都是残篇:《大暑赋》《游海赋》《浮淮赋》《闲邪赋》《出妇赋》《伤夭赋》《思友赋》《寡妇赋》《初征赋》《征思赋》《登楼赋》《羽猎赋》《酒赋》《神女赋》《弹棋赋》《迷迭赋》《玛瑙勒赋》《车渠椀赋》《柳赋》《槐树赋》《白鹤赋》《鹖赋》《鹦鹉赋》《莺赋》。

上列赋作,大多都仅存残篇或残句。但是从其题目即不难看出,绝大部分都是闲适之作,其中很多还是同题共作,鲜明地呈现着逞才游艺的创作特征。

第四节　走向自我和情感(下): 五言古诗创作艺术的成熟

东汉后期的诗歌,数量明显增多。逯钦立《先秦汉魏晋南北朝诗》收录这个时期有主名者十九家(从朱穆到仲长统)①,共四十五首;又录佚名古诗七十五首(绝大部分是汉末五言古诗)。此外,还有乐府诗歌(含相和歌辞、舞曲歌辞、杂曲歌辞、琴曲歌辞、杂歌谣辞)二百九十六首,其中亦有这个时期的作品。由于史料不足的限制,今天很难全部一一说清上述佚名诗歌哪些属于东汉后期、哪些则不是(尤其是乐府诗歌),但是有两点可以确定:第一,佚名五言古诗基本是东汉后期的作品,乐府诗歌中也有不少可以确定属于汉末者;第二,与此前的两汉各时间段相比,东汉后期的诗歌创作空前繁荣,并且呈现出凸显自我和情感的鲜明创作倾向。这也正是本书单列此一节的缘由。

鉴于五言诗这一新的诗体在这个时期集中出现,实际创作成就及其所呈现的文学思想都十分显著,本节即以论述五言诗为主。

一

根据今存史料,有作者且信实可考的完整五言诗,最早出现在

---

① 逯书辑录赵岐《歌》(国有逸民)一首,并非诗歌,乃是赵岐自作碑文中的语句。另,赵岐曾"作《厄屯歌》二十三章"(以上均见《后汉书》卷六四《赵岐传》),早已不传。

东汉明帝时期,就是班固的《咏史》诗①。《后汉书》卷七七《酷吏列传·樊晔》所载东汉初年的五言民歌《凉州民为樊晔歌》②,犹如秦始皇时的民歌"生男慎勿举"③一样,当是文人记录时加工的结果。班固的五言诗,尽管艺术表现平实呆板,质木无文,确是标志着五言诗诞生了。但是此后,五言诗创作却很沉寂(东汉中期,今仅见张衡《同声歌》),到东汉后期,五言诗才真正兴盛起来。

今存东汉后期有主名的五言诗,有秦嘉《赠妇诗》三首及徐淑《答夫诗》、郦炎《见志诗》二首、赵壹《刺世疾邪赋》篇末附诗二首、蔡邕《翠鸟诗》、繁钦《定情诗》《咏蕙诗》《生茨诗》以及辛延年《羽林郎》、宋子侯《董娇娆》等。

秦嘉(生卒年不详,主要活动在桓帝时),与妻子徐淑感情缠绵深厚④,且并有文才,已成千古美谈。其《赠妇诗》三首(载《玉台新咏》卷一,又见[宋]姚宽《西溪丛语》卷下),是秦嘉有远行公务在

---

① 班固《咏史》诗:"三王德弥薄,惟后用肉刑。太仓令有罪,就逮(《文选注》作逮)长安城。自恨身无子,困急独茕茕。小女痛父言,死者不可生。上书诣阙下,思古歌《鸡鸣》。忧心摧折裂,晨风扬激声。圣汉孝文帝,恻然感至情。百男何愦愦,不如一缇萦。"(《史记》卷一〇五《扁鹊仓公列传》张守节《正义》,《文选》卷三六王融《永明九年策秀才文》李善注)按:《太平御览》卷三四四录"班固诗"二句:"宝剑直千金"(此句又见《北堂书钞》卷一二二),"延陵轻宝剑";又其卷八一五录"班固诗"四句:"长安何纷纷,诏葬霍将军。刺绣被百领,县官给衣衾。"均为五言。

② 《后汉书》卷七七《酷吏列传·樊晔》:"隗嚣灭后,陇右不安,乃拜晔为天水太守。政严猛,好申韩法,善恶立断。人有犯其禁者,率不生出狱,吏人及羌胡畏之。道不拾遗。行旅至夜,聚衣装道傍,曰'以付樊公'。凉州为之歌曰:'游子常苦贫,力子天所富。宁见乳虎穴,不入冀府寺。大笑期必死,忿怒或见置。嗟我樊府君,安可再遭值!'"

③ 《水经注》卷三《河水注》引杨泉《物理论》曰:"秦始皇使蒙恬筑长城,死者相属,民歌曰:'生男慎勿举,生女哺用脯。不见长城下,尸骸相支拄。'"

④ 《艺文类聚》卷三二收录夫妇往还书信各二通,秦嘉"想念悒悒,劳心无已"云云,徐淑"室迩人遐,我劳如何"云云,情感极为醇厚。

身,未能与因病归乡的妻子徐淑面别,而写给妻子的诗①:

> 人生譬朝露,居世多屯蹇。忧艰常早至,欢会常苦晚。念当奉时役,去尔日遥远。遣车迎子还,空往复空返。省书情凄怆,临食不能饭。独坐空房中,谁与相劝勉?长夜不能眠,伏枕独展转。忧来如循环,匪席不可卷。

> 皇灵无私亲,为善荷天禄。伤我与尔身,少小罹茕独。既得结大义,欢乐苦不足。念当远别离,思面叙款曲。河广无舟梁,道近隔丘陆。临路怀惆怅,中驾正踯躅。浮云起高山,悲风激深谷。良马不回鞍,轻车不转毂。针药可屡进,愁思难为数。贞士笃终始,恩义不可属。

> 肃肃仆夫征,锵锵扬和铃。清晨当引迈,束带待鸡鸣。顾看空室中,仿佛想姿形。一别怀万恨,起坐为不宁。何用叙我心,遗思致款诚。宝钗好耀首,明镜可鉴形。芳香去垢秽,素琴有清声。诗人感木瓜,乃欲答瑶琼。愧彼赠我厚,惭此往物轻。虽知未足报,贵用叙我情。

这三首诗,叙事、描写、抒情交织以摹形达意;情思醇厚深挚,缠绵婉转;情感表达细腻委婉,含蓄隽永;艺术表现已相当圆熟。

秦嘉妻子徐淑的《答夫诗》,也是五言诗:

---

① 《玉台新咏》卷一诗前小序云:"秦嘉,字士会,陇西人也。为郡上掾。其妻徐淑,寝疾还家,不获面别,赠诗云尔。"按:秦嘉五言诗不止此三首,《文选》卷二三张载《七哀诗》注引秦嘉《答妇诗》一句,又其卷二六潘岳《河阳县作》及陆机《赴洛道中作》注、卷二八陆机《从军行》及《挽歌诗》注,都引有秦嘉的五言诗句(均未书诗题)。只是这些诗歌今均不存了。

> 妾身兮不令,婴疾兮来归。沈滞兮家门,历时兮不差。旷废兮侍觐,情敬兮有违。君今兮奉命,远适兮京师。悠悠兮离别,无因兮叙怀。瞻望兮踊跃,伫立兮徘徊。思君兮感结,梦想兮容辉。君发兮引迈,去我兮日乖。恨无兮羽翼,高飞兮相追。长吟兮永叹,泪下兮沾衣。(《玉台新咏》卷一,[宋]姚宽《西溪丛语》卷下)

这首诗的体式虽不如秦嘉诗完善,艺术表现也不如秦嘉诗那么婉转蕴藉,但其抒情的深度和缠绵,则是一般无二,自有一种出水芙蓉般的自然美丽。

郦炎(150～177)和赵壹(生卒年不详,主要活动在桓灵时期),是东汉后期洞明世事而愤世嫉俗的文人。郦炎是汉初名臣郦食其的后裔,"有文才,解音律,言论给捷,多服其能理",但是拒不出仕,"灵帝时,州郡辟命,皆不就"。秉性刚直不屈,后竟至疯癫。(以上见《后汉书》卷八〇下《文苑列传下·郦炎》)《后汉书》本传载录其《见志诗》二首:

> 大道夷且长,窘路狭且促。修翼无卑栖,远趾不步局。舒吾陵霄羽,奋此千里足。超迈绝尘驱,倏忽谁能逐?贤愚岂常类,禀性在清浊。富贵有人籍,贫贱无天录。通塞苟由己,志士不相卜。陈平敖里社,韩信钓河曲。终居天下宰,食此万钟禄。德音流千载,功名重山岳。

> 灵芝生河洲,动摇因洪波。兰荣一何晚,严霜瘁其柯。哀哉二芳草,不植太山阿。文质道所贵,遭时用有嘉。绛、灌临衡宰,谓谊崇浮华。贤才抑不用,远投荆南沙。抱玉乘龙骥,不逢乐与和。安得孔仲尼,为世陈四科。

这两首诗,基本是直白抒怀。作者愤怒于贤愚清浊混淆的时代,感慨自己生不逢时,于是要凌霄绝尘远遁。诗中充满了愤郁不平之气。

赵壹《刺世疾邪赋》(载《后汉书》卷八〇下《文苑列传下·赵壹》)里附有两首五言诗:

> 河清不可俟,人命不可延。顺风激靡草,富贵者称贤。文籍虽满腹,不如一囊钱。伊优北堂上,抗脏倚门边。(《秦客诗》)

> 势家多所宜,咳唾自成珠。被褐怀金玉,兰蕙化为刍。贤者虽独悟,所困在群愚。且各守尔分,勿复空驰驱。哀哉复哀哉,此是命矣夫!(《鲁生歌》)

这两首诗,直斥社会不公:有权势、金钱者风光尽占,真正的贤才却穷困潦倒。"哀哉复哀哉,此是命矣夫",愤极却无奈的悲情喷薄而出。

抒写叹世忧生的有主名五言诗,也有艺术表现含蓄蕴藉者,如繁钦(?~218)的两首咏物诗:

> 蕙草生山北,托身失所依。植根阴崖侧,夙夜惧危颓。寒泉浸我根,凄风常徘徊。三光照八极,独不蒙馀晖。葩叶永凋悴,凝露不暇晞。百卉皆含荣,已独失时姿。比我英芳发,鶗鴂鸣已哀。(《咏蕙诗》,《艺文类聚》卷八一)

> 有茨生兰圃,布叶翳芙蕖。寄根膏壤隈,春泽以养躯。太阳曝真色,翔风发其夸。甘液润其中,华实与气俱。族类日夜滋,被我中堂隅。(《生茨诗》,[唐]佚名《灌畦暇语》,文渊阁

《四库全书》本）

《咏蕙诗》，以香雅的蕙草象喻贤士之困厄：生于卑阴之地，又备受摧折冷落，"百卉皆含荣，已独失时姿"。其《生茨诗》，则以茨这种恶草喻指小人，咏叙小人得志的生存环境。《灌畦暇语》诗前之序即云："繁钦伤世道剥丧，贤愚隐情，上之人用察不至，而小人得志，君子伏匿，于是赋生茨之诗。"很明显，繁钦的这两首诗，都饱含着作者身世境遇的悲慨。《艺文类聚》卷二三引繁钦《杂诗》："世俗有险易，时运有盛衰。老氏和其光，蘧瑗贵可怀。"亦可为参证。

上述而外，《玉台新咏》卷一选录后汉辛延年（生卒年不详）《羽林郎》、宋子侯（生卒年不详）《董娇娆》两首五言乐府诗（《乐府诗集》录入"杂曲歌辞"），也当是东汉后期的作品：

　　昔有霍家奴，姓冯名子都。依倚将军势，调笑酒家胡。胡姬年十五，春日独当垆。长裾连理带，广袖合欢襦。头上蓝田玉，耳后大秦珠。两鬟何窈窕，一世良所无。一鬟五百万，两鬟千万馀。不意金吾子，娉婷过我庐。银鞍何昱燿，翠盖空踟躇。就我求清酒，丝绳提玉壶。就我求珍肴，金盘脍鲤鱼。贻我青铜镜，结我红罗裾。不惜红罗裂，何论轻贱躯！男儿爱后妇，女子重前夫。人生有新故，贵贱不相逾。多谢金吾子，私爱徒区区。（《羽林郎》，《玉台新咏》卷一，《乐府诗集》卷六三）

　　洛阳城东路，桃李生路傍。花花自相对，叶叶自相当。春风东北起，花叶正低昂。不知谁家子，提笼行采桑。纤手折其枝，花落何飘飏。请谢彼姝子："何为见损伤？""高秋八九月，白露变为霜。终年会飘堕，安得久馨香？""秋时自零落，春月复芬芳。何时盛年去，欢爱永相忘。"吾欲竟此曲，此曲愁人肠。归来酌美酒，挟瑟上高堂。（《董娇娆》，《玉台新咏》卷一，

《艺文类聚》卷八八,《乐府诗集》卷七三。《太平御览》卷九六七节录前六句)

《羽林郎》写卖酒女胡姬婉拒将军家奴的示爱调戏,首次刻画了不惧威权、不为富贵折腰的节操凛然的贫家女形象。《董娇娆》则写采桑女青春迟暮的哀伤。这两首诗歌,歌唱青春少女的纯真情感,特别具有吸引力和感染力。同时,诗歌的艺术表现都是描摹细腻却自然流畅的;尤其《董娇娆》,用语浅近自然但传神精妙,情与境水乳交融,达到了极高的艺术境界。

上述深浓抒发切实的人生真情实感的诗歌之外,东汉后期有主名的五言诗中还有一些抒写闲情逸志的作品。如蔡邕的《翠鸟诗》:

> 庭陬有若留,绿叶含丹荣。翠鸟时来集,振翼修容形。回顾生碧色,动摇扬缥青。幸脱虞人机,得亲君子庭。驯心托君素,雌雄保百龄。(《蔡中郎集》。按:《艺文类聚》卷九二节录前六句)

描写庭院树上翠鸟的姿容。蔡邕主要的仕宦经历在灵帝朝,灵帝荒政淫乐,中宦擅权,士人备受宦官排挤迫害。故此诗"幸脱虞人机"云云,或有所寄托。但是由于它表现得并不深刻真切,从诗歌文本来看,逃祸庆幸之义太过轻飘,似是刻意粘贴,整体风貌呈现为闲情逸志的抒写。

再如繁钦的《定情诗》:

> 我出东门游,邂逅承清尘。思君即幽房,侍寝执衣巾。时无桑中契,迫此路侧人。我既媚君姿,君亦悦我颜。何以致拳

拳？绾臂双金环。何以致殷勤？约指一双银。何以致区区？耳中双明珠。何以致叩叩？香囊系肘后。何以致契阔？绕腕双跳脱。何以结恩情？佩玉缀罗缨。何以结中心？素缕连双针。何以结相於(一作"投")？金薄画搔头。何以慰别离？耳后玳瑁钗。何以答欢悦？纨素三条裙。何以结愁悲？白绢双中衣。与我期何所？乃期东山隅。日旰兮不至,谷风吹我襦。远望无所见,涕泣起踟蹰。与我期何所？乃期山南阳。日中兮不来,凯风吹我裳。逍遥莫谁睹,望君愁我肠。与我期何所？乃期西山侧。日夕兮不来,踯躅长叹息。远望凉风至,俯仰正衣服。与我期何所？乃期山北岑。日暮兮不来,凄风吹我衿。望君不能坐,悲苦愁我心。爱身以何为,惜我华色时。中情既款款,然后克密期。褰衣蹑茂草,谓君不我欺。厕此丑陋质,徙倚无所之。自伤失所欲,泪下如连丝。(《玉台新咏》卷一)

这诗与蔡邕《青衣赋》有同样的情趣,都是文人无聊的情感拟想,是落拓不羁的游戏之作。不过,这类创作在东汉末期,都具有重视人的情感和思想解放的意义。以赋为诗,铺排摹写,是这首诗的艺术表现特点,与同时代其他五言诗颇为不同。

上述有主名的五言古诗,或歌唱夫妇深挚的爱情,或痛陈个人的生存困厄,或抒发社会人生的真切情感,或叙写闲情逸志,无不是站在自我和情感的立场,发乎个人内心的真情实意。

二

东汉后期的文人五言诗,除上述有主名者外,更多的作品不能确知其作者,这就是包括《古诗十九首》及所谓"苏李诗"在内的一批佚名五言古诗。这些作品艺术表现更加圆熟,代表着汉代诗歌的最高成就。

关于这批佚名五言古诗的作者和时代，前人有所推测，如说其中有枚乘、傅毅、曹植、王粲等人的创作①，都不可信。今人综合考察这批五言古诗所表现的情感倾向、所折射的社会生活情状以及它们纯熟的艺术表现技巧，倾向一致的意见是：它们产生的年代，应当在东汉顺帝末到献帝时期，也即东汉后期；而它们的作者，就难以确知了。

逯钦立《先秦汉魏晋南北朝诗》，辑录汉末佚名文人的五言古诗共计六十三首（含残句）。其中，《文选》卷二九所辑《古诗十九首》最负盛名，也足以代表这批古诗的创作特色和成就。为行文简便，本节论述汉末佚名五言古诗的创作倾向，即主要以《古诗十九首》为例。

东汉后期，缘于外戚中宦权臣交替专权，天灾人祸民乱外患不断，社会政治加速败坏。加之桓灵之际两次"党锢"之祸相继，延续二十余年，士人面临着空前的生存困境。"贤才抑不用，远投荆南沙"（郦炎《见志诗》），"文籍虽满腹，不如一囊钱"、"被褐怀金玉，兰蕙化为刍"（赵壹《刺世疾邪赋》附诗），下层文士漂泊蹉跎，在权钱横行、贤愚倒置的社会里游宦无门。《古诗十九首》就是产生于这样的时代，表述着同类的境遇和感受。这十九首诗歌，基本是游子思妇之辞，离情别绪和人生的失意无常，是《古诗十九首》基本的情感内容。清人陈祚明《采菽堂古诗选》卷三《古诗十九首》说：

> 《十九首》所以为千古至文者，以能言人同有之情也。人情莫不思得志，而得志者有几？虽处富贵，慊慊犹有不足，况贫贱乎！志不可得而年命如流，谁不感慨？人情于所爱，莫不

---

① 如刘勰《文心雕龙·明诗》云："古诗佳丽，或称枚叔；其'孤竹'一篇，则傅毅之辞。"锺嵘《诗品》云："'去者日以疏'四十五首，旧疑是建安中曹、王所制。"

欲终身相守,然谁不有别离? 以我之怀思,猜彼之见弃,亦其常也。夫终身相守者,不知有愁,亦复不知其乐;乍一别离,则此愁难已。逐臣弃妻,与朋友阔绝,皆同此旨。故《十九首》唯此二意,而低回反复。人人读之,皆若伤我心者。此诗所以为性情之物,而同有之情,人人各具,则人人本自有诗也。但人有情而不能言,即能言而言不能尽,故特推《十九首》以为至极。①

这是一段十分准确的评论:《古诗十九首》所表达的情感,是人生共有的体验和感受。因而能够超越时空的界限,无时无处不引起人们普遍的共鸣。

《古诗十九首》的离情别绪,表现为思乡和怀人。有游子深切的思乡情怀:"还顾望旧乡,长路漫浩浩"(《涉江采芙蓉》);"思还故里闾,欲归道无因"(《去者日以疏》)。长久漂泊他乡,又无所成就,游子的思乡深情令他们寝寐难安:

明月何皎皎,照我罗床帏。忧愁不能寐,揽衣起徘徊。客行虽云乐,不如早旋归。出户独彷徨,愁思当告谁。引领还入房,泪下沾裳衣。

月圆之夜,游子难以入睡。屋里屋外徘徊彷徨,思乡的清泪潸然下落。月圆反衬亲人不能团聚,写月圆的情境表达思乡情感,是我国古代诗歌一个典型情境。这一情境,便是这首古诗开创的。

思乡的根柢,是思念家乡的亲人。《古诗十九首》把思亲的情

---

① [清]陈祚明撰,李金松点校《采菽堂古诗选》,上海:上海古籍出版社2008年版,第80—81页。

感聚焦在妻子身上,如《涉江采芙蓉》:

> 涉江采芙蓉,兰泽多芳草。采之欲遗谁,所思在远道。还顾望旧乡,长路漫浩浩。同心而离居,忧伤以终老。

这个游子想念家乡的妻子,要采摘花草寄送相思,而路远不通,只有忧伤萦心,延绵不已。

《古诗十九首》还表现思妇的闺思和愁怨,展示她们婉曲复杂的心态。这些作品,可能大多并非真正出于思妇之手,而是游子文士"以我之怀思,猜彼之见弃"、琢磨思妇的心态创作的。对游子的深切思念和真挚爱恋,是这些诗歌的核心:

> 凉风率已厉,游子寒无衣。锦衾遗洛浦,同袍与我违。独宿累长夜,梦想见容辉。(《凛凛岁云暮》)

> 客从远方来,遗我一端绮。相去万余里,故人心尚尔。文彩双鸳鸯,裁为合欢被。著以长相思,缘以结不解。以胶投漆中,谁能别离此。(《客从远方来》)

其中《迢迢牵牛星》一首尤可称道:

> 迢迢牵牛星,皎皎河汉女。纤纤擢素手,札札弄机杼。终日不成章,泣涕零如雨。河汉清且浅,相去复几许?盈盈一水间,脉脉不得语。

这诗的表面全是写牛郎织女,却无一处不是写思妇自己的情事。终日心神不宁、悲叹流泪,是织女,也是她自己,可以想见她思念游子的深切和痛楚。

思妇的歌唱同时也表现了她们复杂微妙的心理,如《行行重行行》唱道:"相去日已远,衣带日已缓。浮云蔽白日,游子不顾返。思君令人老,岁月忽已晚。弃捐勿复道,努力加餐饭。"对游子长久不归多少有些怨责,百般无奈,只好以"加餐饭"自慰自勉。《冉冉孤生竹》则担心自己年老色衰:"思君令人老,轩车来何迟。伤彼蕙兰花,含英扬光辉;过时而不采,将随秋草萎。"而《青青河畔草》写思妇在春光明媚之时,感到了寂寞难耐:"荡子行不归,空床难独守。"

《古诗十九首》另一个重要的主题,是表现一部分士人对生存状态的感受和他们对人生的某些观念。他们有功业迟滞的焦灼和失意:"盛衰各有时,立身苦不早"(《回车驾言迈》);"何不策高足,先据要路津。无为守贫贱,轗轲长苦辛"(《今日良宴会》)。他们感受到世态炎凉:"昔我同门友,高举振六翮。不念携手好,弃我如遗迹。"(《明月皎夜光》)他们更感受到了人生的飘忽如寄:"人生天地间,忽如远行客"(《青青陵上柏》);"人生寄一世,奄忽若飙尘"(《今日良宴会》);"浩浩阴阳移,年命如朝露。人生忽如寄,寿无金石固"(《驱车上东门》)。他们所描述的境遇、所抒发的感受,是个别的,更是普遍的,是社会生活中每一个人都会有所体验的,因而极能打动人心。

游宦的挫折,人生的失意,使他们面对现实,审时度势,重新认识人生的价值。他们想要摆脱虚名的困缚:"良无磐石固,虚名复何益!"(《明月皎夜光》)想要甩掉一切人生的包袱:"荡涤放情志,何为自结束!"(《东城高且长》)同时,他们也不相信成仙、永生之类的事情:"万岁更相送,贤圣莫能度。服食求神仙,多为药所误。不如饮美酒,被服纨与素。"(《驱车上东门》)他们开始执着于现实的人生,看重当前生活的快乐:"斗酒相娱乐,聊厚不为薄。驱车策驽马,游戏宛与洛。……极宴娱心意,戚戚何所迫"(《青青陵上柏》);

"生年不满百,常怀千岁忧。昼短苦夜长,何不秉烛游?为乐当及时,何能待来兹。愚者爱惜费,但为后世嗤。仙人王子乔,难可与等期"(《生年不满百》);有的文士甚至放浪形骸,去拈花惹草:"燕赵多佳人,美者颜如玉。……思为双飞燕,衔泥巢君屋。"(《东城高且长》)

应当说,《古诗十九首》的作者们并不是玩物丧志。他们离乡背井,漂泊游宦,本是要追求功名,令社会认可自己的价值。但是,经历了种种挫折和失落之后,他们对人生有了新的认识。在种种人生的价值取向当中,他们更看重生存的价值。这种思想观念的产生是被迫无奈的,也可能是情感化的。但是它折射出深广的社会内涵,又具有广泛的包容性,富于人生的哲理。

总之,《古诗十九首》所抒发的,是人生最基本最普遍的几种情感和思绪,是"人同有之情"。因而,这些诗歌能够永久地感动人,千古常新。

汉末五言古诗,取得了巨大的艺术成就。《文心雕龙·明诗》评论《古诗十九首》说:"观其结体散文,直而不野;婉转附物,怊怅切情,实五言之冠冕也。"概括了《古诗十九首》的主要艺术特色。具体而言,《古诗十九首》的艺术表现主要有下述几点:

1. 含蕴无尽的情思意味

这是《古诗十九首》最鲜明的特点。《古诗十九首》遣词用语非常浅近明白,"平平道出,且无用工字面,若秀才对朋友说家常话"[①],却涵咏不尽,意味无穷。如《行行重行行》:

行行重行行,与君生别离。相去万馀里,各在天一涯。道

---

① [明]谢榛撰,宛平校点《四溟诗话》卷三,北京:人民文学出版社 1961 年版,第 66 页。

路阻且长,会面安可知?胡马依北风,越鸟巢南枝。相去日已远,衣带日已缓。浮云蔽白日,游子不顾返。思君令人老,岁月忽已晚。弃捐勿复道,努力加餐饭。

从字面看去,这诗没有难懂的字句,它的意思似乎很明白,就是思妇想念远方的游子。但是细加品味,它的含义,它的情感,却异常丰厚。首先,如果把"游子不顾返"一句的"游子",理解为游子自称,则此诗也可以看作是游子之辞。而游子想念妻子与思妇想念游子,其感情内涵是不尽相同的,可以产生不同的体会。并且,一旦作游子自称理解,全诗的题旨还可能有完全不同的解释,超出夫妇思念的范围。其次,这诗抒发离别之情,而任何人都有过此类情感体验。不论是游子、思妇甚或处于其他离别的情境,都会自觉不自觉地联系自身的经历,去感受、联想甚至补充这诗的情感内涵。再次,诗句看似明白实际上却含蕴不尽,它的每一句,都可以作更为丰富的体会①。这些涵容很大的抒情特点,为读者留下了自由联想的广阔空间。

宋人吕本中《童蒙诗训》云:"《古诗十九首》皆思深远而有馀意,言有尽而意无穷也"②,指出了《古诗十九首》上述风格特征。从艺术表现说,它怎样形成了这个特征呢?清人陈祚明说明了个中肌理:"言情能尽者,非尽言之为尽也,尽言之则一览无遗。惟含蓄不尽,故反言之,乃使人足思。……《十九首》善言情,惟是不使情为径直之物,而必取其宛曲者以写之。故言不尽,而情则无不尽。"③

---

① 参见叶嘉莹《迦陵论诗丛稿·一组易懂而难解的好诗》对此诗的分析(石家庄:河北教育出版社1997年版,第131—143页)。

② [宋]魏庆之撰,王仲闻点校《诗人玉屑》卷一三引录,北京:中华书局2007年版,第390页。

③ [清]陈祚明撰,李金松点校《采菽堂古诗选》,上海:上海古籍出版社2008年版,第81页。

具体而言,一是《古诗十九首》抒写的情感具有普遍性,容易引起读者的联想和共鸣;二是它没有把所表达的情感写得十分具体,也没有在字句上追求淋漓穷尽的表述,而是采取含蓄模棱的表达方式;三是有的诗往往使用比兴手法。这些因素,都为读者留下了作多种想象的可能,从而造成它"言有尽而意无穷"的特色。例如《庭中有奇树》:

> 庭中有奇树,绿叶发华滋。攀条折其荣,将以遗所思。馨香盈怀袖,路远莫致之。此物何足贵,但感别经时。

一望而知,这诗是写久别之感。但是它没有明确说出感情的具体内涵,更不曾力图详尽喷发内心的强烈感受,只是很含蓄地写作者想要借寄送树花来寄送相思之情。而后以"物"的不足贵,衬托出"情"的厚重。言浅而情深,明白又不确定,抒情含蓄委婉。唯其如此,才给读者留有想象甚至添加情思的馀地,造成它涵咏不尽的艺术效果。《古诗十九首》大都具有这样的表现特点。

2. 质朴自然,没有雕饰的痕迹

从情感说,《古诗十九首》感情醇真诚挚,没有矫揉造作;从艺术表现说,它的写境用语好像都是信手拈来,没有错彩镂金式的加工,而是出水芙蓉般的自然诗境。例如《涉江采芙蓉》:

> 涉江采芙蓉,兰泽多芳草。采之欲遗谁?所思在远道。还顾望旧乡,长路漫浩浩。同心而离居,忧伤以终老。

这诗写游子思乡思亲的感情(如果把"还顾"二句解为思妇代游子设辞,则此诗也可以理解为思妇想念远方的游子)。游子来到江泽采摘芙蓉,遥望故乡,思念亲人,伤感不已。感情极其纯真,没有杂质。由采摘芙蓉到寄送相思,到路途遥远阻隔的无奈,到引领遥望不见故乡,再到同心离居、忧伤终老的伤感,情思和诗意连贯而下,自然而然,毫无隔碍或造作。

再如《回车驾言迈》：

> 回车驾言迈,悠悠涉长道。四顾何茫茫,东风摇百草。所遇无故物,焉得不速老。盛衰各有时,立身苦不早。人生非金石,岂能长寿考？奄忽随物化,荣名以为宝。

它直抒时光流逝而功名不成的焦灼,感叹人生不永,非常真诚。前四句景物描写,随意撷取沿路所见,没有着力选择的痕迹。而荒凉的景象,灰暗的色调,春秋代序的季节变化,与作者焦虑、凄凉的心境相互比衬,谐调一致。极真实又极自然。

明人谢榛《四溟诗话》说："《古诗十九首》若秀才对朋友说家常话,略不作意。"[1]胡应麟《诗薮》说："《十九首》随语成韵,随韵成趣,辞藻气骨,略无可寻,而兴象玲珑,意致深婉。"[2]清人王士禛《古诗选·五言诗凡例》亦云："《十九首》之妙,如无缝天衣,后之作者顾求之针缕襞绩之间,非愚则妄。"[3]方东树《昭昧詹言》说："《十九首》,须识其天衣无缝处。"[4]都是指《古诗十九首》自然质朴、不假雕饰的表现风格。

---

[1] ［明］谢榛撰,宛平校点《四溟诗话》卷三,北京：人民文学出版社1961年版,第66页。

[2] ［明］胡应麟撰《诗薮》内编卷二,上海：上海古籍出版社1979年新1版,第25页。

[3] ［清］王士禛选,［清］闻人倓笺《古诗笺》,上海：上海古籍出版社1980年版,第1页。

[4] ［清］方东树撰,汪绍楹校点《昭昧詹言》卷二,北京：人民文学出版社1961年版,第53页。

3. 情思与景物、情境的融合

《古诗十九首》所描写的景物、情境与情思非常切合，往往能够形成情景交融、浑然圆融的艺术境界。例如《去者日已疏》：

> 去者日已疏，来者日已亲。出郭门直视，但见丘与坟。古墓犁为田，松柏摧为薪。白杨多悲风，萧萧愁杀人。思还故里闾，欲归道无因。

这诗写时光蹉跎的悲慨和孤凄的思乡情感。它以白描手法，写出门所见的景象：荒凉的丘墓，悲鸣的白杨，肃杀的秋气，还有古墓成田、松柏为薪的变化。这一景象与作者孤苦悲凉的情思完全吻合。

再如《明月何皎皎》：

> 明月何皎皎，照我罗床帏。忧愁不能寐，揽衣起徘徊。客行虽云乐，不如早旋归。出户独彷徨，愁思当告谁。引领还入房，泪下沾裳衣。

这首诗也是纯以白描手法，写游子深夜徘徊、难以入睡的情境。在皎洁的月光笼罩下，他先是在空房中徘徊，又走出屋外彷徨，再回到空房中来，不觉泪下，打湿了衣裳。这个情境，与游子羁旅的愁思相互包涵，水乳交融。

《古诗十九首》描写情景交融的艺术境界，也得力于比兴手法的运用。如"胡马依北风，越鸟巢南枝"（《行行重行行》），写游子应当（或盼望）回归故乡；"冉冉孤生竹，结根泰山阿。与君为新婚，兔丝附女萝"（《冉冉孤生竹》），写游子思妇的结婚；"伤彼蕙兰花，含英扬光辉。过时而不采，将随秋草萎"（同上），写新妇的美丽及其迟暮之忧等，都把外在的物象和内心的情思熔铸在一起，天衣无

缝。通篇使用比兴的例子,如《迢迢牵牛星》:

> 迢迢牵牛星,皎皎河汉女。纤纤擢素手,札札弄机杼。终日不成章,泣涕零如雨。河汉清且浅,相去复几许?盈盈一水间,脉脉不得语。

这首诗全篇都是写牛郎织女的传说,却把现实生活中游子思妇的离别情感也融会进去。每一句都不涉及自己的情事,其实处处又都是写自己的感受。

《古诗十九首》也有以象征手法创造圆融艺术境界的作品,如《西北有高楼》:

> 西北有高楼,上与浮云齐。交疏结绮窗,阿阁三重阶。上有弦歌声,音响一何悲。谁能为此曲,无乃杞梁妻。清商随风发,中曲正徘徊。一弹再三叹,慷慨有馀哀。不惜歌者苦,但伤知音稀。愿为双鸿鹄,奋翅起高飞。

这首诗写楼的高美,曲的悲凉,人的孤独,其实正是作者自身及其生存状态的象征。它所描写的景象,不同于《古诗十九首》其他诗歌的白描,而是夸饰、"设计"的景象,是内心情思的幻化景象,因而就具有象征的意味。清人贺贻孙《诗筏》说:"《西北有高楼》一篇,皆想象之词。阿阁之上,忽闻弦歌,凭空摹拟,幻甚。"[1]方东树《昭昧詹言》也说:"言知音难遇,而造境创言,虚者实证之。意象、笔势、文法极奇。"[2]

---

[1] [清]贺贻孙撰《诗筏》,郭绍虞编选《清诗话续编》,上海:上海古籍出版社 1983 年版,第 149 页。

[2] [清]方东树撰,汪绍楹校点《昭昧詹言》卷二,北京:人民文学出版社 1961 年版,第 56 页。

是说到了关键处。

4. 语言浅近而意蕴深厚

《古诗十九首》语言浅近自然,却又极为精练准确。传神达意,意味隽永。如:

> 行行重行行,与君生别离。相去万馀里,各在天一涯。道路阻且长,会面安可知!(《行行重行行》)

> 涉江采芙蓉,兰泽多芳草。采之欲遗谁?所思在远道。(《涉江采芙蓉》)

> 凉风率已厉,游子寒无衣。(《凛凛岁云暮》)

> 客从远方来,遗我一书札。上言长相思,下言久离别。置书怀袖中,三岁字不灭。(《孟冬寒气至》)

> 忧愁不能寐,揽衣起徘徊。……出户独彷徨,愁思当告谁?引领还入房,泪下沾裳衣。(《明月何皎皎》)

这些诗句表达游子思乡、思妇怀人的情怀,无论叙述描写,全都明白如话,而细加体味,又无不含蕴丰富,表现了多层次的真挚情感。那些写游子人生悲慨的诗,也都具有同样的语言特色,如"昔我同门友,高举振六翮。不念携手好,弃我如遗迹"(《明月皎夜光》),"四顾何茫茫,东风摇百草。所遇无故物,焉得不速老!盛衰各有时,立身苦不早"(《回车驾言迈》),"生年不满百,常怀千岁忧。昼短苦夜长,何不秉烛游"(《生年不满百》),等等。

《古诗十九首》语言浅近,但不乏精警凝练。如"相去日已远,衣带日已缓"(《行行重行行》),写相思令人憔悴;"此物何足贵,但感别经时"(《庭中有奇树》),写恩爱相守重于一切;"以胶投漆中,谁能别离此"(《客从远方来》),写爱情的坚贞;以及"人生天地间,忽如远行客"(《青青陵上柏》)、"人生寄一世,奄忽若飙尘"(《今日良宴会》)、"浩浩阴阳移,年命如朝露"(《驱车上东门》),写人生无常的悲慨等等,都感人肺腑,发人深思。

三

《古诗十九首》以外,《文选》《玉台新咏》及《乐府诗集》等总集中还收录了不少佚名五言古诗,在此略作简述。首先来看所谓"苏李诗":

> 嘉会难再遇,三载为千秋。临河濯长缨,念子怅悠悠。远望悲风至,对酒不能酬。行人怀往路,何以慰我愁?独有盈觞酒,与子结绸缪。(《文选》卷二九《李少卿与苏武诗》其二)

> 结发为夫妻,恩爱两不疑。欢娱在今夕,嫣婉及良时。征夫怀往路,起视夜何其?参辰皆已没,去去从此辞。行役在战场,相见未有期。握手一长叹,泪为生别滋。努力爱春华,莫忘欢乐时。生当复来归,死当长相思。(《文选》卷二九《苏子卿诗》其三)

《文选》卷二九收录了所谓"苏李诗"七首(李陵三,苏武四),这是其中的两首诗歌,写朋友、夫妻的离别,情感沉郁,叙事、写景浅近自然,与《古诗十九首》十分相似。

所谓"苏李诗",其实并不是苏武、李陵的作品。晋宋之际的诗人颜延之,就已经提出怀疑:"逮李陵众作,总杂不类,元是假托,非尽陵制。至其善篇,有足悲者。"(《太平御览》卷五八六引颜延之《庭诰》)其后如刘勰(《文心雕龙·明诗》)、苏轼(《东坡全集·答刘沔都曹书》)、洪迈(《容斋随笔》卷一四《李陵诗》)、顾炎武(《日知录》卷二三《已佻不讳》)、翁方纲(见梁章钜《文选旁证》卷二五引翁氏语)、钱大昕(《十驾斋养新录》卷一六《七言在五言之前》)等,都表示怀疑或否定的态度。梁启超的否定意见最具说服力,他提出三条理由:第一,"苏李诗""与《十九首》体格略同,而谐协尤过之……故其时代又当在《十九首》之后";第二,"赠答诗起于建安七子,两汉词翰,除秦嘉《赠妇》外更无第二首,然时已属汉末。……苏、李之世,绝对的不容有此";第三,把《汉书》卷五四《苏武传》所载李陵的《别歌》与所谓"李陵诗"作一比较①,其艺术水平之悬殊有如天壤,必非出于一人之手②。那么"苏李诗"是什么时代的作品呢?多数学者认为,它们应当是汉末人所作③。

除"苏李诗"外,汉末还有其他一些佚名的五言古诗,风貌相近。如:

> 悲与亲友别,气结不能言。赠子以自爱,道远会见难。人生无几时,颠沛在其间。念子弃我去,新心有所欢。结志青云上,何时复来还。(《玉台新咏》卷一)

> 新树兰蕙葩,杂用杜蘅草。终朝采其华,日暮不盈抱。采之欲遗谁?所思在远道。馨香易销歇,繁华会枯槁。怅望欲何言,临风送怀抱。(《古诗类苑》卷七七)

诗歌的情感内涵和艺术风格,与《古诗十九首》大体相近,反复低回,抑扬不尽,言浅情深,韵味悠长,也应当是同时代的作品。

---

① 李陵《别歌》:"径万里兮度沙漠,为君将兮奋匈奴。路穷绝兮矢刃摧,士众灭兮名已隤。老母已死,虽欲报恩将安归?"
② 参见梁启超《中国之美文及其历史》第三章《汉魏时代之美文》第一节《建安以前汉诗》,北京:东方出版社1996年版。
③ 参见刘跃进《中古文学文献学》中编第五章第一节《苏李诗文辨伪》,南京:江苏古籍出版社1997年版。

东汉后期情韵并美的佚名五言古诗还有许多,令人涵咏不舍。再展示几首:

  青青河边草,绵绵思远道。远道不可思,夙昔梦见之。梦见在我傍,忽觉在他乡。他乡各异县,辗转不可见。枯桑知天风,海水知天寒。入门各自媚,谁肯相为言?客从远方来,遗我双鲤鱼。呼儿烹鲤鱼,中有尺素书。长跪读素书,书上竟何如?上有加餐食,下有长相忆。(《饮马长城窟行》,《玉台新咏》卷一,《文选》卷二七,《艺文类聚》卷四一,《乐府诗集》卷三八)

  十五从军征,八十始得归。道逢乡里人:"家中有阿谁?""遥看是君家,松柏冢累累。"兔从狗窦入,雉从梁上飞。中庭生旅谷,井上生旅葵。舂谷持作饭,采葵持作羹。羹饭一时熟,不知贻阿谁。出门东向看,泪落沾我衣。(《乐府诗集》卷二五)

  昭昭素月明,晖光烛我床。忧人不能寐,耿耿夜何长!微风吹闺闼,罗帷自飘飏。揽衣曳长带,屣履下高堂。东西安所之?徘徊以彷徨。春鸟翻南飞,翩翩独翱翔。悲声命俦匹,哀鸣伤我肠。感物怀所思,泣涕忽沾裳。伫立吐高吟,舒愤诉穹苍。(《伤歌行》,《文选》卷二七)

  青青园中葵,朝露待日晞。阳春布德泽,万物生光晖。常恐秋节至,焜黄华叶衰。百川东到海,何时复西归?少壮不努力,老大乃伤悲。(《长歌行》,《文选》卷二七)

  《饮马长城窟行》一首,唯《玉台新咏》题为蔡邕作,其他出处皆云古辞。《乐府诗集》卷三八解题云:"长城,秦所筑以备胡者,其下有泉窟,可以饮马。古辞云:'青青河畔草,绵绵思远道',言征戍之客至于长城而饮其马,妇人思念其勤劳,故作是曲也。"这诗写思妇思念役夫,以至醒梦恍惚;终于接到丈夫来信,叮嘱妻子努力加餐饭、常思勿相忘。情感朴实纯真,却最能打动人心。

"十五从军征"一首,写征战一生的老兵,年老终于可以回家了,可是已经家破人亡。只剩他孤苦伶仃,无依无靠,晚景凄凉!极生动鲜明地揭露了汉末战争连绵给百姓带来的灾难。这首诗,通篇描写老兵的动作举止,无一语言及内心感受,而其内心的凄苦却郁然喷涌。

《伤歌行》一首,足称空灵蕴藉。诗人耿耿不寐,彷徨徘徊,见皎皎明月,春鸟夜飞,感物兴怀,内心的忧思不得排遣。可他究竟忧愤什么?诗中并未说明,只有靠读者去填充。

《长歌行》一首耳熟能详,是千古著名的励志之作。其以景托情的圆熟表现手法,也成为传统诗歌的经典表现方式。

以上胪述《古诗十九首》以外的东汉后期佚名五言古诗,意在呈现这个时期五言古诗创作的兴盛局面。这些作品,与《古诗十九首》一样,歌唱切近现实人生的真情实感,质朴自然而意蕴隽永。

四

东汉后期的有主名诗歌,还有一些四言诗及杂诗。简述如下:

今存这个时期的四言诗,有朱穆《与刘伯宗绝交诗》、秦嘉《赠妇诗》及《述婚诗》二首、繁钦《远戍劝戒诗》《赠梅公明诗》、仲长统(180~220)《见志诗》二首。

朱穆《与刘伯宗绝交诗》,见于《后汉书》卷四三《朱晖传附朱穆传》李贤注:

北山有鸱,不洁其翼。飞不正向,寝不定息。饥则木揽,饱则泥伏。饕餮贪污,臭腐是食。填肠满嗉,嗜欲无极。长鸣呼凤,谓凤无德。凤之所趣,与子异域。永从此诀,各自努力!

这诗演绎《庄子》,以鸱鸮喻指邪佞无品、唯利是图的小人,以凤凰喻指品格高洁的君子,表示自己决不同流合污的志愿。

秦嘉《赠妇诗》一首,载于《玉台新咏》卷九:

暧暧白日,引曜西倾。啾啾鸡雀,群飞赴楹。皎皎明月,煌煌列星。严霜凄怆,飞雪覆庭。寂寂独居,寥寥空室。飘飘帷帐,荧荧华烛。尔不是居,帷帐焉施?尔不是照,华烛何为?

与其三首五言《赠妇诗》一样,这诗也是画景抒情,抒发对妻子的刻骨思念,感情真挚,情味俱长。

秦嘉还有《述婚诗》二首,载于《初学记》卷一四及《古文苑》卷八:

群祥既集,二族交欢。敬兹新姻,六礼不愆。羊雁总备,玉帛戋戋。君子将事,威仪孔闲。猗兮容兮,穆矣其言。

纷纷婚姻,祸福之由。卫女兴齐,褒姒灭周。战战兢兢,惧其不仇。神启其吉,果获令攸。我之爱矣,荷天之休。

这两首诗,或是秦嘉结婚时所作。前者歌咏婚礼仪节;后者以古之婚姻祸福为警诫,庆幸也是祈愿自己的婚姻乃是天作之合。不过,与其几首《赠妇诗》相比,这诗具有太多的"仪式感",因而感情并不那么真挚,有"硬作"之嫌。

繁钦《远戍劝戒诗》,载于《艺文类聚》卷二三:

> 肃将王事,集此扬土。凡我同盟,既文既武。郁郁桓桓,有规有矩。务在和光,同尘共垢。各竟其心,为国蕃辅。訚訚衎衎,非法不语。可否相济,阙则云补。

这诗的作意,题目中已显露无遗。其《赠梅公明诗》,载于《艺文类聚》卷三一:

> 瞻我北园,有条者桑。遘此春景,既茂且长。氤氲吐叶,柔润有光。黄条蔓衍,青鸟来翔。日月其迈,时不可忘。公子瞻旃,勋名乃彰。

这首诗文笔虽然华美流丽,但其情思内涵淡弱无谓,不乏阿谀之嫌。繁钦的这两首四言诗,水准远不如上述他的五言诗。

仲长统(180～220)"性俶傥,敢直言,不矜小节,默语无常,时人或谓之狂生。每州郡命召,辄称疾不就"(《后汉书》卷四九《仲长统传》),是一个参透世事而秉持道家思想的士人。《后汉书》本传云:"(仲长统)常以为凡游帝王者,欲以立身扬名耳,而名不常存,人生易灭,优游偃仰,可以自娱,欲卜居清旷,以乐其志。"因作《乐志论》曰:"使居有良田广宅,背山临流,沟池环匝,竹木周布,场圃筑前,果园树后。舟车足以代步涉之难,使令足以息四体之役。养亲有兼珍之膳,妻孥无苦身之劳。良朋萃止,则陈酒肴以娱之;嘉时吉日,则烹羔豚以奉之。踌躇畦苑,游戏平林,濯清水,追凉风,钓游鲤,弋高鸿。讽于舞雩之下,咏归高堂之上。安神闺房,思老氏之玄虚;呼吸精和,求至人之仿佛。与达者数子,论道讲书,俯仰二仪,错综人物。弹《南风》之雅操,发清商之妙曲。消摇一世之上,睥睨天地之间。不受当时之责,永保性命之期。如是,则可以陵霄汉,出宇宙之外矣。岂羡夫入帝王之门哉!"这篇述志之作,足

以与张衡《归田赋》媲美,而醇情犹有过之。他又作《见志诗》二首:

> 飞鸟遗迹,蝉蜕亡壳。腾蛇弃鳞,神龙丧角。至人能变,达士拔俗。乘云无辔,骋风无足。垂露成帏,张霄成幄。沆瀣当餐,九阳代烛。恒星艳珠,朝霞润玉。六合之内,恣心所欲。人事可遗,何为局促?

> 大道虽夷,见几者寡。任意无非,适物无可。古来绕绕,委曲如琐。百虑何为?至要在我。寄愁天上,埋忧地下。叛散《五经》,灭弃《风》《雅》。百家杂碎,请用从火。抗志山栖,游心海左。元气为舟,微风为柂。敖翔太清,纵意容冶。

这两首诗,就是全生保身的思想宣言。"百虑何为?至要在我",世间的一切功名利禄,都不如"我"之舒心生存更加重要;"任意无非,适物无可",人世的一切是是非非,都轻如鸿毛。于是,他要"寄愁天上,埋忧地下",抛弃《五经》、百家。遗弃人事,而畅游于天地之间。仲长统遗世高蹈的人生追求,代表着东汉后期士人心态的主流趋向。

东汉后期的有主名杂诗,今存有灵帝刘宏(156~189)的《招商歌》,少帝刘辩的《悲歌》及刘辩唐姬的《起舞歌》。

灵帝《招商歌》唱道:

> 凉风起兮日照渠,青荷昼偃叶夜舒。惟日不足乐有馀,清丝流管歌玉凫,千年万岁喜难逾。([晋]王嘉《拾遗记》卷六,《古文苑》卷八)

此诗之本事,王嘉《拾遗记》卷六曰:"灵帝初平(按:当作"中平")三年,游于西园,起裸游馆千间,采绿苔而被阶,引渠水以绕砌,周流澄澈。乘船以游漾,使宫人乘之,选玉色轻体者,以执篙楫,摇漾于渠中。其水清澄,以盛暑之时,使舟覆没,视宫人玉色。又奏《招商》之歌,以来凉气也。歌曰云云。渠中植莲,大如盖,长一丈,南国所献。其叶夜舒昼卷,一茎有四莲丛生,名曰'夜舒荷';亦云月出则舒也,故曰'望舒荷'。帝盛夏避暑于裸游馆,长夜饮宴。"①《古文苑》卷八《招商歌》章樵解题云:"秋属金,于五音为商。招商者,迎秋音之至也。"可知这是一曲迎接秋气的游乐之歌。

少帝刘辩的《悲歌》及其唐姬的《起舞歌》,载于《后汉书》卷一〇下《灵思何皇后纪》:

天道易兮我何艰! 弃万乘兮退守蕃。逆臣见迫兮命不延,逝将去汝兮适幽玄!(《悲歌》)

皇天崩兮后土颓,身为帝兮命夭摧。死生路异兮从此乖,奈我茕独兮心中哀!(《唐姬起舞歌》)

刘辩为灵帝长子,中平六年(189)四月即位。九月,即被董卓废为弘农王,改立其弟、年仅九岁的刘协。(见《后汉书》卷八《灵帝纪》)《后汉书》卷一〇下《灵思何皇后纪》记载:献帝初平元年(190),"山东义兵大起,讨董卓之乱。卓乃置弘农王于阁上,使郎中令李儒进酖,曰:'服此药,可以辟恶。'王曰:'我无疾,是欲杀我耳!'不肯饮。强饮之,不得已,乃与妻唐姬及宫人饮燕别。酒行,王悲歌曰云云。因令唐姬起舞,姬抗袖而歌曰云云。因泣下呜咽,坐者皆欷歔。"这两支歌,是刘辩夫妻被鸩杀之际生离死别的咏唱,悲恸欲绝,催人泪下。

---

① [晋]王嘉撰,[梁]萧绮录,齐治平校注《拾遗记》,北京:中华书局1981年版,第144—145页。

综合本节所述,东汉后期的诗歌创作,是有汉以来的诗歌创作高峰。更重要的是,这个时期诗歌的创作倾向,与同时期的赋作一样,歌唱自我的生命体验,凸显了个体生命和人类情感的价值。而以《古诗十九首》等为代表的文人五言古诗,艺术表现已经十分圆熟,不仅代表了两汉文学创作的最高成就,也为中国古典诗歌树立了极高的艺术境界。这一创作成就及其所呈现的重视自我和情感、追求情韵并美的文学思想,标志着中国文学独立自足时代的到来。

第八章　汉代功利《诗》学的绝唱：郑玄的《诗》学思想

郑玄是后汉博通古今、著述极富的大儒。关于他的学业，《后汉书》卷三五《郑玄传》载：年少时"造太学受业，师事京兆第五元先（一说当作第五元），始通《京氏易》《公羊春秋》《三统历》《九章算术》。又从东郡张恭祖受《周官》《礼记》《左氏春秋》《韩诗》《古文尚书》。以山东无足问者，乃西入关，因涿郡卢植（马融的弟子），事扶风马融。"张恭祖兼授其今、古文经，毋论矣。马融也是东汉学业博通的大儒，他师事"名重关西"的挚恂，而"博通经籍"。安帝初拜校书郎，"诣东观典校秘书"。"才高博洽，为世通儒。……著《三传异同说》。注《孝经》《论语》《诗》《易》《三礼》《尚书》《列女传》《老子》《淮南子》《离骚》。"（《后汉书》卷六〇上《马融传》）可见马融于精通古、今经学而外，也擅长诸子和楚辞。《后汉书》本传记述郑玄师事马融之经历，有云："玄在门下，三年不得见，乃使高业弟子传授于玄。玄日夜寻诵，未尝怠倦。"似是未得马融亲传。但是既有三年师门之熏染，又有高弟代为授业，郑玄之学业受益于马融，应是不成问题的，故郑玄东归，马融谓其门人曰"吾道东矣"（《后汉书》卷六〇上《马融传》）。

郑玄的著述，《后汉书》本传载："门生相与撰玄答诸弟子问《五经》，依《论语》作《郑志》八篇。凡玄所注《周易》《尚书》《毛诗》《仪礼》《礼记》《论语》《孝经》《尚书大传》《中候》《乾象历》，又著《天文七政论》《鲁礼禘祫义》《六艺论》《毛诗谱》《驳许慎〈五经异义〉》《答临孝存〈周礼〉难》，凡百馀万言。"实际上，这份著作目录还是比较粗疏的。据杨天宇的稽考，郑玄的著作包括注释类（又分为经传、纬书、杂注三小类）、著作类、门弟子所辑类共有五十六种之多①，遍及经、传、谶纬及律历、数术等多个科类。

据上简述可见，无论从学殖修养还是从著作看，郑玄都是一位以经学为主业、博学旁通的儒者。就其经学建树来说，乃是今文、古文、谶纬兼通；仅就《诗》学而言，也是三家《诗》《毛诗》并擅②。《后汉书》卷三五《郑玄传论》曰："汉兴，诸儒颇修艺文。及东京，学者亦各名家。而守文之徒，滞固所禀，异端纷纭，互相诡激，遂令经有数家，家有数说，章句多者或乃百馀万言。学徒劳而少功，后生疑而莫正。郑玄括囊大典，网罗众家，删裁繁芜，刊改漏失，自是学者略知所归。"范史之论，实已指出郑玄学冠古今、广综博通的经学思想特色。不专擅一经、不固守家派，并且博学旁通，是后汉许多儒士知识思想的普遍特点，一代宗师贾逵、马融都是如此，郑玄集汉世儒学之大成，是体现这个特色最为透彻鲜明者。郑玄经学思想混同古今、兼采谶纬而博通旁融的特色，正是他笺注《毛诗》新义迭出的根本原因。

根据现存文献，郑玄的《诗》学思想主要见于其《毛诗传笺》及

---

① 见杨天宇《郑玄三礼注研究》之《通论编》第二章《郑玄著述考》，天津：天津人民出版社 2007 年版。

② ［清］陈奂《诗毛氏传疏·叙》云："郑康成殿居汉季，初从东郡张师（自注：张恭祖）学《韩诗》，后见《毛》诗义精好，为作《笺》，亦复间杂《鲁诗》，并参己意。固作《笺》之旨，实不尽同《毛》义。"又其《郑氏笺考征》云："郑康成习《韩诗》，兼通《齐》《鲁》，最后治《毛诗》。笺《诗》乃在注《礼》之后，以《礼》注《诗》，非墨守一氏。《笺》中有用三家申《毛》者，有用三家改《毛》者，例不外此二端。……《毛》古文，郑用三家，从今文。于以知毛与郑固不同术也。"北京：中国书店 1984 年影印苏州漱芳斋咸丰辛亥（1851）刻本。

其《诗谱》中①。此外,《六艺论》《郑志》和三《礼》注等也有一些零散的说《诗》材料。

今人关于郑玄《诗》学思想的研究,除去概论性著述的宏观勾勒外②,专题研究中最为系统深入者,当属刘毓庆的两篇论文:《郑玄〈诗〉学的基本框架及其价值取向》一文认为③:"郑玄《诗》学理论的基本框架有四个方面:一是以《毛诗》为核心的政治理论体系,二是以小学为钤键的语言解释系统,三是以礼注《诗》的内涵拓展路径,四是以'兴喻'为枢纽的意义转换机制。政治理论是主导,语言解释是手段,内涵拓展是方向,意义转换是目的。"《郑玄诗学理论及其对传统诗论的转换》一文认为④:"(郑玄)诗论中最有价值的是他对传统诗论的修正与改造——在汉代大一统特定的历史语

---

① 郑玄《诗谱》早佚,唐初陆德明《经典释文·序录》有"郑玄《诗谱》二卷",至宋初即已难觅完书(见欧阳修《诗本义》附《郑氏诗谱补亡·后序》,《四部丛刊》本)。幸有唐初孔颖达《毛诗正义》大量征引,今得见其梗概。郑《诗谱》的辑佚,盖自欧阳修始,其《诗本义》附有《郑氏诗谱补亡》一卷。至清代,王谟、袁钧、孔广林、李光廷、黄奭、胡元仪等各有辑本,另有吴骞《诗谱补亡后订》一卷拾遗一卷(见《续修四库全书》第 64 册),丁晏《郑氏诗谱考正》一卷(《皇清经解续编》本),马征麐《毛诗郑谱疏证》一卷(《马钟山遗书》本),亦足可参。案:汉儒说《诗》,可能本来都各自有《谱》。《隋书》卷三二《经籍志一》著录"《韩诗外传》十卷",注云:"梁有《韩诗谱》二卷";又著录"《毛诗谱》三卷",注云:"吴太常卿徐整撰。"另外,三家《诗》往往讲授诗篇谱系,如说《关雎》为康王时诗(《鲁诗》说),《燕燕》为卫定公时诗(《鲁诗》说),《鼓钟》为昭王时诗(《齐诗》说),《商颂》为宋襄公时诗(《鲁诗》说),等等(见王先谦《诗三家义集疏》)。这似可说明,四家《诗》本都有谱,但后来失传了。

② 如夏传才《诗经研究史概要》(郑州:中州书画社 1982 年版),戴维《诗经研究史》(长沙:湖南教育出版社 2001 年版),洪湛侯《诗经学史》(北京:中华书局 2002 年版),以及顾易生、蒋凡《中国文学批评通史·先秦两汉卷》(上海:上海古籍出版社 1996 年版)等。

③ 刘毓庆《郑玄〈诗〉学的基本框架及其价值取向》,载《山西大学学报》2007 年第 3 期。

④ 刘毓庆《郑玄诗学理论及其对传统诗论的转换》,载《文学评论》2007 年第 6 期。

境与文化语境下,对先秦儒者提出的'美刺'和'情志'的内涵作了切换。于'美刺'之中,注入了'颂美讥过'的意义;于'诗言志'中,注入了'好恶之情'的意义。"前者梳理总结了郑玄《诗》学的理论框架,后者进一步指出了郑玄《诗》学中最具价值的两个方面,均不失为仁智有识之论。不过,由于刘氏二文致力于理论建构,在剖析和阐释郑玄《诗》学思想时,就难免忽略掉一些东西(如未能顾及作为郑玄《诗》学重要特征的引谶说《诗》问题等);同时,在某些理论问题的认识和评价上,也带有较多主观色彩①。本章立意与之不同,不求理论建构,只拟描述事实。在全面比较《毛传》《郑笺》的基础上,发现郑玄《诗》学思想的演进之处;在此基础上,参照《诗谱》等其他相关史料,揭示郑玄《诗》学思想的基本面貌。

第一节 《郑笺》对《毛传》的修正和超越

汉代鲁、齐、韩、毛四家《诗》,虽或今文、古文不同,或恪守诂训,或发明大义特色各异,但在解释具体诗篇时,仍是大同小异②。且也,无论四家《诗》对具体诗篇的解说多么不同,其服务于政治教化的精神实质都是一致的。抓住了这个大宗旨,则关于两汉四家《诗》之今古、家派之争,遂成末节。这是郑玄笺释《毛诗》之《诗》学自身学统的背景。此外,后汉大儒多具兼通今古、博融其他学养的

---

① 如关于"美刺"之"刺"。刘氏《郑玄诗学理论及其对传统诗论的转换》一文,首先将《毛诗序》(含《小序》和《大序》)一概视为先秦文献,以与作为汉儒代表的郑玄作比较;其次,说《诗序》言"刺"激烈,"并没有给'讽谏'意义留有空隙",而以郑玄为代表的汉儒,在大一统的政治背景下,把先秦的"愤怒""憎恶"转换成了"婉曲风喻""诵美讥过","变得含蓄起来"。这样,就把《毛诗序》的"刺"和郑玄的"刺"对立起来了,认为二者含义不同。这里就有不少相关问题可以商榷。

② 参见拙著《西汉文学思想史》第二章第四节《四家〈诗〉说:以义言诗,标举美刺教化》,台北:台湾商务印书馆 2013 年修订版。

学风,汉末混乱的政治格局及与之相伴的经学衰微①,也都是郑玄能够混融今古、兼采谶纬以笺释《毛诗》的必要的文化环境和政治、思想条件,此亦不难理解之事。

郑玄笺《毛诗》,除《后汉书》本传有记载外,《后汉书》卷七九下《儒林列传·卫宏》也说:"中兴后,郑众、贾逵传《毛诗》。后马融作《毛诗传》,郑玄作《毛诗笺》。"何谓笺?孔颖达《毛诗正义》卷一曰:"郑于诸经皆谓之'注',此言'笺'者,吕忱《字林》云:'笺者,表也,识也。'郑以毛学审备,遵畅厥旨,所以表明毛意,记识其事,故特称为'笺'。馀经无所遵奉,故谓之'注'。注者,著也,言为之解说,使其义著明也。"《后汉书》卷七九下《儒林列传·卫宏》李贤注也说:"笺,荐也,荐成毛义也。"唐人以为郑玄笺《毛诗》,乃是遵奉《毛传》而疏通之,这是看到了《郑笺》的一面。实际上,郑笺《毛诗》还有发明开拓的另一面。皮锡瑞《经学历史·经学中衰时代》说:"郑注诸经,皆兼采今、古文。……笺《诗》以毛为主,而间易毛字。自云:'若有不同,便下己意。'(按语见《六艺论》)所谓'己意',实本三家。是郑笺《诗》兼采今、古文也。"②皮氏指出郑玄笺《毛诗》改易毛字、兼采古今,实非一味遵奉《毛传》。而今天看来,则尚不止于此,《郑笺》在体例、训诂及经学思想方面,修正《毛传》乃至发明、独创之处所在多有,绝非唐人"疏不破注"之说所能涵盖。

---

① [清]皮锡瑞撰,周予同注释《经学历史》五《经学中衰时代》:"桓、灵之间,党祸两见;志士仁人,多填牢户;文人学士,亦扞文网;固已士气颓丧而儒风寂寥矣。……《三国志》董昭上疏陈末流之弊云:'窃见当今年少,不复以学问为本,专更以交游为业。国士不以孝弟清修为首,乃以趋势游利为先。'杜恕上疏云:'今之学者,师商、韩而上法术,竞以儒家为迂阔,不周世用。此则风俗之流弊。'……夫以两汉经学之盛,不百年而一衰至此;然则,文明岂可恃乎!"北京:中华书局 2004 年版,第 95 页。

② [清]皮锡瑞著,周予同注释《经学历史》,北京:中华书局 2004 年版,第 96 页。

当然，《郑笺》既是笺释《毛诗》，其在最基本体例以及许多训诂、释义上依顺《毛传》，自不待言。本章所关注者，乃是其不同于《毛传》的地方。黄焯《毛诗郑笺平议·序》谓："（郑玄）既通三家之义，复为《毛诗》作《笺》。于毛义有未合者，间下己意，或参取三家说之。计异于毛者，无虑数百事。"①下面择其要者，分别简述之。

一、《诗谱》比《毛诗序》更具学术和思想意义

据《后汉书》本传，郑玄《诗谱》本来单独成编，但是在唐宋之时散佚了。唐初孔颖达在为《毛传郑笺》作疏时，把所引录的《诗谱》分置在诸《国风》前、小大《雅》前、三《颂》前，在全书前冠以《诗谱序》。这是今天所能看到的郑玄《诗谱》的基本材料。关于郑氏《诗谱》的性质，孔颖达疏释道：

> 郑于《三礼》《论语》，为之作《序》，此《谱》亦是序类。避子夏《序》名，以其列诸侯世及《诗》之次，故名"谱"也。《易》有《序卦》，《书》有孔子作《序》，故郑避之，谓之为《赞》；赞，明也，明己为注之意。此《诗》，不谓之《赞》，而谓之《谱》；谱者，普也，注序世数，事得周普，故《史记》谓之"谱牒"是也。（《毛诗正义·诗谱序》"以立斯谱"正义）

依孔颖达说，则《诗谱》就是郑玄所作的《诗序》。郑玄《诗谱》与《毛诗序》相较，思想内涵有同有异。概而言之，其内涵有较多相同者，是《诗谱序》与《毛诗大序》部分。为便于感性了解，今录《诗谱序》大部如下②：

---

① 黄焯《毛诗郑笺平议》，上海：上海古籍出版社1985年版，第1页。
② 本章引证郑玄《诗谱》，均据孔颖达《毛诗正义》，北京：中华书局1980年影印阮刻《十三经注疏》本。

诗之兴也,谅不于上皇之世。大庭、轩辕,逮于高辛,其时有亡,载籍亦蔑云焉。《虞书》曰"诗言志,歌永言,声依永,律和声",然则诗之道放于此乎?

有夏承之,篇章泯弃,靡有孑遗。迄及商王,不风不雅。何者?论功颂德,所以将顺其美;刺过讥失,所以匡救其恶。各于其党,则为法者彰显,为戒者著明。

周自后稷播种百谷,黎民阻饥,兹时乃粒,自传于此名也。陶唐之末中叶,公刘亦世修其业,以明民共财。至于太王、王季,克堪顾天。文、武之德,光熙前绪,以集大命于厥身,遂为天下父母,使民有政有居。其时诗,《风》有《周南》《召南》,《雅》有《鹿鸣》《文王》之属。及成王,周公致太平,制礼作乐,而有《颂》声兴焉,盛之至也。本之由此《风》《雅》而来,故皆录之,谓之《诗》之正经。

后王稍更陵迟,懿王始受谮亨(烹)齐哀公,夷身失礼之后,邶不尊贤。自是而下,厉也,幽也,政教尤衰,周室大坏。《十月之交》《民劳》《板》《荡》,勃尔俱作。众国纷然,刺怨相寻。五霸之末,上无天子,下无方伯,善者谁赏?恶者谁罚?纪纲绝矣!故孔子录懿王、夷王时诗,讫于陈灵公淫乱之事,谓之"变风"、"变雅"。以为勤民恤功,昭事上帝,则受颂声,弘福如彼;若违而弗用,则被劫杀,大祸如此。吉凶之所由,忧娱之萌渐,昭昭在斯,足作后王之鉴,于是止矣。

这段文字,包含三个基本意思:其一,诗起源于远古尧舜时代;其二,《风》《雅》有"正经"和变体("变风""变雅");其三,与《风》《雅》之正变密切相联,《诗》具有"美刺"的社会功用。这三点,若撮其宏旨,大体是《毛诗大序》以来汉儒《诗》学精神的传承。《大序》和《诗谱序》都具有《诗》之总论性质,毛、郑同在经学为社会文化主流思想的时代，《大序》和《诗谱序》之基本思想相同，乃是必然之事。不过，若细析之，则亦可见郑《诗谱》于承继中尚有拓展之迹："美刺"说，乃是承袭《诗大序》，基本没有新义；而"变风""变雅"说，虽也继承《诗大序》，但论说更为详具，如将《诗》之"正经"确定于成王、周公之前的诗篇，将"变风""变雅"坐实在懿、夷、厉、幽以后的诗篇；至于诗之起源时代，则是《诗大序》不曾论及者。

郑玄《诗谱序》关于诗之起源时代的论说，无论其具体观点准确与否，都具有重要的理论价值。我国古代文艺思想中关于文学艺术"起源"的论说，其实包含两个视角：一是从共时的意义上说明文学艺术起源之原理，这类论说较多且纷杂，《易传》《吕氏春秋》《毛诗大序》《礼记·乐记》等早期文献中都有相关论述①；一是从历时的意义上讨论文学艺术起源之时代，这类论说相对较少，据今天所见的文献，《诗谱序》应该是最早提出并说明此一问题者，之后才陆续有历代学者作进一步的论说②。其开创发明之功，不待言矣。

———————

① 如《易·系辞下》："古者包牺氏之王天下也，仰则观象于天，俯则观法于地，观鸟兽之文与地之宜，近取诸身，远取诸物，于是始作八卦，以通神明之德，以类万物之情。"《吕氏春秋·大乐》："音乐之所由来者远矣，生于度量，本于太一。太一出两仪，两仪出阴阳。阴阳变化，一上一下，合而成章。"《毛诗大序》："诗者，志之所之也，在心为志，发言为诗。"《礼记·乐记》："凡音之起，由人心生也。人心之动，物使之然也。"此类例证极多，所述角度亦不一，不胜枚举。

② 后世学者多以为文艺起源于人类之始，更为准确。如：[齐梁]沈约《宋书》卷六七《谢灵运传论》："……升降讴谣，纷披风什。虽虞、夏以前，遗文不睹，禀气怀灵，理无或异。然则歌咏所兴，宜自生民始也。"[宋]蔡卞《毛诗名物解》卷二〇："作诗者不知起于何代，然自生民之能言，则诗之道已具矣。康成以为诗不起于上皇之世，岂其然乎？"[清]范家相《诗瀋》卷一《原诗》："诗何自起也？大庭、轩辕，载籍无稽，学者第弗深考，惟《虞书》有'诗言志，歌永言'之文，先儒谓即诗之道所自昉。愚谓《虞书》所言，乃诗歌音律之用，非诗之道始自虞廷也。孔颖达曰：'《明堂》著土鼓之文，黄帝有《云门》之乐，至周时尚有其声。则是乐器之音，逐人为辞，其即为诗之渐。'（案此为节引，见孔氏《诗谱序疏》）由此言之，则知大庭、轩辕之先，亦必有诗明矣。"[清]章学诚《文史通义·志林》："观于孩提呕哑，有声无言，形揣意求，而知文章著述之最初也。"

郑玄《诗谱》与《毛诗序》思想内涵的不同，更多体现在《毛诗小序》和《诗谱》的十六个分谱之上①。概括地说，《小序》是针对具体诗歌而言的，类于诗篇解题；《诗谱》各分谱则是针对国别或诗类的综论。此种体例的不同，自然导致这两种诗序在内容、旨趣上各具一格。《小序》往往注重揭橥诗篇的大义和本事，而郑《诗谱》则更多说明所论那部分诗歌得以产生的地理环境、社会风俗、时代政治背景及其诗体之正变等②。下面于《风》《雅》《颂》中各举其一例，以便直观了解：

> 王城者，周东都王城畿内方六百里之地。其封域在《禹贡》豫州太华外方之间，北得河阳，渐冀州之南。始武王作邑于镐京，谓之宗周，是为西都。周公摄政五年，成王在丰，欲宅洛邑，使召公先相宅，既成，谓之"王城"，是为东都，今河南是也。召公既相宅，周公往营成周，今洛阳是也。成王居洛邑，

---

① 此依孔颖达《毛诗正义》引录之情况而言。这十六个分《谱》是：《周南召南谱》《邶鄘卫谱》《王城谱》《郑谱》《齐谱》《魏谱》《唐谱》《秦谱》《陈谱》《桧谱》《曹谱》《豳谱》《小大雅谱》《周颂谱》《鲁颂谱》《商颂谱》。案：郑玄《诗谱》之原貌，似在唐宋之际已不得见。欧阳修最早辑考之，然其《郑氏诗谱补亡》，虽云得之旧本，实不甚可据：第一，"其文有注而不见名氏，首尾残缺。自'周公致太平'已上，皆亡之"，故欧阳修乃"取孔颖达《正义》所载之文补足"《诗谱序》，又缺失三《颂》谱。第二，"其《国谱》旁行，尤易为讹舛，悉皆颠倒错乱，不可复序"；又，欧阳氏自知"周、召、邶、鄘、卫、王、郑、［齐］、魏、唐、秦、陈、桧、曹、豳，此郑氏《诗谱》次第也"，却在《诗谱补亡》中将《桧谱》《郑谱》合一，置于《邶鄘卫谱》之后；又把《王谱》置于《豳谱》之后——以意颠倒《国谱》次序如此。第三，欧阳氏自道：取自己所作之《诗图》十四篇"以补《郑谱》之亡者"。（以上引文均见欧阳修《郑氏诗谱补亡后序》，《四部丛刊》本）可见，欧阳修《郑氏诗谱补亡》非仅文献辑校而已，也加入了自己的研究和思考。故而从文献角度说，要了解郑氏《诗谱》原貌，仍必须依据孔氏《毛诗正义》所引录者。

② 王洲明《论郑玄〈诗谱〉的贡献》一文，把《诗谱》的内容概括为明时代、定地理、说正变三个方面，可参看。文载人民文学出版社《中国古典文学论丛》第四辑，1986年。

迁殷顽民于成周，复还归处西都。至于夷、厉，政教尤衰。十一世，幽王嬖褒姒生伯服，废申后太子宜咎，奔申。申侯与犬戎攻宗周，杀幽王于戏。晋文侯、郑武公迎宜咎于申而立之，是为平王。以乱故，徙居东都王城。于是王室之尊，与诸侯无异，其诗不能复《雅》，故贬之，谓之王国之"变风"。（《王城谱》）

《小雅》《大雅》者，周室居西都丰、镐之时诗也。始祖后稷由神气而生，有播种之功于民。公刘至于太王、王季，历及千载，越异代而别（当作列）世载其功业，为天下所归。文王受命，武王遂定天下，盛德之隆。《大雅》之初起自《文王》，至于《文王有声》，据盛隆而推原天命，上述祖考之美。《小雅》自《鹿鸣》至于《鱼丽》，先其文，所以治内；后其武，所以治外。此二《雅》逆顺之次，要于极贤圣之情，著天道之助，如此而已矣。又《大雅》《生民》及《卷阿》，《小雅》《南有嘉鱼》下及《菁菁者莪》，周公、成王之时诗也。传曰："文王基之，武王凿之，周公内之。"谓其道同，终始相成，比而合之。故《大雅》十八篇，《小雅》十六[篇]为正经。……《大雅·民劳》《小雅·六月》之后，皆谓之"变雅"。美恶各以其时，亦显善惩过正之次也。（《小大雅谱》）

鲁者，少昊挚之墟也。国中有大庭氏之库，则大庭氏亦居兹乎？在周公归政成王，封其元子伯禽于鲁。其封域在《禹贡》徐州大野蒙羽之野。自后政衰，国事多废。十九世至僖公，当周惠王、襄王时，而遵伯禽之法，养四种之马，牧于坰野。尊贤禄士，修泮宫，守礼教。僖十六年冬，会诸侯于淮上，谋东略，公遂伐淮夷。僖二十年，新作南门，又修姜嫄之庙，至于复鲁旧制，未遍而薨。国人美其功，季孙行父请命于周，而作其颂。文公十三年，太室屋坏。初，成王以周公有太平制典法之勋，命鲁郊祭天三望，如天子之礼。故孔子录其诗之《颂》，同

于王者之后。(《鲁颂谱》)

这些文字的内容很清晰,就是说明所述诗歌产生的地域、时代,历史沿革及其政治意义,以及相应的正变归属(《颂》诗无正变[1])。这个基本叙述框架,是郑玄十六个分《谱》的通例。

显而易见,郑玄《诗谱》与《毛诗小序》在作意取向上不尽相同;并且,较之《小序》,郑《谱》更为宏观、概括且精深;因之具有更大的学术及思想意义。

二、《郑笺》对《毛诗小序》释"兴"的修正和丰富

"毛公述《传》,独标兴体"(《文心雕龙·比兴》),注重揭示"兴"义,是《小序》的重要特色[2]。《郑笺》也重视"兴"义的解说,但较之《毛传》,有较多拓展和修正。朱自清《诗言志辨·比兴·毛诗郑笺释兴》,在详细例析《毛传》以"兴"释诗后,说:

> 《郑笺》说兴诗,详明而有系统,胜于《毛传》,虽然"作诗者之意"还是难知。郑玄以为"《诗》之兴"是"象似而作之"(《周礼·天官·司裘》"大丧,廞裘,饰皮车"注)。《传》说"兴也",《笺》大多数说"兴者喻"。……《笺》又参照《毛传》兴诗的例,增加了些兴诗。[3]

---

[1] 汉代以还,说《诗》之"正变",仅限于《风》《雅》。至唐初成伯玙《毛诗指说》,发明《颂》诗正变之说,孔颖达《毛诗正义》及南宋王柏《诗疑》等,也有附和(详见下文)。不过,《颂》之正变说并不普遍,一般说"正变",仍以《风》《雅》为限。

[2] 王应麟《困学纪闻》卷三引南宋吴泳曰:"毛氏自《关雎》而下总百十六篇,首系之兴:《风》七十,《小雅》四十,《大雅》四,《颂》二,注曰'兴也'。而比、赋不称焉。盖谓赋直而兴微,比显而兴隐也。"

[3] 朱自清《诗言志辨》,《朱自清古典文学论文集》,第246—247页。

朱氏说《郑笺》以"兴"释诗"胜于《毛传》",但是仅简单指出《郑笺》以"兴者喻"替代《毛传》"兴也"的体例,和"增加了些兴诗"两点,未暇详细论说。故不能清晰地说明《郑笺》"详明而有系统"。下面分三个方面简单例析,以申补朱说。

1.《毛传》认为是"兴",而《郑笺》以为不是之例

这是《郑笺》对《毛传》的修正。例如《郑风·野有蔓草》:"野有蔓草,零露漙兮。"《毛传》:"兴也。野,四郊之外。蔓,延也。漙,漙然盛多也。"《郑笺》:"零,落也。蔓草而有露,谓仲春之时草始生,霜为露也。"《毛传》释此诗之义云:"思遇时也。君之泽不下流,民穷于兵革,男女失时,思不期而会焉。"故孔颖达《正义》详细解释说:"毛以为郊外野中有蔓延之草,草之所以能延蔓者,由天有陨落之露,漙漙然沾润之兮,以兴民所以得蕃息者,由君有恩泽之化,养育之兮。今君之恩泽不流于下,男女失时,不得婚娶,故于时之民,乃思得有美好之一人……"而《郑笺》则以为此二句不是兴,只是仲春风光描述而已。故孔颖达说:"郑以蔓草零露记时,为异。"

再如《小雅·伐木》:"伐木丁丁,鸟鸣嘤嘤。"《毛传》:"兴也。丁丁,伐木声也。嘤嘤,惊惧也。"《郑笺》:"丁丁、嘤嘤,相切直也(按此为《鲁诗》之说)。言昔日未居位在农之时,与友生于山岩伐木,为勤苦之事,犹以道德相切正也。嘤嘤,两鸟声也。其鸣之志,似于有友道然,故连言之。"此诗之作意,《毛序》谓:"《伐木》,燕朋友故旧也。自天子至于庶人,未有不须友以成者。亲亲以睦,友贤不弃,不遗故旧,则民德归厚矣。"认为此诗为歌咏"友道"之作,四家《诗》说均同;唯《毛》以为"美",而《鲁》《韩》以为"刺"(参见王先谦《诗三家义集疏》)。《郑笺》从《毛诗》,进一步坐实为文王之事。这里主要关注的是,诗首"伐木丁丁,鸟鸣嘤嘤"二句,《毛传》明标"兴也",而《郑笺》则认为是实写。观孔颖达《正义》之解说,即可见其区别:"郑以为此章远本文王幼少之时结友之事。言文王昔日未居位之时,与友生伐木于山阪,丁丁然为声也。于时虽处勤劳,犹以道德相切直。时有两鸟在傍,嘤嘤然而鸣。此鸟之鸣,似朋友之相切,故连言之。……大意与毛同,唯不兴为异耳。"

2.《毛传》不以为"兴"(或表述不明确),而《郑笺》明确认定为"兴"之例

此即朱自清所说"增加了些兴诗"一类情形。如《大雅·旱麓》:"瞻彼旱麓,榛楛济济。"《毛传》:"旱,山名也。麓,山足也。济济,众多也。"《郑笺》:"旱山之足,林木茂盛者,得山云雨之润泽也。喻周邦之民独丰乐者,被其君德教。"此诗之作意,《毛序》谓:"《旱麓》,受祖也。周之先祖世修后稷、公刘之业,大王、王季申以百福干禄焉。"是周人颂祖的诗歌。首二句"瞻彼旱麓,榛楛济济",《毛传》以为实赋其事,孔颖达《正义》解释甚明:"毛以为视彼周国旱山之麓,其上则有榛楛之木,济济然茂盛而众多,是由阴阳和以致山薮殖也。阴阳调和,是君之所感;木犹尚然,明民亦得其性,故乐易然。"而《郑笺》则明确指出此二句为"兴喻"。

《毛传》不标"兴也",但实际上可能认为是"兴"的,《郑笺》一概明确之。如《周南·葛覃》:"黄鸟于飞,集于灌木,其鸣喈喈。"《毛传》:"黄鸟,抟黍也。灌木,丛木也。喈喈,和声之远闻也。"《郑笺》:"葛延蔓之时,则抟黍飞鸣,亦因以兴焉。飞集丛木,兴女有嫁于君子之道;和声之远闻,兴女有才美之称达于远方。"此诗"黄鸟于飞"之上的三句"葛之覃兮,施于中谷,维叶萋萋",《毛传》云"兴也";而于此"黄鸟于飞"三句,则未言"兴"。这可能与《毛传》体例有关,其标"兴也"一般均在首章首二句下(此诗标在第三句下,乃是据于诗意之变通)。或许《毛传》以为"黄鸟于飞"三句也是"兴",不需再标明。无论如何,此例至少属于《毛传》兴义表述不明者。而在《郑笺》则得到了明确解说。

再如《周南·螽斯》:"螽斯羽,诜诜兮。"《毛传》:"螽斯,蚣蝑也。诜诜,众多也。"《郑笺》:"凡物有阴阳情欲者,无不妒忌,维蚣蝑不耳,各得受气而生子,故能诜诜然众多。后妃之德能如是,则亦宜然。"此诗之作意,《毛序》云:"《螽斯》,后妃子孙众多也。言若螽斯不妒忌,则子孙众多也。"隐约含有认为此诗为"兴"之意,但不明确。《郑笺》则通过详细阐释明确了其兴义。孔颖达《毛诗正义》云:"《传》不言兴者,《郑志》答张逸云:'若此无人事,实兴也。文义自解,故不言之。凡说不解者耳,众篇皆然。是由其可解,故《传》不言兴也。'"郑玄在答张逸问时明确解释了《毛传》"实兴"却"不言兴"之例。

3.《毛传》指出"兴也"但阙而不论处,《郑笺》均予详细说明之例

如《周南·樛木》:"南有樛木,葛藟累之。"《毛传》:"兴也。南,南土也。木下曲曰樛。南土之葛藟茂盛。"《郑笺》:"木枝以下垂之故,故葛也,藟也,得累而蔓之,而上下俱盛。兴者,喻后妃能以恩意下逮众妾,使得其次序,则众妾上附事之,而礼义亦俱盛。"

又如《小雅·斯干》:"秩秩斯干,幽幽南山。"《毛传》:"兴也。秩秩,流行也。干,涧也。幽幽,深远也。"《郑笺》:"兴者,喻宣王之德如涧水之源,秩秩流出,无极已也。国以饶富,民取足焉,如于深山。"

以上二例,《毛传》的训诂极精简,点明了"兴也"却不说明兴义。而《郑笺》均以详具解说足成之。

三、《郑笺》的引谶纬说《诗》

《毛传》不用谶纬,盖缘其基本定型之时(西汉前中期),谶纬尚未广泛流行。《郑笺》则引用谶纬解《诗》,相对于《毛传》而言,无疑是一大开创。郑玄遍注群经,亦且注纬。他援纬注经时,极少直接使用纬书之名,而往往称作"某说"。《郑志》载:"张逸问:'《注》曰

"书说"。书说,何书也?'答曰:'《尚书纬》也。当为注时,在文网中,嫌引秘书,故诸所牵图谶,皆谓之"说"。'"①《礼记·檀弓》孔颖达《正义》也说:"凡郑云'说'者,皆纬候也。时禁图谶,故转'纬'为'说'也。"因此,郑玄注经所引之"易说"、"书说"、"礼说"、"乐说"、"春秋说"、"孝经说"等,都是纬书②。

具体到《郑笺》引用谶纬,则大抵有明引和暗用两种情形。其明引谶纬之例,仅有《周颂·思文》一首:"贻我来牟,帝命率育。无此疆尔界,陈常于时《夏》。"《毛传》:"牟,麦。率,用也。"《郑笺》:"贻,遗。率,循。育,养也。武王渡孟津,白鱼跃入于舟,出涘以燎。后五日,火流为乌,五至,以谷俱来。此谓'遗我来牟'。天命以是循存后稷养天下之功,而广大其子孙之国。无此封竟于女今之经界,乃大有天下也,用是故陈其久常之功于是《夏》而歌之。《夏》之属有九。《书说》:'乌以谷俱来,云谷纪后稷之德。'"孔颖达《正义》云:"《书说》曰:'乌有孝名。武王卒父业,故乌瑞臻,赤周之正。谷,记后稷之德。'又《礼说》曰:'武王赤乌谷芒,应周尚赤用兵,王命曰:为牟天意,若曰须暇,纣五年乃可诛之。武王即位,此时已三年矣。谷,盖牟麦也。《诗》云:"贻我来牟。"是郑所据之文也。……《书说》'乌以谷俱来,云谷以记后稷之德'者,《尚书璇玑钤》及《(中候)合符后》皆有此文。"

而《郑笺》暗用谶纬释《诗》之处较多,其典型的例子是笺注《大雅·文王》:《毛序》曰:"《文王》,文王受命作周也。"《笺》云:"受命,受天命而王天下,制立周邦。"《郑笺》此处似是泛泛而言文王"受命",实则有深厚的谶纬思想背景。孔颖达《正义》在此诗《毛序》之

---

① [清]皮锡瑞《郑志疏证》卷二,台北:世界书局1982年影印光绪己亥刻本。
② 吕凯《郑玄之谶纬学》,于第二章设专节稽考"郑玄之引纬注经"。但吕氏的钩稽,仅涉及郑注《礼记》《尚书》《周礼》三经,而未及郑笺《毛传》。台北:台湾商务印书馆1982年版。

下挥洒近五千字，大量引用谶纬，详细论说文王受命之说。其中多有郑玄以谶纬说文王受命的材料，这里仅节引其部分片段，以见其状："故《六艺论》云：'《河图》《洛书》皆天神言语，所以教告王者也。'……郑以文王受命为七年之事，《中候我应》云：'季秋之月甲子，赤雀衔丹书入丰，止于昌户。'……郑意以入戊午蔀二十九年季秋之月甲子，赤雀衔丹书而命之也。郑知然者，《易乾凿度》云云。……郑以受命元年为入戊午蔀三十年……又《中候洛师谋》云……郑所参校于兹，明矣。……郑云：'文王得赤乌、武王俯取鱼皆七年。'……《是类谋》曰'受赤雀丹书'，《春秋元命苞》曰'凤凰衔丹书于文王之都'，皆言丹书、乌雀而已，曾无斥言别有他命；郑言'《洛书》即丹书'是也。不然，郑何处得'洛书'之言？……郑云'受《洛书》之命为天子'……郑于《六艺论》极言瑞命之事云：'太平嘉瑞，《图》《书》之出，必龟龙衔负焉。黄帝、尧、舜、周公是其证也。若禹观河见长人，皋陶于洛见黑公，汤登尧台见黑鸟，至武王渡河白鱼跃，文王赤雀止于户，秦穆公白雀集于车，是其变也。'……郑作《我应序》云：'文王如丰，将伐崇，受赤乌。'……"

在解释具体诗句时，《郑笺》也明显灌注着谶纬观念。如对《大雅·文王》的解释：

"文王在上，於昭于天。"《毛传》："在上，在民上也。於，叹辞。昭，见也。"《郑笺》："文王初为西伯，有功于民，其德著见于天，故天命之以为王，使君天下也。"

"周虽旧邦，其命维新。"《毛传》："乃新在文王也。"《郑笺》："大王聿来胥宇，而国于周，王迹起矣，而未有天命。至文王而受命。言'新'者，美之也。"

"有周不显，帝命不时。"《毛传》："有周，周也。不显，显也。显，光也。不时，时也。时，是也。"《郑笺》："周之德不光明乎？光明矣；天命之不是乎？又是矣。"

"文王陟降,在帝左右。"《毛传》:"言文王升接天,下接人也。"《郑笺》:"在,察也。文王能观知天意,顺其所为,从而行之。"

比较可知,《毛传》说文王受命,还很质实;《郑笺》则张皇其事,大量暗用谶纬知识。这与刘秀借助谶记得天下、"受命于天"的后汉流行思想,恐有极大关系。

《郑笺》援谶解《诗》的例证还有很多。再如《小雅·十月之交》,《毛序》以为"大夫刺幽王也",《笺》则以为:

> 当为刺厉王。作《诂训传》时移其篇第,因改之耳。《节(南山)》刺师尹不平,乱靡有定。此篇讥皇父擅恣,日月告凶。《正月》恶褎姒灭周,此篇疾艳妻煽方处。又幽王时,司徒乃郑桓公友,非此篇之所云番也,是以知然。

孔颖达《正义》云:"《中候摘洛贰》曰:'昌受符,厉倡虐。期十之世,权在相。'又曰:'剡者配姬以放贤,山崩水溃纳小人,家伯罔主异载震。'既言'昌受符'为王命之始,即云'期十之世',自文数之至厉王,除文王,为十世也。剡与家伯,与此篇事同。'山崩水溃',即此篇'百川沸腾,山冢崒崩'是也。如此《中候》之文,亦可以明此为厉王。但纬候之书,人或不信,故郑不引之。"孔虽云《郑笺》不引谶纬,且郑玄也举出了其他根据,但他判定此诗为刺厉王而不遵《毛传》,其主要依据仍是纬书。故王先谦《诗三家义集疏》说:"此诗为周幽王时十月辛卯朔,日有食之。《郑笺》用纬说,改为周厉王时日食。"

又如《大雅·生民》之说后稷诞生:"履帝武敏歆,攸介攸止。载震载夙,载生载育,时维后稷。"《毛传》:"履,践也。帝,高辛氏之帝也。武,迹。敏,疾也。从于帝而见于天,将事齐敏也。歆,飨。介,大也。止,福禄所止也。震,动。夙,早。育,长也。后稷播百谷以利民。"《郑笺》："帝，上帝也。敏，拇也。介，左右也。夙之言肃也。祀郊禖之时，时则有大神之迹，姜嫄履之，足不能满履其拇指之处，心体歆歆然，其左右所止住，如有人道感己者也，于是遂有身，而肃戒不复御。后则生子而养，长名之曰弃，舜臣尧而举之，是为后稷。"明显可见，《郑笺》要比《毛传》生动丰富，因为它讲述了细节；而这些细节，乃是发挥自谶纬。孔颖达《正义》详述毛、郑之异，其略云："纬候之书及《春秋命历序》言五帝传世之事，为毛说者皆所不信。……郑信谶纬，以《命历序》云'少昊传八世，颛顼传九世，帝喾传十世'，则尧非喾子。稷年又少于尧，则姜嫄不得为帝喾之妃。故云当尧之时，为高辛氏之世妃，谓为其后世子孙之妃也。……诸书、传言姜嫄履大迹生稷，简狄吞鳦卵生契者，皆毛所不信。故以帝为高辛氏帝，盖以二章、卒章皆言'上帝'，此独言'帝'不言'上'，故以为高辛氏帝也。……郑以此及《玄鸟》是说稷以迹生、契以卵生之经文也。《河图》曰：'姜嫄履大人迹，生后稷。'《中候稷起》云：'苍耀稷生感迹昌。'《契握》云：'玄鸟翔水，遗卵流，娀简吞之，生契，封商。'《苗兴》云：'契之卵生，稷之迹乳。'……是稷以迹生、契以卵生之说也。又《闷宫》云：'赫赫姜嫄，其德不回，上帝是依。'言上帝依姜嫄以生后稷，故以帝为上帝。且郑以姜嫄非高辛之妃，自然不得以帝为高辛帝矣。此上帝，即苍帝灵威仰也。"

《郑笺》引谶说《诗》的例证还有许多，不烦一一例举了[1]。刘师

---

[1] 孔颖达《正义》卷一释《毛诗序》"四始"说，引《齐诗》"四始五际"之后，说："郑作《六艺论》，引《春秋纬演孔图》云'《诗》含五际六情'者，郑以《泛历枢》云：'午亥之际为革命，卯酉之际为改正。辰在天门，出入候听。卯，《天保》也。酉，《祈父》也。午，《采芑》也。亥，《大明》也。然则亥为革命，一际也；亥又为天门出入候听，二际也；卯为阴阳交际，三际也；午为阳谢阴兴，四际也；酉为阴盛阳微，五际也。'其六情者，则《春秋》云喜、怒、哀、乐、好、恶是也。《诗》既含此五际六情，故郑于《六艺论》言之。"如此，则郑玄亦信谈谶纬"五际"之说。

培《国学发微》云:"及光武以符箓受命,而用人、行政悉惟谶纬之是从。由是以谶纬为秘经,颁为功令,稍加贬斥即伏非圣无法之诛。故一二陋儒援饰经文,杂糅谶纬,献媚工谀,虽何、郑之伦且沈溺其中而莫反。是则东汉之学术,乃纬学盛昌之时代也。"①《郑笺》之援纬释《诗》,便是后汉经谶融合之时代思想学术特色的必然反映②。

第二节　郑玄的《诗》学思想

讨论郑玄的《诗》学思想,须充分考量其思想学术背景。概而言之,春秋以来的致用观念,汉世三家《诗》说及其《诗》学思想,《毛诗故训传》,都是其《诗》学思想的学统背景;汉世经学的兴盛,尤其是东汉以来经谶牵合融汇的思想文化潮流,是其《诗》学思想的道统背景。郑玄虽是博通旁贯的一代鸿儒,也势必不能从根本上超脱这些思想文化氛围而特立独行、迥异于时代思想潮流。郑玄在《诗》学思想上的开拓,都是在这样的学统和道统背景下进行的。

一、政治教化观念

翻检郑玄之《诗》说,随处都充斥着《诗》致用于政治教化的思想。如其《诗谱序》有云:

> 论功颂德,所以将顺其美;刺过讥失,所以匡救其恶。各于其党,则为法者彰显,为戒者著明。……勤民恤功,昭事上帝,则受颂声,弘福如彼;若违而弗用,则被劫杀,大祸如此。

---

① 《刘申叔遗书》,南京:江苏古籍出版社1997年影印本,第484页。
② 东汉经谶融合之思想潮流,参见两篇拙文:《两汉谶纬考论》,载《文史哲》2017年第4期;《经谶牵合,以谶释经:东汉经学之思想特征概说》,载《文学与文化》2017年第2期。

> 吉凶之所由,忧娱之萌渐,昭昭在斯,足作后王之鉴。……欲知源流清浊之所处,则循其上下而省之;欲知风化芳臭气泽之所及,则傍行而观之。此《诗》之大纲也。

《诗》之或颂美或讥刺,皆缘于政治之善恶,并通过"美刺"以为当政者之鉴戒。这是《诗》的根本意义和最大价值。郑玄解说"六诗",亦是如此:

> 风,言贤圣治道之遗化也。
> 赋之言铺,直铺陈今之政教善恶。
> 比,见今之失,不敢斥言,取比类以言之。
> 兴,见今之美,嫌于媚谀,取善事以喻劝之。
> 雅,正也,言今之正者,以为后世法。
> 颂之言诵也,容也,诵今之德广以美之。(《周礼·春官·大师》郑玄注)

这段话虽是解释《周礼》之"六诗",其实也是对《诗经》"六义"的解说。其《六艺论》即说:"唐虞始造其初,至周分为六诗。"(孔颖达《毛诗正义》卷一引)"六诗"、"六义",都是指风、赋、比、兴、雅、颂。"六义"之称,出自《毛诗大序》。但《大序》仅对风、雅、颂作出了解说,并未说明赋、比、兴的涵义。而据郑玄上述说法,则风、赋、比、兴、雅、颂六者,均为诗体[①]。这与今天所普遍接受的孔颖达之"三

---

① 孔颖达《毛诗正义》卷一:"《郑志》张逸问:'何诗近于比、赋、兴?'答曰:'比、赋、兴,吴札观诗已不歌也。孔子录诗,已合风、雅、颂中,难复摘别。'"以"六诗"("六义")为六体诗歌之说,后世仍有学者坚持。如南宋王质即云:"《礼》:风、赋、比、兴、雅、颂六诗。当是赋、比、兴三诗皆亡,风、雅、颂三诗独存。"(《诗总闻》卷二《闻风一》,文渊阁《四库全书》本)近人章太炎也说:"孔子删《诗》,求合《韶》《武》,赋、比、兴不可歌,因以被简。"(《国故论衡》中卷《辨诗》。其说详见《检论》卷二《六诗说》。台北:世界书局1982年影印《章氏丛书》)

体三用"说，是完全不同的。郑说"六诗"，乃是从诗歌内容着眼（尽管其说赋、比、兴时也隐含有作法之义），从不同角度强调其各自的政教意义。

郑玄说"四始"，亦复如此。《毛诗》"四始"说出自《大序》①，指《国风》《小雅》《大雅》《颂》："一国之事，系一人之本，谓之风。言天下之事，形四方之风，谓之雅。雅者，正也，言王政之所由废兴也。政有小大，故有小雅焉，有大雅焉。颂者，美盛德之形容，以其成功告于神明者也。是谓四始，《诗》之至也。"郑玄遵循毛义以为解说。《笺》首先说明了"始"的涵义："始者，王道兴衰之所由。"这就从根本上确定了《风》《雅》《颂》——也就是《诗经》全部诗歌的政教内涵。他关于"四始"的具体解说，残存于孔颖达《毛诗正义》卷一，如云：

> 四始者，郑答张逸云："风也，小雅也，大雅也，颂也，此四者，人君行之则为兴，废之则为衰。"

> 《（郑）志》张逸问："'王者之风'。王者当在《雅》，在《风》何？"答曰："文王以诸侯而有王者之化，述其本，宜为《风》。"

---

① 三家《诗》亦均有"四始"说。《鲁诗》之说云："《关雎》之乱以为《风》始，《鹿鸣》为《小雅》始，《文王》为《大雅》始，《清庙》为《颂》始。"（《史记》卷四七《孔子世家》）《齐诗》之说云："《大明》在亥，水始也；《四牡》在寅，木始也；《嘉鱼》在巳，火始也；《鸿雁》在申，金始也。"（《诗纬·泛历枢》）《韩诗》之说仅存片段："子夏问曰：'《关雎》何以为《国风》始也？'孔子曰云云。子夏喟然叹曰：'大哉《关雎》，乃天地之基也。'"（《韩诗外传》卷五）而据[清]魏源《诗古微》卷二《四始义例篇二》考证，《韩诗》乃是以《风》《小雅》《大雅》《颂》四体诗歌之涉及文、武王者为"始"：《关雎》以下十一篇为《风》始，《鹿鸣》以下十六篇为《小雅》始，《文王》以下十四篇为《大雅》始，《清庙》以下颂文、武王之功德者皆《颂》始。（[清]王先谦编《皇清经解续编》本）

此类说法，都是"王道兴衰之所由"的注解。

《郑笺》具体解《诗》，便贯彻着上述政教思想。下面分类略举几例，以便直观感受：

《召南·鹊巢》。《毛序》："夫人之德也。国君积行累功，以致爵位，夫人起家而居有之，德如鸤鸠，乃可以配焉。"《郑笺》："起家而居有之，谓嫁于诸侯也。夫人有均壹之德如鸤鸠然，而后可配国君。"

《齐风·著》。《毛序》："刺时也，时不亲迎也。"《郑笺》："时不亲迎，故陈亲迎之礼以刺之。"

《桧风·素冠》。《毛序》："刺不能三年也。"《郑笺》："丧礼：子为父，父卒为母，皆三年。时人恩薄礼废，不能行也。"

《小雅·小明》。《毛序》："大夫悔仕于乱世也。"《郑笺》："名篇曰《小明》者，言幽王日小其明，损其政事，以至于乱。"

《大雅·既醉》。《毛序》："大平也。醉酒饱德，人有士君子之行焉。"《郑笺》："成王祭宗庙，旅酬下遍群臣，至于无算爵，故云醉焉。乃见十伦之义，志意充满，是谓之饱德。"

《周颂·清庙》。《毛序》："祀文王也。周公既成洛邑，朝诸侯，率以祀文王焉。"《郑笺》："'清庙'者，祭有清明之德者之宫也，谓祭文王也。天德清明，文王象焉，故祭之而歌此诗也。'庙'之言'貌'也，死者精神不可得而见，但以生时之居立宫室，象貌为之耳。成洛邑，居摄五年时。"

不难见出，在以上例证中，郑玄都是遵循《毛序》的说法而作进一步阐述。大至祭祖及天下、诸侯政事，小到婚礼、丧礼及君子行为举止，《郑笺》的解说，莫不指向政治教化。

二、《风》《雅》正变说

《风》《雅》正变之说，也是《毛诗大序》提出："故正得失，动天地,感鬼神,莫近于《诗》。先王以是经夫妇,成孝敬,厚人伦,美教化,移风俗。……至于王道衰,礼义废,政教失,国异政,家殊俗,而变风、变雅作矣。……故变风,发乎情,止乎礼义。发乎情,民之性也;止乎礼义,先王之泽也。"《诗序》提出了"变风"、"变雅"的概念也有所说明,并且在具体诗篇的《传》中也往往说"美"言"刺",但毕竟语焉不详,没有明确指出《诗经》中哪些诗属于"变风"、"变雅"。至郑玄《诗谱序》,才比较明确了:

> 文、武之德,光熙前绪,以集大命于厥身,遂为天下父母,使民有政有居。其时诗,《风》有《周南》《召南》,《雅》有《鹿鸣》《文王》之属。及成王,周公致太平,制礼作乐,而有《颂》声兴焉,盛之至也。本之由此《风》《雅》而来,故皆录之,谓之《诗》之正经。后王稍更陵迟,懿王始受谮亨齐哀公,夷身失礼之后,邶不尊贤。自是而下,厉也,幽也,政教尤衰,周室大坏。《十月之交》《民劳》《板》《荡》,勃尔俱作。众国纷然,刺怨相寻。……故孔子录懿王、夷王时诗,讫于陈灵公淫乱之事,谓之"变风""变雅"。

郑玄以政治的治乱并结合时代作为区分正、变的标准,"正经"是文、武、成、周时代的诗歌,"变风""变雅"是懿、夷、厉、幽以至陈灵公时代的诗歌。落实到《诗经》篇目,则"正经"包括《国风》的《周南》《召南》(共二十五篇);《小雅》的《鹿鸣》至《菁菁者莪》(共二十二篇。其中含六篇有目无辞的"笙诗");《大雅》的《文王》至《卷阿》(共十八篇)。"变风"是《邶风》以下十三国风(共一百三十五篇);"变小雅"是《六月》至《何草不黄》(共五十八篇),"变大雅"是《民劳》至《召旻》(共十三篇)。

在《毛诗序》的基础上,进一步明确《诗》三百具体诗篇之"正变",无论今天如何论定其思想价值,从学术史的意义上说,都无疑是郑玄重要的理论贡献。

此外,关于《诗》之"正变"思想,郑玄对后世还有启发之处。《毛诗大序》说"正变",限于《风》《雅》二类诗。郑玄《诗谱》因袭之;但他在总括"正经"之前,也说到了《周颂》,似乎隐含着《周颂》为"正经"之义。所以,唐初成伯玙《毛诗指说》或即由此得到启示,明确提出了《颂》诗正、变之说:

> 《风》《雅》既有正,《颂》亦有正。……《清庙》至《般》,为正颂也(按即《周颂》)。……《风》《雅》既有变,《颂》亦有变。……《鲁》《殷》为变颂,多陈变乱之辞也。(《毛诗指说·解说第二》,文渊阁《四库全书》本)

与成氏同时的孔颖达,也认为《周颂》与《鲁颂》《商颂》体制不同。其疏释《大序》"颂者,美盛德之形容,以其成功告于神明者也"有云:

> 此解颂者,惟《周颂》耳;其《商》《鲁》之颂则异于是矣。《商颂》虽是祭祀之歌,祭其先王之庙,述其生时之功,正是死后颂德,非以成功告神,其体异于《周颂》也。《鲁颂》主咏僖公功德,才如"变风"之美者耳,又与《商颂》异也。颂者,美诗之名。王者不陈鲁诗;鲁人不得作《风》,以其得用天子之礼;故借天子美诗之名,改称为颂,非《周颂》之流也。(《毛诗正义》卷一)

南宋的王柏也附和成、孔之说:

> 颂有两体:有告于神明之颂,有期愿福祉之颂。告于神

明者,类在《颂》中;期愿之颂,带在《风》《雅》中。《鲁颂》四篇,有《风》体,有《小雅》体,有《大雅》体,《颂》之变体也。①

如此,启发于郑玄《诗谱》,至唐宋学者,始论定《颂诗》亦有正、变之别:《周颂》三十一篇为正颂,《鲁颂》《商颂》共九篇为变颂。当然,这个说法未能得到后世学人的普遍响应。

《风》《雅》正变之说的实质,是以《诗》为经、史并且致用于当世的经学思想。它所强调的,仍然是《诗》的政教意义。因此,在经学史、政治思想史、文学思想史上,都产生了不可忽视的巨大影响。尽管后人的解说多有不同②,但无不热衷于谈论此一问题,形成《诗》学史上的重要论题之一。即使从根本上反对《风》《雅》正变之说者,如南宋郑樵《诗辨妄》、清人崔述《读风偶识》等,也都会认真对待这个论题。这从一个侧面,说明了郑玄《诗》学思想的历史价值和影响。

三、温柔敦厚说

郑玄《诗》学思想之重要组成部分,还有温柔敦厚之说。这个观念的直接来源,仍是《毛诗大序》:

> 上以风化下,下以风刺上,主文而谲谏,言之者无罪,闻之者足以戒。

---

① [宋]王柏《诗疑》卷一,《续修四库全书》第57册。
② 如有附和毛、郑之说,以周王世次结合政治治乱区别《风》《雅》之正变(如欧阳修《诗本义》);有结合世次、治乱和美刺之旨来区别(如孔颖达《毛诗正义》);有反对以国次、世次为别,而单纯以诗旨之美刺来区分(如元代刘瑾《诗传通释》、清人汪琬《尧峰文钞》、惠周惕《诗说》);有以《风》《雅》乐诗之不同作用来区分(如朱熹,说见《诗经传说汇纂》);有纯粹以乐之正声、变声予以区分(如戴埴《鼠璞》);等等。参见黄振民《诗经研究》,台北:正中书局1982年版。

《郑笺》解释道:"风化、风刺,皆谓譬喻不斥言也。主文,主与乐之宫、商相应也。谲谏,咏歌依违,不直谏也。"无论上"风化"下,还是下"风刺"上,都是"譬喻不直言"、"不直谏"。而这种"谲谏"的根本原则,是《大序》所谓"发乎情,止乎礼义"。这也就是《礼记·经解》所谓"温柔敦厚"的"《诗》教"。

郑玄《六艺论》说明这个作诗方法(原则)的来源道:

> 诗者,弦歌讽喻之声也。自书契之兴,朴略尚质,面称不为谄,目谏不为谤。君臣之接,如朋友然,在于恳诚而已。斯道稍衰,奸伪以生,上下相犯。及其制体,尊君卑臣,君道刚严,臣道柔顺。于是箴谏者希,情志不通。故作诗者,以诵其美而讥其过。(孔颖达《毛诗正义·诗谱序正义》引)

此段论说,有两点可注意:一是诗为"讽喻之声",二是作诗是为了"诵美讥过"。前者即是"譬喻不直言",后者则是"美刺"说。从理论上说,温柔敦厚的诗教("主文而谲谏"、"风刺"),与上文所述之正变说是一而二、二而一的,因为区分《风》《雅》正、变的主要依据便是美刺。所以,郑玄说正变、论"诵美讥过",如同手心手背,其实殊途同归。清人惠周惕就说得很明确:"正变,犹美刺也。《诗》有美,不能无刺。故有正,不能无变。……美者可以为劝,刺者可以为惩。故正、变俱录之。编诗先后,因乎时代,故正、变错陈之。若谓《诗》无正、变,则作《诗》无美、刺之分,不可也。"(《诗说》卷上,文渊阁《四库全书》本)

《郑笺》解《诗》实践中,也贯穿着温柔敦厚的《诗》教思想。其显例,如《大雅·荡》首章:"文王曰咨,咨汝殷商!曾是强御,曾是掊克,曾是在位,曾是在服。天降滔德,女兴是力。"《郑笺》云:

> 厉王弭谤,穆公、朝廷之臣不敢斥言王之恶,故上陈文王咨嗟殷纣,以切刺之。女曾任用是恶人,使之处位执职事也。厉王施倨慢之化,女群臣又相与而力为之。言竞于恶也。

郑玄在这里明说厉王群臣"不敢斥(直)言",而借文王责商纣之事,以委婉表达谏诫之意。

《郑笺》之温柔敦厚的《诗》教思想,更普遍的表现形式,是在"变风"、"变雅"中,以"兴者喻"来提示、说明诗歌的"谲谏"之义。举两个例子:

《邶风·柏舟》。《毛序》:"言仁而不遇也。卫顷公之时,仁人不遇,小人在侧。"《郑笺》云:"不遇者,君不受己之志也。君近小人,则贤者见侵害。"该诗首章唱道:"泛彼柏舟,亦泛其流。"《郑笺》云:

> 舟,载渡物者。今不用,而与众物泛泛然俱流水中。兴者,喻仁人之不见用,而与群小人并列,亦犹是也。

《小雅·小弁》。《毛序》:"刺幽王也。大子之傅作焉。"依毛说,此诗为讥刺幽王听信褒姒谗言放逐太子宜咎之事。诗首二句:"弁彼鷽斯,归飞提提。"《郑笺》云:

> 乐乎彼雅乌,出食在野甚饱,群飞而归,提提然。兴者,喻凡人之父子兄弟出入宫庭,相与饮食,亦提提然乐,伤今太子独不。

《柏舟》刺君,《小弁》怨父,若直言谏刺则有伤伦理。故而以"兴喻""谲谏"方式,委婉表达诗意。

综观郑玄的《诗》学思想,尽管与前汉《诗》家相较已颇有新意,但其思想核心仍未脱汉儒政教(《诗》教)之藩篱,仍然隶属于经学。与东汉后期具有浓烈的生命意识、深度抒发个人生活情感的诗歌创作潮流相比,显得保守、落伍,遂成为汉代功利《诗》学之绝唱。

结语：东汉文学思想史的几个重要理论问题

如果宏观地描述东汉二百年间文学思想的发展轨迹，可以说它是一个文学逐步实现了独立自足的进程。文学由依附于政治教化，艰难地走向了自立自足。这个旅程，在整个中国古代文学史和文学思想史上，都具有至关重要的意义——从东汉后期开始，文学成为了它自己。这个独立自足的旅程，也正是东汉文学思想史在整个中国文学思想史中的重要地位和价值所在。

在东汉文学思想的发展历程中，有几个重要的理论问题，值得特别提炼出来。

一、理论阐述的文学思想与同时期文学创作倾向不完全同步

文学思想史既关注文学观念的理论阐述和文学批评，也关注实际的文学创作倾向，把二者结合起来，共同描述一个历史时期的文学思想面貌。这一学术路径和思想方法，落实到某一具体的历史时期，就会发生理论阐述与创作思想倾向二者是否一致的问题。如果实际的文学创作思想倾向与文学理论阐述、文学批评的旨趣趋于一致，那么二者就可以相互印证，其时的文学思想就可以得到更加坚确充实的描述；设若二者的旨趣并不一致或不完全一致，那么，文学思想史就不仅要在现象层面信实地描述二者的实际情状，

还应当进一步讨论何以如此。这样,对这个时期文学思想的描述不仅会更加准确、全面,也更有思想深度。

本书把东汉二百多年的文学思想发展,主要分为三个历史时段来描述。概而言之,东汉前期的文学创作倾向与文学理论阐述之间,呈现为参差交错而以旨趣趋同为主的状态;东汉中期,二者之间则呈现为参差交错而以旨趣相异为主的状态;东汉后期,二者之间的旨趣就几乎完全不一致了。如果概括整个东汉时期二者的关系趋向,则可以表述为:二者的旨趣由趋同为主逐渐走向完全不同,文学创作的思想倾向和理论阐述渐行渐远,最终呈现为完全不同的面貌。这里应该特别说明的是:这种不同的发展趋向,并不是"道不同不相为谋"那样的分道扬镳,而是发展速度有快有慢,是演进节奏的差距——文学理论阐述整体上明显滞后于文学创作思想的实际。到曹魏时期,二者的前行步伐才又大体呈现为同步状态。这一点是必须明确的。

东汉前期的赋、文、诗歌创作,普遍存在着两种主要的创作风貌:一是"颂世论理,以谶纬文"的创作倾向,二是"抒情述志,情兼雅怨"的创作倾向。前者是在这个历史时段特殊的政治、思想文化环境和社会心态下,新生的一种文学创作风潮;后者则是历久以来抒情言志文学传统的延续,但是加入了这个历史时段鲜明的时代内涵。这两种创作倾向,虽然创作路径不同,风貌各异,但是有着趋同的旨趣,那就是文学与政治关联紧密,文学创作普遍表达着对中兴王朝的高度认同和由衷赞美——尽管有的抒情述志的作品中也满含怨愤,但罕值对复兴王朝的批判和否弃。这个时期理论阐述形态的文学观念,主要是班固和王充的文学思想。班固的《诗》学思想和他对屈原、楚辞的批评,其主旨或基本内涵,仍是站在儒家正统的政治和思想观念的立场,持守"《诗》言志"的传统文学观念,倡导美刺讽谏,强调文学的政治教化功用。在此一思想原则的基础上,有所拓展——比如,在确认《诗》的社会政治功用性质和目的之同时,更加集中地突出了情感的生发感动特征;追求《诗》"本义"的思想倾向;在司马迁以地理环境论社会风俗的思想基础上,进一步明确地开辟了从地理和风俗的视角评论《国风》的思想方法等。总观班固的文学思想,与同时期的文学创作实践大抵是趋同的。王充在《论衡》中阐发的文学思想,主要有务实用世的文学体用论、崇实黜虚的文学特征论、古今观念中体现的文学价值观和"鸿笔须颂"的文学颂世主张。简言之,就是倡导文学须求实、务用和颂世。尽管王充的思想看似特立独行,他"问孔""刺孟""非韩",批判"三增""九虚",但实质上,他自幼"受《论语》《尚书》"、"经明德就",成年后入仕为县功曹、州从事,与时人一般的学养、经历无大差异。只是他的性格取向与众不同:自幼不爱童稚游戏,而是"矜庄寂寥,有巨人之志"。成年后,养成"处逸乐而欲不放,居贫苦而志不倦"的性格,喜欢"幽处独居,考论实虚"。(以上均见《论衡·自纪篇》)因此,他疏离了经学家派的"体制"系统,独好考辨虚实真伪。他的思想旨趣和内涵,虽然颇有些惊世骇俗的意味,但并非与正统经学对立冲突的"异端邪说",更非不容于世情。他的求实、务用、颂世的文学主张,与同时期文学创作的旨趣大体也是趋同的。

东汉中期的文学创作,在延续中有了全新的进展。主要体现在:第一,颂世歌德的赋、文作品续有出现,但是扩大了歌颂对象的范围——不再限于王朝、帝王和重要功臣,而是扩展到后妃、臣吏、名人、名士,这就使歌颂文学脱离了某种专属的"高尚"性质,走向了普适化,具有了更为广阔的现实精神。第二,出现了逞才游艺的文学创作倾向。文学创作可以不再聚焦于政治和重大社会问题,不再关怀国计民生,而只是抒写日常生活中无关痛痒的闲情雅趣,展示作者的才学和文笔能力。这在中国古代文学史上,是一种史无前例的文学创作现象。第三,在抒情述志的文学创作中,呈现出明显不同于前一时期的创作旨趣,这就是以儒为体、以道为用。上述三个方面的新变,正是东汉中期文学创作实践发展演进的主要表征。这个时期理论表述形态的文学思想,主要体现在王逸的《楚辞章句》之上。《楚辞章句》所呈现的诗学思想,大抵是有汉以来传统《诗》学观念的承续:王逸力图把《楚辞》提升到与儒家经典平等的地位,从撰著体例到注释的思想和路径,莫不是"拟经注《骚》,以经释《骚》"。他遵循《诗》的美刺思想来疏释《楚辞》的比兴,以揭示《楚辞》的讽谏意义;他沿用《诗》教原则,以《楚辞》为教化之资。质言之,就是持续体认文学的美刺讽谕功能,再次强调文学的政治教化思想。当然,《楚辞章句》的诗学思想也有发展演进的因素,如其比前人更多地肯定思想情感的自由抒发,更多地揭示比兴的"引类譬谕"的肌理和表现特征等。但总体看来,《楚辞章句》的诗学思想仍然是持守着传统的《诗》学观念,与同时期的文学创作思想实际相较,王逸《楚辞章句》的文学思想是落伍于时代普遍的文学观念的。

　　东汉后期的文学创作倾向,发生了浴火重生的质的蜕变。这个时期,颂世歌德的创作虽仍不时出现,但无论就其数量还是影响力而言,此类创作都已经趋于式微。而普遍涌起的,是抒写自我和情感的创作倾向,文学不再与政治美刺讽谕或经学教化观念直接相关。诉说描绘生活于衰世的生命体验,深度抒发个人的身世际遇之感慨和生存之艰难,以及叙写日常生活中的闲情逸志,是这个时期文学创作的普遍风貌。这个时期的赋、文、诗歌,无不以抒写自我和情感为主流,全面凸显了个体生命和人类情感的价值。这就鲜明地呈示着:文学创作在整体上已经从附庸于政治和经学的境况中摆脱出来,走向了独立自足——文学已经可以不再依托社会政治、经学观念得以生存,而是仅仅抒写作者自我和情感本身就可以展示其存在。汉代文学发展演进到它的末期,终于实现了凤凰涅槃。这个时期理论表述形态的文学思想,主要体现在郑玄的《毛诗传笺》及其《诗谱》之上。与《毛传》相较,《郑笺》《郑谱》多有新意,如:《毛诗序》往往注重揭橥《诗》篇的大义和本事,而郑玄《诗谱》则更多说明诗歌得以产生的地理环境、风俗、时代政治背景及其诗体之正变;《郑笺》对《毛诗小序》释"兴"多有修正和补充;《毛传》不涉谶纬,而《郑笺》则多引谶纬说《诗》;等等。但是与同时代实际文学创作的思想倾向相较,《郑笺》一如既往地强调《诗》教,倡导"《风》《雅》正变"说和"温柔敦厚"说,便显得守正有馀,而完全不能反映其时诗歌创作实际的新变。质言之,郑玄《诗》学思想的核心,仍未脱汉儒政教思想之藩篱,仍然隶属于政治和经学,而与当时具有浓烈生命意识、深度抒发个人情志的诗歌创作潮流不合。因此,如果说东汉中期王逸的《诗》学思想与其时文学创作的主流倾向还有些旨趣相关(如重视情感的自由抒发,看重比兴的文学表现特质等),那么,郑玄的《诗》学思想则是完全无视同时期文学创作的主流倾向,彻底跟不上时代了,成为了汉代功利《诗》学的绝唱。

上述东汉文学思想的演进历程,蕴含着两点理论启示:

其一,从动态发展的角度看,文学的理论阐述,往往与同时期实际的文学创作思想倾向并不同步,总体状况是理论阐述往往落后于实际的创作思想。这一点,对于认识中国文学思想史其他历史时期的文学思想发展,也具有启示意义。形成这种不同步现象的缘由必然是具体而多样的,不同历史时期需要具体探讨,但是其中最为基础的原因应该是:观念层面相对成熟的思想体系,往往具有比较稳固的恒定性;从发展演进的动态指标来看,相对于现实实践的不断进展,思想观念往往具有一定程度的滞后性。而文学创作实践,则往往是作者基于自身生活体验的即时思想行为,具有偶发性和片面性,所以容易突破既有的成熟的思想格局。

其二,在实际的文学创作思想倾向与文学理论阐述、文学批评之旨趣并不一致的情况下,文学思想史应当更为重视文学创作实际中所呈现出来的文学观念。这是因为:理论阐述仅仅是少数个人的思想——它当然也会程度不同地取资或折射时代的思想文化,但主要是个性化的思想建树;而众多文人的文学创作所呈现出来的共同思想倾向,则具有普遍性,更能代表一个时期整体的文学思想面貌。

二、谶纬思潮与东汉文学思想的演进

谶纬自诞生伊始,便是与经学互助互释的一种政治文化思潮[①]。从学理讲,它是附着并依托正统经学,把阴阳五行、五德终始和其他相关术数思想与正统经学相融合,从而谋求自身发展的文化思想。从功用目的讲,它是一种服务于政治政权的用世思想。因此,谶纬的生命力,始终与政治和经学捆绑在一起;它的兴衰,也就与它所适宜的政治状况以及经学的兴衰大体同步。具体说到东汉,谶纬前盛后衰的历程,就是与东汉政治和经学的兴衰同步的。也因此,东汉谶纬与文学相关联的演进轨迹,也与政治、经学与文学相关联的轨迹大抵同步,此其一;其二,谶纬与文学创作的关联,主要呈现在那些与社会政治密切相关的作品之中,而在抒写作者自身的生存感受或闲情逸志的作品中,则几乎不见谶纬的影子。

东汉前期是有汉以来谶纬思潮最为兴盛的历史时段,谶纬与正统经学一起,获得了官方意识形态的地位。这个时期的三位帝王,莫不在重视经学之同时又特别崇尚图谶。其推崇图谶举措之荦荦大者:光武帝刘秀喜用图谶,并组织学者校定图谶,于建武中元元年(56)"宣布图谶于天下"(《后汉书》卷一《光武帝纪下》)。明

[①] 参见拙文《两汉谶纬考论》,载《文史哲》2017年第4期。

帝刘庄依然是经谶并举,"垂意于经学"而"稽合图谶"(《东观汉记》卷一二《樊准传》载樊准上安帝疏)。永平三年(60)秋八月,以谶纬为思想依据,"改大(太)乐为大(太)予乐"(《后汉书》卷二《明帝纪》)。章帝刘炟持守祖、父两代的思想文化路径,于建初四年(79)十一月主持召开白虎观经学会议,"使诸儒共正经义","(章)帝亲称制临决",以统一经义,统一思想。会议结集的"国宪"性文献,便是以"傅以谶记,援纬证经"(庄述祖《白虎通义考》语)为根本思想特征的《白虎通》。(《后汉书》卷三《章帝纪》)在东汉前期三位帝王接续不断的扶持和推动下,谶纬思潮攀附着正统经学,以官方意识形态的身份迅速兴盛起来,深度渗透进了这个历史时段乃至整个东汉时期的思想文化,成为学人士子耳熟能详、自如言说运用的思想资源。

东汉前期的颂世文潮,最能体现谶纬对文学创作的深度影响。这个时段几乎所有的颂世歌德作品,都借助谶说谶记来赞扬刘汉中兴帝王和复兴政权。体现这一特色尤为鲜明的作品,赋作有杜笃的《论都赋》《众瑞赋》(残句),崔骃的《反都赋》,班固的《两都赋》《典引》等;以"颂"为体的文作,有刘苍的《光武受命中兴颂》(存目),班固的《高祖颂》《高祖沛泗水亭碑铭》《神雀颂》(存目)、《东巡颂》《南巡颂》,崔骃的《汉明帝颂》(残句)、《四巡颂》(西东南北)、《北征颂》(残句),傅毅的《显宗颂》(残句)、《窦将军北征颂》《西征颂》(残句)、《神雀颂》(存目),贾逵的《永平颂》(残句)、《神雀颂》(存目),杨终的《神雀颂》(存目),刘复《汉德颂》(存目)等;诗歌有刘苍的《武德舞歌诗》,班固的《两都赋》附诗五首(《明堂诗》《辟雍诗》《灵台诗》《宝鼎诗》《白雉诗》)、《汉颂论功歌诗》二首(《灵芝歌》《嘉禾歌》)等。这些赋、文、诗歌,莫不以图谶为根据,借以歌颂刘汉王朝受命于天的正统性和合理性。从文学性征的角度考量,谶纬思想深度融入颂世文学创作,不只是刷新了这个时期的文学题材和表现内容,还有两点重要的文学思想意义:其一,纳入大量的谶纬表述,使这部分文学作品呈现出了不同以往的表现风貌;而此类作品的大量出现,就展示了一种新的时代文风——这便是本书所概括的"颂世论理,以谶纬文"的新文风。其二,继扬雄《剧秦美新》之后,像班固《两都赋》这样通篇以图谶穿插勾连的作品,《典引》这样连篇累牍述赞刘汉符命祥瑞的作品,谶纬的表述已经成为作品的骨骼,从而具有了一定的谋篇布局的结构意义。概括而言,由于谶纬的融入,导致一种新的文学风貌出现于东汉文坛,这就体现着谶纬对文学创作的深度影响。东汉前期理论阐述的文学思想,也在一定程度上反映着谶纬的影响。王充力主"疾虚妄",但是在他阐述"鸿笔须颂"的颂世文学主张时(见《论衡》之《须颂》《宣汉》《恢国》《验符》诸篇),也与时人一样,大量述说汉世的祥瑞符应,发挥刘汉政权受命于天,仁德光耀天地、普惠人间的主旨。王充当然以"天道自然,厥应偶合"(《论衡·验符篇》)为思理,在他建构的思想体系里对汉世的谶验现象做出了合理的解释。不过,从谶纬与文学的视角客观地看,这也确证王充的文学思想受到了谶纬思想的浸润,他并未能彻底摆脱这一时代思潮的强力影响。

东汉中期,东汉政局开始进入小皇帝在位、外戚或中宦擅权的模式,导致政治和吏治的腐败。同时,频繁发生的自然灾害和边患内乱,也重创了这一时期的社会和国力。东汉的政治和社会从此开始由盛转衰。与此相伴的,是经学在延续中逐渐衰敝,史称"自安帝览政,薄于艺文,博士倚席不讲,朋徒相视怠散,学舍颓敝,鞠为园蔬"。顺帝虽重启太学,"然章句渐疏,而多以浮华相尚,儒者之风盖衰矣"。(以上见《后汉书》卷七九上《儒林传上》)与经学衰变之同时,谶纬思想持续发挥影响力。《后汉书》设立专传的四位谶纬学者中,杨厚和郎𫖮的主要活动就在东汉中期。杨厚三世传习谶纬学术(祖父杨春卿、父亲杨统都是著名的谶纬学者),"教授门生,上名录者三千馀人",大得邓太后和顺帝的赏用(见《后汉书》卷三〇上《杨厚传》)。郎𫖮也是传习图谶家学(父亲郎宗也是著名谶纬学者),颇受顺帝信用(见《后汉书》卷三〇下《郎𫖮传》)。这个时期的正统经学学者如张奋、李郃、杨震、李固、周举、翟酺等(见《后汉书》各自本传),以及方术学者如樊英、唐檀等(见《后汉书》卷八二《方术列传》),他们都是经谶兼修(方术学者多习《易经》),谶纬之学造诣深厚,而受到皇帝或朝廷、官府的征召任用。在他们的疏奏或应对、谏议里,借助谶纬论说时政乃是常态。

  谶纬思想对东汉中期文学的影响,仍是主要体现在颂世一类创作之中。班昭的《大雀赋》,张衡的《二京赋》《东巡诰》,史岑(孝山)的《出师颂》,邓耽的《郊祀赋》等,都是这类作品。《大雀赋》写西域都护班超贡献的鹰隼,以为祥瑞异物,借以歌颂刘汉皇恩浩荡、德及海外。《二京赋》歌颂前后汉王朝的创立和中兴,全篇以对相关事物的铺排夸饰描摹为主,其谶纬表述明显少于班固的《两都赋》。但是,像《西京赋》"自我高祖之始入也,五纬相汁(叶)以旅于东井",《东京赋》"高祖膺箓受图,顺天行诛,杖朱旗而建大号",以及篇尾赞扬后汉"总集瑞命,备致嘉祥",这样一些关乎刘汉王朝命脉的谶纬表述,仍是此赋的思想基石。《东巡诰》描述仲春皇帝巡狩仪式,中有"是日也,有凤双集于台","歌曰:皇皇者凤,通玄知时。萃于山趾,与帝邀期。吉事有祥,惟汉之祺",以谶纬颂汉的作意显然。《出师颂》之"茫茫上天,降祚有汉。兆基开业,人神攸赞。五曜霄映,素灵夜叹。皇运来受,万宝增焕",《郊祀赋》之"穆穆皇王,克明厥德,应符蹈运,旋章厥福",莫不是借谶纬颂汉。本书第五章,分为逞才游艺、颂世歌德、抒情述志三个方面,全面描述了东汉中期文学创作的基本情状和特征。从谶纬与文学创作之关联的视角看,逞才游艺和抒情述志两类创作极少受到谶纬的影响;明显受到谶纬影响的,是颂世的文学创作。并且,由于这个时期颂世文学的歌颂对象范围有所扩大——王朝、帝王和重要的功臣将相之外,后妃、臣吏、名人、名士等也都成为了歌颂的对象,而适宜以谶纬观念歌颂的,只是王朝、帝王以及兴复刘汉政权的功臣。也就是说,这个时期谶纬融入文学创作的,即使是歌颂类文学,也仅是其中的一部分。东汉中期理论阐述的文学思想,主要体现在王逸的《楚辞章句》,其中并没有明显的谶纬思想影响的迹象。上述情形表明:与东汉前期相比,谶纬思想对东汉中期文学的渗透和影响已经明显减弱了。

东汉后期的政局,延续此前皇权旁落、外戚或中宦(此时再加权臣)交替擅权的格局,而且愈演愈烈。与此前一样,自然灾害和边患内乱依然不断,而情势更加严重。政治的失序和深度腐败,社会、国力的严重衰颓,导致这个时期的思想文化界发生了两个重大转变:一是社会思想面貌发生了质的转变——经学作为官方思想文化主体的地位依然存续,但是势不可挡地衰敝了;与此同时,道家思想继东汉中期之后更加强势回潮,佛教、道教也悄然兴起,思想文化呈现出多元化的格局。二是士人阶层疏离政权以安生保命——在中宦外戚弄权一次次迫害、禁锢士人的情势下,士人普遍选择远离政治,远离政权。这个时期,固然仍有如杨秉、杨赐、陈蕃、黄琼等以匡世救济为使命的清正公廉、直言极谏的士人,但更多的士人则选择疏离或远遁。范史即以"汉自中世以下(指东汉中期以后),阉竖擅恣,故俗遂以遁身矫絜放言为高"(《后汉书》卷六二《荀韩锺陈列传·陈寔传论》),来概括东汉后期士人的普遍选择。在这种情形下,与政治和经学捆绑在一起的谶纬,也就自然而然地逐渐失去了生命力和影响力。

在政治和社会双双衰敝、思想文化多元化的情势下,东汉后期文学创作的主潮,转变为抒写身处衰世的生命体验,深度抒发个人的情志,以及叙写日常生活的闲情逸志。这个时期,虽然还有少量颂世文学作品出现,但已然日近西山了。今存完整或可知其大概者,只有王延寿《鲁灵光殿赋》、崔寔《大赦赋》(残)、廉品《大傩赋》(残)、蔡邕《光武济阳宫碑》、张超《灵帝河间旧庐碑》及侯瑾《汉皇德颂》(残)、张升《白鸠颂》(残)等。这些作品,如《鲁灵光殿赋》"殷五代之纯熙,绍伊唐之炎精。荷天衢以元亨,廓宇宙而作京"、"乃立灵光之秘殿,配紫微而为辅。承明堂于少阳,昭列显于奎之分野"云云,《大赦赋》"披玄云,照景星,获嘉禾于疆宙,数蓂荚于阶庭,拦麒麟之肉角,聆凤皇之和鸣"云云,《光武济阳宫碑》"于是群公诸将,据《河》《洛》之文,协符瑞之征,金曰历数在帝,践祚允宜"云云,《灵帝河间旧庐碑》"煌煌大汉,合德乾刚。体效日月,验化阴阳。……三光宣曜,四灵效祥"云云,都是借助谶纬叙说来讴歌汉世。东汉后期歌德颂世的诗歌,基本不见典籍之载录,唯《后汉书·礼仪志中》刘昭注引蔡邕《礼乐志》,谓灵帝时有《云(当作"灵",下同)台十二门新诗》:"熹平四年正月中,出《云台十二门新诗》,下大(太)予乐官习诵,被声。"(《东观汉记》卷五《乐志》同)这组郊庙乐府诗歌,当是颂世歌德的作品,其中或有以谶纬颂汉的元素,可惜已经只字不存了。东汉后期理论阐述形态的文学思想,主要体现在郑玄的《毛诗传笺》及其《诗谱》中。郑玄笺《诗》,往往采用谶纬之说,足证他的《诗》学思想受到谶纬思潮的深度浸润。但是同时也应看到:第一,"郑学虽盛,而汉学终衰",郑玄混同经今古文学、消弭家法师法以及援纬释经的作法,或者正是后汉经学衰敝的一种表征,"郑学之盛在此,汉学之衰亦在此"。郑学在当时虽兴盛一时,但影响力很快就衰微了,"郑学出而汉学衰,王肃出而郑学亦衰"[1]。从本小节之论题而言,援纬释经、经谶互释虽然是东汉

---

[1] 以上见[清]皮锡瑞撰,周予同注释《经学历史》,北京:中华书局2004年版,第95—106页。

经学的通常做法①，但是到东汉末年，伴随着政治和经学的衰敝，广大士人对处于隶属地位的谶纬之学也不再抱有浓厚的兴趣。郑玄之引谶释《诗》，也就失去了广泛持久的影响力。第二，郑玄的《诗》学思想，与这个时期的文学创作实际几乎完全不能相照（详见本书第八章）。它的援纬释《诗》，也不能反映东汉后期普遍的文学创作思想实际。概而言之，谶纬思想对这个时期《诗》学观念的影响比较微弱。

如果十分简括地说明东汉谶纬思潮与文学思想演进的关联，那就是：与政治、经学跟文学思想的关联演进大抵同步，也呈现为由关联密切而渐次疏离，终于完全脱离的轨迹。这个现象也可说明：主流的思想观念再强势再流行再被提倡，它对作家和文学的影响效能，都不及社会现实来得更为有力。这是因为：文学创作乃是作家生活实感的一种表达（御用奉迎者，如刻意虚饰的歌功颂德之类除外），与社会现实有着天然的血缘性的直接联系。当社会思想与社会现实发生断裂以至名不副实之时，社会主流思想就会因其脱离实际而苍白无力，而社会现实就会展现出对文学创作的独具优势的强大感召力。东汉末年的政治、经学和谶纬思想最终失去了对文学创作的制约和影响，便是如此。

三、重视个人情志的思想倾向

在文学创作中越来越重视个人情感意志的表达，或者说文学创作不断趋向抒发作家一己的真情实意，是东汉文学思想史一个值得特别关注的演进现象。与政治、经学（包括谶纬）跟文学之发

---

① 参见拙文《经谶牵合，以谶释经：东汉经学之思想特征概说》，载《文学与文化》2017年第2期。

展渐行渐远的趋势相反,东汉重视个人情志的文学思想呈现为渐行渐强的演进历程,最终的结局,是抒发个人情志意趣获得了文学本质或本体的意义——这就使文学取得了独立自足的地位。

应该明确的是,儒家思想从来都不否定人的情感,其"诗言志"的经典文学观念中也包括以诗抒情的重要内涵①。但是与此同时,儒家尤其是汉儒又明确提出"发乎情,止乎礼义"(《毛诗大序》)的诗歌(文学)创作原则,"情""礼"兼顾,倡导达成"情"与"礼"的折中和平衡。这一诗歌(文学)表达的思想原则,也就是"温柔敦厚"的《诗》教,目的在强调诗歌(文学)"美刺""谲谏"的政教功用。自然地,"诗言志"也就被汉儒主要地阐释为"诗歌(文学)是表达思想意志的",而思想意志应该是正确的(止乎礼义)。这一思想观念落实到文学创作实践之中,"情"就往往要服从"礼"的制约,"礼"的强势原则不可侵犯,"情"在客观上也就当然地受到了压抑。纵观两汉四百多年的文学发展历程,尽管在西汉时期的各个历史时段,也都有个人情志浓郁的或赋或文或诗歌作品出现,重情和尚用的文学观念交织并存②,但是只有到两汉之际至东汉前期,偏重抒写个人情志的文学创作才更加普遍,成为一种足以引人注目的创作"现象",成为一种"文学创作倾向"。自此以后,汉代文学创作的政教功利性逐渐减弱,个性化的言志抒情性逐渐增强。这一股抒情言志的文学潮流汩汩向前,不断壮大,直至东汉后期,普遍确立了抒写个人情志在文学创作中的绝对优势地位。鉴于此一史实,"情"与"礼"在文学创作中的势力消长,或者说"个人情志"因素在文学创作中所占比重的不断增加趋势,便是观察东汉文学思想演进、蜕变的一个重要视角。

---

① 参见拙文《"诗言志"之本义谫论——读朱自清先生〈诗言志辨〉札记》,载香港岭南大学《岭南学报》复刊第十二辑,上海:上海古籍出版社2019年12月版。

② 参见拙著《西汉文学思想史》,台北:台湾商务印书馆2013年修订版。

两汉之际到东汉前期的文学创作，其主体面貌无疑仍然是与政局、政治文化紧密关联。两汉之际扬雄的《剧秦美新》《元后诔》《州箴》《官箴》《连珠》，班彪的《北征赋》，尤其是东汉前期风靡文坛的颂世文学潮流（详见本书第二章第二节），都是明证。但是与此同时，这个时期也出现了较此前更为集中、数量更多的抒写个人情志的文学创作。其中以抒情为主者，如崔篆的《慰志赋》，抒写个人在重大社会变革中的心路历程，婉转屈曲地抒发他由苦闷、挣扎到欣慰、遂志的情感变化。冯衍的《显志赋》，抒写他怀才不遇、有志不获骋因而"抑心折节，意凄情悲"的人生感怀。梁竦的《悼骚赋》，发泄他因遭遇不公待遇所生的深深怨望。马援的《武溪深》诗，感慨地行军作战异常之艰难，饱含壮志难伸的悲慨憾恨。梁鸿的《五噫歌》，悲叹太平盛世之下民众生活的劳苦艰辛及其生命的轻贱；其《适吴诗》，抒写他遭受政治追捕，被迫远离家乡漂泊的遭遇，深含无比愤郁之情。以申述个人人生志趣为主的作品，如班固的《幽通赋》，有感于世事颠倒凌乱，而世人又多无慧眼卓识，表达其顺任自然、委命守道、明哲保身的志意。班固的《答宾戏》，崔骃的《达旨》，都具有与此相同的思想旨趣。班固的《奕旨》，描述围棋之道，而饱含人生如棋的深沉思考。杜笃的《首阳山赋》及《书搢赋》（残篇），乃是表白修身励志之作。傅毅的长篇《迪志诗》，追怀傅氏先祖前辈的功勋和荣耀，激励自己不可玷污先祖，不敢丝毫懈怠，立志修行大道。上述而外，冯衍的《与妇弟任武达书》也值得一提，这封书信所述者虽为琐屑的家门不幸之事，但是情真意切，摹画生动，抒情达意畅快淋漓，千载之下，声貌犹如目睹。这些抒写个人真情夙志的作品，给东汉前期的文坛带来了一股清新风气。

东汉前期理论阐述的文学思想，也较此前更加重视和肯定真情实感的抒发。王充求实疾虚，力倡实诚："实诚在胸臆，文墨著竹帛，外内表里，自相副称。意奋而笔纵，故文见而实露也。"（《论衡·超奇篇》)他主张"发胸中之思,论世俗之事"(《论衡·佚文篇》),"出口为言,集札为文,文辞施设,实情敷烈"(《论衡·书解篇》)。他认为"贤圣定意于笔,笔集成文,文具情显"(《论衡·佚文篇》),"精诚由中,故其文语感动人深"(《论衡·超奇篇》)。尽管王充最看重"造论著说之文",他所论的"五文"(经传、诸子、论著、奏疏及所谓"文德之操之文")中也没有今天所说的文学文体,但是作为一种文章写作的观念,其情文一致、以情驭文思想的阐述,也可以通解为文学创作须抒写真情实意的文学思想。班固诗学思想的核心,当然仍在"观风俗、知得失、自考正","可以观风俗、知薄厚"(《汉书·艺文志》),"可以善民心……移风易俗"(《汉书·礼乐志》)的政治教化观念。但同时,《汉书·艺文志》说采诗以观民风、自考正时,强调"哀乐之心感,而歌咏之声发"、"感于哀乐,缘事而发"的情感生发性质;其《礼乐志》说乐可以移风易俗之时,重视"音声足以动耳,诗语足以感心"的情感感动作用。他还从根本上肯定情感的合理性:"人函天地阴阳之气,有喜怒哀乐之情。天禀其性而不能节也,圣人能为之节而不能绝也。"(《汉书·礼乐志》)他认为诗乐本乎情性:"夫乐本情性,浃肌肤而臧骨髓,虽经乎千载,其遗风馀烈尚犹不绝。"(同上)所以,班固在确认文艺政教功用之同时,总是比前人更多更频繁地发表重情甚至任情的言论;并且,他在述说重情思想之时,并没有同时明确地指出应该限制什么情感,或者感情应该依据什么原则抒发,而往往是肯定人的自然情感的表达。(以上详见本书第三章第一节)与东汉前期出现更多的抒写个人情志的文学作品之趋向一致,王充和班固从理论上阐述的文学思想,也呈现出较之以往更加重视抒写真情实意的旨趣。

东汉中期,抒写个人情志的创作风尚持续发展,作家作品数量更多。其中深切抒情的创作,例如:班昭的《东征赋》,是一篇随子外任赴职的述行赋作。她叹惜自己不得陈力就列的失意境遇,抒发浓烈的怀土恋乡之思,而终于"知性命之在天,由力行而近仁。勉仰高而蹈景,尽忠恕而与人"的无奈表白。情感和思想都很深沉。张衡的《四愁诗》《怨诗》和《同声歌》,都是借用屈原以来"君子美人"的抒写传统,表达君臣遇合之思慕。情思真切郁茂,抒情屈曲婉转而流畅透彻,抒情和述志都极具深度,的是情韵并美的佳作。苏顺的《叹怀赋》,深切悲悼刘生的夭亡,伤痛之情真挚深厚,溢于言表。王逸的《九思》,继承前汉以来同类赋作的笔法,以屈原的口吻代言其忧愤和情志,抒情复沓深透,深得屈赋之精神。这个时期偏重述志的文学创作中,最值得关注的演进现象,是其中体儒用道的思想表达。因为这不仅是文学创作之思想内容的新变,也涉及文学性质功用之观念的变迁。张衡的赋作最具代表性,其《应间》《思玄赋》《归田赋》和《髑髅赋》,都是这类作品。张衡为太史令多年不得升迁,有人讥讽他学无所用,张衡乃作《应间》以答,以为"天爵高悬,得之在命,或不速而自怀,或羡旃而不臻,求之无益,故智者面而不思",表现出不务爵禄、清逸超脱的思想情怀。其《思玄赋》,面对中宦的共相诋毁,情绪异常激愤,他痛抒形只影单的孤愤之感,愤怼是非不分、白黑颠倒的世界,最终阐明自己坚定不变的人生志愿:"御《六艺》之珍驾兮,游道德之平林。……墨无为以凝志兮,与仁义乎消摇。"表示膺服《六艺》之宝,游乎道德之径,行于"无为",志于"仁义"——这就是张衡的精神归宿。张衡著名的《归田赋》,也是以"感老氏之遗诫,将回驾乎蓬庐。弹五弦之妙指,咏周孔之图书"为归结,立志践履孔氏疏食曲肱之志和老子物外安生之想。而其构思奇幻的《髑髅赋》,更完全是庄道思想的表白。赋作虚拟与庄周骷髅的对话,向往"死为休息,生为役劳"、"荣位在身,轻于尘毛"、"合体自然,无情无欲"的"与道逍遥"的人生境界。以张衡上述赋作为代表的以儒为体、以道为用的思想旨趣,是东汉中期文学创作进一步脱离政治、经学而趋向独立自足的表征。

东汉中期理论表述的文学思想,主要体现在王逸的《楚辞章句》之上。坚守"温柔敦厚"的传统《诗》教观念,是王逸诗学思想的基本特质(详见本书第六章)。与此同时,他对传统的"言志"说做出了新的阐释。王逸认为,"诗言志"之"志"兼具思想意志和情感两方面的涵义,并且常常以"情"训"志",或是"情""志"互训。如《九章·惜诵》"情与貌其不变"句,释为"志愿为情";又其"恐情质之不信兮"句,释为"情,志也"。《九章·惜往日》"吾将荡志而愉乐兮,遵江夏以娱忧"句,释为"涤我忧愁,弘佚豫也。循水两涯,以娱志也"。《哀时命》"志憾恨而不逞兮,杼中情而属诗",释为"言己上下无所遭遇,意中憾恨,忧而不解,则杼我中情,属续诗文,以陈己志也";又其"独便悁而烦毒兮,焉发愤而抒情"句,释为"言己怀忠直之志,独悁悒烦毒,无所发我愤懑,泄己忠心也"。总观王逸对楚辞各篇的注释和阐述,不难见出,他确认抒情是楚骚的显著特征之一。这是继班固之后,重申并再次确认情感在文学创作中的价值和地位。这一诗学(文学)思想,与同时期抒情述志的创作实践是相互呼应的。

东汉后期,文学创作普遍不再依附于政治,不再遵守"温柔敦厚"的教化思想,而是普遍转向了抒发个人的情志意趣。生命意识浓厚、人生感慨深沉的抒发真情实感的文学创作,以及叙写日常生活情趣的文学创作,成为这个时期文坛的主体和主流。就抒情述志的主题而言,这个时期的赋作,承续张衡《归田赋》抒写个人情志的创作精神,而全面发扬光大。赵壹的《解摈赋》(佚)、《穷鸟赋》《刺世疾邪赋》,都是身世感慨、愤世嫉俗之作。《解摈赋》是赵壹因"恃才倨傲,为乡党所摈"而作(《后汉书》卷八〇下《文苑列传下·赵壹》),可知这是一篇抒愤自白的作品。《穷鸟赋》以困于机网、危险重重的"穷鸟"自喻,抒写自己"思飞不得,欲鸣不可,举头畏触,摇足恐堕"的困境,以及"内独怖急,乍冰乍火"的恐怖急怒的感受。

《刺世疾邪赋》痛批无耻谗佞之徒横行张狂、占尽名利,而正直贞刚的士人却是困窘难伸的社会现实,激愤地呼喊:"宁饥寒于尧舜之荒岁兮,不饱暖于当今之丰年!"祢衡的《鹦鹉赋》,通篇描述鹦鹉资质的美好及其身被罗网、诀别亲族而被人囚笼赏玩的悲哀,借以抒发自己身困尘网、任人摆弄的悲哀。王延寿的《王孙赋》,摹写丑陋剽悍的猿猴被人关入圈笼,无论昔日它多么敏捷剽悍,现在也只能供人观赏了。王延寿的《梦赋》,描写作者梦中与蛇头四角、鱼首鸟身、三足六眼、龙形似人的各种"鬼神变怪"激战,表现作者不惧祸灾的坚强意志。这篇作品,无论构思还是内容,都十分奇特玄幻,表现了作者个人极为独特的生存感受。蔡邕是东汉后期最重要的赋家。其《述行赋》,记叙应召途中之所见,借古讽今,以抒发内心郁愤不平之情。其《释诲》,继东方朔《答客难》及扬雄《解嘲》、班固《答宾戏》、崔骃《达旨》、张衡《应间》之后,再写士人困于出处的人生感受,表达自己盘旋周孔、揖友儒墨、恬淡寡欲、抱璞优游的生活情志。东汉后期的诗歌创作空前繁荣,整体数量明显多于汉世前朝,尤以五言诗创作数量最富、成就最大。这个时期的诗歌创作,共同凸显着抒写自我和情感的鲜明创作倾向。其中有主名的五言诗,如秦嘉的《赠妇诗》三首及徐淑的《答夫诗》,写夫妇的离情别意,情思醇厚深挚,缠绵婉转,情感表达细腻委婉,含蓄隽永。郦炎的《见志诗》二首,是作者愤怒于贤愚清浊混淆的时代,感慨自己生不逢时,充满了愤郁不平之气。赵壹的《刺世疾邪赋》篇末附诗二首,直斥社会的不公:有权势有金钱者风光尽占,真正的贤才却穷困潦倒,作者愤极却无奈的悲情喷薄而出。繁钦的《咏蕙诗》《生茨诗》,表现叹世忧生之思比较含蓄。前者以香雅的蕙草生于卑阴之地,又备受摧折冷落,象喻贤士之困厄;后者则以茨这种恶草喻指小人,悲慨小人得志的生存环境。辛延年的《羽林郎》,歌唱不惧威权、不为富贵折腰的节操凛然的贫家女;宋子侯的《董娇娆》,抒写采桑女青春迟暮的哀伤。这两首诗歌,歌唱青春少女的纯真情感,特别具有吸引力和感染力。东汉后期佚名的文人五言诗数量更多,以《古诗十九首》和所谓"苏李诗"为代表。这些诗歌,抒发离情别绪和人生的失意无常,情致深婉,艺术表现圆熟,"惊心动魄,一字千金"(锺嵘《诗品》),代表着汉代诗歌创作的最高成就。东汉后期的诗赋创作,抒写作者自我的生命体验和情感所寄,凸显了个体生命和人的情感的价值。这些文学创作的辉煌成就,及其所呈现的重视自我和情感、追求情韵并美的文学思想,标志着中国文学独立自足时代的到来。东汉后期理论表述形态的文学思想,主要体现在郑玄《毛诗传笺》及其《诗谱》之上。郑玄《诗》学思想的本质,乃是固守经学的义理和旨趣,而远离或无视同时代诗歌(文学)的创作实际。它游离于同时代文坛实景之外,所以完全不能反映时代文学的发展面貌,更不能代表东汉后期普遍的文学思想。东汉后期普遍的文学思想,还是要从生动鲜活的主流文学创作倾向中提炼出来。

在"情"与"礼"的拉锯中,抒发个人的真情实意在东汉文学创作中渐次加强,终于突破政教的苑囿,成为了文学创作的主流思想倾向。

四、逞才游艺的文学创作倾向

逞才游艺的文学创作倾向,是东汉文学思想中又一个值得特别关注的现象。《文心雕龙·杂文篇》专论汉魏晋宋的"杂文"创作,说它发轫于宋玉《对楚王问》,两汉之际以后渐盛。刘勰分三类梳理此类作品,其中为汉人所作者:宋玉《对楚王问》一类,有东方朔《答客难》、扬雄《解嘲》、班固《答宾戏》、崔骃《达旨》、张衡《应间》、崔寔《客讥》(当作《答讥》)、蔡邕《释诲》;枚乘《七发》一类,有傅毅《七激》、崔骃《七依》、张衡《七辨》、崔瑗《七厉》；而扬雄《连珠》一类，则是"拟者间出"，杜笃、贾逵、刘珍、潘勖均有拟作。刘勰评论这类创作的文学价值，是"文章之枝派，暇豫之末造"；评论其文学特征，为"智术之子，博雅之人，藻溢于辞，辞盈乎气，苑囿文情，故日新殊致"。本书讨论东汉时期的这类创作，与刘勰有两点不同的认识：其一，从文学价值而言，与正统的诗、文、赋相比，刘勰所谓"杂文"固然是"文章之枝派"，可未必都是"暇豫之末造"。其中的多数作品，都是贴近现实人生感怀、抒发深切情思的沉实之作。其二，从这类创作的认定范围而言，刘勰以"杂文"相称，与正统的诗、文、赋相对，是指"非正统"的文体。本书所谓逞才游艺的文学创作，不以文体来认定，而是指这类性征的作品：在题材内容上，既不涉及国计民生，也不关乎作者的实际人生境况和社会生活实感，而只是书写似乎无关痛痒的闲情逸志或生活情趣。在文学表现上，因为缺乏不得不发的切实浓郁的人生情感，所以致力于追求辞藻语句的富新，探索琢磨文学表现的艺术技巧。既然界定范围不同，价值评断亦异，为何还要引出刘勰之说？这是因为：刘勰"暇豫末造"之说，其创作情境符合本书所说的逞才游艺之作；尤其是刘勰对这类创作之文学特征的评说——作者凭借其丰茂博雅的才学，为文而造情（题材或内容），创作出耳目一新的作品甚至新的文类，切合逞才游艺一类创作的艺术表现特质。

东汉前期，文学作品的主体固然是颂世歌德和抒情述志的创作。与此同时，也有数量不多的逞才游艺类作品开始出现，如傅毅的《舞赋》，袁安的《夜酣赋》（残句）①，王充《果赋》（残句）②等。后

---

① 《初学记》卷一五引录四句："袁安《夜酣赋》曰：拊燕竽，调齐笙，引宫徵，唱清平。"

② 《太平御览》卷九六八引录两句："王充《果赋》云：冬熟之杏，春熟之甘。"（《太平广记》卷四一〇引文同）

二篇散佚太甚,但从其题目和残句,尚依稀可见作者的闲情逸志。傅毅的《舞赋》(载《文选》卷一七),纯是一篇展露作者生活情趣的游艺逞才之作。它假托宋玉与楚襄王答问,引出对乐舞全程的精彩叙描。尤其细致描摹舞女容貌之靓丽,舞姿之美妙绝伦,以及舞场之热烈气氛,莫不细腻婉切,情貌毕肖。明人孙月峰之评甚为允当:"形容处略不费力,而意态曲尽。撰语工妙,又无追琢之迹。允为高作。"(于光华编《评注昭明文选》,扫叶山房本)这篇赋作文笔之传神精湛、华美流丽,在东汉前期文坛实属罕见。此外,这个时期的一些杂文,如崔骃的《杖颂》《樽铭》《车左铭》《车右铭》《车后铭》《刀剑铭》《刻漏铭》《扇铭》《六安枕铭》《袜铭》《缝铭》之类,由于其题材太过泛滥,又都是在一般意义上讲述书写对象的形上意义或泛泛祝福,真情实意不足,却足具游艺文字的特质。

到东汉中期,逞才游艺的创作演化为一种文学创作倾向,此类作品大量出现。

李尤,堪称东汉逞才游艺文学的第一作手,创作极富①。他的作品,今存者只有赋、铭两种文体,多为残段。这些作品,基本都是逞才游艺之作。其赋作存世者,有《德阳殿赋》《东观赋》《平乐观赋》《辟雍赋》《函谷关赋》《七叹》六篇之片段。前五篇宫观关隘之赋,除了"腴辞云构,夸丽风骇"之外,缺乏真切的现实社会人生实感,也没有或讽谏或建言的切实的思想内涵,丽辞虚夸、逞竞才学是其基本面貌。《七叹》之"叹",乃为叹赏、赞叹之义。此作是铺写宫馆园林的美富景致,并没有感慨生民多艰的意蕴。李尤是东汉铭文大家,几乎无物不铭。其《百二十铭》,今存八十六篇(包括残篇)。据《文心雕龙·铭箴》,铭文本义有二:或用以警戒行止,或用

---

① 《后汉书》卷八〇上《文苑列传上·李尤》:"所著诗、赋、铭、诔、颂、《七叹》《哀典》凡二十八篇。"《华阳国志》卷一〇中《广汉仕女》:"作《辟雍》《德阳》诸观赋、《怀戎颂》《百二十铭》,著《政事论》七篇。"

以彰德表功。李尤铭文之创作风调，已经游离其典正信实的本来面貌，走向了夸饰虚浮。没有切实深湛的思想情志，只是依题铺叙夸饰，罗列相关的典事，聊作浮泛的歌颂。为铭而铭，以逞示才学。

张衡的赋作中，《温泉赋》《舞赋》（残）、《定情赋》（残）、《羽猎赋》（残）、《冢赋》《七辩》及《扇赋》（残），基本都属于逞才游艺一类。《温泉赋》叙写轻飘飘的生命感受：作者于春和景明之时，到骊山温泉洗浴，在山峦吹风，快适于此地的幽美清闲，于是感恩天地生养人类的大美之德，决意要珍惜生命。可是它的文字表达，典则而华丽，精炼美雅又如风行水面般地自然流荡，的为文学大家手笔。《舞赋》类于傅毅的同题之作，描摹歌舞娱乐场景，烘托舞场的丽靡热烈气氛，细腻摹画舞女的舞姿及歌声，生动鲜活如在目前。《定情赋》今仅存残段，平泛抒写美人迟暮之意，文笔妖冶艳丽又自然流畅。《羽猎赋》也仅存片段，夸饰铺叙皇家苑囿狩猎的场面，辞藻编织绵密而自然。《冢赋》题材奇异，专门描写坟墓，从选址、筑造，一直到坟墓的形制及"鬼神既宁"、"降之以福"的祈愿，都作了透彻细腻的铺叙。但是仅此而已，既没有深湛的生命沉思，也没有撼人心魄的感动力量。这篇赋作给人最深刻的印象，是作者纯熟的文字表现能力。《七辩》沿袭传统"七"体的基本结构模式，经过反复的论辩劝谏，令修道隐居的"无为先生"翻然回转心意，决心要去"列乎帝庭，揆事施教"。这个题材虽有耳目一新之感，实则没有什么深刻的思想和人生实感。它的出新和精湛之处，一是谋篇运思的创新——不再是两个人的对话，而是虚然子、雕华子、安存子、阙丘子、空桐子、依卫子、髣无子七个人与无为先生七对一的对话，这是对"七"体模式的改新；二是文笔绵密、华丽烂漫且自然流畅——张衡的闲逸类赋作大抵都具有这样的艺术表现功力。

马融的赋作，今存《长笛赋》《围棋赋》《樗蒲赋》《琴赋》（片段），都是抒写闲情雅志的游艺之作。《长笛赋》最负盛名，实则它的基本结构、运思和意旨,都是西汉王褒《洞箫赋》的翻版,却没有像《洞箫赋》那样以箫况人,融入作者深切的生命体验,而只是炫耀作者的才学和文笔而已,完全没有感动人的力量。《围棋赋》和《樗蒲赋》二篇,述说围棋、樗蒲(类于后世的象棋)的游戏谋略和技巧,是明显的以文游艺的作品。《琴赋》今仅存片段:"惟梧桐之所生,在衡山之峻陂。于是遨闲公子,中道失志,孤茕特行,怀闵抱思。昔师旷三奏,而神物下降,玄鹤二八,轩舞于庭。何琴德之深哉!"(《艺文类聚》卷四四)借用事典传说,着重描写琴曲的艺术感染力。此作的其他内容则不能知晓了。

上述而外,东汉中期逞才游艺的作家作品,还有班昭的《针缕赋》《蝉赋》(片段),黄香的《九宫赋》,王逸的《机赋》《荔支赋》(片段)以及崔瑗的《三子钗铭》《杖铭》《柏枕铭》等。班昭的《针缕赋》,描述针线的形质、作用和形上意义,其实不能出荀子《针赋》之右。其《蝉赋》仅存片段,描写蝉的习性,已看不出更多意涵,但无论如何,这类赋作都不是情动于衷、不得不发的创作。黄香的《九宫赋》,描述九宫及其意义①,几乎句句罗列知识掌故,追求文字典雅以至于诘屈聱牙,难以卒读,的为逞竞才学的极品。王逸的《机赋》铺叙织布机的制作、形制,描摹织女登机织布的美妙姿态。其《荔支赋》今仅存片段,摹画荔枝树和荔枝果实的美味。这两篇赋作全都是游戏文字而已,并没有什么深刻的内涵意蕴,但是辞藻绚丽,文采飞扬,又能自然流畅,极富表现力。

东汉后期的文学创作,普遍转为不为政治、回归自我的创作倾向,抒发真情实感与叙写闲情逸志并存共进。这个时期的赋作,以书写闲情逸志者数量最大。热衷于敷写物类,是此一时期赋创作

---

① 九宫,指九个方位,即所谓"文王八卦方位"——北坎、东北艮、东震、东南巽、南离、西南坤、西兑、西北乾,再加上中央宫。

的最显著特点。如朱穆的《郁金赋》,张奂的《芙蓉赋》,赵岐的《蓝赋》,蔡邕的《笔赋》《琴赋》《弹棋赋》《圆扇赋》《伤故栗赋》《蝉赋》《玄表赋》,侯瑾的《筝赋》,张纮的《瑰材枕赋》,繁钦的《桑赋》《柳赋》等,以及建安时期曹丕的《愁霖赋》《喜霁赋》《弹棋赋》《玛瑙勒赋》《车渠椀赋》《玉玦赋》《柳赋》《槐赋》《莺赋》《迷迭香赋》,曹植的《愁霖赋》《喜霁赋》《九华扇赋》《鹦鹉赋》《橘赋》《蝉赋》《神龟赋》《离缴雁赋》《酒赋》《车渠椀赋》《迷迭香赋》《槐赋》《鹞赋》《宝刀赋》《芙蓉赋》,陈琳的《迷迭赋》《玛瑙勒赋》《车渠椀赋》《柳赋》《悼龟赋》《鹦鹉赋》,阮瑀的《筝赋》《鹦鹉赋》,应玚的《愁霖赋》《灵河赋》《迷迭赋》《车渠椀赋》《杨柳赋》《鹦鹉赋》,徐幹的《圆扇赋》《车渠椀赋》,王粲的《弹棋赋》《迷迭赋》《玛瑙勒赋》《车渠椀赋》《柳赋》《槐树赋》《白鹤赋》《鹞赋》《鹦鹉赋》《莺赋》,刘桢的《瓜赋》等,都是这类赋作。这些赋作没有深切厚重的思想情感,但是往往文笔超迈,拟物象形如出画中,艺术表现力优强。也就是说,它们都是逞竞才学与文笔之作。以赋描写人的情感,是东汉后期赋创作的又一个重要特色。蔡邕是这类赋作的主要作手,今存其《检逸赋》《协初婚赋》《青衣赋》(都仅存片段)即是代表。《检逸赋》写悦慕淑丽的美女之情;《协初婚赋》描述新婚的热烈气氛和温馨美好的情感;《青衣赋》写作者出行艳遇婢女,一见钟情两情欢悦,以及别后不能长相厮守的深长思念。蔡邕的这类赋作,侧重写人类美好的情感,雅洁而纯真,艺术表现华丽都雅,自然流畅,堪称情文并美。这类赋作,凸显了东汉后期人生价值观念的转向——转向了重视人的情感,重视人的性情。东汉后期,还有一些描写游戏器具的赋作。其中存留文字片段较多者,是蔡邕的《弹棋赋》和边韶的《塞赋》。前者写象棋的规制、游戏技巧及其备武练兵的意义,后者着重阐述塞(亦为棋类)游戏的庄重象征和意义。尽管二作都刻意提升棋类游戏的形上意义,其实质仍不过是作者闲极无聊的游戏文字而已。

东汉后期的诗歌,基本都是深浓地抒发切实的生命意识和人生感怀的作品。同时,也偶有叙写闲情逸志的逞才游艺之作。例如蔡邕的《翠鸟诗》,描写庭院树上翠鸟的动静姿容,诗中虽有"幸脱虞人机"云云,或有所寄托,但表现得并不深刻真切,又似刻意的粘贴,整体风貌仍是闲情逸志的抒写。又如繁钦的《定情诗》,与蔡邕《青衣赋》有着同样的情趣,所述情感虽然纯洁美好,但实质上无非是文人无聊的情感拟想,是落拓不羁的游戏之作。

　　从文学史和文学思想史的视角看,东汉文坛逞才游艺的创作倾向,其实具有不可忽视的文学价值和意义。简而言之,一是它推动了文学创作之艺术表现的进步,二是它所呈现的文学思想也促进了文学独立自足的进程。若引申而言,通观中国古代文学史,逞才游艺一类的文学创作,在历代都是数量巨大的,并且大小作家都有创作,各种文体兼具。但是,这类创作历来都遭到文学史家、文学批评家的轻蔑甚至否弃。事实上,这类创作并非毫无价值,它们在文学的创作艺术和文学思想观念两个层面,都具有重要的贡献①。

　　综核本结束语所论,如果说谶纬思潮与文学思想关联密切乃是东汉文学思想史的独有特色,那么,理论表述形态的文学思想与文学的实际创作倾向不平衡(不同步),文学创作观念中"情"与"礼"的拉锯和张力,以及文学创作中不可忽视的逞才游艺倾向,则是在整个中国古代文学史、文学思想史中都具有普遍意义的理论问题。这些问题,乃是在东汉时期首先呈现出来的,具有原发性。描述并阐释这些问题,对整个中国古代文学思想史都应具有参照和借鉴意义。

---

　　① 关于逞才游艺一类文学创作的文学价值,参见拙文《逞才游艺与魏晋南朝诗歌及诗学》,载《文学评论》2011年第5期。

主要引用及参考文献

十三经注疏 〔清〕阮元校刻,北京:中华书局1980年影印原世界书局刊本
清经解 〔清〕阮元编,上海:上海书店1988年据学海堂刊本影印
清经解续编 〔清〕王先谦编,上海:上海书店1988年据南菁书院刊本影印
三家诗遗说考 〔清〕陈寿祺、陈乔枞撰,《续修四库全书》第76册
诗三家义集疏 〔清〕王先谦撰,北京:中华书局1987年版
韩诗外传集释 许维遹撰,北京:中华书局1980年版
齐诗翼氏学 〔清〕迮鹤寿撰,《续修四库全书》第75册
齐诗翼氏学疏证 〔清〕陈乔枞撰,《续修四库全书》第75册
郑氏诗谱考正 〔清〕丁晏撰,《续修四库全书》第71册
毛诗郑笺平议 黄焯撰,上海:上海古籍出版社1985年版
诗集传 〔宋〕朱熹撰,上海:上海古籍出版社1980年版
诗古微 〔清〕魏源撰,《续修四库全书》第77册
诗言志辨 朱自清撰,载《朱自清古典文学论文集》,上海:上海古籍出版社1981年版
诗经研究 黄振民撰,台北:正中书局1982年版
诗经学史 洪湛侯撰,北京:中华书局2002年版
尚书今古文注疏 〔清〕孙星衍撰,北京:中华书局1986年版
尚书大传疏证 〔清〕皮锡瑞撰,《续修四库全书》第55册
礼记集解 〔清〕孙希旦撰,北京:中华书局1989年版

礼记集说　［宋］陈澔撰，上海：上海古籍出版社 1987 年影印原世界书局本

乐记论辩　人民音乐出版社编，北京：人民音乐出版社 1983 年版

周易集解纂疏　［清］李道平撰，北京：中华书局 1994 年版

周易注　周易略例　［魏］王弼撰，楼宇烈校释《王弼集校释》，北京：中华书局 1980 年版

易传　［宋］程颐撰，文渊阁《四库全书》本

周易本义　［宋］朱熹撰，文渊阁《四库全书》本

易汉学　［清］惠栋撰，《皇清经解续编》本

周易译注　黄寿祺、张善文撰，上海：上海古籍出版社 2001 年版

春秋经传集解　［晋］杜预撰，《四部丛刊》本

春秋繁露义证　［清］苏舆撰，北京：中华书局 1992 年版

春秋左传注　杨伯峻撰，北京：中华书局 1981 年版

穀梁古义疏　［清］廖平撰，北京：中华书局 2012 年版

公羊义疏　［清］陈立撰，《续修四库全书》第 130 册

国语正义　［清］董增龄撰，成都：巴蜀书社 1985 年影印光绪庚辰章氏式训堂精刻本

国语集解　徐元诰撰，北京：中华书局 2002 年版

四书章句集注　［宋］朱熹撰，北京：中华书局 1983 年版

白虎通疏证　［清］陈立疏证，北京：中华书局 1994 年版

经典释文　［唐］陆德明撰，上海：上海古籍出版社 1984 年影宋刻宋元递修本

韵补　［宋］吴棫撰，《丛书集成初编》本

经义考新校　［清］朱彝尊撰，林庆彰等校补，上海：上海古籍出版社 2010 年版

经学历史　［清］皮锡瑞撰，周予同注释，北京：中华书局 1959 年版

经学通论　［清］皮锡瑞撰，北京：中华书局 1954 年版

郑志疏证　［清］皮锡瑞撰，台北：世界书局 1982 年影印光绪己亥刻本

困学纪闻　［宋］王应麟撰，上海：上海古籍出版社 2008 年版

日知录集释　［清］顾炎武撰，［清］黄汝成集释，上海：上海古籍出版社 2006 年版

洙泗考信录　［清］崔述撰，《丛书集成新编》第六册，台北：新文丰出版公司 1984 年影印本

述学　［清］汪中撰，《四部丛刊》本

观堂集林　王国维撰，北京：中华书局 1959 年影印本

章氏丛书　章太炎撰，台北：世界书局 1982 年版

刘申叔遗书　刘师培撰，南京：江苏古籍出版社 1997 年影印民国廿五年刊本

两汉经学今古文平议　钱穆撰，北京：商务印书馆 2001 年版

今古学考　［清］廖平撰，四川存古书局 1911—1921 年刊印《六译馆丛书》第 24、25 册

周予同经学史论著选集　周予同撰，上海：上海人民出版社 1983 年版

中国经学史的基础　徐复观撰，台北：学生书局 1982 年版

两汉经学史　章权才撰，广州：广东人民出版社 1990 年版

汉代经学史　洪乾祐撰，台中：国彰出版社 1996 年版

中国经学思想史（第一、二卷）　姜广辉主编，北京：中国社会科学出版社 2003 年版

今古文经学新论　王葆玹撰，北京：中国社会科学出版社 1997 年版

汉学商兑　［清］方东树撰，上海：商务印书馆 1937 年版

中国中古思想史长编　胡适撰，上海：华东师范大学出版社 1996 年版

汉代学术史略 顾颉刚撰，北京：东方出版社1996年版

两汉思想史（第二、三卷） 徐复观撰，台北：学生书局1976、1979年版

汉代思想史 金春峰撰，北京：中国社会科学出版社1987年版

汉代思潮 龚鹏程撰，北京：商务印书馆2005年版

中国古代思想史论 李泽厚撰，北京：人民出版社1985年版

中国哲学发展史（秦汉篇） 任继愈主编，北京：人民出版社1985年版

士与中国文化 余英时撰，上海：上海人民出版社1987年版

两汉魏晋之道家思想 陶建国撰，台北：文津出版社1986年版

秦汉新道家略论稿 熊铁基撰，上海：上海人民出版社1984年版

纬书集成 ［日］安居香山、中村璋八辑校，石家庄：河北人民出版社1994年版

纬书集成 上海古籍出版社编，上海：上海古籍出版社1994年影印诸书本

古微书 ［明］孙瑴辑，商务印书馆《丛书集成初编》影印墨海金壶本

纬书 ［明］杨乔岳编，［明］杜士芬校，日本内阁文库藏明刻本

易纬 ［汉］郑玄注，文渊阁《四库全书》本

纬谶候图校辑（钞本） ［清］殷元正辑，［清］陆明睿增订，《北京图书馆古籍珍本丛刊》(北京：书目文献出版社1987—1998年陆续影印出版)第三册

七纬 ［清］赵在翰辑，锺肇鹏、萧文郁点校，北京：中华书局2012年版

通纬 ［清］黄奭辑，扬州：广陵书社2004年影印《汉学堂经解》本（据1934年江都朱长圻据甘泉黄氏版补刊印本影印）

主要引用及参考文献　477

玉函山房辑佚书（经编纬书类）　［清］马国翰辑，《续修四库全书》第 1203 册

玉函山房辑佚书续编（经编纬书类）　［清］王仁俊辑，《续修四库全书》第 1206 册

纬捃　［清］乔松年辑，《续修四库全书》第 184 册

诗纬集证　［清］陈乔枞撰，《续修四库全书》第 77 册

诗纬训纂　［清］胡薇元撰，《玉津阁丛书》甲集

尚书中候疏证　［清］皮锡瑞撰，《续修四库全书》第 55 册

宋书·符瑞志　［梁］沈约撰，北京：中华书局 1974 年版

五行大义　［隋］萧吉撰，［清］阮元辑，南京：江苏古籍出版社 1988 年影印《宛委别藏》本

唐开元占经　［唐］瞿昙悉达撰，文渊阁《四库全书》本

路史　［宋］罗泌撰，《四部备要》本

绎史　［清］马骕撰，北京：中华书局 2002 年版

易纬略义　［清］张惠言撰，台北：新文丰出版公司影印《丛书集成续编》本第 44 册

纬学源流兴废考　［清］蒋清翊撰，《续修四库全书》第 184 册

纬候不起于哀平辨　［清］徐养原、汪继培、周治平、金鹗、李富孙各有一文，载［清］阮元编《诂经精舍文集》卷十二，台北：新文丰出版公司影印《丛书集成新编》本第 59 册

纬书论　纬字论　［清］俞正燮撰，载《癸巳类稿》卷十四，台北：新文丰出版公司影印《丛书集成续编》本第 18 册

谶纬论　刘师培撰，载《刘申叔遗书》之《左庵外集》卷三，南京：江苏古籍出版社 1997 年影印民国廿五年刊本

诗纬新解　［清］廖平撰，四川存古书局 1911—1921 年刊印《六译馆丛书》第 17 册

纬史论微　姜忠奎撰，上海：上海书店出版社 2005 年版

古谶纬研讨及其书录解题　陈槃撰,台北:台湾编译馆1991年版

纬书与经今古文学　周予同撰,载《周予同经学史论著选集》,上海:上海人民出版社1983年版

谶纬论略　锺肇鹏撰,沈阳:辽宁教育出版社1991年版

中国方术考　李零撰,北京:东方出版社2000年版

中国方术续考　李零撰,北京:东方出版社2000年版

谶纬文献与汉代文化构建　徐兴无撰,北京:中华书局2003年版

超越神话——纬书政治神话研究　冷德熙撰,北京:东方出版社1996年版

緯書の基礎的研究　[日]安居香山、中村璋八撰,东京:汉魏文化研究会1966年版

緯書の成立とその展開　[日]安居香山撰,东京:国书刊行会1979年版

讖緯思想の綜合的研究　[日]安居香山撰,东京:国书刊行会1984年版

緯書と中國の神秘思想　[日]安居香山撰,东京:平河出版社1988年版

郑玄之谶纬学　吕凯撰,台北:台湾商务印书馆1982年版

纬学探原　王令樾撰,台北:幼狮文化事业公司1984年版

谶纬考述　郑均撰,台北:文史哲出版社2000年版

东汉谶纬学新探　黄复山撰,台北:学生书局2000年版

汉代《尚书》谶纬学述　黄复山撰,台北:花木兰文化出版社2007年版

谶纬与道教　萧登福撰,台北:文津出版社2000年版

《白虎通》谶纬思想之历史研究　周德良撰,台北:花木兰文化出版社2008年版

史记　［汉］司马迁撰,三家注本,北京:中华书局2014年版

史记会注考证　［日］泷川龟太郎撰,东京:东方文化学院东京研究所昭和七年至九年(1932—1934)刊本

汉书　［汉］班固撰,［唐］颜师古注,北京:中华书局1962年版

汉书补注　［清］王先谦撰,《续修四库全书》第268—270册

后汉书　［刘宋］范晔撰,［唐］李贤等注,北京:中华书局1982年版

后汉书集解　［清］王先谦撰,北京:中华书局1984年影印虚受堂刊本

三国志　［晋］陈寿撰,［刘宋］裴松之注,北京:中华书局1959年版

八家后汉书辑注　周天游辑注,上海:上海古籍出版社1986年版

东观汉记校注　［汉］刘珍等撰,吴树平校注,北京:中华书局2008年版

两汉纪　［汉］荀悦撰,［晋］袁宏撰,张烈点校,北京:中华书局2002年版

华阳国志校补图注　［晋］常璩撰,任乃强校注,上海:上海古籍出版社1987年版

东汉会要　［宋］徐天麟撰,北京:中华书局1955年版

风俗通义校注　［汉］应劭撰,王利器校注,北京:中华书局1981年版

水经注校证　［北魏］郦道元撰,陈桥驿校证,北京:中华书局2007年版

太平寰宇记　［宋］乐史撰,王文楚等点校,中华书局2007年版

高士传　［晋］皇甫谧撰,《丛书集成初编》本,上海:商务印书馆1937年版

汉官六种　［清］孙星衍等辑,北京:中华书局1990年版

通典　［唐］杜佑撰,王文锦等点校,中华书局1988年版

宋书乐志校注　苏晋仁、萧炼子撰,济南:齐鲁书社1982年版

隋书・经籍志　　[唐]魏徵等撰,北京:中华书局1973年版
二十五史补编　　北京:中华书局1955年据开明书店原版重印本
十七史商榷　　[清]王鸣盛撰,上海:上海书店出版社2005年版
廿二史札记校证　　[清]赵翼撰,王树民校证,北京:中华书局1984年版
廿二史考异　　[清]钱大昕撰,上海:上海古籍出版社2004年版
史通通释　　[唐]刘知幾撰,[清]浦起龙通释,上海:上海古籍出版社2009年版
文献通考　　[元]马端临撰,北京:中华书局1986年缩影本
文史通义校注　　[清]章学诚撰,叶瑛校注,北京:中华书局1985年版
古今伪书考补证　　[清]姚际恒撰,黄云眉补证,济南:山东人民出版社1959年版
伪书通考　　张心澂撰,上海:商务印书馆1954年版
两汉三国学案　　[清]唐晏撰,北京:中华书局1986年版
汉晋学术编年　　刘汝霖撰,上海:上海书店1992年影印原商务印书馆本
中古文学系年　　陆侃如撰,北京:人民文学出版社1985年版
秦汉文学编年史　　刘跃进撰,北京:商务印书馆2006年版

诸子集成　　北京:中华书局1954年影印原世界书局本
法言义疏　　[汉]扬雄撰,[清]汪荣宝疏,北京:中华书局1987年版
太玄集注　　[汉]扬雄撰,[宋]司马光集注,北京:中华书局1998年版
新辑本桓谭新论　　[汉]桓谭撰,朱谦之校辑,北京:中华书局2009年版
论衡校释　　[汉]王充撰,黄晖校释,北京:中华书局1990年版
潜夫论笺校正　　[汉]王符撰,[清]汪继培笺,彭铎校正,北京:中华

书局 1985 年版

政论校注　昌言校注　［汉］崔寔撰,［汉］仲长统撰,孙启治校注,北京:中华书局 2012 年版

太平经合校　王明编,北京:中华书局 1960 年版

弘明集　［梁］僧佑撰,上海:上海古籍出版社 1991 年据《影印宋碛砂版大藏经》缩影本

编珠　［隋］杜公瞻编,文渊阁《四库全书》本

玉烛宝典　［隋］杜台卿编撰,［清］杨守敬校订,《古逸丛书》影旧钞卷子本,《续修四库全书》第 885 册

北堂书钞　［唐］虞世南编纂,［清］光绪十四年(1888)南海孔氏三十有三万卷堂影宋刊本,《续修四库全书》第 1212—1213 册

艺文类聚　［唐］欧阳询等编纂,上海:上海古籍出版社 2013 年影印宋绍兴刻本

初学记　［唐］徐坚等编纂,北京:中华书局 1962 年版

白氏六帖事类集　［唐］白居易编纂,北京:文物出版社 1987 年影印宋绍兴刻本

灌畦暇语　［唐］佚名撰,文渊阁《四库全书》本

太平御览　［宋］李昉等编纂,北京:中华书局 1960 年据涵芬楼影宋本重印

太平广记　［宋］李昉等编纂,北京:中华书局 1961 年版

事类赋注　［宋］吴淑撰,冀勤等校点,北京:中华书局 1989 年版

职官分纪　［宋］孙逢吉撰,文渊阁《四库全书》本

玉海　［宋］王应麟编纂,江苏古籍出版社、上海书店 1987 年影印［清］光绪九年浙江书局刊本

古今事文类聚　［宋］祝穆,［元］富大用、祝渊编,文渊阁《四库全书》本

锦绣万花谷　［宋］佚名编撰,文渊阁《四库全书》本

事物纪原　［宋］高承撰，文渊阁《四库全书》本

说郛　［元末明初］陶宗仪编纂，北京：中国书店1986年影印涵芬楼本

六臣注文选　［梁］萧统编，［唐］李善—五臣注，北京：中华书局2012年重印《四部丛刊》影涵芬楼藏宋刊建州本

六臣注文选　［梁］萧统编，［唐］五臣—李善注，北京：人民文学出版社2008年影印日本足利学校藏宋刊明州本

文选　［梁］萧统编，［唐］李善注，北京：中华书局1977年影印［宋］淳熙八年尤袤刻本

文选　［梁］萧统编，［唐］李善注，上海：上海古籍出版社1986年排印［清］胡克家校刻尤袤本

文选旧注辑存　刘跃进辑，南京：凤凰出版社2017年版

玉台新咏笺注　［陈］徐陵编，［清］吴兆宜注，［清］程琰删补，北京：中华书局1985年版

影弘仁本文馆词林　［唐］许敬宗编，日本古典研究会昭和四十四年（1969）影印本

乐府诗集　［宋］郭茂倩编，北京：中华书局1979年版

古文苑　［宋］章樵注，《四部丛刊》据常熟瞿氏铁琴铜剑楼藏宋刊本影印

古文苑（附钱熙祚校勘记）　［宋］章樵注，《守山阁丛书》本

七十二家集　［明］张燮辑，《续修四库全书》影印明末刻本（汉魏别集见第1583—1584册）

汉魏六朝百三名家集　［明］张溥辑，南京：江苏古籍出版社2002年影印光绪五年（1879）信述堂刊本

全上古三代秦汉三国六朝文　［清］严可均辑，北京：中华书局1958年影印本

续古文苑 ［清］孙星衍辑，嘉庆壬申（1812）冶城山馆刊本，《续修四库全书》第1609册

先秦汉魏晋南北朝诗 逯钦立辑校，北京：中华书局1983年版

全汉赋校注 费振刚等校注，广州：广东教育出版社2005年版

两汉赋评注 龚克昌等评注，济南：山东大学出版社2011年版

古诗源 ［清］沈德潜编，北京：中华书局1963年版

古诗笺 ［清］王士禛编，［清］闻人倓笺，上海：上海古籍出版社1980年版

汉魏乐府风笺 黄节撰，北京：人民文学出版社1959年版

东汉文纪 ［明］梅鼎祚编，文渊阁《四库全书》本

历代赋汇 ［清］陈元龙编，南京：凤凰出版社2004年影印双梧书屋俞樾校本

楚辞补注 ［汉］王逸注，［宋］洪兴祖补注，白化文等点校，北京：中华书局1983年版

楚辞集注 ［宋］朱熹集注，上海：上海古籍出版社2001年版

扬雄集校注 张震泽校注，上海：上海古籍出版社1993年版

班固集校注 侯文学校注，北京：人民出版社2019年版

张衡诗文集校注 张震泽校注，上海：上海古籍出版社2009年版

蔡中郎文集 《四部丛刊》影印［明］正德乙亥（1515）兰雪堂活字本

蔡邕集编年校注 邓安生撰，石家庄：河北教育出版社2002年版

古诗十九首解 ［清］张庚纂，《丛书集成初编》（第1765册）1936年据《艺海珠尘》本排印

古诗十九首集释 隋树森集释，北京：中华书局1955年版

古诗十九首初探 马茂元撰，西安：陕西人民出版社1981年版

隶释 隶续 ［宋］洪适撰，北京：中华书局1986年据洪氏晦木斋刻本影印

汉碑全集　　徐玉立主编,郑州:河南美术出版社2006年版
汉碑集释(修订本)　　高文撰,开封:河南大学出版社1997年版
汉魏南北朝墓志汇编　　赵超编著,天津:天津古籍出版社2008年版

文心雕龙注　　[梁]刘勰撰,范文澜注,北京:人民文学出版社1958年版
增订文心雕龙集校合编　　林其锬、陈凤金撰,华东师范大学出版社2010年版
文心雕龙札记　　黄侃撰,北京:中华书局2006年版
读文心雕龙手记　　罗宗强撰,北京:生活·读书·新知三联书店2007年版
诗品集注　　[梁]钟嵘撰,曹旭集注,上海:上海古籍出版社1994年版
艺概注稿　　[清]刘熙载撰,袁津琥校注,北京:中华书局2009年版
汉诗总说　　[清]费锡璜撰,《昭代丛书》本
汉诗研究　　方祖荣撰,台北:正中书局1969年版
古赋辩体　　[元]祝尧辑,文渊阁《四库全书》本
赋话　　[清]李调元撰,《续修四库全书》第1715册
历代赋话　　[附]复小斋赋话　　[清]浦铣撰,《续修四库全书》第1716册
读赋卮言　　[清]王芑孙撰,载《渊雅堂全集·外集》,《续修四库全书》第1481册
赋话六种　　何沛雄编,香港:三联书店香港分店1982年版
赋史　　马积高撰,上海:上海古籍出版社1987年版
汉赋通论　　万光治撰,成都:巴蜀书社1989年版
汉赋研究　　龚克昌撰,济南:山东文艺出版社1990年版
汉赋与经学　　冯良方撰,北京:中国社会科学出版社2004年版

汉魏六朝乐府文学史　　萧涤非撰，北京：人民文学出版社 1984 年版

乐府文学史　　罗根泽撰，北京：东方出版社 1996 年版

乐府诗述论　　王运熙撰，上海：上海古籍出版社 1996 年版

秦汉文学地理与文人分布　　刘跃进撰，北京：中国社会科学出版社 2012 年版

管锥编　　钱锺书撰，北京：中华书局 1979 年版

两汉文学理论之研究　　朱荣智撰，台北：台湾联经出版事业公司 1978 年版

汉代美学思想述评　　施昌东撰，北京：中华书局 1981 年版

汉代文学思想史　　许结撰，南京：南京大学出版社 1990 年版

西汉文学思想史（修订本）　　张峰屹撰，台北：台湾商务印书馆 2013 年版

两汉经学与文学思想　　张峰屹撰，北京：生活·读书·新知三联书店 2014 年版

中国文学批评史　　郭绍虞撰，上海：上海古籍出版社 1979 年版

中国文学批评史　　罗根泽撰，上海：上海古籍出版社 1984 年版

中国文学批评通史（壹）先秦两汉卷　　顾易生、蒋凡撰，上海：上海古籍出版社 1990 年版

中国文学理论史　　蔡钟翔、黄保真、成复旺撰，北京：北京出版社 1987 年版

中国文学理论批评发展史　　张少康、刘三富撰，北京：北京大学出版社 1995 年版

中国文学理论史　　王金凌撰，台北：华正书局 1987 年版

中国美学史　　李泽厚、刘纲纪主编，北京：中国社会科学出版社 1984 年版

中国美学史大纲　　叶朗撰，上海：上海人民出版社 1985 年版

附录:东汉文人存世文学作品一览表

【说明】

(一) 本表所录均为文学性作品(含残文和存目),非文学性作品不录。其创作时间,上限均在平帝刘衎即位(前1)之后,下限大抵在曹丕称帝(220)之前。

(二) 本表依据宋代(含)以前之典籍辑考东汉文人存世作品,元明清文献不作为考录依据。唯缘典籍浩繁,搜检难免漏失,本表只是初稿,尚需完善。

(三) 本表据以辑考之主要典籍,其版本如下:

01.《史记》,[汉]司马迁撰,[刘宋]裴骃集解,[唐]司马贞索隐,[唐]张守节正义,北京:中华书局2014年版

02.《宋本史记》,[汉]司马迁撰,[刘宋]裴骃集解,[唐]司马贞索隐,[唐]张守节正义,上海:商务印书馆1936年影印南宋黄善夫刻本(《四部丛刊》史部)

03.《汉书》,[汉]班固撰,[唐]颜师古注,北京:中华书局1962年版

04.《宋景祐本汉书》,[汉]班固撰,[唐]颜师古注,上海:商务印书馆1930年影印北宋景祐刻本(《四部丛刊》史部)

05.《后汉书》,[刘宋]范晔撰,[唐]李贤等注,北京:中华书局1965年版

06.《宋绍兴本后汉书》,[刘宋]范晔撰,[唐]李贤等注,上海:商务印书馆1931年影印南宋绍兴刻本(《四部丛刊》史部)

07.《三国志》,[晋]陈寿撰,[刘宋]裴松之注,北京:中华书局1959年版

08.《宋绍熙本三国志》,[晋]陈寿撰,[刘宋]裴松之注,上海:商务印书馆1931年影印南宋绍熙刻本(《四部丛刊》史部)

09.《华阳国志校补图注》,[晋]常璩撰,任乃强校注,上海:上海古籍出版社1987年版

10.《楚辞补注》,[汉]王逸章句,[宋]洪兴祖补注,北京:中华书局1983年版

11.《玉台新咏笺注》,[陈]徐陵编,[清]吴兆宜注,[清]程琰删补,北京:中华书局1985年版

12.《水经注校证》,[北魏]郦道元撰,陈桥驿校证,北京:中华书局2007年版

13.《北堂书钞》,[隋]虞世南编,南海孔氏三十有三万卷堂校注重刊宋本,《续修四库全书》第1212—1213册

14.《编珠》,[隋]杜公瞻编,文渊阁《四库全书》本

15.《玉烛宝典》,[隋]杜台卿编撰,[清]杨守敬校订,《古逸丛书》影旧钞卷子

本,《续修四库全书》第885册

16.《艺文类聚》,［唐］欧阳询编,汪绍楹校,上海:上海古籍出版社1999年新2版

17.《宋本艺文类聚》,［唐］欧阳询编,上海:上海古籍出版社2013年影印宋绍兴刻本

18.《初学记》,［唐］徐坚编,北京:中华书局2004年版

19.《文选》,［梁］萧统编,［唐］李善注,上海:上海古籍出版社1986年版

20.《六臣注文选》,［梁］萧统编,［唐］李善、吕延济、刘良、张铣、吕向、李周翰注,北京:中华书局2012年影印《四部丛刊》影涵芬楼藏宋本

21.《影弘仁本文馆词林》,［唐］许敬宗编,日本古典研究会昭和四十四年(1969)影印本

22.《白氏六帖事类集》,［唐］白居易编,北京:文物出版社1987年影印南宋绍兴刻本

23.《通典》,［唐］杜佑编撰,王文锦等点校,北京:中华书局1988年版

24.《灌畦暇语》,［唐］佚名撰,文渊阁《四库全书》本

25.《太平御览》,［宋］李昉等编,北京:中华书局1960年复印涵芬楼影南宋蜀刊本

26.《太平广记》,［宋］李昉等编,北京:中华书局1961年版

27.《事类赋注》,［宋］吴淑撰,冀勤等校点,北京:中华书局1989年版

28.《职官分纪》,［宋］孙逢吉撰,文渊阁《四库全书》本

29.《玉海》,［宋］王应麟编,江苏古籍出版社、上海书店1987年影印［清］光绪浙江书局刊本

30.《文选补遗》,［宋］陈仁子编,文渊阁《四库全书》本

31.《古今事文类聚》,［宋］祝穆、［元］富大用、祝渊编,文渊阁《四库全书》本

32.《锦绣万花谷》,［宋］佚名编撰,文渊阁《四库全书》本

33.《事物纪原》,［宋］高承撰,文渊阁《四库全书》本

34.《绀珠集》,［宋］佚名编撰,文渊阁《四库全书》本

35.《剡录》,［宋］高似孙撰,文渊阁《四库全书》本

36.《类说》,［宋］曾慥编,文渊阁《四库全书》本

37.《古文苑》,［唐］佚名编,［宋］章樵注,《四部丛刊》影印铁琴铜剑楼藏宋刊本

38.《古文苑》,［唐］佚名编,［宋］章樵注,《守山阁丛书》本

39.《乐府诗集》,［宋］郭茂倩编撰,北京:中华书局1979年版

40.《太平寰宇记》,［宋］乐史撰,王文楚等点校,北京:中华书局2007年版

41.《路史》,［宋］罗泌编撰,上海:中华书局1936年据［明］万历三十九年乔可传寄寄斋刻本校勘铅印(《四部备要》史部)

42.《韵补》,［宋］吴棫撰,《丛书集成初编》本

43.《隶释　隶续》,［宋］洪适撰,北京:中华书局1985年影印洪氏晦木斋刻本

44.《文章缘起》,［梁］任昉撰,载［宋］章如愚《群书考索》卷二一,文渊阁《四库全书》本

附录:东汉文人存世文学作品一览表　489

45.《方言疏证》,[汉]扬雄撰,[清]戴震疏证,《续修四库全书》第 193 册
46.《论衡校释》,[汉]王充撰,黄晖校释,北京:中华书局 1990 年版

文　人	存世文学作品	出处及必要说明
两汉之际至东汉前期(两汉之际至和帝永元初年,即公元前 1—公元 92 年前后)		
扬雄(前 53~公元 18)①	《逐贫赋》	《艺文类聚》卷三五、《太平御览》卷四八五、《古文苑》卷四;《初学记》卷一八节录。
	《剧秦美新》	《文选》卷四八;《艺文类聚》卷一〇。
	《元后诔》	《古文苑》卷二〇;《艺文类聚》卷一五节录(题作《皇后诔》)。按:《汉书·元后传》:"太后年八十四,建国五年二月癸丑崩。三月乙酉,合葬渭陵。莽诏大夫扬雄作诔,曰:'太阴之精,沙麓之灵。作合于汉,配元生成。'"
	《州箴》《官箴》	《古文苑》卷一四、卷一五;《北堂书钞》《艺文类聚》《初学记》《太平御览》及《文选》注,均有部分引录。
	《答刘歆书》	《方言》,《古文苑》卷一〇;《艺文类聚》卷八五、《太平御览》卷八一四节录。
	《琴清英》(片段)	《水经注》卷三三,《艺文类聚》卷九〇,《通典》卷一四四,《太平御览》卷五七七、五七八、九一七,《乐府诗集》卷五七,《事类赋注》卷一一,《太平广记》卷四六一,《路史·发挥卷二·神农琴说》等均有引录。
	《连珠》(片段)	《太平御览》卷四六八、四六九,及《艺文类聚》卷五七,《文选》卷四九干宝《晋纪总论》、卷五〇范晔《后汉书光武纪赞》、卷五四陆机《五等诸侯论》注。
崔篆(生卒年不详)	《慰志赋》	《后汉书》卷五二《崔骃列传》。
班彪(3~54)	《北征赋》	《文选》卷九。
	《览海赋》	《艺文类聚》卷八。
	《冀州赋》(一名《游居赋》)	《艺文类聚》卷二八题作《游居赋》,录文较多;此外,《艺文类聚》卷六、《初学记》卷八、《后汉书·郡国志一》刘昭注、《水经注》卷九《荡水》、《文选》卷二一颜延年《秋胡诗》李善注、[宋]吴棫《韵补》卷二和卷五,均有节录。
	《悼离骚》(片段)	《艺文类聚》卷五六。

---

①　扬雄作品的整理本,有张震泽《扬雄集校注》,上海:上海古籍出版社 1993 年版。因本书仅论及扬雄后期的创作,为清眉目,本表仍具列这些作品。

续表

文　人	存世文学作品	出处及必要说明
冯衍(前20?～公元60?)	《显志赋》及自序	《后汉书》卷二八《冯衍列传》。
	《杨节赋序》(残句)	此作仅存序文数句,赋文已佚。《初学记》卷六《渭水》:"冯衍《杨节赋序》曰:冯子耕于骊山之阿,渭水之阴。废吊问之礼,绝游宦之路。眇然有超物之心,无偶俗之志。"按:《文选》卷一○潘岳《西征赋》李善注引"冯子耕于骊山之阿"句,题为《扬节赋》,当是。
	《与妇弟任武达书》	《后汉书》卷二八《冯衍列传》注引《冯衍集》;《艺文类聚》卷三五节引《冯敬通集》。
杜笃(20?～78)	《论都赋》	《后汉书》卷八○上《文苑列传·杜笃》。《艺文类聚》卷六一、《太平御览》卷一五六节录。
	《首阳山赋》	《艺文类聚》卷七;《古文苑》卷五。又,《文选》卷一一孙绰《游天台山赋》李善注两引赋句。
	《祓禊赋》(片段)	《艺文类聚》卷四引录文字较多。又,《北堂书钞》卷一五五节引,题作《上巳赋》;《后汉书·礼仪志上》刘昭注节引。
	《书捃赋》(片段)	《艺文类聚》卷五五引录文字较多。《太平御览》卷六○六节引。
	《众瑞赋》(残句)	《北堂书钞》卷一二九节引四句。又,《文选》卷一三谢惠连《雪赋》及卷二○潘岳《关中诗》李善注引二句,题作《众瑞颂》。
	《大司马吴汉诔》	《艺文类聚》卷四七。《北堂书钞》卷一一九节引。
	《吊比干文》(残句)	《文选》卷一○潘岳《西征赋》、卷二○谢瞻《王抚军庚西阳集别时为豫章太守庾被征还东》及卷五四刘孝标《辩命论》李善注。又,《文选》卷一三潘岳《秋兴赋》李善注引文,题作《吊王子比干》。
	《祭延锺文》(残句)	任昉《文章缘起》:"祭文:后汉车骑郎杜笃作《祭延锺文》。"《文选》卷一四颜延之《赭白马赋》李善注引杜笃《迎锺文》"必令河伯戒道"一句,疑似此文之句。
	《禊祝》(残句)	《文选》卷一九曹植《洛神赋》及卷二七曹植《美女篇》李善注,均引二句:前者引作"怀季女,使不飧",后者引作"怀秀女,使不餐"。
	《连珠》(残句)	《文选》卷四左思《蜀都赋》、卷二三嵇康《幽愤诗》及卷二四嵇康《赠秀才入军五首》李善注。按《文心雕龙·杂文篇》:"(扬雄)肇为连珠,其辞虽小而明润矣。……自(扬雄)连珠以下,拟者间出。杜笃、贾逵之曹,刘珍、潘勖之辈,欲穿明珠,多贯鱼目。"

续表

文　人	存世文学作品	出处及必要说明
章帝刘炟(56~88)	《灵台十二门诗》①(存目)	《后汉书·祭祀志中》:"(元和二年)四月……还京都。庚申,告至,祠高庙、世祖,各一特牛。又为灵台十二门作诗,各以其月祀之而奏。"
刘苍(30?~83)	《武德舞歌诗》	《后汉书·祭祀志下》刘昭注引《东观书》。
	《光武受命中兴颂》(存目)	《后汉书·光武十王传·东平宪王苍》:"(永平)十五年春,行幸东平,赐苍钱千五百万,布四万匹。帝以所作《光武本纪》示苍,苍因上《光武受命中兴颂》。帝甚善之,以其文典雅,特令校书郎贾逵为之训诂。"
马援(前13~49)	《武溪深》(一名《武溪深行》)	《乐府诗集》卷七四。
刘复(生卒年不详)	《汉德颂》(存目)	《后汉书》卷三九《刘赵淳于江刘周赵传》附王扶传:"永平中,临邑侯刘复著《汉德颂》,盛称(王)扶为名臣云。"
王吉(生卒年不详)	《射乌辞》	《初学记》卷三〇引《风俗通》,《太平御览》卷七三六、卷九二〇,《太平寰宇记》卷九,《事类赋注》卷一九。
班固(32~92)	有集	侯文学校注:《班固集校注》,北京:人民出版社2019年版。
	《反都赋》(片段)	《艺文类聚》卷六一。吴棫《韵补》卷一、卷二、卷五节录。
崔骃(30?~92)	《大将军西征赋》(片段)	《艺文类聚》卷五九。按:陆侃如《中古文学系年》云:"西征,疑北征之误。"

---

① [宋]章如愚《群书考索·前集》卷四八《乐门·乐名类》:"章帝亲著歌诗四章,列在食举。及制《灵台十二门诗》,各以其月祀而奏之。前诗四章:一曰《思齐姚皇》,二曰《六骐骥》,三曰《竭肃雍》,四曰《陟吐根》,合前六曲(故事:食举有《鹿鸣》《承元气》二曲,合帝作四篇为六也),以为宗庙食举。《重来》《上陵》二曲,合八曲,为上陵食举。减宗庙食举《承元气》一曲,加《惟天之命》《天之历数》二曲,合七(疑当作"九")曲,为殿中御食饮举。文(疑当作"又")汉大乐食举十三曲:一曰《鹿鸣》,二曰《重来》,三曰《初筵造》,四曰《夹安》,五曰《归来》,六曰《远期》,七曰《有所思》,八曰《明星》,九曰《清凉》,十曰《涉大海》,十一曰《大置》,十二曰《承元气》,十三曰《海淡淡》。灵帝熹平四年正月中,出《灵台十二新诗》,下大予乐官习诵。"(文渊阁《四库全书》本)

续表

文　人	存世文学作品	出处及必要说明
崔骃(30?~92)	《大将军临洛观赋》(片段)	《艺文类聚》卷六三。《太平御览》卷二〇引录"迎夏之首,末春之垂,桃之夭夭,杨柳依依"四句,题为《临洛观春赋》。《文选》卷二六潘岳《在怀县作》李善注引"迎夏之首,末春之垂"二句,题作《临洛观赋》。
	《武赋》(残句)	《文选》卷一四颜延之《赭白马赋》、卷五八王俭《褚渊碑文》李善注引"假皇天兮(《褚渊碑文》注作乎)简帝心"一句。
	《武都赋》(残句)	《北堂书钞》卷一一四引四句:"超天关兮横汉津,竭(陈本作宁)西玉(陈本作土)兮徂北根(陈本作征)。陵句注(俞本作凌月氏)兮厉楼烦,济云中兮息九(俞本作元)元。"
	《达旨》	《后汉书》卷五二《崔骃列传》。
	《七依》(片段)	《艺文类聚》卷五七录文最多。此外,《北堂书钞》《初学记》《文选》李善注、《太平御览》及吴棫《韵补》等,均有零散引录。
	《安丰侯诗》(残句)	《艺文类聚》卷五九引录四句:"戎马鸣兮金鼓震,壮士激兮忘身命。破光甲兮跨良马,挥长戟兮廓强弩。"《太平御览》卷三三九引录后二句,作"被兕甲兮跨良马,挥长戟兮犷强弩"。
	《汉明帝颂》(残句)	《艺文类聚》卷七三引数句:"帝乃负扆,执冒覆珪。运斗杓以酬酢,酌酒旗之玉卮。"《玉海》卷八九引后二句。
	《四巡颂》(《西巡颂》《南巡颂》《北巡颂》《东巡颂》)	《文馆词林》卷三四六载全文。《太平御览》卷五三七各节录数句。《艺文类聚》卷三九、《初学记》卷一三录《东巡颂》文均较多。此外,《玉海》卷七七引《西巡颂》数句:"惟秋谷既登,上将省敛,平秩西成,循于西郊。昔既春游,今乃秋豫。"① 按:《后汉书》卷五二《崔骃列传》:"元和中,肃宗始修古礼,巡狩方岳。骃上《四巡颂》以称汉德,辞甚典美,文多故不载。"李贤注:"案《骃集》有东、西、南、北《四巡颂》,流俗本'四'多作'西'者,误。"

---

① 王应麟《困学纪闻》卷一七引崔骃《西巡颂表》(按:文题疑当作《上四巡颂表》)数句:"唐虞之世,樵夫牧竖击辕中《韶》,感于和也。"又,《文选》卷四二曹植《与杨德祖书》李善注:"崔骃曰:窃作颂一篇,以当野人击辕之歌。"亦当是此上表中语。

续表

文　人	存世文学作品	出处及必要说明
崔骃(30?~92)	《北征颂》(残句)	《太平御览》卷三五一节录四句:"人事协兮皇恩得,金精扬兮水灵伏。顺天机兮把刑德,戈所指兮罔不克。"
	《杖颂》	《北堂书钞》卷一三三。
	《太尉箴》《司徒箴》《司空箴》《太常箴》《大理箴》《河南尹箴》《虎贲中郎将箴》	《初学记》卷一一录《太尉箴》(《艺文类聚》卷四六节录)、《司徒箴》(《艺文类聚》卷四七节录)、《司空箴》(吴棫《韵补》卷五节录。按:《北堂书钞》卷五二、《艺文类聚》卷四七、《古文苑》卷一五所录,均署名扬雄)。《初学记》卷一二录《太常箴》(按:《北堂书钞》卷五三、《艺文类聚》卷四九、《古文苑》卷一五所录,均署名扬雄)、《大理箴》(《韵补》卷一、卷二节录)。《艺文类聚》卷六节录《河南尹箴》(《北堂书钞》卷七七、《文选》卷四左思《蜀都赋》李善注节录。按:《白孔六帖》卷七六、《太平御览》卷二五二所录,均署名扬雄)。《北堂书钞》卷六三节录《虎贲中郎将箴》两个片段。《古文苑》卷一六录《太尉箴》《司徒箴》《河南尹箴》《大理箴》四篇。
	《酒箴》(残句)	《太平御览》卷七六二节录四句:"丰侯沉酒,荷罂负缶。自戮于世,图形戒后。"
	《仲山甫鼎铭》	《艺文类聚》卷七三;《古文苑》卷一三。
	《樽铭》	《艺文类聚》卷七三;《古文苑》卷一三。
	《车左铭》《车右铭》《车后铭》	《艺文类聚》卷七一;《太平御览》卷七七三;《古文苑》卷一三(署名傅毅,章樵注云:"一本作崔骃。")。《文选》卷三张衡《东京赋》李善注文节录"崔骃《车左铭》"四句:"正位授绥,车中不顾,尘不出轨,鸾以节步。"
	《刀剑铭》(片段)	《北堂书钞》卷一二二节引两个片段。
	《刻漏铭》(残句)	《北堂书钞》卷一三〇云:"崔骃《刻漏铭》'爰暨四极'云云。按:《渊鉴类函》卷三六九、《佩文韵府》卷五七、严可均《全后汉》均引录六句:"天德顺动,人以立信。乃作斯策,以咸渥润。封传今览,爰暨四极。"似皆是迻自梅鼎祚《东汉文纪》,故均无出处。
	《扇铭》	《北堂书钞》卷一三四。
	《六安枕铭》	《北堂书钞》卷一三四;《太平御览》卷七〇七;《古今事文类聚·续集》卷二一。
	《袜铭》	《艺文类聚》卷七〇;《古文苑》卷一三。《北堂书钞》卷一五六、《初学记》卷四节录。

续表

文　人	存世文学作品	出处及必要说明
崔骃（30?～92）	《缝铭》（片段）	《太平御览》卷八三〇。
	《婚礼结言》	《艺文类聚》卷四〇。《北堂书钞》卷八四节引三次，一处题为《昏礼纳采文》，二处题为《昏礼结言文》。《初学记》卷一四节录，题为《婚礼文》。
傅毅（35?～90?）	《洛都赋》（片段）	《艺文类聚》卷六一录文最多；《初学记》卷二四节录。此外，《文选》卷二八陆机《齐讴行》李善注，吴棫《韵补》卷一、卷二均有引录。
	《反都赋》（残句）	《水经注》卷一五《伊水》引录二句："因龙门以畅化，开伊阙以达聪。"
	《舞赋》	《文选》卷一七。《艺文类聚》卷四三、《初学记》卷一五、《古文苑》卷二（署名宋玉，章樵已辩其非）录文均较多。《太平御览》卷三八一、卷六九一、卷七七六节录多句。
	《琴赋》（片段）	《艺文类聚》卷四四；《初学记》卷一六；《古文苑》卷二一。此外，《玉海》卷一一〇《汉雅琴》节录四句，题作《雅琴赋》："时促均而增徽，接角徵而控商。明仁义以厉己，故永御而密观。"
	《羽扇赋》（残句）	《北堂书钞》卷一三四两处节录，其中一处题作《扇赋》。按：《文选》卷二四陆机《赠尚书郎顾彦先》李善注云："傅毅有《羽扇赋》。"
	《七激》	《艺文类聚》卷五七。按：《后汉书》卷八〇上《文苑列传·傅毅》："毅以显宗求贤不笃，士多隐处，故作《七激》以为讽。"
	《显宗颂》（残句）	《文选》卷一九张华《励志诗》李善注引二句："荡荡川渎，既澜且清。"按：《后汉书》卷八〇上《文苑列传·傅毅》："建初中，肃宗博召文学之士，以毅为兰台令史，拜郎中，与班固、贾逵共典校书。毅追美孝明皇帝功德最盛，而庙颂未立，乃依《清庙》作《显宗颂》十篇奏之。"
	《窦将军北征颂》（片段）	《艺文类聚》卷五九。
	《西征颂》（残句）	《太平御览》卷三五一节录四句："愠昆夷之匪协，咸矫[矫]于戎事。干戈动而后戢，天将祚而隆化。"
	《神雀颂》（存目）	《论衡·佚文篇》："永平中，神雀群集，孝明诏上《神爵颂》。百官颂上，文皆比瓦石。唯班固、贾逵、傅毅、杨终、侯讽五颂金玉，孝明览焉。"按：《隋书·经籍志四》著录"《神雀赋》一卷，后汉傅毅撰"，疑当即是此作。

续表

文　人	存世文学作品	出处及必要说明
傅毅（35?～90?）	《明帝诔》	《艺文类聚》卷一二。
	《北海王诔》	《艺文类聚》卷四五；《古文苑》卷二〇。
	《扇铭》	《北堂书钞》卷一三四。
	《迪志诗》	《后汉书》卷八〇上《文苑列传·傅毅》。
梁鸿（15?～80?）	《五噫歌》《适吴诗》《思高恢诗》	《后汉书》卷八三《逸民列传·梁鸿》。
	《安丘严平颂》（残句）	《文选》卷一三谢惠连《雪赋》及卷一九束晳《补亡诗》李善注引录二句："无营无欲，澹尔渊清。"
王景（生卒年不详）	《金人论》①（存目）	《后汉书》卷七六《循吏列传·王景》："建初七年，迁徐州刺史。先是，杜陵杜笃奏上《论都赋》，欲令车驾迁还长安。耆老闻者，皆动怀土之心，莫不眷然伫立西望。景以宫庙已立，恐人情疑惑，会时有神雀诸瑞，乃作《金人论》，颂洛邑之美，天人之符，文有可采。"
贾逵（30～101）	《神雀颂》（存目）	《后汉书》卷三六《贾逵列传》："永平中……有神雀集宫殿官府，冠羽有五采色。帝异之……乃召见逵……敕兰台给笔札，使作《神雀颂》。"《东观汉记》卷一五《贾逵传》："明帝永平十七年，神雀五色翔集京师。……帝召贾逵，敕兰台给笔札，使作《神雀颂》。"（吴树平校注本）又见《论衡·佚文篇》（见上引）。
	《永平颂》（残句）	《北堂书钞》卷一三、[南宋]李刘《四六标准》卷二引录"威震赤谷"一句。
	《连珠》（残句）	《文选》卷一一何晏《景福殿赋》李善注引录二句："夫君人者不饰不美，不足以一民。"又见《文心雕龙·杂文篇》："自[扬雄]连珠以下，拟者间出。杜笃、贾逵之曹，刘珍、潘勖之辈，欲穿明珠，多贯鱼目。"
王充（27～100?）	《果赋》（残句）	《太平御览》卷九六八、《太平广记》卷四一〇引录二句："冬实之杏，春熟之甘。"
梁竦（生卒年不详）	《悼骚赋》	《后汉书》卷三四《梁统列传》附梁竦传李贤注引《东观记》。吴棫《韵补》卷四节引。

---

① 此文已佚，今已不知其面貌。不过，汉人创作论辩类文章，往往有与赋相类者，如东方朔《非有先生论》、王褒《四子讲德论》之属。此文乃针对《论都赋》而作，颇疑其文体类赋，故亦表录于此。

续表

文人	存世文学作品	出处及必要说明
刘广世（生卒年不详）	《七兴》（片段）	《艺文类聚》卷五七；《文选》卷三五张协《七命》李善注。
袁安（?～92）	《夜酣赋》（残句）	《初学记》卷一五节引四句："拊燕竽，调齐笙，引宫徵，唱清平。"①
杨终（生卒年不详）	《神雀颂》（存目）	《论衡·佚文篇》（见上引）。
	《述祖宗鸿业》（存目）	《后汉书》卷四八《杨终列传》："（章）帝东巡狩，凤皇黄龙并集。终赞颂嘉瑞，上《述祖宗鸿业》，凡十五章。"
白狼王唐菆（生卒年不详）	《莋都夷歌》三章（《远夷乐德歌》《远夷慕德歌》《远夷怀德歌》）	《后汉书》卷八六《南蛮西南夷列传·莋都夷》。
东汉中期（和帝永元初年至桓帝和平前后，即92年前后—150年前后）		
李尤（44～126）	《德阳殿赋》（片段）	《艺文类聚》卷六二，《玉海》卷一五九。此外，《初学记》卷二八、《文选》卷五左思《吴都赋》注，卷六《魏都赋》注，卷一一王延寿《鲁灵光殿赋》注，《韵补》卷一、卷二、卷五均引录数句。
	《东观赋》（片段）	《艺文类聚》卷六三。此外，《文选》卷二三刘桢《赠五官中郎将》注，《韵补》卷二、卷四均引录数句。
	《平乐观赋》（片段）	《艺文类聚》卷六三。此外，《北堂书钞》卷一一二、《文选》卷一一何晏《景福殿赋》注、《太平御览》卷一八八、《玉海》卷一六五、《韵补》卷三均引录数句。
	《辟雍赋》（片段）	《艺文类聚》卷三八，《初学记》卷一三。此外，《文选》卷一一王延寿《鲁灵光殿赋》注，卷一二木华《海赋》注，卷一九张华《励志诗》注，卷二一鲍照《咏史诗》注，《太平御览》卷五三四，《玉海》卷九五，《韵补》卷五均引录数句。
	《函谷关赋》（片段）	《古文苑》卷六，《艺文类聚》卷六，《初学记》卷七。此外，《文选》卷三四曹植《七启》注引录一句。
	《怀戎颂》（存目）	《华阳国志》卷一〇中《广汉仕女》。

---

① 《太平御览》卷三八一："袁宏《夜酣赋》曰：开金扇，坐琼筵。卫姬进，郑女前。形窈窕以纤弱，艳妖冶而清妍。似春兰之齐秀，象明月之双悬。"又，《文选》卷三〇谢朓《始出尚书省》李善注："袁宏《夜酣赋》曰：开金扉，坐琼筵。"未知是二人有同题之作，还是后人转引有误。

续表

文　人	存世文学作品	出处及必要说明
李尤(44～126)	《七叹》(片段)	《艺文类聚》卷五七,《太平御览》卷九七一,均题为《七款》。而《文选》卷一八马融《长笛赋》注题作《七疑》。此外,《编珠》卷四、《初学记》卷二八、《文选》卷四左思《蜀都赋》注、卷三五张协《七命》注(两引)、卷四〇陈琳《答东阿王笺》注,楚辞补注·橘颂》各引录数句,均题作《七叹》。按:款、疑、欺形近,盖传抄讹乱所致。《后汉书》卷八〇上《文苑列传·李尤》本作《七叹》,今从之。
	《百二十铭》(片段)	《华阳国志》卷一〇中《广汉仕女》。按:严可均《全后汉文》卷五〇辑录八十六篇(均为残篇):《河铭》《洛铭》《鸿池陂铭》《函谷关铭》《明堂铭》《太学铭》《辟雍铭》《东观铭》《永安宫铭》《云台铭》《德阳殿铭》《鞠城铭》(一作《鞠室铭》)《京师城铭》《高安馆铭》《平乐馆铭》《上林苑铭》《阙铭》《门铭》《谷城门铭》《上东门铭》《中东门铭》《旄门铭》《开阳门铭》《平城门铭》《津城门铭》《广阳门铭》《雍城门铭》《上西门铭》《夏城门铭》《堂铭》《室铭》《楹铭》《牖铭》《井铭》《灶铭》《钟簴铭》《琴铭》《笛铭》《漏刻铭》《屏风铭》《书案铭》《经橪铭》《读书枕铭》《笔铭》《错佩刀铭》《金马书刀铭》《宝剑铭》《载铭》《弧矢铭》《良弓铭》《弩铭》《弹铭》《铠铭》《盾铭》《鞍铭》《辔铭》《马箠铭》《钲铭》《武库铭》《卧床铭》《几铭》《席铭》《灵寿杖铭》《麈尾铭》《镜铭》《熏炉铭》《印铭》《研墨铭》《冠帻铭》《文履铭》《舟楫铭》《小车铭》《天軿车铭》(一作《辎车铭》)《鼎铭》《盘铭》《盂铭》《樽铭》《杯铭》《羹魁铭》《安哉铭》《匮匣铭》《丰侯铭》《箕铭》《围棋铭》《金羊灯铭》《权衡铭》。
	《和帝哀策》(存目)	[梁]任昉《文章缘起》。
	《九曲歌》(残句)	《北堂书钞》卷一四九引:"李尤《九[曲]歌》曰:年岁晚暮日已斜,安得壮士翻日车。"《编珠》卷一、《艺文类聚》卷一、《太平御览》卷四、《事类赋注》卷一均题作《九曲歌》,或前一"日"作"时",或"壮"作"力"。又,《文选》卷二八陆机《挽歌》注:"李尤《九曲歌》曰:肥骨消灭随尘去。"
	《武功歌》(残句)	《文选》卷二一谢瞻《张子房诗》注引:"清埃飞,连日月。"又其卷五九沈约《齐故安陆昭王碑文》注:"恩普洽,威令行。"
班昭(49?～120?)	《东征赋》	《文选》卷九。《艺文类聚》卷二七节录。
	《大雀赋》(片段)	《艺文类聚》卷九二。
	《针缕赋》(片段)	《艺文类聚》卷六五。《太平御览》卷八三〇节引四句,题作《针赋》。

续表

文人	存世文学作品	出处及必要说明
班昭（49?~120?）	《蝉赋》（残句）	《艺文类聚》卷九七节录六句，《文选》卷三八庾亮《让中书令表》注引二句，《太平御览》卷九四四节录四句。
	《女诫》	《后汉书》卷八四《列女传·曹世叔妻》。
黄香（主要活动在章帝末至安帝初）	《九宫赋》	《古文苑》卷六。《艺文类聚》卷七八节录，《太平御览》卷七一八录一句。
	《天子冠颂》（片段）	《通典》卷五六《礼十六·天子加元服》，《初学记》卷一四，《古文苑》卷一二，《太平御览》卷五四〇。此外，《玉海》卷七九节引四句。
	《屏风铭》	《北堂书钞》卷一三二，《太平御览》卷五九〇。此外，《玉海》卷九一、《古今合璧事类备要》外集卷五〇均有引录。
葛龚（70?~130?）	《遂初赋》（残句）	《文选》卷五七颜延之《陶征士诔》注。此外，《太平御览》卷一八四、《玉海》卷一六三，题作《反遂初赋》。
	杂文（均为残句）	《初学记》卷二一、《太平御览》卷六〇五及《文选》注多处。
苏顺（70?~130?）	《叹怀赋》（片段）	《艺文类聚》卷三四。
	《和帝诔》	《艺文类聚》卷一二。
	《贾逵诔》（残句）	《初学记》卷二一。
	《陈公诔》（残句）	《文选》卷二〇曹植《上责躬应诏诗表》注。
刘珍（70?~130?）	《建武已来名臣传》（存目）	《后汉书》卷八〇上《文苑列传·刘珍》："永宁元年，太后又诏珍与骑都尉作建武已来名臣传。"又其卷一四《宗室四王三侯列传》："永宁中，邓太后召毅及骑骎入东观，与谒者仆射刘珍著中兴以下名臣列士传。"
	《赞贾逵诗》（残句）	《北堂书钞》卷一〇〇："刘珍《贾逵》云：摘藻扬辉，如山如云。世有令闻，以迄于君。"按：陈本、俞本题作《赞贾逵诗》。
史岑（孝山）（70?~130?）	《和熹邓后颂》（存目）	《太平御览》卷五八八引挚虞《章流别论》，《文选》卷四七史孝山《出师颂》注。
	《出师颂》	《文选》卷四七。《艺文类聚》卷五九、《北堂书钞》卷一一四节录。
刘骑骎（70?~130?）	《玄根赋》（残句）	《文选》卷一二郭璞《江赋》注，卷一九曹植《洛神赋》注，卷五八颜延之《宋文皇帝元皇后哀策文》注，《太平御览》卷九七五，各引录数句。此外，《文选》卷三四曹植《七启》注、《北堂书钞》卷一〇九（两引）之引句，均题作《玄根颂》。

续表

文　人	存世文学作品	出处及必要说明
刘騊駼(70?~130?)	《郡太守箴》	《艺文类聚》卷六。《古文苑》卷一六之录文,署名崔瑗,章樵注云:"一作刘騊駼"。
	《名臣传》(存目)	《后汉书》卷八〇上《文苑列传·刘珍》:"永宁元年,太后又诏珍与騊駼作建武已来名臣传。"又其卷一四《宗室四王三侯列传》:"永宁中,邓太后召毅及騊駼入东观,与谒者仆射刘珍著中兴以下名臣列士传。"
	五言诗(残句)	《白氏六帖事类集》卷三《屋室》:"刘駼騄诗曰:缥碧以为瓦。"逯钦立曰:"駼騄二字倒误。"按:〔宋〕佚名《绀珠集》卷一二及曾慥《类说》卷二九均录此句,谓"刘陶诗云"。
张衡(78~139)	有集	张震泽校注:《张衡诗文集校注》,上海:上海古籍出版社2009年版。
崔瑗(78~143)	《七苏》(残句)	《北堂书钞》卷一三五:"崔瑗《七苏》云:加以脂粉,润以滋泽。"
	《南阳文学颂》	《艺文类聚》卷三八。《太平御览》卷五三四节引,《韵补》卷一引两句。
	《东观箴》	《初学记》卷一二,《古文苑》卷一六。
	《关都尉箴》	《初学记》卷七,《古文苑》卷一六。
	《河堤谒者箴》	《古文苑》卷一六。
	《北军中候箴》	《古文苑》卷一六。
	《司隶校尉箴》	《古文苑》卷一六。
	《郡太守箴》	《古文苑》卷一六,章樵注云:"一作刘騊駼"。按:《艺文类聚》卷六录文同,署名刘騊駼。
	《中垒校尉箴》(残句)	《后汉书》卷一上《光武帝纪上》注。
	《座右铭》	《艺文类聚》卷二三。《太平御览》卷四五九节录。
	《三子钗铭》	《艺文类聚》卷七〇,《太平御览》卷七一八。
	《遗葛龚珮铭》	《艺文类聚》卷六七。
	《窦大将军鼎铭》	《艺文类聚》卷七三。
	《杖铭》	《太平御览》卷七一〇。
	《柏枕铭》	《北堂书钞》卷一三四。
	《机铭》(存目)	《太平御览》卷五九〇引挚虞《文章流别论》。
	《和帝诔》(片段)	《艺文类聚》卷一二。
	《窦贵人诔》(片段)	《艺文类聚》卷一五。

续表

文　人	存世文学作品	出处及必要说明
崔瑗(78～143)	《鲍德诔》(残句)	《北堂书钞》卷五四,《初学记》卷一二。
	《清河王诔》(残句)	[宋]陈彭年、邱雍等《重修广韵》卷一《十虞》、[宋]丁度《附释文互注礼部韵略》卷一《十虞》:"崔子玉《清河王诔》云:惠于嫡孀。"
	《汲县太公庙碑》	《水经注》卷九《清水》,《隶释》卷二〇。
	《河间相张平子碑》	《古文苑》卷一九。
	《草书势》	《初学记》卷二一,[唐]张怀瓘《书断》卷上。《韵补》卷二节录。
马融(79～166)	《长笛赋》	《文选》卷一八。《艺文类聚》卷四四、《初学记》卷一六节录。
	《琴赋》(片段)	《艺文类聚》卷四四。此外,《初学记》卷五,《文选》卷一八嵇康《琴赋》注、卷二二司马彪《赠山涛》注、卷四六颜延之《三月三日曲水诗序》注、卷四七刘伶《酒德颂》注及《白帖》卷五,均有引句。
	《围棋赋》	《古文苑》卷五。《艺文类聚》卷七四引录大部。此外,《文选补遗》卷三二录文同《古文苑》,《古今事文类聚》前集卷四二录文同《类聚》,《白帖》卷三三、《韵补》卷五亦有引句。
	《樗蒲赋》	《艺文类聚》卷七四。《文选》卷三〇谢灵运《拟魏太子邺中集诗八首·应场》注引两句。
	《龙虎赋》(残句)	《史记》卷五六《陈丞相世家》裴骃集解:"马融《龙虎赋》曰:勇怯见之,莫不主臣。"按:《唐钞文选集注汇存》卷七九任昉《奏弹曹景宗》注引为扬雄作:"杨雄《虎赋》曰:目如电光,舌如绵巾。勇怯见之,莫不主臣。"
	《东巡颂》(片段)	《艺文类聚》卷三九。此外,《北堂书钞》卷一二四、《初学记》卷一三、《太平御览》卷五三七、《韵补》卷一均有引句。
	《广成颂》	《后汉书》卷六〇上《马融列传》。
	《大将军西第颂》(残句)	《文选》卷四左思《蜀都赋》注、卷一一何晏《景福殿赋》注、卷三五张协《七命》注,《太平御览》卷九七一、《玉烛宝典》卷三均有引句。其中《文选》之《景福殿赋》、《七命》注及《玉烛宝典》题作《西第赋》。按:《后汉书》卷六〇上《马融列传》称作《大将军西第颂》,今从之。
	《七厉》(存目)	《艺文类聚》卷五七、《太平御览》卷五九〇引傅玄《七谟序》。

续表

文 人	存世文学作品	出处及必要说明
邓耽（生卒年不详）	《郊祀赋》（片段）	《初学记》卷一三。《文选》卷五八王俭《褚渊碑文》注、《玉海》卷九二均有引句。
崔琦（90?~150?）	《白鹄赋》（存目）	《后汉书》卷八〇上《文苑列传·崔琦》。
	《四皓颂》（片段）	《太平御览》卷五七三，《北堂书钞》卷一〇六。
	《七蠲》（片段）	《艺文类聚》卷五七。此外，《初学记》卷一五、卷二八，《文选》卷二二王康琚《反招隐诗》注，《太平御览》卷一八四、卷九五六、卷九七三，《事类赋注》卷二五、卷二七，《剡录》卷一〇均有引句。按：此作又见《北堂书钞》卷一一二，作者署"崔駰"；《文选》卷五四刘孝标《辩命论》注、卷五六曹植《王仲宣诔》注，作者署"崔玮"。
	《九咨》（存目）	《后汉书》卷八〇上《文苑列传·崔琦》。
	《外戚箴》	《后汉书》卷八〇上《文苑列传·崔琦》。
王逸（90?~165?）	《机赋》	《艺文类聚》卷六五。《太平御览》卷八二五。此外，《事物纪原》卷一〇、《路史·后纪》卷一均有引句。
	《荔支赋》（片段）	《艺文类聚》卷八七（共三处，其中一处引文较长）。《初学记》卷二〇。《太平御览》卷九七一。此外，《初学记》卷二八，《太平御览》卷九六四、卷九六八、卷九七二，《文选》卷四左思《蜀都赋》注、卷三一袁淑《效曹子建乐府白马篇》注，《事类赋注》卷二六、卷二七，《锦绣万花谷》后集卷一八，均有引句。
	《九思》	[宋]洪兴祖《楚辞补注》。
	《汉诗》百二十三篇（存目）	《后汉书》卷八〇上《文苑列传·王逸》。
胡广（91~172）	《百官箴叙》	《太平御览》卷五八八。
	《侍中箴》	《初学记》卷一二。《古文苑》卷一六，章樵注："一作崔瑗。"《韵补》卷一、卷三节引。
	《边都尉箴》	《太平御览》卷二四一，《职官分纪》卷三六。《北堂书钞》卷六三节录。
	《陵令箴》	《太平御览》卷二二九，《职官分纪》卷一八，《古今事文类聚》新集卷二六。
	《印衣铭》	《初学记》卷二六，《古文苑》卷一三。
	《笏铭》	《初学记》卷二六，《古文苑》卷一三。
	《征士法高卿碑》	《艺文类聚》卷三七。
	《吊夷齐文》	《艺文类聚》卷三七。《文选》卷一六向秀《思旧赋》注引录两句。

续表

文　人	存世文学作品	出处及必要说明
桓麟（110?～150?）	《七说》（片段）	《艺文类聚》卷五七。此外，《北堂书钞》卷一四四、卷一四五，《文选》卷三五张协《七命》注，《太平御览》卷八五〇、卷八六一，《韵补》卷四均有引句。
	《应答诗》（四言）	《艺文类聚》卷三一，《太平御览》卷三八五、卷五一二。
应季先（生卒年不详）	《美严王思诗》（四言）	《华阳国志》卷一《巴志》。
石勋（生卒年不详）	《费凤别碑诗》	《隶释》卷九。
东汉后期（桓帝和平前后至献帝建安末，即150年前后—220年）		
灵帝刘宏（156～189）	《招商歌》	《拾遗记》卷六，《古文苑》卷八。
少帝刘辩	《悲歌》	《后汉书》卷一〇下《皇后纪·灵思何皇后》。
少帝唐姬	《唐姬起舞歌》	《后汉书》卷一〇下《皇后纪·灵思何皇后》。
朱穆（100～163）	《郁金赋》	《艺文类聚》卷八一，《太平御览》卷九八一及《文选》卷一一王延寿《鲁灵光殿赋》张载注、卷一九曹植《洛神赋》李善注，均有引句。
	《崇厚论》	《后汉书》卷四三《朱晖列传》附朱穆传。
	《绝交论》	《后汉书》卷四三《朱晖列传》附朱穆传注。
	《与刘伯宗绝交书》	《后汉书》卷四三《朱晖列传》附朱穆传注。
	《与刘伯宗绝交诗》	《后汉书》卷四三《朱晖列传》附朱穆传注。
王延寿（143?～163?）	《鲁灵光殿赋》	《文选》卷一一。
	《梦赋》	《艺文类聚》卷七九，《古文苑》卷六。
	《王孙赋》	《艺文类聚》卷九五，《初学记》卷二九，《古文苑》卷六。《太平御览》卷九一〇节录。
	《桐柏淮源庙碑》	《隶释》卷二，《古文苑》卷一八。
延笃（100?～167）	《应讯》（存目）	《后汉书》卷六四《延笃列传》。按李贤注云："盖《答客难》之类。"
	《与李文德书》	《后汉书》卷六四《延笃列传》。
崔寔（100?～168?）	《大赦赋》	《艺文类聚》卷五二，《古文苑》卷六，《初学记》卷二〇。
	《答讯》	《艺文类聚》卷二五。
边韶（100?～170?）	《塞赋》并序	《艺文类聚》卷七四。《太平御览》卷七五四录赋序。
	《老子铭》	《隶释》卷三。

续表

文　人	存世文学作品	出处及必要说明
郦炎（150～177）	《七平》（存目）	《古文苑》卷一〇录郦炎《遗令书》有云："我十七而作《郦篇》，二十四而《州书》矣，二十七而作《七平》矣。"
	《见志诗》二首	《后汉书》卷八〇下《文苑列传·郦炎》。
	《遗令书》	《古文苑》卷一〇。
	《郦篇》（存目）	见上引《遗令书》。
	《州书》（存目）	见上引《遗令书》。
桓彬（133～178）	《七说》（片段）	《艺文类聚》卷五七录文最多。按：《后汉书》卷三七《桓荣列传》附桓彬传："所著《七说》及书凡三篇。"然挚虞《文章志》、刘勰《文心雕龙·杂文篇》及《艺文类聚》、《文选》注、《太平御览》《纬略》《韵补》等引录《七说》，均署名为"桓麟"；唯《北堂书钞》有五处引录桓彬《七设》。费振刚等《全汉赋校注》、龚克昌等《两汉赋评注》均以《七说》为桓麟作。
张升（125?～175?）	《白鸠颂》（残句）	《太平御览》卷九二一。
张奂（104～181）	《芙蓉赋》（残句）	《初学记》卷二七，《太平御览》卷九九九。
廉品（生卒年不详）	《大傩赋》（片段）	《太平御览》卷五三〇（高似孙《纬略》卷七所录略同），《玉烛宝典》卷一二。
刘梁（120?～180?）	《七举》（片段）	《艺文类聚》卷五七。此外尚有十数残句，散见诸书（见严可均《全后汉文》卷六四）。
	《辩和同论》	《后汉书》卷八〇下《文苑列传·刘梁》。
	《破群论》（存目）	《后汉书》卷八〇下《文苑列传·刘梁》。
高彪（140?～184）	《督军御史箴》	《后汉书》卷八〇下《文苑列传·高彪》。
	《遗马融书》	《后汉书》卷八〇下《文苑列传·高彪》。
秦嘉（生卒年不详）	《述婚诗》二首	《初学记》卷一四，《古文苑》卷八。
	《赠妇诗三首》（五言）	《玉台新咏》卷一，[南宋]姚宽《西溪丛语》卷下。
	《赠妇诗》（四言）	《玉台新咏》卷九。
	诗佚句	《文选》卷二三张载《七哀诗》注："秦嘉《答妇诗》曰：哀人易感伤。"《文选》卷二六潘岳《河阳县作》注、卷二八陆机《从军行》注："秦嘉诗曰：岩石郁嵯峨。"《文选》卷二六陆机《赴洛道中作》注："秦嘉诗曰：过辞二亲墓，振策陟长衢。"（其卷二八陆机《挽歌诗三首》注引后句）
	《秦嘉与妻书》	《艺文类聚》卷三二。
	《秦嘉重报妻书》	《艺文类聚》卷三二。

续表

文　人	存世文学作品	出处及必要说明
徐淑（生卒年不详）	《答夫诗》《〈答秦嘉诗〉》	《玉台新咏》卷一，[南宋]姚宽《西溪丛语》卷下。
	《秦嘉妻徐淑答书》	《艺文类聚》卷三二。
	《徐淑又报秦嘉书》	《艺文类聚》卷三二。
	《誓书》	《太平御览》卷四四一引杜预《女记》。
赵壹（生卒年不详）	《解摈赋》（残句）	《后汉书》卷八〇下《文苑列传·赵壹》："恃才倨傲，为乡党所摈，乃作《解摈》。"《太平御览》卷九五一："赵壹《解摈赋》曰：丹鸿可杀蚤虱。"
	《穷鸟赋》	《后汉书》卷八〇下《文苑列传·赵壹》。
	《刺世疾邪赋》及所附《秦客诗》《鲁生歌》	《后汉书》卷八〇下《文苑列传·赵壹》。
	《迅风赋》（片段）	《艺文类聚》卷一。
	《报皇甫规书》	《后汉书》卷八〇下《文苑列传·赵壹》。
	《非草书》	[唐]张彦远《法书要录》卷一，[宋]朱长文《墨池编》卷二。《太平御览》卷七四九及卷六〇五、卷九五一节录。
卢植（130?～192）	《郦文胜诔》（残句）	《北堂书钞》卷九九。
蔡邕（132或133～192）	有集	邓安生校注：《蔡邕集编年校注》，石家庄：河北教育出版社2002年版。
祢衡（173～198）	《鹦鹉赋》	《文选》卷一三。
	《鲁夫子碑》	《艺文类聚》卷二〇。
	《颜子碑》	《艺文类聚》卷二〇。《初学记》卷一七节录。
	《吊张衡文》	《太平御览》卷五九六。
赵岐（安帝即位前后～201）	《蓝赋》（残句）	《艺文类聚》卷八一引录其序及两句正文。《太平御览》卷九九六、[宋]唐慎微《证类本草》卷七均引录其序。
	《厄屯歌》二十三章（存目）	《后汉书》卷六四《赵岐列传》。
仇靖（生卒年不详）	《李翕析里桥郙阁颂新诗》	《隶释》卷四。
马芝（生卒年不详）	《申情赋》（存目）	《后汉书》卷八四《列女传·袁隗妻》："汝南袁隗妻者，扶风马融之女也，字伦。……伦妹芝，亦有才义。少丧亲长而追感，乃作《申情赋》云。"

续表

文　人	存世文学作品	出处及必要说明
侯瑾（140?～195?）	《筝赋》（片段）	《艺文类聚》卷四四，《初学记》卷一六。此外，《文选》卷三〇谢灵运《拟魏太子邺中集诗八首》注，卷三五张协《七命》注，卷五五刘孝标《广绝交论》注，均有引句。
	《应宾难》（存目）	《后汉书》卷八〇下《文苑列传·侯瑾》："以莫知于世，故作《应宾难》以自寄。"
	《汉皇德颂》（仅存序）	《太平御览》卷八二九。
	歌诗（残句）	《北堂书钞》卷五一："侯瑾歌诗云：周公为司马，白鱼入王舟。"
	《述志诗》（残句）	《初学记》卷一〇："侯瑾《述志诗》曰：嫫母升玉堂。"
	《矫世论》（残句）	《后汉书》卷八〇下《文苑列传·侯瑾》："作《矫世论》，以讥切当时。"《太平御览》卷八〇五、卷八〇九各引二句。
张超（150?～200?）	《诮青衣赋》	《古文苑》卷六，《初学记》卷一九。
	《尼父颂》	《艺文类聚》卷二〇，《初学记》卷一七。
	《杨四公颂》	《艺文类聚》卷四五。
	《灵帝河间旧庐碑》	《艺文类聚》卷六四。
边让（?～200?）	《章华赋》	《后汉书》卷八〇下《文苑列传·边让》。
孔融（153～208）	有集	俞绍初辑校：《建安七子集·孔融集》，北京：中华书局2005年版。
阮瑀（159?～212）	有集	俞绍初辑校：《建安七子集·阮瑀集》，北京：中华书局2005年版。
王粲（177～217）	有集	俞绍初辑校：《建安七子集·王粲集》，北京：中华书局2005年版。
陈琳（155?～217）	有集	俞绍初辑校：《建安七子集·陈琳集》，北京：中华书局2005年版。
应玚（175?～217）	有集	俞绍初辑校：《建安七子集·应玚集》，北京：中华书局2005年版。
刘桢（175?～217）	有集	俞绍初辑校：《建安七子集·刘桢集》，北京：中华书局2005年版。
徐幹（171～218）	有集	俞绍初辑校：《建安七子集·徐幹集》，北京：中华书局2005年版。
蔡琰（生卒年不详）	《悲愤诗》（五言）	《后汉书》卷八四《列女传·董祀妻》。
	《悲愤诗》（骚体）	《后汉书》卷八四《列女传·董祀妻》。

续表

文　人	存世文学作品	出处及必要说明
张纮（152～212）	《瑰材枕赋》（片段）	《艺文类聚》卷七〇录文较多；《太平御览》卷七〇七节录数句。
	《瑰材枕箴》	《艺文类聚》卷七〇。《北堂书钞》卷一三四引前六句，题作《瑰材枕铭》。
潘勖（155?～215）	《玄达赋》（残句）	《文选》卷三〇谢灵运《拟魏太子邺中集诗》注："潘勖《玄达赋》曰：非偏人之自疋，诉诸衷于来哲。"
	《尚书令荀彧碑》	《艺文类聚》卷四八。
	《拟连珠》	《艺文类聚》卷五七。
	《册魏公九锡文》	《文选》卷三五，《艺文类聚》卷五三。
繁钦（?～218）	《暑赋》（片段）	《艺文类聚》卷五，《初学记》卷三。
	《愁思赋》（片段）	《艺文类聚》卷三五，《初学记》卷三。
	《弭愁赋》（片段）	《艺文类聚》卷三五。
	《征天山赋》（片段）	《艺文类聚》卷五九，《太平御览》卷三三九。
	《建章凤阙赋》（片段）	《艺文类聚》卷六二。
	《桑赋》（片段）	《艺文类聚》卷八八，《太平御览》卷九五五。
	《柳赋》（片段）	《艺文类聚》卷八九。《文选》卷二六潘岳《在怀县作》注引繁钦《柳树赋》二句，疑为同篇。
	《述征赋》（片段）	《太平御览》卷三五一。按：《文选》卷三〇谢灵运《拟魏太子邺中集诗》注引繁钦《述行赋》二句、《太平御览》卷三五三引录繁钦《撰征赋》二句，疑均为同篇。
	《三胡赋》（片段）	《太平御览》卷三八二，又其卷三六九。
	《避地赋》（残句）	《水经注》卷八《济水》。
	《明□赋》（残句）	《北堂书钞》卷一五八。
	《远戍劝戒诗》	《艺文类聚》卷二三。
	《杂诗》	《艺文类聚》卷二三。
	《赠梅公明诗》	《艺文类聚》卷三一。
	《定情诗》	《玉台新咏》卷一，《乐府诗集》卷七六。
	《咏蕙诗》	《艺文类聚》卷八一。
	《槐树诗》	《初学记》卷二八。
	《生茨诗》	［唐］佚名《灌畦暇语》。
	《砚颂》	《初学记》卷二一。

续表

文　人	存世文学作品	出处及必要说明
繁钦(?~218)	《砚赞》	《艺文类聚》卷五八,《初学记》卷二一。
	《尚书箴》	《初学记》卷一一,《韵补》卷三。
	《威仪箴》	《太平御览》卷七五四。
	《丘隽碑》	《太平御览》卷三二五,又其卷四二一。
	《与魏文帝笺》	《文选》卷四〇。《艺文类聚》卷四三节录,题作《与太子笺》。《北堂书钞》卷一〇六、《太平御览》卷五七三亦有节录。
	《嘲应德琏文》	《太平御览》卷八二八。
	《禄里先生训》	《艺文类聚》卷三六。
杨修(175~219)	《许昌宫赋》(片段)	《艺文类聚》卷六二。《北堂书钞》卷一二〇、《文选》卷七潘岳《藉田赋》注有引句。
	《出征赋》(片段)	《艺文类聚》卷五九,《北堂书钞》卷一三七,《太平御览》卷七七〇。
	《孔雀赋》(片段)	《艺文类聚》卷九一。
	《节游赋》(片段)	《艺文类聚》卷二八。
	《神女赋》片段	《艺文类聚》卷七九。
	《暑赋》(存目)	杨修《答临淄侯笺》:"是以对鹍而辞,作《暑赋》,弥日而不献。"
	《伤夭赋》(残句)	《文选》卷二三潘岳《悼亡诗》注:"杨修《伤夭赋》曰:悲体貌之潜翳兮,目常存乎遗形。"
	《答临淄侯笺》	《文选》卷四〇。
	《司空荀爽述赞》	《艺文类聚》卷四七。
仲长统(180~220)	《答邓义社主难》	《后汉书·祭祀志下》注。
	《乐志论》	《后汉书》卷四九《仲长统列传》。
	《见志诗》二首	《后汉书》卷四九《仲长统列传》。
	四言诗残句	《初学记》卷一。
曹操(155~220)	有集	中华书局编辑部编:《曹操集》,北京:中华书局2018年版。
曹丕(187~226)	有集	魏宏灿校注:《曹丕集校注》,合肥:安徽大学出版社2009年版。夏传才校注:《曹丕集校注》,石家庄:河北教育出版社2013年版。
曹植(192~232)	有集	赵幼文校注:《曹植集校注》,北京:人民文学出版社1998年版。

续表

文　人	存世文学作品	出处及必要说明
丁仪(?～220)	《厉志赋》	《艺文类聚》卷二六。
丁廙(?～220)	《蔡伯喈女赋》	《艺文类聚》卷三〇。
	《弹棋赋》	《艺文类聚》卷七四。
佚名	五言古诗若干	见逯钦立《先秦汉魏晋南北朝诗》。
佚名	乐府诗歌若干	见逯钦立《先秦汉魏晋南北朝诗》。

后　　记

　　拙著《西汉文学思想史》出版后,得到了不少前辈先进和时贤同道的谬奖。于是,我备受鼓舞,立志接续撰写《东汉文学思想史》。其间,不断有师友督促:"《东汉文学思想史》什么时候出版?"深感鞭策和情谊。无奈我生性闲散,凡事往往凭兴趣和冲动而为。喜欢焚膏继晷地读书,偶有心得就随手书诸书页边眉;其中可作文章者,则自然梳理成文。但是不愿受外力逼迫,也不想给自己限定时量去做学术研究,尤其对系统丛杂的"大工程"总是心存天然的畏惧和抵触。所以单篇论文相继发表了一些,而心心念念的《东汉文学思想史》专著,却迟迟不能成稿。

　　迟迟不能成稿,其实还有学术难题挡路的原因,这就是汉代的谶纬思潮。全面披阅、深入体会东汉的文史哲史料,我深切地感到,如果不明白谶纬的来龙去脉及其社会影响,势不能切实理清东汉文学思想的面貌。于是,转而进入汉代谶纬的思想世界。在反复阅读、揣摩明清以来历代学人整理的谶纬辑佚著作,以及有唐以来历代学人考论谶纬的成果之后,眼前真是一片茫然!不仅谶纬文本(佚文)错乱不定、真伪莫辨,历代学者讲论谶纬也是自说自话、莫衷一是。谶纬原典文献的辑校,没有可靠的整理本(即便安居香山、中村璋八的《纬书集成》,也是多有误漏,难为依据);何为谶纬、谶纬的性征、谶纬的起源衰颓以及谶纬的社会文化影响,这些相互关联密切的基本问题,没有大体一致的清晰的认知。至于支撑谶纬思想的背景知识系统,以及谶纬与其他相关知识思想之间的纠结关联,更是鲜有问津。不明白谶纬思想的这些基本情状,仅以传统经学的视角去考量东汉文学思想,显然不能完全切合东汉文学的实际。在潜入汉代社会历史情境,沉浸谶纬思潮多年之后,我逐渐对这个社会思潮有了比较贴近的认知,谶纬的本相、思想特征及其源起演进、社会文化影响的情状,更加清晰了一些。于是,我陆续撰写了略成系列的若干篇论文。其中主要的几篇,收入2014年11月北京生活·读书·新知三联书店出版的《两汉经学与文学思想》之中。

大抵弄清了汉代的谶纬思潮之后,我开始撰写《东汉文学思想史》。时光荏苒,杂事纠缠,又过了四年多,2019年4月17日,这本书的初稿终于完成了。但那时,我敬爱的恩师罗宗强先生身体已极度衰弱,我不忍心扰他审读书稿。转年的4月29日,先生溘然仙逝。巨大的悲痛之馀,便是悔恨!恨自己的疏懒拖沓,未能再早些时日奉上书稿请教。恩师主持修撰的《中国文学思想通史》,命我撰写《秦汉文学思想史》卷,这本书稿是其中重要的部分,未能得到恩师的批评指教,遂成永久的遗憾!

为本书作序的颜崑阳先生,是台湾学界的前辈巨擘。2013年4月,拙著《西汉文学思想史》的修订本在台湾商务印书馆出版,崑阳先生即慨赠大序。在那本书的《后记》里,我曾写道:"先生之学术建树和勋绩,非晚生后学所能置评;惟有两点深切感受,不吐不快:其一,先生之学术视野宏阔而深邃,由先秦而及六朝、唐宋,由文学史而及文学理论史、美学史,直至近年致力于建构'中国诗用学',转愈精深;与此同时,先生还兼擅古典诗词、现代散文和小说之创作,真非一般书斋学者所可伦比。其二,先生乐于提携后进,奖拔鼓励后学的些微创意,无私膏润中国学术的传承和发扬,此亦非俯视独造的学者所可比拟。"多年过去了,我对崑阳先生的这种感受愈发深切。尤为钦仰不已者,先生已历杖国之年,而学术思想之敏锐精切，学术开拓之劲力热忱，依然不减当年，且日益成熟深邃！近十馀年，先生深湛地反思百年来的人文学术研究史，先后出版了《诠释的多向视域》《反思、批判与转向》《学术突围——当代中国人文学术如何突破"五四知识型"的围城》等多部巨著，堪称振聋发聩！据我粗浅的学习体会，先生的这些论著，精准透彻地指出了"五四知识型"的两大弊端：一是武断片面地切割学术领域，使人文学术研究片面化、静态化、单一因素化、抽象概念化；二是盲目借用西人的思想方法，以"'单向视域'投射暴力式的论述"，作主观肆意的阐释。这些偏执的思想方法和研究路径，必然导致持见的偏颇和肤浅，不切实际。因此，先生大力倡导"文化总体观"的学术视域，主张进入"历史语境"及其"动态历程"，去真切体会、同情了解历史的思想文化和文学艺术，首先作"第一序"的"描述"和"诠释"。先生精深的学术思想，破而能立，不仅清扫了"五四知识型"给当代人文学术研究造成的种种迷障，且也同时指示了正确的进路。我完全赞同先生的学术理念和研究进路，心有戚戚焉。先生在《序》里说："此书并没有明确提出这样的理论；但是，其实际操作却与我的理论不谋而合。"提携我为学术同道，这是对我最大的奖赏和鞭策！

拙著的出版，要感谢上海古籍出版社杜东嫣女士的热情接纳和悉心安排！感谢责编龙伟业先生精专而辛苦的工作！

张峰屹

2021年5月8日于南开大学范孙楼之研究室